Manfred Zach DIE BEWERBUNG

Manfred Zach

DIE BEWERBUNG

Roman

Klöpfer & Meyer

Meinem Vater danke ich an dieser Stelle, daß er sich sein Leben lang Unabhängigkeit und Menschlichkeit im Denken und Handeln bewahrt hat.

›Die Bewerbung‹ ist ein Roman. Seine handelnden Personen, sein Sujet sind frei erfunden. Jede Ähnlichkeit mit lebenden oder verstorbenen Personen ist rein zufällig und nicht beabsichtigt.
Aber es gilt auch, mit Georg Christoph Lichtenberg: ›Es ist schlimm genug, daß heutzutage die Wahrheit ihre Sache durch Fiktion, Romane und Fabeln führen lassen muß.‹

M.Z.

Auflage: 3. 2. | letzte Zahlen maßgeblich
Jahr: 1999

Die Deutsche Bibliothek – CIP-Einheitsaufnahme
Zach, Manfred: Die Bewerbung : ein Roman / Manfred Zach. –
Tübingen : Klöpfer und Meyer, 1999
ISBN 3-931402-32-0

Lektorat: Hubert Klöpfer, Tübingen / Christel Zach, Empfingen
Satz: Gertrud Eilenstein
Umschlaggestaltung: Werner Rüb, Bietigheim-Bissingen
Herstellung: Gulde Druck, Tübingen

Meiner Frau

Wo bist du hin – beschwingte Stadt der Träume?
Ich treibe ruhlos durch dein Mauerwerk.
Verlassene, zerfallne Räume
Und Fremdheit, Fremdheit – wie ein Berg.

Schalom Ben-Chorin

ERSTER TEIL

1.

Artisten, die Teller auf Stöcken kreisen lassen, habe ich als Kind sehr bewundert. Wenn sie mit geschickten schnellen Griffen im Scheinwerferlicht flache Scheiben in funkelnde Sonnenräder verwandelten, kämpften stets Furcht und Hoffnung in mir, eine der biegsamen Stützen könnte sich ihrer Aufmerksamkeit entziehen und die Last einfach abschütteln.

Als ich am Nachmittag des 6. Februar 1987, einem Freitag, eine dieser wohl nur noch auf dem Lande gezeigten Darbietungen in einem kleinen Zirkus am Rande der süddeutschen Provinzstadt Wirkahn sah, fühlte ich mich für kurze Zeit in jenen Zustand kindlicher Unentschiedenheit zurückversetzt. Wieder erschien mir das strahlende, dem Publikum zugewandte Lächeln des Jongleurs als mißbilligenswerte Versuchung eines Glücks, das ihm doch zweifellos zu wünschen war. Als es dann wirklich geschah, ein Teller zu Boden stürzte und der Artist sein Mißgeschick mit glattem Lächeln zu überspielen suchte, verließ ich ernüchtert ob meiner vorausahnenden Erinnerung das Zelt. Die wenigen Besucher klatschten gleichgültig Beifall. Sie erwarteten den Höhepunkt des Programms, eine Raubtierdressur.

Nach dem Ausflug in die Vergangenheit, den ich, einem Plakatanschlag folgend, unvernünftigerweise unternommen hatte, machte ich mich auf den Weg, die Bewerbung abzugeben, derentwegen ich die Reise angetreten hatte. Ich beließ meinen Koffer im Schließfach des Bahnhofs und ging auf die Siedlung zu, die hinter dem Anger lag, auf dem der Zirkus gastierte.

Es ist nicht verkehrt, sich auf diese Weise einen unvoreingenommenen Eindruck von der Stadt zu verschaffen, die mich eine Weile beschäftigen wird, dachte ich. Auch können die Beine einen Spaziergang vertragen. Die Anfahrt war weit und beschwerlich. Ich habe nicht gewußt, wie abseits Wirkahn liegt.

Das Zelt hatte die Kälte des Winters ausgesperrt. Jetzt sprang sie mich an. Ich ließ den Blick über die grauen Häuserzeilen im Vordergrund zum bedrohlich nahen Gebirgshorizont schweifen. Vom schwachen Licht kaum mehr erreicht, lag der Stadtkörper da wie der bucklige Rist eines schlafenden Tieres. Wenig Markantes war zu erkennen. Nur die Kirchturmspitze zeichnete sich klar ab.

Die Annäherung an den Ort, der vor zwei Monaten das Amt seines Bürgermeisters zur Wahl ausgeschrieben hatte, verlief nicht sehr verheißungsvoll. Wir Norddeutsche wähnen den Süden oft als Gottes heitere Gartenlaube. Die äußeren Bezirke Wirkahns aber waren düstere frühindustrielle Arbeiterquartiere. Aus geschwärzten Kaminen stieg dünner, scharf riechender Qualm. Die Rauchsäulen wahrten voneinander Abstand wie die an den Bushaltestellen frierenden Menschen, denen der Atem für ein mitteilendes Gespräch gefror.

Ich versuchte es hier und da mit einem Gruß, bekam aber keine Antwort.

Stadteinwärts verlor sich die steinerne Flächigkeit etwas. Die Straßen wurden belebter, auf einzelne Hauswände malten sich zaghafte Farben. Ich fühlte mich von ihnen erwärmt wie durch den Schein eines milden Feuers. Beschwingt folgte ich den ins Ortsinnere weisenden Schildern und widmete den Geschäftsauslagen flüchtige Aufmerksamkeit.

Doch das Zentrum Wirkahns war nicht leicht zu erreichen. Straßensperren leiteten den Autoverkehr um, Holzplanken schlugen schmale Brücken über Schlünde aufgerissenen Asphalts. Weiträumig wurde die Kanalisation erneuert. Als brächen riesige Eingeweide aus dem Boden hervor, reihte sich Rohr an Rohr im gefrorenen Schlamm.

Endlich, schon eine verhängnisvolle Verspätung befürchtend, erreichte ich die Hauptstraße. Pfeilgerade zerschnitt sie die Ortsmitte. Ein Einkaufszentrum aus schlierigem Beton, dessen Wände wie Burgwälle ausgriffen, begrenzte das eine, der Kirchturm, der mir zur Orientierung gedient hatte, das andere Ende. Dazwischen ein gezacktes Schnittmuster spitzgiebliger Fassaden, deren Gleichmaß nur durch schmiedeeiserne Wirtshausschilder unterbrochen wurde.

Rund um die Kirche waren die Bauarbeiten schon abgeschlossen. Zu beiden Seiten des Eingangsportals standen mit Heidekraut bepflanzte Steintröge.

Es war das erste Grün, das ich in Wirkahn sah.

Nächst der Kirche erhob sich das Rathaus. Nach kurzem Zögern betrat ich es.

Auf der Treppe begegnete ich, ohne ihn zu erkennen, dem Mann, mit dem zu messen ich mich entschlossen hatte. Noch immer ist mir sein kantiger Schädel und der mißtrauische Blick seiner aus schrägem Winkel mich musternden Augen gewärtig. Ich grüßte und bekam auch hier keine Antwort.

Im Flur entschied ich mich für die Tür mit dem Schild ›Hauptamt‹.

Als ich eintrat, hoben zwei Beamte ruckartig die Köpfe und senkten sie wieder, nachdem sie die Wanduhr konsultiert hatten, die zehn Minuten vor vier zeigte.

Ich nannte meinen Namen und sagte, ich sei gekommen, mich um die im Staatsanzeiger ausgeschriebene Stelle eines Bürgermeisters zu bewerben. Daraufhin reckten sie ihre Hälse und starrten einander entgeistert an.

Na ja, sagte der eine, 's isch Fasnet.

Ich verstehe Sie nicht, sagte ich.

Wir Sie auch nicht. Aber das muß an Ihnen liegen.

Sie lachten glucksend.

Ich wiederholte meine Bewerbung und zog aus der Brieftasche den Zeitungsausschnitt mit der Stellenanzeige.

Ich glaub bald gar, er meint es ernst, Karle, sagte der erste Beamte, jetzt doch beunruhigt. Fragend sah er seinen Kollegen an. Der straffte den Oberkörper.

Guter Mann, begann er gönnerhaft und ordnete die vor ihm liegenden Papiere, wir machen schon mal ein Späßle mit, gell, aber alles hat seine Grenzen. Eine Bürgermeisterwahl is was Ernstes. Davon abgesehen, hätten Sie früher kommen müssen.

Wieso?, fragte ich. Die Bewerbungsfrist läuft erst heute ab.

Eben, sagte er. Vorbei ist sie, die Frist. Und wir zwei gehen jetzt heim.

So hören Sie!, versetzte ich gereizt. Ich stehe hier während der Dienstzeit des zuständigen Amtes und bitte Sie, meine Bewerbung zu Protokoll zu nehmen!

Zu Protokoll!, rief der erste Beamte. Hörst du, zu Protokoll. Es wird immer toller!

Der, den er Karle genannt hatte, zwinkerte ihm zu. Paß auf, was ich mit dem mach, hieß das wohl.

Haben Sie ein polizeiliches Führungszeugnis bei sich, mein Herr? fragte er förmlich.

Nein, sagte ich, wozu auch. Für meine Bewerbung brauche ich kein Führungszeugnis, das wissen Sie.

Wie ein angriffslustiger Stier senkte der Beamte den Kopf.

Ich weiß vor allem eins, polterte er, daß net jeder daherkommen und erklären kann, er wär gern unser neuer Schultes! Das wär ja noch schöner! Woher sollen wir beispielsmäßig wissen, ob Sie überhaupt wählbar sind, he? Vielleicht sind Sie net mal Deutscher! Bei uns laufen genügend Ausländer rum, wo besser deutsch schwätzen wie Sie! Aber bei einer Wahl geht's nun mal um die Heimat, oder?

Der erste Beamte nickte anerkennend.

Hier ist mein Personalausweis, antwortete ich und versuchte, gelassen zu bleiben. Alles andere geht Sie nichts an, das ist Sache des Gemeindewahlausschusses.

Wahlausschuß? Gott im Vatter, was soll das jetzt wieder? I werd noch verruckt!

Er schlug auf den Tisch.

Na ja, mischte sich sein Kollege vorsichtig ein, du weißt doch, dieses Gremium, bei dem auch Pfisterer seine Bewerbung abgegeben hat.

Nix weiß ich!, bellte der andere. Kommt da einer und will mich belehren!

Er dachte angestrengt nach.

Wenn Sie so gut Bescheid wissen, setzte er wieder an, dann ist Ihnen doch auch bekannt, daß Sie Ihre Bewerbung dem Wahlausschuß persönlich vorlegen müssen? – Und der ist nicht da, das sag ich Ihnen gleich!

Muß ich nicht, erwiderte ich störrisch. Mein Vater war selbst Kommunalbeamter in einer norddeutschen Stadt. Glauben Sie, ich kenne mich nicht aus? Dieses Theater reicht mir jetzt. Ich notiere auf einem Zettel meine Personalien und erkläre mit einem Satz, daß ich mich um den hiesigen Bürgermeisterposten bewerbe. Das genügt, so steht es im Gesetz.

Gesetz?

Gesetz!

Eingeschüchtert schwiegen die Beamten. Ich hatte keine Ahnung, was im Wahlgesetz des Bundeslandes stehen mochte, in dem ich mich bewarb. Aber daß in Deutschland der Hinweis auf ein Gesetz immer verfängt, das wußte ich.

Der Beamte Karle machte einen letzten Versuch.

Es ist fünf vor vier, sagte er. Wir schließen freitags ällweil pünktlich. Praktisch sind wir schon fast nimmer da.

Das Telefon klingelte. Der erste Beamte meldete sich und sagte:

Herr Vogler, wir können jetzt grad net. Wir haben hier einen schwierigen Fall. Ich ruf Sie gleich zurück.

Dann schauten mich beide mit einer gewissen Ergebenheit an.

Ich riß eine Seite aus einem der Notizblöcke, die ich seit der Zeit, da ich für den Iowa Chronicle über gesellschaftliche Vorfälle einer nicht zu solchen Vorfällen neigenden Stadt zu berichten hatte, in großer Zahl mit mir führe.

Während ich noch schrieb, betrat eine Frau das Zimmer. Sie balancierte einen Stapel Akten auf den Armen.

Guten Tag!, rief ich erleichtert. Sie kommen wie gerufen. Würden Sie bitte diesen Zettel lesen? Er enthält die Erklärung, daß ich mich um das Amt des Bürgermeisters Ihrer Stadt bewerbe, trägt das heutige Datum und meine Unterschrift. Sehen Sie, daß ich meine Bewerbung jetzt auf den Schreibtisch dieses Herrn lege und daß die Uhr dabei genau zwei Minuten vor vier zeigt?

Ich bin ja net blind, sagte die Frau und ließ die Akten auf den Tresen fallen. Ich grüßte und steckte den Kugelschreiber ein.

Sie werden es bereuen!, rief der erste Beamte mit schriller Stimme. Unser Herr Pfisterer ist seit über zwanzig Jahren im Amt, und noch nie –

Ach, laß doch, er wird schon merken, worauf er sich eingelassen hat, sagte sein Gegenüber, nahm voll Verachtung den Zettel und griff zum Telefon.

Herr Vogler? Ich bin's. Grad war ein Herr Schröder da …

Ich trat auf den Flur. Durch die Tür drang Stimmengewirr.

In der Tat, worauf habe ich mich da eingelassen?, dachte ich entmutigt, als ich wieder im Freien stand und die von aufziehenden Schneewolken durchnäßte Luft einsog. Ein Ort wie eine Festung. Ich hätte nicht herkommen sollen.

Ich schloß die Augen: Endlose Weizenfelder im Wind. Ein goldenes Meer mit einem kleinen blauen Farmhaus darin.

Der Weg zurück zum Bahnhof war mühsam. Es dunkelte rasch. Ich löste meinen Koffer aus und verlangte an der Rufsäule nach einem Taxi. Es dauerte lang, bis es vorfuhr.

Ich bat den Fahrer, mir ein Hotel zu benennen.

Er musterte meine Kleidung und brummte:

In der Krone hat's ein paar Fremdenzimmer.

Gut, seufzte ich. Zur Krone!

Kaum im Wagen, drückte mich so heftige Müdigkeit gegen den Sitz, als wäre ich durch nassen Schnee gewatet oder über die höckrigen Berge gelaufen, die in der Ferne in ihren Nachtmantel gehüllt schliefen.

2.

Die Weizenfelder begleiteten mich in den Schlaf.

Nicht irgendwelche, freilich. Für mich wachsen sie im Mittleren Westen Amerikas, in Iowa, um genau zu sein, und wenn ich denn wie der Wirkahner Beamte eine Heimat benennen sollte, auf die ich nichts kommen lasse, so würde ich antworten: Zwischen Conroy und South Amana, auf John Cartridges Farm, dreißig Meilen westlich von Iowa City, da ist sie.

Aufgewachsen aber bin ich in Brederstedt, der ostfriesischen Kleinstadt am Dollart, deren Bewohner dem Meer und dem Moor in jahrhundertelangem Kampf ein Stück trockener Erde abgeluchst haben, das ihnen die See von Zeit zu Zeit streitig macht.

Als ich vor Wochen das Haus wieder betrat, in dem ich achtzehn Jahre lang gelebt hatte, flutete die Erinnerung wie eine salzige Woge auf mich zurück.

Frau Petersen, die Nachbarin, schloß es mir auf.

Tscha, so is dat nu, sagte sie bedrückt. Hier hat sich wenig verändert. Eigentlich gar nichts.

Nein, nichts, bestätigte ich. Ich atmete die brackige Luft ein und zog die Vorhänge auf.

Wo ist Vater gestorben?

Sie deutete aufs Wohnzimmer.

Da, an seinem Schreibtisch. Er saß wie immer, den Arm aufgestützt, als würde er über was nachdenken. So haben wir ihn gefunden. Jens hat gleich nach Doktor Nieblom telefoniert. Aber da war ja nu nichts mehr zu machen!

Ja, sagte ich, vielen Dank. Wenn ich etwas brauche, werde ich mich bei Ihnen melden.

Sie verstand den Wink, rührte sich aber nicht von der Stelle.

Er hat immer mal wieder von dir gesprochen, Carsten. In letzter Zeit sogar oft. Ich glaub, er hätte dich gern noch mal gesehen.

Möglich, sagte ich. Aber es ging eben nicht. Ich werde mich ein paar Tage hier aufhalten, um Vaters Sachen zu ordnen. Wir treffen uns morgen bei der Beerdigung.

Rückwärts ging sie zur Tür, die Hände vor der weißgerüschten Schürze gefaltet. Ich wartete, bis ihre Schritte auf dem Kiesweg knirschten und das Gartentor zufiel.

Der Schreibtisch war bedeckt mit Büchern, Ordnern und Papieren. Ich staunte über die Unordnung. Solange wir das Haus gemeinsam bewohnt hatten, war ich es gewesen, dessen Zimmer überquoll. Vater dagegen legte Wert darauf, jeden Platz, an dem er arbeitete, so zu verlassen, als kehrte er nie mehr an ihn zurück.

Was Korrektheit anbelangte, da sollte ihn keiner übertreffen.

Offensichtlich sind seine Prinzipien zusammen mit ihm gealtert, dachte ich. Vielleicht, weil keiner mehr da war, der sie in Zweifel zog.

Sven Quedens, der Rechtspfleger am Amtsgericht, hatte mich gebeten nachzusehen, ob der Verstorbene ›was Schriftliches‹ hinterlassen hätte. Bevor er mir den Erbschein ausstellen könne, hatte er gesagt und sich dabei verlegen am Kinn gekratzt, müsse er sichergehen, daß Vater mich nicht enterbt hätte.

Ich hoffe, du verstehst das nicht falsch, Carsten. Es ist nur wegen der Ordnung. Immerhin handelt es sich um eine Immobilie und, denk ich mal, um einiges Barvermögen. Jürn Arnsbek von der Sparkasse hat so was gebrummelt.

Ich nickte. Sven wußte, wie fast jeder in Brederstedt, warum ich mich von meinem Vater getrennt hatte. Sven und ich waren gemeinsam zur Schule gegangen, sechs Jahre lang. Im Sommer hatten wir im Watt miteinander Fische zu fangen versucht. Wir rammten Handnetze, die wir Gliepe nannten, auf Besenstielen in den Schlick und warteten darauf, daß Heringsschwärme vorbeigeschwommen kämen. Dann waren es aber doch nur Quallen, Muscheln oder Taschenkrebse.

Sven vermied es, von früher zu reden. Er fragte nicht mal, wie es mir in all den Jahren in Amerika ergangen war. Offenbar mißbilligte auch er, daß Vater allein hatte sterben müssen.

Im Haus war es stickig warm. Ich öffnete ein Fenster und regulierte die Temperatur der Heizkörper. Dann nahm ich den Koffer und stieg die Treppe zu meinem Zimmer hoch. Ich erwartete nicht, es so vorzufinden, wie ich es verlassen hatte, aber alles befand sich an seinem Platz.

Ich rüttelte an dem immer noch klemmenden Türschloß des Kleiderschranks, verstaute die wenigen Sachen, die Miriam mir eingepackt hatte, und legte mich aufs Bett.

Die Kunstdrucke, die ich mit fünfzehn an die Dachschräge gepinnt hatte, waren stark ausgebleicht.

Vor der Beerdigung, dachte ich, krame ich nicht in Vaters Schreibtisch herum. Danach aber ziehe ich das Ganze schnell durch. In einer Woche bin ich wieder zu Hause. Es reicht gerade noch zum Trimesterbeginn.

Um sicher zu sein, zog ich das Ticket aus der Jackentasche. Der Rückflug nach Cedar Rapids über Hamburg, London und Chicago war für Dienstag, 13. Januar 1987, gebucht.

Es beruhigte mich außerordentlich, dieses Datum vor Augen zu haben.

3.

Im Schankraum der Krone war ich der einzige Gast. Kalter Rauch vom Vorabend stand über den Tischen. Doch der Kaffee, den mir Frau Breitenbacher, die Wirtin, auftrug, war heiß und gut. Schluck für Schluck vertrieb er die unangenehmen Eindrücke meiner Ankunft.

Zu dieser Jahreszeit, dachte ich, sehen die meisten Städte grau und abweisend aus. Und Beamte, die kurz vor Dienstschluß grantig sind, gibt es überall. Sei also nicht so empfindlich. Du hättest dir viel Ärger ersparen können, wenn du gleich vom Bahnhof aus zum Rathaus gegangen und nicht erst wie ein Kind in einen Provinzzirkus gerannt wärst.

In der Nacht hatte es geschneit. Das Weiß der Dächer schimmerte durch die getönten Fensterscheiben. Über den Asphalt schrammten Schneeschaufeln. Die Stadt erwachte mit kratzenden Geräuschen.

Ich bat die Wirtin um eine Zeitung. Sie brachte mir den Wirkahner Heimatboten und ein polizeiliches Meldeformular.

Gestern abend waren Sie so müd, sagte sie mitfühlend. Da wollt ich Sie nimmer damit belästigen.

Ich dankte ihr für die Rücksichtnahme und legte den Zettel beiseite. Zunächst würde ich gern lesen, was es in Wirkahn und auf der Welt Neues gäbe, sagte ich gutgelaunt. Der Papierkram könne sicher noch warten.

Frau Breitenbacher verknotete die Finger: Es wär ihr aber doch lieber, ich erledigte das Schriftliche gleich.

Warum haben Sie's denn so eilig?, fragte ich befremdet. Ich lauf Ihnen doch nicht weg!

Sie schlug die Augen nieder.

Es ist nur – gestern abend ist schon nach Ihnen gefragt worden.

Sie sprach breiten Dialekt, ich mußte mich anstrengen, ihre Worte zu verstehen.

Nach mir? Von wem?

Frau Breitenbacher preßte die Lippen aufeinander.

Das darf ich net sagen. ’s is mir ausdrücklich verboten worden!

So, verboten? Klingt ja geradezu gefährlich. Und was wollte der Mensch? Oder ist auch das ein Geheimnis?

Er ist gleich wieder gegangen. Ich weiß nix Näheres, bestimmt!

Sie sah so unglücklich aus, daß ich mich entschloß, sie nicht länger zu peinigen.

Und jetzt halten Sie mich für ein zwielichtiges Subjekt und möchten gern was Schriftliches –

Nein, wo denken Sie hin! Es ist halt nur, daß alles seine Ordnung hat.

Widerwillig machte ich mich daran, den Vordruck auszufüllen. Als Heimatanschrift benannte ich die Brederstedter Adresse, die immer noch in meinem Personalausweis steht. Ein unbekannter Ort im fernen Amerika hätte nur neue Verwirrung gestiftet.

Über die Dauer meines Aufenthalts schwieg ich mich aus.

Die Wirtin betrachtete verstohlen, was ich zu meiner Person mitzuteilen hatte. Dann fragte sie, auf das leere Feld deutend:

Und wie lang bleiben Sie?

Ich weiß nicht genau. Es hängt vom Erfolg einer Bewerbung ab. Ein paar Wochen können es aber schon sein.

In ihrem rundlichen Gesicht kämpften Freude und Verwunderung. Das müsse ja ein schwieriges Geschäft sein, sagte sie mit gedämpfter Stimme und beugte sich vertraulich vor.

Ich sah die Gelegenheit, meine erste Wählerin zu gewinnen.

Ein sehr schwieriges, ja. Ich kandidiere für den Wirkahner Bürgermeisterposten.

Jessas!, rief sie erschrocken, tat einen Schritt zurück und heftete den Blick aufs Kruzifix, das über der Eckbank hing.

Aber wir wählen dochällweil den Pfisterer!

Sie könnten ja auch mal jemand anderen wählen. Mich zum Beispiel!

Mit großen Augen sah sie mich an.

Und warum? Warum sollen wir Sie wählen und nicht unseren Schultes? Wir kennen Sie doch gar nicht!

Das ist wahr. Aber wie gut kennen Sie denn den Herrn Pfisterer? Und selbst wenn Sie ihn zu kennen glauben – sind Sie mit dem, was er so tut und läßt, nach all den Jahren seiner Amtszeit immer noch einverstanden?

Na ja. Net immer. Manchmal treibt er's schon arg.

Sehen Sie, das Gefühl habe ich auch. Die Beamten der Stadtverwaltung, bei denen ich gestern nachmittag meine Bewerbung abgegeben habe, waren unhöflich bis zur Grobheit, und Angst hatten sie auch. Und kaum habe ich mich hier einquartiert, spioniert schon einer hinter mir her. Ich glaube nicht, daß das alles geschähe, wenn Ihr Bürgermeister ein angenehmer Zeitgenosse wäre!

Frau Breitenbacher lachte zaghaft.

Du lieber Gott, nein. Er ist ein grober Klotz, unser Pfisterer, das weiß ein jeder. Aber er hat viel Macht, er und seine Sippschaft. Überall, wo es was zu holen gibt, sitzt jemand, mit dem er verwandt ist oder verschwägert. Sogar in der Hauptstadt hat er viele Vetterle, wie man bei uns sagt.

Ich versuchte, mir ihre Aussprache einzuprägen: So sait mr bei ons.

Sie verstummte, als fürchtete sie, zuviel geplaudert zu haben.

Es gibt aber doch sicher auch in Wirkahn Menschen, die sich von der Macht eines Politikers nicht einschüchtern lassen. Eine Opposition im Gemeinderat. Leute, die ihre eigene Meinung haben und nicht bloß mit dem Strom schwimmen!

Ich rückte den Stuhl näher an sie heran. Aus ihrer Taille stieg ein verwirrender Geruch von Kölnisch Wasser und Bratfett.

Frau Breitenbacher, sagte ich mit verschwörerischer Stimme. Sie würden mir einen großen Gefallen tun, wenn Sie mir ein paar Namen nennen könnten!

Sie wurde rot wie die fleischigen Finger, die sie vor dem Schoß kreuzte, und blickte verstohlen zur Tür.

Gehen Sie doch mal zum Buchhändler Zirkel! Er ist im Gemeinderat, gehört aber weder zu den Schwarzen noch zu den Roten. Ein verrückter Kerl, der manchmal sogar einen Papagei spazieren trägt. Aber dem Pfisterer gibt er ab und zu Zunder, und das trauen sich nicht viele. Sein Laden liegt ein paar hundert Meter weg von hier, direkt an der Hauptstraße. Und vielleicht fragen Sie dort nach Max Hellstern, der war bis zu seiner Pensionierung Realschullehrer und sitzt auch im Gemeinderat. Aber Hellstern ist ein Sozi, da müssen Sie Obacht geben.

Sie deutete an, daß nun in der Küche Arbeit auf sie warte. Was sie für mich tun konnte, hatte sie getan.

Vielen Dank. Ich werde den Buchhändler gleich nachher aufsuchen. Eine Frage habe ich aber doch noch: Gibt es in Wirkahn einen Kunsthändler namens Julius Hirschfeld?

Hirschfeld? Einen Antiquitätenhändler Hirschfeld gibt es, in der Merziggasse. Daß dem sein Kruscht Kunst sein soll, wär mir neu. Wieso, kennen Sie den?

Nein, aber ich habe von ihm gehört.

Ich glaub net, daß Sie mit dem was anfangen können. Aus der Politik hält der sich raus. Der hat genug davon.

Sie jedenfalls haben mir sehr geholfen, sagte ich und löste mich aus ihrer mütterlichen Leibesnähe, die das Gefühl von Fremdheit und Verlorenheit in mir wie mit Kissen zugedeckt hatte.

Wenn ich Bürgermeister bin, kurbeln wir zusammen den Fremdenverkehr an und machen aus der Krone ein Viersterne-Hotel!

Frau Breitenbacher schmunzelte verhalten. Ach, das sind Politikersprüch, sagte sie. Darauf fall ich nimmer rein. Wir können schon froh sein, wenn ab und zu ein Vertreter bei uns absteigt. Obwohl das oft unverschämte Kerle sind – auverschämte Denger, sagte sie –, die auf jede Mark gucken und dabei ein Maul haben wie sonstwer.

Wie Politiker, zum Beispiel?

Das haben Sie gesagt!

Sie nahm den Meldezettel und wandte sich zum Gehen. Ich öffnete meinen Geldbeutel.

Frau Breitenbacher? Ich zahle eine Woche im voraus.

Ach, das braucht's wirklich net. Ich weiß doch, daß Sie ein honoriger Mensch sind!

Kurz kämpfte sie mit sich, damit es seine Richtigkeit hatte, dann steckte sie den Fünfhunderter in die Schürzentasche und seufzte wohlig.

So einer wie Sie wär schon recht für unser Städtle!

Eilig strebte sie in die Küche.

Ich griff zur Zeitung und blätterte die Lokalseiten durch. In großer Aufmachung war Wirkahns Bürgermeister abgebildet, wie er dem scheidenden Vorsitzenden des Männergesangvereins Lyra eine

Ehrenurkunde überreichte und bei der Jubiläumsfeier der Wirkahner Bank im Kreise der Angestellten gockelte.

Jetzt erkannte ich ihn. Auf der Rathaustreppe hatte er mich wie einen Bittsteller abschätzig taxiert. Auf dem Foto bleckte er das Gebiß, die Augen kopulierten routiniert mit der Kamera. Doch das Stechende in ihnen war unauslöschlich.

Das also ist er, dachte ich. Ein Kerl wie ein Nußknacker. Kein Wunder, daß Vater sich an ihm die Zähne ausgebissen hat.

Die Tür wurde aufgestoßen. Ein untersetzter Mann betrat den Raum. Mißmutig schüttelte er seine nasse Lederjacke aus, schritt, nachdem er die Gaststube wie ein Gefechtsfeld überblickt hatte, mit schwerem Stiefeltritt auf mich zu und fragte ohne Gruß:

Sie sind Carsten Schröder?

Sein Kommandoton mißfiel mir.

Ja, sagte ich. Und Sie sind wohl der, der es gestern abend nicht erwarten konnte, meine Bekanntschaft zu machen.

Das Lederjackengesicht runzelte die Stirn.

Sie sollen noch Ihren Lebenslauf beim Bürgermeisteramt abgeben. Der Wahlausschuß braucht das.

Er drehte sich um, aber ich rief ihm nach, ich wüßte gern, wer mir die freundliche Einladung überbracht hätte.

Letsch ist mein Name, sagte er. Ich bin Kapo beim Bauhof.

Wie wäre es, Herr Letsch, wenn Sie nächstesmal guten Tag sagten?

Der Mann maß mich mit finsterer Miene.

Hör zu, du Klugscheißer. Ich grüße, wen ich will. Und dich will ich nicht. Ist das klar?

In Ordnung, sagte ich. Und ich gebe meinen Lebenslauf, wem ich will. Dein Bürgermeister kriegt ihn nicht. Er soll aufmerksam Zeitung lesen. Sag ihm das.

Letsch schob das Kinn vor. Die Taschen, in denen er seine Hände vergraben hielt, beulten sich. Wortlos machte er kehrt und schlug die Tür hinter sich zu.

Draußen blieb er stehen, drückte das Gesicht gegen die Scheibe und reckte höhnisch den rechten Arm in die Höhe.

4.

Seit den Zeiten der Pest liegt Bederstedts Friedhof außerhalb der Gemeindemarkung. Die Toten der Stadt teilen ihn sich mit denen der umliegenden Dörfer und Gehöfte. Wer vor einem Begräbnis, das etwas hermacht, von den Stufen der Sankt Michaelis-Kirche übers Marschland schaut, kann die Autos der Trauergäste wie Käfer heranbrabbeln sehen: die Städter von Westen, hintereinander und eilig, die Dörfler verstreut aus allen Richtungen, dem dickschädligen Zeitbegriff friesischer Stände auch am Lenkrad huldigend. Sie parken ihre Karossen am Fuß der Wurt, auf der die Gräber des Hochwassers und einer durch größere Himmelsnähe beschleunigten Auferstehung wegen liegen, nicken einander knapp zu und tun so, als wären sie aus verschiedenen Erdteilen angereist.

Beim Hören auf des Pastors Predigt sind die Bauern besonders aufmerksam, dafür stimmen die Städter das ›Großer Gott, wir loben Dich!‹ doppelt so laut an, um dem Landvolk zu zeigen, wer in Sachen Kultur das Singen hat. Auch am offenen Grab, wenn die Erde schon auf den Sarg herunterpollert, kann der Kundige mit geschlossenen Augen erraten, welche Friesengattung gerade an der Reihe ist: Die Städter nippen am Sandhaufen wie an einer Tasse Schwarztee, die Bauern schlagen ein, als müßten sie unter Blitz und Donner Grünland pflügen.

Als Vaters Sarg unten auf dem Lehmgrund aufsetzte, habe ich die Probe gemacht, das Gesicht verriegelt und festgestellt, daß mein friesischer Gehörsinn immer noch funktioniert.

Mancher Klang hält sich eben hartnäckig.

Vor siebzehn Jahren, bei Mutters Beerdigung, hatten zwar nicht so viele geschaufelt, die erdige Erkennungsmelodie aber war die gleiche gewesen.

Mutter. Ob sie auf ihn gewartet hat?

Wenn, dann wird es ihr leichtgefallen sein. Eigentlich hat sie ja immer auf ihn gewartet.

Siehst du, wird sie gesagt haben, es dauerte nur einen Wimpernschlag.

Frühmorgens hatte ich eine Rose für sie ans Grab gelegt. Jetzt war sie verschwunden. Sie hat sie sich geholt.

Das Begräbnis meines Vaters an diesem naßkalten 6. Januar 1987 war ein Ereignis, von dem das Lokalblatt Brederstedter Nachrichten anderntags behauptete, seit Menschengedenken habe es dergleichen nicht gegeben auf dem Michaelishügel. Ich kann es nicht nachprüfen, aber eins ist sicher: Brederstedts städtische Bürgerschaft marschierte auf, als wäre allgemeine Mobilmachung angeordnet. Die Höfler hatten keine Chance.

Trachtenträger der Traditionsvereine standen Spalier und hielten beflorte Fahnen in behandschuhten Händen, die Ratsherren waren ausnehmend vollzählig und nüchtern zugegen, Männerchor, Stadtkapelle und Orgel stritten um die akustische Vorherrschaft, und Pastor Nissen mußte sich gegen seine Gewohnheit kurz fassen, weil nach ihm noch so viele vom Blatt lesen wollten.

Wer zweiundzwanzig Jahre als Stadtdirektor amtiert, sich seine ehrenamtlichen Bürgermeister nach Belieben zurechtgebogen, einer Handvoll Wohnbau-, Elektrizitäts- und Sparkassenbeiräten vorgestanden, als Pensionär einen Heimatverein und eine Museumsgesellschaft geleitet, zahllose Vereine mit Mitgliedsbeiträgen und Spenden unterstützt und sogar das Standardwerk einer Ortschronik verfaßt hat, dem steht solches wohl zu.

Ich saß in der ersten Reihe, genau dem Katafalk gegenüber, und hörte die Erfolgsbilanz eines Fremden. Alles, was aus Brederstedt nach dem Krieg geworden, trug seine Handschrift: die Innenstadtsanierung, die Fußgängerzone, der Stadtpark, die Mehrzweckhalle, die Kureinrichtungen, die Schulen, die Umgehungsstraße, das Eigenheimprogramm, die Deicherhöhung, das Naturschutzzentrum, das Freilichtmuseum, sogar der restaurierte Galerieholländer.

Die Windmühle auf dem Krummen Feld also auch?

Oft habe ich mich in ihr verkrochen. Sie war meine Burg, keiner konnte mir etwas anhaben, wenn ich überm Spindelrad auf den Querbalken hockte und die Beine baumeln ließ.

Warum ist Vater kein einziges Mal mit *mir* in die Mühle gegangen, wenn er sich doch so für sie begeistert und Dutzende von Denkmalpflegern hingeschleppt hat?

Ich ertappte mich dabei, ein idyllisches Szenario zu entwerfen: Wir zu zweit, ins Innere schleichend, den Mahlstuhl und die verwitterten Läufer- und Bodensteine betastend, Stiegen hochkletternd, aus winzigen Dachluken aufs Gras runterspuckend.

Hätte ich ihn danach je wieder losgelassen?

Psst!, sagte Tante Wiltrud aus Bordersholm, die als nächste Verwandte neben mir saß und nervös, weil alles so feierlich war und so lang dauerte, den Rummel genoß. Strafend blickte sie mich an. Ich zuckte zusammen: Noch immer stellte ich also meine Fragen zu laut und an unpassender Stelle.

Erstaunlicherweise setzte keine der Würdigungen vor jenem Tag ein, an dem der Geschäftsführer der Brederstedter Siedlungsgesellschaft Erwin Schröder vom Rat zum ersten Mal zum Stadtdirektor gewählt geworden war. Ich rechnete zurück: 1957 war das gewesen; da war Vater immerhin schon siebenundvierzig Jahre alt. Kein Jüngling mehr, auch wenn er gerade erst geheiratet hatte und sich beeilte, einen Nachkommen zu zeugen.

Gab es über die Zeit vorher nichts zu berichten? Oder ging es den Lobrednern wie mir, daß sie einfach nicht wußten, wer der Mann war, der zehn Jahre nach Kriegsende das besondere Wohlwollen der Adenauerregierung und einen warmen Regen an Aufbauhilfen für die Stadt erlangte, indem er dem Trüppchen Bundeswehr, das niemand haben wollte, kostenlos Gelände zur Verfügung stellte?

Aber Vater ist in Brederstedt geboren. Er kannte, soviel weiß ich immerhin, die städtischen Amtsstuben schon vor seinem kommunalen Höhenflug.

Nicht er hat es mir erzählt, sondern in der ihm eigenen Art Turnlehrer Kripp, als er dem Volksschüler Carsten Schröder mit einer Rute gegen die Fußsohlen schlug, um ihn die Kletterstange raufzuscheuchen, und die Hiebe mit dem emphatischen Vorwurf verband:

Hätte sich dein Vater zu Adolfs Zeiten auf dem Rathaus so angestellt wie du nasser Sack, sähe unsere Stadt noch heute aus wie ein Judenpuff!

Die Klasse johlte, ich krümmte die Beine.

Vater zuckte die Achseln, als ich mich über Kripps Behandlung beschwerte. Der weiß manchmal nicht, was er so snackt, sagte er. Der Russe hat ihm einen Kopfschuß verpaßt.

Im übrigen solle ich draußen an der Teppichstange den Kletterschluß üben, ein Junge müsse das können, da habe Kripp schon recht.

Mutter schwieg wie immer, wenn Vater erzieherisch tätig war, und schickte mich in den Keller, Kartoffeln holen.

Ein wenig genierte es mich doch, daß mir derlei Dinge durch den Kopf gingen, während das Hohelied auf einen gesungen wurde, der drei Schritte vor mir im Eichenholz lag und nicht mehr zuhören brauchte.

Hat er je zugehört?

Was Leistungen, Schulnoten, sportliche Wettkämpfe betraf, bestimmt. Aber gerade da hatte ich wenig zu bieten. Ich war, was er am meisten verabscheute: mäßiger Durchschnitt. Nur in Deutsch konnte ich mithalten. Aber die Aufsätze, die er las, erfreuten ihn selten.

Du mit deiner wilden Fantasie, sagte er tadelnd. Keine klare Gliederung, kein logischer Aufbau. Ich begreife nicht, wie man dafür ein Sehr gut bekommen kann!

Später wurde er deutlicher. Niemals würde ich ein guter Jurist werden, wenn ich nicht frühzeitig lernte, mich zu disziplinieren.

Jurist war sein Traumziel. Jurist wäre er selbst gern geworden, wenn es die Umstände erlaubt hätten.

Ich konnte nicht studieren, weil mein Vater einfacher Landarbeiter war, sagte er – das Wort Knecht vermied er beharrlich –, und vier Kinder durchbringen mußte. Du hast jede Chance und kümmerst dich um nichts!

Das ist schon fast alles, was ich, Kripps epileptisches Geschrei ausgenommen, über die ersten sechsundvierzig Lebensjahre meines Erzeugers weiß. Es hat mich allerdings auch nie gedrängt, mehr zu erfahren. Sein Wesen war mir so fremd, daß die Frage, ob es je einen anderen, nicht vom Imperativ öffentlicher Ämter getriebenen Erwin Schröder gegeben hat, von Jahr zu Jahr unwichtiger für mich wurde. Als ich ihn wahrzunehmen und mit anderen Vätern zu verglechen begann, war er Mitte fünfzig und von einer Kruste pedantischer Lebensregeln überzogen, die mich abschreckten wie die Akten, die er regelmäßig mit nach Hause brachte und bis spät in die Nacht am Schreibtisch bearbeitete.

Mein Vater, schrieb ich einer dänischen Brieffreundin, ist tot. Er war Kapitän eines großen Handelsschiffs und hat mir aus jedem Hafen, in dem sein Schiff anlegte, Geschenke mitgebracht, die du sonst höchstens im Museum zu sehen kriegst. Eines Tages aber ist sein Schiff in einem schrecklichen Sturm gesunken, und seitdem kümmert sich ein Verwandter meiner Mutter um uns.

Nach der Beerdigung zog eine Hundertschaft durchgefrorener Trauergäste unter Führung von Tante Wiltrud, Pastor Nissen, Bürgermeister Uphoff und Stadtdirektor Jensen zum Leichenschmaus in die Bernsteinkate, wo Kaffee, Korn und gewaltige Mengen Heidelbeerkuchen aufgefahren wurden. Tante Wiltrud, die während des Gottesdientes immer wieder unruhig auf die Uhr geguckt hatte, weil sie sich Sorgen um die Frische der Torten machte, dirigierte mit napoleonisch knappen Gesten Kannen, Platten und Sahneschüsseln durch die Tischreihen und rief ein ums andere mal begeistert: Ach Gott, wenn Erwin das noch erleben könnte! Herr Pastor, Ihre Predigt war aber auch zu schön!

Als Uphoff und Jensen nach dem dritten Korn darüber zu streiten anfingen, wer als erster einen Toast auf den teuren Verblichenen ausbringen dürfe, ergriff ich die Flucht. Ich hätte vor dem Rückflug noch viel zu erledigen, sagte ich. Der Schriftkram, das Haus, und überhaupt.

Dösbaddl!, grollten Jensen und Uphoff vereint verletzt. Aber so war er schon immer, der Carsten! Sie gaben sich keine Mühe, ihre Stimmen zu dämpfen.

Abends fuhr ich mit dem Taxi nochmals zum Friedhof hinaus.

Warum, wußte ich selbst nicht genau. Vielleicht war es die Erinnerung an meinen Kapitän, der irgendwo auf dem Grund des Meeres schläft. Oder die Hoffnung, eine verwehte Stimme zu hören, die der meines Vaters glich.

Der schiefe, ins Moor eingesunkene Glockenturm von Sankt Michaelis ragte wie der Bugspriet eines gestrandeten Wikingerschiffs in die Nacht. Mit klopfendem Herzen näherte ich mich dem Grab.

Aber die Erde, in deren würzigen Geruch sich das Salz des Meeres mischte, ließ keinen Laut durch.

5.

Den Mantelkragen hochgeschlagen, begab ich mich auf die Suche nach Zirkels Buchladen. Es dauerte länger, als es nach Frau Breitenbachers Beschreibung zu erwarten gewesen wäre. Des öfteren war ich gezwungen, in Seitenstraßen auszuweichen, weil die bloßgelegte Kanalisation den geraden Weg versperrte. Die Geduld der Bewohner, dachte ich, ist bemerkenswert. Sie schauen nicht mal auf, wenn sich ihnen ein Hindernis entgegenstellt. Als wären sie gewohnt, alles Ungemach klaglos zu ertragen.

Die schmalen, vom angehäuften Schnee verengten Bürgersteige machten mir zu schaffen. Wenn Frauen mit katamaranartig ausgelegten Einkaufstüten auf mich zukamen, schloß ich mit dem Rauhputz der Hauswände Bekanntschaft. Dann wurde mir die Luft zum Atmen eng, als wäre ich in einen feuchten Keller gesperrt. Offenbar hatte ich immer noch das Breitenmaß amerikanischer Straßen im Kopf.

Erleichtert stieg ich schließlich die Stufen zu dem kleinen Geschäft hoch, auf dessen Fensterscheiben ›Zirkels Bunte Bücherstube‹ stand. Kaum hatte ich den Laden betreten, wurde ich von einer schrillen Stimme traktiert, die: Hasch-au-zahlt! Hasch-au-zahlt! schrie. Auf einer Stange über der Kasse trippelte ein Papagei. Er musterte mich mit vorgestrecktem Kopf und angriffslustig geöffnetem Schnabel.

Still, Aristophanes!, sagte der Mann, der in diesem Augenblick zwischen den Regalen hervortrat. Er trug ein grünes Baumwollhemd und rote Cordhosen. Nachlässig begrüßte er mich.

Warum heißt Ihr Papagei Aristophanes?, fragte ich, obwohl ich mich zunächst hatte vorstellen wollen.

Weil es seine Intelligenz beleidigen würde, wenn man ihn Lora riefe. Außerdem ist er männlich, soviel ich weiß.

Nicht alle männlichen Papageien hören auf den Namen griechischer Komödiendichter. Er könnte auch Ludwig heißen.

Der Buchhändler kniff die Augen zusammen.

Wieso Ludwig?

Meine Frage war die erste!

Also gut, seufzte er, konnte aber eine gewisse Belustigung nicht verbergen. Ich sehe, Sie kommen von auswärts. Den Papagei habe ich vor zwanzig Jahren gekauft. Ein paar unverbesserliche Optimisten, zu denen auch ich gehörte – ich heiße übrigens Zirkel –, hatten gerade eine Theatergruppe aus der Taufe gehoben. Als erstes Stück wollten wir ›Die Vögel‹ von Aristophanes aufführen. Um die Sache für die Provinz anschaulich zu machen, verfielen wir auf die geniale Idee, einen lebenden Papagei ins Stück einzubauen. Er sollte über den Köpfen des Chores auf einer Schaukel turnen und ins klassische Versmaß hineinkrächzen. Schien uns ungeheuer provokativ, damals. Leider war der Vogel mit unserer Regie nicht einverstanden. Schon nach dem zweiten Satz – ›Hol dich der Henker! Meine Krähe krächzt: zurück!‹ – hatte er genug und schoß im Tiefflug durch den Zuschauerraum. Gejohle, Gekreisch – die Aufführung war geschmissen, bevor sie richtig begonnen hatte. Seither heißt er Aristophanes und hat striktes Theaterverbot. Dafür ist er ein ausgezeichneter Kassier. Und was verbindet Sie mit dem schönen deutschen Namen Ludwig? Sind Sie Monarchist? Dann kann ich Ihnen eine ergreifende Biographie über den Bayern-Kini empfehlen, die gerade erschienen ist!

Danke, sagte ich, ich komme aus Ostfriesland, da war man lange und im ganzen nicht ungern preußisch.

Dann war Ihr Ansinnen an den armen Vogel ja geradezu eine Kriegserklärung! Jetzt mal im Ernst, was wollen Sie eigentlich?

Ihre Unterstützung, sagte ich. Ich habe mich entschlossen, gegen Ludwig Pfisterer als Bürgermeisterkandidat anzutreten, und nun bin ich auf der Suche nach Verbündeten. Ich weiß, das wird nicht einfach. Aber die Kronenwirtin, bei der ich wohne, meint, am ehesten hätte ich noch bei Ihnen und einem pensionierten Realschullehrer namens Hellstern Chancen. Sonst scheint es nicht viele zu geben, die es sich mit dem hiesigen König verderben wollen.

Der Buchhändler betrachtete mich halb nachdenklich, halb amüsiert, wobei er wie sein Papagei den Kopf schräg legte. Beide hatten im Lauf der Jahre wohl eine Art Seelenverwandtschaft entwickelt.

Sie also sind das!, sagte er. Ich hatte Sie mir anders vorgestellt.

Ja, ich bin Carsten Schröder. Es freut mich, daß Sie schon von mir gehört haben. Neuigkeiten verbreiten sich anscheinend schnell in dieser Stadt. Aber was verwundert Sie so an mir?

Daß Sie nicht halb so verrückt aussehen, wie Sie sein müssen, um Ludwig Pfisterer herauszufordern.

Was ist daran verrückt, sich um eine öffentlich ausgeschriebene Stelle zu bewerben?

Zirkel warf einen Blick auf die Straße und zog mich am Arm.

Kommen Sie, wir gehen nach hinten ins Lager und trinken einen Kaffee!

Der Papagei schickte sich an, auf die Schulter seines Herrn zu hüpfen. Zirkel streichelte ihn und gurrte: Bleib hier und paß gut auf! Bist doch mein kapitolinisches Gänslein! Aristophanes plusterte das Gefieder und riß den Schnabel auf. Brav, sagte der Buchhändler. Genau so!

Er führte mich in eine fensterlose Kammer im rückwärtigen Teil des Ladens. Wir nahmen auf Stapeln unausgepackter Bücher Platz und schlürften aus topfgroßen Tassen einen Sud, gegen den Frau Breitenbachers Kaffee nach gefärbtem Wasser schmeckte. Der Schein der Glühbirne warf lange Schatten aufs Packpapier.

Nun verraten Sie mir bloß, begann Zirkel und machte es sich bequem: Was, um alles in der Welt treibt Sie nach Wirkahn? Mein Freund Kersten – er ist Redakteur beim Heimatboten – rief mich gestern abend an und erzählte mir die Neuigkeit aus dem Rathaus. Er hält sie für so unwahrscheinlich, daß er sich persönlich vergewissern will, bevor er darüber berichtet. In spätestens einer Stunde, schätze ich, fahndet er nach Ihnen.

Das trifft sich gut, sagte ich wahrheitswidrig und verwarf meine Absicht, als nächstes Hirschfelds Antiquariat aufzusuchen. Ich wollte anschließend sowieso beim Heimatboten vorbeischauen und mich vorstellen. Was die Gründe für meine Bewerbung betrifft – nun, es ist etwas schwierig, sie in wenigen Sätzen zu erläutern. Sagen wir so, ich habe ein persönliches Interesse an dieser Stadt.

Zirkel runzelte die Stirn.

So, ein persönliches Interesse. Das kann vieles heißen. Sind Sie abgebrannt oder notorischer Querulant? Solche Spekulationen machen bereits die Runde.

Verärgert stellte er die Tasse auf den Boden.

Na, das ist kein glücklicher Auftakt!, dachte ich. Wäre ich zuerst in die Merziggasse gegangen, wie ich's ursprünglich vorhatte, fiele es mir leichter zu beurteilen, wie weit ich mich vorwagen kann. Aber dieser Letsch hat mich regelrecht durcheinander gebracht.

Zirkel deutete mein Schweigen wohl als Gekränktsein.

Herr Schröder, sagte er einlenkend, wir sind eine kleine Stadt inmitten hoher Berge. Da hat alles seinen festen Platz, um es positiv auszudrücken. Entweder ist man seit drei Generationen Wirkahner oder aber Rei'gschmeckter. Und nun kommt plötzlich einer, den keiner kennt und den niemand gerufen hat, und will hier Bürgermeister werden! Gegen einen Platzhirsch wie Pfisterer! Es fällt schwer, dafür einen vernünftigen Grund zu erkennen.

Ich habe nicht behauptet, daß es ein vernünftiger Grund ist, gab ich zu. Aber muß man deswegen gleich verrückt sein? Vor einigen Wochen wurde ich durch Zufall auf diesen Ort aufmerksam und begann mich für ihn zu interessieren. Was ist daran so ungewöhnlich? Nur, wie Sie das betonen: Einer, den niemand gerufen hat ... Ich dachte, Sie seien ein Intellektueller und nicht so ein vernagelter Typ wie dieser Letsch. Daß der mich nicht leiden kann, wundert mich nicht.

Zirkels kleine Brillenaugen weiteten sich.

Letsch war bei Ihnen? Hat er Sie bedroht?

Ich schilderte ihm meine Begegnung mit der dunklen Gestalt, den stampfenden Stiefeltritt, die anmaßende Sprache, die obszöne Geste. Er nickte, als wollte er sagen: Ja, so kenne ich ihn!, und angelte nach der Kaffeekanne; da ertönte aus dem Laden Aristophanes' durchdringender Kassenruf. Der Buchhändler stand auf und sagte:

Ein Kunde! Bleiben Sie, es dauert nicht lange. Ich muß gestehen, Sie fangen an, mich zu interessieren ... Und da er meine Situation wohl für nicht sehr komfortabel erachtete, fügte er hinzu: Schauen Sie sich derweil ruhig um. Wenn Ihnen ein Buch zusagt, nehmen Sie es sich, ich schenke es Ihnen. Vielleicht nicht gerade den Großen Brockhaus!

O dieses Land, dachte ich. Es hat seinen Ruf nicht umsonst.

Ich bedankte mich, suchte nach einem möglichst schmalen Band und fand Balthasar Gracians ›Kunst der Weltklugheit in dreihundert Lebensregeln‹. Kein schlechter Griff, dachte ich, schlug das schön gebundene Buch auf und las: ›Das Leben der Menschen ist ein Krieg gegen die Bosheit der Menschen. Klugheit verwendet daher Kriegslisten. Sie tut nie das, was sie tun zu wollen scheint.‹ Ich setzte mich in eine Ecke und blätterte weiter. Die Umgebung versank. Was der Jesuitenpater des Collegiums zu Tarragona vor über drei Jahrhunderten zu Nutz und Frommen der Nachwelt aufgezeichnet hatte, erstand vor meinem Auge. Ich sah ihn am Schreibpult seiner klösterlichen Zelle stehen und in gleichmäßig schönen Schwüngen die Feder führen. Ich folgte seinem klugen Blick, der sich vom Pergament löste und durchs Fenster hoch hinauf in die luzide Helle des Himmels flog, wie Vögel aus einem schattigen Garten. Ich hörte ihn auf laute und leise, hoffärtige und angstvolle, selbstgewisse und demütige Stimmen lauschen, die ihn um Rat und Trost angingen.

Dann aber hörte ich andere Stimmen, sah eine andere Hand, dachte: nein, der Krieg gegen die Bosheit ist der einzige Krieg, dem sich die Menschen seit je verweigern, und fand den Zugang zu diesem Paradies nicht mehr.

6.

Sven Quedens hatte mich beim Kondolieren fragend angeguckt und ich hatte den Kopf geschüttelt:

So fix geht es nun auch wieder nicht.

Wahrscheinlich glaubte er, daß man es in Amerika immer eilig hat und pietätvolle Menschen in Museen ausgestopft zur Schau stellt.

Ruf mich an, sobald du Bescheid weißt, murmelte er und ließ meine Hand nicht los, als müsse er mir reichlich Trost spenden. Wenn du das Haus verkaufen willst – ich hätte Interesse daran.

Er war nicht der einzige. Drei Kaufangebote erhielt ich am offenen Grab, eins auf dem Weg zum Auto.

Ich würde es mir überlegen, sagte ich jedes Mal.

Die Wohnung täuschte immer noch Vaters Gegenwart vor. Über der gläsernen Ablage vorm Badspiegel schwebte der Duft seines Rasierwassers, als hätte er es eben erst benutzt. Ich nahm den Flakon, benetzte die frosttrockene Haut, bis sie brannte, und ging ins Wohnzimmer.

Die Stehlampe warf Lichtkegel wie ein verlassener Leuchtturm. Vater schien nur eben vor die Tür gegangen zu sein, um frische Luft zu schöpfen oder die griesigen Sterne zu betrachten.

Ich setzte mich in den Sessel und überlegte, was jetzt vordringlich wäre: in den Schubladen nach einem Testament zu suchen oder den Schreibtisch aufzuräumen. Obwohl die Frage sinnlos war, weil beides getan werden mußte, saß ich wie gelähmt und starrte auf das elterliche Hochzeitsfoto.

Sein barocker Bedeutsamkeitsrahmen hatte mir schon als Kind mißfallen.

Vater, ein Mann mit lauter exakten Linien: Gerader Scheitel, senkrecht abfallender Nasenrücken, messerklingenbreite Fliege. Daneben seine von Friseuse und Schneiderin zurechtgewellte Frau. Selbst auf Breitleinwand hätte es noch so ausgesehen, als rutsche Mutter gleich seitwärts aus dem Bild.

Schließlich griff ich zum Telefonhörer und wählte Miriams Nummer im fernen Iowa Seymour Hotel. Zweimal wöchentlich arbeitet sie dort bis Mitternacht im Office und prüft die Rechnungsbelege.

Sie war sofort am Apparat und bereit, mir zuzuhören.

Ich erzählte von der Beerdigung und den nicht endenwollenden Lobreden und jenem erdigen Plingplong auf dem Sargdeckel, das die städtischen von den Dörpfriesen unterscheidet. Sie verstand es nicht, wie sollte sie auch, aber sie fühlte, daß ich traurig war, und versuchte mich zu trösten.

Hope you don't feel too sad, darling. I love you.

Als mir nach der Schilderung von Tante Trudes Heidelbeerkuchenoffensive nichts mehr einfiel, was berichtenswert gewesen wäre, gab sie mir den Rat, ein Foto zur Hand zu nehmen und Vater lange in die Augen zu blicken. Das helfe gegen Kummer und Einsamkeit, sagte sie. Bestimmt würde ich ein passendes Foto finden, wenn ich danach suchte.

Ich sah Vater in die Augen und dachte: Selbst beim Hochzeitsfotograf hat er die Schultern vorgeschoben wie ein Boxer, der ungeduldig auf den Gong wartet.

Ein Bild von ihm zu finden ist kein Problem, sagte ich. Hier liegen so viele persönliche Sachen herum, daß man meinen könnte, er komme jeden Augenblick zurück.

Ich hörte Miriam atmen. Vielleicht war es aber auch der Wind, der in kurzen, heftigen Stößen gegen die Fenster drückte.

Wenn er kommt, bitte ihn herein, sagte sie.

Ask him to come in.

Wen? Wen soll ich hereinbitten?

Deinen Vater. Du sprachst doch eben von ihm.

Ihre Stimme klang jetzt porös und fern, als zerfaserte sie auf dem langen Weg zu mir in lauter dünne Fäden.

Ich sagte Miriam, daß ich in den nächsten Tagen alles ordnen und ganz gewiß am 13. Januar zurückfliegen würde. Dann legte ich schnell auf. Vom Sessel aus war die elfenbeinfarbene Telefongabel bequem zu erreichen.

Menschen, die oft telefonieren, richten sich so ein.

Wir haben uns zweimal im Jahr angerufen, Vater und ich. Er mich an meinem Geburtstag, ich ihn zu Weihnachten.

Nach dem Gespräch fühlte ich mich besser. Ich streichelte mit dem Zeigefinger über Mutters Haar und sah, daß sie, wenn auch etwas zu ernst für eine Braut, lächelte. Auch später hat sie nicht anders gelächelt: Irgendwie unberührt, nach innen gekehrt und immer darauf bedacht, nicht aus Versehen in den Vordergrund zu geraten.

Ich entschied mich fürs Aufräumen des Schreibtischs. Vater war offenbar mit einer größeren Arbeit beschäftigt gewesen. Zwei Aktenordner, mehrere abgegriffene Bücher, ein Ringheft, wie es Studenten für Vorlesungen benutzen, und die Umbruchkorrektur eines Manuskripts lagen verstreut auf der braunen Lederunterlage.

Die Bücher handelten von Stadtentwicklung und Siedlungspolitik, sie trugen den Stempel ›Stadtarchiv Brederstedt‹ und interessierten mich nicht. Anderntags würde ich sie zurückgeben. Vielleicht war der Archivrat Knipschield noch da, er hatte mich immer freundlich behandelt, wenn ich mir aus der städtischen Bücherei, die er nebenher betreute, Kriminalromane auslieh. Mir zuliebe hatte er sie angeschafft und ich hatte mich nie dafür bedankt.

Wäre schön, dachte ich, wenn ich es nachholen könnte. Allerdings hatte Knipschield damals schon weiße Haare, und auf Sankt Michaelis bin ich ihm auch nicht begegnet. Aber in dem grauköpfigen Geschiebe des Gottesdienstes fällt ein einzelner, weißhaariger Herr auch nicht auf.

Ich legte die Bücher auf den Teppich und las den Anfang des Manuskripts.

Lokalgeschichtliches. Die Brederstedter Wohnbau- und Siedlungsgesellschaft feierte etwas verspätet ihr fünfzigjähriges Bestehen. Für die Festschrift hatte Vater einen Beitrag verfaßt, der ihm mit überschwenglichem Dank ›zwecks Prüfung der Druckfahnen‹ zurückgesandt worden war. Als ihn der Tod überraschte, mußte er gerade die letzten Korrekturen angebracht haben. Es war seine Handschrift, ich erkannte sie sofort. Sie zitterte, was sie fremd erscheinen ließ, aber immer noch hingen die sütterlinschen Unterschwünge wie tropfendes Harz am Buchstabenstamm.

Lies nur weiter, sagte jemand.

Ich erschrak nicht allzusehr. Manchmal, in Augenblicken großer Anspannung, höre ich Stimmen, die meine Fantasie Menschen zuordnet, mit denen ich mich intensiv beschäftige. In meinem Arbeitszimmer am Glendale Park führe ich oft Zwiegespräche mit Schülern, die mich geärgert haben, was Miriam mit der besorgten Frage auf den Plan ruft, ob ich mich gut fühlte. Dann fasse ich sie um die Hüften und ziehe sie zu mir herab.

Ich ließ die Stimme noch einmal aufklingen, hörte genau hin und entschied, daß sie nicht Vater gehörte. Eher waren es atlantische Luftschwingungen, die sich verspätet hatten.

Ach, Miriam, sagte ich, du brauchst dir keine Sorgen um mich zu machen. Sicher, es berührt mich, jetzt so einfach Vaters Platz einzunehmen. Solange er lebte, habe ich nie das Verlangen danach gehabt. Aber es wirft mich nicht um, glaub mir.

Im Garten flammte Licht auf. Frau Petersens Schatten fiel auf die Terrasse. Aus der Bernsteinkate zurückgekehrt, hielt sie es wohl für ihre Pflicht, einen letzten kontrollierenden Blick aufs Nachbarhaus zu werfen, bevor ein erfüllter Trauertag zu Ende ging.

Ich zog die Vorhänge zu.

Lies nur weiter ... wozu? 1936 hatte die Gemeinde Brederstedt eine Genossenschaft gegründet, um im Gewann Thamsengrund eine Siedlung mit fünfunddreißig Einfachhäusern zu bauen. Der Vorstand der Genossenschaft bestand aus drei kommunalen Beamten: dem Bürgermeister Krüger, dem Stadtoberinspektor Schröder und dem Stadtkassier Mühren. Das Siedlungsprogramm stieß auf großes Interesse, über zweihundert Bewerber meldeten sich. Zum Zug kamen aber nur Väter kinderreicher Familien. Viertausend Reichsmark mußte jeder für Baumaterial und zwölfhundert für die Erschließung aufbringen und anschließend die Häuser in Eigenleistung bauen.

Es war, versicherte der Chronist, eine große soziale Gemeinschaftstat der Brederstedter Bürgerschaft und zugleich der Beginn des erfolgreichsten gemeinnützigen Wohnbauunternehmens weit und breit.

Naja.

Wer wie ich den Thamsengrund in den sechziger Jahren erlebt hat, macht sich da so seine eigenen Gedanken. Verfallene Reihenhäuser und schlaglöcherübersäte Straßen, tägliche Polizeipatrouillen und wüste Prügeleien, fettwülstige Männer vor den Haustüren, die obligaten Bier- und Schnapsflaschen stemmend, aufgedunsene Frauen mit schrillen Keifstimmen und madenweißen Oberarmen in den Fenstern – ein verrufeneres Wohngebiet gab es in ganz Brederstedt nicht. Und doch: Eine Zeitlang zog mich der Thamsengrund magisch an. Auf seinen Straßen, in seinen Hinterhöfen passierte immer etwas, und das gefiel mir. Das reine Kontrastprogramm zu meinem sterilen Zuhause. Als ich vierzehn war, hatte ich sogar einen Freund dort, Ole Merk. Nach den Hausaufgaben, oft auch statt ihrer, besuchte ich ihn. Von hinten schlich ich ans Haus, klopfte gegen das Küchenfenster und wartete, bis Ole die Tür öffnete. Sein Großvater Klaas, dem die Bude gehörte, durfte mich nicht sehen. Geschah es doch einmal, schmiß er meist mit einer leeren Bierflasche nach mir. Er könne verwöhnte Pißpötte nicht ab, sagte er, und mich mochte er schon deshalb nicht, weil er meinen Vater für alles verantwortlich machte, was ihm die schmale Rente vermieste, vom Jugendpfleger bis zum Gerichtsvollzieher. Trotzdem kam ich im ganzen mit ihm klar. Klaas Merk hatte ein Holzbein – Andenken an Swerdlowsk, sagte Ole fachmännisch –, saß fast immer im abgedunkelten Wohnzimmer und brauchte täglich seinen Kasten Bier. Ole war für den Nachschub zuständig, und er erledigte seine Aufgabe gewissenhaft. Morgens, bevor er in die Schule ging, erhielt Klaas die erste, nachmittags, in der zweiten Schicht, wie Ole es nannte, die zweite Hälfte der Ration. Oft roch es im Haus nach Urin, wenn der Alte es nicht rechtzeitig aufs Klo geschafft hatte. Dann zeigte ich mich absichtlich, um ihn: Hau ab, du Pißpott!, schreien zu hören, und wir lachten uns kringelig.

Vater war außer sich, als er erfuhr, wohin ich nachmittags radelte. Herrgott, das ist doch kein Umgang für dich!, schrie er. Jetzt treibst du dich schon bei Asozialen rum! Es war einer der seltenen Fälle, in denen er schrie, und daß er schrie, freute mich. Meist sprach er gleichmäßig und emotionslos wie der Nachrichtensprecher der Tagesschau. Aber daß er mir zur Strafe das Rad wegsperrte, bis ich sechzehn war, und dadurch die Freundschaft mit Ole auseinanderging, habe ich ihm lange nicht verziehen. Eigentlich nie.

Was aus Ole geworden sein mag?, dachte ich. Aber es war wohl nicht der richtige Anlaß, jetzt alten Geschichten nachzuhängen. Auf den Thamsengrund brauchte sich jedenfalls keiner was einzubilden, weder damals noch heute.

Ich las und las nicht, und das Gefühl, nicht allein zu sein im Zimmer, spannte sich wie eine zweite Haut über meinen Rücken. Plötzlich, spät erst, begriff ich, daß der Stadtoberinspektor Schröder mein Vater gewesen war. Und daß Turnlehrer Kripp wohl nicht nur so dahergefaselt hatte, als er Vaters Rolle in der Brederstedter Stadthierarchie rühmte, damals, bei den Nazis.

Wer als Sechsundzwanzigjähriger zusammen mit dem Bürgermeister eine Wohnbaugenossenschaft gründet, der hat auf dem Rathaus doch was zu melden, oder?

Ja, das werden nun wohl lange Nächte, sagte die Stimme.

Sie war ziemlich tief jetzt und wenig transatlantisch. Aber wenn sie wirklich Vater gehörte, der von seinem nächtlichen Sternenrundgang zurückgekehrt war, dann hatte er sich sehr verändert. Dann redete er wie jemand, dem es schwerfiel, Silben zu formen, als müßte er sich nach Jahren des Schweigens erst wieder daran gewöhnen, einen Zuhörer gefunden zu haben.

7.

Schneller als erwartet kam Zirkel zurück. Er war nicht allein. Während ich das Buch zuklappte und Mühe hatte, mich zurechtzufinden, machte er mich mit seinem Freund Kersten bekannt. Frau Breitenbacher, sagte er, habe dem Redakteur den richtigen Tip gegeben, als er nach mir fragte.

Ein Fäßle, die Breitenbacherin, nickte Kersten anerkennend. Muß mal wieder einen Rostbraten bei ihr essen. Rostbraten mit Bratkartoffeln. Mögen Sie das?

Zirkel ließ mir keine Zeit zu antworten.

Ich habe Herrn Schröder gefragt, was ihn nach Wirkahn treibt. Er sagt, er hätte ein persönliches Interesse an unserer Stadt. Was es ist, will er aber nicht so richtig rauslassen. Was meinst du dazu?

Kersten hatte grauschwarze Locken, die wie Korkenzieher abstanden, und eine fleischige Nase. Durch die sog er geräuschvoll die staubige Luft ein und wurde vom anschließenden Niesanfall fast zu Boden geworfen.

Vorwurfsvoll blinzelte er mich an.

Soll ich das wirklich so schreiben? Dann gebe ich die Sache besser ab an unsere Rätseltante Edeltraud. Die hat für sowas ein Händchen. Kommen Sie, Mann. Ernsthaft!

Na gut, dachte ich, Klugheit verwendet Kriegslisten. Erzähl ihm etwas, das nicht falsch ist, nur unvollständig. Und zwar so, daß er einen schönen Bericht daraus machen kann. Du bist ja gewissermaßen schon im Wahlkampf.

Mein Vater, begann ich umständlich, war zweiundzwanzig Jahre lang Stadtdirektor der ostfriesischen Stadt Brederstedt. Vor wenigen Wochen ist er sechsundsiebzigjährig gestorben. Beim Ordnen der Papiere fand ich auf seinem Schreibtisch ein Exemplar des Staatsanzeigers dieses Landes. Das klingt verwunderlicher als es ist, denn Vater interessierte sich auch nach seiner Pensionierung für alles, was mit Staat und Verwaltung zusammenhing. Amtsblätter zum Beispiel las er wie andere Leute Kriminalromane. In diesem Staatsanzeiger, den ich flüchtig durchblätterte, fiel mir eine rot angestrichene Stellenausschreibung auf, es war die des Bürgermeisters der Stadt Wirkahn. Ich wunderte mich zwar, maß der Sache aber zunächst keine Bedeutung bei, weil ich dachte, er hätte vielleicht früher mal mit dem Wirkahner Bürgermeister zu tun gehabt und wollte nun wieder daran anknüpfen. Als meine Mutter noch lebte, haben wir öfter in schönen Schwarzwaldorten Ferien gemacht, die ich aber nur noch undeutlich erinnere.

Hoho, warf Kersten ein, wenn Sie sich nur an schöne Urlaubsorte erinnern, können Sie niemals in Wirkahn gewesen sein. Stimmt's?

Wollen Sie mich aufs Glatteis führen?, fragte ich zurück. Was ich bisher gesehen habe – es ist, zugegeben, nicht viel –, gefällt mir recht gut, mit Ausnahme der aufgerissenen Gräben allerdings.

Das ist ein anderes Kapitel, sagte Zirkel ungeduldig. Wir waren bei der Annonce unserer Stadtverwaltung. Seltsam ist es schon, daß Ihr Vater gerade auf die aufmerksam geworden ist!

Je länger ich darüber nachdachte, umso rätselhafter wurde es auch für mich, gab ich zu. Ich sollte aber wohl vorausschicken, daß ich sieben Jahre lang in den USA gelebt habe, zuletzt als Lehrer an einer High School in Iowa City. Die Verbindung mit meinem Vater war naturgemäß nicht mehr so eng, daß ich über seinen Bekanntenkreis noch Bescheid gewußt hätte. Als ich von seinem Tod erfuhr, flog ich sofort nach Deutschland, um die Formalitäten zu erledigen und an der Beerdigung teilzunehmen. Ich hielt mich mehrere Tage lang in meinem Elternhaus auf und stöberte in alten Erinnerungen. Und je tiefer ich in die alte Zeit eintauchte, umso unsicherer wurde ich, ob es überhaupt ratsam wäre, in die USA zurückzukehren. Ich bin kein amerikanischer Staatsbürger, nicht daß Sie an meiner Wahlfähigkeit zweifeln wie die Beamten auf dem Rathaus, die meine Bewerbung anfangs gar nicht akzeptieren wollten. Ich habe das Visum immer nur verlängern lassen, weil ich, so gut es mir in Iowa gefiel, in der Lebensplanung nicht festgelegt sein wollte. Jetzt aber stand ich plötzlich vor der Entscheidung, Farbe zu bekennen, wohin die Reise künftig gehen sollte. Der Rückflug von Hamburg nach Cedar Rapids, den ich zwei Wochen zuvor wie selbstverständlich gebucht hatte, erschien mir auf einmal als ein Abschied für immer. Es ist eine verdammt harte Sache, zwischen zwei Ländern wählen zu sollen, die einem, jedes auf seine Weise, viel bedeuten – man ist wie zerrissen. Aber zuletzt wurde mir klar, daß ich Deutschland wohl immer mit mir herumtragen werde. Die Sprache, die Landschaft, die Kultur ... all das übt, erst recht nach so langer Abwesenheit, einen großen Reiz aus. Plötzlich fällt einem auf, daß es in Iowa keine Teestuben mit blauweißen Tischdecken gibt, und man bildet sich ein, sie die ganze Zeit über vermißt zu haben. Man entdeckt etwas neu, was man schon einmal besessen, aber nicht groß beachtet hat, und will es auf einmal nicht mehr hergeben. Verstehen Sie das?

Ich denke schon, murmelte Kersten zerstreut und machte sich ein paar Notizen. Aber Ihre Heimat ist doch Friesland? Warum sind Sie nicht einfach dort geblieben?

Sie haben recht, sagte ich, es liegt nahe, zu den Wurzeln zurückzukehren, wenn man nach einem festen Halt sucht. Aber bald merkte ich, daß das gar nicht so einfach ist. Die Menschen, die ich von früher her kannte, waren andere geworden. Ohne es zu wollen, begegneten sie mir wie einem Fremden. Für sie war ich der ›Amerikaner‹, während ich versuchte, sie davon zu überzeugen, daß ich immer noch Carsten Schröder aus der Fehrstiegstraße sei. Ich weiß, das eine war so unsinnig wie das andere, aber wer kann Vorurteile einfach abschütteln? Je deutlicher ich diese Distanz spürte, umso enttäuschter wurde ich. Ich kam mir in Brederstedt vor wie der Besucher eines Heimatmuseums, dessen Figuren auch dann nicht zum Leben erwachen, wenn man sie in- und auswendig kennt.

Die Anzeige!, mahnte Kersten und blickte verstohlen auf seine Uhr.

Die Anzeige lag die ganze Zeit über auf dem Schreibtisch meines Vaters. Tag für Tag sah ich sie, bald kannte ich sie auswendig: ›Bewerbungen können bis zum 6. Februar, 16 Uhr, beim Bürgermeisteramt Wirkahn, Marktplatz 1, eingereicht werden‹. Der Termin setzte sich in mir fest, nagte und wühlte in mir. Ich erinnerte mich, daß es der größte Wunsch meines Vaters gewesen war, mich eines Tages in einem kommunalen Amt zu sehen. Da kannst du gestalten, sagte er oft, da hast du Möglichkeien, die findest du nirgendwo sonst. Und so kam ich schließlich zur Überzeugung, diese Anzeige sei eine Art Fingerzeig, um mich aus meiner Ungewißheit herauszuführen.

Fingerzeig?, fragte Kersten und schüttelte verständnislos den Kopf.

Fingerzeig!, wiederholte ich. Am Abend des 5. Februar packte ich meinen Koffer, kaufte eine Fahrkarte und setzte mich am nächsten Morgen in den Zug. Es war eine lange Reise, fast hätte ich mich verspätet. Aber kurz vor Dienstschluß traf ich doch noch auf dem Bürgermeisteramt ein und gab meine Bewerbung zu Protokoll.

Zufrieden lehnte ich mich an einen Bücherstapel. Ich fand, daß die Story rund und überzeugend geklungen hatte.

Zirkel zog einen Hemdzipfel aus der Hose und putzte angelegentlich seine Brille. Der Redakteur jedoch begann plötzlich, wie ein Tiger im Käfig hin und her zu laufen – drei Schritte nach links, drei nach rechts. Dann, bei einer neuerlichen Kehrtwendung, stieß er den Kaffeetopf um, den Zirkel auf dem Boden abgestellt hatte. Braune Brühe spritzte uns vor die Füße.

Scheiße!, rief er aufgebracht. Verdammte Scheiße!

Und weil ich es war, der ihm seiner Meinung nach das Unglück eingebrockt hatte, ging er mich, den Pott ärgerlich beiseite stoßend, frontal an.

Hören Sie, junger Mann, sagte er mit der geballt-ruhigen Wut des wahren Cholerikers, das klingt alles sehr romantisch. Ich bin gerührt. Zacharias wischt sich schon sein Drahtgestell. Nur, darf ich Sie darauf aufmerksam machen, daß uns im Moment weniger die Frage interessiert, wo Sie Ihre geliebten weißblauen Häkeldeckchen wiederfinden, sondern ob Sie zum Rathauschef taugen? Wir sind hier nicht im philosophischen Seminar. Von einem, der sich als Bürgermeisterkandidat zur Wahl stellt, wollen meine Leser ganz simple Dinge wissen: Was ist das für einer, was will er bei uns, was hat er zu bieten? Und genau dazu will ich von Ihnen etwas hören, sonst wäre ich nicht am heiligen Journalistensamstag kurz nach Mitternacht aufgestanden. Machen Sie mir also die Freude und verarschen Sie mich nicht, sonst schreibe ich einen so niederträchtigen Artikel, daß Sie sich nicht mal mehr an den Bahnhofsschalter trauen, um die Rückfahrkarte zu lösen!

Zirkel hob beschwichtigend die Hände. Doch Kersten war noch nicht fertig:

Zacharias, du bist mein Zeuge. Was macht unser Schultes, wenn er liest, daß da einer aus Amerika gekommen ist, der ihn als Bürgermeister abzulösen gedenkt, weil sein Papa kurz vor dem Ableben – mein Beileid übrigens – eine Stellenanzeige rot angestrichen hat? Der Pfisterer haut sich auf die Schenkel vor Lachen! Die ganze Nobilesclique haut sich auf die Schenkel vor Begeisterung! Mann, begreifen Sie nicht, daß Sie einen Clan herausfordern, der im Umkreis von fünfzig Kilometern die wichtigsten öffentlichen Ämter besetzt hält? Wissen Sie, wer unser Landrat ist? Ernst Pfisterer, Ludwigs älterer Bruder. Wissen Sie, wie unser Landtagsabgeordneter heißt, der zugleich Staatssekretär im Innenministerium ist? Hartwig Pfisterer, Ludwigs jüngerer Bruder. Und wem gehört wohl die größte Fabrik am Ort, in der fünfhundert Leute beschäftigt sind? Seinem Schwager Karl Brauer. Von all den anderen, die ihre Ämter den Wirkahner Nobiles verdanken, ganz zu schweigen. Und da kommen Sie daher und faseln von friesischen Teestuben! – Er ballte die Fäuste: Und ich dachte, wir bekämen endlich einen ernsthaften Gegenkandidaten zu dieser Dampfwalze, die alles plattmacht. Es ist zum Kotzen! Erschöpft schwieg er, nieste von neuem und wischte sich mit dem Handrücken über die Nase.

Zirkel setzte seine Brille auf und sah mir forschend ins Gesicht.

Kersten ist immer sehr direkt, sagte er. Aber nie unehrlich, das ist sein größter Vorzug. Also, es gibt zwei Möglichkeiten: Entweder Ihre Erzählung stimmt, dann sind Sie ein Träumer. Das macht Sie mir nicht unsympathisch, aber politisch werde ich keinen Finger für Sie rühren. Oder Sie verschweigen uns etwas, dann wird es Zeit, daß Sie mit der Wahrheit rausrücken. Wenn wir diesen Raum verlassen haben, ist die Gelegenheit vorbei.

Wir standen auf Tuchfühlung. Es roch nach Schweiß und Kaffee.

Und ich bin überzeugt, daß Sie uns etwas verschweigen!, ergänzte der Buchhändler. Hätte Pfisterer sonst seinen Wachhund auf Sie angesetzt?

Du hast es dir zu einfach vorgestellt, dachte ich. Das ist kein Land, in dem man einem wie dir auf die Schultern klopft und sagt: Great, man, pack's an! Hier will man alles genau wissen. Wie konntest du das vergessen?

Ich zog meine Brieftasche aus der Jackentasche und entnahm ihr eine zerknitterte Anzeige; deutete auf den mit Rotstift unterstrichenen Satz: ›Der Stelleninhaber bewirbt sich wieder‹; ließ den Zeigefinger über die krakelige Randnotiz ›Ungesühnt – der Fall Hirschfeld!‹ wandern; wartete, bis Zirkel und Kersten die Worte entziffert und mir den Zettel zurückgereicht hatten.

Ihr fragender Blick brachte mich wieder ins Geschäft.

Das ist nicht die Schrift meines Vaters, sagte ich. Jemand hat ihm die Anzeige anonym zugeschickt. Ich kenne ihn nicht, bin aber überzeugt, daß er auf dem hiesigen Rathaus arbeitet. Und ebenso sicher bin ich mir, daß Ludwig Pfisterer mit einem Verbrechen zu tun hat, das meine Familie betrifft.

Ein Verbrechen?, fragte Kersten erregt. Was für ein Verbrechen?

Auch dies weiß ich nicht, was die Angelegenheit noch komplizierter macht. Aber sie muß das Gewissen des unbekannten Absenders sehr belasten, denn vor fünf Jahren gab er schon einmal einen Hinweis, auch damals in Form einer Annonce. Mein Vater führte daraufhin kurze Briefwechsel mit Ludwig Pfisterer und Julius Hirschfeld, die aber keine Klarheit brachten. Dann ließ er die Sache auf sich beruhen. Als jetzt die zweite Anzeige eintraf, wollte er selbst nach Wirkahn fahren, um nachzuforschen. In seinem Kalender war schon das Reisedatum vermerkt. Sein plötzlicher Tod hat es verhindert. Statt seiner bin ich gekommen.

Aber warum als Bürgermeisterkandidat?, fragte Zirkel. Auf diese Weise ziehen Sie doch Pfisterers Aufmerksamkeit geradezu auf sich!

Eben das will ich ja! Pfisterer soll wissen, daß ich da bin, und der anonyme Informant soll es auch wissen. Beiden sagt der Name Schröder etwas. Der eine wird damit eine Befürchtung verbinden, der andere eine Hoffnung. Irgendwann im Verlauf des Wahlkampfs wird der eine sich verraten oder der andere sich zu erkennen geben. Das ist meine ganze Strategie. Jetzt, da Sie sie kennen, ist es an mir zu sagen: Sie haben zwei Möglichkeiten – entweder Sie helfen mir, oder Sie helfen dem Mann, den Sie doch offensichtlich für das größte Unglück in dieser Stadt halten.

Zirkel betrachtete die Pfütze auf dem Boden, die häßliche Krakenarme bildete.

Sie haben uns an der Nase herumgeführt!, sagte er unwillig. Das war nicht die feine Art. Aber Ihre jetzige Offenheit mag es wieder wettmachen. Verstehe ich Sie richtig, daß Sie auf jeden Fall gegen Pfisterer antreten werden, egal ob wir Sie unterstützen oder nicht?

Sie verstehen mich richtig, sagte ich und dachte: So gibt es nun endgültig keinen Weg mehr zurück.

Zirkel öffnete die Tür.

Kersten und ich, sagte er, werden uns jetzt beraten. Ich schlage vor, daß ich Sie nachmittags in der Krone anrufe. Falls wir Sie unterstützen, treffen wir uns noch heute abend in meiner Wohnung. Dann bringe ich Sie auch mit Leuten zusammen, die Ihnen nützlich sein können. Wenn nicht, werden wir jedenfalls nichts unternehmen, was Ihre Nachforschungen stören könnte. Ist das ein faires Angebot?

Ja, sagte ich. Apropos Angebot, wenn Sie nichts dagegen haben, nehme ich dieses Bändchen mit.

Zirkel warf einen Blick auf das Buch.

Eine gute Wahl. Lesen Sie es aufmerksam!

Zirkel ging voraus, Kersten folgte mir.

Was täten Sie eigentlich, wenn Sie gegen alle Wahrscheinlichkeit Pfisterer schlagen würden?, fragte er in meinen Rücken. Nähmen Sie die Wahl an?

Natürlich. Glauben Sie, es ist mir nicht ernst mit dem, was ich Ihnen erzählt habe?

Ich weiß nicht. Es fällt schwer, sich ein klares Bild von Ihnen zu machen.

8.

Als ich, nicht einmal des dunklen Anzugs entledigt, Vaters betongesättigte Chronik des größten Brederstedter Bauträgers zu Ende gelesen hatte, fühlte ich mich zerschlagen wie nach einem verlorenen Kampf. Reihenhäuser, Kasernen, Wohnblocks: Für einen, der jedwedes Uniforme verabscheut, ist das hektarweise Versiegeln von Wiesen, Wallhecken, Kiefern- und Moorbirkenwäldern ein Greuel, das durch die Zuerkennung von Gemeinnützigkeit noch unerträglicher wird. Aber zum Ausgleich hatte es ja aus Gewinnrückstellungen großzügige Zuwendungen für den Aufbau eines Heimatmuseums, zur Verschönerung der Uferpromenade, für die Restaurierung des Galerieholländers gegeben ... Ja, auch die Mühle, in der ich meine Beine baumeln und die Seele fliegen ließ, war letztlich bloß ein billiges Betonderivat.

Und der Träumer Carsten dachte immer, der hellgraue Staub auf den Zwischenböden wäre feines Mehl, und sah den Müller mahlen und Don Quichote mit eingelegter Lanze heranstürmen!

Vater sieht das Baugeschäft natürlich anders, professionell. Für ihn zählt nur, was unterm Strich herauskommt. Und da konnten die Brederstedter Baukünstler in den letzten Jahren Renditen vorweisen, die ihn, den einzigen verbliebenen Gründungsvater der Gesellschaft, jubeln ließen. Deshalb wünschte er seinem Ziehkind zum Abschluß der langen Eloge vor allem eines: Wachstum und Gedeihen. Ich machte daraus ›eine für alle nutzbringende Zukunft‹, strich es dann aber wieder aus und dachte: Wahrscheinlich sind dies ja seine letzten Worte; und Gedeihen kann alles mögliche heißen. Dann erteilte ich der Siedlungsgesellschaft im unterstellten Einverständnis meines Vaters die Genehmigung zur Veröffentlichung und steckte das Manuskript in einen Umschlag.

Jetzt lagen nur noch Aktenordner und das Ringheft auf dem Schreibtisch.

Ich konnte mich nicht dazu aufraffen, sie anzurühren. Untätig saß ich auf dem Stuhl und starrte mal an die Decke, gegen die Gardine und auf das Hochzeitsfoto. Der Nachmittag zog vorüber und brachte mir schmerzhaft zu Bewußtsein, wie weit mich meine amerikanischen Jahre von dem Leben und Sterben, dessen alle gedachten, entfernt hatten. Die Kirche voll gesichtsloser Menschen, das Dröhnen der Orgel, das Flackern armdicker Kerzen, der feierliche Auszug, die gesenkten Fahnen, das Knirschen und Schwanken des sargbeladenen Wagens im Schnee, Tante Wiltruds besitzergreifendes Klammern an meinem Arm, ihr energisches Schluchzen: Fremd und unzugehörig war alles an mir vorübergeglitten. Es gab mich nicht in dieser Gemeinschaft von Hiesigen, die den Heimgeleiteten durch ein selbstgewisses Zeremoniell verabschiedeten und sich zugleich seines Weiterlebens in ihren Köpfen und Herzen versicherten. Ich aber war nicht dabeigewesen.

Plötzlich kam es mir vor, als wäre ich angeklagt, Vaters Tod mitverschuldet zu haben. Ich geriet in Panik, riß Schubladen auf und begann, nach einem Fotoalbum zu suchen, welches beweisen sollte, daß ich in der Familie, die nun ausgelöscht war, doch auch eine erinnerungswürdige Rolle gespielt hatte. Ich fand ein Album, aber seine Ausbeute war gering. Wieder glänzte Vater als öffentliche Person. Vor allem in seiner ersten Amtszeit konnte Mutter das nicht oft genug dokumentieren. Sie selbst kam nur selten vor. Auf einem Bild lehnte sie an einer Burgmauer und deutete bewundernd auf ein südliches See- und Bergpanorama; vermutlich war es ein während ihrer Flitterwochen entstandenes Foto, ihre Haare lagen genauso gewellt wie auf dem Hochzeitsbild. Auf einem anderen Foto hielt sie, schon ganz mütterlich, ein weißes Bündel im Arm und vor die Kamera. Über den Sandkasten ging es mit dem stets etwas bockig dreinblickenden Kind zum Schultütengang und aufs erste Fahrrad. Dann kamen einige Urlaubsbilder, die Mutter gemacht und unbewußt-zutreffend mit jener Distanz versehen hatte, die der Realität entsprach: Vater und ich, ein großer und ein kleiner Menschenfleck, mal auf mürrischem Rucksackmarsch über die Bergmatten des Schwarzwalds, mal beim fröstelnden, blicklosen Durchqueren eines Wattpriels, einmal gar zu beiden Seiten einer Kuh, deren entspanntes Grasen das bei weitem anrührendste Bildmoment ergab.

Das war alles.

Immer war da etwas Unüberwindliches zwischen uns.

Nur ein einziges Mal berührten sich die Flecken, da faßte ich Vaters Hand. Auf dem Feldberg war es gewesen, ich erinnerte mich gut. Es war die letzte Wanderung, die wir zusammen unternahmen. Drei Wochen später wurde Mutters Krebs diagnostiziert. Nach ihrem Tod hat niemand mehr fotografiert. Die letzten Seiten des Albums blieben leer.

Als ich es zuklappte und ins Schubfach zurücklegen wollte, fiel ein braunstichiges Bildchen heraus. Es zeigte einen etwa zweijährigen pausbäckigen Jungen auf fransigem Fell. Der Kleine trug einen rüschenbesetzten Kittel, der aussah wie ein Kleid, und hielt die Beine gespreizt. Seine Augen waren groß und dunkel, sie blickten zur Seite, als würden sie durch etwas Neues, Unerwartetes abgelenkt. Sein Mund war geöffnet. Auf der Rückseite des Fotos stand in ungelenker, verblaßter Schrift: ›Frieder, 2 Jahre‹. Ich wußte nicht, um wen es sich bei diesem Frieder handelte. Vielleicht einer von Vaters Brüdern, die im Krieg gefallen sind, dachte ich. Großmutter könnte als junge Frau so geschrieben haben. Merkwürdig, wie das Bild in dieses Album hineingeraten konnte.

Ich beschloß, es aufzuheben; seine Andersartigkeit gefiel mir.

Dann ging ich vors Haus, suchte den Himmel nach Sternen ab, kehrte zurück, löschte die Lichter, setzte mich aufs Sofa und wartete auf ein versöhnendes Wort, das mich erlösen würde. Aber die Stimme schwieg.

Anderntags brachte ich die Bücher zurück ins städtische Archiv. Die Frau, bei der ich mich nach dem weißhaarigen Herrn Knipschield erkundigte, konnte mit seinem Namen nichts anfangen. Sie befragte eine ältere Kollegin, die immerhin wußte, daß es einmal einen Archivrat gegeben hatte, der so hieß. Gekannt aber hatte sie ihn nicht. Ihr früherer Chef, sagte sie, der Herr Martens, habe große Stücke auf ihn gehalten und sich öfter Bücher in der städtischen Bibliothek ausgeliehen, als es die noch gab. Er sei Leiter des Grundbuchamts und könne mir sicher weiterhelfen.

Beeilen Sie sich aber, er steht kurz vor der Pensionierung, setzte sie verschusselt hinzu und verschwand wieder.

Das Archiv ist immer noch eine Welt für sich, dachte ich. Wer hier arbeitet, umgibt sich mit Mauern aus Papier und kümmert sich nicht darum, was draußen geschieht. Ich erinnerte mich, wie beschützt ich mir jedesmal vorgekommen war, wenn Knipschield mich zu seinen Regalen geführt hatte. Am liebsten wäre ich dann bei ihm geblieben.

Das Amtsgericht, in dem das Grundbuchamt untergebracht war, lag nur wenige Schritte entfernt. Während des Gesprächs mit den Archivbediensteten war mir eingefallen, daß ich, sollte ich das Haus verkaufen, ohnehin einen Grundbuchauszug benötigen würde. Ich fragte nach Herrn Martens, und der Angesprochene, ein ohne Hast seine Zeitung beiseiteräumender Endfünfziger mit frischer Gesichtsfarbe, sagte, er sei es selbst. Er begrüßte mich mit Namen und bot mir einen Stuhl an.

Mein Beileid, fuhr er fort. Ich war auch bei der Trauerfeier für Ihren Herrn Vater. Zum ersten Mal bin ich ihm begegnet, als er noch Siedlungsgeschäftsführer war, da fing ich hier gerade an. Oh, er war ein Mann, von dem man viel lernen konnte! Weitblickende Grundstücksgeschäfte hat er getätigt, und immer, wenn er zur Beurkundung kam, habe ich mir gedacht: Das ist mal ein außergewöhnlicher Mensch, so einer kommt nicht alle Tage!

Beifallheischend sah er mich an.

Danke, sagte ich. Würden Sie mir Einblick in das Grundbuch unseres Hauses gewähren? Ich stehe vor Verkaufsverhandlungen.

Selbstverständlich, sagte Herr Martens. Wenn Sie wollen, helfe ich Ihnen gern, die Eintragungen zu lesen. Oder sind Sie vom Fach, wie Ihr Herr Vater?

Ich verneinte.

Er bat mich zu warten und kam nach fünf Minuten wieder.

Der Ordner stand in der Altregistratur, sagte er entschuldigend und deutete auf ein dünnes Heft mit braunkartoniertem Einband. Den Zeigefinger anfeuchtend, schlug er es auf und überflog die Seiten.

Hier, sehen Sie: Gewann Fehrstieg, Wohnhaus mit Garten. Oben die Katasternummer, aber die braucht uns nicht zu interessieren. In der ersten Abteilung eines Grundbuchs sind alle Erwerbsvorgänge verzeichnet. In der dritten Zeile steht der Name Ihres Vaters. Anfang 1939 wurde das Grundstück an ihn aufgelassen, das heißt übereignet.

Ich wußte gar nicht, daß ihm das Haus seit so vielen Jahren gehört hat, sagte ich überrascht. Und was sind das für Eintragungen, direkt obendrüber?

Die früheren Eigentümer des Grundstücks. Ihre Namen sind unterstrichen, so erfolgt im Grundbuchwesen die Löschung. In der Dritten Abteilung werden die Pfandrechte aufgeführt.

Er wollte weiterblättern.

Moment, sagte ich. Ist das richtig: Das Haus gehörte zuvor der Brederstedter Siedlungsgenossenschaft?

Martens schlug die Seiten zurück.

Ja. Aber nur für kurze Zeit. Danach hat es Ihr Herr Vater erworben.

Ich las die Zeilen von unten nach oben.

Der erste Eigentümer war demnach ... ein Arzt Dr. Max Liebenstein. Am 25. November 1938 hat er das Anwesen an die Siedlungsgenossenschaft verkauft. Das stimmt doch?

So steht es hier, bestätigte Martens einsilbig.

Das müssen Sie mir erklären, bat ich. Wieso kauft ein gemeinnütziges Unternehmen ein Privathaus und stößt es schon nach wenigen Monaten wieder ab? Soviel ich weiß, saß der Käufer, mein Vater, zu jener Zeit im Vorstand dieser Genossenschaft.

Der Grundbuchbeamte besah die Schreibtischplatte.

Mag sein, brummte er. Auf jeden Fall ist es lange her. Ein Grundbuch gibt nur über die rechtliche Seite eines Geschäfts Auskunft. Die Hintergründe –

Er zuckte mit den Schultern.

Ich bitte Sie, weichen Sie mir nicht aus. Wer war dieser Doktor Liebenstein? War er Jude? Kannten Sie ihn vielleicht sogar?

Martens verzog das Gesicht.

Sie wollen wohl alles ganz genau wissen!, sagte er grämlich. Ja, Doktor Liebenstein war ein jüdischer Kinderarzt, ich erinnere mich dunkel an ihn. Als Junge bin ich ein paarmal von ihm behandelt worden.

Jetzt blickte er aus dem Fenster, vor dem eine Möwe gerade zum Sturzflug ansetzte.

Dann wissen Sie sicher auch, was aus ihm geworden ist. Bitte, es ist wichtig für mich!

Ich nehme an, daß er sein Vermögen nach der Reichskristallnacht veräußert hat und Anfang 1939 ausgewandert ist. Viele Juden taten das, jedenfalls wenn sie klug waren.

Aber warum hat mein Vater das Haus nicht direkt von ihm erworben? Warum der Umweg über die Genossenschaft?

Martens' Wangen röteten sich. Seine Geduld schien zu Ende.

Ich meine, irgendwo gelesen zu haben, daß die Gemeinden damals gehalten waren, bestimmte Objekte aufzukaufen, um ungerechtfertigte Bereicherungen zu vermeiden.

Dann war das also ein Fall gerechtfertigter Bereicherung? Oder ist es nicht eher so, daß ein nationalsozialistischer Beamter es sich nicht leisten konnte, mit einem Juden einen solchen Handel einzugehen?

Der Grundbuchbeamte erhob sich.

Ich bin nicht dazu da, Ihre Familiengeschichte zu erforschen, sagte er barsch. Das tun Sie man gefälligst selbst, wenn Ihnen so viel daran liegt!

Da haben Sie recht, sagte ich. Nur noch eins: Warum ist der Kaufpreis nicht eingetragen?

Es war nicht erforderlich.

Aber hier ist doch eine Rubrik: Erwerbspreis bzw. Schätzpreis?

Es war trotzdem nicht erforderlich!

Ich stand gleichfalls auf.

Es tut mir leid, daß Sie ungehalten sind, sagte ich. Aber es ist ein ziemlicher Schock zu erfahren, daß man in einem Haus aufgewachsen ist, aus dem eine jüdische Familie vertrieben wurde. Können Sie das nachvollziehen? Es würde mir helfen, wenn ich wüßte, daß dafür wenigstens ein reeller Preis gezahlt worden ist. Läßt sich das denn gar nicht mehr feststellen?

Martens seufzte.

In etwa schon, anhand der eingetragenen dinglichen Lasten. Ich nehme an, Ihr Herr Vater hat das meiste fremdfinanziert. Er war ja noch ein junger Bursche damals, nicht wahr.

Er schlug die Dritte Abteilung des Grundbuchs auf und wartete stumm. Laut las ich:

›Hypothek für ein Darlehen der Oberamtssparkasse Emden in Höhe von viertausend Reichsmark, verzinst zu vier Prozent. Grundschuld für ein Darlehen der Heimstätten-Siedlungsgenossenschaft Brederstedt in Höhe von zweitausend Reichsmark, verzinst zu zweikommafünf Prozent.‹

Wir sahen uns an und gleich wieder weg. Ich hatte das Gefühl, daß sich Herr Martens für mich schämte. Vielleicht war es ihm aber auch nur peinlich, daß mein Kinn zitterte.

Alles mit Löschungsbewilligungen versehen, brummte er. Ihr Haus ist seit langem schuldenfrei.

Eine Villa und ein großes Grundstück … für vielleicht achttausend Mark! stammelte ich. Und der Arzt wird noch weniger bekommen haben, denn das Siedlungswerk mußte ja auch einen gewissen Gewinn ausweisen. Das ist doch Raub … Erpressung!

Martens antwortete nicht.

Er sagte nicht: Guter Mann, wie naiv sind Sie eigentlich? Haben Sie nie davon gehört, daß den Juden nach dem Novemberpogrom Kontributionen für die Zerstörungen auferlegt wurden, die SA und SS an ihren Häusern und Synagogen angerichtet hatten? Daß sie, um überhaupt auswandern zu dürfen, den Großteil ihres Vermögens als Reichsfluchtsteuer abliefern mußten? Daß Ihr Vater das tat, was der Staat, dem er diente, auch tat, legal rauben und erpressen nämlich, nur ein bißchen eleganter? Er sagte es nicht, obwohl er mit Sicherheit Bescheid wußte, dachte sich's vielleicht und hielt den Mund, weil er mich schonen oder einfach loshaben wollte.

Behutsam, als bereue er, mich aufgeklärt zu haben, schloß er das Heft und legte seine Hand auf meinen Arm.

Die Zeit war eine andere, sagte er. Halten Sie sich lieber an die, in der wir jetzt leben!

Wie soll das gehen, dachte ich. Wie kann man sich an eine Gegenwart halten, in der sogar die amtlichen Bücher lügen. Keine Belastung liegt auf unserem Haus … alles schuldenfrei … welch ein Hohn!

Ich knöpfte meinen Mantel zu.

Ich danke Ihnen. Und entschuldigen Sie meine Aufdringlichkeit.

Wollen Sie einen Grundbuchauszug?, fragte der Beamte.

Nein, sagte ich.

Die Möwe kehrte zurück. Sie kurvte so nah am Fenster vorbei, daß man ihren aufgerissenen Schnabel und den rosa Schlund sah.

Ich lief nach draußen, vorbei an der Alten Waage und am einstigen Packhaus, das jetzt ein Schiffahrtsmuseum war, am Auktionshaus friesischer Stammviehzüchter und dem efeuumrankten Klinkerhäuschen vorbei, in dem schon lange kein Hafenwärter mehr amtierte. Der Wind, der vom Hafen hereindrückte, schliff sich an den Backsteinziegeln der Bürgerhäuser scharf, an ihren rostbraunen Fassaden, geweißten Fensterrahmen und grün lackierten Holztüren. Hätte ich sie wahrgenommen, wäre mir vielleicht aufgefallen, daß ich diese Fassaden, Fenster und Türen schon einmal als Pennäler für den Kunstunterricht gezeichnet hatte. Ich sah aber nichts, wollte nichts sehen, weder Häuser noch Menschen. Das Wasser im Hafen klatschte gegen die wenigen Kutter, die an den Dollen vertäut lagen, sie rollten und knarrten in den Wanten, als wiegten sie sich in den Schlaf oder sprächen mit sich selbst. Ich wiegte auch den Kopf und redete mit ihnen und mit mir, saß auf der Kaimauer, folgte mit den Augen dem grauen Kabbelspiel der Wellen und suchte nach einem Ausweg aus diesem engen Becken, in dem sie gefangen saßen. Suchte die breiter werdende Ems, den Dollart, die offene Fahrrinne Borkum längs, die Weite und dahinter das verdammte, ferne, ahnungslose Amerika. Es gelang mir nicht. Das Wasser, das der Wind wie mit einer Stahlbürste aufrauhte, hatte die Freiheit nie gesehen. Es roch nach Salz, Tang und modrigem Holz.

Wenn du Miriam das nächste Mal anrufst, dachte ich, wirst du nicht mehr wissen, was du ihr sagen sollst.

Als ich mich beruhigt hatte, kehrte ich zum Rathaus zurück. Ich ging ins Archiv und trug den verdutzten Damen vor, zur Beendigung einer wissenschaftlichen Arbeit, die mein Vater, der verstorbene Stadtdirektor, begonnen hätte, die Gemeindeakten der dreißiger und vierziger Jahre einsehen zu müssen. Sie gerieten darüber in Aufruhr, telefonierten mit Rat und Oberrat, legten mir ein Antragsformular vor, in dem ich den Gegenstand meiner Forschungen genau bezeichnen sollte – ›Kommunalpolitik zwischen Selbstbehauptung und Anpassung‹, fantasierte ich –, und erklärten, frühestens am folgenden Tag Bescheid zu wissen, ob sie mich einlassen dürften. Von Herrn Knipschield war nicht mehr die Rede.

Abends griff ich zum Ringheft.

Es war eine Art Tagebuch meines Vaters, dessen Eintragungen mit Datum vom 26. Juni 1979 einsetzten; jenem Tag, an dem ich ihm mitgeteilt hatte, daß ich auf dem Hamburger Flughafen stünde und meine Maschine nach Amerika in einer halben Stunde startete.

Hast du ein Rückflugticket?, hatte er gefragt.

Nein, hatte ich geantwortet.

So hat er es dann auch niedergeschrieben.

9.

Hirschfelds Haus war das letzte in der Merziggasse. Ausgetretene Stufen führten zum Souterrain hinab, in dem das Antiquariat untergebracht war. An der Eingangstür stand:

›Wegen Krankheit vorübergehend geschlossen!‹

Ich klingelte trotzdem, aber niemand öffnete.

Frau Breitenbacher hatte nicht so unrecht: Die Schaufenster, in die wenig Tageslicht einfiel, enthielten ein ziemliches Sammelsurium. In einer Ecke jedoch lagen alte fotografische Stadtansichten, die mir gefielen. Sie zeigten bauliche Motive aus der Zeit der Jahrhundertwende: Verschwommene Silhouetten, die von den Bergrücken schier erdrückt wurden, den Marktplatz, der noch aus roher Erde gestampft war, die Kirche, das Rathaus, das viel unscheinbarer aussah als jetzt, einen mittelalterlichen Torturm und ein hohes düsteres Gebäude mit langen Fensterreihen, das sich ›Collegium Sancti Laurentii‹ nannte.

Ich nahm mir vor, einige Postkarten zu kaufen, sobald Julius Hirschfeld seinen Laden wieder geöffnet hatte.

Da ich wenig Neigung verspürte, schon vormittags in die Krone zurückzukehren, streifte ich durch die Stadt und notierte mir Adressen von Einzelhandelsgeschäften, Gasthäusern, Ärzten, Anwälten und Steuerberatern. Schließlich mußte ich, nachdem ich mich zur Kandidatur entschlossen hatte, nun den Wahlkampf aufnehmen und bei den Wirkahnern um Aufmerksamkeit und Unterstützung werben. Je länger ich umherlief, desto größer wurden meine Zweifel, ob dies überhaupt gelingen konnte. Die meisten Menschen wurden umso abweisender, je näher man ihnen kam. Sie senkten den Kopf, streckten das Kinn vor und hielten die Pupillen starr zur Seite gerichtet. Manche Physiognomien erinnerten mich an Schneepflüge. Der Gedanke, sich diesen Unzugänglichen mit einem Prospekt in den Weg stellen oder an ihren Haustüren klingeln zu sollen, um sich anzupreisen, war so verlockend wie die Vorstellung, als Hausierer Wurzelbürsten zu verkaufen.

In einer Seitenstraße stieß ich auf zwei Männer, einen älteren und einen jüngeren, die mir schon dadurch auffielen, daß sie lebhaft miteinander redeten.

Sie standen vor einem Haus aus schwärzlich-porösem Sandstein und begutachteten eine zerborstene Fensterscheibe. Ich trat zu ihnen, ohne daß sie mich zunächst bemerkten.

's isch a rechte Sauerei, sagte der eine. Das dritte Mal in acht Monaten!

Wenigstens haben sie diesmal nichts an die Mauer geschmiert, sagte der andere. Sollen wir's der Polizei melden?

Der erste machte eine wegwerfende Handbewegung.

Das wär doch de' Mäus pfiffe. Die grinsen sich eins und fertig!

Wieso grinst sich die Polizei eins?, fragte ich hinzutretend und untersuchte, die Hände in den Manteltaschen vergraben, den Glasbruch, als gehörte ich selbst dieser Zunft an. Die Scherben lagen auf dem inneren Sims, die Scheibe war also eingeschlagen worden. Am nackten Fensterkreuz hing ein zerfetztes Plakat: ›Said Özkan singt ana‹. Der Rest war abgerissen.

Wer sind Sie?, fragte der Jüngere sofort.

Ein Spaziergänger. Weder Polizist noch überhaupt von hier. Was stand auf dem Plakat?

Der Ältere löste den Torso aus dem Rahmen und betrachtete ihn traurig.

›Said Özkan singt anatolische Lieder‹, sagte er. Wir hatten gestern einen türkischen Folkloreabend. Es war eine schöne Veranstaltung, viele türkische Mitbürger waren da, sie haben gesungen und getanzt. In der Nacht hat dann jemand die Scheibe eingeschmissen.

Und das nicht zum ersten Mal?

Der Mann winkte resigniert ab.

Ach was. Immer wenn wir ausländische Künstler in unserem Kulturzentrum auftreten lassen, gibt's hinterher Zoff. Das hier ist noch eine milde Form. Wir hatten auch schon Schlägertrupps zu Besuch.

Und die Polizei unternimmt nichts?

Die Beamten protokollieren die Vorfälle und legen sie nach angemessener Frist zu den Akten. Hinter vorgehaltener Hand machen sie kein Hehl daraus, daß wir selbst schuld seien. Würden wir die Egerländer Musikanten oder die Fischerchöre einladen, kämen mehr

Leute und wir hätten unsere Ruhe. So denken sie, und man kann es ihnen nicht übelnehmen. Die meisten denken so.

Es ist doch wohl ein Unterschied, ob man eine bestimmte Musik mag oder Gewalt anwendet. Gibt es in Wirkahn Rechtsradikale?

Für einen zufällig daherkommenden Spaziergänger fragen Sie ziemlich viel, sagte der junge, schwarzhaarige Mann und zog, mit den Augen zur Tür deutend, seinen Begleiter am Arm.

Ich stellte mich vor. Der Ältere schaute mich überrascht an und rief:

Dann sollten wir uns in der Tat unterhalten. Aber nicht hier!

Wir traten ins Haus und durchquerten einen Flur, den fantasievolle Veranstaltungsplakate schmückten, und einen kahlen Raum, in dem als einziges Möbel ein seitlich an die Wand gerückter Eichentisch stand. Schließlich gelangten wir in einen Saal mit einem Bühnenpodest, hinter dem graue Stoffbahnen von der Decke herabhingen.

Während der Jüngere die Tür verschloß, reichte mir der Ältere die Hand und sagte:

Ich bin Max Hellstern. Das ist Giovanni Bertolini. Entschuldigen Sie den plötzlichen Aufbruch, aber man kann nie wissen. Vor einer Stunde rief Zacharias Zirkel an und berichtete mir von seinem Gespräch mit Ihnen. Und jetzt begegnen wir uns schon! Das nenn ich ein gutes Omen!

Ich sagte, daß mir der Name Hellstern durch die Empfehlung von Frau Breitenbacher gleichfalls geläufig sei und daß ich mich freute, so schnell mit Menschen Bekanntschaft zu schließen, die mir als kritisch und unabhängig geschildert worden seien.

Aber es scheint doch riskant zu sein, sich mit mir zu zeigen, fügte ich hinzu.

Hellstern lächelte verlegen.

Halten Sie uns nicht für ängstlicher, als wir sind!, sagte er. Wenn's drauf ankommt, können wir kämpfen. Aber man braucht uns nicht gleich zusammen auf der Straße zu sehen. In einer Stadt wie Wirkahn haben die Wände Augen und Ohren … Giovanni, würdest du uns einen Espresso machen?

Der junge Mann nickte und ging hinaus.

Loben Sie ihn für den Espresso, wenn er zurückkommt!, bat Hellstern. Das wird ihn für Sie einnehmen. Giovanni bewirtet unsere Veranstaltungen. Er ist Italiener und lebt allein hier, der Kulturverein Distelfink, dessen Vorsitzender ich übrigens bin, ist sozusagen seine Heimat. Für die hat er allerdings schon einiges erdulden müssen. Zweimal ist er von Skinheads überfallen und zusammengeschlagen worden, weil manche es nicht verwinden können, daß sich ein Italiener um deutsche Kultur, auch wenn sie nicht wissen, was das ist, kümmert. Seitdem ist er begreiflicherweise mißtrauisch.

Ich fragte, welche Unterstützung die Stadtverwaltung dem Kulturverein zukommen lasse.

Solange das, was wir machen, den Oberen in den Kram paßt, läßt man uns in Frieden, sagte Hellstern. Sobald wir aber politisch lästig werden, ist's vorbei mit dem Großmut. Dann werden uns Daumenschrauben angelegt, und das heißt vor allem: Man dreht am Geldhahn. Vor Jahren gab es im Gemeinderat mal eine große Debatte um den Plan unseres Bürgermeisters, die Bürger mit einer monströsen Festhalle zu beglücken. Die Gegner des Projekts sammelten Stimmen für ein ablehnendes Bürgerbegehren, wir solidarisierten uns mit ihnen und verpflichteten einen Kabarettisten, der einen famosen Sketch über das ›Tadsch Pfisterer‹ aufführte. Die ganze Stadt hat gelacht, sogar der Gemeinderat hat sich mit Mehrheit gegen das Projekt ausgesprochen – und schon war Schluß mit der Liberalität der Konservativen. Erst kürzte man uns die kommunalen Zuschüsse um dreißig Prozent, dann zog die Max-Brauer-Stiftung, unsere zweite große Geldgeberin, nach. Max Brauer ist ein Wirkahner Fabrikant, dem eine Waffen- und Munitionsfabrik gehört.

Ich weiß, sagte ich, er beschäftigt fünfhundert Leute und ist mit Ludwig Pfisterer verschwägert.

Sehen Sie, so paßt eins zum andern. Pfisterer ist Vorsitzender in Brauers Stiftungskuratorium, das über die Verteilung der Mittel entscheidet, Brauer ist Wirkahns größter Steuerzahler und mischt kräftig in der Kommunalpolitik mit. Gegen solch eine Phalanx hat man keine Chance.

Und das Bürgerbegehren?

Kam nicht zustande. Die Festhalle aber bisher auch nicht, die öffentliche Stimmung ist zu sehr dagegen.

Giovanni Bertolini öffnete die Tür und stellte ein Tablett mit drei Tassen Espresso auf einen Stuhl. Ich dankte ihm, verbrühte mir die Lippen und sagte, es sei der beste Espresso, den ich je getrunken hätte.

Er lächelte unsicher.

Was meinst du, Giovanni, wäre das nicht ein Bürgermeister für uns?, fragte Hellstern und klopfte ihm aufmunternd auf die Schulter. Der würde sogar ab und zu unsere Veranstaltungen besuchen, da bin ich mir sicher.

Ach, sagte Bertolini, ob er sich dann aber noch an uns erinnern würde …

Macht doch einfach die Probe!, schlug ich vor. Helft mir zu gewinnen, und wenn ich euch anschließend enttäusche, führt ihr einen Sketch über des Weinhändlers Schröder neuen Wein in alten Schläuchen auf.

Abgemacht!, rief Hellstern lachend. Wir werden heute abend zu Zirkel kommen. Jetzt müssen wir den Saal leider wieder räumen, weil unsere Schauspieler ihn brauchen. Die ersten werden gleich hier sein.

Sie begleiteten mich hinaus. Bertolini zeigte im Vorraum des Theatersaals auf den Eichentisch und forderte mich auf:

Probieren Sie mal, den hochzuheben!

Ich versuchte es, konnte den Tisch aber nur um Zentimeter verrücken.

Den habe ich alleine nach vorne geschleppt und gegen die Tür gekippt, als sie voriges Mal kamen!, sagte der Italiener stolz. Sie mußten die Tür eintreten, um reinzukommen.

Hellstern nahm den Jungen in den Arm.

Giovanni, sagte er begütigend. Wir alle wissen, daß du wie ein Löwe kämpfen kannst.

Giovanni legte den Kopf an die Schulter des Älteren. Unter seinen schwarzen Haaren schimmerte eine rote, sichelförmige Narbe.

10.

Vater hatte auch eine Narbe, am rechten Oberschenkel. Ich bekam sie selten zu sehen, weil er sich mir gegenüber nie nackt zeigte, stets korrekt gekleidet zum Frühstück erschien und abends, wenn er zuhause war und meinen Gute-Nacht-Händedruck erwartete, immer noch wie eine Amtsperson am Schreibtisch saß. Allenfalls trug er statt der Anzugjacke eine Strickweste.

Im Badezimmer herrschte striktes Einer-nach-dem-andern-Prinzip. Auch Mutter habe ich nie gemeinsam mit ihrem Mann im Bad gesehen. Daß mein Vater ein Mensch aus Fleisch und Blut war, ließ sich am ehesten in den Ferien erahnen, wenn er mit entschlossener Miene zum Schwimmen im Meer oder im kalten Gewässer eines Bergsees antrat, seine schwarze Wollbadehose, deren Schlaffheit jede Geschlechtlichkeit fortfaltete, über die Hüftknochen zog und uns demonstrierte, was Mannesmut heißt bei siebzehn Grad Wassertemperatur.

Ich amüsierte mich aber mehr darüber, wie storchenähnlich dünn seine rötlich-weißen Beine waren. Eines Tages habe ich die Narbe bemerkt und ihn gefragt, ob er als Junge mal vom Fahrrad gefallen sei. Nein, hat er geantwortet, das ist aus dem Krieg. Ich fragte nicht weiter. Es hätte mir mehr imponiert, wenn er bei einem artistischen Kunststück gestürzt und zuhause durchgewalkt worden wäre.

An seine Narbe wurde ich gleich am ersten Tag erinnert, den ich im Brederstedter Stadtarchiv verbrachte. Stadtdirektor Jensen selbst hatte mir die Genehmigung dazu erteilt, nachdem ich ihn im Büro angerufen hatte. Er möge mir doch bitte den Formularkrieg seiner Mitarbeiter ersparen, sagte ich, schließlich gehe es um geschichtliche Nachforschungen, die auch Vater wichtig gewesen wären, und ich hätte wenig Zeit. Geschmeichelt, daß jemand, der ihm am Abend zuvor noch den heidelbeerblauen Leichentoast vermiest hatte, vor seinem Amtsthron als Bittsteller auftrat, antwortete er generös: Warum bist du nicht gleich zu mir gekommen, Carsten? Natürlich kannst du im Archiv stöbern, solange du willst. Und vergiß nicht, ab und zu bei mir vorbeizugucken!

Wahrscheinlich dachte er: Der Dösbaddl macht in ein paar Tagen sowieso die Platte, und wenn er bis dahin nichts Besseres zu tun hat, als seine Nase in ollen Papierkram zu stecken – soll er doch.

Der Kellerraum, in dem das Königreich Preußen, die Weimarer Republik und das Großdeutsche Reich in archivarischer Totenstarre aufgebahrt lagen, war ein katakombisches Verlies ohne Zufuhr von Luft und Licht. Sein Mobiliar bestand aus sechs angerosteten Regalen, einem Tisch, auf dessen staubgrauer Platte ein Anonymus die Worte: UND TROTZDEM! hinterlassen hatte, einem Holzstuhl und einer Luftschutzlampe voll toter Fliegen.

Frau Sievers, die Archivleiterin, führte mich im Eilschritt an den in Doppelreihen aufgeschichteten Dokumenten vorbei. Sie war ersichtlich verschnupft über die Sonderbehandlung, die ich erzwungen hatte, und beschränkte ihre Erklärungen aufs nötigste:

Hier die allgemeinen Gesetzessammlungen, dort Erlasse der Oberbehörden, daneben Gemeinderatsprotokolle, dann die Hauptakten der jeweiligen Ämter. Das übrige sind Sachakten zu Einzelfällen. Alles jahrgangsweise geordnet. Ein paar Bände Brederstedter Chronik haben wir auch noch, die liegen da drüben ... Personalakten? Wo denken Sie hin. Entweder vernichtet oder fürs Landesarchiv ausgesondert. Im übrigen gibt's ja auch noch den Datenschutz. Und im Krieg ist viel verschütt gegangen, das sag ich Ihnen gleich.

Dann ermahnte sie mich, keine Blätter zu entnehmen, alles an seinen Platz zurückstellen und die mit Bindfäden verschnürten Ordner nach Gebrauch wieder so zu verknoten, daß sich die Halteschlaufen durch einmaliges Ziehen am Fadenende öffnen ließen.

Sehen Sie, so.

Die Einübung des Aktenknotens nahm die längste Zeit ihrer Unterweisung in Anspruch. Ich schaffte es erst, nachdem ich sie gebeten hatte, mir die Hand zu führen. Zögernd kam sie meinem Wunsch nach, schaute danach aber ein wenig milder über den Rand ihrer großen Brille.

Ich wagte, sie um Rat anzugehen. Wo ihrer Meinung nach das meiste über meinen Vater zu finden sein könnte, fragte ich. Sie überlegte kurz und sagte:

An Ihrer Stelle würde ich mit den Protokollen der Gemeinderatssitzungen beginnen und von Fall zu Fall die Akten des Haupt- und Ordnungsamts beiziehen. Soviel mir bekannt ist, war Ihr Vater lange Zeit dessen Chef. Viel Erfolg!

Damit ließ sie mich allein. Ich wischte den Tisch sauber und begann mit Gemeinderatsprotokollen des Jahres 1934.

Anfang 1934 wurde Vater – unter gleichzeitiger Beförderung zum Oberinspektor – zum Leiter des Hauptamts berufen. Eine seiner ersten Maßnahmen bestand darin, Bürgermeister und Gemeinderat davon zu überzeugen, daß Hauptamt und Ordnungsamt zusammengelegt und ihm unterstellt werden müßten. Dreiundzwanzig war er da, so jung, daß vor seiner Ernennung das Landratsamt Aurich schriftlich zustimmen mußte. Zur Sicherheit war dem Gesuch des Bürgermeisters ein Empfehlungsschreiben des NSDAP-Ortsgruppenleiters Nils Olsum beigefügt. Erwin Schröder, versicherte der Parteiobere, sei ein überaus befähigter Verwaltungsfachmann, der jederzeit Gewähr dafür biete, gewissenhaft und aufopferungsvoll für die Sache des Nationalsozialismus einzutreten. Der Landrat stimmte der vorgesehenen Personalmaßnahme unter Bezugnahme auf das positive Parteivotum zu. Das Gemeinderatsprotokoll verzeichnet: ›Vorbehaltlose Billigung‹.

Als ich den Namen meines Vaters erstmals in den vergilbten Papieren las, wurde mir klar, daß ich nicht wußte, wie er als junger Mann ausgesehen hatte. Kein Foto existierte, das ihn mit straffen, glatten Gesichtszügen, vollem Haar und Augen, in denen freudige Zukunftshoffnung keimt, zeigte. Das Hochzeitsbild war das eines Fünfundvierzigjährigen, der aussieht wie fünfzig und sich darüber hinwegtäuschen will.

Den dreiundzwanzigjährigen Erwin Schröder, der seinen fast doppelt so alten Vorgänger Meinert Diercks verabschiedet, mußte ich mir also erfinden. Es fiel mir leicht, weil er mir kaum fremder sein konnte als der, den ich kannte. Ich dachte mir einen früh Erwachsenen, der die Demütigung seiner ärmlichen Herkunft jeden Tag durch neue Willensanstrengungen zu überwinden trachtet und die harte Hand seines Vaters ebensowenig vergessen hat wie das verbissene

Lernen tagsüber in der Küche und nachts im Butzen, seiner schmalen Schlafkoje.

Es tut mir leid, Meinert. Aber der Ausschuß hat nun mal gegen dich entschieden.

Du brauchst dich nicht zu entschuldigen. Mir war klar, daß das so kommen würde. Im Grunde hab ich mich schon gewundert, wieviel Zeit sich die Braunhemden lassen, um mich zu feuern. Schließlich gibt es dieses famose Gesetz seit fast einem Jahr.

Ich verstehe, daß du gekränkt bist, Meinert. Aber sprich nicht so über das Gesetz zur Wiederherstellung des Berufsbeamtentums. Es ist rechtmäßig zustande gekommen.

Wie die anderen Gesetze auch, ja. Wir werden uns noch wundern, was alles rechtmäßig zustande kommt in Deutschland.

Du solltest anerkennen, daß der Ausschuß sorgfältig geprüft hat, ob für dich die Ausnahmeregelung in Frage kommt. Leider warst du nicht Frontkämpfer, und dein Vater –

Was hätte das schon geändert. Er ist Jude, ich bin Jude, alles andere zählt nicht. Für unsereins ist kein Platz mehr in Deutschland.

Ihr müßt euch eben den neuen Verhältnissen anpassen wie andere auch. Was wirst du jetzt tun?

Erst mal geh ich nach Larsdorp. Mein Vetter ist dort Viehhändler, er macht noch ganz ordentliche Geschäfte und kann einen Helfer brauchen. Aber sobald ich einen Bürgen für Palästina gefunden habe, bin ich weg.

Palästina? Na, du mußt's wissen ... Ist dein Schreibtisch ausgeräumt?

Keine Angst, es ist keine Thorarolle drin. Soll ich ihn noch desinfizieren lassen?

Siehst du, Meinert, das macht das Zusammenleben mit euch Juden so unerfreulich. Immer müßt ihr übertreiben. Ihr ordnet euch nicht unter. Aber es ist sinnlos, darüber zu streiten. Also dann, mach's gut!

Kurzer Händedruck. Kein Lächeln.

Schon damals besitzt Erwin Schröder die Gabe, sein Gesicht zur Wand erstarren zu lassen, wenn's drauf ankommt.

Es mochte sich mit oder ohne Händedruck abgespielt haben, menschlicher, da war ich mir sicher, gestaltete es sich nicht. Die Initiative, zwei Ämter zusammenzulegen und dadurch einen Leitungsposten entfallen zu lassen, als die Relegationsverfahren gegen jüdische Beamte einsetzten, ging eindeutig auf Erwin Schröder zurück. Sie zeugt von beachtlichem taktischen Geschick. Der Jude wurde nicht hinausgeworfen, es fand sich für ihn nur keine Verwendung mehr, und so wurde er, weil er zufällig auch Jude war, in den einstweiligen Ruhestand versetzt, wozu das neue Gesetz praktischerweise die passende Handhabe bot. Konnte man den Ratsherren eine bessere Lösung anbieten, um ihr Gewissen zu schonen?

Auszug aus einem handschriftlichen Aktenvermerk des Stadtoberinspektors Erwin Schröder an Bürgermeister Arp Krüger, am Tage seiner Ernennung zum Haupt- und Ordnungsamtleiter:

›Die Übergabe der Amtsgeschäfte des Ordnungsamts durch Herrn Diercks an den Unterzeichneten erfolgte reibungslos. D. gab an, zu seinem Vetter, einem Larsdorper Viehhändler, ziehen und ihm bei seinen Geschäften behilflich sein zu wollen. Der Vorgang gibt Anlaß, das dortige Gemeindeamt vorsorglich darauf hinzuweisen, daß D. als Ruhestandsbeamter nicht gewerblich tätig werden darf.‹

Drei Monate später passierte die Sache mit der Narbe.

Sie löste einen umfänglichen Schriftverkehr aus, weil der Vorgang dem Landratsamt, der NSDAP-Kreisleitung und dem Geheimen Staatspolizeiamt Wilhelmshaven gemeldet wurde und am Ende sogar eine Untersuchung der Staatsanwaltschaft nach sich zog. Auch die Brederstedter Chronik berichtete darüber, wenn auch nur kurz.

Ich las bis zum Abend in den Archivakten, danach zuhause in der grauen Kladde, bis tief in die Nacht hinein las ich und wurde immer irritierter: Erwin Schröder in einer neuen Rolle.

Am Abend des 12. Mai 1934 zieht ein Trupp angetrunkener SA-Männer vor das Haus des Kinderarztes Doktor Liebenstein und grölt:

Liebenstein, du Judenschwein, wir schlagen dir die Fresse ein!

Als das Hausmädchen Katharina Hirschfeld die Tür einen Spalt breit öffnet, wird sie beiseitegestoßen. Die Männer dringen in die

Wohnung ein, zertrümmern mit einer Axt, die sie im Keller finden, den Bücherschrank, zerreißen Bücher, zerlegen den Eßtisch, demolieren in der Praxis medizinische Geräte und werfen mit Stuhlbeinen auf Lampen und Bilder.

Eßzimmer und Wintergarten, die im heutigen Haus ineinander übergehen, bildeten damals, nach der Beschreibung des Polizeiprotokolls, noch zwei getrennte Räume. Der Wintergarten war das Sprechzimmer des Kinderarztes. An der Hand ihrer Eltern werden die Kinder durch den Flur ins Wartezimmer, das jetzige Gästezimmer, und, wenn sie an der Reihe waren, in den zum Garten hin verglasten Ordinationsraum gegangen sein. Der Blick auf das freie, direkt an den Garten angrenzende Feld mag ihnen ein wenig die Angst genommen haben.

Doktor Liebenstein ist nicht zuhause, er hält sich bei der Geburtstagsfeier seines Schwagers Herschel Wolff in Vahlen auf. Während die SA-Leute wüten, gelingt es Katharina Hirschfeld, unbemerkt auf die Straße zu laufen. Ihr Ziel ist das staatliche Polizeiamt am Hörnumdamm. Auf halbem Weg begegnet ihr Stadtoberinspektor Schröder, der gerade das Rathaus verläßt. Katharina kennt ihn von Ausflügen, die sie beim friesischen Wanderverein zusammen unternommen haben. Allerdings war das noch vor 1933, denn schon im Jahr der Machtergreifung werden Juden aus dem Verein ausgeschlossen.

Das jüdische Mädchen bittet Schröder um Hilfe, und der Stadtoberinspektor verweigert sie ihr nicht. Er begleitet Katharina zu Doktor Liebensteins Haus, stellt den SA-Truppführer Sören Tebille zur Rede und droht ihm und seinen Kameraden mit einer Anzeige wegen Landfriedensbruchs.

Darüber, was dann geschieht, gehen die Aussagen auseinander. Schröder und das Hausmädchen erklären übereinstimmend vor der Polizei, Tebille und mehrere SA-Angehörige hätten ihn gegen die Glaswand gedrückt, bis diese zu Bruch ging. Die SA-Männer dagegen behaupten, zu Handgreiflichkeiten sei es überhaupt nicht gekommen, vielmehr sei der Oberinspektor beim Rückwärtsgehen gestolpert und in die Scheibe gefallen. Unbestritten aber zieht er sich durch den Sturz schwere Schnittwunden an Armen und Beinen zu. Am schlimmsten ist eine zehn Zentimeter lange klaffende Wunde am rechten Oberschenkel; in schnellen Stößen pulst Blut aus ihr hervor. Als die Randalierer den Beamten blutend und schreiend am Boden liegen sehen, verlassen sie fluchtartig das Haus.

Katharina Hirschfeld beweist bei der Versorgung des Verletzten große Umsicht. Sie entkleidet ihn bis auf die Unterwäsche, bindet das Bein unterhalb der Leiste mit einer Vorhangschnur ab, desinfiziert die Wunden und telefoniert anschließend Doktor Lars Nieblom herbei. Als der Arzt eintrifft, kniet sie neben dem Bewußtlosen und hält seinen Kopf in ihrem Schoß. Auch ins Krankenhaus begleitet sie ihn.

Natürlich wurde ihre Hilfeleistung in dem Polizeiprotokoll nicht gewürdigt. Vater ist es, der Katharinas lebensrettende Tat, nachdem fast ein halbes Jahrhundert darüber vergangen war, in dem unscheinbaren grauen Heft, das ihm mit wachsender Vertrautheit zum aufnehmenden Ohr dessen wurde, was ihn beunruhigte und wofür er keinen Zuhörer mehr fand, dokumentiert. Unter dem Datum des 16. Juli 1982 gedachte er des Beginns seiner kurzen, rauschhaften und angstvollen Beziehung zu Katharina Hirschfeld. Tagelang schrieb er, als müsse er sich endlich klar werden über eine Ungewißheit, die ihn sein Leben lang nicht losgelassen hatte. Danach richtete er seine Anfrage an den Wirkahner Bürgermeister Ludwig Pfisterer.

Die Ermittlungen der Auricher Staatsanwaltschaft wurden im Oktober 1934 mit der Begründung eingestellt, den Beschuldigten sei weder gemeinschaftlich begangene Körperverletzung noch die gewalttätige Zusammenrottung aus politischen Motiven im Sinn eines Landfriedensbruchs nachzuweisen. Allerdings wurden die Akten der Gauleitung zur Prüfung der disziplinarischen Seite des Falles übersandt.

Erwin Schröder blieb drei Wochen im Krankenhaus. Danach nahm er die Dienstgeschäfte wieder auf.

Mein Vater: Erst ein Schurke, dann ein Held?

Das zu entscheiden sei zu früh, fand ich.

Der kriegerische Ursprung seiner Narbe jedenfalls war ein Ammenmärchen. Nirgends, weder im Archiv noch in seinen privaten Unterlagen, habe ich einen Hinweis darauf gefunden, daß er je zur

Wehrmacht eingezogen worden wäre. Wohl aber, in den Bürgermeisterakten von 1941 und 1943, zwei Anträge Arp Krügers auf Freistellung, beide vom Gaupropagandaleiter unterstützt. Die Anträge wurden mit dem ›unabweisbar notwendigen Einsatz des stellvertretenden Bürgermeisters Erwin Schröder bei der Aufrechterhaltung einer funktionierenden Versorgungswirtschaft und einer straffen Ortsverwaltung‹ begründet.

Warum dann diese Lüge? Ein Mann muß nicht im Krieg gewesen sein, um seinem Sohn gegenüber als tapfer zu gelten. Ich wüßte auch nicht, daß er auf meine Bewunderung jemals Wert gelegt hätte. Es gab genügend andere, die ihm bestätigten, ein bedeutender Mann zu sein.

Wahrscheinlich war Mutter der Anlaß. Ihr gegenüber hätte er, wäre er bei der Wahrheit geblieben, den Ursprung seiner Beziehung zu Katharina Hirschfeld offenlegen müssen; und nicht nur das.

So erfand er eine mythologische Kriegsverletzung. Schließlich war Krieg gewesen, auch er hatte Wunden davongetragen. Und Mutter pflegte nicht nachzufragen, sondern sich ihren Teil still zu denken.

Vielleicht hat sie, in seltenen Momenten der Zärtlichkeit, die Narbe behutsam gestreichelt.

11.

Nachmittags um halb vier erreichte mich Zirkels Anruf.

Ich saß im Schankraum der Krone und übte unter Frau Breitenbachers Anleitung Wirkahner Dialekt.

Wenn man Bürgermeister werden will, hatte sie gesagt, muß man wenigstens etwas von dem verstehen, was die Leute so reden.

Wa mr bei ons ällweil schwätzt.

Das leuchtete mir ein. Ich bat sie, mir einige Grundbegriffe beizubringen. Um drei Uhr setzte sie sich zu mir an den Tisch, wir tranken Kaffee. Ich hatte das Gefühl, daß sie entspannt war. Ihr Mann schlief, und die Gaststätte war verschlossen.

Zuerst die Wochentage!

Meedich, Zaischdig …

Sie spulte die Woche ab. Als ich es nachzusprechen versuchte, wollte sie sich kaputtlachen. Nach einigen Anläufen klappte es besser. Sie lobte mich, und wir wechselten zum Wetter.

Beschränken Sie sich auf den Winter, sagte ich. Wenn der Frühling kommt, bin ich entweder Bürgermeister und habe Zeit, den Rest zu lernen, oder ich brauch's nicht mehr.

Schön wär's ja, wenn Sie's packen täten … Ihre Stimme klang wehmütig. Aber wie wollen Sie das anstellen?

Auch ein Pfisterer macht Fehler. Wenn Sie etwas wissen, was ihm vorzuwerfen ist, sagen Sie es mir. Ein Unrecht vielleicht, das die Menschen gegen ihn aufgebracht hat.

Unrecht? Er hat bestimmt schon viel getan, was Gott verboten hat. Aber er ist schlau und paßt auf, daß er niemals die Steig runterfällt. Und dem Pfarrer Effinger tut er besonders schön.

Trotzdem. Es gibt sicher auch bei ihm manches –

Das Telefon klingelte. Sie nahm den Hörer ab und reichte ihn mir.

Der Zirkel will Sie.

Danke. Überlegen Sie derweil noch mal, es fällt Ihnen bestimmt etwas ein!

Zirkel lud mich auf acht Uhr in seine Wohnung. Es kämen noch ein paar Verrückte, sagte er knapp. Wenn es ordentlich laufe, werde man sogar schon eine Wahlkampfmannschaft aufstellen und die Aufgaben verteilen können.

Und noch etwas: Lassen Sie mich vor allem reden. Es ist besser so!

Als ich an meinen Platz zurückkehrte, zupfte Frau Breitenbacher die Tischdecke zurecht.

Es gibt da eine Geschichte, die mit dem Mugel Richard und seinem Bruder Fritz zu tun hat, sagte sie unentschlossen. Die hat die Leut damals furchtbar aufgeregt. Aber es ist schon eine Weile her, und ich weiß nicht recht …

Erzählen Sie, bat ich.

Sie tat mir den Gefallen.

Richard Mugel ist Landwirt, einer der letzten in Wirkahn. Sein Hof liegt vor der Stadt, auf halbem Weg zum Karmeliterberg rauf. Die Pilger, die in der Karwoche auf den Berg wallfahren, um in der Kapelle vor dem Bildstock der Muttergottes zu beten, den eine Karmeliterin im 17. Jahrhundert im Wald gefunden hat, die Pilger müssen praktisch direkt am Mugelhof vorbei. Und jedes Mal, wenn Marienwallfahrt ist, steht auf der Bank, wo normalerweise das Molkereifahrzeug die Milch abholt, eine große Milchkanne, gefüllt bis obenhin, dazu ein Tablett mit Trinkbechern, und die Frommen dürfen sich bedienen, so oft sie wollen. Ohne daß es was kost'. Das gibt's selten in dieser Gegend, soviel Großzügigkeit, noch dazu von einem Bauern. Manch einer hat schon geglaubt, das wär das Marienwunder, und ist auf die Knie gesunken deswegen; aber es ist doch nur der Mugelbauer, dem es Spaß macht, die Menschen vor dem langen Weg zu stärken. Obwohl er selbst nie mitmacht bei der Prozession, was den Pfarrer Effinger mächtig schabt; doch sein Häfele Milch trinkt auch er. Auch sonst ist der Richard kein Gewöhnlicher. Er weiß und liest viel und kann reden wie ein Studierter, weshalb er sogar acht Jahre lang Abgeordneter im Landtag gewesen ist, und gewiß kein schlechter. Acht Jahre, bis ihn der jüngere Bruder des Bürgermeisters, Hartwig Pfisterer, auf hinterfotzige Weise ums Amt gebracht hat.

Nein, sagte Frau Breitenbacher und schüttelte den Kopf auf eine Frage, die ich gar nicht gestellt hatte. Das war es nicht, was die Leut narret gemacht hat. Obwohl es auch eine Granatensauerei gewesen ist, denn der Hartwig hat dem Richard praktisch die Pistole auf die Brust gesetzt, als der nach einer Bypass-Operation im Krankenhaus lag und sich nicht wehren konnte. Und heut ist er Staatssekretär und tut furchtbar leutselig. Ein falscher Fuffzger, wie er im Buch steht!

Wörtlich sagte sie: An Schleimscheißr wia amol! und schnaufte vor Entrüstung. Und dann mußte sie doch noch schnell die Geschichte loswerden, die sie mir eigentlich gar nicht erzählen wollte.

Gerade aus der Narkose war der Mugel aufgewacht, da stand der Hartwig schon an seinem Bett und sagte, mit der Politik wär's jetzt leider vorbei für den Abgeordneten Mugel. Das hätt der Doktor dem Landrat beim Rotarierabend in der Kreisstadt gesagt, im Vertrauen natürlich. Politik wär viel zu anstrengend für einen, dessen Herzgefäße zum Teil aussähen wie verdorrte Zweige eines Holunderstrauchs. Die Partei, sagte der jüngste der drei Pfistererbrüder, mache sich jetzt natürlich große Sorgen um ihren Abgeordneten und wünsche ihm von Herzen gute Besserung, das vor allem. Und er solle sich nur ja recht schonen und daran denken, daß Politik nicht alles wäre im Leben, Gesundheit gehe vor. Und darum bäte ihn der Kreisvorstand, so schwer es allen auch fiele, daß er bei den Wahlen im nächsten Frühjahr nicht mehr antreten möge. Er, Hartwig, sei beauftragt, es ihm schonend beizubringen, was ihn hart ankomme, das könne der Richard ihm glauben, aber was sein müsse, müsse halt sein. Und damit der Kranke sich nicht lang zu quälen brauche, habe er ihm die Verzichtserklärung gleich mitgebracht. Du brauchst sie bloß noch zu unterschreiben, Richard, sagte er und hielt ihm ein Blatt Papier unter die Nase. Mugel wollte sich's eigentlich lieber noch mal in Ruhe überlegen, aber der Hartwig ließ ihm keine Ruh: Es gäbe auch eine Verantwortung gegenüber der Partei, in acht Wochen wär der Kandidat für die Landtagswahl zu wählen, und die Delegierten wollten wissen, wie es weitergehe. Schließlich gab der Kranke nach, er unterschrieb und war danach so erschöpft, daß er zu fragen vergaß, wer denn als sein Nachfolger vorgesehen wäre. Natürlich der Hartwig, der den Schrieb einsackte und sich wie der

Blitz aus dem Staub machte; der Siach. Hinterher stellte sich dann heraus, daß alles von A bis Z gelogen war, kein Sterbenswörtchen hatte der Doktor zu irgend jemandem gesagt, das wollte er sogar beeiden. Aber der Vorstandsbeschluß war gefaßt, Richard Mugel hatte unterschrieben, und er war es auch leid, sich mit solchen Menschen länger herumzuärgern.

So, schloß Frau Breitenbacher ihren Bericht, habe der jüngste der drei Pfistererbuben den Richard Mugel ums Mandat betrogen und sei zur Belohnung dafür nicht nur Abgeordneter, sondern gleich auch noch Staatssekretär geworden. Und diejenigen, die ihm bei seinem Betrug geholfen hätten, wären in der Zwischenzeit zum Dank allesamt die Treppe raufgefallen. Den einen habe Ludwig Pfisterer zu sich ins Rathaus geholt und gleich zum Hauptamtsleiter gemacht, ein anderer sei bei Ernst Pfisterer, dem Landrat, Naturschutzbeauftragter geworden, obwohl er eine Geiß nicht vom Schaf unterscheiden könne, zwei sprängen dauernd im Ministerium um den Herrn Staatssekretär rum, und so fort. Am Anfang hätten die Leute noch einen Mordszorn gehabt wegen der Geschichte und der Hartwig habe die Wahl auch bloß knapp gewinnen können, aber irgendwann seien die meisten mürb geworden und hätten eingesehen, daß man doch nix machen könne, gegen die Nobiles komme keiner an.

Do ka neamed nens do gega die!, sagte sie in schönstem Wirkahner Dialekt und breitete so ergeben wie der Gekreuzigte, der von seinem Platz über der Eckbank still auf den Stammtischwimpel des MGV Frohsinn herabsah, die Arme aus.

Ich fragte sie nach der Bedeutung des Begriffs Nobiles, den schon der Redakteur Kersten benutzt hatte. Nobiles, erwiderte sie, nenne man seit altersher die Familien, die die mächtigsten im Ort seien, und das wären vor dem Krieg auch noch die Mugels gewesen, jetzt aber nimmer.

Ob es die Presse denn so einfach hingenommen habe, wie Richard Mugel aus dem Amt gedrängt worden sei, wollte ich wissen. Sie winkte ab:

Im Blättle sind anfangs ein paar kritische Artikel gestanden, aber der Hartwig hat getönt, alles wär sauber und demokratisch zugegangen und er tät jeden belangen, der was anderes behauptet. Und wie vor zwei Jahren ein junger Redakteur noch mal was Vorlautes über ihn geschrieben hat, daß seine Wahlplakate nämlich neuerdings im Landratsamt gedruckt würden und wie praktisch das doch wär, da hat es keine zwei Wochen gedauert, und er war weg vom Fenster. Und alle drei, der Bürgermeister, der Landrat und der Staatssekretär, haben beleidigt getan und gesagt, die Wirkahner sollten froh sein, eine so starke Lobby bis in die Regierung hoch zu haben, andere Orte gäben was drum.

Frau Breitenbacher stemmte die Arme in die Hüften.

Und die Leut sind so blöd und glauben es!, fauchte sie. Ein Vetterle in der Regierung und eins im Himmel, das ist für sie das Höchste!

Es begann zu dämmern. Die Fensterscheiben dickten das Februarlicht sämig ein.

Immerhin, eine bemerkenswerte Familie, sagte ich. Da läßt keiner den anderen im Regen stehen.

Das können Sie wohl glauben!, rief die Wirtin. Aber wenigstens ist es bei alldem noch um Politik gegangen, und man weiß ja, wie's da zugeht. Aber die andere Sache ...

Sie schenkte sich Kaffee mit viel Zucker ein und ließ den Löffel in der Tasse kreisen, bis das Porzellan wie eine Sturmglocke läutete. Bevor sie aufs neue zu erzählen ansetzte, streifte ihr Blick die Wanduhr. Eine leichte Beunruhigung trübte ihr rosiges, vom Doppelkinn leicht aufgepolstertes Gesicht. Wahrscheinlich überschlug sie in Gedanken, wie lang ihr Mann noch schlafen würde. Es schien zu reichen, um nicht erwischt zu werden.

Die andere Sache, die die Leute wirklich aufregte, ereignete sich einige Jahre später.

Als Richard Mugel das Spital wieder verlassen durfte, trat er aus der Partei aus und kümmerte er sich fortan nur noch um seinen Hof. Da hatte er Geschäft genug. Aber weil er nicht verheiratet war – und es bis heut nicht ist, ein Jammer, so ein gestandener Mann!, seufzte meine Wirtin –, wurde es ihm doch schwer, die Wirtschaft nur mit dem Knecht, der schon von seines seligen Vaters Zeiten her auf dem Hof war, umzutreiben. Dreißig Stück Vieh wollen versorgt sein. Dazu das Pflugland, die Weiden, der Wald bis Attersteig rauf. Dann kriegte Arthur, der Knecht, auch noch von jetzt auf nachher Asthma. Nach einem Jahr holte der Mugelbauer deshalb seinen Bruder Fritz zu sich, der bis dahin die letzte Schusterwerkstatt Wirkahns betrieben hatte, in der Merziggasse, direkt neben dem Laden Julius Hirschfelds –.

Haben Sie den schon besucht?

Nein, sein Geschäft war geschlossen. Er scheint krank zu sein.

Das glaub ich net. Samstags sitzt er oft beim Mugel, die kennen sich gut, dann vespern sie zusammen und reden von alten Zeiten. Das Schild hängt er bloß raus, weil er seine Ruhe haben will.

Wie Richard Mugel auch. Scheint ein verbreitetes Bedürfnis hier zu sein!

Frau Breitenbacher blinzelte verständnislos und nahm den Faden wieder auf.

Fritz Mugel, den alle nur den Sohlemugel nannten, gab also sein Geschäft auf und zog zum Bruder auf den Hof, und das war gut so. Denn der Sohlemugel war zwar ein guter Handwerker, aber fürs Geschäft hatte er keinen Sinn. Nie nahm er mehr als acht Mark fürs Reparieren, da konnten die Löcher im Schuh krautkopfgroß sein, es war ihm einerlei. Gab einer dann noch ein Fünfzigerle dazu, was allerdings die wenigsten taten, stand er auf, verbeugte sich und sagte: Da mach ich meinen Dank! Ein Kerl wie ein Schrank, aber im Kopf wie ein Kind, zu gut für diese Welt. Auch deshalb hat ihn der Richard zu sich geholt, sagte Frau Breitenbacher, es war das Beste für beide. Und es ging ja auch gut, bis Richard Mugel vor fünf Jahren wieder ins Krankenhaus mußte, diesmal der Nieren wegen. Da blieb der Fritz für ein paar Wochen allein auf dem Hof, und damit begann das Unglück. Denn schon am zweiten Tag kreuzte der Chef der Wirkahner Bank auf, ein gewisser Thaddäus Steiger, und sagte, er hätte ein tolles Geschäft für den Fritz. Die hundertfünfzigtausend Mark, die seit Jahren auf seinem Sparbuch lägen, das ausbezahlte Erbteil nach dem Tod seiner Mutter, die wären inzwischen schimmlig wie ein Sack Vorkriegskartoffeln. Als Bankmensch könne er, Steiger, das gar nicht mehr mitansehen. Geld muß schaffen, Fritz, nicht auf der faulen Haut liegen. Du tust's ja auch net. Deshalb verrate er ihm als gutem Kunden etwas, was er eigentlich gar nicht verraten dürfte, weil's noch geheim wär, aber er täte es trotzdem, ihm zulieb. Du kennst doch den Dörrenwasen, Fritz, an der Fabrik vorbei Richtung Bruckwangen. Dort wird der Brauer in längstens zwei Jahren eine neue Fabrik hinstellen, viel größer und moderner als die jetzige. Deshalb wird das Gewann Dörrenwasen nächstes Jahr als Gewerbegebiet ausgewiesen. Der Bürgermeister hat's seinem Cousin, dem Steiger, selbst erzählt, vertraulich natürlich. Er mußte ihn aber einweihen, weil der ganze Dörrenwasen nämlich ihm, dem Steiger, gehört – und da genau liegt das Problem. Warum? Denk mal nach, Fritz. Wenn die Wiesen erst Bauland sind, werden sie viel mehr wert sein als jetzt, mindestens zwanzigmal soviel. Und dann wird es im Flecken wieder heißen, der Pfisterer bedient seine Familie ällweil zuerst. Und das kann er sich nicht leisten, schon weil der Hartwig jetzt Staatssekretär ist. Dabei gibt es objektiv keinen besseren Platz für die neue Fabrik, und Brauer ist es auch leid, daß das Regierungspräsidium am alten Standort immer rummacht, wegen der Sicherheit. Er möchte deshalb vor die Stadt und seine Ruhe haben, und zwar schnell. Am besten wär's deshalb, meint der Bürgermeister, der Thaddäus würde den Dörrenwasen an jemanden verkaufen, der den Grund nach einem Jahr, wenn die Planungen fertig sind, an die Brauerwerke weiterverkauft, mit entsprechendem Gewinn, versteht sich. Aber es müßte jemand Honoriges sein, einer, dem niemand das Geschäft neidet. Und da hat der Steiger sofort an den Sohlemugel gedacht.

Ein gedämpftes Rumpeln aus dem oberen Stockwerk ließ Frau Breitenbacher innehalten. Sie blickte zur Tür hinüber, wartete und nickte zufrieden.

Er geht immer erst aufs Klo!, sagte sie. Das dauert. Zur Sicherheit trank sie aber doch den Kaffee in einem Zug leer.

Kurzum, der Steiger bot Fritz Mugel an, ihm den ganzen Grund im Dörrenwasen zu verkaufen. Und er war sogar bereit, sich mit dem Zehnfachen des jetzigen Wertes zu begnügen. Jeder die Hälfte des Gewinns, das nenn ich ein gerechtes Geschäft, Fritz. Wenn Max Brauer nächstes Jahr bei dir anklopft, um dir das Land abzukaufen, wird er das Doppelte drauflegen müssen, mindestens. Und du bist auf einen Schlag um hunderttausend Mark reicher. Ist das ein Wort? Ja, hat der Fritz gesagt, das ist schön. Aber ich brauch das Geld eigentlich gar net! Ich hab alles, was ich brauch. Aber der Richard braucht's! erwiderte Steiger ungerührt. Sein Kredit, unter uns gesagt, ist dauernd überzogen, und eure Maschinen taugen als Sicherheit auch nicht mehr viel, weil sie nämlich schon arg alt sind. Es ist nur meine Großzügigkeit, daß ich da nicht genauer hinguck. Das mit den Maschinen stimmte, jedenfalls für den Traktor, und Fritz Mugel fing an nachzudenken. Er malte sich aus, wie es wäre, wenn er seinen Bruder nächstes Jahr mit Geld für einen neuen Traktor und vielleicht sogar für eine automatische Melkanlage überraschen würde, und der Gedanke freute ihn mächtig. Thaddäus Steiger gab ihm Bedenkzeit bis zum Abend, dann rückte er mit dem Notar Wachter an, der der Dedde seines ältesten Kindes ist –

Dedde?

Der Pate halt! Wir müssen noch fest üben!

Auf dem Mugelhof saßen sie und verkauften dem Fritz das Brachland Dörrenwasen für hundertachtunddreißigtausend Mark, während sein Bruder im Krankenhaus lag und davon keine Ahnung hatte. Der Notar tat ganz geheimnisvoll und flüsterte dem Sohlemugel zu, für so ein Geschäft müßt man viele Schuhe flicken. Das sah der Fritz ebenso, und weil es eine Überraschung sein sollte, erzählte er seinem Bruder nichts von dem Handel und wurde erst unruhig, als nach zwei Jahren immer noch keiner bei ihm angeklopft hatte, um den Dörrenwasen zu kaufen. Eines Tages kriegte er dann vom Landratsamt die Mitteilung, daß das ganze Gebiet unter Naturschutz gestellt werden solle, und erst da erfuhr Richard Mugel von dem schamlosen Betrug an seinem Bruder.

Aber da war die Katz längst den Baum nauf!, schloß Frau Breitenbacher ihren Bericht, stand auf und wischte sich eine Haarsträhne, vielleicht auch eineTräne, aus dem Gesicht. Einer, der zeitlebens keiner Fliege was zuleide getan hat, ist von diesen Herren, die alle unter einer Decke stecken, um sein ganzes Erspartes beschissen worden! Und, was noch ärger ist, er hat es sich so zu Herzen genommen, daß er das bißchen Verstand, was er hatte, inzwischen auch noch verloren hat. Oft redet er wirres Zeug, rennt nachts aufs Feld raus, daß er schier erfriert, kratzt sich, bis das Blut kommt und schreit, daß er nimmer leben mag. Man muß auf ihn aufpassen wie auf ein Kind. Jetzt ist er wirklich eins.

Ich wartete, bis Frau Breitenbacher wieder zu Atem gekommen war. Dann fragte ich:

Hat man denn nichts gegen diesen Thaddäus Steiger unternommen?

Was denn, es war doch alles notarisch!, rief die Wirtin. Der Richard hat trotzdem gegen den Vertrag geklagt und verloren, denn der Steiger hat alles abgestritten und der Wachter hat's bezeugt. Als der Richard die beiden Lumpen und Diebe geheißen hat, mußte er dafür sogar wegen Beleidigung zahlen. Ich sag ja, gegen die Nobiles kommt keiner an, die machen sich ihr Recht selbst!

Oben setzte gurgelnd die Wasserspülung ein. Frau Breitenbacher räumte rasch ab. Ich half ihr, das Geschirr in die Küche zu tragen.

Eins will mir nicht in den Kopf, sagte ich. Warum hat der Steiger überhaupt so etwas Niederträchtiges getan? Er riskierte doch auch eine Menge dabei!

Die Wirtin scheuchte mich aus der Küche und öffnete den Schieber der Durchreiche.

Der Steiger ist ein Spieler und hat Schulden bis zum Hals, sagte sie. Der braucht immer Geld.

Aber daß er so genau den richtigen Zeitpunkt gekannt hat, an dem er Fritz Mugel über's Ohr hauen konnte?

Jessas, sind Sie a Chrischdkindle! So denken Sie doch auch mal nach! Der Landrat hat seinem Bruder, dem Bürgermeister, erzählt, daß der Dörrenwasen bald Naturschutzgebiet werden soll, und der wiederum hat' s seinem Vetter Thaddäus gesteckt, damit der rechtzeitig einen Dummen findet, der ihm das Land abkauft. Und im Kreiskrankenhaus, wo der Richard operiert worden ist, gibt es eine Oberärztin namens Brauer, und das ist niemand anderes als die Frau vom Max Brauer! Die hat bloß mal nebenbei zu sagen brauchen: Übermorgen wird der Richard Mugel operiert, und schon hat der Steiger gewußt, an welchem Tag der Fritz seinen Bruder garantiert nicht um Rat fragen konnte. Das war nämlich der größte Fehler vom Richard, daß er wieder ins Kreiskrankenhaus gegangen ist, obwohl er schon vom ersten Mal her hätte wissen müssen, was für eine Konnekschen da läuft. Aber beweisen läßt sich das natürlich nicht …

Abrupt drehte mir Frau Breitenbacher den Rücken zu und räumte klappernd Töpfe aus dem Schrank. Ihr Mann stand in der Küche und überblickte mißmutig die Szene.

Grüß Gott, sagte er brummig.

Grüß Gott. Ich wollte gerade Ihre Frau bitten, mir ein Taxi zu bestellen.

Im Flur ist ein Telefon. Wir müssen jetzt das Essen vorbereiten.
Schieber runter, Klappe zu.

Ich ging in den Flur, zog meinen Mantel an und wählte die Nummer eines Taxiunternehmens. Der Kronenwirt horchte, spielte mit dem Schlüsselbund und schloß geräuschvoll die Haustür auf.

Kaum war ich draußen, riegelte er zu.

Auf der Straße schlug mir beißende Kälte entgegen. Die Sonne stand tief hinter den Häusern. Das schmale Band des Himmels aber, zu dem ich aufschaute, flammte in Gold und Violett.

Ich bog in die nächste Seitenstraße, um auf das Taxi zu warten. Der Absperrungen wegen konnte es nicht bis zum Gasthaus vorfahren.

Erst als es hielt und ich den Fahrer erkannte, der mich am Bahnhof aufgelesen hatte – er erkannte mich auch, verzog aber keine Miene –, entschloß ich mich, ihn nicht wieder wegzuschicken.

Zum Mugelhof, sagte ich. Wissen Sie, wo das ist?

Er nickte.

Wie lange brauchen wir?

Gute Viertelstunde.

Ich sah auf die Uhr: kurz nach fünf. Noch drei Stunden, bis ich bei Zirkel sein mußte. Genügend Zeit, um zu versuchen, mit Hirschfeld und Mugel ins Gespräch zu kommen.

Können Sie mich um halb acht von dort wieder abholen?

Nochmals ein Nicken.

Nein, geschwätzig waren sie nicht, die Wirkahner. Es mußte viel passieren, damit sie den Mund aufmachten. Und doch: Andere schwiegen noch länger. Erst wenn sie jahrelang allein waren mit sich und ihrem Erinnern, fingen sie an, sich zögernd zu öffnen. Ostfriesische Stadtdirektoren zum Beispiel.

Wir fuhren schweigend durch verlassene Straßen ins freie Feld hinaus. Dünner weißer Nebel dampfte vom schneebedeckten Boden auf. Groß und dunkel erhoben sich die Berge. Die Sonne war untergegangen, aber ihre Strahlen fächerten noch über den Horizont. Nach zwanzig Minuten waren wir am Ziel. Eingebettet in eine Senke, lag vor uns der Mugelhof. Hinter seinen Fenstern brannte Licht.

12.

Vater wäre gern Jurist geworden. Die Akten weisen es aus: Das Zeug dazu hatte er.

In der Sonnwendnacht 1934 brannte in der Marsch vor Brederstedt ein Gulfhof, einer jener ostfriesischen Bauernhöfe, die Mensch und Vieh, Leben und Sterben unter einem gewaltigen Reetdach vereinen. Das Haus entzündete sich durch Funkenflug, nachdem Hitlerjugend und SA in Steinwurfnähe der Erlen, die das Anwesen säumten, einen mannshohen Reisigholzhaufen in Brand gesetzt hatten. Haus und Stallungen, aus denen das brüllende Vieh in letzter Minute ins Freie getrieben werden konnte, gehörten dem Bauern Enno Lukosz, dessen Vater Janusz um 1890 aus Krakau eingewandert war, als Knecht auf dem Hof gearbeitet, nach zwei Jahren der Tochter des Bauern Hinrich Bürren ein Kind gemacht und sie kurz vor der Niederkunft geehelicht hatte.

Über Janusz Lukosz ging das Gerücht, er sei Jude, bekenne sich aber nicht zu seinem Glauben. Das machte ihn bei den alteingesessenen Marschenbauern, den Polderfürsten, nicht beliebter, zumal sich Hinrich Bürren am Tage der Hochzeit seines einzigen Kindes am Dickbalk des Dachstuhls aufhängte. In der Folgezeit erwies sich allerdings, daß Lukosz nicht nur von Frauen, sondern auch von Rindern viel verstand, und man war fast soweit, ihm sein Polen- und Judentum zu verzeihen, als er im Sommer 1929 von einem Bullen gegen den Holzverschlag gequetscht wurde und noch im Stall mit eingedrücktem Brustkorb starb. Die Polizei verhörte mehrfach seinen Sohn Enno, der vergessen hatte, den Bullen anzuketten, ohne ihm mehr als Schlamperei nachweisen zu können. Enno Lukosz führte die Rinderzucht fort, mußte sich aber, weil ihn die Bauern und Händler der Nachbarschaft mieden, die Käufer bis ins Oldenburgische hinein suchen; meist waren es Juden.

Als das Feuer den Hof zerstörte und nur noch schwarze Mauern und verkohlte Strünke übrig ließ, war Lukosz gerade zum zweiten

Mal im ›NS-Kurier‹ verwarnt worden, weil er immer noch mit jüdischen Viehhändlern handschlagte.

Schnell kam deshalb das Gerücht auf, der Bürrenhof sei absichtlich angezündet worden. Enno Lukosz erstattete Anzeige und verlangte von der Stadt Schadenersatz. Sie hätte, schrieb der von ihm beauftragte Rechtsanwalt Ubbo Smid aus Emden, ordnungspolizeilich gegen die Sonnwendfeier vorgehen müssen. Denn der Plan der Parteijugend, die Kundgebung dicht neben dem Bürrenhof abzuhalten, sei vorher bekannt gewesen. Außerdem hafte die Gemeinde für die Nachlässigkeit der Feuerwehr, die zu spät am Einsatzort eingetroffen sei. Von einer aufgeputschten Menge umringt, die unter Trommelschlag das den Nachthimmel rötende ›Judenfeuer‹ besang und anschließend zum Marktplatz marschierte, um dort ihre Fakkeln auf einen Scheiterhaufen zu werfen, habe das Löschfahrzeug eine Viertelstunde lang untätig in der Hauptstraße gestanden. Niemand von der Besatzung habe Anstalten gemacht, zum Einsatzort zu gelangen. Es gebe sogar Aussagen, daß Feuerwehrmänner mit SA-Angehörigen geplaudert und Zigaretten geraucht hätten. Wäre die Wehr sofort zur Brandstelle geeilt, wie es ihre Pflicht gewesen wäre, hätte wenigstens der Wohnteil des Bürrenhofs gerettet werden können, schrieb Smid und erkannte auf Amtspflichtverletzung durch doppeltes Unterlassen.

Der Schriftsatz des Anwalts gehörte zu einem Packen Prozeßakten im hintersten Teil des Archivs. Ungeachtet seiner kritischen Vorhaltungen schloß er mit: ›Heil Hitler!‹ Wahrscheinlich sollte auf diese Weise verdeutlicht werden, daß die angedrohte Klageerhebung des Juristen Smid keinesfalls mit der politischen Auffassung des Volksgenossen Smid verwechselt werden dürfe.

Auch die Entgegnung des Ordnungsamtsleiters Erwin Schröder war, wie vorgeschrieben, mit dem Hitlergruß unterzeichnet. Das war aber auch schon die einzige Übereinstimmung zwischen den Kontrahenten. Ansonsten zerpflückte mein Vater Smids Argumentation nach Strich und Faden.

Zunächst verwies er darauf, daß es sich bei Sonnwendfeiern um einen althergebrachten, genehmigungsfreien Brauch handle, der nur dann Anlaß zu ordnungspolizeilichem Einschreiten böte, wenn konkrete Anhaltspunkte für eine Gefährdung der öffentlichen Sicherheit vorlägen. Dann drehte er den Spieß um: Es hätte dem Bauern, der das Auftürmen des Reisigs von seinem Hof aus beobachtete und die drohende Gefahr erkennen mußte, oblegen, unverzüglich die Behörden zu informieren. Da Lukosz dies versäumt habe, sei es sein eigenes schuldhaftes Unterlassen und nicht das der Stadtverwaltung, welches den Schadensfall mitverursacht habe. Auch der Feuerwehr sei kein Vorwurf zu machen, denn sie habe, um keine Gefahr für Leib und Leben der sie umringenden Menschen heraufzubeschwören, warten müssen, bis sich die Menge verlaufen hatte. Fackeln einer im Stadtzentrum in Panik geratenden Menschenmenge könnten weit schlimmere Schäden anrichten als der Brand eines alleinstehenden Hauses im Außenbereich, schrieb der Ordnungsamtsleiter Schröder. Die Feuerwehrleute seien deshalb für ihr besonnenes, güterabwägendes Verhalten zu loben und nicht zu tadeln. Lukosz dagegen müsse sich vorhalten lassen, mit seinem ›fortgesetzten Judenhandel‹ eine gegen ihn gerichtete öffentliche Stimmung geradezu provoziert zu haben. Im übrigen habe er den nach dem Reichserbhofgesetz vorgeschriebenen Nachweis deutschblütiger Abstammung trotz mehrfacher Aufforderung bislang nicht erbracht, weshalb schon seine Klagebefugnis als Hofeigentümer in Zweifel zu ziehen sei.

Das von Lukosz angerufene Landgericht schloß sich der Auffassung meines Vaters vorbehaltlos an. Es wies die Klage Anfang 1935 ab.

Vorbehaltlos?

So jedenfalls steht es in der Begründung des im Namen des Volkes ergangenen Urteils.

Ich hockte auf meinem harten Stuhl im Archiv und rang um eine Erklärung.

Da schrieb einer kühl von ›fortgesetztem Judenhandel‹, der selbst eine Liebesbeziehung zu einer Jüdin unterhielt. War ihm die Schizophrenie seines Verhaltens überhaupt bewußt? Oder gelang es ihm, tagsüber zu verdrängen, was ihn nachts ins Haus des Doktor Liebenstein trieb?

Im Sammelband der Brederstedter Chronik von 1934 fand sich

die Fotografie einer lachenden, feixenden Menge, die eine Frau eskortierte, der man ein Pappschild mit der Aufschrift: ›Ich bin ein Deutsches Mädchen und habe mich vom Juden schänden lassen!‹ umgehängt hatte. SA-Uniformen rechts und links. Zufriedenes Grinsen auf den Gesichtern. Die Frau sah blicklos zur Seite.

Auch Erwin Schröder mußte das Bild gesehen haben. Stand er gar am Fenster seines Büros, als der Zug unter ihm vorbeimarschierte?

Ungefähr zwei Wochen, nachdem er seinen Dienst im Rathaus wieder aufgenommen hatte, besuchte mein Vater Katharina Hirschfeld zum erstenmal. Es war, bekennt er in seinen Ringbuch-Aufzeichnungen, außer jenem späteren Besuch im November 1938 das einzige Mal, daß er sich bei Tageslicht ins Haus des jüdischen Kinderarztes traute.

Er trug einen Blumenstrauß bei sich. Er wollte der jungen Frau, die ihm das Leben gerettet hatte, Dank abstatten. Niemand konnte ihm das verwehren.

Doktor Liebenstein öffnete die Tür. Er hatte seine Sprechstunde beendet und war im Begriff, zu Krankenvisiten aufzubrechen. Schröders Frage, ob Fräulein Hirschfeld zu sprechen sei, freute ihn. Er bat ihn auf eine Tasse Tee herein und rief Katharina, die sich in ihrer Kammer im Dachgeschoß aufhielt, ins Wohnzimmer hinunter.

Vater hätte nicht eigens darauf hinweisen müssen, ich weiß es auch so: Katharinas Zimmer ist mein Kinderzimmer.

Leicht kann ich mir vorstellen, wie dieser Teil des Besuchs verlaufen ist: Katharina überrascht, verlegen, ohne das instinktive Selbstbewußtsein, das sie bei der Versorgung des Verletzten an den Tag gelegt hat. Erwin Schröder nicht weniger unsicher, aber um gelassenes, gespielt überlegenes Auftreten bemüht.

Bitte sehr, ein paar Blumen. Nein, nicht der Rede wert. Es freut mich aber, wenn sie Ihnen gefallen.

Er war – ich muß es mir immer wieder vorsagen, um ihm nicht das Bild, mit dem er in mein Leben getreten ist, überzustülpen – dreiundzwanzig; ein junger, wenn auch überaus zielstrebiger Mann.

Auf dem Rathaus einer, der kühl kalkulierend Kopf und Ellenbogen einsetzte, um das zu werden, was ihm seiner Meinung nach zustand. Die Zeit war günstig für Willensnaturen wie ihn. Auch der, zu dem man jetzt: ›Der Führer!‹ sagte, hatte nicht studiert, verachtete die Akademiker sogar und machte sich über sie lustig und hatte es trotzdem zum Reichskanzler gebracht. Revolutionen kehren Ordnungssymmetrien um. Sie geben denjenigen eine Chance, die im normalem Gang der Dinge keine haben. Was die einen hochspült, lähmt und erschreckt die anderen.

Erwin Schröder hatte immer ein gutes Gespür für die Angst anderer. Darum sein bestimmtes Auftreten in einer Verwaltung, die sich vor dem scharfen Wind des Neuen erst mal wegduckte; vor einem Gemeinderat, der schon katzbuckelte, wenn der NSDAP-Beauftragte nur die Augenbrauen hochzog; bald auch dem Bürgermeister Arp Krüger gegenüber, einem unbedarften Bäcker, den die Nazis vom Ofen weg in den städtischen Ohrensessel hineinbefördert hatten.

Das Kompromißlose, das scheinbar Fertige war Schröders Trick, den Rückenwind der Revolution zu nutzen. Das läßt ihn älter und abgeklärter erscheinen. Dennoch: Als er Katharina begegnete, war er gerade mal dreiundzwanzig.

Manchmal denke ich: mein jüngerer Bruder.

Doktor Liebenstein wird sich nach seinen Verletzungen, vielleicht auch nach dem Stand der Ermittlungen gegen die SA-Schläger erkundigt haben – nein, das nicht, da verläuft bereits die Trennlinie. Juden kam es 1934 nicht mehr zu, nach dem Gang des Rechts zu fragen. Das Ghetto der Ausgrenzung existierte ja längst. Die Kassenzulassung jüdischer Ärzte: gleich nach der Machtergreifung aufgehoben. Boykottaufrufe, Übergriffe gegen jüdische Intellektuelle, Geschäftsleute und Selbständige: an der Tagesordnung. Und natürlich vergaß Doktor Liebenstein keine Sekunde lang, wer da vor ihm saß. Meinert Dierks stand jetzt zweimal im Monat neben seinem Vetter auf dem Larsdorper Viehmarkt, durch einen Drahtverhau von den übrigen Viehhändlern abgesondert, im sogenannten Judeneck, und führte Kälber am Strick, obwohl er nicht mal das hätte tun dürfen.

Es gab anderes, Unverfänglicheres zu bereden.

Frau Liebenstein war immer noch im Sanatorium. Die Lunge. Nächste Woche würde ihr Mann die Praxis für vierzehn Tage schließen, um sie im Harz zu besuchen, und Katharina wollte endlich wieder einmal nach Hause fahren, zu ihren Eltern in Süddeutschland. Ja, da kam sie her, aus einer kleinen Stadt, die hier oben kein Mensch kannte – hörte man es nicht an ihrer Sprache?

Katharina wurde rot, sie hatte ja noch so gut wie nichts gesagt. Nur verstohlen die Blumen bewundert und ab und zu am Tee genippt, den sie zubereitet hatte und jetzt zusammen mit der Herrschaft und dem Besuch trinken sollte, was schwerer war, als Splitter aus einem Bein zu ziehen.

Wie sind Sie überhaupt nach Ostfriesland gekommen? Das ist ja doch ein schönes Stück weg von …?

Wirkahn.

Sie zog die Schultern hoch; suchte nach einer Antwort, die es ihr ersparte, weiter befragt zu werden. Schließlich sagte sie: Ich wollte das Meer sehen.

›Es war die einzige Erklärung, die sie mir je für ihre Anstellung als Hausmädchen, fast tausend Kilometer von der Heimat entfernt, gegeben hat: Sie wollte das Meer sehen!‹

Noch der Siebzigjährige wundert sich, als er den Satz in seinem Ringheft notiert, über soviel träumerische Hartnäckigkeit.

Doktor Liebenstein erhob sich, er mußte zu seinen Patienten. Viele waren es nicht mehr, fast nur noch jüdische Familien. Aber die Gespräche dauerten jetzt länger als früher, und oft waren sie wichtiger als die Arznei.

Auch Erwin Schröder wollte gehen: Ich habe Sie lange genug aufgehalten.

Bleiben Sie doch noch ein wenig, sagte der Arzt bittend. Sie haben nicht mal Ihre Tasse ausgetrunken. Katharina freut sich, wenn Sie ihr etwas Gesellschaft leisten. Sie hat wenig Ansprache sonst.

Katharina sah auf ihren Schoß und schwieg.

Ungefähr so wird es begonnen haben.

Bis dahin konnte ich mir die Situation vorstellen. Doch dann entzog sie sich mir. Daß ein Verstandes- und Karrieremensch wie Vater sich von Gefühlen überwältigen ließ, die ihn Kopf und Kragen kosten konnten, war mir unbegreiflich. Ich fand keine Erklärung dafür. Nicht einmal Bilder, die das Unerklärliche in stumme, zärtliche Gesten auflösten.

Mein Vater und das jüdische Dienstmädchen. Selbst nach fünfzig Jahren befremdete es mich.

Warum? Weigerte ich mich, ihn weich und verletzbar zu sehen, um mir wegen meines eigenen Verhaltens ihm gegenüber keine Vorwürfe machen zu müssen? Oder war ich gar verbohrt wie jene, die immer schon gewußt hatten, daß sich arisches Blut nicht mit jüdischem vermischen darf, die es zu Kaisers Zeiten und in der Weimarer Republik gesagt und geschrieben hatten und es nun erst recht taten, da man mit diesem Wissen nicht mehr hinterm Berg zu halten brauchte, da es zur Staatsmaxime erhoben, wissenschaftlich untermauert, durch Gesetze und Verordnungen unbezweifelbar geworden war? Die auch nicht gezögert hätten, einen Stadtoberinspektor, und wäre er noch so tüchtig, aus dem Amt zu jagen, wenn sie von seiner unbegreiflichen Verirrung erfahren hätten?

Ich erschrak über die abwehrende Härte, die mich bei der Konfrontation mit Vaters Liaison überkam.

Später versuchte ich, auf dem Bett meines – meines? – Zimmers liegend und mit verbissener Entschlossenheit lesend, mir eine Frau vorzustellen, die es fertigbrachte, einen linientreuen Bürokraten in einen Hasardeur zu verwandeln. Erstaunliche Begegnungen waren das, auf Bekenntnissen eines Mannes beruhend, den ich bislang für die personifizierte Geschlechtslosigkeit gehalten hatte.

Vater beschrieb Katharina als zierlich und hübsch, wenn auch auf eine Art, die sich nicht beim ersten Hinsehen erschloß. Schönes, volles Haar habe sie gehabt. Und Augen, die so ganz anders waren als die wasserblauen friesischen, die man gerade zum arischen Gütesiegel erhoben hatte.

›Nie zuvor hatte ich solche dunklen, seelenvollen Augen gesehen. Selten wagten sie, meinen Blick direkt zu erwidern. Meist zogen sie sich sogleich zurück, wie Schnecken in ihr Gehäuse‹.

Nie hätte ich geglaubt, daß er imstande sein würde, solche Sätze niederzuschreiben.

Katharina, die Scheue. War es das, was ihn reizte: ihre Furcht, bedrängt zu werden? Warum aber war ihm dann ihr ängstliches Zurückweichen nicht schon früher aufgefallen, Anfang der dreißiger Jahre, als sie miteinander wanderten? War ihr Blick da anders – freier, weniger zur Eroberung einladend? Oder erregte das Mädchen den jungen Mann erst, als ihm der Kontrast zwischen ihrer Wehrlosigkeit, ihrem Ausgeliefertsein und seiner eigenen Machtfülle bewußt wurde? War das Körperliche am Ende doch nur eine Spielart seiner politischen Gier, die er nicht nur im Amt, sondern nun auch an ihr ausprobieren wollte?

Je mehr ich las, tagsüber in den Akten des Archivs, abends und nachts in Vaters privaten Aufzeichnungen, umso zwiespältiger wurde mir das Bild dieses Toten.

Vielleicht war ich auch nur eifersüchtig. Über Mutter fand sich keine Zeile, die im entferntesten so leidenschaftlich geklungen hätte wie die Schilderung dieser anderthalb Jahre dauernden Beziehung eines Mächtigen zu einer Geächteten.

Sie verabredeten sich für den Tag, an dem Doktor Liebenstein zu seiner Frau ins Sanatorium reiste. Nicht für den Tag, für den Abend. Katharina nahm es hin, daß er sie nur bei Dunkelheit besuchen und sich niemals mit ihr in der Öffentlichkeit zeigen konnte. Offenbar akzeptierte sie jede Bedingung, die er ihr stellte, ohne dagegen aufzubegehren.

Was aber mochte sie erhofft, erträumt haben?

Nach Wirkahn kehrte sie erst im Dezember 1935 zurück. Die beschwerliche Tagesreise im Holzklasseabteil der Reichsbahn unternahm sie nicht allein. In ihrer mit Windeln ausgepolsterten Reisetasche lag ihr drei Monate alter Sohn Frieder. Sein Vater war den Behörden nicht bekannt. Auch auf mehrmaliges, drohendes Befragen hatte sie dem Standesbeamten den Erzeuger des ›Judenbastards‹, wie er das Kind schimpfte, verschwiegen.

Steht Erwin Schröder der Angstschweiß auf der Stirn, als Katharina ein paar Zimmer weiter die Geburt ihres Sohnes, der auch der seine ist, anzeigt? Ja, da bin ich mir sicher: Sein Gesicht ist weiß wie die Wand seines Büros, das ein schwülstiges Hitlerporträt ziert. Sein Herz hämmert, er ist zu nervös zum Sitzen, geht auf und ab, lauscht, ob auf dem Flur sich Schritte nähern … Rassenschande. Anfang September, wenige Tage vor dem Reichsparteitag in Nürnberg, auf dem das Gesetz zum Schutze des deutschen Blutes und der deutschen Ehre beschlossen wird, ist ihre Frucht offenbar geworden. Die Situation ist über die Maßen bedrohlich. Katharina kann unmöglich in Brederstedt bleiben. Selbst Doktor Liebenstein, auf dessen Schweigen Verlaß ist, sieht es so.

Ich sah es auch so.

Es gibt Ereignisse, die das Zeitgefüge durcheinanderwirbeln. Gestern und Heute lösen sich aus ihren Verankerungen und beginnen zu treiben, regellos wie Wolken, die vom Meer her übers Rheider- und Brookmerland nach Süden ziehen.

Dienstag, 3. September 1935: Frieder, mein mir unbekannter Halbbruder, wird unter Mithilfe des Kinderarztes Dr. Liebenstein geboren. Hier, in diesem Haus.

Sonnabend, 10. Januar 1987: Ich lag auf dem Bett, ließ das Ringheft auf den Boden fallen und dachte: Ich habe einen Bruder, der mein Vater, einen Vater, der mein Bruder sein könnte.

Noch drei Tage bis zum Rückflug nach Cedar Rapids. Der Wind wehte vom Meer her. Möglich, daß mein Platz im Flugzeug leer blieb.

13.

Das Taxi rollte neben der Bank aus, die den Marienwallfahrern so wundersame Stärkung bot. Jetzt lag eine Handbreit Schnee auf ihr. Ich zahlte und erinnerte den schweigsamen Fahrer an unsere Verabredung.

Schon recht, sagte er und brauste davon.

Der Mugelhof war ein bergbäuerliches Anwesen, wie ich es von unseren süddeutschen Ferienaufenthalten her in Erinnerung hatte. Damals erschienen mir die Gehöfte mit den steilen Walmdachhauben, den listigen kleinen Fensterlidern und Grashängen, die gleich aufgestellten Mantelkrägen die Stallung umschlossen, wie Räuber, die ihr Gesicht verbargen, um nicht erkannt zu werden. Jetzt berührte mich die Harmonie, mit der sich das Haus in die Natur einfügte. Lange Eiszapfen schimmerten am Dachtrauf und glänzten wie Kristall, und aus dem Schornstein stieg eine violette Rauchsäule so hoch und gerade in den Himmel, als werde das ganze Gebäude an einem einzigen luftigen Faden gehalten.

Ich klopfte an der Eingangstür. Der Mann, der mir öffnete, sah mich, als ich meinen Namen nannte, prüfend an. Dann bat er mich herein, ohne eine weitere Erklärung zu verlangen,.

Ich weiß, wer Sie sind, sagte er drinnen im Flur und nahm mir den Mantel ab. Zacharias hat mittags angerufen und gefragt, ob ich heute abend zu ihm kommen könne.

Und, kommen Sie?

Nein. Aber es hat nichts mit Ihnen zu tun.

Vom Flur aus führte eine Holztreppe ins Obergeschoß; man sah einen langen Gang. Das Haus war geräumig, auch zu ebener Erde lagen mehrere Räume. Mugel deutete auf eine Tür und sagte:

Ich habe Besuch. Wenn er Sie stört, müssen wir in die andere Stube gehen. Dann können wir uns freilich nur kurz unterhalten.

Ich erwiderte, daß mich der Gast, falls es sich um den Antiquar Hirschfeld handeln sollte, keineswegs störe; daß ich sogar genaugenommen, seinetwegen gekommen wäre. Mugel lächelte. Nichts in seinem straffen Gesicht verriet, ob meine Mitteilung ihn überraschte.

In der Wohnstube saß ein alter Mann und stützte seine verkrümmten Hände auf einen schwarzen Stock. Lange weiße Haare fielen ihm auf die Schulter, die zum Höcker verwachsen war. Er saß vornübergebeugt und wärmte seinen Rücken am Kachelofen.

Kaum hatte Mugel mich vorgestellt, zielte der Alte mit dem Stock auf mich und rief:

Sind Sie es, der heute vormittag bei mir geklingelt hat?

Ich nickte.

Dann wissen Sie auch, daß ich krank bin! Warum respektieren Sie es nicht?

Ich wußte nicht, daß Sie es als Störung auffassen, wenn man bei Ihnen etwas kaufen will. In Ihrem Schaufenster sah ich alte Wirkahner Ansichtskarten, die ich gerne –

Papperlapapp, halten Sie mich nicht zum Narren!, sagte der Antiquar. Sie wollten kein verstaubtes Zeugs kaufen, sondern Detektiv spielen. Doch verschonen Sie mich damit!

Verblüfft blickte ich Richard Mugel an.

Nehmen Sie erst mal Platz, sagte er freundlich. Julius, so hör unseren Gast doch wenigstens an. Vielleicht sprichst du ja mit dem künftigen Bürgermeister!

Vorerst spreche mit einem Quidam, der seine Zunge nicht im Zaum halten kann!, antwortete Hirschfeld unwillig und stieß den Stock auf den Boden.

Vom Kachelofen herüber drang leises Stöhnen. Erschrocken legte der Alte die Hände auf den Stockknauf, als müsse er eine Baßsaite zum Schweigen bringen.

Unsicher setzte ich mich an den weißgescheuerten, mit tiefen Kerben bedeckten Holztisch.

Darf ich fragen, Herr Hirschfeld, was Sie so gegen mich aufbringt?

Das verrate ich Ihnen herzlich gern, junger Mann! Was fällt Ihnen ein, einen Pressefritzen auf mich zu hetzen? Eine geschlagene Viertelstunde lang hat mich dieser impertinente Mensch am Telefon belagert! Herr Hirschfeld, wie kommt Ihr Name auf eine Annonce, mit der das Amt des Wirkahner Bürgermeisters ausgeschrieben wurde? Woher soll ich das wissen, sage ich. Ungesühnt – der

Fall Hirschfeld!, steht handschriftlich am Rand. Wer könnte das geschrieben haben, was ist damit gemeint? Bin ich Hellseher? antworte ich. Schröder sagt, vor Jahren hätte es einen Briefwechsel zwischen seinem Vater und Ihnen gegeben, worum ging es da? Mein Herr, Sie scheinen noch nichts vom Postgeheimnis gehört zu haben!, empöre ich mich. So geht es fort und fort … Sagen Sie, sind Sie noch bei Sinnen? Wollen Sie mich umbringen?

Dieser Kersten hat ganze Arbeit geleistet, dachte ich. Über die Verbreitung von Gerüchten braucht man sich in Wirkahn jedenfalls keine Gedanken zu machen.

Es tut mir leid, daß ich Ihnen Unannehmlichkeiten bereitet habe, sagte ich bedauernd. Ich bitte Sie trotzdem, sich dem Anliegen, das mich zu Ihnen führt, nicht zu verschließen. Es geht um eine Frau namens Katharina Hirschfeld und ihren Sohn Frieder, zwei Menschen, die ich nicht persönlich kenne, deren Schicksal mich aber gleichwohl sehr beschäftigt. Frau Hirschfeld, so jedenfalls war ihr Mädchenname, stammt aus Wirkahn. Sie müßte jetzt, falls sie noch lebt, Mitte siebzig sein, ihr Sohn Anfang fünfzig. Ich nehme an, Sie sind mit ihnen verwandt und können mir über sie Auskunft geben. Bitte, was ist aus ihnen geworden?

Hirschfelds eben noch zornsprühende Augen wurden dunkel und schwer. Schweigend lehnte er den Stock an die Sitzbank, verschränkte die Hände vor seiner grauen Weste und sagte, mehr zu Mugel als zu mir gewandt:

Ich denke, es gibt Fragen, die vorher beantwortet sein wollen!

Das sehe ich auch so, pflichtete Mugel bei und schenkte mir unaufgefordert Tee ein. Das Geschirr hatte er aus dem Kachelofen geholt, in dessen Schmalseite ein als Wärmeplatte dienender Eisenrost eingelassen war. Die Metallkanne summte wie ein Samowar. Offenbar hatte ihr siedendes Wasser das Geräusch verursacht, das ich gehört hatte.

Sie haben recht, sagte ich. Entschuldigen Sie meine Ungeduld. Eigentlich müßte mein Vater jetzt hier sitzen und Auskunft geben, denn in erster Linie betrifft die Geschichte, die ich Ihnen erzählen werde, ihn. Aber da er vor wenigen Wochen gestorben ist, muß ich für ihn sprechen, was nicht einfach sein wird. Wir waren sehr verschieden …

Zum zweiten Mal an diesem Tag reiste ich zurück ins Rheider- und Brookmerland. Ich blickte aus dem Fenster und sah es, vom Schnee bläulich eingefärbt, vor mir liegen.

Ein schöner Anblick, aus der Ferne.

Im März 1982 erleidet Erwin Schröder, mein Vater, einen Herzinfarkt. Einundsiebzig Jahre ist er alt, der einstige Brederstedter Stadtdirektor, der immer noch viele kommunalpolitische Fäden in der Hand hält, bis ihn die Krankheit in die Knie zwingt. Wochenlang liegt er im Krankenhaus, abgeschnitten von dem, was sonst seine Tage füllt und ihm das Alleinsein erträglich macht. Wochenlang hofft er, daß sein Sohn, der in den USA lebt, ihn besuchen werde. Es gäbe viel zu besprechen zwischen beiden, man hat sich vor fast drei Jahren im Unfrieden getrennt und seither gemieden. Nach außen hin trägt er es mit Gleichmut. Es ist nicht Friesenart, Gemütsbewegungen zu zeigen. Nur seinem Tagebuch vertraut er sich hin und wieder an.

Von Carsten monatelang nichts gehört, schreibt er dann. Es wird wohl nichts mehr werden zwischen uns.

Auch mich, den Sohn, läßt unsere Sprachlosigkeit nicht kalt; aber das Gefühl der Erleichterung, seinem Schatten entronnen zu sein, überwiegt. Als die Nachricht von seiner Krankheit eintrifft, werde ich nur für kurze Zeit schwankend. Dann schicke ich ihm telegrafische Genesungswünsche und die Mitteilung, daß ich in Prüfungsvorbereitungen steckte. Das ist nicht falsch, denn ich studiere Journalistik und Anglistik an der Iowa State University, aber richtig ist es wohl auch nicht. Für meinen Vater aber steht nun endgültig fest, daß sein Sohn nicht willens ist, sich mit ihm auszusöhnen, und er reagiert darauf auf seine Weise. Nachdem er sich gesundheitlich erholt hat, beschließt er, seinen zweiten Sohn zu suchen, der eigentlich sein erster ist, den er aber kurz nach der Geburt verlassen und aller Welt verschwiegen hat. Erwin Schröder hat nämlich, wie viele seiner Generation, zwei Leben: ein dunkles, das er aus der Erinnerung verdrängt, und ein helles, dem er sich fünfundzwanzig Jahre mit Lust und Eifer hingegeben hat. Erst die Nähe des Todes bringt ihm zum Bewußtsein, daß ihm in jenem anderen Leben etwas Einzigartiges begegnet ist: die Erfahrung einer leidenschaftlichen, furchtsamen Liebe, die gerade deshalb, weil sie keine Zukunft besaß, nie ganz in ihm erloschen ist, wie er jetzt erkennt.

Tage- und nächtelang schreibt er sich an diese Liebe heran, bis ihm die Person der Katharina Hirschfeld, eines fremdartig-schönen jüdischen Dienstmädchens, wieder so vertraut ist, daß er es wagt, sich in einem Brief an den Bürgermeister der süddeutschen Kleinstadt Wirkahn, aus der Katharina stammt, nach ihrem und ihres Kindes Verbleib zu erkundigen. Den Hintergrund seiner Anfrage offenbart er freilich nicht, dazu ist er immer noch zu sehr Amtsperson. Die Nachkriegsgeschichte eines Erfolgreichen, unnahbar Stolzen läßt sich nicht einfach abschütteln. Ob ihm bewußt ist, daß er Katharina und Frieder, seinen Sohn, kaum daß er ihnen wieder Platz in seinem Leben einräumt, ein zweites Mal verleugnet? Ich weiß es nicht. Jedenfalls verfällt er auf den seltsamen Gedanken, den Kollegen Bürgermeister sozusagen um Amtshilfe zu bitten. Es gehe, schreibt er, um einen Entschädigungsfall, der ihm am Herzen liege und den er in seiner aktiven Zeit nicht habe zu Ende führen können. Das ist so wahr wie unwahr und zeigt, wie biegsam Verwaltungssprache ist. Doch der Wirkahner Bürgermeister ist ein Mensch, dem sich solche Feinheiten nicht erschließen. ›Die angefragten Personen sind hierorts nicht bekannt‹, antwortet er nach Wochen grobschlächtig, und mit diesem einem Satz hat es sich.

Tage später geschieht etwas Seltsames. Jemand schickt dem brüsk Abgefertigten anonym das Amtsblatt der Gemeinde Wirkahn zu. Darin ist die Werbeanzeige eines Kunsthändlers und Antiquars Julius Hirschfeld abgedruckt und dick mit Rotstift angestrichen. Sofort wendet sich Erwin Schröder an den Händler und bittet ihn um Mitteilung, ob er mit Katharina Hirschfeld verwandt sei. Auch diesmal scheut er sich, die Wahrheit zu sagen, ja er erwähnt nicht einmal Frieder, dem doch sein besonderes Augenmerk gilt. Stattdessen fabuliert er, im Haus des früheren Arbeitgebers der Katharina Hirschfeld, das seit längerem ihm gehöre, beim Aufräumen des Dachbodens Schmuckstücke mit den Initialen K.H. gefunden zu haben. Da er als Junge einige Male in der Arztpraxis des Dr. Liebenstein behandelt worden sei, wisse er, daß dort in den dreißiger Jahren ein Dienstmädchen namens Katharina Hirschfeld gewohnt habe, und er wünsche nun, der rechtmäßigen Besitzerin die Wertsachen zurückzugeben.

Hirschfeld antwortet freundlich, aber ausweichend: Es möge wohl sein, daß sich ein Mädchen gleichen Namens bei diesem Dr. Liebenstein aufgehalten habe, aber nach so langer Zeit seien ihm die Dinge zu weit entrückt, um genau Auskunft geben zu können. ›Lieber Herr, lasset die Toten ihre Toten begraben!‹ – mit diesem Rat beendet der Antiquar die Korrespondenz. Durch die neuerliche Absage entmutigt, unterläßt mein Vater weitere Versuche, seinen Lebensabend familiär aufzuhellen.

Fast fünf Jahre vergehen, in denen Erwin Schröder eine Ortschronik verfaßt, die viel erzählt und manches verschweigt. Ich, sein ferner, aber postalisch immerhin auffindbarer Sohn, halte mich derweil mit der Herausgabe eines zweisprachigen Wochenblättchens, dem Iowa Chronicle, recht und schlecht über Wasser, bis es mir durch die Verbindung mit Miriam Crayton, der Tochter des Leiters der angesehenen West High School, gelingt, einen Lehrauftrag für Deutsch und Publizistik zu ergattern. Fünf Jahre, in denen zwischen den friesischen Starrköpfen höchstens ein Dutzend Telefonate geführt und, aus Anlaß des fünfundsiebzigsten Geburtstags des Vaters, zwei spröde Briefe gewechselt werden.

Dann, Mitte Dezember 1986, empfängt Erwin Schröder unerwartet neue Post aus Wirkahn. Wieder ist es eine amtliche Verlautbarung, wieder hält sich der Absender verborgen. ›Ungesühnt – der Fall Hirschfeld!‹ steht diesmal mit roter Schrift neben der Anzeige, in der die Stelle des örtlichen Bürgermeisters ausgeschrieben und darauf verwiesen wird, daß sich der Amtsinhaber erneut bewerbe. Jetzt schreibt Schröder niemanden mehr an. Er ist aufgewühlt, macht sich Vorwürfe, seine früheren Nachforschungen nicht energisch genug betrieben zu haben. In seinem Tagebuch vermerkt er, spätestens im Februar nach Wirkahn fahren und den Bürgermeister wie den Antiquar zur Rede stellen zu wollen.

Dazu kommt es nicht mehr. In der Silvesternacht 1986 – der Arzt, der den Totenschein ausstellt, meint, es müsse kurz vor Mitternacht gewesen sein, als gerade die ersten Leuchtraketen in den Himmel schossen – stirbt Erwin Schröder an den Folgen seines zweiten Herzinfarkts. Man findet ihn am Schreibtisch sitzend, den Kopf in die

Hand gestützt, als denke er über etwas nach oder horche in sich hinein.

Als ich zu Ende erzählt hatte, war es eine Weile still in der Wohnstube. Hirschfeld hatte seinen Stock zwischen die Beine geklemmt; er hielt ihn senkrecht wie den Schaft eines Fahnenmastes. Mugel riffelte mit dem Finger über die Kerben, die davon zeugten, daß man früher nach dem Essen auch hier das Messer einfach in die Holzplatte gesteckt hatte, wie wir auf John Cartridges Farm.

Ich trank den Tee, der für süddeutsche Verhältnisse erstaunlich aromatisch schmeckte, und konnte mich des Gefühls nicht erwehren, den beiden Männern nichts wirklich Neues berichtet zu haben. Stumm hatten sie zugehört und sich ab und zu einen Blick zugeworfen, als wollten sie sagen: So also ist das gewesen.

Schließlich fragte Julius Hirschfeld:

Sagen Sie, Herr Schröder, hat Ihr Vater diese Katharina wirklich geliebt? Oder war sie nicht doch bloß sein Spielzeug?

Ich bin überzeugt, daß er niemals einen Menschen mehr geliebt hat, sagte ich.

Er legte den Kopf schräg.

Warum aber hat er sie dann so schnöde sitzenlassen?

Ich stockte. Es ist nicht leicht, jemanden feig zu nennen, dessen Grab noch frisch ist.

Weil er die Folgen fürchtete, nehme ich an. Frieder wurde im September 1935 geboren, wenige Tage vor dem Nürnberger Parteitag. Mein Vater war städtischer Beamter und ist schon in jungen Jahren Amtsleiter geworden. Rassenschande hätte ihn die Karriere gekostet. Daß sein Verhältnis mit einer Jüdin anderthalb Jahre lang unentdeckt blieb, grenzt ohnehin an ein Wunder.

Und nach dem Krieg? Was hinderte ihn, am 9. Mai 1945 mit der Suche nach der Frau zu beginnen, die er angeblich so geliebt hat? Hier in Wirkahn, weltweit über Suchdienste? Befand er sich in Gefangenschaft? Hatte er durch eine Verwundung, einen Kopfschuß sein Gedächtnis verloren? Geben Sie mir eine Erklärung, die mich ihn achten läßt. Verteidigen Sie diesen Mann, wenn Sie können!

Mit jedem Satz wurde Hirschfelds Stimme härter. Zuletzt stürzte sie wie ein Katarakt auf mich herab. Unwillkürlich zog ich den Kopf ein.

Ich kann es nicht, sagte ich leise. Vielleicht hat er versucht, Katharina wiederzufinden, ich weiß es nicht. Seine Aufzeichnungen geben darüber keinen Aufschluß. Immerhin stand er nach der 1935 vollzogenen Trennung noch zwei Jahre lang in brieflichem Kontakt mit ihr, was sicher nicht ungefährlich war. In einem Fotoalbum fand ich eine Aufnahme Frieders mit der Beschriftung ›Frieder, 2 Jahre‹. Ich nehme an, es ist die Handschrift seiner Mutter. Ich habe das Foto dabei, hier, sehen Sie …

Ich zog das Porträt aus der Brieftasche und gab es dem Antiquar. Er warf einen flüchtigen Blick darauf und reichte es an Mugel weiter, der es länger betrachtete.

Er hat es *nicht* versucht!, rief der Alte schneidend. Ich hätte davon erfahren, verlassen Sie sich drauf! Ihr Vater wollte nach dem Krieg nicht mehr an seine Vergangenheit erinnert werden, das ist alles!

Er atmete heftig, das Horn auf seinem Rücken hob und senkte sich im Takt seiner Atemstöße. Dann, ruhiger werdend, fuhr er fort:

Sie werden sagen, daß er diesen Wunsch mit Millionen Deutschen teilte. So ist es. Er schwamm im Strom der Zeit, nichts anderes. Niemand in Deutschland wollte noch an das tertium imperium erinnert werden, nachdem es in Rauch und Flammen aufgegangen war. Alles sollte Rauch gewesen sein, Rauch aus Kanonen, aus Krematorien, aus Trümmern. Ein riesiges kollektives Rauchopfer, nach dessen Verglühen sich die Anzünder in Leidensgefährtenschaft mit den Opfern, die sie kurz vorher noch für Tiere gehalten hatten, begaben. Die ununterscheidbare Asche der Toten als Katharsis der Lebenden: Welch elegante Art, das widerwärtige Geschehen hinter sich zu lassen! Wie leicht, wie perfekt, wie schicksalhaft endgültig! ›Deus afflavit, et dissipati sunt.‹ Gott blies, und sie sind zerstreut worden. Sprechen Sie Latein? Seit Hitler habe ich das zwanghafte Bedürfnis, mein geliebtes Deutsch mit einer Sprache zu durchsetzen, die der Barbar nicht befleckt hat. Trotzdem bin ich kein Narr und weiß: Die Vergangenheit hat Namen, aber keine Stimme. Trauere, wer kann, schäme sich, wer mag … Wenn aber einer aus der Generation, die es fast geschafft hätte, uns Juden vom Erdboden zu tilgen, am Ende seines Weges zu mir kommt und meint, etwas vergessen machen zu sollen, was nicht vergessen zu machen ist, womöglich auf diese leichte, sich Asche aufs Haupt streuende Art – ein Brieflein hier, ein Besüchlein dort –, dann sage ich: Mein Herr, dafür bin ich nicht zuständig. Das mache jeder mit seinem Gott aus. Darum habe ich Ihrem Vater geschrieben: Lasset die Toten ihre Toten begraben. Ich tat es höflich, wie Sie selbst einräumen.

Julius –, sagte Mugel bittend.

Hirschfeld sah ihn an, als erwachte er, und lächelte.

Richard ist einer jener sechsunddreißig Gerechten, auf denen die Welt ruht, wie Abayé behauptet. Verzeihen Sie, daß ich mich ereifert habe; es galt nicht Ihnen. Doch wüßte ich gerne, warum Sie sich nun so sehr um die unerledigte Hinterlassenschaft Ihres Vaters kümmern?

Ach, da gibt es mehrere Gründe, erwiderte ich ausweichend. Ich habe Ihnen ja angedeutet, daß unser Verhältnis kompliziert war. Aber es wäre natürlich etwas Wunderbares für mich, gerade jetzt, da meine Familie aufgehört hat zu existieren, einen neuen Bruder zu finden. Außerdem könnte ich ihm die erfreuliche Mitteilung machen, daß er die Hälfte eines nicht unbeträchtlichen Vermögens erbt.

Ich sah, daß Mugel die Stirn runzelte. Hirschfeld aber klatschte in die Hände und rief:

Oj, oj, oj, hörst du, Richard, die Hälfte eines nicht unbeträchtlichen Vermögens! So ist der Herr Stadtdirektor bei alldem auch noch ein geschäftstüchtiger Mann gewesen und hat meinem Neffen zum Ende hin viel Gutes tun wollen, was auch seinem alten Onkel die Sorgenfalten von der Stirn gewischt hätte! Schade, schade …

Er kniff die Augen zusammen.

Sie behalten Ihr Erbteil ganz, junger Mann, sagte er knapp. Ganz und gar. Meine Schwester Katharina starb 1942 als Zwangsarbeiterin in der Waffenfabrik des Konsuls Paul Brauer. Sie wurde Opfer eines Munitionsunglücks. Doch der Herr hat es gut mit ihr gemeint, sie stand schon auf der Deportationsliste nach Ravensbrück. Und Frieder? Frieder war immer ein schwächliches Kind. Er hat das Kriegsende nicht überlebt. Da Sie ersichtlich erst nach dem Krieg geboren sind, müssen Sie sich damit abfinden, daß Sie niemals einen Bruder hatten.

Die letzten Worte sprach Julius Hirschfeld mit besonderer Betonung. Wie Hammerschläge drangen sie in mein Herz.

Das Bild des Zweijährigen lag verloren auf dem Tisch. Ich beugte mich vor, hob es behutsam auf und legte es in die Brieftasche zurück.

Wir wären gut miteinander ausgekommen, Frieder und ich, murmelte ich betäubt. Ich hatte mich sehr auf ihn gefreut. Doch war meine Hoffnung, ihn zu finden, von Anfang an nicht groß … Wo sind sie begraben, er und seine Mutter?

Hirschfeld schloß die Augen und senkte den Kopf, bis er fast auf den gichtigen Händen ruhte. Dabei summte er eine Melodie, die sich wie ein Klagelied anhörte.

Wenn Sie sich ihnen nahe fühlen wollen, flüsterte er endlich, so gehen Sie zur Gedenkstätte für die Opfer des Konzentrationslagers Wirkahn. Dort sind hundertfünfzig Menschen in einem Gemeinschaftsgrab verscharrt. Suchen Sie sich einen Platz, der Ihnen passend erscheint, und wenn Ihnen danach ist, dann beten Sie.

Mugel erhob sich und begann, das Teegeschirr auf ein Tablett zu stellen. Das klappernde Geräusch verstärkte die Stille. Ich versuchte, meine Gedanken zu ordnen.

Warum aber nur diese merkwürdigen Hinweise auf den Annoncen?, sagte ich halblaut. Dadurch wird doch der Anschein erweckt, hinter Katharinas und Frieders Schicksal verberge sich eine Schuld des hiesigen Bürgermeisters, die bis heute nicht gesühnt ist!

Der Bauer hielt abrupt inne.

Was ist daran falsch?, fragte er scharf. Ist es keine Schuld, Frauen und Männer ins KZ zu stecken und sie mit einem Sprengstoff hantieren zu lassen, der nicht erprobt ist, nur weil das Oberkommando der Wehrmacht auf rasche Ergebnisse drängt? Niemand ist dafür je zur Rechenschaft gezogen worden. Paul Brauer, der die Nazis schon vor dreiunddreißig geschmiert hat, bekam zu seinem Siebzigsten das Große Bundesverdienstkreuz. Bei seiner Beerdigung stand das halbe Kabinett Spalier. Es gibt Menschen, die sich noch heute für dieses Schauspiel schämen. Und ausgerechnet Ludwig Pfisterer behauptet, Katharina Hirschfeld nicht zu kennen, die in der Fabrik seines Schwagers umgebracht wurde! Das ist ungeheuerlich.

Er ging mit dem Tablett in die Küche, zu der eine Tür neben dem

Kachelofen führte. Als er wiederkam, sah ich ihn vor einer gerahmten Fotografie innehalten, die zwischen Tür und Ofen an der Wand angebracht war. Es schien der Kopf eines Mannes zu sein, den er nachdenklich betrachtete, doch konnte ich es im Dämmerlicht der Lampe nicht genau erkennen. Dann kehrte er an den Tisch zurück, wo Julius Hirschfeld noch immer in sich versunken summte.

He, Julius, schläfst du?, fragte Mugel und gab dem Alten einen Klaps auf den Buckel. Wir wollen uns doch von der Vergangenheit nicht überwältigen lassen, die Gegenwart ist aufregend genug! Und da haben wir nun tatsächlich einen mutigen Mann bei uns sitzen, der es wagt, die Sippschaft der Pfisterers und Brauers herauszufordern. Das ist kein alltägliches Ereignis ... Sie halten doch an Ihrer Kandidatur fest, oder?

Er sah mich an. Die Art, wie er mich ansah, ließ mir keine Wahl.

Ja, sagte ich zögernd, meine Bewerbung halte ich natürlich aufrecht – auch wenn Herrn Hirschfelds Eröffnung, daß es für mich in Wirkahn nichts mehr zu suchen und zu finden geben wird, mich schwer trifft, das will ich nicht verschweigen. Aber so kurz ich in dieser Stadt auch bin, so deutlich verspüre ich doch schon den unguten Geist, der an ihrer Spitze herrscht. Das fordert mich heraus, in der Tat ... Mag der Kampf auch noch so aussichtslos erscheinen.

Das Erfolgsgeheimnis der Mächtigen ist nur, daß man sie für stärker hält, als sie sind, sagte Mugel. Wenn man sie nicht fürchtet, ist man so stark wie sie.

Das ist gut ausgedrückt, antwortete ich. Man merkt, daß Sie eine Zeitlang selbst in der Politik waren. Mir wurde auch schon von den schlimmen Erfahrungen berichtet, die Sie und noch mehr Ihr Bruder Fritz mit den Nobiles gemacht haben. Deshalb hoffe ich auf Ihre Unterstützung. Ihre Ratschläge, wie ich den Wahlkampf führen, welche Themen ich aufgreifen soll, wären mir sehr wertvoll.

Ich hörte mich sprechen, und meine Stimme klang mir fremd. Aber dann dachte ich: Du hast es angefangen, so führe es auch zu Ende. Brederstedt und Wirkahn sind so verschieden nicht. Auch nicht diejenigen, die sich in ihnen breitgemacht haben. Und noch weniger die Toten, die vergessen werden sollen. Ist es nicht seltsam? Man versucht wegzulaufen und findet sich am Ende doch am Ausgangspunkt wieder.

Mugels angespanntes Gesicht hellte sich auf.

Ich werde Ihnen helfen, wo ich kann, sagte er und reichte mir die Hand.

Sie sind ein Glückspilz, raunte Hirschfeld, der zu uns zurückgefunden hatte. Einen besseren Mentor fürs Studium der verzwickten Wirkahner Verhältnisse finden Sie nirgendwo!

Wenn Sie wollen, fangen wir gleich damit an, erbot sich Mugel. Dann werden Sie nachher in Zirkels Runde schon mitreden können. Als erstes gebe ich Ihnen Anschriften, die wichtig für Sie sind.

Ich habe mir auch schon Gedanken gemacht, sagte ich stolz und zog das Papier mit den Geschäftsadressen hervor.

Sehr gut. Dann gehen wir zunächst Ihre Liste durch und ergänzen sie, anschließend erzähle ich Ihnen etwas über Ihren Kontrahenten, und wenn die Zeit noch reicht, informiere ich Sie über einige kommunale Themen. Julius, du unterbrichst mich, wenn ich etwas vergesse.

Du hast eine unnachahmliche Art, einem den Mund zu verbieten, brummte der Antiquar und drückte behaglich seinen unförmigen Rücken gegen die warmen Kacheln.

Im Verlauf der nächsten Stunde rückte ich den ›Wirkahner Verhältnissen‹ in der Tat ein Stück näher. Ich erfuhr, daß schon Pfisterers Großonkel Erman Stadtschultheiß gewesen war und dem Bub, der ihm nach Kriegsende zweimal wöchentlich vom elterlichen Bauernhof Milch, Würste, Brot und Tobinambur ins Kreisaltenheim brachte, eine glänzende politische Zukunft prophezeit hatte, weil der ›Siach‹ nichts lieber tat, als vornweg unter den ärmlichen Heiminsassen die Hälfte seiner Fracht gegen Meistgebot zu verklopfen. Daß er später als Konviktschüler sogar die Patronage eines erzkonservativen Bundesministers genossen hatte, dem er sonntags Heiligenlegenden und auszugsweise Seppelts sechsbändige ›Geschichte der Päpste‹ vorlesen mußte, was der Bonner Politiker, wie er sagte, nach dem allwöchentlichen Kampf im rheinischen Sündenbabel zur Stärkung seiner Seelenkräfte dringend benötigte. Daß er, nach Abitur und Verwaltungslaufbahn sogleich zum Bürgermeister gewählt, die in ihn gesetzten großen Hoffnungen anfangs durchaus erfüllt, danach aber mehr und mehr eine Vetterleswirtschaft um sich verbreitet hatte, die das regional Übliche, das nicht wenig war, bei weitem übertraf. Hierbei kamen ihm die in der Nähe verheirateten Geschwister ebenso zustatten wie seine Angewohnheit, nur Menschen seines Schlages zu vertrauen, diese dann aber auch kompromißlos zu fördern. Seine Wiederwahl nach zwölf Jahren war Formsache gewesen, wenn auch das Murren über die selbstherrliche Art, mit der er den Gemeinderat vor vollendete Tatsachen stellte, schon vernehmlich geworden war. In der zweiten Amtsperiode, die jetzt zu Ende ging, hatten seine anfangs belächelten Eigenheiten dann immer obsessivere Züge angenommen. Für den inzwischen mit ihm verschwägerten Max Brauer boxte er den Bau eines Wohnhochhauses zu Füßen des Karmeliterberges durch, in Bank- und Grundstücksgeschäften bevorzugte er nur noch wenige Personen, zuvörderst seinen Cousin Steiger, der dank seiner Fürsprache zum Bankvorstand aufgestiegen war, und wenn man ihm wegen seines ausgeprägten Familiensinnes Vorhaltungen machte, was sowieso nur selten und vorsichtig geschah, so reagierte er darauf stets gekränkt und erklärte, für die Größe und Tüchtigkeit seiner Verwandtschaft nicht verantwortlich zu sein. Am ärgsten aber stieß der liberalen Minorität des Ortes auf, daß Pfisterer dem Kapo seines Bauhofs, Letsch, über dessen nächtliches Treiben gegen mißliebige Personen und Einrichtungen viel geflüstert wurde, einen Freiraum gewährte, der über seine dienstliche Funktion weit hinausging.

All dies erfuhr ich, und Mugel gab sich erdenkliche Mühe, mir umstrittene Maßnahmen wie die nicht endenwollenden Kanalisationsarbeiten oder die immer noch dräuende Prunkhalle, für die angeblich bereits sechs Millionen Mark auf einem Festgeldkonto angehäuft waren, zu erläutern und Zielgruppen wie den Einzelhandel, der unter Wirkahns schlechter Verkehrsanbindung litt, und Umweltbesorgte, die von einer auf heimischer Markung projektierten Sondermülldeponie erfahren haben wollten, auf die Seele zu binden. Ich machte mir fleißig Notizen und fragte beflissen nach, wartete aber doch mit wachsender Ungeduld darauf, auch etwas über die den Bauern selbst betreffenden Attacken der Nobiles zu hören, die mir Frau Breitenbacher so beredt geschildert hatte. Als kurz vor der verabredeten Rückkehr des Taxis das Thema immer noch nicht angeschnitten war, konnte ich nicht mehr an mich halten und platzte heraus:

Nun muß aber doch auch noch die Sache mit dem Dörrenwasen auf den Tisch!

Nein!, sagte Mugel scharf. Mein Bruder Fritz bleibt aus dem Spiel. Er leidet genug.

Verwirrt sah ich ihn an.

Außerdem bringt es nichts, fügte er in versöhnlicherem Ton hinzu. Mit alten Familiengeschichten kann man keinen Blumentopf gewinnen. Greifen Sie Pfisterer an, wo er politisch falsch liegt. Da haben Sie genügend Stoff.

Die letzten Minuten, bis der knirschende Schnee das Fahrzeug ankündigte, verbrachten wir damit, uns über die Landwirtschaft zu unterhalten, die Mugel umtrieb. Das meiste hatte er verpachtet. Fünfzehn Kühe und zehn Schweine standen im Stall – mehr eine Liebhaberei denn ernsthafte Wirtschaft, wie Mugel einräumte. Ich war versucht, ihm von den goldenen Weizenfeldern, den Viehherden, der schwarzen Erde und dem Ahornrot in Iowa zu erzählen, aber ich fühlte dabei soviel Wehmut in mir aufsteigen, daß ich es unterließ.

Zum Abschied erbot sich Julius Hirschfeld, der uns schweigend und lächelnd zugehört hatte, mir die alten Wirkahner Ansichtskarten, die ich in seinem Schaufenster gesehen hatte und von denen er, wie er sagte, einen ganzen Schuhkarton voll besaß, zu zeigen. Mugel versprach mir in die Hand, im Wahlkampf offen für mich Partei zu ergreifen. Verglichen mit dem erregten Einstieg in unser Gespräch, waren dies beachtliche Fortschritte.

Dennoch war ich, im Fonds des Wagens sitzend, auf dem Weg zurück in die Stadt zutiefst niedergeschlagen. Frieder und Katharina in Wirkahn anzutreffen, hatte ich kaum zu hoffen gewagt – und es doch getan. Was sonst sollte mich dieser mir so unvertrauten Gegend nahebringen? Nun endete die Suche, bevor sie begonnen hatte, auf einem Rasenstück, dem nichts als ein Gefühl distanzierter Trauer gelten konnte. Es fiel mir schwer, mich mit dieser Perspektive abzufinden.

Würden Sie die Innenbeleuchtung einschalten?, bat ich meinen mürrischen Chauffeur. Ich möchte etwas notieren.

Ich riß, wieder einmal, einen Zettel aus dem Notizblock und schrieb: ›Sehr geehrter Herr Pfisterer, morgen nach der Messe werde ich dem Herrn Pfarrer einen ökumenischen Gedenkgottesdienst für die Opfer des Munitionsunglücks 1942 vorschlagen. Was halten Sie von der Idee? Mit besten Grüßen, C.S‹.

Kennen Sie den Letsch vom Bauhof?, fragte ich.

Der Fahrer zuckte zusammen und nickte.

Bringen Sie ihm diesen Zettel, wenn Sie mich abgesetzt haben. Sagen Sie ihm, er soll ihn seinem Chef geben.

Und wenn er nicht zuhause ist? Es ist Samstag abend.

Dann kennen Sie bestimmt die Kneipen, in denen er sich gewöhnlich aufhält.

Ich legte einen Fünfzigmarkschein auf den Sitz. Wortlos steckte er das Geld und den gefalteten Zettel ein.

Danach war mir leichter. Ich war neugierig auf die Gäste, die mich in Zirkels Wohnung erwarteten, und auf den Pfarrer, der mir morgen nach der Messe beunruhigt gegenübertreten würde.

14.

Nicht alle hatten einen Stuhl erwischt. Einige hockten auf dem Parkettboden, andere auf den breiten, weißlackierten Fenstersimsen der Altbauwohnung. Aschenbecher und Bierflaschen standen reichlich zur Verfügung. Aristophanes hatte sich für die gußeiserne Stehlampe entschieden, auf der er unablässig trippelte und das Gefieder plusterte. Die Veranstaltung mißfiel ihm.

Daß so viele gekommen waren – über zwanzig meist junge Leute zählte ich –, war Max Hellstern zu verdanken. Nicht nur Giovanni Bertolini hatte er mitgebracht, sondern die komplette Theatergruppe, die nachmittags im Bühnensaal Büchners Woyzeck geprobt und den Distelfink-Vorsitzenden anschließend um ein kritisches Urteil gebeten hatte. In einer Woche sollte Premiere sein, alle waren entsetzlich nervös.

Daraufhin hatte Hellstern, wie er schmunzelnd berichtete, Sein und Schein, Theater und Politik zweckdienlich miteinander verknüpft.

Ihr spielt gut, aber zu historisch, hatte er nach des Polizisten Schlußsatz ›Ein guter Mord, ein echter Mord, ein schöner Mord ...‹ gesagt. Euer Woyzeck ist ein armer Teufel aus einer fernen Zeit. Keiner, von dem man annimmt, daß er einem heute noch über den Weg laufen könnte. Das schafft eine große Distanz, denn unwillkürlich fragt man sich: Schlimm, aber was geht's mich an? Seid ihr euch wirklich so sicher, daß die Zeiten, in denen Menschen wie Vieh drangsaliert wurden, vorbei sind? Und selbst wenn, hat nicht jede Zeit ihre eigene Form der Unterdrückung? Schaut euch Özkans zerrissene Plakate und die eingeschlagene Fensterscheibe an! *Dagegen* müßt ihr anspielen und nicht glauben, Büchner sei Dichtung und Özkan ein Fall für die Polizei!

Dann hatte er ihnen von meiner Bewerbung erzählt und sie mit einem Silberstreif an Wirkahns kulturellem Horizont verglichen. Immerhin hätte ich den Kulturverein gleich nach meiner Ankunft aufgesucht und mich über den fremdenfeindlichen Vandalismus erregt, worauf man beim Herrn Bürgermeister bis heute warte.

Das machte Eindruck. Zusammen mit Hellstern und Bertolini begab sich die Truppe abends in Zirkels Wohnung, erklärte, sich am Kampf gegen das städtische Establishment beteiligen zu wollen, schleppte nicht ganz selbstlos Bierkästen aus dem Keller in die obere Etage und diskutierte leidenschaftlich über den reinigenden Einfluß von Kunst auf Politik.

Als ich eintraf, wurde ich mit Bravorufen begrüßt und wußte nicht, warum.

Auch die Mitstreiter, die Zirkel zusammengetrommelt hatte, waren schon von der kämpferischen Stimmung erfaßt. Es müsse endlich etwas passieren in dieser Stadt, hieß es. Man dürfe sich nicht alles gefallen lassen.

Zirkel verfolgte das Treiben eine Weile mit verschränkten Armen, dann winkte er mich an seine Seite und flüsterte:

Sie hören jetzt einfach zu und machen ein freundliches Gesicht!

Danach klatschte er in die Hände und sagte:

Freunde, ich danke euch, daß ihr so zahlreich gekommen seid. Was führt uns zusammen an einem Samstagabend, den jeder für sich mit anderen Dingen verplant haben mag? Das kommunalpolitische Geschehen. Einigen von uns ist dies nichts Neues – Rolf Kersten als Zeitungsmensch muß sich die Wochenenden häufig mit solchen Veranstaltungen um die Ohren schlagen, Max Hellstern und mir geht es als Gemeinderäten nicht anders. Die meisten aber betrachten Politik doch eher aus der Distanz, als Zuschauer. Das ist kein Vorwurf, versteht mich nicht falsch, jeder hat genügend anderes zu tun. Aber nun soll in wenigen Wochen ein neuer Bürgermeister gewählt werden. Ein neuer? Der Gedanke erscheint fast absonderlich. Der neue Bürgermeister wird der alte sein, so lautet die allgemeine Überzeugung; Pfisterer, den wir seit zwanzig Jahren ertragen, sitzt fest auf seinem Thron und wird sich davon nicht herunterstoßen lassen. Bis gestern war diese Meinung sicher zutreffend, wir hatten ja nicht einmal einen Gegenkandidaten. Jetzt aber läßt sie sich nicht mehr so einfach vertreten. Carsten Schröder, ein junger Mann aus Norddeutschland, hat kurz vor Ablauf der Frist seine Bewerbung auf dem Rathaus abgegeben. Hier ist er, ich begrüße ihn!

Beifall brandete auf, ich verbeugte mich und wurde rot. Es kam es mir vor, als werde eine Zirkusnummer angekündigt. Zirkel legte seinen Arm kurz auf meine Schulter, dann fuhr er fort:

Nun werdet ihr sagen, schön und gut, aber wir kennen diesen Menschen ja gar nicht! Sollen wir uns für jemanden engagieren, der uns fremd ist, der fast allen in dieser Stadt fremd ist und der es deshalb nicht leicht haben wird, Vertrauen und Zustimmung zu erringen? Das ist ein ernst zu nehmender Einwand, und ich verhehle nicht: Auch ich habe zunächst so empfunden. Aber dann habe ich mir gesagt: Was spricht eigentlich gegen Fremdheit, wenn einem schon das Gewohnte immer fremder wird? Leben wir denn in einer Stadt, in der wir uns wohlfühlen? Gibt es eine offene, liberale Atmosphäre, haben wir das Gefühl, daß es gerecht zugeht und wir bei den Entscheidungen, die uns betreffen, wie mündige Bürger behandelt werden? Nein, nein und nochmals nein! Immer wieder hat man uns in der Vergangenheit unsere Ohnmacht vor Augen geführt. Die Innenstadt ist mit Betonbunkern wie dem Einkaufszentrum verschandelt worden, in die schönste Landschaft hinein hat man ein Hochhaus gebaut, weil sein Besitzer Max Brauer heißt, die Kanalisationsarbeiten kommen nicht voran, weil die beauftragte Firma dem Projekt nicht gewachsen ist, aber unbedingt den Zuschlag bekommen mußte, denn ihr Inhaber ist nebenbei auch Vorsitzender der Mehrheitsfraktion im Gemeinderat. Das ist mehr als ärgerlich. Aber als noch schlimmer empfinde ich die allgemeine Stimmung, die unter den Bürgern herrscht. Es ist eine Stimmung der Resignation, der Lähmung, teilweise sogar der Angst. Keiner wagt mehr aufzumucken, niemand glaubt, daß sich etwas ändern kann, gegen die Mächtigen hast du sowieso keine Chance, heißt es. Und, seien wir ehrlich: Auch wir selbst sind nicht frei von solchem Defätismus. Wenn dies aber das Alltägliche ist, in dem wir uns eingerichtet, mit dem wir uns arrangiert haben – ist es dann nicht an der Zeit, etwas zu ändern? Sind wir es uns nicht selbst schuldig, Neues zu wagen?

Sehr richtig!, rief Kersten, und wieder wurde Beifall laut. Zirkels Stimme dagegen wurde leise, seine Augen bekamen einen schwärmerischen Glanz.

Martin Luther King hat gesagt: I have a dream … Ich habe einen Traum! Millionen haben seither diesen Traum eines besseren Lebens, einer gerechteren Welt, einer klügeren Politik, eines freieren Geistes geträumt. Meine Freunde, ich gestehe freimütig: Ich tue es auch. Ich greife gar nicht hoch hinauf am Baum der Erkenntnis, dorthin, wo die größten, verlockendsten Früchte hängen – meist sind sie giftig. Ich wünsche mir nur eine kleine Stadt, in die der Geist der Toleranz, der Kultur und der Wahrhaftigkeit Einzug hält und in der niemand es nötig hat, sich zu ducken und zu verstellen. Ich wünsche mir eine Stadt, die uns Luft läßt zu freiem Atmen und uns respektiert in unserer Verschiedenheit. Ich wünsche mir eine Stadt, in der man dem politischen Gegner und, was oft noch schwerer ist, dem politischen Freund offen ins Auge blicken kann und sich keines hinterhältigen Angriffs versehen muß. Ja, das alles wünsche ich mir ... Ist es Illusion? Bleibt es ein Traum? Ich sage euch: Noch ist nichts entschieden! *Wir* haben es in der Hand, ob unsere Welt besser wird oder nicht!

Nun nahm Zirkel meinen Arm und ließ ihn nicht mehr los.

Carsten Schröder kommt aus Brederstedt, einer Stadt, die am Meer liegt. Ihm ist, wie vielen Menschen, die am Meer aufgewachsen sind, das Weite und Offene eigen. Sein Vater war zweiundzwanzig Jahre lange erfolgreicher Bürgermeister jener Stadt, der Sohn hat also die Kommunalpolitik mit der Muttermilch eingesogen. Mit seiner Familie ist er aber auch immer wieder nach Süddeutschland gefahren, es bestehen bis in unsere Stadt hinein Verbindungen. Die letzten sieben Jahre hat er in Amerika gelebt, dem Land des Martin Luther King, dem Land der Freiheit und des Wagemuts, und trotz seiner Jugend ist er bereits als Lehrer an einer High School tätig gewesen. Spricht also nicht alles dafür, ihn nach Kräften zu unterstützen?

So ist es!, rief Max Hellstern, und wieder wollten sich Hände zum Applaus regen. Zirkel aber wehrte ab und schloß:

Ich will euch noch ein kleines Geheimnis verraten! Ich bin ein alter, abergläubischer Buchhändler, dem Bücher mehr bedeuten als nur eine Ware, die sich zum Lesen eignet. Bücher sind für mich Lebenspfade, Orakel dessen, was kommen kann. Wenn ich unsicher bin, wie ich mich in einer Sache entscheiden soll, greife ich gern zu einem Buch, schlage es an einer beliebigen Stelle auf und schaue, ob sich in dem, was ich finde, ein verborgener Fingerzeig für mein Problem entdecken läßt. So habe ich es auch heute nachmittag gehalten. Ich habe zu Balthasar Gracians unsterblichem Handorakel ›Die Kunst der Weltklugheit‹ gegriffen – nicht nur, weil es zu meiner Lieblingslektüre gehört, sondern vor allem, weil Carsten Schröder, dem ich anbot, sich ein Buch auszusuchen, es zielsicher aus dem reichen Bestand, den Zirkels Laden bietet, auswählte. Ich schlage also den guten alten Gracian auf, und was lese ich? Ich lese den Satz: ›Niemand ist so hilflos, daß er keinen Glücksstern hätte!‹ Seither weiß ich, daß Carsten Schröder unser Mann ist!

Mit ausgestrecktem Arm deutete Zirkel auf mich. Ich umarmte ihn und sagte, während der Beifall auf uns niederprasselte:

Das war eine fulminante Rede. Oh, würden nur Sie kandidieren!

Nein, erwiderte Zirkel bescheiden, jeder muß wissen, was seine Rolle ist.

In meiner eigenen kurzen Ansprache beschränkte ich mich darauf, mich für die überwältigende Aufnahme zu bedanken und einige Sentenzen, die mir aus Mugels Unterweisung in Erinnerung geblieben waren, wiederzugeben. Ich wußte, daß es am besten war, den nachhaltigen Eindruck, den Zirkels Rhetorik hinterlassen hatte, nicht zu verwischen. Außerdem zeigte sich Aristophanes zunehmend ungeduldig, er schlug die Flügel und krächzte etwas, das sich wie ›Mein Meister!‹ anhörte. Was mich aber noch mehr irritierte, war die Tatsache, daß Kersten sich über meine Worte Notizen machte.

Als ich geendet hatte und eine kurze Pause eintrat, in der der Getränkebestand aufgefüllt wurde, fragte ich ihn, was er damit bezwecke, da es sich doch ohne Zweifel um eine vertrauliche Sitzung handle. Ein guter Journalist mache sich immer Notizen, antwortete er, das müsse ich doch am besten wissen.

Dann aber drängten alle darauf, Nägel mit Köpfen zu machen und umgehend ein Wahlkampfteam zu bilden. Zirkel, der jetzt müde und abgespannt wirkte, nahm die Sache wieder in die Hand und schlug Max Hellstern als Koordinator vor. Hellstern erklärte sich einverstanden, meinte aber, trotz aller Begeisterung müsse zunächst über Geld gesprochen werden. Nach seiner Erfahrung koste ein Wahlkampf, auch wenn man ihn sparsam führe, mindestens eine Mark pro Einwohner, insgesamt also rund fünfzehntausend Mark.

Ich nickte und sagte, es dürften auch fünftausend mehr sein, darauf sei ich eingerichtet. Das trieb die Stimmung nochmals in die Höhe, und es begann ein wildes Palaver über zündende Ideen, durchschlagende Aktionen und unfehlbare Strategien. Hellstern ließ es eine Weile gewähren, dann zog er ein Blatt Papier aus der Tasche und verlas einen umfangreichen Fragenkatalog nach möglichen Verbündeten, geeigneten Lokalitäten, verfügbaren Werbemitteln, wirkungsvollen Aktionen und vielem mehr.

Ich war mal Lehrer, sagte er, da bereitet man sich auf sowas vor.

Es ging schon auf Mitternacht zu, als er uns aus seiner straffen Regie wieder entließ. Mein Frühstück in der Krone war zur morgendlichen Lagebesprechung umfunktioniert, während des Mittagessens hatte ich mich tunlichst der Lektüre wichtiger kommunalpolitischer Unterlagen, die er und Zirkel mir beschaffen wollten, zu widmen. Ich war gehalten, nichts mehr ohne wahlkämpferischen Sinn und Zweck zu tun und mich so oft wie möglich des Rats meiner neuen Freunde zu versichern. Hellstern, der verwitwet war, bot seine Wohnung als Wahlkampfbüro an, Zirkel sollte eine kleine Gruppe leiten, der das Formulieren programmatischer Texte oblag, und die Schauspieltruppe versprach, sich sogleich nach der Premiere mit Feuereifer ans Plakatieren und Prospekteverteilen zu machen. Für das Propagandageschäft zeichnete Hugo Brommer, ein fettleibiger, stark schwitzender Werbeagenturbesitzer aus der Kreisstadt Bergkirchen verantwortlich, den Zirkel von früheren Gemeinderatswahlen her kannte und, wie er sagte, dienstverpflichtet hatte. Hellstern erhielt für Sekretariatsarbeiten ein Fräulein Fine zugeordnet, das von den Brauerwerken im Zorn geschieden und seither leider arbeitslos war. In Zirkels Stab sollten drei Personen vertreten sein: Frau Laroche, eine Bankangestellte, mit der er offenbar eine Zeitlang liiert gewesen war, ein langer blasser Mensch namens Kirchgessner, der gelegentlich in seinem Laden aushalf, und der Gewerkschaftssekretär Schätzle, zu dessen Vorzügen es zählte, dem Stadtkämmerer und stellvertretenden Bürgermeister Alois Vogler übers Binokelspielen verbunden zu sein. Giovanni Bertolini und ein ehemaliger Theologiestudent, den alle nur Arno nannten, wurden mir als Assistenz beigegeben. Sie hatten die Aufgabe, die unabwendbaren Straßen- und Haustürgespräche, Früh- und Dämmerschoppen,

Disco- und Altenheimbesuche, Verbands- und Fastnachtstermine vorzubereiten und mich abwechselnd dabei zu begleiten. Und Kersten? Nun, Kersten durfte nicht offen Partei ergreifen, er stand unter scharfer Beobachtung seines Chefredakteurs, eines ergebenen Pfistereranhängers, und ging schon durch die bloße Anwesenheit bei unserem Treffen ein beträchtliches Risiko ein, wie er mehrfach betonte. Aber Augen und Ohren aufsperren und uns über alles unterrichten, was ihm zugetragen wurde, das wollte er. Mir selbst wurde zuguterletzt noch aufgegeben, für den Kandidatenprospekt einen kurzgefaßten Lebenslauf zu verfassen, einen Wagen anzumieten, ein Konto zu eröffnen und, Brommer verlangte es, schnellstens den Friseur aufzusuchen. Ansonsten war es nicht viel, was meiner Initiative überlassen blieb, außer natürlich der allzeit präsenten und gewinnenden Verkörperung eines jungen, dynamischen Helden.

›Carsten Schröder – damit es aufwärts geht mit Wirkahn!‹, sollte mein Slogan lauten. Brommer hatte ihn erfunden.

Als sich nach dem Umtrunk, mit dem wir das Richtfest auf der Wahlkampfbaustelle feierten, die ersten erhoben, um den Heimweg anzutreten, bat ich Zirkel in die Küche.

Ich möchte mich nochmals bei Ihnen bedanken, sagte ich. Sie haben mehr für mich getan, als ich nach unserem ersten Gespräch zu hoffen gewagt hatte.

Schon gut. Die eigentliche Arbeit kommt erst noch.

Er wirkte erschöpft.

Schade nur, daß Herr Mugel nicht dabei sein konnte. Ich war heute nachmittag bei ihm, und er hat mir zugesagt, mich zu unterstützen.

Ich weiß, bemerkte Zirkel einsilbig.

Ich wollte das eigentlich auch unserer Runde mitteilen, weil ich es für gut und wichtig halte. Aber jedesmal, wenn ich dazu ansetzte, sind Sie mir ins Wort gefallen. Darf ich fragen, ob es dafür einen bestimmten Grund gab? Sie haben doch auch mit Mugel telefoniert und ihn um Mithilfe gebeten!

Es hatte keinen bestimmten Grund, sagte Zirkel. Es paßte nur nicht ins Konzept. Außerdem sprachen Sie nicht von Mugel, sondern von der Sache mit dem Dörrenwasen.

Es klang verärgert.

Ich meinte damit doch das ganze skandalöse Verhalten der Nobiles, sagte ich. Soll darüber im Wahlkampf gar kein Wort verloren werden? Es scheint bei Brauer und Pfisterer zum Beispiel keinerlei Bereitschaft zu bestehen, für die schlimmen Dinge, die seinerzeit im Wirkahner Konzentrationslager geschehen sind, Verantwortung zu übernehmen. Pfisterer hat es nicht mal für nötig befunden, meinem Vater mitzuteilen, daß Katharina Hirschfeld 1942 bei einem Munitionsunglück in der Waffenfabrik umgekommen ist – eine Kaltschnäuzigkeit, die Richard Mugel ebenso empört wie mich.

Ach so, das meinen Sie. Ja, ich weiß, es ist ein schwerer Schlag für Sie. Aber wenn ich Ihnen einen Rat geben darf: Mischen Sie sich nicht in die Fehde zwischen den Pfisterers und den Mugels ein. Das ist ein Minenfeld, in dem Sie sich nicht auskennen und das Sie eigentlich auch nichts angeht.

Zirkels harsche Zurechtweisung ärgerte mich.

Der Tod meines Bruders Frieder und seiner Mutter geht mich sehr wohl etwas an!, rief ich. Auch wenn Pfisterer damit direkt nichts zu tun hat, kann ich es doch nicht hinnehmen, wie abweisend er sich jetzt verhält. Ich habe ihm deshalb einen Zettel zukommen lassen, daß ich mich für einen Gedächtnisgottesdienst zum Gedenken an die Opfer des Munitionsunglücks einsetzen werde.

Was werden Sie?, fragte Zirkel ungläubig.

Ich wollte antworten, doch wurden wir durch aufgeregte Rufe unterbrochen, die aus dem Wohnzimmer drangen. Wir gingen zurück und sahen Mitglieder der Theatergruppe die Fenster umlagern und hinausspähen.

Der Letsch steht unten und beobachtet uns!, rief jemand. Und noch zwei, die wohl auch zum Bauhof gehören. Sie geben sich gar keine Mühe, es zu verbergen!

Verdammt, rief Kersten aufgebracht, da stimmt doch was nicht! Wie haben die von unserem Treffen erfahren können?

Ich habe den Taxifahrer, mit dem ich gekommen bin, zu Letsch geschickt, sagte ich kleinlaut. Vermutlich hat Letsch ihn befragt, wohin er mich gebracht hat.

Meine Helfer starrten mich fassungslos an.

Das geht schon in Ordnung, sagte Zirkel schnell. Schröder mußte noch ein paar Unterlagen für seine Bewerbung nachreichen, die

Letsch heute morgen im Auftrag des Wahlausschusses von ihm verlangt hat. Es ist gar nicht schlecht, wenn Pfisterer auf diese Weise von unserer Zusammenkunft erfährt. Dann merkt er gleich, wie groß die Resonanz ist, die unser Kandidat auf Anhieb gefunden hat. So, und jetzt marschiert los, der alte Zirkel ist müde. Wir treffen uns wie besprochen Montag früh zum ersten Jour-fixe in der Krone. Alles klar?

Alles klar! Alles klar!, echote Aristophanes. Die Spannung verwandelte sich in Gelächter.

Danke für deine Gastfreundschaft, Zacharias, sagte Hellstern. Lauft auf der Straße ordentlich durcheinander, damit der Letsch mit dem Zählen gar nicht nachkommt!

Wir verabschiedeten uns. Kersten drückte mir die Hand, warf mir dabei aber zweifelnde Blicke zu und murmelte: Hoffentlich komme ich nicht in Bredouille durch Sie!

Letsch und die beiden Männer standen rauchend und fröstelnd unter einer Laterne. Als wir uns näherten, machten sie kehrt und verschwanden.

Irgendwann in der Nacht wachte ich von einem polternden Geräusch auf. Es hörte sich an, als ob ein Mann und eine Frau heftig miteinander stritten. Die Stimme des Mannes war laut und grob, die der Frau leise und verzagt. Schließlich weinte sie.

Ich stand auf, öffnete die Tür und horchte hinaus. Am Ende des Flurs lagen zwei Zimmer mit der Aufschrift ›Privat‹. Von dorther kamen die Stimmen.

Es war heiß, ich hatte vergessen, die Heizung abzustellen. Der Widerschein schneebedeckter Dächer erhellte das Zimmer. Ich kippte das Fenster schräg und blickte auf die menschenleere Straße.

Erinnerungsfetzen und Fragen wirbelten durch meinen Kopf.

Warum, dachte ich, wurde Vater zweimal auf den Namen Hirschfeld aufmerksam gemacht, obwohl Katharina und Frieder seit über vierzig Jahren tot sind? Dem unbekannten Informanten, der ein langjähriger Mitarbeiter des Bürgermeisters sein muß, weil er schon den Briefwechsel von 1982 gekannt hat, wird dies doch nicht verborgen geblieben sein! Mugels Erklärung, daß da einer aus gerechter Empörung über vergangenes Unrecht gehandelt hat, klingt nicht sehr überzeugend. Und warum hat Zirkel ›ich weiß‹ gesagt, als ich ihm von meinem Besuch bei Mugel erzählte? Auch über Katharinas Schicksal wußte er, anders als heute morgen, Bescheid. Wenn Mugel ihn noch während meiner Rückfahrt angerufen und über unser Gespräch informiert hat, muß es ihm wichtiger sein, als er und Hirschfeld mir gegenüber zugegeben haben.

›Das ist ein Minenfeld, in dem Sie sich nicht auskennen und das Sie eigentlich auch nichts angeht …‹

Ich drückte die Stirn gegen die Fensterscheibe. Vereinzelt standen Sterne am Himmel. Das Kreuz des Kirchturms glänzte matt. In der Ferne Umrisse eines Turms.

Das leise Weinen hatte aufgehört.

ZWEITER TEIL

1.

Das Rathaus, in dem mein Vater zweiundzwanzig Jahre lang Stadtdirektor war, liegt am Hafen und hat einen ziegelroten Turm, der mit großer Geste einfahrende Schiffe begrüßt; mit den Schiffen das Meer, die Inseln, die unendliche Weite und irgendwo, am Ende, Amerika, das es besser hat. Zur Landseite hin sieht es weniger imposant aus. Da gleicht es eher einer unter Denkmalschutz stehenden Sparkassenfiliale.

Eine Woche nach meiner Ankunft bin ich auf die Aussichtsplattform des Turms gestiegen und habe von dort aufs Meer geguckt, das ungeheuer grau und leer war. Es war mein letzter Versuch, Amerika zu finden, aber anders als der Turm fand ich es nicht. Das Gelb der Weizenfelder von South Amena wurde von diesem Grau erstickt, als hätte sich eine Schlammflut darüber ergossen, und das Grün des Glendale Park hinter unserem Holzhaus in Iowa City auch, und auch Miriams kastanienrotes Haar, das, wenn sie Kummer hat oder besonders patriotisch sein will, ins Marilynblonde wechselt.

Als ich die Augen zusammenkniff und das Ende des Horizonts suchte und nicht fand, weil das graue Wasser den grauen Himmel aufsog oder der graue Himmel das graue Wasser, dachte ich: Auch *die* Farbe hat Vater dir hinterlassen. Ringheft, Archivwände, Akten, alles, was dich Tag für Tag tiefer hinabzieht, grau.

Nein, das ist nicht deine Welt, Miriam.

Vielleicht hätte ich gestern so mit ihr reden sollen, als sie, beunruhigt über mein Schweigen, anrief, ich ihr umständlich von Schwierigkeiten erzählte, die aufgetreten seien, einem Testament, das geprüft, ungeklärten Erbverhältnissen, denen nachgegangen werden müsse, und sie verlegen bat, sich zu gedulden und mich bei ihrem Vater, dem Principal der West High, einstweilen zu entschuldigen.

Du kommst also nicht …

Nicht gleich, Miriam. Gib mir noch etwas Zeit.

Welche Zeit?

Nicht sie stellt diese Frage. Die Frage stellt sich mir. Von oben, vom Turm aus, ist jede Zeit möglich, weil die Menschen Gesichter haben, die gleich aussehen, und weil sie tun, was sie immer tun.

Sven Quedens kann da die Osterstraße heraufkommen, mit rundem Rücken, die Aktentasche gegen die Leiste gedrückt – er denkt ans Haus, er will es unbedingt haben.

Du hast das Testament gefunden, Carsten? Aber sicher doch, in zehn Minuten bin ich bei dir!

Und er war in zehn Minuten bei mir, unrasiert, den Sonntagmorgenkaffee noch an der Oberlippe. Laß sehen, sagte er, und dann: Ach du lieber Gott!

Ja, da staunst du. Nun sag du mir, was ich machen soll!

›... zu gleichen Teilen meinen ehelichen Sohn Carsten und meinen unehelich geborenen Sohn Frieder, im Falle seines Todes dessen Mutter Katharina geb. Hirschfeld, im Falle auch ihres Todes meinen Sohn Carsten als Alleinerbe, wobei beider Tod durch eine amtliche Todeserklärung nachgewiesen sein muß‹, las er und bewegte kaum die Lippen.

Was soll das denn?

Ich habe einen Bruder oder auch nicht und kann über das Haus nicht verfügen oder vielleicht doch – klare Sache, wie?

Da stand er, Sven Quedens, nicht anders als der spillerige Spielkamerad, der sich, nach seiner Gliepe linsend, den Hals verrenkte und vor Wut und Enttäuschung heulte, wenn sie leer war – und sie war ja nun leer, oder halbleer, man konnte wenig anfangen mit dem, was drinlag.

So'n Scheet ok, dat kannst di to't Moors utkrabben!

Nein, das sagte er nicht, immerhin war er Rechtspfleger jetzt, aber er dachte es, ich sah es ihm an, und dann senkte er das Netz von neuem, wild entschlossen, von dem Heringsschwarm vor seiner Nase doch noch was abzukriegen.

Was, in zwei Tagen willst du wieder zurückfliegen? Nee, du, das geht nicht. Kannst doch jetzt nicht einfach abhauen, wo die Erbsache total ungeklärt ist. Warst du schon am Standesamt? Wär ja möglich, daß dort Todeserklärungen zu finden sind.

Von denen Vater nichts gewußt hätte? Du warst schon mal besser, Sven.

Sein Rücken, so ohne Halt! Stundenlang könnte ich Sven auf die Reuse schielen sehen.

Mein Gott, dann frag wenigstens beim Einwohnermeldeamt nach! Vielleicht hat sich die Dame ja ordnungsgemäß abgemeldet, als es mit dieser … Beziehung vorbei war.

Nicht nötig. Ich weiß, wohin Katharina Hirschfeld von Brederstedt aus gezogen ist. Eine Stadt in Süddeutschland. Vielleicht sehe ich mich dort mal um.

Ja, das tu, und zwar bald! Und hör zu, ich stell dir einen Teilerbschein aus, der legitimiert dich bei den Behörden, wenn du nachfragst. Den halben Nachlaß hast du ja auf alle Fälle sicher. Komm morgen zu mir, ich bescheinige dir den hälftigen Mindesterbteil und die weiteren Verfügungen deines Vaters. Vergiß nicht, das Testament mitzubringen!

Du brauchst dich nicht so zu beeilen, Sven. Ich weiß ja noch gar nicht, ob ich das Erbe überhaupt antreten will. Tante Wiltrud hätte gegen ein Häuschen im Grünen sicher nichts einzuwenden.

Mann, du machst mich rasend mit deiner Bockigkeit! Hast dich eben nicht geändert … Wie früher, mein Guter, weißt du noch, wir zwei? Halt mich auf dem laufenden, ich bin immer für dich da!

Tröstlich zu wissen, Sven.

Also nein, der alte Schröder aber auch!

Ich suchte den stumpfen Asphalt nach Geschichten ab, die sich begreifen ließen.

War es Vater, der, den Mantelkragen hochgeschlagen, dreißig Meter unter mir aus der Rathaustür trat und davoneilte, als würde er anderswo sehnlich erwartet?

Er hält den Kopf gesenkt, der Hut verbirgt ihn. Er wirft sich in jeden Schritt, als kämpfe er gegen Windböen. Sogar die Arme nimmt er zu Hilfe.

Ich, auf dem Turm, verspürte kaum eine Brise.

Wellenkamp, Freseniusweg, Große Friesenstraße … Welche Zeit ist es, die er durchmißt? Könnte man die Schrift der Straßenschilder entziffern, wäre die Antwort einfacher.

Heißt die Große Friesenstraße Straße der SA, dann ist Erwin Schröder auf dem Weg zu Doktor Liebensteins Haus – unvorsichtig früh, wie mir scheint. Dann ist es nicht der Wind, der an ihm zerrt, sondern die Furcht, erkannt zu werden, oder die Begierde, Katharina in die Arme zu schließen, wahrscheinlich beides. Mit gesenktem Kopf hastet er die Fehrstiegstraße entlang, das Haus keines Blickes würdigend, um am Ende der Straße in den Weg einzubiegen, der zu den Wiesen führt. Dort wird er umherwandern, bis der Abend die Konturen auflöst; erst dann wagt er sich übers freie Feld zurück. Aber auch jetzt wird er noch zögern, geduckt in den Garten zu schleichen, obwohl ihm die erleuchtete Veranda schon anzeigt, daß der letzte Patient gegangen, kein störender Fremder mehr zu fürchten ist. Wie ein Leuchtfeuer an der Hafenmole illuminiert Doktor Liebenstein seinetwegen die Praxis.

Er tut viel für ihn, der Jude für den Nazi, seit Frau Liebenstein im Sanatorium an Tuberkulose gestorben ist und Katharina den Arzt allein versorgt. Katharina, die den hundertfachen Kränkungen, dem Nichtgegrüßtwerden beim Einkaufen, dem Beiseiteblicken einstiger Patienten, dem Verstummen der auf den Bus wartenden Fahrgäste, den Anpöbelungen halbwüchsiger HJ-Pimpfe freier, stolzer begegnet, seit sie Erwin Schröders nächtliche Besuche empfängt. Der aber muß erst noch im Schutz der Weißdornhecke nach allen Seiten sichern wie Wild, das auf die Lichtung tritt, ehe er einen Erdklumpen gegen die Fensterscheibe wirft und mit jagendem Puls wartet, bis das Licht erlischt.

Fängt seine Narbe an zu brennen, wenn Katharina die Glastür öffnet?

Heißt die Große Friesenstraße dagegen nicht mehr Straße der SA, sondern schon Adolf-Hitler-Straße, weil sich der Magistrat die Umbenennung zu Führers Fünfzigstem, April neununddreißig, zur vaterländischen Ehrenpflicht hat gereichen lassen, dann ist Katharina längst weg, Doktor Liebenstein per Schiff nach England und das Haus, dem Vater zustrebt, neuerdings sein eigenes. Warum übertreibt er trotzdem die Abwehr des Windes und prescht immer noch voran, als gelte es, bösen Geistern zu entfliehen? Ich vermute, um sich auf kein Gespräch einlassen zu müssen, das mit boshafter Ehrerbietung auf den neuen Besitz zielt. Ein guter Kauf, Erwin!, loben die Leute, wenn sie ihn sehen, und nicken dabei so heftig, daß aus Anerkennung Hohn wird. Als stellvertretender Bürgermeister hast ja auch 'ne Menge Verpflichtungen, nich. Sogar der Kreisleiter ist neulich bei dir zu Besuch gewesen, seggen de Lüd! Un Arp Krüger kann nu up dien Sofa schlapen, wenn he t'huus utkniepen will!

Wenn sie unter sich sind, werden sie deutlicher. De Schröder hett'n Jöd be-eerbt! sagen sie. *Soo'n* lütt Huuske hett he bloß kregen ... Lachen, legen Daumen und Zeigefinger dicht aufeinander und feixen sich eins. Nach der ersten Vorladung, die einer seines losen Mauls wegen bekommt, werden sie vorsichtiger. Jedenfalls findet sich in den Akten nur eine staatsanwaltschaftliche Vernehmung wegen übler Nachrede, abschriftlich dem Strafantragsteller Schröder übersandt. Es ist nicht gut Kirschen essen mit dem achtundzwanzigjährigen Amtmann in dieser Sache.

Noch der Siebzigjährige wird sich in seinem Tagebuch darüber beklagen, daß niemand den humanen Hintersinn seines Hauskaufs begreifen mochte:

›Nach den Ereignissen vom 9. November 38 tauchte der Name Dr. Liebenstein plötzlich auf einer Verhaftungsliste der Gestapo auf. Sie wollte die männliche jüdische Bevölkerung aufholen, wie das damals genannt wurde. Mit dieser Maßnahme sollten auch nichtjüdische Bürger eingeschüchtert werden, die zum Teil unverblümt den Synagogenbrand und die Verwüstungen an jüdischen Geschäften kritisiert hatten. Ich nahm die Anordnung der Gestapo selbst in Empfang, wir wurden aufgefordert, die angegebenen Adressen zu überprüfen und gegebenenfalls Nachforschungen zu betreiben.

Insgesamt dreißig Juden sind dann im Morgengrauen des 12. Dezember auf dem Bahnhofsvorplatz zusammengetrieben und anschließend in einem Güterzug abtransportiert worden.

Als die Liste eintraf, bin ich sofort zu Dr. Liebenstein gegangen, und zwar ganz offen am hellichten Tage. Ich hatte ihn längere Zeit nicht gesehen und war erschrocken, wie stark gealtert er war. Er saß auf dem Sofa und hörte Grammophonmusik, ich glaube es war eine Platte mit Schubertliedern. Ich war aber zu aufgeregt, um genau darauf zu achten. Ich fragte ihn, warum er nicht in der Praxis sei, die Tür stehe offen und jeder könne ins Haus, so wie ich.

Darauf er: Sie wissen doch, daß mir die Approbation entzogen ist und ich nur noch Juden behandeln darf. Im Landkreis gibt es noch etwa dreißig jüdische Kinder. Wenn zwei oder drei pro Woche zu mir kommen, ist das viel.

Ich entschuldigte mich für die Gedankenlosigkeit meiner Frage und informierte ihn über die Verhaftung, die ihm drohte. Es schien ihn nicht sonderlich zu beeindrucken. Er lauschte immer noch auf die Musik und sagte: Hören Sie nur, wie unverletzlich sie klingt! Seine Träumerei machte mich wütend, ich stellte den Apparat ab und sagte grob: Herr Doktor, nun wachen Sie aber mal auf! Sie müssen schleunigst weg, begreifen Sie das endlich! Haben Sie Verwandte im Ausland?

Er, widerwillig: Niemanden außer einer Cousine meiner Frau in Birmingham.

Ich: Wie heißt sie, was macht sie?

Er: Clara Cohen. Sie ist mit einem Arzt verheiratet, der im städtischen Krankenhaus arbeitet. Ich kenne ihn nicht näher.

Ich: Schreiben Sie Ihrer Cousine noch heute, ihr Mann solle sich umgehend eine Bestätigung besorgen, daß Sie in dem Hospital Arbeit finden können, als Arzt, Pfleger oder was auch immer. Sobald er die Bestätigung hat, soll er für Sie ein Visum beantragen. Es heißt, England habe seit den Ereignissen vom 9. November die Einreisebestimmungen gelockert. Es geht um Leben und Tod, schreiben Sie ihr das! Geben Sie mir den Brief, ich schicke ihn zusammen mit der Dienstpost fort, das ist sicherer. In der Zwischenzeit, bis das Visum eingetroffen ist, kaufe ich für die Siedlungsgenossenschaft Ihr Haus und benachrichtige die Polizeidirektion, das Finanzamt und die Devisenstelle, daß Sie der Stadt das Grundstück überschrieben und einen Paß zum Auswandern nach Großbritannien beantragt haben. Vierzig Prozent der Kaufsumme überweisen wir gleich auf ein Treuhandkonto, für die Fluchtsteuer. Das müßte reichen, um Sie vor der Verhaftung zu schützen, bis alles geregelt ist.

Er, nach langem Nachdenken: Es fällt mir unendlich schwer, das Grab meiner Frau im Stich zu lassen. Sonst hätte ich die Ausreise längst betrieben.

Ich: Wenn Sie emigrieren, bleibt Ihnen die Hoffnung, eines Tages zurückkehren zu können. Wenn Sie verhaftet und in ein Lager gesteckt werden, ist die Chance viel geringer.

Er stand auf, ging hin und her, ich sah, daß er mit den Tränen kämpfte. Um ihm die Entscheidung zu erleichtern, sagte ich: Ich kenne einen zuverlässigen Gärtner und könnte veranlassen, daß er das Grab Ihrer Frau pflegt, solange Sie sich nicht drum kümmern können.

Darauf er: Sie waren immer ehrlich zu mir. Ich werde den Brief schreiben. Sie können einen Termin beim Notar vereinbaren.

So ist es zu dieser Transaktion gekommen. Ich habe den Grundstückskauf allein, ohne Wissen des Bürgermeisters und des Stadtkassiers, getätigt und danach sofort das Landratsamt, das Regierungspräsidium und die Staatspolizeistelle verständigt, obwohl Doktor Liebenstein den Ausreiseantrag erst Wochen später stellen konnte, als das Visum eingetroffen war. Als Krüger von meiner Eigenmächtigkeit erfuhr, war er empört und forderte mich auf, das Haus privat zu erwerben, sobald der Jude fort wäre. Er sagte, er wolle keine Scherereien mit dem Gauamt für Kommunalpolitik bekommen, das gerade einen Ukas gegen zu viele gemeindliche Immobiliengeschäfte mit Juden erlassen hatte. Der eigentliche Grund war aber, daß er mich, weil ich ihm schon lange zu selbstherrlich agierte, als Judenprofiteur bloßstellen wollte, und das ist ihm auch gelungen. Nach dem Erwerb des Hauses habe ich viel Neid und Häme ertragen müssen, denn ich konnte meine Beweggründe ja nicht offenlegen.

Aber Doktor Liebenstein war nicht unter den Dreißig, die nach Sachsenhausen deportiert wurden, das war die Hauptsache! Im Februar 39 durfte er nach England ausreisen!‹

Wie Pflöcke hat Vater die Ausrufezeichen am Ende seiner Schilderung in die Ringbuchseite gerammt – Tachymeter einer guten Tat. Das ist nun eine Sache wie mit dem Grau des Meeres und des Himmels, dachte ich auf meinem Turmausguck. Unmöglich zu erkennen, wo ein Element aufhört und das andere anfängt. Den Arzt hat er gerettet, das will ich ihm wohl glauben. Aber die übrigen Adressen auf der Liste hat er abgehakt, manche als Ordnungsamtsleiter wohl auch erst vollstreckungsfähig gemacht. Und ein Haus als Gegenleistung für einen Freundschaftsdienst ist ja auch nicht zu verachten. Das fließt ineinander, Hell und Dunkel, Gut und Böse. Und was fange ich mit meinem Wissen an? Soll ich den Grundbuchbeamten Martens aufsuchen und ihm sagen: Es war alles ganz anders!? Wie?, wird er fragen, und egal, ob ich ›besser‹ oder ›schlimmer‹ sage, stets wird es falsch sein. Wenn ich dann noch Pech habe und die Große Friesenstraße heißt nicht mehr Adolf-Hitler-Straße, aber auch noch nicht Große Friesenstraße, sondern Winston-Churchill-Straße, weil man gerade Läuterung demonstrieren muß in Brederstedt, dann treffe ich bei Martens womöglich auf den neuen Geschäftsführer der Wohn- und Siedlungsgenossenschaft Erwin Schröder, der, nach Internierung und landwirtschaftlichen Hilfsarbeiterdiensten endlich mit dem Entnazifizierungsbescheid ausgestattet, den Abriß der Moorbaracken, den Erwerb des alten Viehhofgeländes und den Bau der ersten Sozialwohnungsblocks betreibt, um sich für die Wahl des Stadtdirektors in vier Jahren eine gute Ausgangsposition zu verschaffen.

Du kommst zu früh, wird er sagen und mich strafend anblicken, während ich das Gefühl habe, zu spät gekommen zu sein.

Ich spürte schwere Tropfen, halb Regen, halb Schnee, auf meiner Haut. Der Wind wurde stärker, in schneller Folge trieben Wolken vom Meer herüber. Über Land stockten sie, fransten aus und entluden sich in langen, schrägen Bahnen.

2.

Weil ich nach der unruhigen Nacht verschlafen hatte, kam ich zu spät zum Frühstücken. Jedenfalls fand ich, als ich den Zimmerschlüssel in der Gaststube ans Hakenbrett hängte, nirgends einen Tisch eingedeckt. Na gut, dachte ich, in zehn Minuten beginnt die Kirche, ich muß mich sowieso sputen. Aber zu einer Tasse Kaffee hätte es schon noch gereicht.

Ich nahm mir vor, meine Wirtin im Laufe des Tages mit mildem Tadel auf das Versäumnis aufmerksam zu machen.

Das Kirchenschiff von Sankt Hedwig war innen so karg wie außen. Graubraun verputzte Wände und Pfeiler, schmale, farblose Fenster. Die wenigen Gemälde waren fast schwarz vor Kerzenruß. Auf dem Altartisch aber stand, aus der Ferne kaum zu erkennen, eine Vase mit Christrosen, und über sie ging die Predigt.

Pfarrer Effinger – seinen Namen hatte ich bei meinem Nachbarn, einem hohlwangigen Greis, erfragt, der mich ob meiner Unwissenheit erschreckt anstarrte – erwies sich als leutseliger Prediger voll bildreicher Worte. Den Lesungstext verließ er rasch und wandte sich, die verhalten frierende Gemeinde für ihre Unverzagtheit lobend, meteorologischen Betrachtungen über die Kälte des Februar zu, die heuer ganz besonders in die Glieder fahre. Wie ausgestorben liege die Natur, die Faust des Frostes scheine alles Leben zu erstikken. Und doch, sagte er und hob den Zeigefinger, gebe es für den, der sehen könne, Zeichen der Hoffnung und des Lebens in diesem todesähnlichen Schlaf. Auf die Christrosen deutend, ermunterte er die Zagenden, die Augen zu öffnen und zu erkennen, wie der Herr allüberall Wunder wirke. Oder sei es etwa kein Wunder, wenn ein Blümlein, das eigentlich aus dem heißen Orient stamme, mitten zur Winterszeit im kalten Norden zu blühen anfange, sobald man ihm nur ein wenig Wasser und kalkige Erde bereite? Christwurz, Schneerose oder Herrgottsblume, wie immer es geheißen werde: mit seinem Erwachen in Eis und Schnee erinnere es den Menschen an die

Botschaft der wärmenden Liebe, welche durch Christus auf Erden gekommen sei. Der Garten des Paradieses scheine auf im zarten Weiß und Rosa dieser Blüten. Und der eine oder andere erinnere sich gewiß, daß die Altvorderen aus der Blume auch heilenden Sud gewonnen hätten, gut gegen Krämpfe und Krätze bei Mensch und Vieh. Darin, sagte Pfarrer Effinger, erweise sich erst recht die Größe des Herrn, daß er zur Schönheit seiner Kreatur noch den praktischen Nutzen füge. So sei auch der christliche Glaube nichts Abgehobenes, Weltfernes, sondern er helfe, im täglichen Lebenskampf zu bestehen.

Bei diesen Worten nickte ein Mann in vorderer Reihe heftig, und an seinem kantigen, kurzhalsigen Schädel über den aufgeworfenen Schultern erkannte ich Ludwig Pfisterer. Eingerahmt von zwei semmelblonden Buben, saß er nahe der Kanzel und wandte das Gesicht mit einem Ausdruck gläubigen Staunens dem Priester zu. Effinger erwiderte Pfisterers Zustimmung lächelnd, schlug mit kraftvollen Sätzen den Bogen zurück von der Botanik zur Tageslosung und schloß:

Wer also den Herrn sucht, der wird ihn an seiner Seite finden und braucht nicht in die Ferne zu schweifen. Gott will nicht, daß wir verachten, was uns nahe ist. Was not tut, hält die Heimat bereit. Wie aber jede Blume nur ein winziger Teil der ganzen Natur ist, so soll auch unser Vertrauen in den Herrn ungeteilt sein und sich im Glauben an die gottgewollte Ordnung von Kirche und Gemeinde bewähren. Amen.

Mit einer Fürbitte für die Erleuchtung der Seelsorger, die Weisheit der Regierenden und den Frieden in der Pfarrei beendete Effinger seine kurze, eindrucksvolle Predigt.

Nach dem Gottesdienst blieb ich noch eine Weile in der Kirche, die sich rasch leerte.

Pfisterer bemerkte mich, als ich aus der Bankreihe trat, um den Nachfolgenden Platz zu machen. Ruckartig reckte er das Kinn, senkte die Brauen und drängte, seine Buben nach sich ziehend, zum Ausgang, wobei er gemessen nach rechts und links grüßte und eine Reihe starker gelber Zähne zeigte.

Ich wartete, ging auf und ab und erinnerte mich einer Unterrichtsstunde bei Jaeneche, dem Biologielehrer. Jaeneche hatte aus seinem Garten Christrosen in die Schule mitgebracht, wir sollten sie anhand des Lehrbuchs ›bestimmen‹. Alle wußten, daß es Christrosen waren. Wir zerrupften sie bis zur Unkenntlichkeit und maulten, die Aufgabe wäre uns zu schwer. Es hagelte Arreste.

Eine ältere Frau stieg auf knarzenden Treppenstufen von der Empore herab, strauchelte und verstreute, am Geländer Halt suchend, die Notenblätter, die sie unter dem Arm getragen hatte. Ich half ihr beim Einsammeln und sagte, daß ihr Spiel sehr schön gewesen sei. Sie lächelte schüchtern. Zwei halbwüchsige Meßdiener rannten aus der Sakristei, krümmten vor dem Altar die Knie, ohne im Laufen innezuhalten, und stürmten juchzend ins Freie. Ein hagerer Mann mit fahlem Gesicht und großen, abstehenden Ohren löschte bedächtig die Kerzen des Altars und musterte mich dabei verstohlen.

Endlich erschien auch Pfarrer Effinger. Er war klein und hatte einen Kranz flaumiger weißer Haare um den Kopf, die von dem schwarzen Mantel, den er nun trug, wirkungsvoll abstachen.

Er sah mich von weitem, versteifte sich und kam gemessenen Schrittes auf mich zu.

Sie sind Herr Schröder, der Mitbewerber unseres Bürgermeisters?, fragte er und reichte mir seine weiche, gepflegte Hand.

Ich bestätigte es, dankte ihm, daß er sich Zeit für ein Gespräch mit mir nehme und sagte, seine volksnahe Predigt habe mir gut gefallen. Allerdings sei die Gleichsetzung von Kirche und Gemeinde für meinen Geschmack etwas zu apodiktisch geraten.

Ich sprach von der geistlichen Gemeinde, Herr Schröder, erwiderte Effinger mit feinem Lächeln, nicht von der politischen!

Aber die politische ist Ihnen gewiß auch nicht fremd. Wüßten Sie sonst von meiner Kandidatur, bevor sie in der Zeitung steht?

Sie haben selbst dafür gesorgt, sagte er und zog den Zettel aus der Tasche, den ich Pfisterer hatte übermitteln lassen. Der Herr Bürgermeister gab ihn mir heute morgen mit dem Ausdruck einer gewissen Besorgnis – die ich übrigens teile.

Das betrübt mich!

Ich denke, eine kommunalpolitische Auseinandersetzung sollte sich auf das Wohl der Gemeinde konzentrieren und nicht Wunden der Vergangenheit aufreißen.

Sie meinen das Munitionsunglück?

Richtig.

Mein Vorschlag eines Gedenkgottesdienstes für die Opfer richtete sich an die geistliche Gemeinde, Herr Pfarrer, nicht an die politische.

Der Priester lächelte wieder, wenn auch etwas gezwungen.

Ich beachte den Unterschied wohl, Herr Schröder. Trotzdem ist es natürlich unmöglich, ein Ereignis, so bedauerlich es sein mag, nach fünfundvierzig Jahren willkürlich aufzugreifen und zum Gegenstand einer Andacht zu machen. Sie werden das auch nicht ernstlich von mir erwartet haben, denke ich.

Er reichte mir den Zettel, vergrub seine Hände im Mantel und näherte sich langsam der Pforte.

Was wollten Sie damit nur bezwecken?, fragte er kopfschüttelnd. Glauben Sie im Ernst, bei den Wirkahnern Sympathien zu ernten, wenn Sie ihren größten Arbeitgeber vor den Kopf stoßen?

Nein, sowenig wie bei Ihnen und Herrn Pfisterer.

Und warum –?

Ich wollte dem Gedächtnis des Herrn Bürgermeisters nachhelfen, das ist alles. Und ich habe den Eindruck, daß es mir gelungen ist.

Pfarrer Effinger schwieg. Dann sagte er mit einiger Verwunderung:

Ich wüßte nicht, was die Familie Pfisterer mit diesem Unglück zu tun hätte!

Das eben weiß ich auch nicht, dachte ich. Und solange es keine plausible Errklärung dafür gibt, warum jemand einen anderen mit dem Tod zweier Menschen in Verbindung bringt, für den dieser unmöglich selbst verantwortlich sein kann, bleibt alles übrige Spekulation. Andererseits ist es Fakt, daß Pfisterer auch jetzt wieder, wie schon nach Vaters Brief, beunruhigt ist. Hätte er sonst den Pfarrer gebeten, mich nach meinen Motiven auszuforschen?

Es geht mir nicht um das Unglück an sich, sondern um seine Opfer. Sagt Ihnen der Name Hirschfeld etwas?

Effinger wurde lebhaft. Seine reservierte Haltung lockerte sich.

Hirschfeld? Selbstverständlich. Ein Mann, den ich hoch schätze, gebildet, kunstverständig und trotz seines Alters und seiner Gebrechen noch erstaunlich vital. Unsere Pfarrei verdankt ihm einige schöne Erwerbungen. Es ist keine sechs Wochen her, da hat er für uns aus dem Nachlaß eines Pariser Kunsthändlers einen silbernen Leuchter erworben; er steht dort drüben auf dem Seitenaltar. Es war ein Schnäppchen, wie man so sagt, Herr Hirschfeld hat gute Beziehungen nach Frankreich. Aber wie kommen Sie auf ihn als Opfer? Er lebt doch, ohne Zweifel!

Ich starrte den Priester an und dachte: Oh, ich Esel! Natürlich lebt Julius Hirschfeld, und deshalb beziehen sich die Anzeigen auf ihn und auf niemanden sonst! Immer bin ich davon ausgegangen, daß sie Katharina und Frieder beträfen, weil sie es waren, nach denen Vater sich bei Pfisterer erkundigt hatte. Dabei enthielt die erste Post eine geschäftliche Annonce Julius Hirschfelds, und die handschriftliche Notiz, fünf Jahre später, sprach auch nur vom ›Fall Hirschfeld‹. Mit Julius Hirschfeld aber kann Pfisterer sehr wohl etwas zu tun haben!

Ich danke Ihnen, sagte ich. Sie haben mir die Augen geöffnet. Ja, Julius Hirschfeld lebt. Also wollen wir die Toten ruhen lassen. Vergessen Sie die Sache mit dem Munitionsunglück!

Effinger schwieg verdutzt. Die Wendung kam ihm zu plötzlich.

Ich ging zum Seitenaltar hinüber, einem schlichten Tisch, dessen einzige Zierde ein modernes Kruzifix und der silberne Leuchter waren. Vor dem Altar brannten flackernd Talglichte.

Ich warf eine Münze in den Opferstock und zündete zwei Lichte an.

Sie brennen für Juden. Dagegen ist doch nichts einzuwenden?

Wir sind alle Gottes Kinder!, murmelte Pfarrer Effinger und schlug die Augen nieder.

Ich nahm den Zettel, hielt ihn in die Flamme und wartete, bis er verbrannt war. Die Asche blies ich vom Tisch.

Werden Sie im Wahlkampf eine Empfehlung für Herrn Pfisterer abgeben?

Die Kirche äußert sich nicht zu politischen Angelegenheiten, es sei denn, sie betreffen ihren weltlichen Auftrag. Daran halte ich mich.

Und wenn man Sie nach Ihrer persönlichen Meinung fragte?

Würde ich antworten, daß jeder seine Entscheidung in christlicher Verantwortung zu treffen hat.

Gehört zur dieser Verantwortung auch, den Willen Gottes zu

bedenken, daß die Heimat alles, was dem Menschen frommt, für ihn bereithält?

Das war eine theologische Aussage, keine politische.

So wie das Gleichnis von der Christrose ein theologisches war und kein politisches?

Sie sagen es!

Angenommen, Sie sollten Herrn Pfisterers Eigenschaften einer Pflanze zuordnen, könnten Sie sich dann die Christrose als für ihn passend vorstellen?

Durchaus. Er ist ein gläubiger Katholik, ein treuer Kirchgänger, er führt ein gottgefälliges Leben. Ich schätze ihn als Bürgermeister, als eifrigen Sänger im Kirchenchor und als Mitglied des Pfarrgemeinderats.

Und doch sind die Wurzeln der Christrose, die man auch schwarze Nieswurz nennt, giftig. Ist das nicht merkwürdig?

Abrupt reichte mir Pfarrer Effinger die Hand.

Er wartete, bis ich die Tür hinter mir zugezogen hatte. Dann verließ auch er die Kirche und gesellte sich zu den Männern und Frauen, die in kleinen Gruppen auf dem Vorplatz der Kirche zusammenstanden. Ehrfürchtig machten sie Platz, als er zu ihnen trat.

Ich hatte es befürchtet.

Die Gedenkstätte für das Konzentrationslager Wirkahn war nichts weiter als ein kleiner, abgetrennter Teil des Friedhofs am Rande der Stadt. Der Weg dahin führte sinnigerweise an der Waffenfabrik vorbei, deren schwarze Schlote die Einpflanzung überragten.

Auf einer polierten Granitplatte waren polnische, russische, tschechische, französische und deutsche Namen eingraviert.

›Hirschfeld, Katharina‹.

Frieder war nicht aufgeführt, er hatte ja auch nicht bei seiner Mutter im Lager gelebt. Ich nahm mir vor, mich bei Hirschfeld nach seiner Grabstätte zu erkundigen.

Eine Hinweistafel informierte darüber, daß 150 deutsche und ausländische Zwangsarbeiter zwischen 1942 und 1945 in dem unter nationalsozialistischer Gewaltherrschaft errichteten Wirkahner Konzentrationslager ums Leben gekommen waren. Insgesamt seien in dem Lager etwa 3000 Menschen für rüstungswirtschaftliche Zwekke eingesetzt gewesen.

Die Tafel war stark verwittert, die Schutzfolie aus Plastik bräunlich verfärbt und abgelöst.

Die Zahlen, dachte ich, die Zahlen stehen da wie Ziffern einer Geschäftsbilanz.

Es gelang mir nicht, Trauer zu empfinden. Kein Gebet wollte mir einfallen. Katharina blieb unhörbar.

Mit dem Vorsatz, Zirkel auf den lieblos-vernachlässigten Zustand der Gedenkstätte anzusprechen, verließ ich den Friedhof. Die Empfindungslosigkeit, die sie hinterließ, bedrückte mich. Noch bedrükkender aber war das Gefühl, mit dem Zettel in der Kirche auch das Andenken an Katharina verbrannt zu haben.

Zu mittag aß ich nicht in der Krone, sondern im Goldenen Rad. Breitenbachers sollten nicht denken, die einzigen am Ort zu sein, deren Essen schmeckte. Ein wenig Beleidigtsein konnte nicht schaden.

Das Zürcher Geschnetzelte: zäh. Das Rösti: in der Mitte gefroren. Schon nach den ersten Bissen leistete ich meiner Wirtin Abbitte.

Am Ecktisch tagte eine Skatrunde. Man war schon am Aufbrechen, addierte Punkte und Zehntelpfennige, kramte in den Geldbörsen, als ein älterer Mann das Lokal betrat, Hut und Mantel an den Haken hängte und krummbeinig auf den Tisch zusteuerte.

Xaver, wo kommsch au du her, wie goht's?

Au bschisse, sagte der Alte. Wer hat gwonna?

Der Josef. Mir hent'n aber gwinna lasse, daß er mit seim Schneepflug morge wieder onser Garageeinfahrte räumt. Isch der Schnee fort, wird er doppelt abkassiert!

Die Männer lachten. Xaver ließ sich auf die Bank fallen.

Des isch so sicher net, daß der Josef morge Zeit hat, sagte er. Musch nämlich jetzt für den Letsch mitschaffe, Josef!

Schwätz net raus, Xaver!, rief der Angesprochene aufbrausend. I glaub, du spennsch!

Brauchsch mer's ja net glaube, der Letsch wird dir's scho selber sage!

Bevor Letschs Name fiel, hatte ich aus Langeweile und auch zu phonetischen Übungszwecken mitgehört. Jetzt lauschte ich begierig und ließ das Essen vollends erkalten.

Mit bedeutsamer Miene erzählte Xaver, daß er gestern abend mit Letsch und zwei von Josefs Kollegen hier im Rad gesessen hätte, als Haibel, der Taxifahrer, hereingekommen wär und dem Letsch einen Zettel in die Hand gedrückt hätt. Drauf wär der Letsch aufgesprungen wie ein Verrückter und hätt gesagt, er müßte sofort zum Bürgermeister. Nach einer Stunde wär er wiedergekommen und hätt gesagt, der Bruno und der Karle müßten mitkommen, es gäb Arbeit für sie. Weil sie zuerst nicht wollten, wär er saugrob geworden, hätt dann aber rausgelassen, daß sie jemand überwachen müßten, der gegen Pfisterer kandidieren wollte. In Wirklichkeit würde der aber was anderes im Schild führen, was, wüßte man noch nicht genau. Pfisterer hätt befohlen, dem Letsch seine Arbeit in den nächsten Wochen so auf die anderen aufzuteilen, daß er jederzeit für ihn frei wär. Es ginge ums Wohl der Gemeinde, hätt er gesagt.

Die drei schwiegen beeindruckt. Dann sagte einer:

Do guck na, der Pfisterer kriegt Konkurrenz! Des schad't dem gar nix!

Schon. 's müßt aber halt jemand rechts sei. Wa isch des für oiner?

Xaver rückte noch näher an die Männer heran.

Des isch's ja grad! Des woiß bisher koiner so genau, weil er sich gweigert hot, sein Lebenslauf uff em Rathaus abzugebe. Aber der Pfisterer hat scho Erkundigunge eizoge ond meint, 's wär vielleicht en amerikanischer Jud mit deutschem Paß!

I werd verruckt. Wa will so oiner bei ons?

Xaver hob die Schultern und legte sein Gesicht in Falten, als wisse er etwas, getraue sich's aber nicht zu sagen.

Scheinbar hot's mit em Krieg ond em Brauer seiner Fabrik zom do.

Wie kommsch au uff so ebbes, Xaver, des wird jo immer gaudicher!

Triumphierend zog der Alte sein Trumpfas aus dem Ärmel.

Der Letsch hot's gsait, ond onsern Herr Pfarrer au. Mit dem han i nämlich heut morge nach d' Kirch gschwätzt. Der Schröder, so hoißt der Kerle, war au in der Meß, ond hinterher hot er no mit em

Effinger parliert. Wa genau, hot er net sage welle, aber wie ich em uff de Kopf zugsait hab, daß es en amerikanischer Jud wär, der mit em Brauer e Rechnung offe hätt, hot er gsait: Xaver, du hörsch mal wieder 's Gras wachse!

O verrecke!, sagte Josef. Des hot ons grad no gfehlt. Aber i sag's jo immer: Seit mir d' Asilante im Flecke hent, kannsch bald nemme uff d' Strooß naus! Also, i muß jetzt gange.

Sie erhoben sich, legten abgezähltes Geld auf den Tisch und bestellten für den Alten zum Dank für seine Neuigkeiten ein Bier. Die Bedienung brachte es und sagte:

Aber 's nächste musch selber zahle, Xaver, daß des von vornherein klar isch!

Ich saß wie vom Donner gerührt. Also war ich jetzt ein amerikanischer Jude! Die einzige Erklärung dafür war, daß der Redakteur Kersten mit Pfisterer telefoniert und ihm von meinen Jahren in Amerika und den Nachforschungen im Zusammenhang mit dem ›Fall Hirschfeld‹ erzählt hatte. Pfisterer hatte sofort an den Wahlkampf gedacht und streute nun das Gerücht, eigentlich sei der Schröder gar kein richtiger Deutscher, sondern Amerikaner und Jude. Das war starker Tobak. Allerdings hatte ich auch wenig getan, ihm das Geschäft zu erschweren. Mein Auftritt im Rathaus, der Streit mit Letsch, die spontane Zettelpost, die Brüskierung Effingers – dem normalen Bild eines Wahlbewerbers entsprach ich sicher nicht.

Und Kersten? Der telefonierte und recherchierte offenbar nach allen Himmelsrichtungen. Nie unehrlich zu sein, hatte Zirkel gemeint, sei sein größter Vorzug. Da kamen mir denn doch Zweifel. Erst hatte er eine flammende Tirade gegen Pfisterer gehalten, dann lieferte er ihm Munition. Und sein Blick gestern nacht, bevor wir uns getrennt hatten – eine Sympathiebekundung war es nicht gewesen.

Ich mußte mit Zirkel reden, gleich nachher. Ihn über die neueste Entwicklung informieren und mich mit ihm beraten, wie wir es gestern abend vereinbart hatten. Auch zwischen uns gab es offene Fragen.

Ich zahlte, log, daß das Essen geschmeckt und ich nur zu wenig Appetit gehabt hätte, und machte mich auf den Weg.

Zirkel hatte geschlafen. Seine Augen waren gerötet, als er die Tür öffnete.

Ach, Sie sind's –!

Es klang nicht übermäßig begeistert.

Schauen Sie sich nicht zu genau um, bat er und warf ein paar Kissen vom Sofa. Es war kalt in der Wohnung, einige Fenster standen offen. Trotzdem hing ein abgestandener, süßlicher Geruch im Raum.

Man merkt, daß hier schwer getagt wurde, sagte ich. Wo ist denn Aristophanes?

Nebenan, er guckt fern. Die beste Art, ihn zu beschäftigen, wie bei Kindern.

Er drückte mir drei dicke, geheftete Papierstöße in die Hand, die auf dem Couchtisch gelegen hatten.

Hab ich für Sie rausgesucht. Der aktuelle Haushaltsplan der Stadt, ein Gutachten zur Stadtentwicklung, allerdings schon zehn Jahre alt, und eine Sammlung der Gemeindesatzungen. Die öffentlichen Gemeinderatsprotokolle kriegen Sie von Hellstern, der ist im Aufbewahren ordentlicher als ich. Sie können schon mal anfangen zu lesen, ich mach mich etwas frisch. Trinken Sie einen Kaffee mit?

Ich bejahte und begann lustlos, im Haushaltsplan zu blättern. Vorbericht, Hebesätze für Grund- und Gewerbesteuer, die wichtigsten Investitionen, Steuerkraftsumme, Gesamtplan Verwaltungshaushalt, Gesamtplan Vermögenshaushalt, Einzelpläne ... Seufzend machte ich mich an die Arbeit. Kaltes Rösti, auch hier.

Als Zirkel nach einer Viertelstunde wieder in der Tür erschien, war er aufgeräumter.

Wenn ich gepennt habe, bin ich erst mal unausstehlich, meinte er entschuldigend. Es ist gut, daß Sie kommen, denn Kersten braucht dringend ein Foto von Ihnen, für den morgigen Artikel. Keiner von uns hat bisher daran gedacht, und jetzt ist er ganz verzweifelt.

So, ist er das, sagte ich. Dann soll er am besten bei Pfisterer anrufen und ihn fragen, ob er mittlerweile auch ein Porträtfoto des amerikanischen Juden besitzt.

Der Buchhändler betrachtete mich verdutzt.

Aus Ihnen werde einer schlau, sagte er.

Ich lud mir meinen Ärger von der Seele, und ich tat es gründlich.

Zum Schluß sagte ich:

Die Sache mit Kersten stinkt mir zwar, aber sie enttäuscht mich nicht wirklich. Er muß sein Blatt mit Neuigkeiten füllen. Ich war auch mal Journalist und kenne die Spielregeln. Aber wenn zwischen Ihnen und mir kein Vertrauen herrscht, dann können wir's gleich bleiben lassen. Und darum sagen Sie mir jetzt, warum Sie sich gestern abend so für mich in die Bresche geworfen haben und weshalb Richard Mugel Sie unmittelbar nach meinem Besuch angerufen hat, oder ich verzichte auf allen Organisationskrimskrams und mache allein weiter!

Zu meiner Überraschung reagierte Zirkel nicht beleidigt.

Lächelnd antwortete er: Wir haben einen guten Kandidaten, ich wußte es.

Dann erzählte er mir vom Anruf des Mannes, der Vater die Anzeigen geschickt hatte.

3.

Stadtdirektor Jensen, sagte Frau Sievers, lasse nachfragen, wie das denn nun sei mit meiner Rückreise. Am 13. Januar wäre Rückflugtermin, hätte ich gesagt. Und heut sei der dreizehnte.

Ich geb's nur weiter, sagte sie. Mir persönlich isses egal.

Ich glaubte es ihr. Mittlerweile pflegten wir ein fast kollegiales Verhältnis. Sie erkannte mein ausdauerndes Quellenstudium an, ich schätzte ihre unfehlbare Sicherheit beim Aufspüren von Fundstellen.

Aktenstaub verbindet.

Verschoben, sagte ich. Es gibt Probleme mit dem Haus. Aber ich sag's Jensen selber. Könnten Sie mir wohl wieder etwas behilflich sein? Ich fahnde nach einem Kaufvorgang der Siedlungsgenossenschaft, Ende achtunddreißig. Ich bin mir sicher, daß er irgendwo vermerkt sein muß, komm aber nicht weiter. Außerdem suche ich eine Liste von dreißig jüdischen Männern, die im Dezember desselben Jahres verhaftet und nach Sachsenhausen deportiert wurden.

Frau Sievers seufzte.

Sie legen allmählich den ganzen Betrieb lahm, wissen Sie das? Dreißig Männer, sagen Sie? Wußte gar nicht, daß es mal soviele Juden in Brederstedt gegeben hat.

Aber dann stieg sie doch mit mir in mein Verlies hinunter. Zum ersten Mal sah ich sie in Jeans; sie machten sie um zehn Jahre jünger. Ich überlegte, ob ich es ihr sagen sollte. Bloß die Brille … Wer hatte ihr nur diese Brille empfohlen!

Nur nicht an Miriam denken.

Und andauernd dachte ich an sie. Das Flugzeug wurde jetzt für den Start vorbereitet. In einer Stunde begann das Einchecken. Nicht mal storniert hatte ich den Flug.

›Lufthansa-Flug dreizwosieben nach London mit Weiterflug nach Chicago, letzter Aufruf für Herrn Schröder! Herr Schröder, Sie werden dringend gebeten, sich zum Abflugschalter zu begeben …‹

Ich begebe mich nicht. Ich kann nicht fliegen. Ich vergrabe mich. Ich bin gestrandet.

Wer, außer Frau Sievers, käme auf die Idee, einen Grundstückskauf im Aktenbestand A, Schriftverkehr mit dem Regierungspräsidium, zu suchen? Wieder einmal bewunderte ich sie. Und sagte es ihr.

An Ihnen ist eine Kriminalistin verlorengegangen!

Ach, Unsinn. Ich dachte nur, daß für so ein Grundstücksgeschäft sicher eine Genehmigung erforderlich gewesen ist. Damals mußte alles genehmigt werden.

Aber es freute sie doch, daß ich sie lobte und dabei wie zufällig meine Hand auf ihren Arm legte.

Die Deportationsliste dagegen blieb unauffindbar. Es gab auch kein Bestätigungsschreiben der Stadtverwaltung an die Geheime Staatspolizei, daß die Adressen der zu Verhaftenden überprüft worden waren, keinen Vollzugsbericht der Ortspolizeibehörde, wie der Gestapo Amtshilfe geleistet worden sei, keinen Schriftwechsel mit der Reichsbahn bezüglich der Transportkosten und selbstverständlich kein Erörterungsprotokoll des Stadtrats, der jetzt Ratsherrenversammlung hieß und sich nur noch selten versammelte.

Vielleicht sind gar keine Juden aus Brederstedt deportiert worden, sagte Frau Sievers. Viele zogen freiwillig um in größere Städte, wo es anfangs für sie noch etwas erträglicher war.

Mein Vater hat den Transport selbst erwähnt, in seinem Tagebuch. Glauben Sie, er hätte sich das aus den Fingern gesogen? Angenehm war so etwas schließlich nicht für einen späteren Stadtdirektor!

Angenehm? Nein, das sicher nicht.

Sie sah mich mit großen Augen an.

Dann kann es nur … Es gibt hier noch einen Nebenraum. Angeblich liegen da bloß Steuerakten aus dem 19. Jahrhundert. Von uns war nie jemand drinnen, der Aktenplan reicht nicht soweit zurück. Und den Schlüssel verwahrt der Stadtdirektor persönlich …

Sie stockte. Wahrscheinlich ahnte jeder im Archiv, was es mit dem Versteck auf sich hatte.

Welch vorbildliche Beachtung des Steuergeheimnisses!, spottete ich. Selbst die Schweiz könnte sich daran ein Beispiel nehmen.

Wir gingen wieder hinauf ins Erdgeschoß. Ich mußte noch ein Stockwerk höher, zu Jensen.

Ich wußte auch schon, was ich ihm sagen würde.

Sie verraten mich nicht, nein?

Ehrenwort, Miriam.

Miriam? Ich heiße Hanna.

Entschuldigung, Hanna. Natürlich: Hanna!

Immer wenn ich Miriam vor mir sehe, werde ich Hanna sagen, dachte ich. Es ist niederträchtig, ich weiß; aber wie sonst soll ich diesen Tag überstehen?

Jensen tat, als hätte er seit Stunden auf mich gewartet.

Carsten, na endlich! Dachte schon, du hättest dich verdrückt, ohne noch mal den Kopf reingestreckt zu haben. Hätt ich dir schwer übelgenommen, mein Junge!

Er setzte sich so, daß er die Konterfeis seiner Vorgänger im Rükken hatte. Vaters Porträt, das letzte in der Reihe, war ein großes Schwarzweißfoto mit sorgfältig gewählten Beleuchtungseffekten. Botschaft: Gereifter Bürdenträger in staatsmännischer Verantwortungspose. Die zu beherrschen, war offenbar Zugangsvoraussetzung zum Galerieclub. Alle, ob abgelichtet oder gemalt, schauten gedankenschwer über den Tag hinaus und bemühten sich, ihren ostfriesischen Rundschädel nicht zu dominant hervortreten zu lassen.

Auch Stadtdirektor Jensen übte schon mal.

Zurückgelehnt, den goldgefaßten Füllhalter wie ein Marschallstäbchen auf die Tischplatte stellend, fragte er leutselig: Und – hast du gefunden, was du gesucht hast? Wolltest du nicht heute …?

Ja, wollte ich. Aber das geht nun leider nicht, und deswegen bin ich hier. Ich brauche den Schlüssel für den Raum, in dem die Judenakten ab 1938 lagern.

Plumps, fiel das Marschallstäbchen um. Entgeistert starrte mich Jensen an.

Bist du verrückt?, fragte er. Woher weißt du überhaupt –

Bin ich nicht. Und von dem Nebenraum weiß ich durch Vaters Tagebuchnotizen, die ich gerade durcharbeite. Wäre er nicht gestorben, hätte er selbst um den Schlüssel gebeten.

Das glaub ich dir nicht. Er hat den Raum nie betreten, nicht mal, als er die Stadtchronik verfaßt hat.

Für die anderthalb Seiten, die er den Jahren dreiunddreißig bis fünfundvierzig gewidmet hat, brauchte er auch keine Akten. Das konnte er aus dem Kopf, und wahrscheinlich ist kein Brederstedter traurig darüber, daß er nicht tiefer gegraben hat. Aber jetzt geht es um eine Sache, die läßt sich nicht mit ein paar staatstragenden Worten glatthobeln.

Ich erzählte Jensen von Doktor Liebenstein, Katharina, Frieder und Vaters testamentarischer Verfügung. Daß Katharina 1935 mit ihrem Neugeborenen nach Wirkahn verzogen war, verschwieg ich allerdings und behauptete stattdessen, Vater hätte in die Akten der Jahre achtunddreißig folgende Einblick nehmen wollen, um festzustellen, ob sich unter den Deportierten auch seine einstige Freundin und sein Sohn befunden hätten. Es sei ihm darum gegangen, für eine geplante Korrespondenz mit jüdischen Such- und Dokumentationsdiensten möglichst viele Anhaltspunkte zu gewinnen, log ich.

Ja, hat denn dein Vater nicht gewußt, was aus seinen … aus seiner …, na du weißt schon, geworden ist?, fragte Jensen entgeistert.

Nein. Und wenn er es früher mal gewußt haben sollte, dann hat er es in den Jahrzehnten danach verdrängt. Was verdrängt der Mensch nicht alles, um weiter in den Spiegel schauen zu können? In Süddeutschland gab es mal einen Ministerpräsidenten, der konnte sich nicht mehr an Todesurteile erinnern, die er gefällt hat. Ich glaube ihm das, warum sollte ich meinem Vater nicht glauben?

Jensen schüttelte den Kopf.

Diese verdammte Zeit aber auch!

Jetzt lastet sie auf uns, sagte ich. Soll keiner hoffen, er käme ungeschoren davon. Mir jedenfalls hat Vater seinen Teil aufgepackt, zur Strafe für mein langes Schweigen, und ich habe es zu akzeptieren. Es gibt nun zwei Möglichkeiten: Entweder führe ich die Nachforschungen hier selbst zu Ende, oder ich fliege zurück in die Staaten und beauftrage einen amerikanischen Anwalt damit. Zweckmäßigerweise werde ich mir einen jüdischen Anwalt suchen, der Erfahrung mit der Geltendmachung von Ansprüchen von Holocaustopfern und ihren Erben hat. Er wird dasselbe tun wie ich jetzt, nämlich Einsicht in die Akten verlangen, nur wird er viel stärkere Geschütze auffahren. Wahrscheinlich wird er den Auftrag jüdischer Organisationen im Gepäck haben, weitere Fälle zu überprüfen, damit sich der Aufwand lohnt, Entschädigungsfragen im Zusammenhang mit Vermögensbeschlagnahmungen und Zwangsenteignungen zum Beispiel.

Hör auf!, sagte Jensen, während er schon den Schreibtisch öffnete und aus einer flachen Schatulle einen verrosteten Schlüssel hervorkramte. Du holst ihn morgens bei mir ab und gibst ihn mir abends zurück, und außer dir bekommt ihn keiner in die Finger, ist das klar?

In Ordnung, sagte ich und dachte: Ich werde mir Zeit lassen. Auch Jensen soll ein paar unruhige Tage verbringen. Danach schließt er die Vergangenheit sowieso schnell wieder weg.

Zehn Uhr zwanzig. Gerade hat die Maschine Hamburg-Fuhlsbüttel verlassen, eine leichte Linkskurve geflogen und Kurs auf den Atlantik genommen.

Du stehst sowieso nicht in Cedar Rapids am Exit und wartest, Miriam.

Hanna.

Ich weiß auch nicht, wie es ausgehen wird, Miriam.

Hanna.

Vielleicht schreibe ich dir demnächst einen langen Brief.

Ich legte mir zwei Tabellen an.
Links: Vaters Version des Hauskaufs.
Rechts: das in den Akten A 623: Regierungspräsidium 1938-1940, B 117: Paßpolizei 1936-1941, B 133: Ein- und Ausbürgerungen, Nr. 131: Juden gen. und Nr. 212: Judenfrage (Verbände, Organisationen usw.) dokumentierte Geschehen.

Aus der Gegenüberstellung ergaben sich mehr Abweichungen als Übereinstimmungen. Ich kennzeichnete sie durch die Kategorien ›Zutreffend‹ / ›Nicht zutreffend‹.

Zutreffend war, daß Vater den Grundstückskauf allein getätigt und zahlreiche Behörden von der Auswanderungsabsicht des Dr. Liebenstein in Kenntnis gesetzt hatte.

Es fanden sich folgende Schreiben in den Akten:

an den Regierungspräsidenten,

an die Kreisleitung der NSDAP,
an die Staatspolizeistelle,
an den Bürgermeister,
an die Reichsbankanstalt,
an die Devisenstelle beim Landesfinanzamt,
an das örtliche Finanzamt,
an die Zollfahndungsstelle,
an die Auswanderungsberatungsstelle.

Das erste Schreiben, wie alle unterzeichnet von Stadtamtmann Schröder, erfolgte im Auftrag des Vorstands der Siedlungsgenossenschaft Brederstedt, Bürgermeister Krüger, und enthielt die ›Bitte um Genehmigung des Herrn Regierungspräsidenten bezüglich eines aus Dringlichkeitsgründen ohne Beteiligung weiterer Stellen geschlossenen Kaufvertrags über jüdischen Grundbesitz‹. Zur Begründung des Kaufs wurde angeführt, daß es sich im vorliegenden Fall um eine wirtschaftlich besonders günstige Arisierungsmaßnahme jüdischen Grundbesitzes handle, von der zu erwarten sei, daß sie eine positive Wirkung auf andere laufende Arisierungsverhandlungen haben werde.

Das Antwortschreiben des Regierungspräsidiums traf erst im Januar 1939 ein. Es enthielt den Hinweis, daß nach dem 9. November 1938 geschlossene Verträge über jüdische Grundstücke nicht mehr genehmigungspflichtig seien, man dessen ungeachtet aber bereit sei zu bestätigen, daß der Erwerb geeigneter jüdischer Objekte durch Gemeinden oder gemeindliche Einrichtungen zur Beschleunigung der Entjudung der Wirtschaft grundsätzlich im öffentlichen Interesse liege.

Nicht zutreffend war, daß die Verhaftung und Deportation der dreißig Brederstedter Juden am 12. Dezember 1938 erfolgte. Ausweislich der dem Landratsamt übermittelten Liste des Bürgermeisteramts geschah es bereits einen Monat früher, am Sonnabend, dem 12. November 1938. Zudem betrafen die Maßnahmen nur arbeitsfähige männliche Juden im Alter zwischen achtzehn und fünfzig Jahren (Doktor Liebenstein war zu jenem Zeitpunkt zweiundsechzig).

Unrichtig war auch der im Tagebuch vermittelte Eindruck, alle verhafteten Juden seien im Konzentrationslager Sachsenhausen oder in anderen Lagern verblieben. Einem Funkspruch der Staatspolizeileitstelle vom 17. November zufolge wurde die Verhaftung für Juden, bei denen konkrete Auswanderungsabsichten vorlagen oder erfolgversprechende Arisierungsverhandlungen liefen, nach wenigen Tagen wieder rückgängig gemacht. Die Anordnung betraf sechzehn Juden, die im Laufe des Monats nach Brederstedt zurückkehrten.

Als *Fazit* hielt ich fest:

›Ein ursächlicher Zusammenhang zwischen dem Grundstücksgeschäft meines Vaters und der Haftverschonung bzw. Ausreisemöglichkeit des Dr. Liebenstein ist nicht zu belegen. Vielmehr ist davon auszugehen, daß der Arzt auch nach der ihn nicht betreffenden Verhaftungsaktion sein Vermögen hätte veräußern und emigrieren können‹.

Als *persönliche Bemerkung* fügte ich an:

›Immerhin ist denkbar, daß Vater Dr. Liebenstein unmittelbar nach dem Synagogenbrand am 9. November aufsuchte, weil er von einer bevorstehenden Verhaftungsaktion gehört hatte und der Auffassung war, eine drohende Festnahme des Arztes durch den raschen Erwerb seines Hauses abwenden zu können. Das tatsächliche Geschehen mag für Dr. Liebenstein danach nicht mehr von Belang, die zynisch-ökonomische Begründung im Schreiben meines Vaters an den Regierungspräsidenten aus taktischen Gründen erforderlich gewesen sein. Was nicht in den Akten ist, kann trotzdem in der Welt sein‹.

4.

Glauben Sie nicht, daß ich Sie hinters Licht führen wollte, sagte Zirkel und sah mich bittend an. Ich hätte Sie heute noch aufgesucht, ganz bestimmt. Gestern abend hielt ich es einfach nicht für angebracht, Sie mit dem Anruf zu belasten. Sie mußten sich auf Ihre Vorstellung konzentrieren, das war das wichtigste.

Man kann für alles eine Begründung finden, dachte ich. Als ob ich darin nicht Erfahrung hätte.

Vorstellung ist ein treffendes Wort, ja. Es war die Vorstellung einer Marionette, die denkt, sie sei der Hauptdarsteller. Sehr komisch das ganze. Ich beneide die Schauspieler des Kulturzentrums, die wissen wenigstens, wie das Stück heißt, in dem sie spielen!

Zirkel schüttelte den Kopf.

Seien Sie nicht albern. Im Grunde können Sie hochzufrieden sein. Keiner von uns hätte geglaubt, daß Ihre Strategie, den Maulwurf im Rathaus aus seiner Reserve zu locken, so schnell Erfolg haben würde.

Seinen Namen kennen wir trotzdem noch nicht.

Aber wir wissen, daß er bereit ist, uns mit Informationen zu versorgen. Jetzt können wir ganz anders in den Wahlkampf einsteigen. Zum ersten Mal haben wir eine echte Chance!

Ich ging zur Straßenseite des Wohnzimmers hinüber, stieß eins der halb geöffneten Fenster auf, sog die kalte Luft ein und ließ mir durch den Kopf gehen, was sich gestern zugetragen hatte. Es war, wenn ich es richtig verstand, ein Stück in vier Akten, in dem hauptsächlich telefoniert wurde.

Erster Akt: Sonnabend vormittag, etwa gegen zehn Uhr, erhält Julius Hirschfeld in seiner Wohnung einen Telefonanruf. Ein Mann meldet sich und erklärt mit aufgeregter Stimme: Herr Hirschfeld, hören Sie gut zu, es ist sehr wichtig für Sie. Ich kann Ihnen meinen

Namen nicht nennen, doch bin ich jemand, der es gut mit Ihnen meint. Sie wissen, daß in Wirkahn demnächst Bürgermeisterwahl ist und Pfisterer bislang der einzige Kandidat war. Seit gestern ist das anders. Es gibt einen weiteren Bewerber, einen jungen Mann aus Norddeutschland. Sein Name ist Schröder, Carsten Schröder aus Brederstedt. Es ist nun gut möglich, ja sogar wahrscheinlich, daß Schröder Sie in Kürze aufsuchen wird – vielleicht kommt er sogar heute schon bei Ihnen vorbei. Seine Bewerbung hat nämlich auch private Gründe, die in Ihrem Umfeld liegen; genauer kann ich es Ihnen jetzt nicht erklären. Aber Sie müssen wissen, Herr Hirschfeld: Es wäre nicht gut, wenn der Mann nach dem Gespräch mit Ihnen den Eindruck gewinnen würde, es lohne sich für ihn nicht, weiterzumachen. Es liegt auch in Ihrem Interesse, daß er bei der Stange bleibt. Wenn Pfisterer wiedergewählt wird, kommen auf Sie und andere schwere Zeiten zu, glauben Sie mir. Um das zu verhindern, werde ich Herrn Schröder mit Informationen versorgen, die Pfisterer zu Fall bringen können. Aber zunächst mal sind Sie am Zug!

Abrupt beendet der Anrufer seine atemlos vorgetragene Botschaft. Zurück bleibt ein ratloser Julius Hirschfeld, der sich das plötzliche Interesse an seiner Person nicht erklären kann. Denn obwohl er gewiß nicht zu Pfisterers Freunden zählt, hat er sich aus der Kommunalpolitik doch stets herausgehalten und ist froh gewesen, wenn man ihn seine mehr oder minder alten Schätze in Frieden verkaufen ließ.

Hirschfeld grübelt eine Weile über die Person des Anrufers nach. Er meint, dessen Stimme schon einmal gehört zu haben, kann sich aber nicht entsinnen, wann das gewesen sein könnte. Dagegen dauert es nicht lange, bis er die Namen Schröder und Brederstedt mit einem Brief vom Herbst 1982 verbindet, der ihm im Gedächtnis haften geblieben ist. Er hat nämlich dem Briefschreiber Erwin Schröder von Anfang an nicht geglaubt, sich nur einiger angeblich aufgefundener Schmuckstücke wegen nach seiner Schwester erkundigen zu wollen. Katharinas einziger Schmuck war eine dünne goldene Halskette, die sie von ihrer Großmutter geerbt hatte und ständig mit sich trug. Nein, Hirschfeld war sich sicher, in dem Brederstedter Stadtdirektor a.D. Katharinas einstigen Liebhaber gefunden zu haben, und es kostete ihn viel Überwindung, dem Mann, der einer Jüdin ein Kind gemacht und sie dann sitzengelassen hatte, einen verbindlichen, abgeklärt wirkenden Antwortbrief zu schreiben. Aber nach allem, was er weiß, hat seine Schwester über den Vater ihres Kindes nie ein böses Wort verloren und auch seinen Namen bis zu ihrem Tod nicht preisgeben wollen, und darum stellte sich ihr Bruder vierzig Jahre später ebenfalls unwissend und ließ die Vergangenheit auf sich beruhen.

Auch jetzt möchte er nichts anderes, als in Ruhe gelassen zu werden, und daß die neuerliche Erinnerung an Katharinas unglückliche Liebe wiederum mit Heimlichkeiten und Verstellung einhergeht, erfüllt ihn mit Trauer. Er schließt an diesem Sonnabend seinen Laden gar nicht erst auf. Als dann ein junger Mann ausdauernd an der Tür klingelt, steht er aber doch verdeckt hinterm Fenster und betrachtet den Fremden lange und nachdenklich.

Zweiter Akt: Schon wieder läutet beim Antiquar das Telefon. Diesmal ist es der Zeitungsredakteur Kersten, der den aufgestörten alten Mann mit Fragen überhäuft, die von einem Gespräch herrühren, das er und der Buchhändler Zirkel mit Carsten Schröder geführt haben. Hirschfeld wehrt alle Fragen unwirsch ab, gerät aber endgültig in Aufruhr, weil sein Name jetzt auch von anderen mit dem Kampf um den Bürgermeisterposten in Verbindung gebracht wird. Das erscheint ihm nicht nur gefährlich, es beweist auch, daß der anonyme Anrufer bestens informiert und seine Warnung vor den Folgen eines Wahlsiegs des Bürgermeisters nicht auf die leichte Schulter zu nehmen ist.

Hilfesuchend ruft Hirschfeld seinen Freund Richard Mugel an, sie verabreden sich für den Nachmittag.

Dritter Akt: Noch bevor der Antiquar auf dem Bauernhof eintrifft, fragt Zirkel telefonisch bei Mugel an, ob er bereit sei, einen Bürgermeisterkandidaten, der sich überraschend bei ihm gemeldet habe, zu unterstützen. Zirkel selbst ist sich in der Beurteilung des Bewerbers noch unschlüssig, darum liegt ihm viel am politischen Rat des ehemaligen Landtagsabgeordneten. Mugel antwortet, er sei durch Julius Hirschfeld schon auf den Vorgang aufmerksam geworden und wolle sich erst mit diesem beraten, ehe er sich festlege. Zu der abendlichen Sitzung in Zirkels Wohnung werde er jedoch auf keinen Fall kommen, da es Fritz nicht gut gehe und er ihn nicht allein im Haus lassen wolle. Er werde aber den Buchhändler rechtzeitig vor der Sitzung anrufen und ihm seine Entscheidung mitteilen.

Nachmittags dann diskutieren Hirschfeld und Mugel die Angelegenheit ausführlich, und Mugel gelingt es, seinen Freund zu beruhigen. Sie kommen zum Ergebnis, daß ein Gegenkandidat zu Pfisterer im Prinzip wünschenswert wäre, man zunächst aber in Erfahrung bringen müsse, welche konkreten Absichten Schröder verfolge. Diese Fragen klären sich durch den Besuch des Bewerbers auf dem Mugelhof unvermutet schnell, und der Eindruck, den er hinterläßt, ist immerhin so positiv, daß sie ihm ihre grundsätzliche Unterstützung signalisieren. Den Anruf des Unbekannten, der offenbar mit demjenigen identisch ist, der Schröders Vater die Anzeigen geschickt hat, verschweigen sie jedoch, weil Hirschfeld in allen politischen Fragen Mugel den Vortritt läßt und dieser sich nicht in eine neuerliche Auseinandersetzung mit Pfisterer hineinziehen lassen will.

Vierter Akt: Wie vereinbart, informiert Mugel den Buchhändler. Er berichtet ihm über das Gespräch mit Carsten Schröder und auch über den Anruf dessen, der Munition gegen Pfisterer zu liefern verspricht. Als Gegenleistung muß Zirkel zusagen, im Wahlkampf alles, was Hirschfeld oder Mugel betreffen könnte, mit ihnen abzustimmen. Der Buchhändler sichert dies zu. Die Aussicht, Pfisterer zu Fall bringen zu können, berauscht ihn förmlich. Er hält eine begeisternde Rede, in der er freilich das Wichtigste verschweigt.

Ich trat vom Fenster zurück.

Weiß Kersten von dem mysteriösen Anruf?

Nein. Natürlich nicht.

Es ist Ihnen hoffentlich klar, daß unser Informant gefährlich lebt, wenn der Redakteur Wind davon bekommt. Kersten scheint ein leidenschaftlicher Telefonierer zu sein. Eine Andeutung Pfisterer gegenüber, und im Rathaus geht eine wahre Hexenjagd los.

Schon klar. Aber da Pfisterer viele Zuträger hat, geht der Mann in jedem Fall ein ziemliches Risiko ein. Ich hoffe, daß wir bald erfahren, was er uns mitteilen will.

Wenn es uns im Wahlkampf helfen soll, weiß er, daß er sich beeilen muß, sagte ich. Was ich nicht begreife, ist, warum er sich nicht gleich an mich gewandt hat! Wieso geht er zuerst auf den armen Hirschfeld los?

Darüber habe ich auch schon nachgedacht. Vielleicht hat er es ja versucht und Sie nicht angetroffen.

Wann hätte das denn sein sollen? Mein erster Weg gestern morgen führte mich zu Ihnen, und zur selben Zeit wurde Hirschfeld schon aus dem Bett geklingelt.

Aus dem Bett? Julius? Daß Sie sich da mal nicht täuschen. Bevor Sie und ich Grüß Gott gesagt haben, weiß Hirschfeld schon, was los ist in der Welt. Er braucht zwar einen Stock, aber an geistiger Beweglichkeit nimmt er's mit jedem auf.

Ähnliches hat Pfarrer Effinger heute morgen auch gesagt ... Ich habe übrigens die Idee mit dem Gedenkgottesdienst fallen lassen. Sie würde auf wenig Verständnis stoßen. Aber die Gedenkstätte auf dem Friedhof, die ich anschließend besucht habe, ist in einem beschämenden Zustand. Wir sollten uns überlegen, ob wir nicht eine Initiative zu ihrer Erneuerung starten.

Bei mir rennen Sie da offene Türen ein, sagte Zirkel. Ich habe mich schon vor Jahren für eine würdigere Ausgestaltung des Platzes eingesetzt, leider vergebens. Nur würde ich es nicht an den Anfang Ihres Wahlkampfs stellen. Die Wirkahner wollen erst mal etwas über Ihre Zukunftsvorstellungen erfahren.

Das ist richtig, sagte ich. Trotzdem, die Sache liegt mir am Herzen, nicht nur Katharinas wegen. Ich möchte auch den Ort, an dem sich das KZ befunden hat, besuchen. Wo finde ich ihn?

Auf halbem Weg zwischen dem Mugelhof und dem Karmeliterberg, antwortete Zirkel. Aber außer einer Lichtung ist nichts mehr zu sehen. Kurz vor Kriegsende wurde das Lager gesprengt und später eingeebnet. Man wollte nicht mehr daran erinnert werden.

Frau Breitenbachers Schilderung der Wallfahrt zur Marienkapelle fiel mir ein: Immer, wenn die Pilger an seinem Hof vorbeiziehen, stellt Richard Mugel Krüge voller Milch für sie hin.

Herr Zirkel, fragte ich leise, könnte es sein, daß Mugel – nicht Richard, sondern sein Vater – den KZ-Häftlingen ab und zu etwas Essen zugesteckt hat, wenn sie zur Arbeit in die Munitionsfabrik marschierten?

Zirkel nahm seine Brille ab und putzte, wieder einmal, die Gläser mit dem Hemdzipfel. Ohne Brille sah er alt und müde aus.

Ja, sagte er, das hat er getan. Er scherte sich nicht um die SS-Bewacher. Pius Mugel war ein unglaublich mutiger Mann.

Dann ist wahrscheinlich auch Katharina nach ihrer Inhaftierung öfter am Mugelhof vorbeigekommen?

Wohl täglich.

Wir schwiegen und hingen unseren Gedanken nach.

Ich versuchte, mir das Wirkahner Lager vorzustellen, seine Baracken, Wachtürme, Zäune, den Zug der Gefangenen, die uniformierten Bewacher ... Der Weg von Brederstedt nach Wirkahn war kurz, dachte ich. Wie konnte ich noch vorgestern glauben, er sei lang? Hat der Mann, der Vater hierher locken wollte, befürchtet, daß er seinem Sohn zu lang würde? Ich könnte ihn beruhigen, wenn ich ihn fände. Warum nur ist er nicht als erstes zu mir gekommen?

Plötzlich weiß ich: Er hat es ja versucht! Schon am Freitagabend hat er es versucht!

Frau Breitenbachers verknotete Hände. Ihr mit sich kämpfendes Gesicht.

Es ist schon nach Ihnen gefragt worden ...

Nicht Letsch ist das gewesen, der aus dem Rathaus war es! Leise, die Gäste im Auge behaltend, hat er sich nach mir erkundigt, und als die Wirtin ihm sagt, ich sei schon zu Bett gegangen, vielleicht nachdem sie zur Sicherheit noch mal an meine Tür geklopft hat, zieht er enttäuscht davon, nicht ohne ihr einzuschärfen, seinen Namen aus dem Spiel zu lassen ...

Zirkel wollte mir noch mehr über das Lager erzählen, es bewegte und erfreute ihn, daß ich mich danach erkundigt hatte, doch ich war in Gedanken schon bei Frau Breitenbacher in der Krone und verabschiedete mich rasch.

Morgen geht's los, wir treffen uns wie verabredet, sagte ich und stand auf.

Und das Foto von Ihnen? Kersten braucht es dringend!

Dann soll er mit der Kamera bei mir vorbeikommen. Aber frühestens in einer Stunde, vorher habe ich keine Zeit.

Er wird der Meinung sein, daß es an Ihnen wäre, ihn in der Redaktion aufzusuchen. Schließlich sind Sie der Kandidat.

Und er braucht das Bild. Ich laufe ihm nicht nach.

Zirkel seufzte.

Einen ostfriesischen Schädel haben Sie schon! Aber ohne den stünden Sie gegen Pfisterer sowieso auf verlorenem Posten, also ist er das kleinere Übel. Vergessen Sie die Materialien nicht, die ich Ihnen gegeben habe!

Ich klemmte mir den Aktenstoß unter den Arm und verabschiedete mich. Aus dem Nebenzimmer drang ein krächzender Torschrei. Aristophanes verfolgte wohl ein Fußballspiel.

Die Krone lag wie ausgestorben. Kaffeegäste verirrten sich offenbar nicht hierher.

Irgendwo saß jetzt ein Bürgermeister und entwarf einen Schlachtplan, ein Unbekannter schwankte zwischen Furcht und Hoffnung, ein Pfarrer war beleidigt, ein Redakteur ärgerte sich, ein Antiquar machte sich Sorgen, ein Buchhändler kämpfte gegen seine Zweifel, ein städtischer Schneepflugführer erwartete mißmutig den nächsten Morgen, der doppelte Arbeit bringen würde. Und die Nachricht, daß es einen richtigen Wahlkampf geben werde mit einem Platzhalter und einem Herausforderer, wurde in den Häusern hinter zugezogenen Gardinen heftig diskutiert, denn das hatte es lang nicht mehr gegeben in Wirkahn, daß einer gegen die Nobiles aufzustehen wagte.

Ich setzte mich in den Schankraum und begann, mich in Zirkels Unterlagen einzulesen. Es gelang besser, als ich gedacht hatte. Die Verwaltungssprache kam mir bekannt vor, das obrigkeitlich gefärbte Amtsdeutsch ging ohne Widerhaken in mich ein. Die intensive Brederstedter Archivklausur trug ihre späten Früchte.

Nach einer halben Stunde hörte ich Schritte auf der Treppe, jemand machte sich in der Küche zu schaffen. Dann wurde der Rolladen zur Durchreiche hochgeschoben – Frau Breitenbacher starrte mich an, als sähe sie eine Erscheinung. Wenig fehlte und das Glas Wasser, aus dem sie gerade trank, wäre ihr aus der Hand gefallen.

Was machen Sie denn hier?

Ich warte aufs Frühstück. Meinen Sie nicht, es wird allmählich Zeit dafür?

Herr Schröder –

Gut, die Brötchen wollen wir vergessen, meinethalben auch Konfitüre, Butter, Wurst und Käse. Aber auf Kaffee bestehe ich!

Herr Schröder – es ist – mein Mann … Warten Sie, ich komm rum!

Blaß und niedergeschlagen eröffnete sie mir, ich müsse mir eine andere Unterkunft suchen. Ihr Mann habe gesagt, er dulde nicht, daß in seinem Haus Politik gegen den Bürgermeister gemacht werde. Von einer Unverschämtheit, sich bei ihm wie ein harmloser Vertreter oder Geschäftsmann einzuschleichen, habe er gesprochen, Dummheit, ja sogar Verschwörung habe er ihr vorgeworfen, weil sie mir Leute empfohlen hätte, die mich vielleicht unterstützen würden … Er wär zwar ein Choleriker, bei dem man nicht jedes Wort auf die Goldwaage legen dürfte, sagte sie, aber so fuchsteufelswild hätt sie ihn noch nie erlebt. Richtig zum Fürchten.

Und Sie haben geweint, ich habe es gehört. Es tut mir leid.

Ach, das war nicht das erste Mal, und es wird nicht das letzte Mal sein. Ich red nix mit ihm, nehm meine Migräne und laß ihn zwei Tage lang schmoren, dann kommt er schon wieder gekrochen. Er ist ein Feigling, das macht mich so fertig. Richtig Schiß hat er – vorm Pfisterer, vorm Brauer, sogar vorm Letsch, diesem Proleten. Und was war mein Rudi mal für ein Kerl, früher!

Ich fragte Frau Breitenbacher, ob Pfisterer mit ihrem Mann gesprochen, ihm vielleicht sogar gedroht hätte. Sie zauderte, trank einen Schluck Wasser, dann antwortete sie mit einer Art wilder Entschlossenheit:

Jetzt ist's eh egal: Ja, er hat uns angerufen, gestern am späten Abend. Danach hat der Rudi geguckt wie eine Katze, wenn's donnert. Der hat bald nimmer gewußt, wie er heißt, so konfus war er.

Und warum?

Ach, der Pfisterer hat alles mögliche aufgetischt: Es wär noch nicht raus, wie die Kosten für die Kanalisation auf die Anlieger umgelegt würden, das könnt man so oder auch anders machen, gerade bei einem Eckgrundstück wie unserem. Und es wär auch nicht raus, wo man als letztes die Straße teeren würde, das könnt am Ortsausgang sein oder halt vor der Krone. Und es käm ja auch wieder mal ein Umbauantrag von uns, den könnt man genehmigen oder es aber ganz genau nehmen mit den Vorschriften – lauter solche Sachen. Aber ich glaub, am meisten hat es den Rudi getroffen, daß der Pfisterer gesagt hat, er wär persönlich enttäuscht von ihm.

Enttäuscht?

Ja, weil er zulassen tät, daß die Krone zum Hauptquartier einer Verschwörung gegen ihn wird. Da ist der Rudi ausgerastet und hat geschrien: Nie und nimmer, das verspreche ich Ihnen! Und dann hat er den furchtbaren Krach mit mir angefangen.

Sieh an, dachte ich. Auch ich habe also einen Maulwurf in meiner Mannschaft, der dem Bürgermeister gleich nach unserer gestrigen Sitzung Bescheid gegeben hat. Oder ist es bloß eine Vermutung Pfisterers, daß wir uns regelmäßig in der Krone treffen werden? Aus der Welt liegt der Gedanke ja nicht.

Frau Breitenbacher, sagte ich und faßte ihre Hand, ich will Sie und Ihren Mann nicht in Bedrängnis bringen, darum werde ich mir eine andere Unterkunft suchen. Ruckzuck rausschmeißen lasse ich mich allerdings auch nicht, das werden Sie verstehen. Vorher muß ich Sie aber ein letztes Mal um eine Gefälligkeit bitten. Sagen Sie mir, wer am Abend meiner Ankunft nach mir gefragt hat. Daß es Letsch nicht gewesen ist, weiß ich.

Nein!, erwiderte sie bestimmt und entzog mir ihre Hand. Das kann ich Ihnen nicht sagen.

Bitte! Der Mann wartet auf mich. Er hat schon andere nach mir befragt.

Dann wird er auch wiederkommen.

Eben nicht! Wenn er erfährt, daß Ihr Mann vor Pfisterer zu Kreuz gekrochen ist, wird er sich nicht mehr hierher trauen. Er tat doch schon Freitagabend sehr geheimnisvoll, oder? Glauben Sie, so einer spaziert morgen hier einfach zur Tür herein, obwohl er befürchten muß, daß der Kronenwirt uns zusammen sieht und es seinem Chef, dem Bürgermeister, zuträgt?

Woher wissen Sie –

Daß Ihr Besucher auf dem Rathaus beschäftigt ist? Oh, ich weiß noch mehr über ihn. Ich weiß, daß er schon älter ist und seit vielen Jahren mit Pfisterer zusammenarbeitet. Wahrscheinlich vertritt er ihn sogar ab und zu als Bürgermeister. Auch ohne Ihre Hilfe wird es nicht schwer sein, den Namen herauszubekommen, denn so viele

Leute, auf die das zutrifft, gibt es in Wirkahn nicht. Mir geht's allein um die Zeit. Ich muß den Mann so schnell wie möglich treffen!

Frau Breitenbacher atmete heftig. Wie im Luftstrom eines Blasebalgs hob und senkte sich ihre Bluse.

Ist es wegen der Wahl?, fragte sie leise. Kann er Ihnen helfen?

Er *will* mir helfen, und zwar so, daß ich eine realistische Chance habe, Pfisterer zu schlagen!

Gut, flüsterte sie mit kriegerischem Blick, dann sag ich's Ihnen. Und wenn Sie es wirklich schaffen, Pfisterer zum Teufel zu jagen, werd ich zu meinem Mann sagen: So macht man Politik, du Laubaseggl! Und wenn's um die Anliegerbeiträge geht, brauchen wir dann bloß für die Straßenfront und net fürs ganze Eck zu zahlen, gell?

Sie haben es gerade gesagt: So macht man Politik!

Also – der Alois Vogler war's, der nach Ihnen gefragt hat. Er war arg aufgeregt, wollt gar nicht in die Gaststub reinkommen, hat nur die Tür aufgemacht und mich zu sich in den Flur gewunken, und dort hat er nach Ihnen gefragt. Ich hab gesagt, Sie wären zeitig aufs Zimmer und täten bestimmt schon schlafen, aber er hat drauf bestanden, daß ich bei Ihnen klopf. Es hat sich nix gerührt, und danach hat er's eilig gehabt, wieder fortzukommen. Ich hab gefragt, ob ich was ausrichten soll – im Gegenteil, hat er gesagt, ich soll still sein und keiner Seele davon erzählen, daß er dagewesen wär. So war's!

So isch's gwä.

Während sie berichtete, immer noch bebend ob ihrer Kühnheit und vor Aufregung rotfleckig, was ihrem Gesicht das Aussehen eines Kindes gab, das sich in aller Unschuld versündigt hat, forschte ich dem Namen Vogler nach. Irgend jemand hatte sich vor kurzem seiner guten Beziehungen zu einem Alois Vogler gerühmt … Richtig, Schätzle war es gewesen, der Gewerkschaftssekretär und Binokelspieler, den Max Hellstern zur gestrigen Sitzung mitgebracht hatte.

Vogler also, sagte ich, der Stadtkämmerer. Interessant! Vogler, moment Mal, ist … – ich blätterte in der Stellenübersicht des Haushaltsplans – Gemeindeoberamtsrat, A 13, und damit der ranghöchste Beamte nach dem Bürgermeister.

Sie wissen wirklich alles!, rief Frau Breitenbacher befriedigt. Ich hab gar nix verraten müssen.

Sie entwischte nach oben, knapp bevor der Redakteur auftauchte und den Fotoapparat schwenkte.

Mit mir können Sie's ja machen, sagte er beleidigt. Aber hoffentlich erwarten Sie von den Wirkahnern nicht, daß sie zu Ihnen ins Hauptquartier kommen. Sonst könnten Sie eine böse Überraschung erleben.

Ich bin gerade dabei, sagte ich. Soll ich stehen oder sitzen? Lächeln oder gedankenvoll gucken?

Kersten hielt die Kamera vors Auge.

Nehmen Sie sich einfach Ihren Vater zum Vorbild. Machen Sie ein Gesicht, als lägen zweiundzwanzig erfolgreiche Bürgermeisterjahre vor Ihnen.

Trauen Sie mir die zu?

Kaum.

Er drückte auf den Auslöser.

5.

Das verdammte Bürgermeistergesicht, immer kommt es mir in die Quere.

Hanna?, fragte ich – und es kam kein Protest gegen die vertrauliche Anrede, auch wenn Frau Sievers sie bislang nicht erwidert hatte, einstweilen sparte sie meinen Namen einfach aus –, besitzt das Rathaus eigentlich ein Bildarchiv? Ich meine, eins mit Aufnahmen aus den zwanziger und dreißiger Jahren?

Ihre Augen, zwei flinke kleine Mäuse in runden Glaskästen, huschten über die Aktenstöße.

Soviel ich weiß, gibt es beim Fremdenverkehrsamt ein paar Kartons mit alten Fotografien und Ansichtskarten. Die brauchen öfter mal was Nostalgisches für ihre Prospekte. Wir im Archiv haben nichts dergleichen. Was suchen Sie denn?

Ach, so einfach läßt sich das nicht erklären. Ich müßte es Ihnen am konkreten Beispiel zeigen. Meinen Sie, die Touristenfänger reden mit uns, auch wenn wir nicht in Lederhosen kommen?

Sie lächelte und zog die Nase kraus, was sie, wie ich fand, im Verbund mit den Jeans noch jünger aussehen ließ. Das Geständnis, daß sie mir in Jeans besonders gefiel, hatte ich schon abgelegt, Hanna war etwas rot geworden und hatte nichts geantwortet, aber nun kam sie bereits mehrere Tage hintereinander in schicken Pullis und engen Jeans zum Dienst.

Jetzt wollen Sie auch noch andere Ämter für sich einspannen? Bin neugierig, wo das enden wird. Aber seit der Sache mit dem Schlüssel läßt Sie Jensen ja frei schalten, das ist schon aufgefallen. Soll ich Herrn Backus anrufen?

Am liebsten wäre mir, Sie würden mich zu ihm hinbegleiten!

Wir gingen durch Flure, deren neugotisch gewölbte, mit Ornamenten und allegorischen Szenen ausgemalte Deckenflächen mich an jene amerikanischen Kirchen erinnerten, auf die die ganze Nation stolz ist, weil sie aus dem vorigen Jahrhundert stammen.

Friesischer Jugendstil zwischen steingrauen Walrippen und blühendem Seetang, das mischt sich vielleicht!, sagte ich schaudernd. Man sollte die Amerikaner nicht immer für ihre mangelnde Kultur schelten, das hier ist auch nicht besser!

Hannas Gesicht verfinsterte sich.

Manche haben gar keine Kultur!, sagte sie. Und das hier ist besser!

Ich sah sie verblüfft von der Seite an und dachte: Ein bißchen launisch ist sie schon ... Aber auch das steht ihr.

Herr Backus war nicht da, er litt an Grippe. Seine Vertreterin, eine bleichwangige Blondine mit fliehendem Kinn und vorstehenden Schneidezähnen, befand sich erst seit vierzehn Tagen im Amt und hatte Order, alle Anfragen, die sie nicht beantworten konnte, in einem Notizblock zu vermerken. Routiniert griff sie zum Kugelschreiber.

Es gibt aber auch einen Broschürenkeller, soviel hab ich schon mitgekriegt, sagte sie. Sie können dort gerne selbst suchen!

Danach widmete sie sich wieder dem Kaffeekochen, das wir zwischen zwei Meßbecherfüllungen unterbrochen hatten.

Wir bedankten uns und stiegen aufs neue hinab zu den Höhlen, in denen die Ablagerungen behördlichen Fleißes wie Stalagmiten emporwuchsen. Brederstedt buntgedruckt, vom Faltblatt bis zum Bildband. Sogar Vaters Chronik lag aufgestapelt.

Hanna bückte sich nach allem, was alt und unnütz aussah, und das war nicht wenig. Ihre Bewegungen machten den Raum so lebendig, daß ich mir wünschte, sie würde auch in meinem Verlies suchend umherstreifen. Vielleicht könnte ich mir dann manches besser vorstellen, Vaters Begegnungen mit Katharina zum Beispiel.

Aber in ihrem Revier kannte sie sich ja aus, da fand sie immer alles auf Anhieb, stehend.

Auf einem Regal über der Adressiermaschine entdeckten wir schließlich zwei Karteikästen, in denen statt Anschriften alte Fotos einsortiert waren. Ich holte sie herunter und stellte sie auf den Boden, weil es weder Tische noch Stühle in dem Kellerraum gab.

Im ersten Kasten: Stadtansichten. Ein- und zweistöckige Häuser des Ortskerns, schwarze Giebel, schmale hohe Fenster mit blinden Scheiben, das schmutzige Mauerwerk geriffelt wie Wellpappe; davor winzige, durch Eisengitter abgetrennte Vorgärten; dazwischen krumme kopfsteingepflasterte Gassen. Wenige Menschen. Die wenigen starr wie Soldaten. Ums Hafenbecken herum Brederstedts Vorzeigebauten, Waage, Packhaus, Handels- und Bürgerhäuser, mal niederländisch-klassisch, mal renaissancebeladen. Turmhoch das Rathaus. Mindestens siebzig Jahre lagen zwischen den Aufnahmen und uns, ihren Betrachtern.

Und? Sind Sie zufrieden?

Ich schüttelte den Kopf.

Nein, obwohl – interessant ist es schon. Vor allem die Menschen. Sie stehen da wie Zinnfiguren. Aber es ist die falsche Zeit!

Im zweiten Kasten: Volksszenen. Umzüge, Paraden, Feste.

Das ist besser. Sehen Sie nur, das Dritte Reich, wie es leibt und lebt in Brederstedt!

Ich ließ die Fotos durch die Finger gleiten.

Ein Kinderumzug. Knirpse in Feuerwehruniformen mit blankpolierten Helmen, die ihnen über die Ohren rutschen. Stolz ziehen sie Wägelchen hinter sich her, auf denen zusammengerollte Wasserschläuche liegen. Die Spritzenenden blinken in der Sonne und zielen himmelwärts wie Spielzeugkanonen. Vornweg marschiert ein Kinderkommandant. Er schaut so wild, als gehe es in den Krieg. Auf dem nächsten Bild eine Kindergartengruppe mit Stöcken über den Schultern. Gewehre sollen es sein. Einige Kinder sind müde und lassen die Stöcke im Sand schleifen, ihre Finger umklammern die Schäfte: Sie wollen lieber Schwerter tragen, das geht leichter. Das Jüngste radelt mit dem Dreirad voraus, die Kindergärtnerin hilft ihm beim Lenken. ›Brederstedter Kinderfest Mai 1935‹ steht auf der Rückseite. Dann ein Reigen BDM-Mädel in kurzen Jacken, langen Röcken, hellen Söckchen und dunklen Halbschuhen, weiße Bänder in den Händen, Zöpfe und Arme steif vom Körper weggestreckt. In der Mitte des Kreises ein breitbeiniger Uniformierter, der den Maienkranz hochhält und grient. Dann eine absitzende Radfahrergruppe, knickerbockig und schirmmützig, ratschlagend um einen HJ-Heroen geschart. Dann ältere Herren mit Hut und Spazierstock, den Schritt mühsam dem Takt der SA-Knobelbecher angleichend, die ihnen vorausklacken. Dann Turn- und Schwimmvereine mit Leibchen, dann Wandervögel mit Schlafrucksack, dann Paddelfreunde, die Bootsrümpfe schleppen. Auf einmal Pferde mit runden Hakenkreuzplaketten am Halfter und uniformierte Reiter, die Arme waagrecht abspreizend, die Schulterriemen gespannt. Ihre weißen Handschuhe leuchten. Dann wieder Marschierer, Fanfaren, Trommeln, girlandenumkränzte Schilder und überall Fahnen. Zum Schluß, wie aus der Puppenstube: ein Holzhäuschen auf einem Lastwagen, Gardinen in den Fenstern, Geranien auf dem Spielzeugbalkon, Hakenkreuzfähnchen am First. ›Siedlungsgenossenschaft Brederstedt: Jedem Volksgenossen sein Heim!‹, steht auf dem Transparent. Man kann es gut lesen. Idylle am Abgrund.

Daß die das hier aufbewahren!, sagte Hanna fassungslos.

Es gibt eben Nostalgiker, die sowas brauchen, sagte ich.

Naja, bei Backus wundert mich gar nichts. Gottseidank wird er bald pensioniert!

Hanna legte ein paar Broschüren auf die Steinplatten und setzte sich.

Warum interessieren Sie sich eigentlich so für diese Bilder? Hoffen Sie, irgendwo Ihrem Vater zu begegnen?

Hoffen? Nein, das gewiß nicht. Ich habe keine Ahnung, wie er als junger Mann aussah. Wahrscheinlich wie einer dieser radfahrenden Jünglinge – glattgescheitelt und entschlossen, sich für Volk und Vaterland abzustrampeln. Es hat mit etwas anderem zu tun …

Ich setzte mich ebenfalls, verteilte die Fotos auf dem Boden zwischen uns und erzählte Hanna von der kurzen, folgenreichen Liebe des Gemeindebeamten und Parteigenossen Erwin Schröder zur Jüdin Katharina Hirschfeld.

Mein Vater schreibt, es seien die glücklichsten Monate seines Leben gewesen, sagte ich. Und auch Katharina habe ihm immer wieder versichert – er formuliert es wirklich so, ich finde, es klingt, als ob er eine Zeugin zitierte –, daß sie niemals glücklicher gewesen ist als in den nächtlichen Stunden mit ihm. Und das, obwohl sie sich zu zweit nicht aus dem Haus trauten und auf der Straße wie Fremde aneinander vorübergehen mußten! Nichts konnten sie gemeinsam unternehmen, keinen Ausflug, kein Tanzvergnügen, kein Zuschauen bei einer dieser Veranstaltungen. Können Sie sich so etwas vorstellen, Hanna?

Nachdenklich betrachtete sie die Fotos.

Warum nicht? Ich glaube kaum, daß sie Paraden und Aufmärsche vermißt hat.

Die Umzüge selbst wohl nicht. Aber bestimmt das Zugehörigkeitsgefühl zu einer Gemeinschaft, die sich darin inszenierte und feierte – übrigens mit tatkräftiger Unterstützung meines Vaters, der schon damals allen möglichen Vereinen angehörte.

Werfen Sie ihm das vor? War er in Ihren Augen zu angepaßt?

Ja, das auch. Aber das muß man den meisten vorwerfen, die Hitler hinnahmen, vor allem den Beamten und Richtern, die auf eine Demokratie vereidigt waren und sie fallen ließen wie ein Stück faules Holz. Das zeigt, daß die Diktatur und auch das Ghetto, in das man die Juden sperrte, in vielen Köpfen schon vor den Nazis existierten. Die Nazis haben es nur nachgebaut und perfektioniert. Nein, die Doppeldeutigkeit im Verhalten meines Vaters ist es, die mich verwirrt. Warum schleicht sich einer, der tagsüber mitbaut am Ghetto, nachts hinter die Mauern und teilt das Bett mit einer dieser Ausgestoßenen? Aus Liebe? Wo blieb dann aber tagsüber seine Liebe? Aus Mitleid oder Dankbarkeit? Schauen Sie sich nur diese Herrenmenschenposen bei den Marschierern, den Reitern an – *das* war die reale Welt meines Vaters! Ich kenne sie inzwischen recht gut, Akten sind etwas Spannendes. ›Juden haben keinen Zutritt!‹, stand an den Geschäften, Badeanstalten, Bibliotheken. Neben dem Rathauseingang hing ab Mai fünfunddreißig Streichers Stürmerkasten. ›Die Juden sind unser Unglück!‹ ›Wer mit dem Juden verkehrt, verkehrt mit dem Teufel!‹ Das konnte mein Vater tagtäglich lesen, wenn er zu seinem Mädchen schlich. Ist das nur schizophren, oder ist es nicht weit mehr? Wissen Sie, was ich glaube? Ich glaube, es ging ihm einfach um das Gefühl der Macht. In dem prickelnden Bewußtsein, eine Jüdin zu besitzen, die aus ihrem Ghetto nicht herauskonnte, lag mehr Herrenmenschentum als in allen öffentlichen Paraden.

Hanna sah mich erschrocken an.

Warum hassen Sie Ihren Vater so?, fragte sie leise.

Ich stand auf, es hielt mich nicht mehr auf dem Boden. Mir war, als hätte Vater mich gefragt: Warum hassest du mich so?

Ich hasse meinen Vater nicht!, sagte ich entschieden. Ich hole nur etwas nach, was wir, solange er lebte, versäumt haben: Ich streite und ringe mit ihm. Wir rechnen miteinander ab. Das allerdings ist ein Kampf auf Biegen und Brechen, und mein Vater ist nicht zimperlich dabei. Er zieht mich zurück in sein Leben, er ist drauf und dran, mich aus der Bahn zu werfen. Warum soll ich rücksichtsvoller mit ihm umgehen als er mit mir?

Auch Hanna hatte sich erhoben. Sie blickte auf die Fotografien herab, die wie zusammengekehrte Blätter eines grauen, vergessenen Herbstes zwischen uns lagen und zögerte. Dann sah sie mir gerade ins Gesicht und sagte:

Unser Gespräch hat eine Wendung angenommen, vor der ich mich wohl besser hüten sollte. Trotzdem will ich nicht ausweichen. Sie urteilen hart über Ihren Vater, Carsten, doch letztlich ist das Ihre Sache. Aber Sie beziehen dabei auch diese Frau auf eine Weise ein, die falsch und selbstgerecht ist, und das empört mich. Sie, nicht Ihr Vater, rufen Katharina Hirschfeld zur Zeugin auf, und zwar gegen ihn. Sie zeichnen das Bild eines Opferlamms, um ihn als Schlächter überführen zu können. Was macht Sie so sicher, daß Sie recht haben? Kann es nicht ebensogut sein, daß eine Frau aus freien Stükken einen Mann liebt, obwohl sie weiß, daß ihre Verbindung nicht von Dauer ist? Warum trauen Sie dieser Katharina so wenig Willensfreiheit, so wenig Stolz und Selbstbewußtsein zu? Weil sie ein Dienstmädchen war und eine Jüdin, die sich überall ducken mußte? Merken Sie nicht, daß auch Sie ihr damit Gewalt antun? Sie werfen Ihrem Vater vor, die Ghettosituation einer Jüdin ausgenutzt zu haben, und sprechen ihr zugleich die Chance ab, sich wenigstens in diesem Ghetto frei bewegen zu können. Sagen Sie mir, was schlimmer ist?!

Ihre Wangen hatten sich mit leichter Röte überzogen. Sie näherte sich mir bis auf wenige Zentimeter. Ich sah das Grau ihrer Augen und die kleinen, aufwärts führenden Lidstriche.

Macht, Macht ..., sagte sie verächtlich, Macht und Gewalt! Ist das alles, was Männern einfällt, wenn es um Beziehungen geht, die von der Norm abweichen? Ich sage Ihnen: Katharina wollte den Mann gar nicht, der im öffentlichen Leben stand, der sich an der Politik, die ihr das Leben schwer machte, beteiligte, weil sie wußte, daß sie von diesem Mann nur verletzt und enttäuscht werden konnte. Sie wollte den, der nachts zitternd zu ihr kam. Jede seiner Umarmungen wird ihr geholfen haben, mit den Demütigungen des Tages fertig zu werden!

Ich stand wie erschlagen.

So ähnlich hat es Vater in seinem Tagebuch auch ausgedrückt, murmelte ich. Sie sagte ihm, daß sie freier und leichter durch die Straßen gehe, seit sie sich liebten.

Hanna bückte sich, hob die Bilder auf und gab sie mir.

Schauen Sie sich die jungen Leute noch einmal in Ruhe an. Wenn Sie schon nicht Ihren Vater darauf finden – vielleicht finden Sie ja sich!

Damit ging sie. Kurz haftete der Duft ihres Parfums noch im Raum. Dann überwog wieder das Gemisch aus Druckerschwärze, Packpapier und gewachstem Linoleum.

6.

Zehn Minuten vor der von Vogler angegebenen Zeit war ich am Schwarzen Turm. Es blies ein kalter, feuchter Wind. Für die nächsten Tage war Tauwetter angekündigt.

Wir treffen uns um acht am Tor, hatte Vogler am Telefon gesagt, verständigen uns kurz durch Handzeichen und gehen dann im Abstand zweier Spaziergänger, die nichts miteinander zu tun haben, vor die Stadt; ich voraus. Sollte ich unterwegs etwas Verdächtiges bemerken, mache ich kehrt, und wir vereinbaren einen neuen Termin.

Beim vierten Schlag der Kirchturmuhr von Sankt Hedwig trat ein kleiner, rundlicher Herr aus der Seitengasse, die direkt am Stadttor endete. Er spähte die Straße hinauf und hinunter, hob, als er mich im trüben Lichtkegel der Laterne stehen sah, wie beiläufig die Hand und drückte die Hutkrempe in die Stirn. Dann schritt er eilig durch den Torbogen.

Wirkahner Konspirationen, dachte ich. Gestern vor Zirkels Haus, heute hier. Ein wenig lächerlich ist es schon. Aber Zirkel wird seine Gründe haben, und Vogler erst recht.

Als ich ihn fast nicht mehr vom Grau des Asphalts unterscheiden konnte, folgte ich ihm. Er nahm den Weg zur Umgehungsstraße, die den Schwerlastverkehr an Wirkahn vorbeiführt, blickte kurz zurück und lief dann ohne anzuhalten oder sich umzudrehen am Fahrbahnrand stadtauswärts, bis die letzten Häuser hinter ihm lagen. Dann, im Scheinwerferlicht eines entgegenkommenden Autos, bog er plötzlich nach links ab und war verschwunden. Ich beeilte mich, ihm nachzukommen, fand auch die Abzweigung, die er genommen hatte, konnte ihn aber nirgends mehr entdecken. Der Weg war jetzt holprig und glatt, Schnee und Eis knirschten unter den Schuhen. Ungehindert brauste der Wind über die Felder; hier draußen, auf dem freien Feld, hatte er die Stärke eines Sturms. Kein Stern am Himmel, die Lichter der Stadt wie ausgelöscht. Ich horchte auf die hellen und dunklen, ächzenden und raunenden, heulenden und pfeifenden Geräusche, die mich umkreisten, und Vaters Grab auf Sankt Michaelis kam mir in den Sinn. Sturmböen wie Stentorstimmen. Eine fatale Angst, von ihnen angefaucht zu werden, ergriff mich. Mit wachsender Hast lief ich voran, stolperte, schlug hart hin und schürfte mir Gesicht und Hände auf. Benommen rappelte ich mich wieder hoch und rannte weiter, ohne Orientierung.

Da sind Sie ja endlich! Ich fürchtete schon, Sie hätten sich verlaufen.

Ich erschrak und kam wieder zur Besinnung. An einer Ausbuchtung des Weges wartete Vogler auf mich. Mit einer Hand hielt er seinen Hut fest, mit der anderen deutete er auf eine Hütte, deren Umrisse schwach zu erkennen waren.

Dort sind wir ungestört. Licht gibt es zwar nicht, wir könnten es aber sowieso nicht anmachen, weil man es von der Straße aus sehen würde. Aber wenigstens sind wir vor dem Wind geschützt!

Wir stapften an einer flachen Mulde vorbei, die von halbkreisförmig angeordneten Baumstümpfen gesäumt wurde.

Im Sommer ist das ein Grillplatz, sagte Vogler. Sehr beliebt bei den Wirkahnern.

Hinter der Feuerstelle erhob sich das Blockhaus. Es hatte ein weit vorspringendes Dach und zwei Fenster, die mit Holzläden verriegelt waren. Vogler schloß die Tür auf, tastete sich von innen an die Fenster heran und stieß die Läden zur Seite.

Ein bißchen Schneelicht fällt herein, sagte er, das soll uns genügen. In der Natur ist es nie ganz dunkel, ist Ihnen das schon aufgefallen? Kommen Sie, setzen wir uns auf die Bank. Wir wollen ein wenig verschnaufen, bevor wir uns unterhalten.

Er legte den Hut neben sich, öffnete die oberen Knöpfe seines Lodenmantels und atmete in kurzen, flachen Stößen. Allmählich gewöhnten sich meine Augen an die Dunkelheit. Ich sah, daß der Mann neben mir einen weißen Kinn- und Oberlippenbart trug. Wangen und Nase waren fleischig, unterhalb des Bartes wölbte sich ein kräftiges Doppelkinn. Geplatzte Adern durchzogen die Haut. Offenbar litt Vogler an Bluthochdruck.

Meine Hände brannten. Ich zog ein Taschentuch hervor und preßte es zwischen die Handflächen.

Was ist mit Ihnen?, fragte Vogler besorgt und beugte sich zu mir herüber. Sie bluten ja! Sind Sie gestürzt? Das tut mir leid. Ich hätte wissen sollen, daß der Weg –

Es ist nichts, machen Sie sich keine Sorgen. Erzählen Sie mir jetzt nur das nötigste. Wir werden noch öfter Kontakt haben.

Er lehnte sich zurück an die Wand und schloß sekundenlang die Augen.

Das nötigste, ja … Es gäbe so vieles zu bereden, was im Argen liegt. Aber Sie haben recht, wir müssen uns beeilen, man kann nie wissen. Also, das vordringlichste ist, unseren Herrn Bürgermeister daran zu hindern, gewisse Pläne, die er und Teile seiner Familie hegen, in die Tat umzusetzen. Dazu wäre es natürlich am besten, er würde in vier Wochen die Wahl verlieren. Ganz ausgeschlossen ist es zwar nicht, aber doch unwahrscheinlich, das werden Sie zugeben. Aber auch wenn Sie nicht gewinnen, kann Ihre Bewerbung von großem Nutzen sein.

Worum geht es? Hängt es mit Julius Hirschfeld zusammen?

Ja, auch mit ihm. Aber die Dinge liegen komplizierter und reichen weit zurück. Ich müßte Ihnen zunächst einmal … Kennen Sie sich ein wenig mit Kommunalfinanzen aus?

Auskennen ist zuviel gesagt, antwortete ich verblüfft.

Ich hatte gehofft, Vogler werde als nächstes auf die Annoncen zu sprechen kommen, die er Vater geschickt hatte. Aber Stadtkämmerer war er schließlich auch.

Heute nachmittag, bevor ich Sie anrief, habe ich zum erstenmal einen Blick in den Haushaltsplan geworfen, fuhr ich fort. Mir scheint, die Finanzlage der Stadt ist nicht schlecht.

Die Finanzlage ist nicht nur nicht schlecht, sie ist ausgezeichnet!, sagte Vogler. Und genau da liegt das Problem.

Das müssen Sie mir erklären. Sie sind wohl der erste Kämmerer, der sich über volle Kassen beschwert. Jemand sagte mir, allein sechs Millionen Mark befänden sich auf einem Festgeldkonto!

Ach, Sie haben schon davon gehört? Das ist interessant … Dann will ich Ihnen erzählen, was man mit einem angeblichen Festgeldkonto alles lockermachen kann.

Er erhob sich ruckartig, ging mit nervösen kleinen Schritten auf und ab und schlug, bevor er zum Sprechen ansetzte, den Mantel ganz auf, als wollte er sich Luft verschaffen. Ich sah, daß er einen dunklen Anzug mit Weste und Krawatte trug. Die Weste wölbte sich über einen ansehnlichen Bauch. Eine feingliedrige Uhrkette schimmerte golden.

Ein Beamter alten Schlages, dachte ich. Ein Mann, der immer im Dienst ist.

Als hätte er meine Gedanken erraten – vielleicht sah er auch nur den auf die Kette gehefteten Blick –, blieb er stehen und sagte:

Ich kann einfach nicht mehr abschalten. Seit sechs Jahren nicht, können Sie sich das vorstellen? Es ist entsetzlich.

Dann begann er, stockend zu erzählen.

Sechs Jahre ist es her, daß Max Brauer erstmals massiv Druck gemacht hat. Um seine Fabrik steht es nicht gut, Beschaffungsaufträge des Bundes, mit denen er fest gerechnet hat, sind ausgeblieben. Hartwig Pfisterer, gerade erst zum Staatssekretär berufen, bemüht sich zwar um Fürsprache beim Verteidigungsminister, jedoch ohne Erfolg. In Bonn regiert die falsche Partei, und Hartwig Pfisterer ist ein Niemand im politischen Geschäft, er hat noch keinen Einfluß.

Heute, sagte Vogler, heute ist das anders. Heute kommt im Land keiner mehr an ihm vorbei. Und auch in Bonn hat er mächtige Förderer. Die lassen ihn nicht hängen, wenn er um etwas bittet.

Damals, vor sechs Jahren, ist das anders gewesen. Die Waffenfabrik muß Kurzarbeit anmelden, Brauer droht mit der Auslagerung seines Betriebes. Das afrikanische Land, dessen Honorarkonsul er ist, würde sein Know how mit Kußhand nehmen, sagte er. Und Bimbos, die rund um die Uhr schaffen, gebe es dort fast zum Nulltarif.

Verzeihen Sie diesen Ausdruck, unterbrach sich der Kämmerer erneut und lachte geniert. Es ist gewiß nicht meine Sprache. Ich versuche nur, möglichst getreu wiederzugeben, wie es damals gewesen ist, damit Sie unsere Situation besser verstehen …

Irgendwann im Frühjahr dieses schwierigen Jahres einundachtzig treffen sich die wichtigsten Mitglieder des Nobilesclans und beraten, was zu tun sei. Hartwig Pfisterer muß eingestehen, daß auch sein Versuch, für Brauer eine Kreditbürgschaft des Landes zu ergattern, fehlgeschlagen ist. Mit Waffengeschäften wolle im Kabinett niemand etwas zu tun haben, berichtet er niedergeschlagen. Die Runde kommt zur Überzeugung, daß auf die Politik kein Verlaß mehr ist und man sich folglich selbst helfen muß.

Wer die Idee zuerst hatte, ob Ludwig Pfisterer, Thaddäus Steiger oder gar Max Brauer selbst, ist im nachhinein schwer zu beurteilen. Jedenfalls fanden sie alle auf Anhieb bestechend. Wahrscheinlich hat sie einfach in der Luft gelegen, besser gesagt, auf der Bank.

Auf der Wirkahner Bank liegt nicht nur eine Idee, sondern ein stattlicher städtischer Rücklagenfonds von vier Millionen Mark, den Ludwig Pfisterer angesammelt hat, um sich dermaleinst seinen Traum von einer repräsentativen Festhalle, der größten im ganzen Landkreis, erfüllen zu können. Der Gemeinderat allerdings hat bisher die Zustimmung zur Festhalle verweigert – nach dem Einkaufszentrum, dem neuen Bauhof und manch anderem Betonklotz kennt man die Lust des Bürgermeisters an Monumentalem und fürchtet sie. Das Jahr für Jahr anwachsende Geldpolster findet aber dennoch die Zustimmung der meisten Bürgervertreter, weil Sparsamkeit immer gut ist und die üppigen Gewerbesteuereinnahmen aus Brauers Waffenhandel, als der noch florierte, zu schade sind für Ortskernsanierungen, verkehrsberuhigte Zonen und was es dergleichen mehr gibt an neumodischen Ideen, andernorts. Die Wirkahner sollen zufrieden sein mit dem, was sie haben; mehr Lebensqualität, dieses Schlagwort der Sozialisten, würde sie nur unzufrieden und schleckig machen.

Ich muß einräumen, fügte Vogler kummervoll hinzu, daß ich diesen Kurs lange unterstützt habe. Es tat mir gut, ein Kämmerer zu sein, der wegen der sorglosen Finanzsituation seiner Gemeinde von vielen Kollegen beneidet wurde. Heute denke ich freilich anders darüber.

Es ist wohl doch Max Brauer, der die Meinung vertritt, eigentlich sei es ja sein Geld, das da nutzlos vom schwägerlichen Cousin Steiger verwaltet wird, während es bei ihm viel zukunftsträchtiger arbeiten könnte. Da sich ein städtischer Kredit politisch und rechtlich verbietet und Brauer überdies zu verstehen gibt, daß er wenig Freude an der Vorstellung hat, Sollzinsen für Geld zu zahlen, das überwiegend aus seiner Tasche stammt, verfällt man auf den Gedanken

– vermutlich ist insoweit Thaddäus Steiger der Urheber –, dem Fabrikanten von den vier Millionen zwei Millionen zins- und geräuschlos zur Verfügung zu stellen, bis sich dessen wirtschaftliche Lage stabilisert oder die bundespolitische destabilisiert hat, wobei zwischen dem einen und dem anderen durchaus ein Zusammenhang gesehen wird. Natürlich muß das Gemeindekonto nach dem Aderlaß wieder aufgefüllt werden. Auch dafür findet Steiger, dem Spielen und Zocken in jeder Form zum leidenschaftlichen Bedürfnis geworden ist, eine adäquate Lösung: Brauer gründet eine Immobilienfirma und erhält dafür von der Wirkahner Bank zwei Millionen Mark Startkapital. Selbstredend fließt das Geld nicht ab, sondern wird intern aufs Festgeldkonto umgebucht, in einer logischen Sekunde sozusagen. Zu kaschieren sind dann nur noch die nominell erhobenen, aber nicht bezahlten Zinsen für Brauers Immobiliendarlehen, was Steiger, wie er sagt, am Jahresende mittels einiger Wertberichtigungen bei anderen Grundstücksgeschäften schon hinbekommen wird.

Warum dieser Umweg über das Festgeldkonto?, fragte ich. Man hätte Max Brauer das Geld doch über ein normales Kreditkonto zur Verfügung stellen können?

Der Kämmerer schüttelte den Kopf.

Brauer wollte das Geld unbedingt von der Gemeinde haben. Bund, Land, Gemeinde – für ihn war das einfach insgesamt der Staat, der ihn in einer kritischen Phase im Stich ließ. Daß ihm das Land eine Kreditbürgschaft verweigert hat, empfand er als eine Art Kriegserklärung.

Ah ja, sagte ich. Da Waffenfabrikanten aus Kriegen besonders hohen Gewinn zu beziehen pflegen, hatte die Sache aus seiner Sicht Logik.

Während Steiger die Sache selbst in die Hand nehmen konnte, fuhr Vogler bekümmert fort, kam Pfisterer nicht umhin, mich, der ich die Bankgeschäfte der Stadtverwaltung zuständigkeitshalber führe, einzuweihen. Er tat es so, daß ich mir den Verlust von fünfhundert Arbeitsplätzen und das Elend einiger Tausend Menschen hätte anlasten müssen, wenn ich mich verweigert hätte. Was blieb mir also übrig? Ich sagte Ja und versuchte mich mit dem Gedanken zu trösten, daß es sich um eine einmalige Verfehlung handle, die der

Gemeindepolitik nütze und der Stadtkasse nicht schade. Dennoch habe ich seither nie mehr zu ruhigem Schlaf gefunden, und das wäre wohl auch ohne die nachfolgenden Ereignisse so gekommen.

Er seufzte und steckte seine Daumen in die Westentäschchen rechts und links jener Körperwölbung, deren Besitz man früher mit der Bezeichnung Embonpoint zu umschreiben pflegte, was mich unwillkürlich an Volksschulrektor Kruse erinnerte, der in solcher Haltung, für den des öfteren erkrankten Kollegen Kripp einspringend, Turnstunden abzuhalten pflegte, die in der Schilderung der heldenhaften deutschen Abwehrschlacht an der Somme, Herbst sechzehn, gipfelten, welche Kruse als Rotznase unseres Alters mit seinen Zinnsoldaten in allen Finessen nachzuspielen vermocht hatte und es nun, wenn wir ihn nur recht brav darum baten, mit uns Weichlingen abermals probieren wollte: er als deutscher Kaiser, wir als seine Armeen, die Rolle vorwärts angreifen oder Rolle rückwärts zurückweichen mußten, während im fernen, unheimlichen Berlin gerade verbrecherische Studenten gegen den persischen Kaiser und seine schöne Gattin tobten.

Ich bat Vogler, sich doch wieder zu setzen, er überhörte es und leitete zu dem über, was ihm danach den Schlaf raubte.

Jene nachfolgenden Ereignisse lassen sich auf den einfachen Nenner bringen, daß der Appetit beim Essen kommt und alle, außer Vogler, an dem Modell alsbald großen Gefallen fanden. Zunächst mußte freilich noch Thaddäus Steiger, dem Fortuna in mehreren Tempeln böse Streiche gespielt hatte, familienseits aus der Patsche geholfen werden, worauf er nach seinen ingeniösen Kontenkunststücken unbestritten Anspruch besaß. Mit Hilfe Fritz Mugels und des Dörrenwasens gelingt dies zufriedenstellend. Dann beendet die Bonner sozialliberale Koalition endlich ihr unsägliches Treiben, und unter der neuen Regierung bessert sich die Auftragslage der Brauerwerke schnell und entschieden. Das ausgeliehene Geld fließt zurück an die Bank und hinterläßt bei allen Beteiligten, Vogler ausgenommen, das unbefriedigende Gefühl, schneller ans Ziel gekommen zu sein, als man es für möglich gehalten hätte. Aus der materiellen Ebbe wird gewissermaßen eine ideelle Leere, die kreative Menschen bekanntlich nicht minder schmerzt. Nunmehr ist es wohl Ludwig Pfisterer, der vorschlägt, das städtische Festgeldkonto vollends in ein flexibles privates Investitionsinstrument umzuwandeln, wodurch auch kommunalpolitisch viel Segensreiches bewirkt werden könne. Diesen Vorschlag unterbreitet er natürlich nicht dem Gemeinderat, der ihn nur zerredet und durch kleinliche Nachfragen entzaubert hätte, sondern dem Familienrat, der ihn für gut befindet und sogleich in ein erstes Projekt umsetzt, ein zwölfstöckiges Hochhaus am Fuße des Karmeliterberges, das Max Brauers Briefkastenbauträgerfirma erstellt, die damit auch etwas wirklich Sinnvolles zu tun bekommt.

Ich brauche Ihnen den weiteren Gang der Dinge nicht im einzelnen zu schildern, sagte Vogler. Er gestaltete sich stets nach demselben Muster, das es Brauer erlaubte, über Geldvermögen der Gemeinde zu verfügen, als wäre es sein eigenes Kapital, zugleich aber steuersparende Abschreibungen vorzunehmen, denn pro forma erhält er ja reguläre Bankkredite und zahlt Schuldzinsen. So konnte er die Eigentumswohnungen in seinem Hochhaus sehr günstig kalkulieren, binnen sechs Monaten waren sie verkauft, er machte einen guten Schnitt und zahlte das Geld zurück. Von da an gab es kein Halten mehr, die Wirkahner Wohnbau realisierte ein Projekt ums andere, immer mit dem Vorteil, sich konkurrenzlos günstig finanzieren zu können, und es gelingt ihr mittlerweile sogar, große, überregionale Firmen aus dem Feld zu schlagen.

Ich sagte: Es scheint mein Schicksal zu sein, mit Menschen konfrontiert zu werden, die etwas vom Bauen verstehen!, und dachte an Vaters kommunalen Einfallsreichtum. Da hätten sogar die Nobiles noch etwas lernen können …

Vogler nahm nun doch wieder an meiner Seite Platz, er hüllte sich in seinen Mantel, es schien ihn zu frieren. Seine Stimme klang erschöpft, als er meine Nachfragen beantwortete. Nein, er hat bisher mit niemandem darüber geredet, obwohl der Druck ins schier Unerträgliche gewachsen ist. Ausgestiegen, ja, das ist er. Als er sah, daß es mit der Veruntreuung des Gemeindevermögens so schnell kein Ende nehmen werde, hat er Pfisterer mit einer Anzeige gedroht und Pfisterer hat geantwortet, dann möge er sich nur gleich selbst mit anzeigen, denn er war ja dabei, er hat ja von allem gewußt, von Anfang an. Und die Rechtsaufsicht über die Gemeinde laufe bei seinem Bruder im Landratsamt und für die Gemeindeprüfungsanstalt sei das Innenministerium zuständig, das möge er alles mitbedenken, bevor er etwas Unüberlegtes anzettele. Viel gescheiter wäre es doch, hat Pfisterer gesagt, Vogler halte den Mund und bringe die paar Jährchen bis zum Ruhestand mit Anstand herum, ohne seine sauer verdiente Pension zu gefährden. Er könne sich sogar vorstellen, daß sein Kämmerer zum Abschied das Bundesverdienstkreuz kriege, er sei ja ohne Zweifel ein verdienter Mann, da lasse sich schon was machen. Und wenn es ihn denn wirklich so belaste, gegen ein paar Paragraphen verstoßen zu haben, obwohl viele Menschen davon profitiert hätten, dann werde er, Pfisterer, halt künftig selbst die Verwaltung des Geldvermögens der Gemeinde übernehmen. Darum habe er sowieso bitten wollen, hat Vogler geantwortet und das Thema fortan gemieden. Aber daß der Rücklagenfonds ständig für private Zwecke angezapft wird, das steht für ihn fest, denn anders läßt sich der phänomenale Aufstieg der Wirkahner Wohnbau nicht erklären und auch nicht die Tatsache, daß jedes Jahr neue Einzahlungen aus dem städtischen Vermögenshaushalt aufs Festgeldkonto erfolgen, ohne daß Pfisterer mit der Planung der Festhalle endlich ernst macht. Wenn er sie wirklich wollte, davon ist Vogler überzeugt, hätte er den Gemeinderat längst weichgeklopft. Aber Pfisterer tut nur so, als wollte er die Halle irgendwann bauen, um derweil zusammen mit Steiger und Brauer ungestört große Summen transferieren zu können, und der Gemeinderat denkt wunderwas, wie stark er ist, dem Bürgermeister jahrelang sein Lieblingsspielzeug vorenthalten zu können, während der sich in Wahrheit ins Fäustchen lacht und Katz und Maus mit ihm spielt.

Wir saßen da und starrten aus dem Fenster. Der Wind bog die Baumwipfel und stäubte Schneewächten vom Dach.

Aber Julius Hirschfeld!, sagte ich schließlich. Ich begreife nicht, was das ganze mit Hirschfeld zu tun hat. Und mit meinem Vater.

Vogler nickte.

Das ist nun die andere Sache, sagte er. Sie hat mit dem übrigen zu tun und wäre doch für sich allein schon schlimm genug. Nein, in Wahrheit ist sie weit schlimmer, weil hier nicht einmal mehr das Deckmäntelchen des öffentlichen Wohls ausgebreitet, sondern kalt und überlegt gegen unschuldige Menschen vorgegangen wird. Das ist eine neue Qualität des Amoralischen. Die Veruntreuungen allein hätten mich wohl nicht dazu bewogen, den Schritt zu tun, den ich getan habe. Wissen Sie, ich bin kein sehr mutiger Mann, und ich bin auch nicht allzu gesund. Im Grunde möchte ich nichts weiter als in Ruhe gelassen werden und die Jahre genießen, die mir der Herrgott noch schenkt. In fünf Monaten ist meine Verabschiedung. Ich sehne sie herbei.

Und warum riskieren Sie noch kurz vorher den Konflikt mit Pfisterer?

Vogler sah mich lange an.

Weil durch Schweigen nichts besser wird auf der Welt, sagte er schließlich. Wenn diejenigen, die Bescheid wissen, schweigen, machen sie sich mit denen gemein, die es schon sind, ja sie werden selbst so. Ich habe einmal den Satz gelesen: Ein Messer, das in Watte gepackt wird, bleibt trotzdem ein Messer. Das stimmt. Hat man dann aber nicht die Pflicht, die Watte zu entfernen, damit alle sehen, daß es ein Messer ist?

Dann begann er, mühevoll und immer wieder stockend zu berichten, was ihn dazu veranlaßt hatte, einem ihm unbekannten Mann in einer unbekannten Stadt eine Annonce zu schicken.

Als Vaters Brief im August 1982 auf dem Bürgermeisteramt Wirkahn eintrifft, befindet sich Bürgermeister Pfisterer mit seiner Familie im Urlaub. Stadtkämmerer Vogler, der Pfisterer vertritt, überlegt zunächst, ob er den Brief nicht einfach an den Antiquar Hirschfeld weiterleiten soll, mit der Bitte, sich mit dem Absender aus Brederstedt direkt in Verbindung zu setzen. Vogler weiß, daß Julius Hirschfeld einer jüdischen Familie entstammt, die früher in Wirkahn ansässig war. Mehr ist ihm, der erst in den sechziger Jahren zugezogen ist, nicht bekannt, aber es erscheint ihm naheliegend, daß zwischen jener Katharina Hirschfeld und dem Antiquar eine verwandtschaftliche Beziehung bestehen könnte. Er ruft daher Hirschfeld an und erkundigt sich, ob er ihm ein Schreiben zusenden dürfe, das zwar an den Bürgermeister gerichtet sei, in dem es aber letztlich nur um eine Familie Hirschfeld gehe. Hirschfeld hat Kundschaft im Laden und antwortet kurz angebunden, weder habe er Zeit noch eine Familie. Daraufhin steckt Vogler den Brief in die Vorlagemappe des Bürgermeisters; mittlerweile sind ihm auch Bedenken gekommen, ob sein Chef den Schriftwechsel mit einem ehemaligen Kollegen nicht selbst werde führen wollen.

Das war, Vogler hat es nie vergessen, an einem Mittwoch. Freitags trifft man sich abends immer im Bären zur Binokelrunde, die diesmal wegen der Sommerferien nur schwach besetzt ist. Außer Vogler haben sich nur Pfarrer Effinger und Ambros Bühler, ein Ausgedingbauer aus der Nachbargemeinde Fredingen, eingefunden. Man spielt sommerlich-nachlässig und geht bald ganz ins Plaudern über. Irgendwann erzählt Pfarrer Effinger, daß er beim Antiquar Hirschfeld eine wunderschöne alte Hinterglasmalerei entdeckt hat und nun arg mit sich im Zwist liegt, ob er sie privat erstehen soll oder nicht. Teuer sei sie schon, den Preis wert aber allemal auch. Bühler bietet an, für Effinger bei Hirschfeld als Strohmann aufzutreten, weil Effinger als Priester ja nicht so feilschen dürfe, wie man mit einem Juden feilschen muß. Effinger lacht verschämt und sagt nicht ja und nicht nein, sondern daß er sich das ganze noch mal überlegen will.

Da fällt Vogler der Brief ein und er fragt Bühler, ob seine Vermutung, daß jene Katharina Hirschfeld mit dem Antiquar verwandt sei, zutreffe. Bühler bestätigt es, guckt aber so komisch dabei, daß Vogler beunruhigt wissen will, ob es ein Fehler gewesen sei, Hirschfeld anzurufen. Ein Fehler nicht gerade, sagt Bühler, aber gefreut haben wird's den Alten auch nicht. Warum?, fragt Vogler und sagt, Bühler solle sich nicht alles aus der Nase ziehen lassen, er könne schließlich nichts dafür, daß er mit den Verhältnissen hier nicht so vertraut sei wie die geborenen Wirkahner. Die würden Ihnen das auch nicht erzählen, entgegnet Bühler, dazu haben die nämlich viel zu viel Schiß. Na, da übertreibe er aber wohl doch ein bißchen, meint Pfarrer Effinger, der noch später als Vogler, Anfang der siebziger Jahre erst, in die Gemeinde gekommen ist; er habe nicht den Eindruck, daß die Wirkahner besonders furchtsame Leute wären. Wenn's um die Nobiles geht, schon, sagt Bühler trocken, die können einen nämlich ruckzuck ins KZ bringen! Das ist nun so starker Tobak, daß Effinger fast das Weinglas aus der Hand fällt und er:

Um Gottes willen, Bühler, versündigen Sie sich nicht! ruft. Was wahr ist, muß wahr bleiben!, sagt Bühler trotzig, es gibt schon noch welche, die wissen, wie das damals gelaufen ist mit dem Viehhändler Isidor Hirschfeld, seiner Kathrin und dem Julius. Und das mit Pius Mugel, Richard Mugels Vater, auch. Das ist nicht überall vergessen, was der alte Pfisterer denen angetan hat, nur darf man es heut nimmer laut sagen, weil seine Söhne große Herren geworden sind und einem gleich advokatisch kommen, wenn ihnen was nicht paßt. Dann wird es besser sein, wenn auch wir nicht weiter in alten Geschichten herumrühren, sagt Pfarrer Effinger energisch, und so endete dieser Binokelabend relativ einsilbig.

Vogler ist danach wie vor den Kopf geschlagen, er kann sich gar nicht beruhigen, der Coup mit dem Festgeldkonto liegt ja kein volles Jahr zurück und treibt ihn immer noch qualvoll um. Er lauert also darauf, was Ludwig Pfisterer seinem Amtskollegen Schröder wohl antworten werde, und bittet unter einem Vorwand Pfisterers Sekretärin, ihm eine Kopie dieses Schreibens zu überlassen. Als er dann feststellt, daß Pfisterer rundheraus abstreitet, den Namen Hirschfeld je gehört zu haben, packt ihn unbändiger Zorn. Aus dem letzten Gemeindeblättchen schneidet er die Werbeanzeige des Antiquars Hirschfeld heraus und schickt sie dem Brederstedter Briefschreiber, damit der wenigstens weiß, was für ein sauberer Lügner sein Wirkahner Kollege ist. Daß er es anonym tut, dafür schämt er sich zwar, aber es bleibt ihm nichts anderes übrig, denn nach den Vorgängen um das städtische Konto beobachtet Pfisterer seinen Vertreter noch mißtrauischer als sonst; nicht die kleinste Illoyalität würde er ihm verzeihen. Es hat in den folgenden Jahren noch genügend Pressionen gegeben, die zeigen, wozu dieser Mensch fähig ist, wenn er sich in die Enge getrieben fühlt. Aber darüber will Vogler jetzt nicht auch noch reden, ihm wird immer kälter, er ist am Ende, die Aufregungen des Erinnerns haben ihn mehr angestrengt, als er befürchtet hatte.

Eins noch, Herr Vogler, bevor wir auseinander gehen!, bat ich. Was ist mit der zweiten Annonce? Wieso wandten Sie sich nach fast fünf Jahren nochmals an meinen Vater? Und welche Pläne, von denen

Sie eingangs sprachen, hegt der Nobilesclan, inwiefern betreffen sie Julius Hirschfeld?

Der alte Mann neben mir saß weit vornübergebeugt. Nur die auf der Bank sich abstützenden Arme schienen ihn aufrecht zu halten.

Sehen Sie nicht, wie es um mich steht?, fragte er mit nachlassender Stimme. Aber dies ist ein Gericht, und ich wußte, daß es mich eines Tages ereilen würde ... Wahrscheinlich habe ich es die ganze Zeit über erwartet, und nun ist es eingetroffen ... Was fragten Sie? Ja, richtig. Ich habe feststellen müssen, daß Bühler keineswegs übertrieben hatte, als er die Nobiles in die Nähe von KZ-Schergen rückte. Pfisterers Vater Bertram hat furchtbare Schuld auf sich geladen. Sollte sich dann der Sohn nicht wenigstens vor den Opfern in Demut beugen? Sollte er nicht Scham und Reue empfinden und nach Gerechtigkeit streben? Doch er mißbraucht die Macht, die ihm gegeben ist, aufs neue. Er kostet das Recht des Stärkeren aus, als wäre nichts geschehen. Was ist das für eine Stadt, die solche Leute an ihrer Spitze duldet?

Gewiß, sagte ich, aber Sie sollten sich jetzt nicht so erregen, Herr Vogler. Beantworten Sie nur kurz meine Fragen, dann bringe ich Sie nach Hause.

Enttäuschung glomm in seinen Augen, die mich beunruhigt ansahen.

Wenn Pfisterer gewinnt, sagte er langsam, wird man Hirschfeld und andere aus der Merziggasse vertreiben und ihre Häuser niederreißen. Stattdessen wird eine große Wohnanlage errichtet. Die Pläne dafür liegen fertig in den Schubladen der Wirkahner Wohnbau, ich weiß es. Sie glauben, so einfach ginge das nicht, weil die Wohnbau die Häuser erst einmal in ihren Besitz bringen muß? Oh, das ist kein Problem. Die Anwohner haben nur ein Erbbaurecht, das 1922 begründet wurde; Ende des Jahres erlischt es. Danach kann der Eigentümer über die Grundstücke verfügen – und Eigentümer ist die Gemeinde. Jedermann geht bislang davon aus, daß das Erbbaurecht verlängert wird, wie in anderen Fällen auch. Aber Max Brauer will die Anlage bauen, natürlich mit dem Geld der Stadt, und Pfisterer will es auch, denn er wird sich dort einkaufen. Vermutlich wird er aber gar nichts bezahlen, schließlich wollen Steiger und er auch einmal etwas abbekommen vom großen Kuchen.

Und als Sie davon erfuhren, haben Sie sich zum zweiten Mal an meinen Vater gewandt?, fragte ich.

Als ich davon erfuhr, im November letzten Jahres, war mein erster Gedanke, anonym die Presse zu informieren. Aber ich mußte einsehen, daß dies für mich zu gefährlich sein würde. Der Kreis derer, die in den Plan eingeweiht sind, ist sehr klein und die Wirkahner Lokalzeitung überdies sehr obrigkeitshörig. Auch die Überlegung, Julius Hirschfeld vertraulich zu unterrichten, verwarf ich wieder. Wie hätte er seine Kenntnisse begründen oder gar beweisen sollen? Und was vermag ein einzelner gegen die Macht der Oberen? Es geht nur mit politischem Druck, sagte ich mir. Und dabei fiel mir Ihr Vater wieder ein, der sich so eindringlich nach Katharina Hirschfeld erkundigt hatte. Ich dachte mir: Schick Herrn Schröder die Stellenanzeige für den Wirkahner Bürgermeisterposten und deute ihm zugleich an, daß den Hirschfelds neues Unrecht droht, so wird er als kommunalpolitischer Fuchs schon eins und eins zusammenzählen können und sich darum kümmern. Das mag Ihnen naiv vorkommen, aber ich hatte zu Ihrem Vater von Anfang an großes Zutrauen, sein Brief hat mir sehr imponiert. Es kommt selten vor, daß jemand sich noch im Ruhestand um Fälle kümmert, die er in seiner aktiven Zeit nicht mehr zu einem guten Ende führen konnte … Ich hätte diese Kraft nicht … Außerdem dachte ich, daß nach meiner ersten Annonce zwischen ihm und Herrn Hirschfeld vielleicht eine persönliche Bekanntschaft erwachsen wäre. Ich wollte, mit einem Wort, Ihren Vater neugierig machen und nach Wirkahn locken, um mich ihm anvertrauen zu können. Er hätte mir unverdächtig raten und helfen können … Woche für Woche ließ ich mir vom Ordnungsamt die Gästemeldungen unserer Hotels vorlegen und wurde immer niedergeschlagener, als sich der Name, den ich suchte, nicht darunter fand. Du warst zu furchtsam, warf ich mir vor, du hast ein weiteres Mal versagt! Dann, vorgestern nachmittag, erhielt ich die Nachricht, daß sich ein gewisser Carsten Schröder aus Brederstedt als Gegenkandidat zu Pfisterer gemeldet habe. Ich war wie elektrisiert und eilte noch abends zur Krone … Den Rest wissen Sie.

Stöhnend erhob sich der Kämmerer, tat ein paar Schritte und taumelte. Ich sprang auf und stützte ihn. Gemeinsam gingen wir nach draußen. Ich schloß die Hütte ab und drückte die Fensterläden zu, hielt aber Voglers Arm fest in meinem.

Mein Vater ist tot, sagte ich. Aber er wollte nach Wirkahn reisen, er hatte sich den Termin schon vorgemerkt. Sie haben nicht versagt, Herr Vogler. Auch wenn nun ich statt seiner gekommen bin, so ist Ihr Plan doch aufgegangen.

Vogler schüttelte den Kopf.

Nur Gott weiß, ob unsere Pläne aufgehen, flüsterte er. Doch er scheint es so fügen zu wollen, daß Sie fortführen sollen, was ich Ihrem Vater zugedacht hatte. Tun Sie es, ich bitte Sie darum. Sie können nichts verlieren dadurch, höchstens gewinnen. Und auch wenn Sie Pfisterer nicht besiegen sollten – die Wohnanlage in der Merziggasse können Sie verhindern. Die alten Häuser müssen stehenbleiben, damit Herr Hirschfeld nicht ein zweites Mal durch die Hand eines Pfisterer vertrieben wird.

Wir durchquerten die Senke, die jetzt mit nassem Schnee angefüllt war.

Wieso ein zweites Mal?, fragte ich.

Das erste Mal geschah es vor dreiundvierzig Jahren, sagte Vogler, fast auf den Tag genau vor dreiundvierzig Jahren. Da hinterbrachte Bertram Pfisterer, der Vater unseres Bürgermeisters, den Braunhemden, daß der Bauer Pius Mugel einen Juden auf seinem Hof versteckt halte. Beide, der Jude und der Bauer, kamen ins KZ. Mugel wurde umgebracht, der Jude überlebte als Krüppel. Er heißt Julius Hirschfeld.

Wir erreichten die Straße. Wieder flammten die Scheinwerfer eines herannahenden Autos auf. Wir warteten, bis sie sich in der Schwärze der Nacht verloren.

Ich ließ Voglers Arm los. Mit kleinen, unsicheren Schritten ging er weiter. Ich lief hinter ihm, bereit hinzuzuspringen, falls er straucheln sollte.

Plötzlich drehte er sich um, riß den Hut vom Kopf und deutete auf das Blockhaus.

Die Stelle dort heißt ›Hochgericht!‹, rief er, und seine Stimme wurde vom Sturm in die Höhe getragen. Jahrhundertelang wurde dort Recht gesprochen! Und vollstreckt!

DRITTER TEIL

1.

Nicht einmal drei Tage hatte ich in Wirkahn, der um- und verschlossenen kleinen Stadt im weiten Bergland, zugebracht und war schon tiefer in seine Vergangenheit verstrickt, als ich es je gewollt und vorausgesehen hatte. Wenn ich später an diese ersten Tage zurückdachte, war mir, als hätte für sie ein eigenes Zeitmaß gegolten. Die Zeit dehnte sich, es schien, als zögerte sie, sich zu vollziehen, bevor mir nicht die Menschen, die für mich Bedeutung erlangen sollten, begegnet waren. Unmerklich aber beschleunigte sich dann ihr Lauf, und wie ein Stück Holz, das schneller und schneller auf eine Stromschnelle zugleitet, geriet ich in einen Sog, aus dem es kein Entrinnen geben sollte.

Den Wahlkampfauftakt mußten wir Hals über Kopf vom gemeinsamen Frühstückstisch in der Krone in Max Hellsterns Wohnung verlegen. Der Kronenwirt war nicht willens, uns zu dulden. Er werde, erklärte er, in seinem Hause keine politischen Versammlungen gestatten, weder für noch gegen den Bürgermeister, und unsere Zusammenkunft sei eine.

Seine Frau blieb unsichtbar.

Ich hatte Zirkel, Hellstern, Brommer, Bertolini und Arno, die kurz nacheinander eintrafen, davon Mitteilung gemacht, daß ich gehalten war, mir eine neue Unterkunft zu suchen; die Grobheit, mit der uns der Wirt die Tür wies, überraschte und verärgerte uns dann aber doch. Unter Protest verließen wir das Lokal, kauften beim Bäcker Lebensmittel, wobei ich mich gleich vorstellte und die reichhaltige Warenauslage lobte, und breiteten uns in Hellsterns Dreizimmerwohnung aus.

Die Zeitungslektüre bot reichlich Stoff für Diskussionen.

Eine volle Seite hatte Kersten dem Wirkahner Hauptthema gewidmet und aus Berichten, Meinungen und Stellungnahmen einen bunten Strauß zusammengetragen, in dem Rosen und Dornen ausgewogen verteilt waren. Die Person des Herausforderers – sagten meine Mitstreiter – war im ganzen nicht unsympathisch gezeichnet, wenn auch manche Eigenheiten und Unklarheiten seines Profils nicht verschwiegen wurden. Daß er seine Bewerbung auf einem herausgerissenen Notizzettel abgegeben hatte, wurde wie die Weigerung, dem Wahlausschuß einen formgerechten Lebenslauf zukommen zu lassen, als Zeichen einer gewissen unkonventionellen Lebensauffassung gewertet, die beides bedeuten konnte, den erfrischenden Bruch mit verkrusteten Traditionen oder schiere Verwaltungsunkenntnis. Für ersteres sprach der jahrelange Aufenthalt in Amerika, letzteres legte seine Vita, soweit man sie kannte, nahe. Eine gehobene oder gar höhere Verwaltungsausbildung vermochte er nicht vorzuweisen, Sprach- und Journalismusstudien waren zuletzt in eine Lehrtätigkeit an einer High School, die nun allerdings keineswegs mit einer deutschen Hochschule gleichgesetzt werden durfte, eingemündet. Andererseits gab es da die Herkunft aus einem Elternhaus, in dem Kommunalpolitik sozusagen zum täglichen Brot gehört hatte. Das Wirken des früheren Stadtdirektors von Brederstedt wurde mit großem Respekt zitiert, wobei diese für süddeutsche Ohren fremde Bezeichnung wiederum erläuterungsbedürftig war, denn ein norddeutscher Stadtdirektor ist Chef der kommunalen Verwaltung und damit, wenn er es nur geschickt genug anstellt, der eigentliche politische Kopf einer Gemeinde. Von dem vor wenigen Wochen verstorbenen langjährigen Stadtdirektor Erwin Schröder konnte solches nach ersten Recherchen der Zeitung mit Fug und Recht behauptet werden. Welche Motive jedoch seinen Sohn zur überraschenden Kandidatur veranlaßt hatten, das lag noch nicht so deutlich zutage, ebensowenig die konkreten Zielsetzungen, die er für die Zukunft der Stadt verfolgte. Beides aufzuklären, versprach ein Interview mit dem Bewerber in der morgigen Ausgabe. Daran, daß er es ernst meine mit der Herausforderung des Amtsinhabers, könne aber kein Zweifel bestehen, denn Schröder habe das Wochenende schon für intensive Kontakte mit Wirkahner Bürgern genutzt und binnen kurzem einen Freundeskreis gewonnen, der ihn im Wahlkampf unterstützen werde.

Hellstern und Zirkel hielten dies für die wichtigste Botschaft des Artikels überhaupt: daß ich nicht allein stünde, sondern auf Anhieb Menschen gefunden hätte, die sich mit mir solidarisierten. Das werde anderen Mut machen und sie davon überzeugen, daß ich keiner jener Zufalls- und Zählkandidaten sei, die neuerdings bei Bürgermeisterwahlen wie lästige Stechmücken einzufallen pflegten.

Genau diesen Eindruck versuchte Pfisterer, den Kersten natürlich um eine erste Reaktion gebeten hatte, zu erwecken. Im Prinzip, sagte er, begrüße er das Auftreten eines Gegenkandidaten, entspreche es doch demokratischen Gepflogenheiten, dem Bürger vor bedeutenden Entscheidungen Auswahlmöglichkeiten zu bieten. Allerdings hätte er sich eine gewichtigere Alternative zu seiner Politik gewünscht, um in eine qualifizierte Auseinandersetzung eintreten zu können. Bislang gebe es wenig, was ihm zur Person seines Konkurrenten einfalle; am ehesten noch der Verdacht, daß jemand, der sich fünf Minuten vor Fristablauf auf einem Schmierzettel um den Wirkahner Bürgermeisterposten bewerbe, entweder die Bedeutung dieses Amtes verkenne oder sich keine großen Chancen ausrechne.

Hier teilten sich die Meinungen meiner Berater. Während Hellstern und auch Zirkel Pfisterers Äußerungen für eine gelungene Mischung aus Gelassenheit und Angriffslust ansahen, hielten die Jungen, Bertolini und Arno, sie für überheblich und zu stark ins Private reichend. Das komme nicht gut an, versicherten sie. Einig waren sich dagegen alle in der Aufforderung an mich, nun schleunigst einen ordentlichen Lebenslauf vorzulegen. Brommer bemängelte, daß ich diesem Auftrag, den er schon Samstag abend bei Zirkel erteilt hätte, immer noch nicht nachgekommen sei. Nachher liege es wieder an der Agentur, wenn der Prospekt nicht rechtzeitig fertig werde, jammerte er. Und mein Aussehen sei sowieso die helle Katastrophe und ein Härtetest für jede Maskenbildnerin, da könne man nur mit viel Halbschatten und Weichzeichnern versuchen, die fatale Optik, hier bewerbe sich ein Kreisklasseboxer nach seinem finalen Kampf, zu vermeiden.

Ich hatte von meinem Sturz auf dem Weg zum Hochgericht einige Schrammen und blaue Flecken im Gesicht zurückbehalten und sie meinen Helfern damit erklärt, daß ich am Vorabend bei einem Spaziergang ausgerutscht sei. Sie hatten nach dem ersten Schrecken mit Spott nicht gespart. Zirkel allerdings war auf dem Weg zu Hellsterns Wohnung dicht neben mich getreten und hatte mir ins Ohr geflüstert, er sei im ersten Moment, als er mich sah, überzeugt gewesen, daß Letsch mir aufgelauert und mich verprügelt hätte. Später kam Hellstern an meine Seite und wiederholte fast wortgleich dieselbe Befürchtung.

Aufschlußreich waren auch die Einlassungen der Fraktionsvorsitzenden in Kerstens Meinungskaleidoskop. Die Sprecher der Konservativen und der Unabhängigen Wähler verweigerten rundheraus jede Unterstützung und erklärten die unerbetene Bewerbung für überflüssig und aussichtslos. Der Obmann der Linken dagegen legte vor allem Wert auf die Feststellung, daß die Entscheidung seines Fraktionskollegen Max Hellstern, sich Schröders Wahlkampfteam anzuschließen, ohne Absprache mit der Partei erfolgt sei und daher als dessen Privatangelegenheit zu gelten habe. Dies eben wurde in dem Kommentar, den nicht Kersten, sondern sein Chefredakteur Pürroth verfaßt hatte, bezweifelt. Die Tatsache, daß der in Wirkahn völlig unbekannte Schröder aus dem Stand heraus mit einer stattlichen Mannschaft aufwarten könne, der sogar zwei oppositionelle Stadträte angehörten, sei ohne Absprachen im Vorfeld der Bewerbung nicht zu erklären, schrieb er. Daß die linke Fraktion daran unbeteiligt gewesen sein solle, erscheine wenig glaubhaft; wahrscheinlich wolle sie sich aber so lange im Hintergrund halten, bis sie Schröders Akzeptanz bei der Bevölkerung besser einzuschätzen wisse. In jedem Fall sei ihr Verhältnis zum bürgerlichen Block und auch zum Bürgermeister durch diesen Vorgang belastet. Der Vorwurf, hier werde mit gezinkten Karten gespielt, schwebe im Raum.

Soll er schweben, sagte Max Hellstern vergnügt. So bekommt jede unserer Aktionen noch mehr Aufmerksamkeit!

Insgesamt war man mit Kerstens Arbeit hochzufrieden und drängte mich, in kurzen Sätzen meinen Werdegang zu Papier zu bringen. Ich setzte mich an Hellsterns Schreibtisch und dachte: Eine gewisse Ähnlichkeit mit Vaters Schreibtisch ist vorhanden. Nach zehn Minuten war ich fertig, gab Brommer die Auflistung, der sie überflog und: Ach du lieber Gott! sagte.

Nicht nur Zivildienst statt strammem Marschtritt, sondern auch noch konfessionslos! Wir dachten, Sie wären, wenn schon nicht gut katholisch, dann wenigstens vertrauenerweckend evangelisch. Das wird immer schwieriger mit Ihrem Porträt!

Dem neuesten Gerücht nach bin ich sogar amerikanischer Jude, gab ich zurück. Demgegenüber erscheint den Wirkahnern meine Konfessionslosigkeit sicher als das kleinere Übel!

Doch niemand wollte die Sache auf die leichte Schulter nehmen. Pfarrer Effinger habe großen Einfluß und werde ihn auch ausüben, hieß es. Davon war ich allerdings auch überzeugt.

Dann besprachen wir die ersten Veranstaltungen und legten als generelle Marschroute fest, freundlich und bescheiden aufzutreten, geduldig zuzuhören, wenige, aber zentrale Themen anzusprechen und über das Wie, Woher und Warum ausführlich Rede und Antwort zu stehen. Als Hellstern probehalber fragte, wie ich denn in Dreiteufelsnamen grad auf das kleine Wirkahn im Süden verfallen wäre, das schon die meisten Leute unten am See nicht mehr kennen würden, schauten mich alle erwartungsvoll an. Ich antwortete, die Version des Heimatboten ohne Pürroths parteipolitisch-konspiratives Gespinst aufgreifend, Bürger, die sich um die Zukunft ihrer Stadt Sorgen machten, hätten mich gebeten, in Wirkahn als Unabhängiger anzutreten, und wenn auch nicht alle Welt Wirkahn kenne, so reiche die Weltkenntnis der Wirkahner eben doch bis hoch in den Norden. Dies wurde beifällig aufgenommen, es konnte ja, erinnerte man sich nur an Zirkels flammende Rede, auch nicht als ganz falsch gelten.

Danach telefonierte Zirkel mit Kersten, dankte ihm überschwenglich für den Artikel und das angekündigte Interview und verabredete es gleich zur Mittagszeit im Gasthof Bären. Das bedeutete, daß ich nicht wie beabsichtigt, vormittags die Bank und den Mietwagenhändler und nachmittags den Friseur und das Fotostudio aufsuchen konnte, sondern zur Vorbereitung dieses wichtigen Termins als erstes zum Friseur mußte, um während des Haareschneidens Hellsterns Informationsmaterial lesen zu können, das in bewundernswerter Kürze und Klarheit Wirkahns Unzulänglichkeiten aufzählte. Die schlechte Anbindung ans überregionale Schienennetz, das Desaster der Kanalisationserneuerung, der wirtschaftliche Monopolismus der Waffenproduktion und die mangelhafte soziale und kulturelle Infrastruktur waren die großen Themen, zu denen eine Reihe kleinerer, wie der ungeschickte Zeittakt der Schulbusse oder das sanierungsbedürftige Feuerwehrgerätehaus, hinzukamen. Die angeblich auf Wirkahner Markung geplante Sondermülldeponie wurde nur als Hintergrundinformation aufgeführt, weil sie bisher nicht mehr als ein Gerücht darstellte, ebenso verschiedene Vorfälle von Ungleichbehandlungen bei städtischen Auftragsvergaben und die wiederholten Überfälle auf das Gebäude des Kulturvereins; hier aber fehlte es an Beweisen.

Genug Stoff für einen soliden Einstieg, sagte Hellstern. Es reicht völlig, die Kernfragen anzutippen, um zu demonstrieren, daß man Bescheid weiß. Dann lassen wir erst mal Pfisterer kommen.

Wir verabschiedeten uns in dem Gefühl, einen guten Start erwischt zu haben. Zirkel mußte zurück in seinen Buchladen, Brommer wollte das Layout für den Kandidatenprospekt fertigstellen, und ich begab mich zum politikdienlichen Haareschneiden.

Auf der Straße begegnete mir Letsch, der spöttisch grinste, als er mein aufgeschürftes Gesicht sah. Keinen Millimeter wich er zur Seite, so daß ich hart an den Rand der Baustellenabsperrung gedrängt wurde.

Der Friseur machte mir klar, daß in Wirkahn niemand eine Chance hatte, dessen Haare den Kragen oder die Ohren bedeckten. Außerdem gäbe es zu viele Asylanten und neuerdings auch Aussiedler, die die Gegend unsicher machten. Die Zeitungsfrau traue sich morgens in der Dunkelheit schon nimmer auf die Straße. I hab Angscht, daß ma mi wurget!, habe sie erst neulich gesagt. Ich sollte mich für die sofortige Abschiebung aller Ausländer und für eine private Bürgerwehr stark machen, das komme immer gut an. Und gleich noch den Brauermax auffordern, die Sheriffs kostenlos mit Pistolen und Gewehren auszurüsten, das brächte ihn und den Pfisterer ganz schön ins Schwitzen, höhö!

Knapp die Hälfte von Hellsterns Lehrstoff schaffte ich nur und traf mit geröteten Ohren verspätet im Bären ein.

Dort unterhielt sich Kersten an einem Ecktisch mit dem Wirt, der mir zunickte, eine Bemerkung über meine Blessuren unterdrückte und verschwand. Die Bestellung nahm eine Kellnerin auf. Der Redakteur notierte den Hergang des Unfalls. – Das gibt eine nette kleine Kastenstory, sagte er, human touch, Politiker menschlich, sowas gefällt den Leuten – und machte mich mit dem Fotografen bekannt, der gerade von der Toilette zurückkam und sich die Hände an seinen Jeans abwischte. Dann schaltete Kersten das speckige Tonbandgerät ein, das er mitgebracht hatte, und stellte lustlose Fragen nach meiner Herkunft, den kommunalpolitischen Zielen, die ich verfolgte, und den Chancen, die ich mir ausrechnete. Ich antwortete entlang des Hellsternschen Leitfadens, soweit ich ihn verinnerlicht hatte, der Fotograf schoß seine Bilder. – Immer locker bleiben!, sagte er, aber wenn's geht, das Gesicht im Halbprofil zur Kamera und ein bißchen lebhafter mit den Händen und nicht so steif dasitzen! –, das Essen wurde gebracht, der Fotograf verabschiedete sich, Kersten schaltete das Tonbandgerät aus.

So, sagte er, und jetzt unter uns Pfarrerstöchtern: Was werfen Sie Pfisterer wirklich vor? Daß es was mit einem angeblichen Fall Hirschfeld zu tun hat, ist klar. Aber was für ein Fall ist das? Und was hat Pfisterer damit zu tun? Reden Sie offen, wir sind off records.

Gegen meinen Willen mußte ich lachen.

Was, was, off, offen – das klingt wie ein Motor, den man mit einer Kurbel anläßt. Manche alten Farmer in South Amena haben noch solche Dinger. Ihr Artikel heute, für den ich mich übrigens bedanke, war sehr viel eloquenter!

Er war bis zur Unanständigkeit positiv für Sie, und es hat mich verdammte Mühe gekostet, ihn bei Pürroth durchzubringen, sagte Kersten ohne die Spur eines Lächelns. Aber ich warne Sie, ich kann auch anders. Goodwill gegen Goodwill, falls Sie es auf Englisch besser verstehen sollten.

Wir müssen da zuerst etwas klären, Herr Kersten, sagte ich. Als wir uns vorgestern zum erstenmal trafen, in Zirkels Lagerraum, haben Sie ein leidenschaftliches Plädoyer gegen Pfisterer und die ganze Nobilessippschaft gehalten. Ich hatte den Eindruck, niemand in Wirkahn wünsche die Zerschlagung dieser verfilzten Machtclique inbrünstiger als Sie. Kaum waren wir auseinander, haben Sie Julius Hirschfeld angerufen und ihn mit Fragen bombardiert. Gut, Sie mögen das für Ihre journalistische Pflicht gehalten haben, obwohl ich schon der Meinung bin, daß unser Gespräch vertraulicher Natur, oder wie sagten Sie so schön: off records, gewesen ist. Aber wir hatten nicht ausdrücklich Stillschweigen vereinbart, insofern will ich mich, was Hirschfeld betrifft, nicht beklagen. Doch dann haben Sie auch noch meinen direkten Gegenspieler Ludwig Pfisterer über Einzelheiten informiert, die an diesem Wochenende in unserem Kreis zur Sprache gekommen sind, und dafür konnten Sie unmöglich mein Einverständnis voraussetzen. Verstehen Sie bitte, daß ich sehr unsicher geworden bin, auf welcher Seite Sie wirklich stehen!

Kersten betrachtete mich mit schmalen Augen.

Was habe ich Pfisterer Ihrer Meinung nach denn erzählt?, fragte er.

Das wissen nur Sie und er. Auf jeden Fall mehr als nötig. Pfisterer streut, ich sei gar kein richtiger Deutscher, was immer er darunter verstehen mag, sondern amerikanischer Jude mit deutschem Paß. Woher sollte er diesen Unsinn haben, wenn nicht durch Ihre Information, daß ich lange in Amerika gelebt hätte und mich auffällig für den Juden Hirschfeld interessierte? Pfisterer wirft Herrn Breitenbacher vor, daß er uns die Krone als Hauptquartier zur Verfügung stellen wolle, und Sie, der Sie dabei waren, als wir die Frühstückstreffs verabredeten, gebrauchen mir gegenüber exakt denselben Ausdruck wie der Bürgermeister in seinem Telefonat mit dem Wirt. Soll ich das alles für Zufall halten? Das kann ich nicht – zumal Sie mir deutlich genug zu verstehen gegeben haben, wie Sie meine Chancen, in Wirkahn zu reüssieren, einschätzen!

Sind Sie endlich fertig?, fragte Kersten. Dann will ich Ihnen mal sagen, was Sache ist. Natürlich habe ich Pfisterer einiges über Sie und Ihr Team berichtet – allerdings nur das, was er heute sowieso in unserem Blatt gelesen hätte. Wie soll ich sonst erreichen, daß er mir, im Gegenzug, Interna über *seine* Strategie erzählt? Ich denke, Sie haben mal als Journalist gearbeitet?! Muß lange her sein. Und daß Ihre Bewerbung im Zusammenhang mit der Familie Hirschfeld steht, das wußte er schon vor meinem Anruf. Er hat sich nämlich noch am Freitagabend aus der Rathausregistratur das Schreiben Ihres Vaters aus dem Jahr zweiundachtzig kommen lassen, denn blöd ist er nicht und an Gedächtnisschwund leidet er auch nicht. Und mit der famosen Kampfansage, die Sie ihm per Boten schickten – der Himmel weiß, warum Sie es getan haben, offenbar lieben Sie es, mittels herausgerissener Zettel zu kommunizieren –, haben Sie die Brücke zum Thema Hirschfeld ja selbst geschlagen. Was mir an Ihnen mißfällt, Herr Schröder, ist Ihre verdammte Neigung, einerseits als Geheimniskrämer aufzutreten und andererseits Spuren zu hinterlassen wie ein Elefant im Schnee. So kommt man gegen die Nobiles nicht an!

Elefanten hinterlassen keine Spuren im Schnee, sagte ich.

Tun sie doch, jedenfalls in Wirkahn. Im Zirkus Vostelli, der gerade gastiert, können Sie's besichtigen. Die armen Viecher frieren sich fast zu Tode.

Wir schwiegen und stocherten im kalten Essen.

Ein Vorschlag zur Güte, begann Kersten von neuem, schob den Teller beiseite und fingerte eine Schachtel Zigarillos aus seiner Umhängetasche. Sie glauben mir, daß ich Ihnen helfen will, dabei aber meine eigenen Wege gehen muß, und erzählen mir endlich, was es mit Ihnen, Pfisterer und den Hirschfelds auf sich hat. Ich halte Sie dafür über alles auf dem laufenden, was ich von Pfisterer erfahre. Ist das ein Angebot?

Ich überlegte kurz und sagte: In Ordnung, das erscheint mir fair.

Da ich aber zutiefst davon überzeugt war, daß auch dieses Gespräch, ungeachtet aller Beteuerungen, seinen Weg ins gegnerische Lager finden würde, verschwieg ich die Begegnung mit Vogler und schilderte nur meine vergebliche Suche nach Katharina, der jüdischen Geliebten meines Vaters, und Frieder, dem mir unbekannten und durch eine Fotografie aus alter Zeit doch so nahen Bruder.

Inzwischen, sagte ich, weiß ich, daß beide schon vor Kriegsende gestorben sind. Trotzdem finde ich Ludwig Pfisterers Haltung empörend, denn er verleugnete Katharina und auch Julius Hirschfeld, obwohl er ihr Schicksal und die Art und Weise, wie die Familien Pfisterer und Brauer darin verstrickt sind, sehr wohl kennt.

Kersten zündete sich ein Zigarillo an, blies den Rauch in meine Richtung und sagte nachdenklich:

Dann meinen Sie also, daß hinter diesen anonymen Anzeigen nicht mehr steckt als die moralische Entrüstung eines einzelnen über altes Unrecht?

Ja, sagte ich, und ich teile seine Entrüstung. Inzwischen ist es mir aber nicht mehr wichtig, den Unbekannten aufzuspüren. Was jetzt noch unklar ist, betrifft die Vergangenheit und kann von Hirschfeld oder Mugel authentischer als von anderen beantwortet werden.

Ich hatte das Gefühl, der Redakteur überschlage in Gedanken, was meine Aussage für Pfisterer bedeuten mochte. Er schien zu keinem eindeutigen Ergebnis zu gelangen. Mißmutig brummte er:

An Ihrer Stelle würde ich mich weniger um die Toten als um die Lebenden kümmern. Aber Sie müssen wissen, was Sie tun.

Dann teilte er mir mit, daß der Wahlausschuß noch heute Nachmittag tagen, meine Bewerbung formell zulassen und einen Termin für die öffentliche Vorstellung der Kandidaten festlegen werde, drückte den halbgerauchten Stumpen in den Aschenbecher und bestand darauf, sein Essen selbst zu bezahlen.

Ich muß in die Redaktion, sagte er, sich verabschiedend. Und denken Sie an unsere Abmachung: Vertrauen gegen Vertrauen!

Vertrauen gegen Vertrauen, wiederholte ich.

Ich blieb sitzen und bat die Bedienung, dem Wirt auszurichten, daß ich ihn zu sprechen wünschte. Sie verschwand in der Küche. Es dauere noch einen Augenblick, sagte sie auf dem Rückweg zum Tresen, an dem sie, nur vom Auf- und Abtragen der Speisen unterbrochen, Illustrierte las und rauchte. Kersten und ich waren die einzigen Mittagsgäste gewesen. Während ich wartete, überdachte ich noch einmal die Unterhaltung, die wir geführt hatten. Pfisterer hatte sich Vaters Brief vorlegen lassen. Wenn Kersten, wovon auszugehen war, dem Bürgermeister die Sache mit den anonymen Anzeigen erzählt hatte, war sein Verdacht jetzt schon auf den Kämmerer gerichtet. Wer außer Pfisterer besaß Kenntnis von dem Schriftwechsel mit dem früheren Stadtdirektor von Brederstedt? Nur sein Stellvertreter. Wer hatte genügend verfängliches Hintergrundwissen, um den Bürgermeister anzuschwärzen, mußte sich aber, weil selbst angreifbar, hüten, als Informant in Erscheinung zu treten? Wiederum wohl nur sein Stellvertreter. Allerdings konnte Pfisterer, solange er nichts Konkretes in der Hand hielt, über Voglers Motive und Ziele nur Mutmaßungen anstellen. Dies und die Frage, ob es zwischen ihm und mir schon zu einem persönlichen Kontakt gekommen war, mußte den Rathauschef seit Freitagabend gehörig umtreiben. Kerstens Erkundigungen konnten ein Hinweis darauf sein, daß er beauftragt war, den Stand der Dinge zu erforschen. Ich hatte versucht, Vogler abzuschirmen, indem ich meine Suche nach dem Unbekannten für beendet erklärte. Würde Pfisterer sich mit dieser Auskunft begnügen? Seiner mißtrauischen Natur entsprach es nicht. Wahrscheinlicher war, daß er fürchtete, Vogler werde sich mir demnächst anvertrauen oder es sogar schon getan haben. Pfisterer war Politiker und dachte in Machtstrukturen. Eine Bewerbung, die unter normalen Umständen völlig aussichtslos war und doch von einer Gruppe um zwei oppositionelle Stadträte unterstützt wurde, legte den Verdacht nahe, daß der Konkurrent über Informationen verfügte, die dem Amtsinhaber gefährlich werden konnten. Sollte Pfisterer zur Überzeugung gelangen, daß sein Kämmerer für ihn zu einem unkalkulierbaren Risiko geworden war, würde er nicht zögern, schnell und hart gegen ihn vorzugehen.

Aber wie?

Ab diesem Punkt tappte ich mit meinen Überlegungen im Dunkeln. Nur soviel war klar: Ich mußte ein zweites Mal mit Vogler sprechen. Am besten schon heute abend.

Endlich erschien der Bärenwirt. Er trug jetzt die hochgeknöpfte weiße Jacke eines Kochs. Ob's am Essen was auszusetzen gäbe?, fragte er streng. Ganz und gar nicht, antwortete ich. Es gefalle mir, im Gegenteil, sehr gut bei ihm, und deshalb könnte ich mir durchaus vorstellen, mich für die Dauer meines Wahlkampfs im Bären einzuquartieren.

Bedaure, sagte der Bärenwirt und strich mit beiden Händen die Jacke glatt. Die Zimmer sind belegt. Es wird auch nichts frei in nächster Zeit!

Auf der Wirkahner Bank ein Konto eröffnen, beim Autohändler Theobald einen Wagen der Mittelklasse anmieten, in unsicherer, weil mit den örtlichen Verhältnissen nicht vertrauter Fahrt Brommers Werbeagentur in der Kreisstadt Bergkirchen, einem schmucken Zentrum der Uhrmacherkunst, ansteuern, nach gründlicher Gesichtsumgestaltung durch eine aus- und eingebildete Visagistin im Atelier des angeblich kreativsten Porträtisten der südlichen Halbkugel eine anderthalbstündige Sitzung voll muskelkrampfnaher Grimassenwechsel überstehen, schließlich zur Druckerei Hoscheise ins Bergkirchener Industriegebiet hetzen: Die Termine drängten sich, kaum fand ich Zeit zum Atemholen.

Dabei stand die eigentliche Bewährungsprobe noch bevor.

Dienstagabend sollte im Goldenen Rad mein erster öffentlicher Auftritt, ein sogenanntes Bürgergespräch, stattfinden. Mit eilig gefertigten und in den Wirkahner Geschäften ausgehängten Textplakaten wollten wir dafür werben. Leider stellte sich heraus, daß die Druckerei trotz gegenteiligen Versprechens mit dem kurzfristigen Auftrag nicht rechtzeitig fertig geworden war. Brommer tobte und versuchte, wenigstens den redaktionellen Veranstaltungshinweis in der Dienstagsausgabe des Wirkahner Heimatboten als auffällige Anzeige zu plazieren. Auch das mißlang. Wir hätten den Anzeigenschluß um zehn Minuten verpaßt, hieß es.

So werde das Bürgergespräch eben zum Prüfstein, wie groß die Neugier der Wirkahner auf den Außenseiter sei, sagte ich. Wenn keiner komme, könnte ich mich schon nicht blamieren. Brommer lächelte gequält und begann übergangslos zu fluchen, als sein Auto auf dem Parkplatz des Druckhauses nicht ansprang. Ich chauffierte ihn zu seiner Firma zurück, wobei ich einmal Gaspedal und Bremse verwechselte und nur knapp einem Auffahrunfall entging.

Bei aller Liebe, Sie fahren lausig schlecht!, sagte der Agenturbesitzer verängstigt. Haben Sie überhaupt einen Führerschein?

Ja, einen amerikanischen. Aber die Straßen hier sind so eng, es ist zum Verzweifeln!

Mann, gewöhnen Sie sich endlich an Deutschland. Ist es in Amerika verboten, bei geschlossenem Fenster zu fahren?

Ich kurbelte das Seitenfenster hoch und versuchte, flach zu atmen. Brommer schwitzte noch stärker als gewöhnlich. Wahrscheinlich hatte ihn mein eigenwilliger Fahrstil in Panik versetzt. Ich fühlte leichte Übelkeit aufsteigen und schämte mich, denn je länger wir miteinander redeten, umso sympathischer wurde mir der Mann. Er war mit Feuereifer bei der Sache und hatte noch nicht einmal über sein Honorar gesprochen.

Wir müssen das Geschäftliche regeln, sagte ich. Ich war heute bei der Wirkahner Bank, habe ein Konto eingerichtet und die Überweisung eines größeren Betrages von meinem Brederstedter Konto veranlaßt. In drei bis vier Tagen ist das Geld da. Brauchen Sie einen Abschlag?

Hat Zeit, bis die ersten Rechnungen eintrudeln. Ausgerechnet bei der Wirkahner Bank sind Sie jetzt Kunde? Na, ob das clever war?!

Der Steiger wird auf Ihr Konto ein besonderes Augenmerk haben.

Möglich. Aber ich denke, ein Bankvorstand weiß das Bankgeheimnis zu würdigen.

Wir bogen in die Hofeinfahrt ein. Brommer zögerte, sich zu verabschieden.

Was ich Ihnen noch sagen wollte –. Er brach ab und und malte auf die sich beschlagende Frontscheibe des Autos ein Sonnenmännchen.

Was wollten Sie mir sagen?

Sie wissen, wie sehr ich Zacharias schätze. Ich verdanke ihm manches, unter anderem Ihren Auftrag, den ich in der jetzigen Werbeflaute gut gebrauchen kann. Trotzdem, passen Sie bei ihm etwas auf.

Aufpassen? Wieso?

Es geht das Gerücht um, daß er Haschisch raucht.

Das glaube ich nicht!

Ich eigentlich auch nicht. Obwohl, seine Rede am Samstagabend ... So kenne ich ihn sonst nicht. Haben Sie nicht auch gestaunt? Aber selbst wenn an dem Gerücht was dran sein sollte – Zirkel ist in Ordnung. Hundertprozentig. Nur, es sollte mich wundern, wenn Pfisterer Ihnen nicht auch daraus einen Strick zu drehen versuchte. Der kämpft mit allen Mitteln. Auf jeden Fall wollte ich Sie warnen.

Danke.

Und gegenüber Zacharias ... Er preßte den Finger auf den Mund.

Ich legte den Rückwärtsgang ein und öffnete das Fenster. Brommers stechende Ausdünstung verflüchtigte sich. Die Erinnerung an den süßlichen Geruch, gestern nachmittag in Zirkels Wohnung, blieb.

Als ich mein Zimmer in der Krone betrat, lag auf dem Bett die Rechnung für vier Übernachtungen und ein Frühstück. Daneben ein verschlossener Umschlag, der eine Quittung über dreihundertfünfunddreißig Mark und hundertfünfundsechzig Mark in bar, das Restgeld meiner Vorauszahlung enthielt. Auf der Rückseite der Quittung aber stand in kleiner, runder Schrift:

›Es tut mir leid! So ein alter Esel! Ich drücke Ihnen die Daumen!
Ihre K.B. (Bitte nicht rumliegen lassen!!)‹

Ich steckte Rechnung, Quittung und Geld in die Brieftasche, vergewisserte mich, daß ich meinen Terminkalender mit dem Telefonverzeichnis bei mir trug und ging entlang des Röhrenskeletts der Hauptstraße zur Betonkubatur des Einkaufszentrums.

Es war bereits geschlossen und dämmerte geisterhaft vor sich hin wie ein verlassener Bunker.

Neben dem vergitterten Zugang standen mehrere Telefonzellen. Als erstes rief ich Max Hellstern an und fragte, welche Gasthöfe es in Wirkahn außer der Krone und dem Bären gebe. Er nannte mir den Grünen Baum und den Adler, setzte aber hinzu, den Grünen Baum könne er nicht empfehlen und beim Adler wisse er nicht, ob der zur Zeit vermiete, weil dort vor kurzem die Oma gestorben sei, die sich immer um die Zimmer gekümmert hätte. Gern, versicherte Hellstern, würde er mich bei sich aufnehmen, doch besitze er nur ein Bett, in das er knapp hineinpasse, und das Wohnzimmer sei inzwischen bis in die letzten Winkel mit Bürokram vollgestopft. Ob ich es nicht bei Zirkel probieren wollte? Nein, sagte ich, aber er brauche sich keine Gedanken zu machen, ich fände schon etwas Passendes. Morgen vormittag, sagte Hellstern, könnte ich ein Interview mit einem dieser neumodischen Privatsender kriegen, die Reporterin, ein junges Ding, wolle sich mit mir vorm Rathaus treffen. Ob zehn Uhr dreißig in Ordnung sei? Ich bestätigte es. Und für die Mittagszeit, fuhr er mit hörbarem Stolz fort, habe sich kurzfristig die Möglichkeit eines schönen Auftritts mit Händeschütteln und small talk in der Hauptpassage des Einkaufszentrums ergeben. Er habe lange mit dem EKZ-Geschäftsführer telefoniert, einem Sportkameraden der Volleyball-Altherrenmannschaft. Der sei stinksauer auf die Stadtverwaltung und freue sich, den Kandidaten aus Amerika, der frischen Wind verspreche, kennenzulernen. Wir dürften sogar ein Tischchen aufstellen und Kaffee zum Aufwärmen anbieten, da kümmere sich Arno drum. Die Aktion mache allerdings nur Sinn, wenn wir auch etwas zum Verteilen hätten, darum bastle Zirkel gerade am Formulieren griffiger Schlagworte für unser Programm. Brommer, den er vor einer Viertelstunde angerufen habe, sei sich ganz sicher, daß die Druckerei, die uns wegen der Plakatpanne Wiedergutmachung schulde, bis elf Uhr vorzeigbare Handzettel produzieren könne, wenn sie die Vorlage spätestens um acht auf dem Tisch hätte. Ich sollte deshalb so nett sein, bat er, und im Lauf des Abends bei Zirkel vorbeischauen, den Text mitnehmen und ihn morgen früh als erstes nach Bergkirchen bringen. Wenn ich dann zurückkäme, sei auch der Kaffee fertig.

Mit allem einverstanden, sagte ich, aber den Nachmittag brauche ich für mich. Ich will mir eine neue Unterkunft suchen und mich dann auf die Abendveranstaltung vorbereiten.

Ay ay, Sir, erwiderte Hellstern aufgekratzt. Wir fangen langsam an und steigern von Tag zu Tag das Tempo, bis dem Lude schwindlig wird. Ist es nicht wunderbar, wie unsere Maschine läuft?

Ich bedankte mich für seinen Eifer und beendete das Gespräch. Danach notierte ich die neuen Termine im Taschenkalender. Für den Nachmittag trug ich Hirschfelds Namen ein und unterstrich ihn dick.

Dann wählte ich Voglers Nummer. Es klingelte lange. Mit jedem Klingelzeichen wuchs meine Beklemmung. Gerade als ich aufhängen wollte, meldete sich, kaum vernehmbar, eine hohe, dünne Stimme.

Ja?

Ich nannte meinen Namen und fragte, ob Herr Vogler zu sprechen sei.

Nein.

Eine Frauenstimme war es. Sie versuchte, ein Schluchzen zu unterdrücken.

Frau Vogler? Ist mit Ihrem Mann etwas nicht in Ordnung?

Das Schluchzen verstärkte sich. Angst stieg in mir auf.

So sagen Sie doch etwas! Wo ist Ihr Mann, Frau Vogler?

Sie rang um Fassung, schneuzte ins Taschentuch, entschuldigte sich und wurde ruhiger. Dann sagte sie rasch: Mein Mann liegt im Krankenhaus, niemand darf zu ihm, bitte, lassen Sie uns in Ruhe!, und legte auf.

Ich lief zu Zirkels Buchladen und läutete an der Wohnungstür. Zirkel streckte den Kopf aus dem Fenster, rief: Sie kommen zu früh!, und öffnete. Ich stürmte an ihm vorbei in den Flur, ließ mich widerwillig überreden, Platz zu nehmen, berichtete in kurzen, stoßweisen Sätzen vom gestrigen Abend und schrie:

Wenn Pfisterer dahinter steckt, mach ich ihn fertig!

Mal langsam, sagte Zirkel. Vorerst wissen wir noch gar nichts. Aber ich werde mich morgen früh unauffällig im Rathaus erkundigen. Vielleicht hat Pfisterer einen Riesenfehler begangen, vielleicht war er aber auch sehr klug. Oder er hatte, aus seiner Sicht, einfach Glück. Wenn wir mehr wissen, wissen wir auch, wie wir weiter vorgehen müssen.

Ich vergrub das Gesicht in den Händen.

Wenn Vogler stirbt, flüsterte ich, habe ich ihn auf dem Gewissen.

Unsinn, sagte Zirkel.

Aber seine Hände zitterten.

2.

Nach dem niederschmetternden Disput mit Hanna Sievers mied ich eine Woche lang das Archiv. Jensen wartete vergeblich darauf, daß ich morgens den Schlüssel zum Nebenraum, den er ›die Judenkammer‹ nannte, bei ihm persönlich oder in einem geschlossenen Umschlag in seinem Sekretariat abholte und ihn abends in derselben Weise zurückbrachte. Wahrscheinlich lag er mit sich im Streit, ob er über mein Ausbleiben froh oder beunruhigt sein sollte.

Na, schon was gefunden?, pflegte er wie beiläufig zu fragen, wenn wir uns begrüßten.

Nicht das, was ich suche, gab ich stereotyp zur Antwort, und dann schüttelte Jensen scheinbar bekümmert den Kopf und nickte anschließend vielsagend, so als hätte er sich das halb und halb gedacht.

Dabei wußte ich gar nicht genau, wonach ich suchte, außer daß es mir helfen sollte, das widersprüchliche Bild, das ich von Vater hatte, irgendwie zu einem Ganzen zusammenzufügen, mit dem sich leben ließ. Aber die Vorgänge um den Hauserwerb machten mich noch ratloser. Einerseits waren seine Erinnerungen in verschiedenen Punkten falsch und legten den Verdacht nahe, er habe sich planvoll am Unglück eines Juden bereichert, andererseits ließ sich nicht ausschließen, daß er für ihn das Beste gewollt und seinetwegen sogar einiges riskiert hatte. Der Sachverhalt war mehrdeutig, man konnte wie Jensen den Kopf schütteln und anschließend nicken und hatte halb recht und halb unrecht.

Daß Vater an der Deportation der dreißig Brederstedter Juden nach der Pogromnacht 1938 beteiligt gewesen war, stand dagegen fest, und daran änderte auch die Tatsache nichts, daß das ›Ersuchen‹ der zuständigen Staatspolizeileitstelle Wilhelmshaven an die Stadtverwaltung einer Anweisung gleichkam. Der Leiter des Haupt- und Ordnungsamts Schröder überwachte die Ausführung des Auftrags, eine Liste arbeitsfähiger jüdischer Männer zwischen achtzehn und fünfzig Jahren zu erstellen, aufs genaueste. Krankheitsbescheinigungen ließ er sich persönlich vorlegen, einige reichte er an das Gesundheitsamt zur Überprüfung weiter. Die der Gestapo übersandte Namensliste des ›haftfähigen jüdischen Personenkreises‹ trug seine Unterschrift, ebenso das vorsichtige Antichambrieren bei der Reichsbahn, wer für die Transportkosten aufzukommen habe. Seinen rettenden Einsatz für Doktor Liebenstein schien er durch doppelten Eifer bei der Verfolgung anderer Juden ausgleichen zu wollen.

Diese Doppelgesichtigkeit war es, die mich, als Hanna und ich uns im Keller des Fremdenverkehrsamts über die Fotografien harmloser Hutschwenker und Radwanderer beugten, aus der Fassung brachte; denn inzwischen wußte ich, welch gnadenloses Ausgrenzungsdenken sich dahinter verbarg. Im Mai 1935, als die BDM-Maiden um den Maienkranz tanzten und die Knirpse auf der Straße Heldengedenken spielten, stimmte der Brederstedter Stadtrat der Errichtung einer Anschlagtafel für den ›Stürmer‹ am Rathaus zu und beschloß gleich noch einen ganzen Katalog diskriminierender Vorschriften ›zur Behandlung der Judenfrage‹ mit. Juden durften fortan keine städtischen Einrichtungen mehr benutzen, der Zutritt zum wöchentlichen Viehmarkt war ihnen verwehrt, Gemeindebediensteten, die in jüdischen Geschäften einkauften, drohte sofortige Entlassung, Bauern und Handwerker, die mit Juden Handel trieben, sollten keine öffentlichen Aufträge mehr erhalten und so fort. Den Antrag dazu hatte zwar NSDAP-Ortsgruppenleiter Nils Olsum eingebracht, aber die erforderlichen Satzungsänderungen und der ganze sonstige Verwaltungskram stammten von Vater. Und wieder fragte ich mich, woher er nach solchem Tun den Mut nahm, sich nachts an eine Frau zu schmiegen, die eine Jüdin und von ihm im fünften Monat schwanger war. Was ging da in ihm vor, welche Verwandlungen vollzogen sich in ihm? Las ich abends seine Aufzeichnungen, war er mir als Mensch von Fleisch und Blut nahe wie nie zuvor. Anderntags erfuhr ich dann, daß das städtische Leihamt die Anweisung erhalten hatte, nichtarische Bieter bei Versteigerungen auszuschließen, daß einem alten Puppenspieler, der regelmäßig in Brederstedter Schulen gastiert hatte, der Auftritt untersagt wurde, weil er keinen Ariernachweis gemäß den Vorschriften des Reichskammerkulturgesetzes vorlegen konnte, und daß im Rathaus eine vom NSDAP-Amt für Beamte erstellte Liste jüdischer Geschäfte, Ärzte und Anwälte kursierte, die Gemeindebedienstete vor versehentlicher Kontaktaufnahme mit Juden schützen sollte. Immer war der Amtsvorstand Erwin Schröder an diesen Maßnahmen beteiligt, penibel setzte er Verfügungen und Verordnungen übergeordneter Stellen um, streng mahnte er Zuwiderhandlungen ab. Nur bei sich selbst machte er eine Ausnahme, da schlüpfte er in eine andere Haut. Hielt er diese halsbrecherische Liebesbeziehung trotz oder wegen seiner einflußreichen Stellung in der Stadt aufrecht? Zügelte sie, als Zugeständnis an eine menschliche Schwäche, seinen Machttrieb oder steigerte sie ihn gar ins rundum Lustvoll-Grausame? Weder konnte ich ihn fragen noch mich für oder gegen ihn entscheiden, und das bereitete mir die größten Qualen, denn nun bohrte und wühlte das unaufgelöste Rätsel in mir.

Hanna meinte, für Katharina habe das alles keine Rolle gespielt, es sei typisch männlich, so zu denken, und indem ich Macht und Liebe unzulässig vermischte, verhielte ich mich geradeso zynisch, wie ich es Vater unterstellte.

Vielleicht hatte sie recht. Vielleicht war ich, das aufreizend vergangenheitslose Hochzeitsfoto vor Augen, meiner Mutter zuliebe eifersüchtig und dämonisierte Vaters Jugend auf unzulässige Weise, wodurch sich auch Katharinas Bild verzerrte.

Ich brauchte eine Atempause.

Es wird dir gut tun, dachte ich, die Aktenfron für ein paar Tage zu unterbrechen und mit dem Bus hinaus in die Umgebung zu fahren, ins Fehngebiet des Uplengerlandes und des Brookmerlandes, und abends in einer Kneipe, der Blauen Möwe oder dem Dit un Dat, bei Bier und Genever darüber nachzudenken, wie es mit Vater und dir weitergehen soll.

Zuvor aber mußte ich Frau Petersen besänftigen. Sie war erbost, mich seit Tagen nicht mehr gesehen zu haben, und richtete es so ein, zufällig vorm Haus aufzukreuzen, als Hansen, der Briefträger, sonnabends klingelte und fragte, ob er ein Einschreiben, das an Herrn Erwin Schröder gerichtet sei, als unzustellbar deklarieren solle, oder ob ich bereit wäre, es in Empfang zu nehmen.

Letzteres, sagte ich, quittierte die Aushändigung und las noch unter der Tür, daß Vater vor sechs Wochen mit seinem Auto auf der Bundesstraße nach Emden die Geschwindigkeitsbegrenzung um achtundzwanzig Stundenkilometer überschritten hatte und dafür posthum mit einem Strafbefehl von sechzig Mark belegt wurde.

Ich habe ja gleich den Eindruck gehabt, daß du es mit deinen Prinzipien zuletzt nicht mehr so genau genommen hast, dachte ich. Wär es früher nur auch so gewesen!

Der Briefträger wartete, bis ich mit Lesen fertig war, dann kondolierte er und sagte, der Herr Stadtdirektor wär ein so guter Mensch gewesen, daß er seinen plötzlichen Tod noch gar nicht fassen könnt.

Ja, sagte ich, es ist schwer, sich damit abzufinden. Ich werde den Strafbefehl bezahlen, es wäre sicher in seinem Sinne gewesen.

Sie sind genauso korrekt wie er, sagte Hansen anerkennend und schwang sich wieder aufs Rad. Der Apfel fällt eben nicht weit vom Stamm!

Unterdessen war Frau Petersen ins Haus gewitscht.

Ich dachte schon, du würdest dich gar nicht mehr um das hier kümmern!, sagte sie vorwurfsvoll und überflog mit geübtem Blick den Zustand der Wohnung. Was sie sah, schien sie zufriedenzustellen. Auf dem Schreibtisch lag nur noch das graue Heft und ein Stapel Kondolenzbriefe. Die meisten waren erst nach der Beerdigung eingetroffen, als feststand, daß der Sohn und, wie man trotz allem vermuten durfte, Erbe des Verstorbenen zur Teilnahme an der Trauerfeier zurückgekehrt war.

Weißt du, was die Leute sagen? Du würdest jetzt ganz hierbleiben und auf dem Rathaus arbeiten, um vielleicht mal Bürgermeister oder Stadtdirektor zu werden. So sagen sie.

Du lieber Gott, wer erzählt denn solchen Unsinn?

Na, dieselben, die dich dauernd ins Rathaus rennen sehen und sich so ihre Gedanken machen. Und warum soll es Unsinn sein? Wär doch schön, du würdest in die Fußstapfen deines Vaters treten. Bürgermeister Uphoff hört ja nu in zwei Jahren endgültig auf, das is amtlich, und Jensen reißt auch keine Bäume aus. Der macht seinen Kram, und fertig. Da war dein Vater anders!

Lassen Sie's gut sein, Frau Petersen. Es sind noch nicht mal zwei Wochen, daß ich hier bin, und in dieser Zeit habe ich wenig mehr gesehen als den Friedhof und ein paar Ämter. Ich will jetzt mit dem Bus nach Großefehn fahren. Muß mal wieder Moorwasser riechen und an Kanälen und Wieken langspazieren.

Sie sah mich lauernd an.

Also stimmt es doch, daß du nicht zurückgehst nach Amerika? Eigentlich wolltest du doch schon am Dienstag zurückfliegen, nich?

Es verzögert sich eben, sagte ich und blickte aus dem Fenster. Der Teich in Petersens Garten war zugefroren. Die Sträucher, von dünnem Eis überzogen, glänzten.

Amerika …

Iowa, von dem ich geglaubt hatte, daß es mir unverlierbar wäre, versank. Drei Tage waren vergangen, seit die Maschine nach Chicago ohne mich abgeflogen war, und schon erreichte ich Miriam nicht mehr. Das Haus am Glendale Park lag verlassen, niemand nahm den Telefonhörer ab. Als ich es danach im Seymour Hotel versucht hatte, sagte der operator, soviel er wisse, sei Mrs. Crayton in Urlaub gefahren, beschwören könne er's aber nicht. Und die Sekretärin im main office der West High School erklärte spitz, die Faculty German one werde jetzt von Neil Bergman geleitet und Principal Mr. Crayton sei nicht zu sprechen, sorry, too busy. Hätte ich noch bei John Cartridge angeläutet, was ich nicht tat, wäre er wahrscheinlich gerade unterwegs nach St. Louis gewesen, seinen Bruder Marv besuchen.

Amerika dreht sich nicht um nach einem, der fortgegangen ist. Dazu ist es zu groß und zu stolz.

Carsten, sagte Frau Petersen beschwörend, kannst du die alten Geschichten nicht endlich vergessen? Einmal muß doch Schluß sein!

Sie umfaßte meine Schultern und stellte sich auf die Zehenspitzen, um mir direkt ins Auge blicken zu können. Wahrscheinlich meinte sie, jetzt Vaters Platz einnehmen und mich zur Raison bringen zu müssen. Sie liebte ihn immer noch abgöttisch.

Ich löste mich aus ihrer Umklammerung und sagte:

Ach, Frau Petersen, es ist nett, daß Sie sich so viele Gedanken um mein Verhältnis zu Vater machen. Aber mit dem Vergessen ist es so eine Sache. Manches vergißt sich leichter, anderes schwerer. Wie weit ich damit bin, weiß ich selbst noch nicht so genau. Aber ich werde mir den Wind um die Nase wehen lassen und darüber nachdenken.

Sie seufzte und tätschelte meine Wange.

Du warst immer ein schwieriger Junge, sagte sie. Aber richtig bös konnte man dir nie sein. Meta hat das auch immer gesagt. Nach Großefehn fährst du? Da wohnt sie doch, seit ihrem Schlaganfall!

Ich weiß, sie ist in einem Altenheim. Vater hat eine Art Tagebuch geführt, da steht es drin. Er scheint sie öfter besucht zu haben.

Ja, er hat sich sehr um sie gekümmert. Willst du nich mal bei ihr vorbeischauen, wenn du schon in Großefehn bist? Was würde Meta sich darüber freuen!

Geräuschvoll schneuzte sie in ihr Taschentuch. Dann warf sie mir einen aufmunternden Du-wirst-das-schon-schaffen-Blick zu, ging resolut zur Haustür, hielt inne, bückte sich und stellte meine Schuhe ordentlich in Reih und Glied.

Nachmittags wanderte ich durchs Fehngebiet, das größer und waldreicher ist als das Moor bei Brederstedt. Breite Kanäle ziehen schnurgerade zum Horizont, der Wind kräuselt ihr Wasser, und auf den kleinen gezackten Wellen hüpfen die spärlichen Sonnenstrahlen wie flackernde Positionslichter. An den Ufern schiebt der Wind dünne Eisplatten die Böschung hinauf, und wenn sie bersten, klingt es, als zerspringe eine Violinsaite.

Eine Landschaft, die hellhörig und verschlossen macht.

Ich wanderte eine Weile nach Süden, schlug hinter Spetzerfehn den Bogen ostwärts, passierte die Steenblocksche Mühle, die als eine der letzten mit Wind betrieben und deshalb in allen Heimatkundebüchern lobend erwähnt wird (gegen meine Mühle kommt sie trotzdem nicht an), wandte mich nach Norden, hörte bei nachlassendem Licht auf, die Entwässerungsgräben zwischen den Koppeln zu zählen und die einsamen Gulfhöfe nach Leben abzusuchen, überquerte auf einer weißen Zugbrücke den großen Kanal, dessen Namen ich mir nie habe merken können, sah eine weitere Mühle, den Galerieholländer von Ostgroßefehn, folgte bei rasch fortschreitender Dämmerung dem Kanal, überquerte wieder eine weiße Zugbrücke, sah wieder eine Mühle, wenn auch nur noch umrißhaft, und erreichte den Rand von Westgroßefehn, wo ich vor siebzehn Jahren, es war auch ein Wintertag gewesen, aber kälter und ganz windstill, den letzten Spaziergang mit Mutter unternommen hatte. Nur ein kleiner Rundgang war es gewesen, aber das hatte sie noch mal sehen wollen, die Onkensche Mühle mit der Zugbrücke und dem spiegelnden Wasser davor, und sie war sehr zufrieden, daß es ungefähr so aussah wie auf dem Ölbild überm Sofa, und sagte zu Meta und mir, dem Dreizehnjährigen: Das Bild hat mir Erwin zu unserer Hochzeit geschenkt! Dabei lachte sie ein wenig, es klang immer noch ungläubig, als wollte sie sagen: Andere schenken Schmuck zu solch einem Anlaß, aber so ist der Mann nun mal! Ich spürte ihr Lachen als leichtes Zittern, das sich von ihrem Arm auf meinen, der ihn stützte, übertrug.

Das Altenheim war ein modernes mehrstöckiges Gebäude. Über dem Eingang hing ein Schild: ›Stilles Eiland‹. Zu beiden Seiten der kiesbestreuten Zufahrt erstreckte sich ein großer Garten, in dem Schwarzerlen und Weiden wuchsen. Nur durch ein paar Büsche vom Rasen getrennt, floß träge das Moorwasser des Fehnkanals vorbei.

Im Sommer muß es schön sein, unter dem Blätterdach zu sitzen, dachte ich. Meta kann den Enten zusehen, wie sie über die Wellen gleiten und in den Schlick hinabtauchen, und sich an früher erinnern.

Ich wünschte es mir schön für Meta. Ich dachte sie mir im Freien sitzen, das unvermeidliche Jäckchen umgelegt, weil ihr immer ein wenig kühl war, und mal wachsam, mal wie abwesend dem Treiben auf dem Wasser folgen. Seit ich sie kannte, war sie so: umsichtig in allen Dingen des Haushalts, den sie versah, still und in sich gekehrt, was sie selbst betraf. Es bedrücke sie, wie unvollkommen sie sei und wieviel ihr der Allmächtige täglich nachsehen müsse, sagte sie, als ich sie nach dem Grund ihrer gelegentlichen, stillen Traurigkeit fragte. Aber trürig bin ich nich, da zerbrich dir dien Köppke nich wegen, mien Jung. Ich mußte lachen, weil sie auch die Tassen Köppkes nannte und mich oft fragte, ob ich noch ein Köppke Kakao wollte.

Nie bin ich einem gütigeren Menschen begegnet als Meta. Fünf Jahre lang hat sie versucht, Mutter zu ersetzen, und als ich fortging, hat es sie nicht weniger geschmerzt, als es Mutter geschmerzt hätte.

Ich betrat das hell erleuchtete Heim, klingelte an der Pforte und fragte nach Meta Broers.

Ich weiß nicht, ob sie noch wach ist, sagte die Frau, die aufschloß. Aber wir können es ja versuchen. Sind Sie ein Verwandter von Frau Broers?

Nein, sagte ich, eher so etwas wie ein später Sohn.

Sie kommen auch spät, sagte die Frau und musterte mich vorwurfsvoll. Frau Broers geht es nicht gut, sie wird immer mehr zum Pflegefall. Wir werden sie nicht mehr lange bei uns behalten können.

Wir fuhren mit dem Aufzug in den dritten Stock hoch, gingen über einen in kalkweißes Licht getauchten Flur, die Frau klopfte an eine Tür, rief: Frau Broers, Sie bekommen Besuch!, und zog die Tür hinter mir zu.

Es war dunkel im Zimmer.

In einem Rollstuhl, den man vors Balkonfenster geschoben hatte, saß Meta und schaute regungslos in die Ferne. Sie saß mit dem Rücken zur Tür. Sie hatte sich auch nicht gerührt, als die Frau ihren Namen rief. Sie saß und schaute zu den beschatteten Wiesen hinüber, zwischen denen die Wasseradern wie silberne Fäden glänzten.

Ich erkannte sie sofort, obwohl ihr schlanker Kopf noch schmaler geworden war. Man hatte ihr das Haar kurzgeschnitten.

Meta –, sagte ich und konnte nicht weitersprechen.

Ja? Mit einem winzigen Ruck hob sie den Kopf.

Meta, ich bin's, Carsten Schröder.

Noch immer stand ich hinter ihr.

Ach, Sie sind's, Herr Schröder, sagte sie langsam und nickte. Das ist aber schön, daß Sie mich wieder mal besuchen kommen!

Ich legte ihr eine Hand auf die Schulter.

Es war wohl an Weihnachten, daß Sie zuletzt da waren. Oder noch davor? Sie müssen entschuldigen, ich bringe soviel durcheinander in letzter Zeit.

Nein, sagte ich, du hast schon recht, Meta. Es war an Weihnachten.

Sie haben mir ein so großes Geschenk gemacht. Ich weiß gar nicht, ob ich mich dafür schon bedankt habe.

Natürlich hast du dich bedankt, Meta. Mach dir doch deswegen keine Gedanken. Wie geht es dir?

Die Augen, sagte sie. Die Augen wollen nicht mehr so recht. Aber sonst geht es mir gut. Es ist schön hier. Wollen Sie nicht Licht machen, Herr Schröder?

Nein, Meta. Ich sehe genug.

Sie schwieg und führte langsam die rechte Hand zur Brust, als wollte sie die Jacke zuknöpfen. Der linke Arm ruhte unbeweglich im Schoß.

Ich denke viel an Sie, Herr Schröder. Es war ja doch eine lange und schöne Zeit.

Ja, Meta. Es war eine schöne Zeit. *Du* hast sie uns schön gemacht.

Aber nein, Herr Schröder, Ihre Frau war das. Sie war eine so gute Frau. Manchmal denke ich, ich sehe sie da draußen spazierengehen. Aber das ist wohl nicht möglich.

Vielleicht doch, Meta. Ihr seid ja manches Mal hier spazierengegangen, du und sie, und Carsten.

Carsten?

Ja, ihr beide und Carsten. Erinnerst du dich nicht?

Sie ließ die Hand sinken.

Carsten, sagte sie und legte den Kopf schräg. Ist er nicht bei der Marine?

Nein, Meta. Er war lange in Amerika. Aber jetzt ist er zurückgekommen, und ich soll dich von ihm grüßen.

Carsten ist zurückgekommen, wiederholte sie. Das ist schön. Sagen Sie ihm auch einen Gruß, bitte. Wissen Sie, was schlimm ist? Ich weiß gar nicht mehr, *was* Sie mir zu Weihnachten geschenkt haben.

Eine Jacke, Meta. Du trägst doch so gerne Jacken.

Natürlich, jetzt weiß ich's wieder. Eine Jacke. Ich hab sie ja sogar an. Sie ist sehr schön. Sehen Sie, so eine vergeßliche alte Frau bin ich geworden.

Sie tastete nach meiner Hand und streichelte sie. Auf dem Flur näherten sich Schritte.

Ich muß jetzt gehen, Meta, sagte ich. Man wird dir gleich dein Essen bringen.

Ich esse wenig, sagte Meta. Abends trinke ich nur Tee. Sie waren so lange da, obwohl Sie so wenig Zeit haben, Herr Schröder. Ich danke Ihnen dafür. Entschuldigen Sie nur, daß ich Ihnen nichts angeboten habe.

Ich streichelte ihren Kopf, fühlte die kurzen strähnigen Haare – früher hatte sie langes, zu einem kunstvollen Knoten frisiertes Haar – und verließ das Zimmer.

Ein junger Mann schob einen Servierwagen über den Flur. Vor Metas Tür hielt er an, nahm eine Thermoskanne und eine Tasse vom Wagen und klopfte.

Ach nein, Meta. Ein Köppke war es, das er dir brachte.

Mehrere Tage lang bereiste ich die frühere Heimat. Ich fand sie sehr verändert. In den zwölf Jahren, die seit meiner letzten Fahrradtour zwischen Emden und Jever vergangen waren, hatten sich viele Orte in historisierende Freilichtmuseen verwandelt. Um die trutzig-schiefen Kirchtürme gruppierten sich Ensembles weißgekalkter Fachwerkhäuser und holprig gepflasterte Plätze mit Märchenbrunnen, Gänselieselplastiken und grotesk geschwungenen Straßenlampen. Selbst die uniformen Plakate zur bevorstehenden Bundestagswahl, die überall hingen und auf denen glattgesichtige Politiker für sich warben, konnten den Eindruck einer behaglich im Wohlstand eingenisteten neuen Biedermeierlichkeit nicht vertreiben. Im Gegenteil, irgendwie paßten sie gut zueinander, die feist glänzenden Papiergesichter und das aufwendig restaurierte Fassadentum. Es lag etwas Rückwärtsgewandtes in beidem, das sich Fortschritt nannte.

Abends, am Biertresen, wurde mir erst recht bewußt, wie lange ich fortgewesen war. Als ich Deutschland verließ, stand der Feind im Osten und bedrohte die Freiheit. Wer sich wie ich dem Kriegsdienst entzog, galt als Drückeberger und mußte aufpassen, nächtens in der Kneipe nicht einen Klaren übergekippt zu kriegen. Das war nun vorbei. Der Kommunismus hatte Gorbatschow und die Abrüstung hervorgebracht, man konnte Wodka trinken, ohne befürchten zu müssen, damit sowjetische Raketen zu finanzieren. Aber besser war die Lage nach Meinung der Stammtischbrüder trotzdem nicht geworden. Denn jetzt gab es einen neuen Feind, er stand, schlimmer als die Kommunisten, im eigenen Land und wollte ans sauer verdiente Geld. Auf Sozialleistungen, die immer teurer wurden, und Arbeitsplätze, die auf den Werften und anderswo zum Teufel gingen, und Schulen, in denen sich die eigenen Kinder bald nicht mehr deutsch zu snacken trauten, hatten es die neuen Angstmacher, nämlich alle Wirtschaftsasylanten, Spätaussiedler und frech gewordene Türken abgesehen – und Hautfarbe, Kriminalitätsstatistik und Kinderzahl zeigten zuverlässig den Grad ihrer Gefährlichkeit an.

Ich hörte den Menschen zu, und das Gefühl, auch ein Fremder, Unzugehöriger in ihrem Land zu sein, wuchs. Wenn Ausdrücke wie Parasiten oder Schmarotzer fielen (und sie fielen reichlich und wurden nicht nur von denen gebraucht, die sie kaum hätten buchstabieren können), dachte ich voll Schrecken daran, dieselben Vokabeln vor wenigen Tagen in alten Ausgaben der Brederstedter Nachrichten gelesen zu haben, in denen ›Der Jude!‹ und immer wieder ›Der Jude!‹, der Todfeind des deutschen Volkes, gegeißelt wurde. Gab es Parallelen, unterschwellige Strömungen, Ansätze zur Wiederholung des Grauens? Nein, das wohl noch nicht. Aber doch eine Gedankenlosigkeit, die zum Fürchten war, und den wütenden Konsens der Rechten und der ganz Rechten, das Problem durch Härte und Kurzen-Prozeß-machen aus der Welt schaffen zu sollen. Wenn ich dann am anderen Morgen die aktuellen Zeitungen aufschlug und las, wie wahlkämpfende Politiker mit Haudraufsprüchen diese Glut weiter anfachten, wurde mir ganz elend zumute, und ich dachte: Deutschland muß immer von Eindringlingen umzingelt sein, sonst ist es sich seiner nicht sicher. Und ich konnte mich der neuen Ortsansichten nicht länger erfreuen, weil ich dahinter die alten sah, und die frisch gepflasterten Plätze betrachtete ich selten, ohne dabei an Herzen aus Stein zu denken.

In dieser deprimierten Gemütsverfassung begegnete ich Ole Merk.

Mittags saß er in einer Auricher Gastwirtschaft, die Siedeldör hieß, weil man sie nur aus einer schmalen Gasse durch die Seitentür betreten konnte, und studierte eine Straßenkarte. Sein kurzgeschorenes Haar war angegraut, aber sonst hatte er sich wenig verändert. Immer noch sah er aus, als müsse er sich das Grinsen verkneifen, wenn Vater Klaas den Weg zwischen Bierkasten und Kloschüssel wieder nicht trockenen Fußes geschafft hatte.

Mensch, Ole –!

Ich werd verrückt, der Carsten!

Wir umarmten uns, und es wurde ein langes Mittagessen.

Spediteur und Fernfahrer war Ole geworden, er fuhr die Strecke

Ostfriesland – Norditalien auf eigene Rechnung und hatte einen Frachtauftrag für eine kleine lombardische Stadt, die er nicht kannte.

Hätt ich in Geografie besser aufgepaßt, müßte ich jetzt nicht so oft in den Atlas gucken. Aber bei mir war sowieso Hopfen und Malz verloren. Die fünf Jahre Gymnasium hätt ich mir sparen können.

Ach was, ich habe Abitur gemacht und nicht gewußt, wo Iowa liegt, bis es mich 1978 dahin verschlagen hat!

Ole nickte.

Da ist ja seinerzeit in Brederstedt viel drüber gesabbelt worden. Ich war aber zu der Zeit schon in Aurich und hab das nur am Rande mitgekriegt. Erzähl doch mal!

Ich holte Luft. Bisher hatten alle es alle vermieden, mich darauf anzusprechen; sogar Frau Petersen hatte ihren Appell ans gnädige Vergessen lieber allgemein gehalten. Aber mit Ole zu reden, war immer befreiend gewesen. Er nahm, was im Thamsengrund abging, als Normalität, und daran gemessen waren die eigenen Probleme meist doch nicht so schlimm.

Du kannst dich vielleicht an Verena erinnern, begann ich zögernd, Verena Becker. Sie wohnte in der Danziger Straße nahe dem Sperrwerk.

Und ob, sagte Ole, scheinbar vollauf mit Labskaussäbeln beschäftigt. Dann sah er mich von unten nach oben an, wie er früher Klaas Merk und dessen Beinkleider in einem Augenaufwasch zu inspizieren pflegte.

Es gibt nichts drumherum zu reden, sagte ich. Verena war eine Prostituierte, sie machte auch gar kein Geheimnis daraus. Aber sie war eine verdammt hübsche Frau, und Grips hatte sie auch. Sie hätte genausogut Zahnarzthelferin oder sonst was sein können.

Na, das nenn ich mal einen Vergleich, sagte Ole. Er biß in eine Salzgurke und kaute. Zahnarzthelferin!

Als ich achtzehn war und in die Oberprima ging, fuhr ich fort und dachte, daß mir einer wie Ole die ganze Zeit über gefehlt hatte, war ich das erste Mal bei ihr, eigentlich nur aus Angeberei. Ich wollte eben mitreden können. Tja, und dann hab ich mich in sie verliebt, und zwar total. Und das Verrückte war, sie sich auch in mich, obwohl sie das eigentlich nicht wollte und lange dagegen angekämpft und es vor mir zu verbergen versucht hat. Aber irgendwann ging es nicht mehr, und von da an waren wir uns einig, daß wir zusammenziehen würden, sobald ich Abitur und Zivildienst hinter mir hatte. Ich sollte studieren, sie Geld verdienen, bis ich mit dem Studium fertig war, danach wollte sie in einen sogenannten anständigen Beruf wechseln und schmiedete schon Pläne dafür. In den letzten Wochen, bevor ich nach Kiel ging, häuften sich bei ihr die Prospekte für alle möglichen Fernkurse. Ich unterstützte sie dabei, weil ich sah, wie sehr sie die Aussicht, was anderes zu machen, begeisterte – aber glaub mir, Ole, es hat mich zu keiner Sekunde gestört, daß Verena eine Prostituierte war. Es war ihr Job, wir haben uns oft darüber unterhalten und über die Verklemmtheit der Typen gelacht, die zu ihr kamen.

Das zu hören schmerzt, brummte Ole, ohne sein Gesicht zu verziehen.

Gib's auf, ich weiß, daß du nicht bei ihr gewesen bist, sagte ich.

Aber oft genug wollen, griente er. Ich würde sagen, daß du ein verdammter Glückspilz gewesen bist, wenn ich nicht das Gefühl hätte, daß dein Vater euch kräftig in die Quere gekommen ist.

Ich mußte schlucken. Erzähl ganz ruhig, dachte ich.

Als Vater davon erfuhr, war natürlich der Teufel los. Hätte er nicht Angst um mein Abitur gehabt, hätte er mich sicher rausgeschmissen. So aber biß er die Zähne zusammen und wartete auf den Tag, an dem ich nach Kiel fuhr, um meinen Dienst im Krankenhaus anzutreten. Dann bestellte er Verena zu sich ins Rathaus und sagte ihr ruhig und fast freundlich – du weißt, das konnte er unnachahmlich, einem mit Unschuldsmiene die größten Hämmer servieren –, daß er sie fertigmachen würde, wenn sie nicht augenblicklich die Finger von seinem Sohnemann lasse. Was er damit meine, hat Verena ihn gefragt, und er darauf: Glauben Sie mir, Verehrteste, nicht nur Sie haben Fantasie! Sie war eingeschüchtert, aber natürlich haben wir den Kontakt nicht abgebrochen, ich bestürmte sie geradezu, es nicht zu tun. Wenn du mich jetzt verläßt, verrätst du mich an diesen Tyrannen, habe ich zu ihr gesagt und sie damit noch mehr unter Druck gesetzt. Als Vater merkte, daß seine Drohung keinen Erfolg hatte, mobilisierte er seine Hilfstruppen. Erst wurde Verenas Konto bei der Sparkasse gekündigt, dann ihre Wohnung in der

Danziger Straße, dann bekam sie eine Strafanzeige wegen Erregung öffentlichen Ärgernisses, und kurze Zeit später erschien in den Brederstedter Nachrichten ein Artikel über das lokale Dirnenunwesen, in dem sie als einzige mit vollem Namen genannt wurde. Es ging Schlag auf Schlag, wie beim Boxen. Ich versuchte, mit dem Urheber dieser Schikanen zu verhandeln, indem ich ihm anbot, Jura zu studieren, wenn er unser Verhältnis akzeptiere. Es war sein großer Traum, daß ich Jurist werden sollte, weißt du. Ich hatte zwar überhaupt keine Lust dazu, aber Verena wäre es mir zehnmal wert gewesen. Als Antwort machte er noch mehr Behörden mobil. Man schickte ihr abwechselnd Vorladungen zum Gesundheitsamt und zur Polizei. Sie geriet immer stärker in Panik. Ich schlug ihr vor, zu mir nach Kiel zu kommen, aber das wollte sie nicht, dort sei der Strich zu brutal, sagte sie. Im Nachhinein glaube ich aber, daß sie mich nicht noch mehr mit reinziehen wollte, und irgendwie fing sie auch schon an zu resignieren. Gegen die Bonzen hast du keine Chance, sagte sie, was ich heftig bestritt. Das war an einem unserer letzten Abende. Dann bekam sie Besuch von einem städtischen Arbeiter, der sie beschuldigte, ihm fünfhundert Mark aus dem Geldbeutel gestohlen zu haben. Es war ein abgekartertes Spiel, zwei Minuten, nachdem er weg war, standen zwei Polizisten in Verenas Wohnung und führten sie ab wie eine Verbrecherin. Sie rief mich von der Wache aus an, weinend und aufgelöst. Man sperrte sie eine Nacht lang in die Zelle, ließ sie anderntags zwar wieder laufen, folgte ihr aber mit dem Streifenwagen nach Hause. Sie stieg in ihr Auto und fuhr Richtung Oldenburg, und die Scheißkerle folgten ihr immer noch. Ob sie zu mir nach Kiel wollte oder zu ihrer Mutter in Oldenburg, weiß ich nicht. Jedenfalls fühlte sie sich verfolgt, fuhr immer schneller und verlor in einer Kurve die Kontrolle über das Fahrzeug. Sie krachte an einen Baum und starb noch an der Unfallstelle. Kurz vor Bad Zwischenahn war das.

Ich konnte nicht mehr. Ole packte meine Hand und drückte sie kurz und fest.

Iß und heul nicht!, sagte er. Was bringt's denn auch?

Er bestellte zwei Pils vom Faß, wir tranken in tiefen Zügen.

Dann wollte Ole wissen, wie es weitergegangen sei mit Vater und mir, und ich antwortete:

Gar nichts ist weitergegangen seitdem. Nicht nur Verena ist an dem Baum gestorben.

Ich bestellte noch ein Bier, und als ich auch dieses Glas zur Hälfte geleert hatte, erzählte ich ihm, wie ich am Ende meiner Zivizeit durch das Gespräch mit einer Patientin, deren Nichte in Conroy lebte, auf die Idee gekommen war, nach Iowa auszuwandern, und bei John und Elly Cartridge ohne viel Fragen wie ein Familienangehöriger aufgenommen wurde; daß ich auf ihr Drängen hin Englisch und Journalistik studierte, obwohl ich lieber weiter auf den Feldern gearbeitet hätte, und mich nach dem Examen ziemlich erfolglos als Herausgeber einer deutsch-englischen Wochenzeitung versuchte, bis mir Miriam über den Weg lief, die ein hübsches kleines Haus am Glendale Park besaß und einen Papa, der Präsident der größten High School von Iowa City war und und seinen zukünftigen Schwiegersohn in einem anständigen Job untergebracht sehen wollte. Ole hörte stumm zu und unterbrach mich nicht, bis ich fertig war mit Erzählen und ihm wie früher einen leichten Stoß gegen die Brust versetzte, zum Zeichen, daß wir es wieder mal gemeinsam geschafft hatten, wir zwei.

Und jetzt bist du zurückgekommen, um deinen Vater zu beerdigen, sagte er nach einer Weile. Ich hab von seinem Tod aus der Zeitung erfahren. Muß ein merkwürdiges Gefühl für dich gewesen sein, so von ihm Abschied zu nehmen.

Wenn's denn ein Abschied wäre, entgegnete ich. Das Merkwürdige ist, daß ich seit der Beerdigung wie unter einem Zwang stehe, in seiner Vergangenheit rumzukramen, und dabei selbst immer tiefer mit reingezogen werde. Den Rückflugtermin nach Iowa habe ich ohne vernünftige Begründung verstreichen lassen, meinen Job an der High School bin ich schon los, und wenn nicht ein Wunder geschieht, geht auch die Beziehung zu Miriam in die Brüche.

Fragend sah ich Ole an. Er schüttelte den Kopf.

Erklär du es mir, sagte er. Ich bin Fernfahrer, nicht Psychologe.

Ich weiß nicht, es ist – es ist, als ob irgend etwas mich zwingen würde, Vater eines Verbrechens zu überführen. Er hat Verena in den Tod getrieben, das steht fest; nur werde ich es nie beweisen können. Alle außer mir haben ein leuchtendes Bild von ihm und wollen es sich nicht kaputtmachen lassen. Genauso ist es mit seiner

Zeit im Dritten Reich, wo er auf dem Rathaus eine Blitzkarriere gemacht hat. Erinnerst du dich an den verrückten Kripp? So verrückt war der gar nicht. Zehn Tage lang habe ich im Stadtarchiv in alten Akten gewühlt und vieles gefunden, was Vater als eindeutigen Parteigänger der Nazis ausweist. Trotzdem hat ihm das offenbar nie geschadet, niemand ist ihm deswegen an den Karren gefahren, als er wieder oben saß. Und es ist auch schwierig, ihm etwas nachzuweisen, wie bei Verena ... Da hat er sofort behauptet, er habe die Polizisten nicht beauftragt, ihr nachzufahren ... Immer gibt es Indizien, die gegen ihn sprechen, und andere, die ihn wieder zu entlasten scheinen. Er entspricht nicht dem Bild eines –

– eines Schreibtischmörders, sagte Ole ruhig. Du suchst einen Schreibtischmörder und kannst ihn nicht finden. Glaubst du, es würde dir helfen, mit dem, was war, klar zu kommen?

Mag sein, sagte ich. Ja, vielleicht hast du recht. Wenigstens ergäbe sich dann ein klares Bild. Bisher ist alles bloß diffus und verschwommen.

Ich blickte aus dem Fenster. Auf der anderen Straßenseite wurde das Gitter vor der Tür des Juweliergeschäfts geräuschvoll hochgeschoben. Die Mittagspause war vorüber.

Siedeldör ist ein komischer Name für eine Kneipe, sagte Ole gedankenverloren. Paßt eher für ein Kino, wo du nach dem Film durch den Nebenausgang rausgehst und erst eine Weile brauchst, bis du wieder nipp un nau bist im Kopf ... Ich will dir was erzählen, was ich dir unter normalen Umständen nicht erzählt hätte. Aber jetzt denke ich, du solltest es wissen. Klaas hat vor zwei Jahren das Zeitliche gesegnet. Eines Morgens ist er die Kellertreppe runtergeflogen – stocknüchtern, das mußt du dir mal vorstellen, das war die eigentliche Tragik dabei. Jedenfalls, Klaas hat immer einen ungeheuren Haß auf deinen Vater gehabt. Du hast es leider abbekommen, stellvertretend sozusagen, wenn er mit Bierflaschen nach dir geworfen hat. Aber auch da konnte er ja nicht zielen ... Dabei meinte er gar nicht dich, sondern deinen Vater, den Stadtdirektor. Warum er ihn auf den Tod nicht ab konnte, hat er aber die ganzen Jahre über nicht rausgelassen. Erst vor drei Jahren, als ich mich selbständig machte und von der Brederstedter Sparkasse einen Kredit haben wollte und nicht kriegte, hat er auf einmal das Maul aufgemacht. Da steckt de Schröder hinter!, hat er geschrien. He is ümmer noch de Uppaß bi dem Vereen un kreeg schon Schaum vor de Snuut, wenn he bloß unsere Namens hören tut! Alter, nimm dich nicht so wichtig, du bist ja bloß neidisch auf den Schröder, hab ich gesagt, und dann hättest du ihn mal erleben sollen! Er hätt unterm Adolf für deinen Vater die Drecksarbeit gemacht und wär dafür zum Dank in Rußland verheizt worden, während der feine Herr sich's zuhause bequem gemacht hätte, und wenn er wollte, könnt er ihn immer noch fertigmachen, mit dem kleinen Finger könnt er das – so hat er rumgetobt, du kennst ihn ja. Anfangs hab ich gar nicht hingehört, aber wie er sich gar nicht beruhigen wollte und Geschichten losließ, bei denen es ganz schön zur Sache ging, hat's mich doch angefangen zu interessieren –.

Was für Geschichten?

Mein Herz klopfte.

Na ja, es hat wohl nach dreiunddreißig ein paar Menschen gegeben, denen dein Vater nicht besonders grün war, und die hat Klaas in Sonderbehandlung genommen. Er war ja Gemeindearbeiter und Chef der Sargträgertruppe – lach nicht, sein ganzer Stolz war das, da konnte er Uniform tragen und Befehle erteilen –, und bei der SA war er auch, hab ich bei der Gelegenheit erfahren. Begonnen hat das mit den beiden wohl damit, daß dein Vater ihn mal gebeten hat, einen Bauern einzuschüchtern, der partout nicht davon lassen wollte, an jüdische Viehhändler zu verkaufen. Klaas hat das dann so gründlich erledigt, daß dabei der ganze Hof in Flammen aufging –

Der Bürrenhof, sagte ich tonlos. Im Juni vierunddreißig brannte der Bürrenhof nieder.

Wart mal, ich glaube, das stimmt sogar, sagte Ole. Ja, der Bürrenhof war das ... Mann, bist du neuerdings Brandexperte? Klaas sagte, an dem Auftrag sähe man schon, daß der Schröder ein Hundertfünfzigprozentiger war, denn 1934 hätten noch viele friesische Bauern ihr Vieh an Juden verkauft, weil die besser zahlten, es wär also gar nichts Besonderes an dem gewesen, was der –

Lukosz. Enno Lukosz.

– was der Lukosz getan hatte. Aber es hat deinen Vater wohl auf die Palme getrieben, daß der Lukosz öfter mit einem Auricher Juden zusammen war, den dein Vater von früher her kannte und nicht ab konnte.

Diercks, sagte ich. Meinert Diercks war das. Erzähl weiter.

Na, langsam frage ich mich, wozu. Du weißt ja besser Bescheid als ich. Klaas hätte seine Freude an dir gehabt!

Nichts weiß ich, gar nichts. Nur daß ein großes Rad durch meinen Schädel rollt. Hat Klaas auch von dem Überfall auf Doktor Liebenstein gesprochen?

Liebenstein? Nee, wieso?

Ein jüdischer Kinderarzt, dessen Praxis von einem SA-Trupp verwüstet wurde. Vater hat sich da als rettender Held hervorgetan, aber es würde mich jetzt nicht mehr wundern, wenn er auch das inszeniert hätte, um dem Mädchen zu imponieren, das bei den Liebensteins den Haushalt führte.

Nu laß die Kirche im Dorf, sagte Ole. Aber eine Frauengeschichte muß es tatsächlich mal gegeben haben, die deinen Vater betraf. Klaas konnte sich gar nicht einkriegen darüber. Wenn er nicht gewesen wäre, hätte man den Schröder gleich anfangs achtkant rausgeschmissen, hat er getönt. Der hätte was mit einer Jüdin gehabt, und nur weil er, Klaas Merk, den Tötelmaarsen, die das rumtratschen wollten, sofort das Maul gestopft hätte, wär die Affäre unter der Decke geblieben. So klein mit Hut wär der Herr Oberinspektor damals gewesen, und immerzu hätt er gesagt: Klaas, das vergesse ich Ihnen nie!

Zu der Sache kann ich dir auch was erzählen; es wird dich erstaunen. Aber mach erst mal du weiter.

Ole sah zum Fenster hinaus; danach auf die Uhr.

Ach, eigentlich mag ich nicht mehr, brummte er. Ich muß jetzt auch los. Wenn du's genau nimmst, sind's doch olle Kamellen, die uns nichts angehen.

Wenn du's genau nimmst, gehen sie uns eine Menge an, widersprach ich. Ich rede jetzt nicht von irgendeiner Schuld, darüber kannst du lange philosophieren. Nein, es sind ganz praktische Dinge, die wir in unserem privaten Geschichtsgepäck mitschleppen. Und die können auf einmal verdammt lästig werden. Zum Beispiel, weil sie uns daran erinnern, daß wir eine Generation von Erben sind, die aus altem Unrecht Profit zieht und keinerlei Unrechtsbewußtsein dabei hat, weil ja alles juristisch sauber abgelaufen ist. Rechtmäßige Unrechtserben, das sind wir, ich allerdings weit mehr als du.

Sei mir nicht böse, aber ich verstehe kein Wort, sagte Ole. Außer dem Schuppen im Thamsengrund hat mir Klaas bloß unbezahlte Rechnungen und einen untröstlichen Getränkehändler hinterlassen.

Ja, nimm zum Beispiel euer Haus im Thamsengrund. Ich bin hundertprozentig davon überzeugt, daß Klaas es von meinem Vater als Belohnung für seine Handlangerdienste gekriegt hat!

Meinst du? Wie denn aber? Darüber hat er natürlich kein Wort verloren, der alte Gauner.

Mußte er auch nicht. Aber wenn Klaas dem jungen Schröder tatsächlich den Rücken freigehalten, wahrscheinlich auch freigeprügelt hat, als dieser zwischendurch mal schwach geworden war, dann konnte er doch auch was verlangen dafür, oder? Vergiß nicht, Vater saß als Sechsundzwanzigjähriger im Vorstand der Wohnbaugenossenschaft, die zu der Zeit gerade die Siedlung im Thamsengrund baute. Fünfunddreißig Häuser waren das und über zweihundert Bewerber, und fast alle hatten sie große Familien. Kannst du mir verraten, wieso da ausgerechnet ein kinderloser Gemeindearbeiter zum Zuge kommt?

Ole schnipste die Bierdeckel, mit denen er gespielt hatte, beiseite.

Ich bin froh, daß ich den Smeerlapp verkauft habe, sagte er. Und wie ist es mit dir? Du hast doch sicher auch euer Haus geerbt?

Ich bin noch nicht soweit, es verkaufen zu können, und das hängt eben mit meinem Gepäck zusammen, das schwerer ist als deins … Ole, sei ehrlich: Das, was du eigentlich loswerden wolltest, hast du mir bislang verschwiegen!

Wie kommst du darauf?, fragte Ole und senkte den Kopf. Gerne hätte ich ihm über die grauen Igelhaare gestrichen.

Du sagst, Klaas hätte meinem Vater vorgeworfen, daß er für ihn in der Nazizeit die Drecksarbeit machen mußte und danach abgeschoben wurde. Da kann es nicht bloß um ein paar Prügeleien gegangen sein. Das war eine größere Geschichte. Sag mir, was für eine, Ole, bitte!

Ole rief: Zahlen!, und kramte seinen Geldbeutel hervor.

Ach, Carsten, sagte er. Wir hätten uns über anderes unterhalten sollen. Die ganze Zeit schon reden wir über unsere Alten, jetzt, wo sie tot sind und es ihnen herzlich gleichgültig ist, was wir über sie denken. Wenn überhaupt, hätten wir früher damit anfangen sollen … Aber gut, ich will nicht kneifen. Klaas sagt, dein Vater wär auch für den Bau der Moorbaracken verantwortlich gewesen. Ende neununddreißig hätte er damit begonnen, und er wäre zu allen möglichen Dienststellen gefahren, um das hinzukriegen. Die Siedlungsgenossenschaft könnte die Baracken in kürzester Zeit hinstellen, hätte dein Vater gesagt, und außerdem –

Außerdem?

Ach, laß doch.

Außerdem?

– außerdem gäbe es in Brederstedt noch viele arbeitsfähige Juden, die man dabei einsetzen könnte. Und so hat man ihn wohl machen lassen.

Hat Klaas auch gewußt, warum Vater so scharf drauf war, das Lager nach Brederstedt zu kriegen?

Ja, aber da kannst du nicht nach gehen. Der Schröder wollt sich auf die Weise oben lieb Kind machen und vorm Soldatenrock drükken, hat er gesagt. Ich glaub das nicht. So einer war dein Vater nicht.

Und was hatte Klaas damit zu tun?

So richtig hab ich das nicht rausgekriegt. Er soff ja beim Rumschreien und wurde immer konfuser. Aber ich reime es mir so zusammen, daß er anfangs beim Bau der Moorbaracken mitgeholfen und Juden beaufsichtigt hat, die in leergeräumten Häuserblocks einquartiert waren, bevor sie in die Baracken kamen. Klaas wird sich dabei schon hervorgetan haben, davon bin ich überzeugt.

Und die Baracken sind noch Ende neununddreißig gebaut worden?

Nur die ersten zwei. Dann kam der Winter dazwischen. Die restlichen wurden erst im Frühjahr fertig, und die Straße dahin noch später. Die Straße war wohl das schlimmste, da sind die Leute wie Fliegen krepiert, sagt Klaas.

Und damit war dann auch das Brederstedter Judenproblem gelöst?

Ole schüttelte den Kopf.

Nee, das muß noch mal anders gelaufen sein. Die Juden haben

das Lager ziemlich schnell wieder verlassen und sind in die großen KZs abtransportiert worden. Die Straße im Moor haben andere Häftlinge gebaut.

Ich vergrub den Kopf in den Händen.

Siehst du, Ole, das meinte ich vorhin. Wenn Vater jetzt hier säße, würde er sagen: Wenn die Juden hätten bleiben dürfen, wie ich das gewollt hatte, dann hätten sie eine größere Überlebenschance gehabt als in den Vernichtungslagern, auch wenn einige beim Arbeitseinsatz umgekommen wären. So würde er argumentieren, ich schwöre es dir. Und es gäbe genügend Leute, die mit dem Kopf dazu nicken würden.

Die Bedienung kam und brachte die Rechnungen. Ole ließ es nicht zu, daß ich ihn einlud.

Klaas aber nickte nicht, da kannst du Gift drauf nehmen, sagte er. Den Erwin Schröder hätte er ohne Essig und Öl fressen können. Warum es zum Bruch mit deinem Vater gekommen ist, weiß ich übrigens nicht, zum Schluß war er so zu, daß er einen Dolmetscher gebraucht hätte. Wenn du mich fragst, hat er ein paar Kurven zuviel bauen lassen.

Wir zahlten, standen auf und gingen hinaus auf die Straße.

Wie kommst du zurück nach Brederstedt?, fragte Ole.

Mit dem Bus.

Du lieber Gott, nein, ich bring dich hin. Bist du schon einmal in einem Achtzylinder mit fünfhundert PS über die Piste gebrettert? Junge, du weißt nicht, was dir da entgangen ist!

Während der Rückfahrt unterhielten wir uns über amerikanische Straßen, und Ole sagte, sein Traum sei es, in spätestens zwanzig Jahren genügend Geld beisammen zu haben, um in die USA auszuwandern und mit dem Truck quer durch den Kontinent die Highways entlang zu donnern. Ich blickte auf die vielen Wahlplakate herunter und sagte, wenigstens gebe es entlang der *Routes* keine Politikerköpfe, die wie zerdrückte Hutschachteln aussähen, sondern flotte Werbung mit hübschen Mädchen. Ole lachte und sagte, er werde morgen, bevor er nach Italien fahre, per Brief wählen, und zwar die Partei, die ihm beim Aufwachen als erste einfalle. So halte er es immer mit den Lottozahlen, und auch da habe er noch nie gewonnen. Wir lachten viel auf unserer kurzen Fahrt, und erst, als wir schon fast in Brederstedt angekommen waren, erzählte ich Ole von Vaters ›Frauenaffäre‹ und Frieder, meinem jüdischen Halbbruder.

Das ist der Hammer!, rief Ole. Was wirst du jetzt machen?

Ich weiß noch nicht, sagte ich. Einerseits hätte ich große Lust, die Erbschaft auszuschlagen und aus Deutschland wieder zu verschwinden. Ich habe ohnehin immer mehr das Gefühl, hier ein Fremder zu sein. Andererseits empfinde ich das Testament schon als eine Art Auftrag, nach Katharina und Frieder zu suchen, und ich denke, wenn sogar Vater zum Schluß so etwas wie Familiensinn entwickelt hat, dann sollte ich mich nicht von ihm beschämen lassen. Außerdem gibt es da so merkwürdige Hinweise auf den Wirkahner Bürgermeister und einen Fall Hirschfeld. Ich wüßte gern mehr über diese Stadt, bevor ich mich entscheide.

Gib mal den Straßenatlas rüber!, sagte mein Freund und studierte die Karte von Süddeutschland, während er den belebten Westerkamp entlangfuhr. Du, das läßt sich einrichten. Der Umweg ist nicht sehr groß. Ich schaue mir das Nest mal an, wenn ich von Italien zurückkomme. In vier Tagen bin ich wieder da und melde mich bei dir.

Wir umarmten uns, ich sprang auf die Straße.

Ole kurbelte das Seitenfenster herunter.

Wo ist eigentlich Verena begraben?, fragte er.

In Oldenburg. Sie stammte von da.

Warst du schon bei ihr?

Nein. Ich –

Dann wird es Zeit, sagte Ole.

Am nächsten Vormittag fuhr ich nach Oldenburg, fragte bei der Friedhofsverwaltung nach dem Grab von Verena Becker und fand nach längerem Suchen eine schmale Grabstelle, die völlig von Kotonastergestrüpp überwuchert war. Keine Blumen, auf dem grauen Stein nur ihr Name, das Geburts- und das Sterbedatum.

Ich schämte mich und erteilte der Friedhofsgärtnerei den Auftrag, das Grab zu pflegen. Dabei fiel mir Vaters Versprechen an Doktor Liebenstein ein, sich, solange der Jude in England sein würde, um die Ruhestätte seiner Frau zu kümmern. Also besuchte ich nachmittags auch den Friedhof auf dem Michaelishügel, fand aber in dem kleinen jüdischen Bezirk keinen Grabstein mit dem gesuchten Namen. Zum Schluß ging ich noch bei Vaters und Mutters Grab vorbei. Die Kränze waren abgeräumt.

Nichts als Gräber und Tote, dachte ich. Du läufst durch ein versunkenes Land. Nichts wird es dir wieder lebendig machen. Ich warte noch, bis Ole aus Italien zurückkommt, dann gehe ich zum Nachlaßgericht und erkläre meinen Erbverzicht.

Abends las ich, ohne Konzentration, in Vaters Tagebuch. Ich wollte nachsehen, wann sein letzter Besuch bei Meta gewesen war. Am Sonnabend, dem 25. Oktober, hatte er vermerkt, sie in schlechter Verfassung angetroffen zu haben. Danach kein Hinweis mehr. Aber nach Heiligabend hatte er nur noch sieben Tage gelebt, und für diesen Zeitraum gab es nur die Eintragung: ›Die Druckfahnen der Festschrift sind eingetroffen. Werde mich morgen ans Redigieren machen.‹ Möglich, daß er zu Weihnachten doch bei Meta gewesen war und es im Tagebuch vermerken wollte, sobald die Arbeit an der Festschrift beendet war.

Das Telefon klingelte. Sven Quedens war am Apparat.

Sag mal, wo steckst du eigentlich?, fragte er mit fisteliger Stimme. Seit einer Woche warte ich darauf, daß du deinen Erbschein abholst!

Ich habe dir doch gesagt, daß ich noch gar nicht weiß, ob ich das Erbe annehmen will.

Das ist doch Unsinn, Mann. Willst du 'ne Million verschenken? Und an wen überhaupt?

Tante Wiltrud –

So hör doch endlich mit deiner Tante Wiltrud auf! Die Sache ist viel komplizierter, als du denkst. Wenn du deinen Teil ausschlägst, muß das Nachlaßgericht klären, was mit deinem Halbbruder los ist. Lebt er, wächst ihm dein Anteil zu, ist er tot oder für tot erklärt, geht dasselbe Spiel mit seiner Mutter los. Wenn auch die nicht mehr lebt, bist du wieder dran als Ersatzerbe, es sei denn, du schlägst diesen Teil vorsorglich gleich mit aus. Erst dann kommt deine Tante dran – sofern sie es noch erlebt, was ich bezweifle, denn möglicherweise müssen die Verfahren zur Todeserklärung vorher erst noch durchgeführt werden, und das kann dauern. So ungefähr wird es laufen. Kannst du mir folgen?

Nein, sagte ich. Aber wahrscheinlich hast du recht. Man kann, was einem zugedacht ist, nicht so einfach ausschlagen. Ich komme in den nächsten Tagen vorbei und hole mir den Schein.

Ich öffnete meine Brieftasche und betrachtete das Foto.

Frieder, 2 Jahre.

Das Foto fühlte sich warm an. Wenn man es ein wenig schräg hielt, sah einem der pausbackige Junge ins Gesicht.

Was hat ein Gericht mit dir zu schaffen, Frieder?, dachte ich.

Ich blätterte im Ringheft, bis ich die Stellenanzeige und Vaters Niederschrift dazu fand.

›Donnerstag, 11.12.86

Heute vormittag bringt mir Hansen einen Brief mit der Post, grinst und sagt: Was ganz Geheimes, Herr Schröder! Steht nicht mal 'n Absender drauf! Du sollst nicht immer so neugierig sein, Hansen, sage ich. Aber damit du nicht rumerzählst, ich würde in meinem hohen Alter noch Liebesbriefe bekommen und ein Lotterleben führen – mach ihn auf! Ach nee, sagt er, so war das doch nich gemeint, Herr Schröder … Außerdem ist die Schrift schon ziemlich krakelig. Da würd ich Ihnen was Jüngeres zutrauen! Das sagst du nur, weil bald Weihnachten ist, sage ich. Was Cognac betrifft, hat sich dein Geschmack doch nicht geändert, oder? Sowenig wie meine Arthritis, sagt er, während ich den Brief öffne. Aber es wär wirklich nicht nötig, Herr Direktor … Dann fällt das Stück Papier auf den Boden, er hebt es auf, schüttelt den Kopf und sagt: Da hat sich wohl jemand einen Spaß mit Ihnen erlaubt!

Jetzt sitze ich schon eine halbe Stunde und betrachte die Anzeige und den handschriftlichen Zusatz, und all die Erinnerung stürzt wieder auf mich ein. Der Absender ist derselbe wie vor fünf Jahren, das steht fest. Was hat ihn veranlaßt, sich nach so langer Zeit wieder zu melden? Und mit dieser rätselhaften Anmerkung? Gibt es eine neue Spur von Frieder? Was hat die Bürgermeisterwahl in Wirkahn damit zu tun? Ich könnte noch zehn Fragen stellen, ohne eine Antwort zu wissen.

Damals, nach dem Brief des Antiquitätenhändlers, war ich mir ziemlich sicher, daß Katharina und Frieder nicht mehr am Leben sind. Warum sonst schreibt einer: Lasset die Toten ihre Toten begraben? Jetzt bin ich wieder unsicher geworden. Wie, wenn der Wirkahner Hirschfeld nur seine Ruhe haben oder an die damalige Zeit nicht mehr erinnert werden wollte?

Und dann dieses merkwürdige Wort: Ungesühnt! Wessen Fall, wessen Schuld, wessen Sühne?

Dieses Mal werde ich es wahrmachen und nach Wirkahn fahren, und zwar noch vor der dortigen Bürgermeisterwahl am 8. März. Ich denke, Ende Februar wäre ein guter Zeitpunkt. Ich werde mich umhören und versuchen, mit Herrn Hirschfeld ins Gespräch zu kommen. Und dem Herrn Kollegen werde ich ein paar passende Worte sagen, nach denen er nicht mehr ganz so hoch auf seinem Roß sitzt.

Nachtrag: Bin entschlossen, mein Testament zu ändern und neben Carsten auch Frieder als Erben einzusetzen. Wenn ich diesmal nach ihm suche, soll es die Suche nach einem Lebenden sein (an seine Mutter wage ich dabei gar nicht zu denken) …

Für Hansen habe ich alten Cognac gekauft. Er ist ja doch eine treue Seele!‹

3.

Als ich auf die Straße trat und vor der Tür noch einmal nach oben sah, an der vergoldeten Krone und dem schmiedeeisernen Rankenwerk vorbei, meinte ich, hinter einem der Fenster eine Hand die Gardine beiseite schieben und mir zuwinken zu sehen. Aber schon beim zweiten, längeren Blick war die Erscheinung verschwunden, die Fenster lagen dunkel und unbewegt im ersten Morgenlicht.

Ich verstaute den Koffer im Mietwagen, fuhr, nun schon etwas sicherer, auf überfrorenen Straßen stadtauswärts in Richtung Bergkirchen und dachte unterwegs über das abendliche Gespräch mit Zirkel nach.

Ganz so überraschend, hatte Zirkel gesagt, komme Voglers Enthüllung für ihn nicht. Immer wieder seien in der Vergangenheit Gerüchte aufgetaucht, daß es mit dem Festgeldkonto der Gemeinde eine besondere Bewandtnis haben müsse, weil der Bürgermeister selbst sich um die Anlagepolitik kümmere und nicht Kämmerer und Kassenverwalter, wie es sonst üblich sei. Auch habe sich natürlich längst herumgesprochen, daß praktisch alle Überschüsse auf dieses eine Konto flössen, zum Ärger der Sparkasse und der Geschäftsbanken, die es schließlich auch noch gäbe. Mit denen dürfe der Kämmerer zwar ab und zu telefonieren, um ihre Konditionen zu erfragen, aber scheint's seien die der Wirkahner Bank immer konkurrenzlos günstig, und wenn der Rat beim Haushaltsabschluß die jährlichen Zinsabrechnungen begutachte, könne er nur den Hut ziehen vor so viel Cleverness beim Geldvermehren. Daß der Steiger da manchmal ein bißchen nachhelfe, davon sei man schon ausgegangen, aber das Recht, seinen Bürgermeister, Cousin und Aufsichtsratsvorsitzenden bevorzugt zu behandeln, müsse man ihm wohl zubilligen, und was er bei diesem Geschäft einbüße, werde er sich bei zehn anderen reichlich zurückholen, denn ein heuriger Hase sei der Steiger gewiß nicht.

So denke der Rat.

Und da liegt das Problem, hatte Zirkel gesagt. Nicht Pfisterer, sondern Steiger müßte man in die Mangel nehmen, denn nur bei ihm laufen ja Zinsverluste auf. *Wie* er sie ausgleicht, das ist die große Frage. Ich glaube nicht, daß es so einfach geht, wie Vogler sich das vorstellt. Wertberichtigungen und fehlende Zinszahlungen, das sind doch zwei Paar Stiefel. Aber geschickt anstellen muß er es, schließlich kriegt er Jahr für Jahr das Testat des Wirtschaftsprüfers, daß alles seine Ordnung hat.

Ich hatte Zirkel recht gegeben, war aber mit dem Kopf nicht bei der Sache gewesen, denn Voglers Schicksal beschäftigte mich unablässig, und auch jetzt war ich wieder voller Unruhe und wünschte mir, die Ungewißheit darüber, was dem alten Mann zugestoßen war, möge bald ein Ende haben.

Der Produktionsleiter der Bergkirchener Druckerei versprach, diesmal hoch und heilig, tausend Exemplare des Faltprospekts ›Zehn gute Gründe für eine Wende in Wirkahn‹ sofort in Druck zu geben. Brommer könne sie um elf Uhr bei ihm persönlich abholen und nach Wirkahn ins Einkaufszentrum bringen, versicherte er.

Ich bedankte mich. Es war mir eine Beruhigung, bei meiner ersten öffentlichen Diskussion notfalls Zirkels griffige Formulierungen zur Hand zu haben.

Dann fuhr ich zu Max Hellstern. Zornbebend reichte mir Hellstern die Zeitung und sagte:

Es geht schon los mit der Schlammschlacht!

Ich überflog den Lokalteil des Wirkahner Heimatboten und stellte fest, daß die Wiedergabe meines Interviews mit Kersten sich in vier kurzen Fragen und Antworten erschöpfte. Den Aufmacher bildete ein langer Artikel Pürroths über die gestrige Sitzung des Gemeindewahlausschusses unter Leitung des Vorsitzenden der konservativen Fraktion, Karl Winkler.

›Ja zu Schröders Bewerbung – aber mit Bauchweh!‹ trompetete die Überschrift.

Laut Pürroth hatte Winkler die Ausschußmitglieder darüber informiert, daß es außer der Bewerbung des Amtsinhabers nun eine weitere gebe, die eines gewissen Carsten Schröder aus Brederstedt in Ostfriesland. Der habe sich allerdings nicht an die Aufforderung des Ausschreibungstextes gehalten, seine Bewerbung nebst einem handschriftlichen Lebenslauf in einem verschlossenen, mit der Aufschrift ›Bürgermeisterwahl‹ versehenen Umschlag abzugeben, weswegen der Ausschuß zunächst zu prüfen habe, ob die von Schröder gewählte Form, besser gesagt Nichtform, überhaupt gültig sei. Darüber sei es zu einem längeren Disput gekommen. Zwei Ausschußmitglieder, Pius Merkt von den Konservativen und Erika Raidt von den Unabhängigen, hätten es als ›Unverschämtheit‹ bezeichnet, sich so in Wirkahn einzuführen, und dafür plädiert, der Bewerbung dieses ›Herrn Niemand aus Ostfriesland‹ (Merkt) die Ernsthaftigkeit abzusprechen. Ihr Vorschlag sei jedoch von der Ausschußmehrheit mit der Begründung abgelehnt worden, daß man sich damit auf juristisch schwieriges Terrain begeben würde, denn: ›Heutzutage darf sich doch jeder, der grad nix Besseres zu tun hat, als Schultes bewerben!‹ (Raidt). Nachdem dieser Punkt geklärt gewesen sei, habe Winkler darauf hingewiesen, daß man außerdem darüber befinden müsse, ob der Herr Schröder die Mindestvoraussetzungen der Wählbarkeit erfülle, nämlich Deutscher im Sinne des Artikel 116 Grundgesetz zu sein, die bürgerlichen Ehrenrechte zu besitzen und jederzeit für die freiheitlich demokratische Grundordnung einzutreten. Dies dürfe der Ausschuß seiner Meinung nach mangels aussagekräftiger Unterlagen nicht einfach als gegeben unterstellen. Dieser Einschätzung habe sich der Wahlausschuß einmütig angeschlossen und darüber beraten, wie die notwendigen Informationen am schnellsten beschafft werden könnten. Auf den Vorschlag, den Kandidaten selbst in die Sitzung einzubestellen, habe der Vorsitzende erklärt, mehrere Versuche, ihn vormittags in der Krone zu erreichen, seien erfolglos geblieben. Da Schröder es gegenüber dem Gemeindebediensteten Letsch abgelehnt hätte, dem Wahlausschuß seinen Lebenslauf zukommen zu lassen, müsse man wohl davon ausgehen, daß er auch einer persönlichen Einladung keine Folge leisten würde. ›Dieses Verhalten‹, schrieb Pürroth, ›wurde von den Anwesenden mit deutlichem Unmut quittiert‹. Der Ausschuß habe dann die beiden Beamten gehört, denen gegenüber der Brederstedter Bewerber am Freitag nachmittag kurz vor Dienstschluß seine Absicht zu kandidieren erklärt hatte. Die Beamten hätten ausgesagt, der Herr Schröder habe ihnen zwar einen Personalausweis gezeigt, sie seien von seinem Auftritt aber so überrascht gewesen, daß sie den Ausweis nicht entgegen genommen hätten und deshalb auch nicht sagen könnten, ob er gültig gewesen sei und die Daten mit denen auf dem Zettel übereinstimmten. Josef Thoma von den Konservativen habe daraufhin in einem Zwischenruf bemerkt, daß in der Stadt Gerüchte kursierten, Schröder sei in Wahrheit kein deutscher Staatsbürger, sondern ein reicher amerikanischer Jude. Winkler habe entgegnet, bis zum Beweis ihrer Richtigkeit müßten derartige Gerüchte außen vor bleiben. Um das Verfahren zum Abschluß zu bringen, habe er dann vorgeschlagen, ihn zu beauftragen, telefonisch bei der Brederstedter Stadtverwaltung als der letzten Meldebehörde des Bewerbers nachzufragen, ob dort Erkenntnisse vorlägen, die gegen seine Zulassung zur Wahl sprächen. Dies habe der Ausschuß gebilligt und sich für eine Stunde vertagt. Nach Wiederaufnahme der Sitzung habe Karl Winkler über ein Telefonat mit dem Brederstedter Stadtdirektor Jensen berichtet und erklärt, von einer ausländischen Staatsbürgerschaft des Herrn Schröder sei dem Stadtdirektor nichts bekannt, er habe sich um diese Frage allerdings bislang auch nicht gekümmert. Jensens Meinung nach sei Schröder aber nach wie vor Deutscher. Zur Frage seines jederzeitigen Eintretens für die freiheitlich demokratische Grundordnung habe sich der Stadtdirektor nicht äußern wollen. Nach längerer Beratung sei der Ausschuß schließlich übereingekommen, sich mit diesen Auskünften zufrieden zu geben und die Bewerbung zuzulassen. Der Termin für die öffentliche Vorstellung der Kandidaten sei auf Mittwoch, den 25. Februar, zwanzig Uhr im Bürgersaal der Gemeindehalle festgelegt worden. Nach der Sitzung habe ein Ausschußmitglied, das nicht genannt werden wolle, erklärt: ›Wir haben nur mit Bauchweh und um des lieben Friedens willen zugestimmt. Wenn aber jemand soviel Heckmeck um seine Person macht, dann fragt man sich schon, ob er nicht irgendwas zu verbergen hat!‹

Neben dem Artikel war ein Foto von mir abgedruckt: Halbprofil, die Sturzverletzungen deutlich sichtbar. Bildunterschrift: ›Knapp an der Ablehnung vorbeigeschrammt: Carsten Schröder, der Herausforderer des Wirkahner Bürgermeisters.‹

Ich ließ die Zeitung sinken und sah Max Hellstern an.

Das war keine Sitzung, das war ein Tribunal!, sagte ich mit zitternder Stimme. Ich gebe ja zu, daß ich mich ungeschickt verhalten habe. Aber wie hier aus einem Routinevorgang eine Staatsaktion gemacht wird, wie Gerüchte gestreut, Verdächtigungen lanciert werden –

Hellsterns Gesicht war weiß vor Wut.

Ich könnte mich ohrfeigen, schimpfte er, gestern nachmittag nicht als Zuhörer in die Sitzung des Wahlausschusses gegangen zu sein! Er tagte öffentlich. Aber wer rechnet schon mit solcher Perfidie! Der Ausschuß hat seine Kompetenzen eindeutig überschritten, die Konservativen haben Wahlkampf für ihren Parteifreund Pfisterer gemacht. Ich sage Ihnen: Wenn wir verlieren, ist diese Geschichte ein todsicherer Anfechtungsgrund! Der Ausschuß war nicht unparteiisch, er darf einen Bewerber nicht so demontieren. Zumindest hätte er Ihnen Gelegenheit zur Stellungnahme geben müssen!

Und wo bleibt unser angeblicher Verbündeter Kersten?, fragte ich aufgebracht. Ich glaube ihm kein Wort mehr!

Kersten hat mich heute morgen angerufen. Er sagt, er sei von Pürroth regelrecht ausgebootet worden, man habe ihn zu einem Auswärtstermin geschickt. Es tue ihm wahnsinnig leid, aber das wäre halt Pfisterers Retourkutsche auf seinen positiven Artikel über Sie gewesen, meint er.

Wir tranken Kaffee und starrten auf das fahle Zeitungspapier. Es hat die Farbe alter Zähne, dachte ich, und genauso sympathisch ist es mir.

Allmählich kehrten meine Lebensgeister zurück. Trotzig sagte ich:

Wenn Pfisterer so etwas nötig hat, kann es mit seinem Selbstbewußtsein nicht weit her sein, und ich weiß auch, warum!

Dann berichtete ich, ausführlicher als ich es Zirkel gegenüber getan hatte, von meiner Begegnung mit Vogler und der Mitteilung seiner Frau, ihr Mann liege im Krankenhaus und dürfe nicht gestört werden.

Hellstern saß wie erstarrt.

Das verändert alles!, sagte er schließlich. Da mühen wir uns mit kommunalpolitischem Schwarzbrot ab, und in Wirklichkeit haben wir es mit Machenschaften um Millionen zu tun! Eigentlich müßten wir den Wahlkampf einstellen, bevor er richtig begonnen hat, und den Staatsanwalt informieren. Wir können doch Vorwürfe, wie Vogler sie erhebt, nicht einfach ignorieren! Andererseits müssen wir sehr vorsichtig sein. Wenn wir einen Verdacht äußern und ihn nicht beweisen können, werden alle über uns herfallen!

Genau das ist unser Dilemma, und Pfisterer kennt es, erwiderte ich. Er wird von Anfang an versuchen, uns den Schneid abzukaufen. Die Sitzung des Wahlausschusses war nur ein Vorgeschmack darauf. Aber was tun wir, wenn Vogler in den nächsten Wochen nicht vernommen werden kann? Wenn er sich anders besinnt, was ihm niemand verübeln könnte? Oder wenn er gar stirbt? Dann führen wir einen Wahlkampf, der eine Farce ist und helfen am Ende mit, Pfisterer für weitere acht Jahre demokratisch zu legitimieren. Dafür gebe ich mich nicht her!

Hellstern legte seine Hand auf meine Schulter.

Wir sind jetzt ziemlich durcheinander, sagte er. Morgen –

Das Gestern treibt mich um, Herr Hellstern, unterbrach ich ihn, das Gestern, das seine Schatten auf uns wirft! In den letzten Wochen habe ich gelernt, wie schmal der Grat zwischen Macht und Willkür ist und wie leicht sich das Recht verbiegen läßt, wenn man es politisch will. Ein alter Richter, den ich als Zivildienstleistender gepflegt habe, sagte mir, die ganze Juristerei sei nichts anderes als Auslegung, und oft genug gehe es nach einer einfachen Regel, die schon die Studenten lernten: Legt ihr's nicht aus, so legt es unter! Damit sei eine ganze Generation von Juristen und Beamten prima durchs Dritte Reich gekommen, sagte er … Ich will mich bemühen, einen ordentlichen Wahlkampf zu führen, Herr Hellstern. Aber wenn ich das Gefühl habe, nur ein Instrument zu sein, werde ich meine eigenen Wege gehen!

Verwundert hatte mir Max Hellstern zugehört. Er wollte antworten und wohl auch Einwendungen erheben, sah dann aber auf die Uhr und rief:

Sie müssen gehen, die Dame, die Sie interviewen will, wartet schon! Schauen wir erst mal, was die nächsten Tage bringen. Kommt Rat, kommt Tat!

Die Reporterin des Privatsenders, eine magere junge Frau mit bläulichen Ringen unter den Augen, stand frierend vorm Rathaus und trat von einem Bein aufs andere.

Ich entschuldigte mich für die Verspätung, büßte mein schlechtes Gewissen aber gleich wieder ein, als ich mich mit Fragen wie: ›Sind Sie nun Deutscher oder nicht?‹ ›Was tut eigentlich ein Ostfriese bei uns?‹ ›Gehen Sie nach Amerika zurück, wenn Sie verloren haben?‹, konfrontiert sah. Als ich Pfisterer und dem Wahlausschuß schlechten Stil vorwerfen wollte, drückte die Journalistin auf die Stoptaste und sagte, das Interview sei eh schon zu lang, sie müsse sonst nur noch mehr rausschneiden. Ich fragte, wem der Sender gehöre, und sie antwortete: Dem Verlag des Heimatboten, das weiß doch jeder! Dann gab sie mir flüchtig die Hand und stieg die Treppe zum Rathaus hinauf.

Im Einkaufszentrum hatten Giovanni Bertolini und Arno gerade den Aufbau des Informationsstands beendet, als ich eintraf.

Ein länglicher Tisch war mit weißen, ein kleinerer, seitlich stehender, mit blauen Papierbahnen umhüllt. Auf ihm stand eine Kaffeemaschine und Geschirr, das zu einer kleinen Pyramide aufgeschichtet war. Damit der große Tisch nicht so leer wirkte, hatte Giovanni aus dem Fundus des Kulturzentrums einige Theatermasken und Farbeimer mit Pinseln ausgeliehen und sie zu einem kleinen Kunstwerk drapiert. Hinter den Tischen war ein weißblauer Sonnenschirm aufgespannt.

Das ganze machte einen heiteren, unkonventionellen Eindruck und erregte, da der Stand günstig positioniert im Foyer aufgestellt war, einige Aufmerksamkeit. Passanten blieben stehen, fragten und wurden von Giovanni gestenreich aufgeklärt.

Ich betrachtete mir die Tätigkeit der beiden eine Weile aus der Ferne. Ihr Eifer berührte mich. Schon dafür, dachte ich, lohnt es sich zu kämpfen. Dann ging ich zu ihnen und lobte sie für die tolle Arbeit, die sie geleistet hätten.

Warten Sie, das Beste kommt noch!, sagte Giovanni, holte einen breiten, zusammengerollten Karton unter dem Tisch hervor und befestigte ihn mit Arnos Hilfe an der Betonwand hinter dem Sonnenschirm.

›Carsten Schröder – damit es aufwärts geht mit Wirkahn!‹, war mit bunten Lettern aufs Papier gemalt.

Solange wir noch keine Plakate haben, müssen wir uns eben anders behelfen, meinte Arno. Hoffentlich finden Sie es nicht kindisch!

Es gefällt mir besser als jedes Plakat, sagte ich. Außerdem sollten wir endlich aufhören, Sie zueinander zu sagen!

Wir schenkten uns Kaffee ein, empörten uns über den Wirkahner Heimatboten, erkannten aber an, daß die abendliche Veranstaltung im Goldenen Rad korrekt angekündigt worden war, und plauderten entspannt, bis sich die ersten Neugierigen gesammelt hatten. Unsicher richteten sie ihre Blicke auf die Dekoration und das Transparent, suchten einen Zusammenhang, und das war der Moment, in dem ich vortrat, meinen Namen nannte und mit ihnen ins Gespräch zu kommen suchte.

Es gestaltete sich so schwierig, wie ich es befürchtet hatte. Die Wirkahner hörten nur stumm zu und gaben durch nichts zu erkennen, was sie von meinen Argumenten hielten. Sie wichen aber auch nicht von der Stelle, so daß ich das Gefühl hatte, weiterreden zu müssen, um sie nicht zu verprellen. Der Zuhörerkreis wurde größer, ich begann zu schwitzen und verfluchte insgeheim Brommer, der noch immer nicht mit den Faltblättern aufgetaucht war. Endlich sagte ein älterer Mann laut:

Des isch doch alles Gschwätz! Sell verzählt der Pfisterer scho seit zwanz'g Johr, daß alles besser wird – nix wird besser!

Ein Kichern und Raunen ging durch die Menge. Ich wußte, daß ich verloren war, wenn mir nicht umgehend eine gute Antwort einfiel.

Ich nahm eine Maske, Eimer und Pinsel vom Tisch, hielt die Maske vors Gesicht und den Pinsel in die Höhe und rief:

Und warum wird nichts besser? Weil dies die wichtigsten Hilfsmittel Ihres Bürgermeisters sind, meine Damen und Herren! Mit dem Pinsel vertuscht er die Fehler, die er macht, und mit der Maske will er Sie, die Wähler, über seine wahren Absichten täuschen. Doch wir lassen uns nicht anschmieren und nicht täuschen, wir befördern Bürgermeister, Pinsel und Maske dorthin, wo sie hingehören! – Und von einem kräftigen Fußtritt begleitet, landeten die Requisiten unter den herabhängenden Papierbahnen.

Augenblicklich brandete Gelächter und Beifall auf, die Inszenierung hatte überzeugt. Und da Arno in den Applaus hinein geistesgegenwärtig ›kostenlosen ungefärbten Kaffee‹ anbot, löste sich die Spannung vollends, man umringte uns, fragte, woher die wüsten

›Krätzer‹ in meinem Gesicht stammten und ob denn alles zuträfe, was in der Zeitung über mich stehe … Ich hatte das Gefühl, die Feuertaufe bestanden zu haben. Giovanni rief strahlend: Das war prima, so machen wir das jetzt immer!, und Arno lachte: Ein Gleichnis von geradezu archaischer Wucht, Carsten: wie schnell wird Kultur durch Politik zum Abfall!

Es waren die unbeschwertesten Momente meines Wahlkampfs.

Kurz darauf kam der Geschäftsführer des Einkaufszentrums und nahm mich zur Seite.

Sie machen das geschickt, alle Achtung!, sagte er. Amerikanische Schule, das merkt man gleich! Nur – für uns hier ist's doch arg ungewohnt. Ich hatte mir halt vorgestellt, daß Sie ohne viel Aufhebens ein paar Broschüren auslegen und mit den Leuten ein bißle schwätzen …

Ach so, sagte ich. War also schon ein Spion des Herrn Bürgermeisters da und hat ihm umgehend Bericht erstattet? In einer Stunde sind wir wieder weg, ich warte nur noch auf einen Prospekt, den wir verteilen wollen. Trotzdem vielen Dank, es war sehr mutig von Ihnen, uns überhaupt reinzulassen!

Ich wäre gern noch mutiger, murmelte der Geschäftsführer und nahm eine Maske zur Hand. Aber jeder hat seine Chefs, nicht wahr. Wo haben Sie die Dinger denn her?

Aus unserer Rumpelkammer, sagte Giovanni.

Und was spielt man damit?

Mit den Masken ›Die Vögel‹ von Aristophanes, schaltete sich Max Hellstern ein, der in diesem Augenblick zu uns trat und seinem Sportkameraden freundschaftlich auf die Schulter klopfte. Und mit den Farbeimern, wenn man sie nicht gerade für Praktischeres wie Fensterrahmenstreichen braucht, zum Beispiel ›Andorra‹ von Max Frisch. ›Weißelt, ihr Jungfraun, weißelt das Haus eurer Väter, auf daß wir ein weißes Andorra haben…‹ Was ist los mit euch? Läuft's nicht gut?

Eher zu gut, sagte ich. Wir haben einen kleinen Sketch aufgeführt, der allen gefallen hat, nur einem nicht.

Unglücklich hob der Geschäftsführer die Schultern.

Pfisterer hat sich vehement bei mir beschwert, Max. Er will meiner Zentrale einen gepfefferten Brief schreiben!

Dann schreib ich deiner Zentrale, daß sie ihre Antwort vielleicht schon bald an eine Haftanstalt richten kann!, rief Hellstern erbost. Es reicht mir allmählich!

Während sein Bekannter noch verständnislos die Augen aufriß, keuchte Brommer heran.

Na endlich, sagte ich ärgerlich. Ich dachte schon, Sie hätten uns vergessen!

Brommer rang nach Luft.

Sollte ich auch, wenn's so weiter geht! Ich bin fix und fertig! Man hat mir die Prospekte nicht ausgehändigt, obwohl sie schon gedruckt waren. Könnt ihr euch das vorstellen? Es gibt keine, punktum! Der Herr Druckereibesitzer Hoscheise, der für mich ab heute nur noch Hosenscheißer heißt, hat befunden, daß der Inhalt unseres Prospekts beleidigend ist und die Folder deshalb wieder eingestampft werden.

So ein Unsinn, wie kommt er denn darauf?

Punkt neun der zehn guten Zirkelgründe: ›Ich werde dafür sorgen, daß mit Filz und Frust in den Wirkahner Amtsstuben Schluß ist!‹ Filz ist ehrenrührig, sagt der Herr Hosenscheißer oder sein Hausjurist. Und Amtsstuben ist zu ungenau, da könnte sich ja auch der Herr Amtsgerichtsrat angesprochen fühlen. So etwas ist nicht mehr durch Wahlkampf und Meinungsfreiheit gedeckt, sagt der Herr –

Schon gut, unterbrach ihn Max Hellstern. Das eigentlich Interessante an der Sache ist, daß Hoscheise offenbar Anweisung gegeben hat, ihm alles, was mit unserem Wahlkampf zu tun hat, vorzulegen. Dann war das gestrige Versäumnis mit dem Ankündigungsplakat für die Diskussion im Goldenen Rad auch keine Panne, sondern Absicht. Wir haben übersehen, daß Hoscheise im Kreistag sitzt und ein herzliches Verhältnis zum Landrat Pfisterer pflegt ... Kinder, baut den Stand wieder ab, hier hat es keinen Zweck!

Bedrückt halfen wir, Tische, Dekoration und Sonnenschirm wegzuräumen. Der Geschäftsführer faßte mit an, Trauer und Erleichterung kämpften in seinem Gesicht. Brommer ergatterte noch eine Tasse Kaffee und erklärte, natürlich habe er nun auch den Auftrag für das Kopfplakat storniert, er werde von hier aus direkt nach Freiberg fahren, um dort mit einer Druckerei zu verhandeln, deren Kapazitäten wesentlich größer seien als die des Herrn Ihr-wißt-schon.

Ich hörte nicht mehr hin.

Haben Sie auch das Gefühl, daß das erst der Anfang war?, fragte ich Hellstern.

Ich bin mir sogar ziemlich sicher, sagte er. Kommen Sie, ich muß mit Ihnen reden.

Hat Zirkel sich bei Ihnen gemeldet?

Deswegen muß ich ja mit Ihnen reden!

Eine dottergelbe Sonne beleuchtete Wirkahns Dächer, als ich mich auf den Weg zu Julius Hirschfelds Antiquariat in der Merziggasse machte. An den Straßenrändern wurden die letzten Reste des schmelzenden Schnees zusammengekehrt, und auch dort, wo kein Schnee mehr lag, war ein hingebungsvolles Gefege und Gekratze im Gange. Das Säubern der Wege, hatte ich den Eindruck, bereitete den Einheimischen sinnliche Befriedigung, gemischt mit einem Schuß Furcht vor nachbarlichen und göttlichen Kontrollblicken.

Es mochte am Wissen um den drohenden Abriß der alten Häuser oder auch nur daran liegen, daß ich mich nun schon besser auskannte und nicht mehr wie in einem Labyrinth auf jede Richtungsänderung achten mußte – jedenfalls entdeckte ich jenseits der brachialen Schneise, die Wirkahns Herz teilte, zum ersten Mal anmutige altertümliche Winkel, die mich ein wenig an Bredersteds Hafengassen erinnerten. Windschiefe, zu den Giebeln hin aneinanderstoßende Häuser, skurrile Schmuck-, Tee- und Trödelläden in Kellergeschossen: ein Quartier, das sich allen Versuchen zur Begradigung, Uniformierung, Modernisierung entzogen hatte. Freilich lag es so versteckt, daß es nicht leicht zu finden war; aber gerade darin bestand sein Charme und sein Schutz. Die Merziggasse bildete das letzte ursprüngliche Stadtbiotop, dahinter begann ein gesichtsloses Wohnviertel mit Mehrfamilienhäusern. Nach Pfisterers und Brauers Willen sollte es sich ja nun bald ausdehnen dürfen.

Hirschfeld saß an einem Sekretär und sortierte eloxierte Silberlöffel in einen mit Samt ausgeschlagenen Besteckkasten.

Ah, der Mann, der eine ganze Stadt in Aufregung versetzt!, sagte er unter dem Bimmeln etlicher Glockenschnüre, die an der Eingangstür hingen. Beim Friseur waren Sie und beim Hufschmied wohl auch. Oder woher stammen die blauen Flecken in Ihrem Gesicht?

Von schmerzlichen Erfahrungen in unwirtlichem Gelände, erwiderte ich und umfaßte die steifen Finger, die er mir zur Begrüßung hinhielt. Ich freue mich, Sie diesmal in Ihrem Geschäft anzutreffen, Herr Hirschfeld. Es gibt wieder einiges zu berichten und zu fragen.

Wollten Sie sich nicht dringlichst alte Postkarten anschauen? Ich habe meine Schätze extra für Sie hergerichtet!

Er bückte sich und zog aus einer Schublade einen flachen Karton hervor. Woran sind Sie besonders interessiert? Einzelne Bauwerke? Gesamtansichten? Landschaftspanoramen?

Herr Hirschfeld –

Jaja, die Sammler! Erst drängeln und sich dann nicht entscheiden können, es ist immer dasselbe. Nun, vielleicht kann ich Ihnen helfen …

Ich sah ein, daß ich die Zurechtweisung verdient hatte, setzte mich auf den zierlichen Stuhl, den er mir anbot und beugte mich über die Ansichtskarten. Der Antiquar erwies sich als exzellenter Kenner verschiedenartigster Herstellungstechniken. Er machte mich auf haarfeine Linierungen bei den ältesten, noch lithographisch gefertigten Stücken aufmerksam und erklärte mir, wie Prägedrucke entstanden und welchen handwerklichen Aufwand Kolorierungen verursachen. Auch zur Geschichte der abgebildeten Motive fiel ihm immer wieder Neues ein.

Hier, der Turm mit dem Rest der Stadtmauer. Schon damals schwarz, weil importierter Basalt, bezahlt mit dem Erlös von Tuchwaren. Wußten Sie, daß Wirkahn im frühen Mittelalter ein Zentrum des Tuchhandels war? Nein? Bis nach Mailand und Genua hinunter betrieben unsere Factores, wie man die Leinewandhändler damals nannte, ihre Geschäfte. Der größte Handelsherr war ein Konstantin Merzig. Hätte man ihn nicht im Hafen von Genua beim Streit um ein paar Stoffballen erstochen, wäre Wirkahn womöglich Mitglied einer großen Handelscompanie geworden, und unsere krähwinklige Stadt sähe heute ganz anders aus. So blieb es bei der Benennung eines Gäßchens. Die Stadtmauer ist übrigens von den Wirkahnern selbst abgetragen worden, als sich herausstellte, daß man sie nicht mehr brauchte. Bald nach Merzigs Tod kam der auswärtige Handel zum Erliegen, die Stadt versank hinter den Bergen in ihren Dornröschenschlaf. Denken Sie, im Dreißigjährigen Krieg zogen die marodierenden Truppen an Wirkahn einfach vorbei, so dicht war der Urwald um uns herum! Tempi beati! Aber natürlich auch viel Inzucht dadurch. Hier, das Collegium Sancti Laurentii, wenige Jahre nach seiner Errichtung. Reiner Steindruck. Sie lachen? Ach so, der Übergang – etwas gewagt, das muß ich zugeben. Werde die Karten bei Gelegenheit anders sortieren müssen. Jedenfalls ist das Collegium nicht nur Lehranstalt für den Priesternachwuchs, sondern auch ein gesuchtes Refugium für Exercitien und sonstige Einkehr. Sogar Bonner Minister hat es schon dahin verschlagen, mit welchem Erfolg auch immer … Da fällt mir ein, daß es nicht ganz stimmte, was ich Ihnen über das Wirkahner: ›Bella gerant alii …! Mögen andere Kriege führen!‹ sagte. Zur Zeit der Bauernkriege, also um 1525 herum, gab es auch bei uns einen Aufstand gegen den Adel, aber er wurde schnell mit Feuer und Schwert erstickt. Die Flamme der Inquisition soll danach in Wirkahn besonders lang und heftig gelodert haben … Was haben wir hier? Ja, das ist nun besonders interessant, eigentlich fast unverkäuflich. Das früheste mir bekannte Foto der Brauerschen Fabrik. Welch ein Ambiente! Fahnen, Girlanden, sogar ein veritabler Triumphbogen! Der Anlaß war allerdings auch entsprechend. König Wilhelm, der Landesherr, gab sich höchstselbst die Ehre; man führte ihm Feldgeschütze und Mehrlader der neuesten Bauart vor. Sehen Sie das orientalisch anmutende Zelt im Fabrikhof? Dort wurde nach dem Krachbumm getafelt. Kommerzienrat Louis Brauer und sein Cousin, der Stadtschultheiß, ließen sich nicht lumpen, es gab Champagner, Langusten, schottischen Hammelrücken und russischen Kaviar. Ich hab's im Stadtarchiv nachgelesen, nicht daß Sie denken, ich sei dabei gewesen, so alt bin ich denn doch noch nicht. Max Brauer hat mir tausend Mark für das Bild geboten, aber ich kann mich nicht recht entschließen, es ihm zu überlassen …

Fast eine Stunde plauderte Julius Hirschfeld. Ich bewunderte und bemitleidete ihn.

Als er geendet hatte, legte er seine verkrümmte Rechte auf den Kasten, sah aufs Straßenpflaster hinaus und sagte leise:

Sie müssen nichts kaufen. Es hat mir gut getan.

Vorsichtig berührte ich seine Hand.

Danke, Herr Hirschfeld. Es war eine Stunde, die ich nicht vergessen werde. Trotzdem, Sie wissen, warum ich gekommen bin. Ich will Ihnen zunächst berichten, was ich inzwischen herausgefunden habe. Bitte, lassen Sie mich nicht im Stich und erzählen Sie mir dafür alles, was ich über das Schicksal von Katharina und Frieder wissen muß!

Der Antiquar schwieg und stützte sich auf seinen Stock.

Ludwig Pfisterers Vater Bertram war verantwortlich dafür, daß Sie und Pius Mugel ins KZ kamen. Was hat ihn dazu veranlaßt, Sie zu denunzieren? War Katharina der Grund? Und was geschah nach Katharinas Tod mit Frieder? Wo liegt er begraben? Bitte … er ist mein Bruder.

Ihr Bruder –, wiederholte Hirschfeld gedehnt. Was besagt so ein Wort? Kain erschlug seinen Bruder Abel, Jakob betrog seinen Bruder Esau um das Erstgeburtsrecht und den Segen des blinden Isaak. Die Weltgeschichte ist voll von brüderlichen Morden und Betrügereien. Manchmal denke ich, es ist besser, seinen Bruder nicht zu kennen, dann kann man sich auch nicht an ihm versündigen. Aber Sie haben mir so geduldig zugehört, ich will nicht undankbar sein … Nein, meine Schwester war nicht der Grund für Bertram Pfisterers Denunziation. Wie kommen Sie darauf?

Nun, ich dachte, er hätte vielleicht ein Auge auf sie geworfen und sich dafür, daß er bei ihr nicht landen konnte, rächen wollen!

Belustigt schüttelte Hirschfeld den Kopf.

Ihr jungen Leute seht zuviel fern. Alles muß mit Liebe und Eifersucht zu tun haben … Wie wenig Sie doch die Menschen auf dem Lande kennen! Glauben Sie, der reichste Bauer Wirkahns hätte sich für eine kleine Jüdin interessiert? Das verbot sich von selbst, dazu brauchte er nicht mal Nazi zu sein. Er war aber einer. Außerdem war er Kreisbauernführer und leidenschaftlicher Rinderzüchter, und in beiden Eigenschaften kam ihm mein Vater Isidor in die Quere, der dieselbe Rasse züchtete und verkaufte, und das offenbar um einiges erfolgreicher als der Vorzeigebauer der Partei. Das war natürlich ein unhaltbarer Zustand, gewissermaßen eine Rassenschande auf unterstem Niveau. Trotzdem konnte sich Isidor noch ziemlich lange halten. Erst Ende achtunddreißig, nach dem Brand der Synagogen, als alle jüdischen Betriebe aufgelöst wurden, gelang es Pfisterer, ihn aus dem Geschäft zu drängen. Mein Vater arbeitete noch ein Jahr lang in einer Bergkirchener Gärtnerei, dann wurde er verhaftet und nach Dachau gebracht. Dort verliert sich seine Spur. Ich war –

Entschuldigung, Herr Hirschfeld, das geht mir zu schnell. Warum wurde Ihr Vater verhaftetet?

Ärgerlich klopfte der Antiquar auf den Boden.

Junger Mann, ich habe nicht die Absicht, Ihnen meine Familienchronik aufzulisten! Ultra posse nemo obligatur. Verlangen Sie nichts Unmögliches von mir!

Verzeihen Sie meine Hartnäckigkeit, sagte ich. Ich wollte nur wissen, ob Betram Pfisterer nicht nur Sie, sondern auch Ihren Vater denunziert hat, und was nach der Verhaftung mit Ihrem Besitz geschah.

Was mit unserem Hof passierte, kann ich Ihnen genau sagen. Er wurde von der Gauleitung konfisziert und abgebrochen. Die Wiesen verkaufte und verpachtete man. Die Nobiles erhielten ein Drittel, den Rest teilten sich fünf oder sechs Wirkahner Bauern. Pius Mugel ging als einziger leer aus, er hätte aber sowieso nichts genommen, denn Isidor und er waren befreundet. Über die Verhaftung meines Vaters weiß ich nichts Näheres. 1939 bedurfte es keines besonderen Anlasses mehr, um Juden ins KZ zu schicken.

Hirschfeld hatte sich, soweit der Buckel es gestattete, zurückgelehnt; sein Gesicht aber entrückte ganz. Fast träumerisch fuhr er fort:

Ich war in jenen Jahren in Frankreich. Es war eine wunderbare Zeit, die schönste meines Lebens. 1934 bin ich nach Paris gegangen, habe einige Semester Kunstgeschichte studiert und nebenher bei Monsieur Mignod, einem famosen Kunst- und Antiquitätenhändler in der Rue de Rivoli, ausgeholfen. Ab siebenunddreißig war ich dann fest bei ihm angestellt. Nach der occupation blieb ich in Paris, Monsieur Mignod besorgte mir ein Versteck. Es war anfangs nicht schwer, als Jude in Paris zu überleben. Die Deutschen kannten sich nicht aus oder waren schnell korrumpiert, die französische Polizei hielt sich zurück, das Spitzelsystem funktionierte noch nicht richtig. Die großen Razzien begannen erst Mitte zweiundvierzig. Ich spazierte täglich durch die Stadt, natürlich ohne den Stern, hielt die Augen offen und besorgte meinem patron manch schönes Stück, wofür er mir wiederum genügend Geld beließ, um meinen Hausleuten das Risiko, das sie mit mir eingingen, angemessen versilbern zu können. Ich war jung, Anfang dreißig, und hatte zu keinem Zeitpunkt das Gefühl, vom Leben schlecht behandelt zu werden ... Mit meinem Vater hatte ich in all den Jahren keinen Kontakt. Ein in die Kunst vernarrter Sohn ist so ziemlich das Schlimmste, was einem Bauern passieren kann. Trotzdem bekam ich in großen Zügen mit, was sich zu Hause ereignete, Katharina berichtete es mir von Zeit zu Zeit. Im September fünfunddreißig teilte sie mir mit, daß sie kurz vor der Niederkunft stehe, danach aber so bald als möglich nach Wirkahn zurückkehren wolle, weil sich unsere Eltern getrennt hatten. Meine Schwester tendierte immer mehr zu Vaters Seite, während mir meine Mutter näherstand. Sie war ausgebildete Tänzerin, mußte aber wegen eines Hüftleidens ihre Bühnenträume aufgeben. Ein Bauer und eine Künstlerin – welch aberwitzige Liaison!

Ich sprang vom Stuhl auf.

Verstehe ich Sie richtig, daß Katharina ihre Stellung in Brederstedt aufgegeben hat, um ihrem Vater den Haushalt zu führen?

Ja, das verstehen Sie richtig!, bestätigte Hirschfeld mit spöttischem Lächeln. Katharina wußte, was ihre Pflicht als Tochter war.

Das ist – grotesk!, rief ich. Kein Wort hat sie damals, Ende fünfunddreißig, über den wahren Grund ihrer Abreise verloren, mein Vater hätte es sonst mit drei Ausrufezeichen in sein Tagebuch notiert! Zeitlebens hat er geglaubt, daß seine Freundin allein seinetwegen, um ihn nicht zu gefährden, aus Brederstedt verschwunden wäre! Und das Schuldgefühl, dieses Opfer angenommen und damit die einzige große Liebe seines Lebens verraten zu haben, hat ihn bis zu seiner letzten Stunde nicht verlassen!

Es fiel mir schwer, mich zu beruhigen, ich wußte nicht, ob ich lachen oder weinen sollte.

Setzen Sie sich doch wieder, sagte Hirschfeld gleichmütig. Nur Urteile muß man stehend ertragen. Gerechtigkeit wirkt in jeder Lage.

Ich ließ mich auf den Stuhl fallen.

Was für eine Frau!, stammelte ich. Ein Jahr lang hat sie diesen Mann geliebt und ein Leben lang hat sie ihn gestraft!

Der Antiquar betrachtete mich zugleich mitleidig und amüsiert.

Nein, geliebt hat sie Ihren Vater immer, sagte er. Das weiß ich aus ihren Briefen. Aber über seine Schwäche und seinen Opportunimus hat sie sich auch keine Illusionen gemacht. Wahrscheinlich hat sie lange darüber nachgedacht, wie sie in seinem späteren Leben einen bescheidenen Platz behalten könnte, und ist auf diesen ebenso einfachen wie wirkungsvollen Weg verfallen … Ja, Katharina war eine starke Persönlichkeit. Auch ich bekam es zu spüren. Nach der Verhaftung unseres Vaters verbot sie mir strikt, mich um sie zu kümmern. Sie zog mit ihrem Sohn zu den Mugels und arbeitete dort als Magd, bis man 1941 auch sie verhaftete und ins Wirkahner Lager steckte. Danach ist unsere Verbindung zwar abgebrochen, aber Pius hat mir immer wieder versichert, daß die Internierung sie keineswegs mutlos gemacht hätte. Jeden Tag kam sie auf dem Weg zur Munitionsfabrik an seinem Hof vorbei, manchmal stand sogar ihr Sohn am Fenster und winkte ihr zu. Und die SS-Leute ließen ihn gewähren, das muß man anerkennen. Wirklich unerträglich wäre es für Katharina erst geworden, wenn man sie in ein anderes KZ gebracht hätte. Aber kurz bevor es soweit war, geschah das Unglück. Für sie war es keins …

Hirschfeld schwieg.

Und Sie?, fragte ich.

Ich erhielt auf Umwegen die Nachricht von Katharinas Tod. Es war für mich keine Frage, daß ich Frieders Schicksal nicht allein den Mugels aufbürden durfte. Im August zweiundvierzig, sechs Wochen nach ihrem Tod, traf ich nachts auf dem Hof ein. Pius schalt mich einen Verrückten, aber ich durfte bleiben. Die ersten Wochen versteckte er mich, dann begann ich, ab und zu draußen mitzuarbeiten. Ich hatte mir einen Vollbart wachsen und das Haar scheren lassen und galt als ausgeliehener polnischer Zwangsarbeiter; aber natürlich sickerte bald durch, wer ich in Wirklichkeit war. Doch die Leute schwiegen, sie sahen nicht hin und hörten weg. Sogar Parteimitglieder taten es. Erst als Bertram Pfisterer im Frühjahr dreiundvierzig eine schriftliche Anzeige bei der NSDAP-Leitung erstattete, wurden Pius und ich festgenommen. In diesem Falle kenne ich also den Urheber und auch seine Motive. Bertram wollte auf billige Weise an den Mugelhof kommen. Er glaubte nicht, daß Pius' Frau Martha die Wirtschaft allein würde umtreiben können, Richard war ja erst wenige Jahre alt. Ich war nur der Bauer in seinem Spiel, wenn

Sie mir diese Sottise erlauben. Er hat das Spiel dennoch nicht gewonnen, denn Martha Mugel hielt den Hof eisern, und der halbe Ort half ihr dabei. Pius aber wurde als sogenannter Volksschädling verurteilt und nach Dachau gebracht. Man weiß aber nicht, wo er letztlich gestorben ist, es wird wohl in einem anderen KZ gewesen sein. Ich kam ohne juristische Umschweife nach Buchenwald.

Und dort hat man Sie … zum Krüppel geschlagen?

Hirschfeld kniff die Augen zusammen.

Wieder so ein Wort!, sagte er verächtlich. Krüppel, was heißt das schon! Ich lebe immer noch, und Pius ist seit über vierzig Jahren tot. Seit über vierzig Jahren bitte ich ihn um Verzeihung. *Das* ist meine wahre Verkrüppelung! Das andere – er machte eine wegwerfende Handbewegung – hat mir wahrscheinlich das Leben gerettet. Der Arzt, auf dessen Schragen ich landete, war ein korrupter Nazibonze. Er sammelte geraubte Kunstgegenstände, und ich beriet ihn dabei. Dafür ließ er mich am Leben. Ich danke es ihm nicht.

Der Antiquar erhob sich mühsam, humpelte zu einem kleinen Schrank hinüber und begann, in dessen Fächern zu kramen.

Ich stand ebenfalls auf, war aber entschlossen, erst zu weichen, wenn ich volle Klarheit gewonnen hatte.

Und Frieder? Wie ist er gestorben?

Hirschfeld unterbrach seine Tätigkeit nicht, als er antwortete.

Jüdische Waisen und Kinder von Zwangsarbeiterinnen kamen meist in sogenannte Kindersammelstätten, sagte er. Dort wurden sie entweder gleich getötet, oder sie verhungerten langsam, je nach Barmherzigkeit des Personals. Der stereotype Befund lautete dann, sie seien an allgemeiner Schwäche gestorben. Nun war Frieder tatsächlich ein zartes Kind gewesen. Es wird also nicht lange gedauert haben … Mehr kann ich Ihnen dazu nicht sagen.

Gibt's eine Todeserklärung? Ich brauche sie für's Nachlaßgericht.

Mir ist keine bekannt. Der damalige Bürgermeister von Wirkahn, der übrigens keiner aus der Familie der Pfisterers war, ließ kurz vor Kriegsende alle Unterlagen, die mit Vernichtungsstätten zu tun hatten, verbrennen.

Gründlicher noch als Vater, dachte ich. Wahrscheinlich war es aber keine Frage der Skrupel, die einer hatte, sondern nur der Zeit, die ihm blieb.

Dann muß man das Verfahren zur Todeserklärung möglicherweise erst noch einleiten?, fragte ich.

Möglich, ja. Aber ich denke, ein Bürgermeisterkandidat hat während des Wahlkampfs Dringlicheres zu tun.

Hirschfeld schien gefunden zu haben, was er suchte. Mit trippelnden Schritten kam er zurück. Seine Linke umkrampfte eine kleine Papiertüte. Es war so viel Einsamkeit um ihn, daß ich mich zwingen mußte, nicht wegzusehen.

Wie haben Sie es nur über sich gebracht, nach Wirkahn zurückzukehren?, fragte ich. Erinnert Sie hier nicht jeder Stein, jedes Wort an Brauers Todesmaschinerie und Pfisterers Niedertracht?

Der alte Mann wog die Tüte in der Hand. Er schien sich darüber zu wundern, wie leicht sie war. Schließlich legte er sie auf den Sekretär und sagte:

Mich erinnern? Was sollte das für einen Zweck haben? Ich erinnere *sie*, das ist viel wichtiger. Ich bin selbst eine Art Erinnerung … Sicher, es ist nicht einfach, in dieser Stadt auszuharren. Als Bertram Pfisterer noch lebte, habe ich sie gemieden. Aber er starb ja schon 1952. Drei Jahre später hatte ich genügend Kraft, zurückzukehren. Ich fand, ich sei es Pius und Katharina schuldig, unsere Heimat nicht allein denen zu überlassen, die uns aus ihr vetrieben hatten und die sich jetzt schon wieder als ihre Herren aufspielten. Quis custodit custodes? Das ist der Punkt.

Was heißt das?

Wenn die Jugend nur halb so gut Latein könnte, wie sie alte Leute zu löchern versteht! Wer bewacht die Wächter?, heißt es. Ich weiß, letztlich ist das ein unerfüllbarer Anspruch; ich leide nicht an Größenwahn. Dennoch habe ich hin und wieder das Gefühl, meine Gegenwart bewirke etwas. Dieser verstaubte Laden hier hindert einige Herren, die Schuld ihrer Väter ganz zu vergessen. Natürlich erleiden wir – Richard, dem es wie mir ergeht, und ich – auch schmerzhafte Niederlagen, das läßt sich nicht leugnen. Die Sache mit dem Dörrenwasen war die schlimmste, deswegen haben wir es nicht gerne, an sie erinnert zu werden. Und trotzdem! Solange *wir* da sind, sind auch die Toten da!

Ich dachte an die Inschrift, die ein Unbekannter im Brederstedter Archiv auf die staubige Tischplatte gemalt hatte.

UND TROTZDEM!

Endlich wußte ich, warum sie mich nicht losgelassen hatte.

Ich faßte mir ein Herz.

Herr Hirschfeld, sagte ich, die Wächter haben aber nun beschlossen, sich des Ärgernisses, das Ihr Geschäft für sie bedeutet, ein für allemal zu entledigen. Ende des Jahres läuft die Erbpacht für Ihr Haus und etliche andere Häuser in der Merziggasse aus. Sie soll nicht erneuert werden. Nach der Wahl wollen Pfisterer und Brauer die Häuser abreißen lassen, um Platz zu schaffen für Eigentumswohnungen der Wirkahner Wohnbau.

Hirschfeld war totenblaß geworden. Er schwankte und stützte sich am Schreibtisch ab.

Woher wissen Sie das? Wer hat es Ihnen gesagt?

Derselbe, der Sie am Sonnabend gegen zehn Uhr angerufen hat. Alois Vogler, der Stadtkämmerer. Er war es auch, der meinem Vater die anonymen Anzeigen schickte. Vogler hat mir außerdem von Veruntreuungen berichtet, die Pfisterer und Brauer seit Jahren begehen. Das Festgeldkonto der Gemeinde soll für private Bauvorhaben Brauers mißbraucht worden sein. Jetzt ist Pfisterer dahinter gekommen, daß ihn sein Stellvertreter, wie er es wohl nennen wird, verraten hat, und er hat ihn gnadenlos fertiggemacht. Vogler hat einen schweren Herzinfarkt erlitten, er liegt im Kreiskrankenhaus auf der Intensivstation. Niemand darf zu ihm. Es ist nicht sicher, ob er überleben wird.

Mein Gott, sagte Hirschfeld.

Für einen Augenblick schien es, als verlöre er das Gleichgewicht. Dann stampfte er mit dem Stock auf.

So kämpfe ich eben noch einmal! Dieses Mal weiche ich nicht!

Er öffnete die Tüte und ließ eine dünne goldene Kette auf den Schreibtisch gleiten; sie war zerbrochen.

Das ist die Kette, die Katharina bei ihrer Verhaftung getragen hat. Sie hat sie sich vom Hals gerissen, als die Gestapo kam. Martha Mugel hat die Kette für mich aufbewahrt. Jetzt gebe ich sie Ihnen. Sie wissen, was das bedeutet.

Er nahm meine Hand und tat den Schmuck hinein. Seine Finger umschlossen meine Faust, daß sie schmerzte.

Schon eine Stunde vor Beginn des sogenannten Bürgergesprächs im Goldenen Rad hatten sich Hellstern, Zirkel und ich in der Wirtsstube eingefunden. Die übrigen Mitglieder des Wahlkampfteams waren auf halb acht geladen.

Die Stimmung war gedrückt. Zirkel berichtete von seinem Besuch auf dem Rathaus: Eine furchtbare Szene müsse es gewesen sein, die der Bürgermeister seinem Kämmerer gestern vormittag gemacht habe. Noch im Erdgeschoß habe man ihn brüllen hören, völlig außer Kontrolle sei er gewesen, und dabei war man doch einiges gewöhnt von ihm. Worum es bei dem rasenden Streit ging, wußte niemand. Wer würde es auch wagen, einen Ludwig Pfisterer in dieser Verfassung darauf anzusprechen? Aber den armen Vogler hatte man die Treppe hinunterstolpern hören, mehr fallen als gehen, so hörte es sich an, und ihn dann, versteckt hinter Fenstergardinen, über den Platz wanken sehen, sich an die Brust fassend, kaum mehr bei Sinnen und Kräften. Klar, daß er seither fehlte. Und seither wurde über nichts anderes mehr geredet und spekuliert im Rathaus. Mehrheitliche Meinung: Der Kämmerer ist in einen großen Skandal verwickelt, der Chef hat es herausgefunden und ist ›saunarret‹ deswegen, mitten im Wahlkampf paßt ihm das natürlich überhaupt nicht in den Kram. Vogler fliegt, wenn er nicht von selber geht. Und das kurz vor der Pensionierung, der Ärmste!

Zirkel hatte es danach bei Frau Vogler versucht, sich aber schon halb gedacht, daß er sie nicht antreffen werde. Anruf auf gut Glück im Kreiskrankenhaus bei der Oberärztin der Inneren Abteilung, der ihm nicht gerade freundschaftlich gesonnenen Frau Dr. Brauer: Er habe gehört, der Kämmerer Vogler sei gestern eingeliefert worden, ob man ihn besuchen oder wenigstens ein paar Blumen vorbeischicken könne. Erstaunlich offen sagte die Frau Doktor: Sparen Sie sich den Weg und die Blumen, Herr Vogler liegt auf der Intensivstation. Wir trauen uns nicht mal, ihn in die Uniklinik zu überweisen, wo er an und für sich hingehört. – Ein Herzinfarkt? – Und was für einer. Hat mein Bruder den Gemeinderat noch nicht unterrichtet? – Wir tagen erst morgen. – Na, da wird er es sicher tun. – Und die Prognose? – Bin ich der liebe Gott? Dem ist er im Moment näher als uns.

Alle drei fühlten wir uns schuldig. Zwar waren Voglers Vorwürfe gegen die Nobilessippschaft unter uns geblieben, ich hatte nichts zu Kersten gesagt, Zirkel auch nicht – aber es war ja nachvollziehbar und ich hatte es gestern mittag im Bären sogar durchgespielt, daß Pfisterer seinen Kämmerer schon im Visier haben konnte, wenn Kersten ihm die Sache mit den anonymen Anzeigen erzählt hatte. Das hatte er also getan, doch den Kopf abreißen mochte ihm deswegen keiner, schließlich wußte er zu der Zeit, als wir darüber sprachen, sowenig wie wir, welche Brisanz sich hinter dieser Mitteilung verbarg.

Ich hätte es wissen müssen, sagte ich zerknirscht. Habe ich nicht leichtfertig davon gefaselt, daß ich vermutete, Pfisterer sei in ein Verbrechen verstrickt? Dadurch wurde die Sache für einen Journalisten doch überhaupt erst interessant! Sonst hätte Kersten es wahrscheinlich gar nicht an Pfisterer weitergegeben. Und als mir Vogler Sonntagabend die Geschichte mit dem veruntreuten Gemeindevermögen erzählte, habe ich immer noch nicht begriffen, in welcher Gefahr er sich befand. Man hätte ihn gar nicht mehr ins Büro lassen dürfen!

Ach was, entgegnete Zirkel, das sind doch Hirngespinste. Sie haben gedacht, Pfisterer hätte etwas mit Ihrem verstorbenen Bruder oder dessen Mutter zu tun. Der wahre Sachverhalt liegt doch völlig anders. Und daß der Lude so schnell zuschlagen würde, hätten wir eher als Sie befürchten müssen. Schließlich kennen wir diesen Rammbock um einiges länger. Die wirklich wichtige Frage heißt jetzt: Was tun wir?

Darüber redeten wir uns die Köpfe heiß. Wie die Dinge lagen, konnten wir mit Voglers Informationen wenig anfangen, solange uns Beweise fehlten. Aber viel Zeit hatten wir auch nicht mehr, denn der Eklat war ja schon eingetreten, die Gerüchte kochten hoch. Nur zielten sie genau in die falsche Richtung, man war dabei, das Opfer zum Sündenbock zu stempeln. Verwunderlich sei das nicht, meinte Max Hellstern, die Menschen neigten nun mal dazu, bei einem Konflikt den Schwächeren ins Unrecht zu setzen, um sich ohne Gewissensbisse auf die Seite des Siegers schlagen zu können. Wenn sich das verfestigte, könne Pfisterer sogar noch Nutzen aus der Sache ziehen. Er brauche bloß die Gerüchte zu schüren und dabei nach außen die Rolle des edelmütigen Vorgesetzten zu spielen, der aus Rücksicht auf den kritischen Gesundheitszustand seines Kämmerers einstweilen von Enthüllungen über dessen Unregelmäßigkeiten absehe. Nach einer gewonnenen Wahl werde es ihm dann ein Leichtes sein, die Spuren zu verwischen und Vogler wegen Dienstunfähigkeit in den vorzeitigen Ruhestand zu schicken, was alle Welt als noble Geste, einem gesundheitlich gebrochenen Mann Schlimmeres zu ersparen, respektieren werde. Wahrscheinlich sei er schon dabei, sich mit Max Brauer und Thaddäus Steiger in diesem Sinne zu beraten.

Zirkel plädierte deshalb leidenschaftlich dafür, jetzt dem Redakteur Kersten reinen Wein einzuschenken. Nur Kersten mit seinen journalistischen Kontakten könne Neues in Erfahrung bringen und notfalls auch Druck machen, meinte er. Ich lehnte Zirkels Vorschlag nicht weniger leidenschaftlich ab. Das Risiko, Pfisterer auf diese Weise vollends über unsere Absichten ins Bild zu setzen, sei viel zu groß, Kersten habe nicht mehr mein volles Vertrauen, und dem armen Vogler sei schon übel genug mitgespielt worden, argumentierte ich. Hellstern konnte sich nicht entscheiden, welcher Auffassung er zuneigen sollte. Auf fatale Weise hätten wir beide recht, meinte er und blickte verlegen von einem zum anderen.

So blieb unser Zwist bestehen und die Atmosphäre gespannt, bis die Wahlhelfer eintrafen. Auch deren seelische Verfassung lag im argen.

Arno und Giovanni standen noch unter dem Eindruck der mittäglichen Pleite im Einkaufszentrum. Fräulein Fine hatte einen weiteren erfolglosen Bittgang beim Arbeitsamt hinter sich. Und Frau Laroche, Zirkels frühere Lebensgefährtin, monierte, bei der Formulierung der zehn Wahlkampfthesen übergangen worden zu sein. Wozu man am Samstagabend stundenlang den Teamgeist beschworen und Aufgaben verteilt hätte, wenn hinterher doch alles anders liefe?, fragte sie anklagend.

Ich verwies auf den Zeitdruck vor der Fertigstellung des Faltblattes. Aber da ich es noch gar nicht präsentieren konnte, klang meine Verteidigung matt. Auch kam es mir vor, als ob Frau Laroche weniger der politischen Semantik als der verpaßten Gelegenheit, mit Zirkel zusammensein zu können, nachtrauerte. Der aber starrte verstimmt ins Bierglas und richtete nur ab und zu das Wort an seinen

Gehilfen Kirchgessner, dem er einige geschäftliche Aufträge erteilte.

Von der weltverbessernden Euphorie, die uns gestern noch erfüllt hatte, war wenig übrig geblieben. Brommer, der immer für einen lockeren Spruch gut war, fehlte, weil er in Freiberg zu lange aufgehalten worden war. Und auch der Gewerkschaftssekretär Schätzle war nicht erschienen, niemand wußte warum.

Wir müssen unsere Zusammenkünfte besser organisieren!, sagte Max Hellstern unzufrieden. Mit den Frühstücksrunden klappt es nicht richtig, es ist auch kein geschickter Zeitpunkt. Zacharias, können wir uns nicht zweimal in der Woche abends bei dir treffen?

Frau Laroche nickte begeistert. Zirkel zögerte und sah mich mißmutig an.

Wo wohnen Sie jetzt eigentlich?, fragte er.

Ich zuckte mit den Schultern und antwortete, daß ich noch keine Zeit gefunden hätte, mich darum zu kümmern.

Na, Sie haben Nerven!, sagte der Buchhändler. Tun Sie uns den Gefallen und schlafen Sie heute nacht nicht im Bahnhof. Sonst kriegen wir die nächsten Schlagzeilen im Heimatboten, und für die kann Kersten dann wirklich nichts. Also gut, zweimal die Woche bei mir, die Termine richten sich natürlich nach den Veranstaltungen. Und wenn Sie heute keine Herberge mehr finden, können Sie auch bei mir nächtigen.

Ich bedankte mich, dachte aber: Es klingt so pflichtschuldig, daß ich wirklich lieber auf einer Bank im Bahnhof schlafen würde. Oder in einem Zirkuswagen. Oder im Kulturzentrum. So käme wenigstens gar nicht erst die Illusion auf, sich in dieser Stadt heimisch fühlen zu sollen.

Unwillkürlich tastete ich nach der Jackentasche. Frieders Bild steckte darin, und jetzt auch Katharinas Goldkettchen; beides im selben Fach. Wenn ich mit den Fingerspitzen über den Stoff fuhr, konnte ich die Glieder der Kette spüren. Hellstern sah mich an und sagte:

Ja, Sie sollten langsam Ihre Krawatte hervorklauben und anziehen. Die ersten Besucher kommen schon!

Einige rotgesichtige Männer hatten die Gaststätte betreten und neugierig zu uns herübergeschaut. Mit einem kräftigen: ’n Obed! waren sie im hinteren Raum verschwunden.

Krawatte?, fragte ich. Die einzige, die ich besitze, ist schwarz und liegt im Koffer. Ich habe keine dabei.

Heilandzack!, rief Zirkel erbost. Sie können doch hier nicht mit offenem Hemdkragen auftreten!

Gelassen band Hellstern seinen Schlips ab und reichte ihn mir.

Wir leben zwar hinter den Bergen, aber nicht im Urwald!, sagte er mit mildem Tadel. Selbst Zacharias schmeißt sich zu den Gemeinderatssitzungen in Schale, obwohl man es nicht für möglich halten sollte!

Aller Augen richteten sich auf Zirkels buntes, kariertes Wollhemd. Ein befreiendes Gelächter, das erste des Abends, erhob sich.

In diesem Augenblick kam Schätzle hereingestürzt, suchte uns und rief, noch ehe er den Tisch erreicht hatte:

Denkt euch, der Stadtkämmerer Vogler ist gestorben!

Zirkel, Hellstern und ich starrten ihn entsetzt an. Die anderen schwiegen verwundert; von Vogler war in ihrem Beisein nicht die Rede gewesen.

In immer kürzeren Abständen ging nun die Tür, und da kein Ankömmling es versäumte, die Gruppe am Ecktisch zu inspizieren, baten wir Schätzle, uns nur rasch das Nötigste mitzuteilen.

Vor zwei Stunden, sagte er, habe ihn Frau Vogler völlig aufgelöst daheim angerufen. Direkt vom Kreiskrankenhaus sei sie gekommen, in dem ihr Mann um kurz nach fünf auf der Intensivstation gestorben war, ohne daß sie ihn zuvor noch einmal hatte sehen dürfen. Die Ärzte sagten ihr, es hätte sich ein zweiter Infarkt ereignet, das Risiko dafür sei auch sehr hoch gewesen, weil die Schädigung des Herzens schon weit vorangeschritten war. Man habe unverzüglich versucht, es zu reanimieren, leider ohne Erfolg. Sie war dann nach Hause gebracht worden und hatte in ihrer Not den ersten Bekannten ihres Mannes angerufen, der ihr einfiel, und das war eben Franz Schätzle, sein Binokelfreund. – Die Voglers haben sehr zurückgezogen gelebt, sagte Schätzle erläuternd zu mir herüber, Kinder sind keine da, und außer daß der Alois am Freitagabend regelmäßig zum Binokeln gegangen ist, wußte man eigentlich wenig über ihn. Zirkel und Hellstern bestätigten es kopfnickend. – Schätzle war dann sofort zur Frau Vogler gefahren, hatte versucht, sie zu trösten, so gut es eben ging, und anschließend die dringlichsten Telefonate für sie erledigt. Den Bestattungsunternehmer hatte er angerufen, ferner Pfarrer Effinger, der sehr betroffen gewesen sei, und auch Voglers Hausarzt Doktor Meißner, der ihn, als Frau Vogler am Montagmittag ihren Mann bewußtlos im Keller gefunden hatte, als erster behandelt hatte. Doktor Meißner sei jetzt bei ihr und warte, bis er zurückkomme, sagte Schätzle, er habe uns nur schnell informieren wollen. Dann schluchzte er, räusperte sich, um es zu verbergen, und verließ uns.

Nach dieser Schreckensmeldung übergangslos in die Rolle eines Optimismus verbreitenden Wahlkämpfers schlüpfen zu sollen, erschien mir undenkbar, ja pervers. Doch alle beschworen mich, das Publikum in dem inzwischen zum Bersten gefüllten Versammlungsraum nicht zu enttäuschen. Hellstern sagte, schon um Voglers willen müßte ich mich jetzt zusammenreißen.

So zogen wir kurz nach acht Uhr im Gänsemarsch in den Nebenraum ein, der jetzt, während der Fasnet, auch als Tanzsaal diente. Tatsächlich herrschte eine so drangvolle Enge, daß die beiden Kellnerinnen Mühe hatten, ihre bierglasbeladenen Tabletts zwischen den Stuhlreihen hindurch zu balancieren. Am Kopfende des Saales, in dem schon Schwaden von Zigarettenqualm, Schweiß und Bierdunst waberten und ein gewaltiges Stimmengewirr herrschte, hatten Arno und Giovanni einen Tisch quergestellt. Dahinter standen drei Stühle, auf denen Zirkel, Hellstern und ich Platz nahmen. Über uns hing das Transparent, das auch im Einkaufszentrum Verwendung gefunden hatte; hier allerdings wirkte es in seiner Buntheit fast kindlich. Ich sah es den Gesichtern an, wie viele spöttische Bemerkungen deswegen schon gefallen sein mochten. Noch unverhüllter aber trat eine allgemeine, erwartungslüsterne Neugierde hervor, die sich, wie bei einem Boxkampf oder Motorradrennen, das kalkuliert Unvorhergesehene, den circensischen Unfall, erhoffte.

Max Hellstern übernahm die Begrüßung. Er sei Sprecher einer unabhängigen Bürgerinitiative, sagte er, die es für erforderlich halte, den Wirkahner Mitbürgern eine *demokratische* Alternative zum amtierenden Bürgermeister anzubieten. Er betonte das Wort so, daß an einigen Tischen sofort Unruhe aufkam, während an anderen lebhaft Beifall geklatscht wurde.

Ich ließ den Blick über die Zuhörer schweifen und erkannte unter denen, die sich beifällig geäußert hatten, Richard Mugel und etliche Mitglieder der Theatergruppe. Der lauteste Protest dagegen ging von einem Tisch aus, an dem Letsch und eine Gruppe meist junger Leute saßen, die durch kurzgeschorene Haare, Lederjacken voll greller Embleme und schwarze Springerstiefel auffielen. Vorne am Mitteltisch, wenige Meter von mir entfernt, saß Kersten, der es aber vermied, mich anzusehen. Er flüsterte mit seinem Nachbarn, einem grauhaarigen, aufgedunsenen Mann. Aus der Tatsache, daß dieser und nicht Kersten einen Schreibblock vor sich liegen hatte, schloß ich, daß es sich um den Chefredakteur Pürroth handelte, der sich die Berichterstattung selbst vorbehalten hatte.

Hellstern erteilte mir das Wort.

Ich stand auf und sagte, ich sei derjenige, der einigen Amtsträgern in der Stadt Bauchschmerzen bereite, wie man heute im Heimatboten lesen könne. Dafür, daß ich gerade erst mit dem Wahlkampf begonnen hätte, sei das ein beachtlicher Erfolg.

Einige lachten und klatschten.

Wer allerdings hoffte, daß ich mich damit zufrieden gäbe, den müßte ich enttäuschen, fuhr ich fort. Das Bauchgrimmen der Mächtigen werde zunehmen, denn ich hätte nicht die Absicht, mich an Spielregeln zu halten, die allein denen nützten, die sie aufgestellt hätten. Deshalb sei ich gewillt, nicht nur über sachpolitische Themen, sondern auch über Personen zu reden, und ihnen unbequeme Fragen zu stellen …

Nach dieser Einleitung, die an dem Tisch der Lederjacken wiederum für zorniges Gemurmel sorgte, sprach ich freilich erst einmal eine Viertelstunde lang über Wirkahner Strukturprobleme. Max Hellstern, den ich ab und zu von der Seite ansah, schmunzelte verhalten. So mochte er sich als Lehrer gefreut haben, wenn ein Schüler seine Hausaufgaben besonders gewissenhaft erledigt hatte.

Dann aber, als sich schon eine gewisse Enttäuschung breitzumachen begann, brach ich abrupt ab.

All die Mängel, die ich Ihnen geschildert habe, wären entschuldbar, wenn sie nur auf Unvermögen beruhten!, rief ich. In Wahrheit aber sind sie der Spiegel einer ganz und gar unerträglichen geistigen und moralischen Verfassung, die an der Spitze des Rathauses herrscht! Trennende Gräben und häßlicher Beton kennzeichnen nicht nur das Wirkahner Stadtbild, sondern mehr noch die Art, wie Bürgermeister Pfisterer Politik versteht und betreibt. Ich weiß, daß einige unter uns sind, deren Aufgabe es ist, ihrem Herrn und Meister sofort zu hinterbringen, was heute abend hier geredet wird. Sie mögen jetzt die Ohren aufsperren, damit ihnen nichts entgeht!

Ich machte eine Pause und blickte Letsch direkt an. Instinktiv ballte er die Fäuste. An den hinteren Tischen wurden die Köpfe gereckt. Ich hob den Arm, spreizte die Finger und rief:

Ich stelle jetzt drei Fragen. Erstens frage ich Herrn Pfisterer, ob er bereit ist, einer Überprüfung des städtischen Kontos bei der Wirkahner Bank durch die staatliche Gemeindeprüfungsanstalt zuzustimmen! Zweitens frage ich Herrn Pfisterer, ob er bereit ist, öffentlich mitzuteilen, welche Planungen für die gemeindeeigenen Häuser in der Merziggasse, deren Pachtverträge Ende des Jahres auslaufen, bestehen! Und drittens, ich frage Herrn Pfisterer, ob er bereit ist, zumindest dem Gemeinderat gegenüber darzulegen, worum es bei seiner gestrigen Auseinandersetzung mit dem Stadtkämmerer Vogler gegangen ist!

Ich ließ den Arm wieder sinken und sagte leise:

Herr Vogler hat gestern einen Herzinfarkt erlitten, dem er heute nachmittag erlegen ist. Obwohl es mir nicht zusteht, bitte ich Sie, sich zu Ehren des Toten zu erheben.

Eine gespenstische Stille legte sich über die Versammlung. Die Wendung einer Wahlrede in ein Totengedenken kam so unvermutet, daß die meisten Zuhörer Mühe hatten, das Geschehen nachzuvollziehen. Fragend blickten sie einander an.

Dann erhob sich mit einem energischen Ruck Max Hellstern und faltete die Hände; nach ihm, zögernd, Zacharias Zirkel. Wie in Trance sah ich, daß an den Tischen einer nach dem anderen aufstand; erst waren es einzelne, dann ging es wie eine Welle durch den Saal. Als letzte erhoben sich träge und widerwillig Letsch und die um ihn gescharten Männer.

Ihn zum Aufstehen gezwungen zu haben, bereitete mir unendliche Genugtuung.

Ich danke Ihnen, sagte ich und setzte mich.

Nach dem kratzenden Geräusch der Stühle, die zurechtgerückt wurden, war es kurz still. Dann flog Pürroths Arm in die Höhe.

Herr Schröder, rief er, verraten Sie uns, was dieses Spektakel soll! Welche Anschuldigungen erheben Sie gegen Herrn Pfisterer? Nennen Sie Roß und Reiter!

Ich habe keine Anschuldigungen erhoben, sondern drei präzise Fragen gestellt, erwiderte ich. Sie können sich denken, daß dies nicht ohne Grund geschieht. Bürgermeister Pfisterer kann sie ebenso präzise beantworten – wenn er will. Mehr habe ich dazu im Augenblick nicht zu sagen.

Unwilliges Geraune erhob sich. Pürroth wollte zu einer weiteren Frage ansetzen, doch wurde er von Letsch unterbrochen, der aufsprang und schrie:

Des isch doch a Frechheit, was do abgoht!

Lärmend unterstützten ihn seine Kampfgenossen. Auch an anderen Tischen wurden Zwischenrufe laut.

So ka's ja net gange!

Ersch die Komeede mit dem Zettel, ond no des!

Jemand trompetete höhnisch: Der Herr Niemand aus Ostfriesland!

Letsch, immer noch stehend, wandte sich dem Saal zu und schrie:

Wie wär's, mir packet den Kerl eifach am Krage ond schicket en z'ruck, wo'r na g'heert!

Jawohl, nach Amerika, aber zuvor ens Wasser, daß'r 's letscht Stick schwimme muß!

Gelächter brandete auf.

Triumphierend machte der Bauhofkapo seinen Freunden ein Zeichen. Gemeinsam näherten sie sich unserem Tisch.

In diesem Augenblick kam Richard Mugel nach vorn, versperrte den Angreifern den Weg und sagte mit lauter Stimme:

Halt! Keinen Schritt weiter!

Die Phalanx stockte. Wieder reckte man an den hinteren Tischreihen die Hälse, um ja nichts zu verpassen.

Setzt euch wieder hin, ihr versperrt die Sicht!, sagte Mugel ruhig. Die Männer zauderten, dann machten sie kehrt, obwohl Letsch sie daran zu hindern suchte. Schließlich zog auch er sich mit bleichem Gesicht zurück.

Herr Pürroth, ich beantworte Ihnen die Fragen, die Sie Herrn Schröder gestellt haben, wandte sich Mugel an den Chefredakteur.

Zu Punkt eins: Es gibt Informationen, wonach das Festgeldkonto der Gemeinde seit Jahren mit Wissen unseres Bürgermeisters für private Bauvorhaben zweckentfremdet wird. Zu Punkt zwei: Es gibt Informationen, wonach die gemeindeeigenen Häuser in der Merziggasse im nächsten Jahr zugunsten von Eigentumswohnungen der Wirkahner Wohnbau abgerissen werden sollen. Und zu Punkt drei: Es könnte sein, daß es zwischen dem Herzinfarkt von Herrn Vogler und seinem Streit mit Bürgermeister Pfisterer einen ursächlichen Zusammenhang gibt. Mehr will auch ich im Augenblick dazu nicht sagen. Beachten Sie aber bitte, daß *ich* es bin und nicht Herr Schröder, der Ihnen diese Auskünfte erteilt hat. Herr Pfisterer mag mich verklagen, wenn er will.

Mugels Worte waren mit atemloser Spannung aufgenommen worden. Sogar Pürroth hatte vergessen mitzuschreiben. Jetzt versuchte er, das Versäumte nachzuholen und ließ fieberhaft den Kugelschreiber über den Notizblock gleiten.

In das Schweigen hinein erklärte Max Hellstern die Veranstaltung für geschlossen. Die Zuhörer jedoch blieben sitzen, nahmen einen tiefen Schluck aus ihren Biergläsern und begannen, erst leise und dann immer lauter und erregter, zu diskutieren. Als wir den Saal verließen, starrten sie uns nach.

Mugel begleitete uns nach draußen.

Na, das war doch mal ein schöner Eklat, sagte er lächelnd. Jetzt hat Wirkahn sein Thema für die nächsten Wochen!

Wir standen vor dem Tresen des Schankraums und schwiegen verunsichert.

Danke, Herr Mugel, sagte ich schließlich. Ich dachte schon, zu meinen blauen Flecken kämen ein paar neue hinzu!

Hellstern legte seinen Arm auf Mugels Schulter.

Richard, du wirst künftig wohl oder übel mit von der Partie sein müssen! Neben Schröder bist du jetzt die zweite Zielscheibe unserer Gegner. Es war sehr mutig von dir, für uns in die Bresche zu springen. Auch ich danke dir!

Mugel schüttelte den Kopf.

Macht nicht soviel Aufhebens davon. Wenn überhaupt, dann solltet ihr Julius dafür danken, daß er mich sofort nach Schröders Besuch heute nachmittag angerufen hat.

Ach so, sagte Zirkel. So war das also!

Zornige Röte überzog seine Wangen.

So war das nicht abgemacht!, sagte er scharf. Nein, so war das nicht abgemacht. Unter diesen Umständen …

Mit langen Schritten ging er zur Garderobe, nahm seinen Mantel und stieß grußlos die Tür auf. Kirchgessner folgte ihm eilig.

Zacharias!, rief Hellstern ihm nach. So warte doch!

Er lief ebenfalls zur Tür.

So will ich ihn nicht gehen lassen, sagte er, sich umdrehend. Also, bis morgen, den genauen Termin vereinbaren wir noch!

Nach und nach verabschiedeten sich auch die anderen; ich hatte nicht das Gefühl, daß sie zufrieden waren mit ihrem Kandidaten. Zuletzt blieben nur Mugel und ich zurück.

Gemeinsam verließen wir das Goldene Rad. Auf der Straße atmete ich in vollen Zügen die klare Nachtluft ein. Ich fühlte mich wie von einer großen Last befreit.

Ich weiß, daß es unklug war, diese Dinge anzusprechen, ohne Beweise zu haben, sagte ich. Ich merke immer mehr, daß ich für die Politik nicht geschaffen bin. Aber ich hätte es nicht ausgehalten, nur über Verkehrsprobleme und Industrieansiedlung zu sprechen. Es wäre mir wie Verrat an dem armen Vogler vorgekommen …

Mugel faßte mich am Arm.

Gerade das nimmt mich für Sie ein, sagte er, Ihre unprofessionelle Art! Diese Stadt braucht einen Neuanfang, der mit Politikern alten Schlages gar nicht zu leisten ist. Deren Art hat sich überlebt, sie wollen es nur nicht wahrhaben. Aber irgendwann werden die Bürger aufwachen und es ihnen unmißverständlich klarmachen. Es muß nur einmal der Stein ins Rollen gebracht werden. Und warum sollen Sie das nicht sein? Im übrigen bin ich fest davon überzeugt, daß es *kein* Fehler war, Pfisterer frontal anzugehen. Jetzt ist er erst mal in der Defensive!

Er sah mich an und schmunzelte.

Soll ich Ihnen etwas verraten? Sie sind mir nur zuvorgekommen. Spätestens in der Diskussion nach Ihrer Rede hätte ich die Bombe platzen lassen. Denn eines ist uns auf alle Fälle schon gelungen: An die Häuser in der Merziggasse trauen sich die Nobiles nicht mehr heran. Julius kann in seinem Lädchen werkeln, bis er hundert ist.

Er begann, in Richtung Hauptstraße zu gehen.

Kommen Sie, ich begleite Sie zur Krone. Es ist besser, wenn Sie jetzt nicht allein unterwegs sind.

Ich gestand Mugel, daß ich aus der Krone herausgeflogen war. Er schüttelte den Kopf.

Das ist ja unglaublich. Und wo wohnen Sie jetzt?

Ich weiß es nicht. Es wird wohl ziemlich schwierig werden, in Wirkahn noch einen Wirt zu finden, der bereit ist, mich aufzunehmen. Aber das macht nichts. Ich kann heute nacht im Auto schlafen und mir morgen in Bergkirchen eine Unterkunft suchen ... Ich habe früher manche Nacht im Auto verbracht.

Die Erinnerung an den alten Chevrolet, den ich von meinem ersten, bei John Cartridge verdienten Geld gekauft hatte und mit dem ich wochenlange Fahrten durchs Land unternommen hatte, stieg wie ein verlockender Traum in mir auf.

Mugel sah nachdenklich auf die schwarzen Holzbohlen des Bürgersteigs.

Nein, sagte er, das kommt gar nicht in Frage! Sie können bei mir bleiben. Fahren Sie mit Ihrem Wagen hinter mir her.

Ich wollte abwehren, aber er war schon auf dem Weg zu seinem Fahrzeug, einem lehmverschmierten Landrover.

Wir verließen die Stadt auf engen Straßen und durch Gegenden, die mir unbekannt waren. Mugel fuhr mit hohem Tempo; ich hatte Mühe, ihm zu folgen. Dann ging es hinaus auf die Felder. Nach kaum zehn Minuten bogen wir in die Zufahrt zu seinem Hof ein.

Ich nahm meinen Koffer und betrat die Diele, deren bemaltes Mobiliar mir nun schon vertraut war. Hinter Mugel stieg ich die schmale Treppe hoch und lauschte, während wir durch den Flur gingen, seinen knappen Erklärungen, die von den schweren dunklen Holzwänden wie umrahmt wirkten.

Das meiste hier war früher Heuboden, sagte er. Nach dem Tod meiner Mutter vor zehn Jahren habe ich das Obergeschoß umgebaut. Vorher durfte am Haus nichts verändert werden, Vaters wegen. Sie kennen ja sein Schicksal, Julius hat es mir erzählt. Der östliche Flügel der Tenne mit Stall und Hocheinfahrt ist geblieben. Im Westteil sind ein paar Zimmer entstanden. Einige Jahre lang habe ich da Feriengäste beherbergt.

Jetzt nicht mehr?

Nein. Seit Fritz krank geworden ist, nicht mehr.

Er zeigte mir meine Kammer. Sie war einfach eingerichtet, aber alles, vom Bettbezug bis zu den Vorhängen, paßte zueinander. Sogar eine Dusche war vorhanden. Neben dem Kleiderschrank stand ein Bücherregal. Ich las die Namen von Gustav Schwab, Johann Peter Hebel und Eduard Mörike.

Zum ersten Mal, seit ich in Wirkahn lebte, fühlte ich mich geborgen.

Nun will ich Sie noch mit Fritz bekanntmachen, sagte Mugel. Ich höre, daß er wach ist.

Er öffnete die Tür eines Zimmers, schräg gegenüber dem, das er mir zugewiesen hatte. Leises Stöhnen drang heraus. Erschrocken sah ich Mugel an. Ich kannte dieses Geräusch.

Ja, sagte Richard Mugel, es war die Stimme meines Bruders, die Sie am Samstag gehört haben. Sein Zimmer liegt direkt über der Wohnstube. Durch einen Lüftungsschacht wird es vom Kachelofen aus mitbeheizt. So bekomme ich unten immer mit, ob Fritz mich braucht.

Er bat mich, einen Moment zu warten.

Fritz, hörte ich ihn sagen, wir haben Besuch. Du brauchst dich aber nicht vor ihm zu fürchten. Es ist ein Freund. Ein Freund, verstehst du, Fritz?

Kehliges Lallen war die Antwort.

Ja, Fritz. Du brauchst überhaupt keine Angst zu haben. Unser Freund heißt Carsten Schröder, und er ist ein guter Mensch. Herr Schröder würde sich sehr freuen, dich kennenzulernen!

Jetzt war es ein kurzes, aufgeregtes Schnaufen, das seinen Worten folgte.

Richard Mugel kam zurück und winkte mich herein. Sofort trat er wieder ans Bett des Kranken und hielt beruhigend seine Hand.

Fritz Mugels greisenhafter Kopf lag erhöht auf einem dicken Kissen. Sein Gesicht war bleich und eingefallen, der Hals faltig und braunfleckig. Weiße Haarsträhnen klebten ihm auf der Stirn.

Der Kranke öffnete die Augen und wurde, als er mich sah, von Unruhe erfaßt. Er wollte sich aufrichten. Richard Mugel drückte ihn sanft ins Kissen.

Bleib nur liegen, Fritz. Der Herr Schröder will dir nur gute Nacht sagen. Dann kannst du wieder schlafen.

Ich faßte die harte, knochige Hand, die Fritz Mugel mir zögernd entgegenhob. Für einen Augenblick umklammerte sie mich. Dann ließ er den Arm fallen. Fritz sah mich noch einmal kurz an, danach seinen Bruder, entspannte sich und drehte den Kopf zur Seite.

Kein Laut drang aus seinem geöffneten Mund.

So war es gut, Fritz, sagte Richard Mugel. Wir gehen jetzt auch schlafen. Ich lasse das Licht noch etwas brennen. Nachher mache ich es aus. Gute Nacht.

Wir traten wieder auf den Flur hinaus.

Ich hoffe, nicht unhöflich zu sein, sagte der Bauer. Normalerweise würde ich Sie noch auf ein Glas Wein einladen. Aber ich denke, Sie sind müde – und ich bin es, offen gestanden, auch.

Ich nickte und bedankte mich für seine Gastfreundschaft. Dann sank ich todmüde ins Bett, ohne auch nur den Koffer ausgepackt zu haben.

Im Einschlafen hörte ich das leise Scharren und Schnauben der Kühe im Stall. Es mischte sich mit den ersten Traumbildern, die mich auf John Cartridges Farm im fernen Iowa entführten.

Das Haus, der Stall, die Traktoren, das Futtersilo, sie waren ganz nahe. Und auf einmal lief aus den gelben Weizenfeldern eine Frau auf mich zu.

4.

Am Montag, dem 26. Januar, kam ein Brief von Miriam.

Hansen, der Postbote, klingelte schon morgens und drückte ihn mir in die Hand.

Für Sie, aus Amerika, sagte er. Dachte, es könnte was wichtiges sein, darum bin ich als erstes zu Ihnen gekommen.

Das ist nett von Ihnen, sagte ich. Wie schmeckt der Cognac, den Ihnen mein Vater zu Weihnachten geschenkt hat?

Hansen wurde rot unter der Mütze.

Na, Eins A!, prustete er vor verlegen. Dat is ja nu mal ganz was vörnehms, nich. Aber seit das mit Ihrem Herrn Vater passiert ist, hab ich ihn nich wieder angerührt.

So pietätvoll brauchen Sie doch nicht zu sein, Herr Hansen. Das Leben geht weiter.

Schon, ja. Aber ein Dschammer isses trotzdem. Und der hier regiert nu auch weiter!

Er deutete auf das Plakat mit dem Kopf des Bundeskanzlers, das an der Straßenlaterne im Wind flatterte.

Machen Sie sich nichts draus. Sie haben ja was zum Trösten.

Hansen griente, tippte an die Mütze und zog weiter.

Meine Hand zitterte, als ich den Brief öffnete. Miriam hatte ihn in San Diego, Kalifornien, aufgegeben. Ich wußte, woran sie mich erinnern wollte. Nach San Diego war unsere erste gemeinsame Urlaubsreise gegangen. Ihr Vater hatte sie uns spendiert. Damals war er noch der Meinung gewesen, seine Tochter habe eine gute Wahl getroffen mit einem Deutschen. Deutsche sind tüchtig, treu und kinderlieb. Wie Schäferhunde.

Es war kein sentimentaler Brief. Es war nicht einmal ein langer Brief.

Vor einer Woche, schrieb Miriam, sei sie von Cedar Rapids aus nach San Diego geflogen. Nun pendle sie jeden Tag zwischen Gaslamp Quarter, Spanish Village und La Jolla hin und her, schaue den Künstlern und dem Meer zu und erhole sich prächtig. Das Wetter sei sehr angenehm und das Hotel Valencia immer noch sehr gut. Im berühmten del Coronado, wo wir uns damals nicht hineingetraut hätten, habe sie mit einem sehr netten mexikanischen Geschäftsmann ein fabelhaftes Dinner eingenommen, aber im Valencia gefalle es ihr trotzdem besser. Vielleicht fahre sie morgen oder übermorgen für ein paar Tage nach Mexiko, die Baja California hinunter. Zum Schluß schrieb sie in klarer, keineswegs unsicherer Schrift, sie habe begriffen, daß es für mich jetzt notwendig sei, mich mit vielen schwierigen Dingen meiner deutschen Heimat auseinanderzusetzen, von denen sie leider keine Ahnung habe. Wenn sie es auch bedauere, so verstehe sie doch vollkommen, daß ich deswegen vorerst nicht in die USA zurückkehren könnte. Auf meinem neuen Weg wünsche sie mir Glück und Gottes Segen.

God bless you.

Eleganter konnte man, nachdem einem ein letzter Blick zurück gewährt worden war, aus dem Paradies nicht hinausgeworfen werden.

Ich ging ins Rathaus, meldete mich bei Jensen, nahm den Schlüssel und seine Versicherung in Empfang, daß er sich schon verdammte Sorgen um mich gemacht hätte, und verschwand im Archivkeller.

Über die Moorbaracken gibt es nur Bruchstückhaftes. Das Wenige entnehme ich zwei Gemeinderatsprotokollen.

Mit Blick auf den verschärften Arbeitskräftemangel in Handwerk und Industrie berichtet NSDAP-Ortsgruppenleiter Olsum im Februar 1938:

›... von dringlichen Anfragen örtlicher Betriebsführer nach Arbeitskräften. Es heißt, in anderen Gemeinden kämen zunehmend der Reichsarbeitsdienst oder Strafgefangene aus den Lagern bei Rhede und Aschendorf zum Einsatz. Davon ist in Brederstedt leider nichts zu merken, obwohl man mit der Werft Jülich & Brodmersen ein rüstungswirtschaftlich bedeutsames Unternehmen vorzuweisen hat.‹

Stadtamtmann Schröder antwortet darauf,

›... daß Brederstedt im Unterschied zu den genannten Gemeinden keine Kapazitäten besitzt, um eine größere Zahl von Arbeitskräften unterzubringen. Im Zuge der Moorkultivierung sind in den letzten Jahren von den zuständigen Siedlungsbehörden und Kulturbauverwaltungen linksemsisch mehrere Konzentrations- und Arbeitslager erstellt worden, die nach Auskunft der staatlichen Moorverwaltung weiter ausgebaut werden sollen. Demgegenüber hat eine von der Brederstedter Siedlungsgenossenschaft durchgeführte Wohnraumerhebung ergeben, daß in Brederstedt die Unterbringung einer größeren Anzahl Arbeitskräfte nicht mal in privaten Unterkünften möglich wäre, da die meisten ehemaligen Judenquartiere bereits wieder mit Arbeitskräften, vorwiegend holländischen und dänischen, belegt sind‹.

Nach diesen Ausführungen kommt die Ratsherrenversammlung einstimmig zu der Auffassung,

›... daß Brederstedt als unmittelbar an das Emsland angrenzendes Gebiet mit eigener Moor- und Fehnkultur viel zur Schaffung neuen Kulturbodens beitragen und damit einen wertvollen Beitrag für rassisch gesunde Siedlungen und ein siegreiches Gelingen der Erzeugungsschlacht leisten kann. Die Stadtverwaltung wird daher gebeten, in diesem Sinne mit den zuständigen Stellen Kontakt aufzunehmen und dabei besonders auf die Möglichkeiten der Brederstedter Siedlungsgenossenschaft zur Schaffung einfacher, billiger Unterkünfte in Form von Holzbaracken hinzuweisen‹.

Drei Monate später ist das Thema nochmals Gegenstand gemeinderätlicher Erörterungen. Stadtamtmann Schröder berichtet von einer

›... informativen Studienreise, die ich auf Vermittlung des Gauamts Weser-Ems ins Strafgefangenenlager Aschendorfermoor durchführen konnte. Die ebenso straffe wie zweckmäßige Organisation des Lagers mit über 1500 Strafgefangenen ist überaus beeindruckend, ebenso die bei der Erschließung des Moors erbrachten Kultivierungsleistungen. Nach Auskunft eines Vertreters der Lagerverwaltung Papenburg, der sich zum Zeitpunkt der Besichtigung zwecks Inspektion im Lager aufhielt, wird der Ausbau der emsländischen Kultivierungslager mit allen Mitteln vorangetrieben und bis Herbst zum Abschluß gebracht sein. Für die Errichtung eines neuen Lagers in Brederstedt besteht daneben wohl kein Bedarf, doch liegt die

Entscheidung hierüber bei der Reichsjustizverwaltung und der Reichsstelle für Raumordnung Berlin. Schriftliche Nachfragen bei den genannten Stellen sowie beim Regierungspräsidium Osnabrück haben diese Aussagen bestätigt. Es erscheint daher nach Auffassung der Stadtverwaltung zum gegenwärtigen Zeitpunkt wenig aussichtsreich, das Barackenprojekt weiterzuverfolgen.‹

Das Protokoll verzeichnet zustimmende Kenntnisnahme der Ratsversammlung.

Weitere Akten, die den Bau des Lagers betreffen, finde ich nicht.

Das verblüfft mich, denn an der Existenz der Moorbaracken ist nicht zu zweifeln. Zwar tauchten sie, jedenfalls solange ich in Brederstedt wohnte, in städtischen Publikationen nicht auf, und daran hat sich vermutlich bis heute nichts geändert. Auch in Vaters Ortschronik werden sie verschwiegen, obwohl er selbst es war, der sie zu Beginn seiner ersten Amtsperiode als Stadtdirektor hat abreißen lassen. Das wiederum weiß ich vom Archivrat Knipschield. Auf einem alten Stadtplan hat er mir gezeigt, wo früher die Mühlen standen, von denen nur noch der Galerieholländer auf dem Krummen Feld übrig geblieben ist.

Guck, hat er gesagt, das hier ist Grünland, dann kommt der Truppenübungsplatz, dahinter beginnt schon das Moor.

Und da sind auch die Moorbaracken?, habe ich ihn zugleich schaudernd und wißbegierig gefragt, denn wir Kinder erzählten uns über die Baracken oft wichtigtuerische Geschichten, die wir von Älteren aufgeschnappt hatten. Viele Menschen wären darin umgekommen, jedes Mal wurden es mehr, jedes Mal starben sie schrecklichere Tode. Einige schworen sogar, Schädel und Knochen aus den naßbraunen Torfklumpen herausragen gesehen zu haben.

Die Moorbaracken, hat Knipschield geantwortet, gibt es nicht mehr. Dein Vater sie abreißen lassen, gleich nachdem er Stadtdirektor geworden ist.

Aber wo waren sie denn dann?, habe ich insistierend gefragt, weil ich es schon damals nicht leiden konnte, wenn man mir auswich.

Ungefähr da, wo jetzt die Kasernen sind, war Knipschields einsilbige Auskunft. Aber zu der Zeit warst du noch in Abrahams Schoß.

Dann hat er den Stadtplan zusammengefaltet und mir stumm übers Haar gestrichen, obwohl ich schon fast so groß war wie er.

Plötzlich stand Hanna Sievers hinter mir. Ich hatte sie nicht kommen hören. Ich spürte nur einen leichten Druck auf der Schulter. Doch bevor ich mich umwenden konnte, hatte sie ihre Hand schon wieder weggezogen.

Hanna! sagte ich wie erlöst. Ich freue mich, Sie wiederzusehen! Ich hatte schon Sorge, Sie mit meinem Gerede vergrault zu haben. Es war dumm von mir, Sie mit meiner Familiengeschichte zu überfallen, entschuldigen Sie!

Nein, so war es nicht, sagte Hanna mit Entschiedenheit. *Ich* muß mich entschuldigen. Wie eine Megäre bin ich auf Sie losgegangen. Dabei – wie kam ich dazu, über Menschen zu urteilen, die ich gar nicht kenne? Ich begreife es nicht.

Aber Sie hatten doch recht, Hanna! Ich habe mich letztes Mal schrecklich benommen. Heute weiß ich, daß mich am Verhalten meines Vaters etwas ganz anderes störte als das, worüber wir diskutierten. Es –

Wir sollten nicht mehr darüber reden, sagte sie.

Es war eine kindische Trotzreaktion, nichts weiter. Ich habe mich einfach gegen die Vorstellung gewehrt, daß es im Leben meines Vaters eine Frau gegeben hat, die –

Bitte!, sagte sie und trat dicht vor mich hin. Ich saß auf dem Stuhl, hatte ihren Schoß vor Augen, roch das Parfüm *ohne* Putzmittelbeimischung, roch, wie ich meinte, eine winzige Spur ihres Körpers, und konnte nicht mehr ruhig atmen.

Lassen Sie uns von etwas anderem reden, ja?

Sie drehte das Gesicht zur Seite.

Ich freue mich auch, daß Sie wieder da sind, sagte sie leise.

Der Schoß vor mir hob und senkte sich.

Wirklich?

Ja … Ich habe Sie vermißt.

Sie sprach so leise, mit immer noch abgewandtem Gesicht, daß ihre Worte kaum zu verstehen waren.

Ich stand ruckartig auf, streifte im Aufstehen ihren Pullover, umfaßte ihre Schultern und sagte:

Ich habe Sie auch vermißt, Hanna!

Geh zum Teufel mit deinem Mexikaner, dachte ich. Ja, geh zum Teufel, Miriam.

Ich wollte Hanna an mich ziehen. Sie entzog sich, wenn auch ohne Hast, und hielt für einen Augenblick meine Hände fest. Als ich ihre Fingerkuppen streicheln wollte, löste sie sich ganz und lächelte.

Wo haben Sie so lange gesteckt? Zehn lange Tage lang?

Ich bin ein wenig durch die Gegend gefahren, habe die alte Heimat von allen Seiten betrachtet und sie nicht wiedererkannt und mich schrecklich allein gefühlt.

Ach, das sagen Sie nur, weil es so hübsch elegisch klingt. In Wirklichkeit haben Sie nicht einen Gedanken an mich verschwendet!

Nein, das ist nicht wahr, Sie müssen es mir glauben! Und was haben Sie in der Zeit gemacht?

Urlaub genommen und durch die Gegend gefahren, wie Sie. Aber im Unterschied zu Ihnen war ich wirklich traurig.

Hanna –

Sie legte den Finger auf den Mund.

Streiten wir uns heute abend weiter, ja? Holen Sie mich ab? Westerkamp siebenundsechzig. Ich warte von halb acht bis acht. Danach gehe ich alleine essen.

Schon im Gehen begriffen, blickte sie auf meinen Arbeitstisch.

Sie lesen und lesen ... Was ist es denn diesmal?

Gemeinderatsprotokolle aus dem Jahr achtunddreißig. Ich suche Unterlagen über die Entstehung des NS-Lagers Brederstedt. Die Moorbaracken, wie sie genannt wurden. Es ist zum Verrücktwerden, aber außer zwei kurzen Protokollen scheint es nichts darüber zu geben!

Dann suchen Sie auch nicht weiter, sagte Hanna. Die Baracken sind verschwunden und die Akten eben auch. Und draußen scheint die Sonne, falls Sie es nicht wissen sollten.

Nachmittags parkte ein großer LKW vor dem Haus und versperrte die halbe Fehrstiegstraße. Ich kehrte gerade von einem Spaziergang zurück, der mich auch an Brockhusens Blumenladen vorbeigeführt hatte, und setzte mich mit der Frage auseinander, ob zweiundzwanzig dunkelrote Rosen zuviel Symbolik waren für den Anfang.

Ole saß im Fahrerhaus und rauchte.

Als er mich kommen sah, sprang er auf die Straße und rief: Mojn, Carsten! Schleppst du einen eingewickelten Tannenbaum mit dir rum, oder was soll das sein?

Rosen, sagte ich. Zweiundzwanzig langstielige Rosen.

Ach du lieber Gott, sagte er. Dann verdufte ich lieber.

Quatsch, komm rein. Wartest du schon lange?

Nicht der Rede wert. Ich hab mir zwischendurch mal dein Grundstück angeschaut. Ist natürlich was anderes als unsere Bruchbude im Thamsengrund. Gut, daß du mich nie zu dir eingeladen hast. Den Schock hätte ich nicht verkraftet.

Ich spürte einen Stich und dachte: Es schmerzt ihn also immer noch.

Wir gingen ins Haus, ich legte in der Küche die Rosen ins Wasser und kochte Kaffee, und Ole erzählte begeistert von seiner Fahrt über den Brenner nach Modena. In Oberitalien rieche es nach Frühling, sagte er, und die Mädchen trügen schon kurze Röcke. Ich drückte ihm zwei Tassen in die Hand, nahm die Kanne und führte ihn ins Wohnzimmer. Im Sonnenlicht, das durch die schweren Vorhänge fiel, wirbelte feiner Staub.

Auf dem Rückweg war ich dann noch in Wirkahn, sagte Ole. Einen größeren Gegensatz kannst du dir nicht vorstellen. Alles grau und trist und wie mit Brettern vernagelt. Mit dem Auto kommst du gar nicht rein in die Stadt, weil überall gebuddelt wird. Scheint die Leute aber nicht weiter aufzuregen, sie trotten über die Holzbretter und ziehen das Genick ein. Du, die haben wirklich einen anderen Gang als wir. So vornüber und zugeknöpft, als wär Windstärke acht.

Hast du was von einem Bürgermeisterwahlkampf bemerkt? Plakate oder so?

Nee. Natürlich wimmelte es von Plakaten, aber das war alles für die Bundestagswahl. Wenn du mich fragst, der Ort ist schwarz wie ein Kohlenkeller, mit ziemlich viel Braunkohle drin.

Wieso?

Verdammt viel rechtsradikale Propaganda. Als ich zum Mittagessen in eine Kneipe gehe, hält mir einer einen Wisch unter die Nase: ›Wollt ihr saubere Deutsche sein, laßt keine Parasiten rein!‹, und grinst blöd dazu. Am Wahlsonntag!

Übel, ja. Aber bei uns reden sie auch nicht besser. Jedenfalls vielen Dank, daß du den Umweg auf dich genommen hast ... Sag mal, macht es deiner Meinung nach Sinn, sich in Wirkahn als Bürgermeister zu bewerben?

Ole starrte mich entgeistert an.

Wie soll ich das wissen?

Der Gedanke ist mir vorhin beim Spazierengehen gekommen. Irgendwie muß ich mich ja jetzt mal ernsthaft um den Verbleib von Frieder und Katharina kümmern. Gestern war ich bei Quedens, dem Rechtspfleger vom Amtsgericht. Ich glaube, du kennst ihn auch, von früher. Sven hat mir einen sogenannten Teilerbschein ausgestellt und auf mich eingeredet wie auf einen lahmen Gaul, endlich für klare Verhältnisse zu sorgen. Wenn *ich* nicht nachforsche, was mit meinen eventuellen Miterben los ist, macht es das Nachlaßgericht, sagt er. Als erstes müßte man sich beim Standesamt Wirkahn erkundigen, ob dort vielleicht Todeserklärungen vorliegen.

Aber deswegen brauchst du doch nicht gleich Bürgermeister werden zu wollen!, sagte Ole. Selbst bei diesen Hinterwäldlern wird es Telefone geben.

Schon. Aber wenn in dem Wirkahner Sterberegister kein Eintrag vorhanden ist, was gut möglich ist, weil Katharinas Umzug über fünfzig Jahre zurückliegt und sie außerdem Jüdin war, dann bin ich immer noch nicht schlauer. Und außerdem ist da diese merkwürdige anonyme Anzeige. In ihr wird doch ein direkter Bezug zwischen der Bürgermeisterwahl und dem Schicksal der Hirschfelds hergestellt. Vielleicht ist früher mal etwas passiert, was in einem Wahlkampf ans Licht kommen könnte und nicht kommen soll!

Ole schüttelte den Kopf.

Ich begreife es trotzdem nicht, sagte er. Vielleicht bin ich auch bloß zu rammdösig nach der langen Fahrt. Okay, wenn du einen Verdacht hast, dann geh hin und beauftrage einen Schnüffler. Oder versuch dich selbst als Detektiv. Aber das ist doch kein Grund, Politiker spielen zu wollen!

Er lachte glucksend.

Und was machst du, wenn dich die Leute wählen? Dann sitzt du drin in der Schüssel und kannst dich von der Welt verabschieden!

Vielleicht will ich das ja gerade, sagte ich. Mich von allem verabschieden, was war. Miriam hat mir den Laufpaß gegeben. Iowa, das

Haus am Glendale Park, die West High School – alles vorbei. Und hier in Brederstedt werde ich nicht aufhören können, Vater nachzustellen. Es ist ein Zwang, eine Obsession, die mich kaputtmacht und zugleich freut und erregt … Ich muß fort, Ole. Aber so, daß es nicht nach Flucht und Niederlage aussieht. Bürgermeister, das wär doch was, oder? Selbst der da müßte seinen Hut ziehen, wenn ich es schaffte!

Ole drehte sich nach dem Schreibtisch um und erkannte, wem ich zugenickt hatte.

Ach so –, sagte er langsam. Ja, wenn es darum geht, dann fahr los. Die Stadt kann weiß Gott frischen Wind vertragen, und du, so käsig wie du aussiehst, auch. Vielleicht kommt ihr ja zusammen.

Er trank seinen Kaffee und trug die Tasse in die Küche.

Aber was willst du dann noch mit den Rosen?, fragte er verdutzt.

Heut abend habe ich ein Rendezvous. Hanna, eine sehr nette Frau aus dem Archiv. Das Beste, was mir seit meiner Rückkehr vor zweiundzwanzig Tagen passiert ist. Deshalb zweiundzwanzig Rosen. Es ist sozusagen mein letzter Versuch.

Ich wünsch dir auf jeden Fall Glück, sagte Ole. Vielleicht treffen wir uns ja mal wieder. Hier oder in Wirkahn oder auf einem Rastplatz der *Route 66*, irgendwo zwischen Kanada und Kalifornien.

Am besten da, sagte ich. Das ist am leichtesten zu finden.

Hanna sah bezaubernd aus.

Einen grauen Hosenanzug trug sie, eine hellblaue Seidenbluse, eine Perlenkette und perlenbesetzte Ohrringe, die wie ihre kurzen, schwarzen Haare matt schimmerten. Das Make-up war perfekt, hauchdünnes Rouge auf den Wangen, die Lippen karminrot, die Augen bläulich umschattet. Die Brille fehlte.

Ich schämte mich heftig dafür, daß ich seit Wochen in denselben Klamotten umherlief, auch wenn ich sie zwischendurch mal zum Waschen und Bügeln gebracht hatte, und sagte es ihr. Es sei nicht wichtig, meinte sie.

Die Rosen freuten sie, aber eine Vase, in die sie hineingepaßt hätten, besaß Hanna nicht. Das einzige Gefäß, das die entsprechende Größe hatte, war der mit Messing verkleidete Schirmständer. Er bestand seine Wasserprobe und verwandelte sich in eine Bodenvase.

Das gemeinsame Suchen, Lachen und Ausprobieren minderte unsere Befangenheit.

Schauen Sie sich nicht zu genau um, bat Hanna, bei mir sieht es immer ziemlich chaotisch aus!

Das stimmte aber nicht. Sie wohnte gemütlich und, wie Mutter gesagt hätte, sehr gediegen. In den Regalen standen Hunderte Bücher, Kunstbände, Gesamtausgaben, Geschichtliches, Philosophisches, Romane, dazu viele Schallplatten. Über dem schwarzen Ledersofa hing ein großes Aquarell; es zeigte eine botanisch exakt gezeichnete Orchidee in zartem, durchscheinendem Violett.

Ich stellte sie mir unter dem Bild vor, abends auf dem Sofa, die Beine angewinkelt, ein Buch lesend und Beethovens Violinkonzert hörend, und dachte: Na also, das ist doch was anderes als Hillbilly und mexikanische Fiesta!

Im Taxi fuhren wir hinaus zur Klingendorfer Mühle, einem Restaurant auf halbem Weg nach Oldersum, direkt am Deich gelegen, und Hanna erzählte lebhaft von den Gerüchten, die es um uns gab. Weil sie fast täglich zu mir ins Verlies kam, kursierte die Vermutung, daß wir ein Verhältnis hätten. Und seit ich mir auch noch den Schlüssel für den Nebenraum ausgeliehen hatte, was Jensens Sekretärin sofort brühwarm verbreitete, war es sozusagen amtlich, daß wir es dort unten ›miteinander trieben‹.

Die lieben Kollegen entwickeln ja eine beachtliche Fantasie, wenn es darum geht, einem was anzuhängen, sagte sie, als wir die Spezialität des Hauses, Terrine von Edelfischen und Jacobsmuscheln, bestellt hatten. Eines Tages lag ein Buch auf meinem Schreibtisch, Norman Mailers ›Die Nackten und die Toten‹. Erst habe ich mich wahnsinnig darüber aufgeregt, aber dann bin ich nur noch traurig gewesen. Wenn schon Getuschel und Neid, dachte ich, dann sollte auch was dran sein. Aber Sie haben ja nur Ihre Akten im Kopf. Besonders schlimm war es, als wir so nah beieinander saßen, im Keller des Fremdenverkehrsamts, und Sie nichts Besseres wußten, als in vergilbten Fotos zu wühlen und auf Ihren Vater zu schimpfen. Da habe ich mich fast wie diese Jüdin gefühlt – irgendwie verletzt und ausgenutzt. Wahrscheinlich war ich deshalb so wütend.

Ich war so blind!, sagte ich und nahm ihre Hand. Wie ein Maulwurf! Aber jetzt bin ich wieder an der Sonne und kann sehen. Habe ich Ihnen schon gesagt, daß Sie sehr hübsch sind?

Nein, sagte sie. Auch wenn es nicht stimmt, es freut mich trotzdem.

Später erzählte ich einige Geschichten aus meinem früheren Farmer- und Journalistenleben, erwähnte aber Miriam nur beiläufig, so als wären wir uns vor Jahren einmal begegnet und hätten schnell gemerkt, daß wir nicht zueinander paßten.

Ob ich auf Dauer in Brederstedt bleiben würde, wüßte ich noch nicht, sagte ich. Aber nach Amerika wollte ich auf keinen Fall zurück.

Von Katharina war nicht mehr die Rede.

Nach dem Essen gingen wir auf dem Deich spazieren. Es war windig und kalt, aber sternenklar. Das Meer hatte sich weit zurückgezogen, die Luft roch nach salzigem Schlick. Anfangs gingen wir untergehakt und sprachen wenig. Wenn ich ab und zu stehen blieb und Hannas Kopf in die Hände nahm, sah sie mich forschend an. Sie schien unsicher, wie ernst es mir sei, und ihre Unsicherheit übertrug sich auf mich. So berührten wir uns nur tastend, mit spröden, trockenen Lippen, hörten danach aber auf, uns zu siezen. Das Du wirkte wie eine Aufforderung zum Reden, wir erzählten von Büchern und Reisen. Hannas Kenntnisse übertrafen meine bei weitem, sie war in Florenz und Paris, in Wien und in Prag gewesen. Ich merkte, wie wenig ich über Europa Bescheid wußte. Aber in Iowa eine Zeitung für deutschsprachige Auswanderer herausgeben und sich an der High School als Europaexperte aufspielen!, dachte ich. Schließlich begann sie, von mir gedrängt, über sich zu sprechen. Verheiratet war sie gewesen und hatte sich nach zehnjähriger Ehe scheiden lassen. Erst danach war sie nach Brederstedt gezogen, wo sie, wie sie sagte, nicht gerade einsiedlerisch, aber doch sehr zurückgezogen lebte. Daß sie älter war als ich, hatte ich vermutet; aber als sie zögernd sagte, vor zwei Monaten sei sie einundvierzig geworden, war ich so überrascht, daß ich ihre Hand losließ. Sie deutete es falsch, rief: Ich hab's gewußt!, machte kehrt und lief davon. Ich rannte ihr nach, hielt sie fest, redete auf sie ein, bedeckte sie, wo ihr sich windender Körper ein Ziel bot, mit Küssen, bis sie nachgab, ruhiger wurde und mein Werben mit solcher Leidenschaft erwiderte, daß ich erschrak.

Etwa eine Stunde lang folgten wir den sanften Biegungen des Deichs. Hanna schmiegte sich an mich, als sei ihr nach dem Bekenntnis, daß sie elf Jahre älter war als ich, eine große Last genommen. Sie wartete darauf, daß ich es ihr gleich täte und ihr mein Inneres öffnete, und ich versuchte es auch, doch es gelang nur unvollkommen. Wieder war es Vater, der das Hemmnis bildete. Ich konnte zwar die wachsende Entfremdung zwischen uns schildern, aber die unselige Verquickung von Schuld- und Rachegefühlen, die mich immer wieder ins Archiv trieb, entzog sich auch jetzt einer vernünftigen Begründung. Als ich sagte, ich wüßte nicht, ob ich nach Ole Merks Andeutungen meinen Vater lieber be- oder entlastet sähe und ob ich mir wünschen sollte, ihn der Mithilfe an zahllosen Morden überführen zu können oder ihm Abbitte für meinen Verdacht leisten zu müssen, blieb sie stehen und deutete auf das Leuchtfeuer, das vom Emdener Hafen herüberblitzte.

So bist du, sagte sie. Ein Scheinwerfer, der sich im Kreis dreht. Man sieht die Lichter, aber dazwischen ist viel, was sich verbirgt. Willst du nicht endlich erwachsen und ruhig werden?

Von diesem Augenblick an liebte ich sie und glaubte daran, daß sie es schaffen würde, mir zu helfen.

Ich wäre am liebsten die ganze Nacht über draußen geblieben. Das feine Rauschen, das die Flut ankündigt, und die Stimme, die mir immer vertrauter wurde, trugen mich; aber Hanna begann zu frieren.

Außerdem, sagte sie, reiben meine Kontaktlinsen. Ich weiß, daß du die Brille nicht magst, aber ich vertrage Linsen nun mal nicht gut. Meinst du, das wird ein ernstes Problem zwischen uns?

Ein sehr ernstes, sagte ich. Trägst du die Brille auch nachts, wenn du schläfst?

Was fragst du, gab sie zur Antwort. Überzeug dich selbst.

Wir fuhren zurück ins Zentrum Brederstedts, das still und hell den Hafen säumte. Die Lampen am Kai spiegelten sich im Wasser, die Kutter schliefen ihren Schlaf, der Rathausturm schimmerte grünlich.

Zum ersten Mal gefällt mir meine Stadt, sagte ich.

Der Taxifahrer sah in den Rückspiegel und verlangsamte das Tempo.

Es gibt keine schönere, sagte er stolz. Jedenfalls kenne ich keine.

In Hannas Wohnung nahmen wir uns gerade noch Zeit, eine Schallplatte aufzulegen und ein Glas Wein zu trinken, dann warfen wir die Kleider auf den Boden, ertasteten uns mit den Händen und umklammerten uns, als gelte es, sich an einem Brückengeländer vor dem Herabstürzen zu bewahren.

Hier sieht es aus wie auf einem Schlachtfeld!, sagte Hanna, als wir wieder zur Besinnung kamen.

Laß es bis morgen, sagte ich. Es war sowieso viel zu aufgeräumt bei dir.

Dann löste sie sich von mir, ging ins Bad, und als sie wiederkam und mich ins Schlafzimmer führte, stand der Schirmständer neben dem Bett, und auf der Decke lag eine Rose.

5.

Die Zusammenkunft meiner Wahlkampfmannschaft in Max Hellsterns Wohnung am Tag nach den Ereignissen im Goldenen Rad glich dem Zählappell nach einer verlorenen Schlacht.

Bedrückt berichtete uns der Gastgeber, daß Zirkel seine Mitarbeit aufgekündigt hatte. Er sei nicht länger gewillt, meine unabgesprochenen Alleingänge hinzunehmen, hatte ihn der Buchhändler wissen lassen. Die Auseinandersetzung mit einem so starken Gegner wie Ludwig Pfisterer sei nur dann erfolgreich zu führen, wenn zwischen allen Beteiligten Offenheit und Vertrauen herrschten und jeder, auch der Kandidat, sich an das vereinbarte Konzept halte. Da es an beidem mangele, müsse er sich zu seinem Bedauern zurückziehen.

Kirchgessner und Frau Laroche waren Zirkels Beispiel gefolgt, und auch Kersten hatte in einem Telefonat mitgeteilt, daß Schröder nicht mehr auf seine Unterstützung zählen dürfe. Offenbar hatte er noch einiges Unfreundliche mehr hinzugefügt, doch Hellstern beließ es bei dieser Andeutung.

Auf einen Schlag war unsere Truppe um die Hälfte reduziert, und die Stühle des bescheiden lebenden Pensionärs reichten für alle.

Während mich Zirkels Absage schmerzte, war ich über Kerstens Ausscheiden nicht unglücklich, hütete mich aber, es zu zeigen. Denn gerade auf den Redakteur hatte Hellstern große Hoffnungen gesetzt. Nun müßten wir mit einer unnachsichtigen Berichterstattung im Heimatboten rechnen, prophezeite er.

Sie wird so einseitig sein wie zuvor auch, sagte Richard Mugel trocken. Journalisten sind wenig geeignet, den Mächtigen zu widerstehen, allein schon deswegen, weil sie ihnen dauernd über den Weg laufen. Traurig bin ich nur über Zirkels Entscheidung, denn ich begreife sie nicht.

Jedes Wort könnte ich unterstreichen, dachte ich.

Daß sich Mugel offen auf unsere Seite stellte, war ein großer Gewinn. Andernfalls wäre die Herausforderung des Wirkahner Bürgermeisters, die am Sonnabend so hochmögend begonnen hatte, wohl schon nach vier Tagen zu Ende gewesen. Ich sah es der Miene des redlichen Max Hellstern an, wie schwer es ihm fiel, ohne Zirkel und Kersten auszukommen. Mit Sicherheit hatten sie ihn, wie seine Parteifreunde, bedrängt, nun gleichfalls den Bettel hinzuschmeißen. Nur die Tatsache, daß er gerade erst den früheren Abgeordneten Mugel, der im Ort über hohes Ansehen verfügte, zur Mitarbeit gewonnen hatte, mochte ihn davon abhalten.

Vor diesem Hintergrund hielt ich es für angebracht, den verbliebenen Mitstreitern freizustellen, sich die Sache noch einmal reiflich zu überlegen. Ich sei nun einmal kein politischer Profi, sagte ich, Fehler könnten mir immer wieder unterlaufen und unsere Lage sei zweifellos kritisch.

So laßt euch doch nicht gleich vom ersten Gegenwind umpusten!, entgegnete Mugel. Ich verstehe eure Niedergeschlagenheit gar nicht. Politisch haben wir einen Coup gelandet. Pfisterer muß jetzt alles daransetzen, die Spuren seiner Manipulationen zu verwischen, und ich kann mir nicht vorstellen, daß das geräuschlos über die Bühne geht. Wir brauchen nur Augen und Ohren offenzuhalten und seine Reaktionen richtig einschätzen. Vielleicht hilft uns schon der Verlauf der Gemeinderatssitzung heute abend weiter.

Wenn ich die hinter mir hätte, wäre mir wohler, seufzte Hellstern. Aber du hast recht, Richard. Wenn man in Schwierigkeiten steckt, ist es gut, sich daran zu erinnern, daß bei anderen die Bredouille noch größer sein könnte. Es ist auch mehr die menschliche Enttäuschung, die mir zu schaffen macht … Also, Herr Brommer, wie steht's denn nun mit den Plakaten?

Triumphierend öffnete der Chef unserer Werbeagentur, der bis dahin der Diskussion stumm, mit sorgenvoll gerunzelter Stirn gefolgt war, eine große schwarze Mappe.

Ich habe hier einen Andruck, sagte er. Und ich will tot umfallen, wenn das nicht ein Superplakat ist!

Er hielt den Bogen in die Höhe, feierlich, stolz, ein selbstgewisser, von den Querelen der Politik unbeeindruckter Künstler. Vor azurblauem Hintergrund, der in der winterlich grauen Stadt wie eine Werbung für Ferien an der Adria wirken mußte, prangte das Konterfei eines gebräunten jungen Mannes, in dem ich mich mit Mühe wiedererkannte. Der Slogan, daß es aufwärts gehen solle mit Wirkahn, war in knallroter, vom unteren Bildrand schräg aufsteigender Schrift hingeworfen, während der Name des Kandidaten sich in schwarzen Blockbuchstaben quer über den Kopf spannte – ein typographisches Bollwerk, hinter dem sich sogar die Bläue des fiktiven Himmels eingeschüchtert in ein milchiges Weiß verflüchtigte.

Beklommen sah ich den, der ich sein sollte, an. Er ließ sich aber nicht darauf ein, sondern blickte auf irgendeinen unwirklichen Punkt in der Ferne. Es war derselbe berechnende Täuschungsblick, den Vater und seine Vorgänger in der Brederstedter Stadtvätergalerie aufgesetzt hatten.

Schlimm, dachte ich, daß du diese Pose beherrschst und es nicht einmal gemerkt hast.

Das Plakat wurde einhellig gelobt. Besonders Fräulein Fine zeigte sich von dem Porträt so angetan, daß sie sich dringlich den Andruck erbat, um ihn ihrer Freundin zeigen zu können, mit der sie nachmittags zum Kaffee verabredet war. Vermutlich hatte ihr Renommee unter dem unvorteilhaften Foto gelitten, das der Heimatbote gestern von mir veröffentlicht hatte. Was an einem zerschrammten Menschen begeisternd sein soll, war in der Tat schwer zu erklären. Mit dem gelackten Kunstprodukt würde sie es einfacher haben.

Morgen kann ich die Plakate abholen, verkündete Brommer. Dann ziehen wir sie wetterfest auf und pflastern Wirkahn damit zu!

Hellstern schlug sich an die Stirn.

Oje, ich muß beim Ordnungsamt noch die Genehmigung zum Aufstellen der Ständer einholen! In all dem Trubel hab ich das glatt vergessen. Wenn ich zur Gemeinderatssitzung gehe, erledige ich es gleich mit.

Bei größeren Veranstaltungen möchte ich aber weiterhin Giovannis Transparent dabei haben, sagte ich bestimmt. Es gehört einfach dazu.

Giovanni sah mich überrascht und erfreut an. Er konnte nicht wissen, daß ich sein fröhliches, buntes Gemälde als Gegengewicht zum Wichtigkeitsgehabe brauchte, das ich an Vater immer kritisiert hatte und nun selbst im Großformat verkörperte.

Wir besprachen noch rasch das Programm des Nachmittags – einen Besuch im Altenstift Maria Magdalena und ein Gespräch mit dem Vorsitzenden der Wirkahner Sportvereine – und eine Werktoraktion vor Brauers Fabrik, die für die morgige Frühschicht vorgesehen war. Hellstern und Mugel rieten, den Termin zu verschieben, um das Ergebnis der Gemeinderatssitzung und das Pressebild des nächsten Tages abzuwarten.

Vor der Höhle des Löwen muß man notfalls brüllen können, meinte Mugel. Und morgen ist erst einmal ein anderer dran mit Brüllen. Aber danach sind wir wieder an der Reihe. So ist die politische Gezeitenfolge.

Außerdem muß vorher unbedingt der Kandidatenprospekt fertig sein, sagte Brommer, der es allezeit praktisch liebte. Haben Sie ihn endlich redigiert, Herr Schröder?

Eigentlich wollte Zirkel das übernehmen. Ich werde mir nachher die Unterlagen bei ihm abholen.

Lassen Sie mich das machen, bat Max Hellstern. Zacharias ist im Moment ein wenig schwierig.

Weiß jemand, was mit Schätzle los ist?, fragte ich.

Schauen Sie doch mal in seinem Büro vorbei!, schlug Hellstern vor. Wir sollten möglichst bald wissen, wann Vogler beerdigt wird. Vielleicht kennt Schätzle den Termin schon.

Danach trennten wir uns eilig. Mugel mußte zurück auf den Hof, die Aufwärterin ablösen, die während seiner Abwesenheit Fritz betreute. Gestern abend hatte er ihn, versehen mit Schlaftabletten, alleine gelassen, als er zur Veranstaltung im Goldenen Rad aufgebrochen war.

Das schlechte Gewissen plagte ihn noch heute.

Ich konnte es ihm nachempfinden. Fritz hatte wie ein Kind geweint, als wir ihn nach dem Frühstück verließen, um gemeinsam zu Hellsterns Wohnung zu fahren.

Zu Fuß machte ich mich auf den Weg zur Böcklerstraße, wo der Gewerkschaftsbund ein regionales Büro unterhielt. Es hatte zu regnen begonnen. Ich schlug den Mantelkragen hoch und vergrub die Hände in den Taschen.

So bist du also nun, statt einen Bruder gefunden zu haben, in eine kommunalpolitische Affäre verstrickt, die dich eigentlich gar nichts angeht, dachte ich. Aber seit Vogler tot ist, geht sie dich etwas an. Du hast die Ursache gesetzt, nun zieht eins das andere nach. Falsche Entscheidungen entwickeln ihre eigene, unentrinnbare Logik. Es ist wie in Kafkas Erzählung vom Landarzt: ›Einmal dem Fehlläuten der Nachtglocke gefolgt – es ist niemals gutzumachen‹. Als Schüler konnte ich mit Kafka überhaupt nichts anfangen, hielt seine Weltsicht für total irreal. Jetzt merke ich plötzlich, wie exakt er die Wirklichkeit beschrieben hat. Warum lernt man in der Schule nicht, die Dichter ernst zu nehmen? Hellstern muß ein guter Lehrer gewesen sein, seine Woyzeck-Interpretation traf ins Schwarze. Aber ob alle begriffen haben, was er meinte?

Um mich von meinen unproduktiven Gedankengängen abzulenken, ließ ich noch einmal die Ereignisse des gestrigen Abends Revue passieren. Wäre Schätzle nicht kurz vor Beginn der Veranstaltung mit der Nachricht vom Tod Alois Voglers an unseren Tisch gestürzt, hätte ich eine ganz und gar unspektakuläre Rede gehalten. Trotzdem hatte Letsch einen regelrechten Schlägertrupp mitgebracht und sich sofort, als habe er nur auf ein Stichwort gewartet, eingemischt. Offenbar hatte er den Auftrag, die Versammlung notfalls zu sprengen. Einen Sinn machte solch eine Order aber eigentlich nicht. Was konnte Pfisterer aus seiner Sicht Besseres passieren, als daß der einzige Belastungszeuge rechtzeitig vor Aufdeckung seiner Machenschaften verstarb? Es sei denn –

Zwei Bilder schoben sich ineinander: Brommer, der triumphierend ›Ich will tot umfallen …‹ sagte, was ich als unpassend empfunden hatte, und Schätzle, der atemlos, auf den Zusammenhang seiner Sätze kaum achtend, berichtete, daß der Arzt Doktor Meißner den Kämmerer bewußtlos im Keller seines Hauses gefunden habe.

Wieso im Keller? Entsprach es der verdammten Logik, in die ich, wie eine Fliege ins Spinnennetz, hineingeraten war, daß sich ein von einem Herzanfall gepeinigter Mann mühsam nach Hause schleppt, um dort als erstes in den Keller zu steigen, wo er gewiß keine Hilfe erwarten kann?

Ich rannte zur Böcklerstraße.

Schätzle saß in einem kargen Büro, dessen Tapeten bedeckt waren mit gewerkschaftlichen Solidaritätsaufrufen. Geistesabwesend starrte er aus dem Fenster auf die regenfeuchten Hauswände der gegenüberliegenden Straßenseite.

Entschuldigen Sie, daß ich gefehlt habe, sagte er leise. Ich hatte einfach keine Kraft zu kommen. Es ist furchtbar, das Elend der Frau Vogler mit ansehen zu müssen. Sie ist so hilflos ohne ihren Mann!

Sie brauchen sich nicht zu entschuldigen, sagte ich. Alle sind dafür dankbar, daß Sie sich um Frau Vogler kümmern. Das ist wichtiger als unser Wahlkampfgetöse. Ich wollte Sie nur etwas fragen. Habe ich Sie gestern richtig verstanden, daß Herr Vogler von dem Arzt im *Keller* seines Hauses gefunden wurde?

Nein, seine Frau hat ihn dort gefunden. Er lag bewußtlos auf dem Boden. Sie hat dann sofort den Doktor herbeitelefoniert.

Hat sie sich nicht gewundert, daß ihr Mann im Keller lag?

Doch, natürlich. Sie war ja schon in Unruhe, weil sie einen Anruf aus dem Rathaus erhalten hatte, daß ihrem Mann nicht wohl wäre und sie einen Arzt verständigen solle, wenn er heimkomme. Eine Sekretärin war es, die sie benachrichtigte. Als ihr Mann dann nicht eintraf, machte sie sich große Sorgen und ging vor die Haustür, um nachzusehen.

Und die Haustür stand offen?

Ganz recht, sagte Schätzle verwundert. Sie stand offen und ebenso die Tür, die vom Hausflur zum Keller führt. Warum fragen Sie?

Welche Erklärung hatte sie oder der Arzt dafür, daß Herr Vogler in den Keller statt in seine Wohnung ging?

Nur die, daß der Alois in seinem Zustand die Türen verwechselt hat. Er taumelte ja schon, als er aus dem Rathaus kam.

Ich schüttelte den Kopf.

Wäre er so wenig bei Sinnen gewesen, hätte er wohl kaum noch die Haustür aufgeschlossen, sondern geklingelt. Und wenn ihn nach dem Aufschließen die Kräfte verlassen hätten, wäre er schon im Hausflur zusammengebrochen und man hätte ihn dort finden müssen. Er kam aber noch heil die Kellertreppe herunter, denn man hat ihn ja wohl nicht am Fuß der Treppe, sondern im Keller selbst entdeckt. Weshalb soll er dann oben so geschwächt und desorientiert gewesen sein, daß er die Türen verwechselte?

Beunruhigt sah mich der Gewerkschaftssekretär an.

Worauf wollen Sie hinaus?, fragte er.

Daß Herr Vogler nicht allein war, als er hinunterging; und daß er es nicht freiwillig tat.

Um Gottes willen, Sie glauben doch nicht etwa –?

Ich glaube, daß der Bauhofkapo Letsch Herrn Vogler vor seinem Haus aufgelauert hat. Er hat ihn gezwungen, die Haustür zu öffnen und mit ihm in den Keller zu steigen. Letsch hatte gestern einen wahren Kampftrupp im Goldenen Rad dabei. Hätte ich ihn mit dem Todesfall in Verbindung gebracht, wäre die Hölle los gewesen. Möglicherweise sollte ich durch die Vielzahl furchterregender Gestalten davor gewarnt werden. Zuviel Aufwand, denn der Gedanke, daß Letsch die Finger im Spiel haben könnte, ist mir erst auf dem Weg hierher gekommen.

Nun war es Schätzle, der den Kopf schüttelte.

Aber Vogler ist doch an einem Herzinfarkt gestorben, das steht fest! Doktor Meißner hat es eindeutig diagnostiziert, und im Kreiskrankenhaus bestätigte man seinen Befund.

Das bestreite ich ja gar nicht. Die Frage ist nur, wann dieses Ereignis eingetreten ist und wodurch es ausgelöst wurde. Ich bin kein Mediziner, aber soviel weiß ich, daß niemand nach einem schweren Infarkt einen halben Kilometer zu Fuß geht. Herr Vogler hat bei Pfisteres Wutanfall im Rathaus sicherlich eine Herzattacke erlitten. Der Infarkt aber kann erst erfolgt sein, als er zu Hause angekommen war.

Das meinte Doktor Meißner auch. Nur sagte er, es müsse passiert sein, als Vogler dabei war, die Haustür zu öffnen.

Und eben das paßt nicht mit der Tatsache zusammen, daß er bewußtlos im Keller lag. Ich mache dem Arzt ja keinen Vorwurf, er hatte anderes zu tun, als kriminalistische Überlegungen anzustellen.

Schätzle stand auf. Er packte mich an den Schultern.

Wenn es so war, wie Sie sagen, rief er erregt, dann hieße das –

– daß der Kämmerer getötet werden sollte, sagte ich. Ja, ich bin überzeugt, daß Letsch ihn auf dem Gewissen hat. Nur, wie wollen wir es beweisen? Eine Möglichkeit wäre, daß Vogler im Keller zu Boden gestoßen wurde und davon Spuren zurückgeblieben sind, zum Beispiel ein Bluterguß am Hinterkopf. Doch um das festzustellen, müßte er obduziert werden. Vielleicht hat man ihn aber auch nur so geängstigt, daß der Infarkt ohne äußere Gewalteinwirkung eintrat … Ist das Datum der Beerdigung schon bekannt?

Nächsten Montag um zwei. Ich wollte es Max Hellstern nachher mitteilen.

Meinen Sie, Frau Vogler würde einer Obduktion zustimmen? Wenn *wir* den Antrag bei der Staatsanwaltschaft stellen, wird man uns keinen Glauben schenken.

Der Gewerkschaftssekretär winkte ab.

Ich glaube nicht, daß sie da mitmacht. Und ich scheue mich auch, es ihr vorzuschlagen. Wer weiß, ob sie eine solch eine neue Aufregung verkraftet!

Wir schwiegen.

Dann fragte Schätzle vorsichtig:

Und was denken Sie über Pfisterers Rolle? Wußte er von Letschs Tun? Hat er es am Ende gar angeordnet?

Ja, Pfisterers Anteil an dem Geschehen … Das ist nun noch schwerer zu beurteilen als alles andere. Aber ist es nicht seltsam, daß Letsch immer genau zum richtigen Zeitpunkt zur Stelle ist?

Ich verabschiedete mich und trat auf die Straße. Hinter seinem Fenster sah ich Schätzle am Schreibtisch sitzen und den Kopf auf die Hände stützen.

Der Besuch im Altenstift war eine Wohltat. Wie eine friedliche Insel lag das Haus in einer stillen Seitenstraße. Ich unterhielt mich mit den Bewohnern, die im Aufenthaltsraum saßen, Kaffee tranken, Zeitschriften lasen und einander von ihren Kindern erzählten, die so erfolgreich waren und es so weit gebracht hatten, und dachte zwischendurch an Meta. Arno, der mich begleitete, mußte mich des öfteren ermahnen, den Zweck unseres Aufenthalts nicht zu vergessen. Es schien mir wie eine Störung des Friedens, der auf vielen Gesichtern eingekehrt war, hier über Politik reden zu sollen. So tat ich es nur halbherzig und ohne forderndes Drängen, fühlte mich aber wohl dabei. Die Heimleiterin nahm meine Zurückhaltung erleichtert auf. Nur Zirkel zuliebe, dem die Hausbibliothek viele Bücher verdanke, habe sie dem Termin zugestimmt, bekannte sie. Denn über die Fürsorge der Stadt könne sie sich nicht beklagen, der Bürgermeister selbst kümmere sich vorbildlich um die Belange des Stifts. Mugels Schilderung der ›Wirkahner Verhältnisse‹ fiel mir ein, ich fragte die Dame, ob dies das Altenheim sei, in dem Pfisterers Onkel Erman seinen Lebensabend verbracht hatte. Sie bejahte es und sagte, schon oft habe der Bürgermeister erzählt, wie er damals als Bub unter den alten Leuten Würste, Brot und Obst verteilt hätte. Dann hätte ich wohl einen schweren Stand gegen so viel Großherzigkeit, meinte ich, und die freundliche Person breitete die Arme aus und nickte.

Der Vorsitzende der Sportvereine, ein um makellos konservierte Jugendlichkeit bemühter Immobilienmakler namens Würz, empfing mich in seinem Büro, das so kalt und teuer eingerichtet war, als hätte der Innenarchitekt es gerade erst aus seiner Obhut entlassen. Chrom und schwarzes Leder wechselten einander ab, der Schreibtisch variierte das Thema, sogar die bogenförmige Lampe fußte auf einem breiten, schwarzen Ledersockel. Nur die an den Wänden hängenden gerahmten Siegerurkunden und zwei Dutzend Pokale in einer schwarzen Vitrine mit chromgefaßter Verglasung zeugten von den Zierden eines erfolgreichen Sportlerlebens, das in diesem Raum ein angemessenes Mausoleum gefunden hatte.

Ich hätte ja gestern abend ganz schön Furore gemacht, sagte Herr Würz leutselig und bewies mit diesem Satz, daß er, auch was Informationen betraf, absolut auf der Höhe war; denn die Zeitung hatte des frühen Redaktionsschlusses wegen noch nichts berichtet, und Würz war, wie er bedauernd feststellte, abends auf Wochen hinaus ausgebucht, was ihm den Besuch von Wahlveranstaltungen verwehrte. Gerade deshalb sei es ihm ein Anliegen, den Konkurrenten des amtierenden Bürgermeisters rasch kennenzulernen, die siebenhundert Mitglieder, die er vertrete, erwarteten schließlich ein klares Urteil von ihrem Vorsitzenden.

Ich erinnerte mich, in Hellsterns Unterlagen gelesen zu haben, daß die Flutlichtanlage des Sportplatzes modernen Ansprüchen nicht mehr genügte, und beeilte mich, dies als Teil meines sportpolitischen Programms hervorzuheben. Doch der Vereinsvorsitzende winkte lässig ab und sagte, gerade habe er von der Brauer-Stiftung die Zusage für die Finanzierung einer neuen Flutlichtanlage bekommen, morgen könnte ich's im Heimatboten nachlesen.

Die Offenheit, mit der Würz mir bedeutete, daß ich ihm nichts zu bieten hatte, kam mir nicht ungelegen, ersparte sie mir doch weitere peinliche Anbiederungsversuche. Stattdessen begab ich mich in die Rolle des devot Fragenden, und das gefiel dem Makler schon besser. Bereitwillig gab er Auskunft über die große Bedeutung des Wirkahner Fabrikanten Max Brauer für die Sportförderung, die nicht nur den Sportschützen – diesen natürlich ganz besonders, was jedermann verstehe –, sondern allen Vereinen zugute komme. In seiner Jugend sei der Max selbst ein guter Schütze und Karatekämpfer gewesen, sagte er.

Es kommt von innen heraus, was er für uns tut, und das ist das Entscheidende!, rief er emphatisch. Danach taxierte er mich und kam zu der Überzeugung, daß bei mir von innen heraus wenig zu erwarten sei.

Das ist wahr, sagte ich. Dann hat Herr Brauer für Karate wohl eine besondere Vorliebe?

Und ob! Noch heute versäumt er keinen Wettkampf unserer Mannschaft. Nebenbei – mit großer Geste deutete Würz auf seine Trophäensammlung –, ich war auch nicht ganz erfolglos in dieser Sportart. Schwarzer Gürtel, Dritter Dan, falls Ihnen das was sagt.

Alle Achtung. Ist der Herr Letsch eigentlich auch – wie sagt man doch …?

Karateka?

Würz beugte den Oberkörper vor und musterte mich mißtrauisch.

Warum fragen Sie?

Nur so. Er wirkt so drahtig.

Letsch ist ein hervorragender Karateka. Aber Sie wissen hoffentlich, daß wir einen strengen Ehrenkodex haben. Es wird niemals durchgeschlagen!

Natürlich. Es genügt ja auch, die Schläge nur anzudeuten, um einen Normalmenschen wie mich zu erschrecken.

Würz lachte. Dann ließ er ansatzlos seinen rechten Arm, an dem eine schwere Goldkette hing, in Richtung meines Halses sausen und beendete den beilartigen Fall der Handkante so knapp vor der Schlagader, daß das kalte Metall die Haut streifte.

Ich prallte erschrocken zurück, stieß heftig gegen Arnos Kopf, und der Sportvereinsvorsitzende wollte sich schütteln vor Lachen.

Abends saßen Richard Mugel, Julius Hirschfeld und ich in der bäuerlichen Wohnstube beisammen. Von großen Holzbrettern aßen wir geräucherte Würste und Käse und tranken sauren Rotwein dazu.

Sauber ist er, nicht sauer, korrigierte Mugel energisch, als er meinen Kommentar hörte und sah, wie ich nach dem ersten Schluck das Gesicht verzog. Aber was will man von Flachländern, die grünen Salat mit Zucker und Zitronensaft anmachen, anderes erwarten!

Naja, es gehört schon zu den Eigenheiten dieses Ländchens, aus seinen Defiziten eine Weltanschauung zu machen, erwiderte Hirschfeld lakonisch. Nur weil ein paar heimwehkranke römische Legionäre vor zweitausend Jahren damit begonnen haben, hinter dem Limes Reben anzupflanzen, muß man den Trollinger eines verregneten Jahrgangs nicht für eine vinologische Offenbarung halten. In Frankreich würde man so etwas nicht trinken, sondern Cornichons darin einlegen.

Das sagst du nur, damit ich ein schlechtes Gewissen kriege und nachher meinen besten Cognac rausrücke. Also gut, aber zuerst wird der Wein ausgetrunken!

Die beiden alten Freunde waren vergnügt und entspannt. Fritz hatte für eine halbe Stunde das Bett verlassen können und sich zu uns gesetzt. Er hatte auf Fragen seines Bruders mit einfachen Sätzen geantwortet und seine Hand auf meine gelegt, als ich ihm eine Scheibe Brot reichte. Richard und Julius hatten sich angeblickt, es war ganz still geworden in der Stube. Dann hatte Fritz gelacht, und in das Lachen hinein klingelte das Telefon und Max Hellstern meldete aus dem Rathaus, daß die Gemeinderatssitzung beginne und als erstes eine Tischvorlage der Stadtverwaltung verteilt worden sei mit dem Antrag, die Pachtverträge für die gemeindlichen Häuser in der Merziggasse um dreiunddreißig Jahre zu verlängern. Gleich werde Pfisterer eine persönliche Erklärung abgeben, hatte er hinzugefügt, er müsse zurück in den Saal und werde sobald als möglich wieder anrufen.

Ich brachte es nicht über mich, die Freude, die Hellsterns Botschaft auslöste, durch grüblerische Gedanken über Voglers Tod zu trüben. So hörte ich zu, wie Richard Mugel Anekdoten aus seiner Zeit als Abgeordneter erzählte. Einmal, sagte er, habe er im Landtag unmittelbar nach seinem Fraktionsvorsitzenden sprechen müssen, und aus Versehen sei das Wasserglas des Vorredners nicht gegen ein neues ausgetauscht worden. Auf diese Weise habe er die Entdekkung gemacht, daß sein Parteioberer, zu dessen zahlreichen Ehrenämtern auch die Präsidentschaft in einem Verein zur Bekämpfung des Alkoholmißbrauchs zählte, bei Parlamentsdebatten Wodka zu trinken pflegte. Um der Gefahr vorzubeugen, daß dies auch dem nachfolgenden Redner der Opposition offenbar werde, habe er das Glas bis auf den Grund geleert und am Schluß seines Beitrags den stärksten Beifall geerntet, den er je als Politiker bekommen hätte.

Dein größter Fehler war, danach wieder zum Wasser zurückzukehren, sagte Hirschfeld. Welche Karriere hättest du machen können! Jedenfalls rettet dich jetzt nichts mehr davor, den Cognac aus dem Schrank zu holen. Und die nächste Flasche spendiere ich. Ich verspreche euch, das wird ein Tropfen sein, der uns den blauen Himmel der Charente herbeizaubert. Freunde, heut war ein guter Tag!

Dann stießen wir an und Mugel erzählte weiter, bis das Telefon erneut läutete. Wieder war Max Hellstern am Apparat.

Reden Sie mit ihm, es geht ja vor allem um Sie, sagte Mugel und reichte mir den Hörer.

Diesmal klang Hellstern niedergeschlagen. Pfisterer habe alle Vorwürfe dementiert, berichtete er, und sich als Opfer einer üblen Verleumdungskampagne seiner Gegner bezeichnet. Eine Prüfung der kommunalen Finanzen herbeizuführen, habe er als unzumutbar abgelehnt, zugleich aber dem Gemeinderat angeboten, seinerseits einen entsprechenden Antrag an die Aufsichtsbehörde zu stellen. Dies habe das Gremium jedoch mit großer Mehrheit abgelehnt.

Stellen Sie sich vor, sagte Hellstern wütend, sogar meine eigene Fraktion hat Pfisterer das Vertrauen ausgesprochen! Anschließend hat dann Winkler den Einsatz von Theatermasken des Kulturzentrums für Wahlkampfzwecke als Mißbrauch öffentlicher Gelder angeprangert und eine Kürzung der Zuschüsse an den Kulturverein verlangt. Und auch dieser Antrag ist durchgegangen, weil sich meine Genossen feige der Stimme enthalten haben!

Er machte eine Pause.

Daraufhin habe ich meinen Austritt aus der Fraktion erklärt, fuhr er mit belegter Stimme fort. Eine solche Brüskierung kann ich mir als Vorsitzender des Distelfink doch nicht gefallen lassen!

Das tut mir leid!, sagte ich bestürzt. Aber ich danke Ihnen sehr für Ihre Standhaftigkeit. Und was ist mit Vogler? Hat Pfisterer auch zu seinem Tod Stellung genommen?

Eine widerliche Komödie war's! Zunächst hat er einen salbungsvollen Nachruf auf seinen Kämmerer gehalten, um ihn gleich darauf als Versager abzustempeln. Angeblich ist es bei dem Streit am Montag vormittag um ein Fristversäumnis gegangen, durch das die Stadt Zuschüsse des Landes aus dem kommunalen Entwicklungsprogramm eingebüßt hat. Die Überwachung der Antragsfristen sei immer Aufgabe des Kämmerers gewesen, sagte Pfisterer, deshalb habe er sich über die Panne in der Tat sehr erregt. Hätte er allerdings die Folgen seiner Vorhaltungen geahnt, wäre er zurückhaltender gewesen. Niemand mache sich heftigere Vorwürfe als er, hat er pathetisch ausgerufen, und auch für die Nachlässigkeit seiner Verwaltung übernehme er selbstverständlich die volle politische Verantwortung. So hat er den edlen Sünder gemimt und umgehend die Absolution eines zu Tränen gerührten Gemeinderats erhalten. Wir sollten ihm demnächst die Hauptrolle in einem Mantel-und-Degen-Stück anbieten, er würde sie blendend ausfüllen, und die Arbeit der Theatergruppe wäre auch nicht mehr gefährdet. Ach, es ist alles so widerlich!

Ich versuchte, Hellstern zu beruhigen; weil ich aber ebenso aufgewühlt war wie er, blieb es beim Wollen. Ob ihm wenigstens Zirkel in der Diskussion beigestanden habe, fragte ich hilflos und war wenig erstaunt zu hören, daß sich der Buchhändler zu dieser Sitzung wegen Krankheit hatte entschuldigen lassen.

Als ich an den Tisch zurückkehrte, in dem die Brotmesser steckten, war meine Heiterkeit verflogen wie ein leichter, schwebender Traum, der beim Wachwerden in nichts zerfließt.

Ich wiederholte Hellsterns Schilderung und schloß übergangslos meine Vermutung an, daß Alois Vogler vorsätzlich getötet worden sei. Dann sah ich Richard Mugel gerade in die Augen und sagte:

Herr Mugel, ich kann es nicht ertragen, wie hier aus einem Opfer ein Täter gemacht wird. Es erinnert mich an Vorgänge, die ich im Archiv meiner Heimatstadt gelesen und von denen ich geglaubt hatte, daß sie längst Geschichte wären. Nun begegnen sie mir in der Gegenwart, unter meinen Augen! Das ist wie ein Alptraum für mich … Wäre ich nicht in diese Stadt gekommen, würde Herr Vogler noch leben, also bin ich mit verantwortlich für seinen Tod. Bitte, helfen Sie mir, mit dieser Last fertig zu werden. Nehmen Sie keine Rücksicht darauf, ob es politisch klug ist oder nicht – es geht nicht mehr nur um Gemeindepolitik.

Worum geht es dann?, fragte Mugel.

Um Gerechtigkeit. Sie wird im Falle Vogler mit Füßen getreten. Solange sie nicht hergestellt ist und ich nicht weiß, was wirklich mit ihm geschehen ist, werde ich keine Ruhe mehr haben und keine mehr geben!

Während ich mich ereiferte, drehte Richard Mugel mit gleichmäßig kreisenden Bewegungen das schwere Kristallglas in seinen Händen. Der Cognac funkelte im Schein der niedrig hängenden Lampe wie glimmendes Feuer. Vom Kachelofen drang leises Knacken und Zischen herüber. Das mikroskopische Spiel der Farben blendete meine Augen, die gedämpften Geräusche dröhnten mir in den Ohren, es war, als füllte das Flackern und Prasseln eines riesigen Scheiterhaufens das Zimmer. Ich wußte, daß es eine Sinnestäuschung war; aber ich überließ mich der Halluzination mit wilder Freude, die das Feuer des Schmerzes nur umso heller anfachte, und als Vater und Pfisterer, in dem Funkeln aufscheinend, zu einem Bild verschmolzen, schrie ich besinnungslos: Ja!, Ja!, zog das vor mir stekkende Messer aus der Tischplatte und hieb es mit solcher Wucht ins Holz zurück, daß die Klinge sirrend zerbrach.

Danach erwachte ich.

Hirschfeld war kalkweiß geworden. Ich stammelte eine Entschuldigung.

Mugel sah mich unverwandt an.

Sie werden aber nicht so weit gehen wollen, Pfisterer selbst eines *Mordes* zu bezichtigen? fragte er schließlich.

Ich atmete immer noch heftig, zwang mich jedoch zur Ruhe.

Ich weiß, es klingt ungeheuerlich, sagte ich. Aber halten Sie selbst es für undenkbar? Man hat Ihnen das Abgeordnetenmandat geraubt und Fritz um sein Vermögen betrogen, während Sie im Krankenhaus lagen und sich nicht wehren konnten. Was jetzt mit Alois Vogler geschehen ist, weist manche Parallele auf. Wieder wurde die Schwäche des Gegners eiskalt ausgenützt. Sogar das Kreiskrankenhaus spielt mit hinein!

Aber zwischen Betrug und Mord liegen Welten!, erwiderte Mugel mit strenger Stimme. Ich warne Sie, leichtfertig das eine mit dem anderen zu vermischen! Als ich gestern abend zwischen Pfisterers Wüten und Voglers Tod einen Zusammenhang herstellte, tat ich es in moralischem, nicht in strafrechtlichem Sinne. Ich bitte Sie, diesen Unterschied genau zu beachten! Und noch eins: Unterschätzen Sie nicht den Zusammenhalt der Nobiles, wenn es für sie um existentielle Dinge geht! Es mag sein, daß ihnen bei der Affäre um das Gemeindekonto und die Wirkahner Wohnbau ein Fehler unterläuft. Das ist möglich, und darauf würde ich mein Augenmerk richten. Aber wenn Sie nun auch noch mit dem Verdacht jonglieren, Vogler sei umgebracht worden, werden Sie Ihre Gegner zu einem Bollwerk zusammenschweißen, zwischen dessen Fugen nicht mal eine Messerspitze paßt – selbst wenn man sie nicht vorher zerbricht!

Ich war rot geworden bei seinen letzten Worten. Zugleich aber sah ich Alois Vogler so deutlich vor mir, als stünde er im Zimmer.

Ein Messer bleibt ein Messer, auch wenn es in Watte gepackt ist, sagte ich trotzig. Es tut mir leid, aber ich kann nicht anders, ich muß die Watte zerreißen, bis die Waffe blank vor aller Augen liegt. Vogler hat es tun wollen und ist darüber gestorben, nun liegt es an mir, seinen Willen zu vollziehen. Er wurde im Keller gefunden, dafür gibt es keine plausible Erklärung. Und was das Bollwerk betrifft – es kann so lückenlos nicht sein, wie Sie es darstellen. *Ein* Mitwisser, der sich nicht an die Spielregeln hält, kann schon genügen. Hat nicht auch der Arzt im Kreiskrankenhaus, der angeblich Ihre Krankengeschichte ausgeplaudert hat, dies entschieden bestritten und dadurch den Mandatsbetrug erst offenkundig gemacht?

Mugels Mund zuckte. Ich sah ihm an, wie unangenehm es ihm war, an die damaligen Ereignisse erinnert zu werden.

Sie wissen manches, aber immer noch zu wenig, um in diesen Dingen mitreden zu können, sagte er schroff. Ja, der Arzt, der sich über meine verdorrten Herzkranzgefäße ausgelassen haben soll, hat das nicht auf sich sitzen lassen und sich gewehrt. Er war erst kurze Zeit im Bergkirchener Hospital und kannte die dortigen Usancen noch nicht. Und – was nützte ihm seine Ehrlichkeit? Was nützte sie mir? Keine drei Monate später war der Mann entlassen. Und mir wurde erst recht bewußt, wie ohnmächtig ich gegenüber den Nobiles war!

Hirschfeld, der unseren Disput offenbar nur unvollkommen wahrgenommen hatte, weil er sich erst von seinem Schrecken erholen mußte, fragte:

Welcher Arzt, Richard? Doktor Meißner, der dich damals im Krankenhaus behandelt hat?

Meißner?, fuhr ich auf. Ist es etwa derselbe …?

Es ist derselbe, antwortete Mugel unwillig. Er hat sich danach in Wirkahn niedergelassen, nicht gerade zur Freude der Pfisterers. Die Zahl seiner Patienten hält sich wohl auch in Grenzen. – Aber noch einmal zurück zu Ihrer Bitte, Herr Schröder. Ich helfe Ihnen im Wahlkampf, das habe ich versprochen und dabei bleibt es. An Mordtheorien aber beteilige ich mich nicht. Ist das klar zwischen uns?

Ja, sagte ich und dachte: Ich werde Doktor Meißner aufsuchen. Vielleicht gelingt es mit seiner Hilfe, noch einmal die Fugen im Bollwerk zu lockern … Um Mugel versöhnlich zu stimmen, hob ich das Glas, prostete ihm und Hirschfeld zu und sagte:

Wir wollen über alldem nicht vergessen, daß wir heute mit dem Erhalt der Häuser in der Merziggasse einen großen Sieg errungen haben! So möge es weitergehen! Wie bewerten Sie die übrigen Vorgänge im Gemeinderat, Herr Mugel?

Nun, sagte Mugel und entspannte sich – daß Pfisterer eine Sonderprüfung der Aufsichtsbehörde abgelehnt hat, spricht dafür, daß er sie scheut; ebenso die Tatsache, daß er es nicht wagt, mich wegen Verleumdung anzuzeigen. Vielleicht ist er sich nicht sicher, wie standfest sein Vetter ist, wenn es darauf ankommt. Steiger ist ein labiler Charakter. Ich kann mir nicht vorstellen, daß er die Kontenbewegungen, die notwendig sind, um Gelder der Gemeinde zu verschieben, ohne einen Mitwisser in seiner Bank getätigt hat. Hier könnte eine Schwachstelle sein.

Dasselbe meinte Zirkel auch, sagte ich. Das heißt, wir müssen denjenigen finden, der in der Wirkahner Bank neben Steiger über die Manipulationen Bescheid weiß.

Exakt! Das Risiko der großen Hyänen sind die kleinen. Aber

stellen Sie sich auch das nicht zu einfach vor. In meinem Fall, den Sie so hoffnungsvoll zitiert haben, kannte jedermann den wahren Sachverhalt, es gab sogar einen Arzt, der ihn öffentlich bezeugte, und die Stimmung der Bevölkerung war auf meiner Seite. Dennoch gelang es nicht, das Rad zurückzudrehen. Sie haben bislang nicht mehr als Vermutungen, keine Zeugen, und über besondere Popularität verfügen Sie auch nicht, wenn ich das so offen sagen darf.

Ich weiß, sagte ich. Trotzdem werde ich versuchen, Pfisterers Lügengebäude zum Einsturz zu bringen. Und dann …

Dann, sagte Mugel und trank sein Glas in einem Zug leer, dann werden Sie erst vor dem wahren Problem stehen. Den letzten Schritt muß man nämlich alleine tun. Den nimmt einem keiner ab.

Ich verstehe nicht ganz … Welchen letzten Schritt?

Den letzten eben, sagte Mugel und stand auf.

Donnerstags quoll der Heimatbote über vor Meldungen, die den Wahlkampf in Wirkahn betrafen, der sich so unerwartet dramatisch entwickelt hatte. Mugels an Pfisterer gerichtete, provozierende Fragen fanden zwar kurz Erwähnung, wurden aber sogleich wieder eingefangen und gewissermaßen ex officio beantwortet durch den weit ausführlicheren Bericht der Zeitung über die Gemeinderatssitzung des folgenden Abends. Offenbar war der frühe Redaktionsschluß, der eine zeitnahe Wiedergabe meiner Veranstaltung im Goldenen Rad angeblich verhindert hatte, kein Hindernis, die abendliche Vertrauenserklärung des Gemeinderats für den bedrängten Bürgermeister am nächsten Morgen taufrisch ins Blatt zu heben und so die Ereignisse vom Dienstag als überholt erscheinen zu lassen. Um diese Wertung auch noch dem begriffsstutzigsten Leser nahezubringen, waren zudem Stellungnahmen der lokalen und regionalen Prominenz eingeholt worden. Der Staatsekretär im Innenministerium, der Landrat, Gemeinderäte, aber auch örtliche Honoratioren wie Notar Doktor Wachter und der Vorsitzende der Sportvereine äußerten sich einhellig empört über die ›unqualifizierten Anschuldigungen‹, warnten vor einer Schlammschlacht und lobten das untadelige Demokratieverständnis der kommunalen Volksvertreter. Ein beißender Kommentar komplettierte das redaktionelle Scherbengericht, dessen Autorenschaft sich Pürroth und Kersten wetteifernd teilten. Auch der Rückzug eines Teils der Schröderschen Wahlkampfmannschaft, die skandalöse Fehlleitung öffentlicher Kulturarbeit und die bedauerliche Isolation, in die Max Hellstern geraten war, wurden gebührend herausgestellt, doch mochte das den normalen, ob soviel Bewerberbosheit schon abgestumpften Nachrichtenkonsumenten kaum noch sonderlich berühren.

Wie ein tröstendes Licht in der Finsternis wirkte da die erfreuliche Botschaft, daß dank der Großzügigkeit der Brauer-Stiftung der Sportplatz bald im Schein einer neuen Flutlichtanlage erstrahlen werde.

Der Löwe Pfisterer hatte gebrüllt und das Rudel heulte mit.

Mich ließ das Gedruckte merkwürdig kalt. Kaum hatte ich das Gefühl, daß es mich etwas angehe. Ich half Richard Mugel im Stall beim Aufschütten der Streu und beim Füttern der Kühe und Schweine, und die Art, wie ich mit dem Vieh umging, es lockte, beruhigte oder auch energisch beiseite schob, erstaunte ihn. Wir sprachen über die Zeit, die ich auf John Cartridges Farm verbracht hatte. Ich hätte dort bleiben sollen, sagte ich, denn mit Menschen täte ich mich schwerer als mit Tieren. Aber das hätte ich leider zu spät bemerkt. Er antwortete nicht, doch seinem Gesichtsausdruck war anzumerken, daß er Ähnliches dachte.

Danach fuhr ich in die Stadt. Als erstes ging ich zur Post zum Telefonieren und ließ mich mit der Bredersstedter Kreissparkasse verbinden. Jürn Arnsbek fragte, ob mit der Überweisung etwas schiefgelaufen sei.

Dreißigtausend auf dein Konto bei der Wirkahner Bank, nicht? Ich hab's gleich am Montag nach deinem Anruf veranlaßt. Von Sven ist allerdings bisher noch nichts eingegangen!

Das ist nicht der Grund, warum ich dich anrufen will, Jürn. Ich brauche deinen Rat als Bankfachmann. Es geht darum, wie man am besten unerlaubte Transaktionen verschleiert …

Na, du machst mir Spaß. Willst du am Finanzamt vorbei Geld nach Luxemburg schaffen? Da darfst du nicht bei einer kleinen Sparkasse anfragen. Und außerdem, das lohnt doch erst ab ein paar Millionen, Mann!

Ich klärte ihn über den Hintergrund meiner Frage auf, verschwieg aber, daß es sich um Wirkahner Vorgänge handelte. Jemand hätte mir von einer Wohnbaugesellschaft erzählt, die vor Jahren auf diese Weise groß geworden sei, bis sie dann doch pleite ging, sagte ich. Angeblich wäre die Mauschelei nie aufgedeckt worden, was ich für unmöglich hielte. Wir hätten dann so eine Art Wette abgeschlossen, mein Bekannter und ich.

Ach so, sagte Jürn. Es klang enttäuscht. Also, wenn ich dich recht verstehe, hat diese Firma Kredite gekriegt, ohne dafür Zinsen zu bezahlen. So läßt sich natürlich gut bauen. Das Problem ist nicht so sehr, woher die Bank das Geld nimmt, sondern wie sie die fehlenden Zinseingänge kaschiert. Es muß ja ein Kreditkonto geführt werden, auf dem Zins und Tilgung zu verbuchen ist, am Jahresende sind Zinsbescheinigungen fürs Finanzamt auszustellen und so fort. Dafür brauche ich einen Kontoführer, der das alles veranlaßt, obwohl in Wahrheit gar kein Geld eingegangen ist – das ist der erste Mitwisser. Und dann brauche ich jemanden – und jetzt wird's ganz schwierig –, der mir den Zinsverlust ausgleicht, indem er auf Geld verzichtet, das ihm eigentlich zusteht. Also zum Beispiel einen Börsenmakler, der weniger Gewinn abrechnet, als er erzielt hat. Aber wer würde dazu wohl bereit sein?

Also sind mindestens zwei Eingeweihte notwendig, das ist gut. Der eine, der Bankangestellte, kann von seinem Chef unter Druck gesetzt worden sein. Der andere dagegen, der außerhalb der Bank steht und Geld verliert, muß sich davon etwas versprechen. Laß mich nachdenken ... Vielleicht verliert er ja gar nichts, sondern gewinnt per Saldo noch dazu!

Langsam machst du mich neugierig, sagte Jürn Arnsbek. Solltest du die Gans gefunden haben, die goldene Eier legt, laß mich's wissen. Ich hab mir nämlich gerade eine Eigentumswohnung gekauft.

Ich spürte die Kälte eines goldenen Armbandes an meinem Hals.

Ich glaube, ich kenne den zweiten Mitwisser. Wenn ein Makler – kein Börsen-, sondern ein Immobilienmakler – von der Wohnbaugesellschaft mit dem Verkauf der billig gebauten Wohnungen beauftragt wird, obwohl sie das auch selbst tun könnte, dann wird er im Zweifel doch bereit sein, sich dafür erkenntlich zu zeigen, oder?

Ein reines Rechenexempel. Ab einer bestimmten Zahl von Wohnungen lohnt sich's. Aber spielt's eine Rolle?

Nein. Ich werde einfach behaupten, bei mehr als zwei Mitwissern – den Bankvorstand und den Immobilienboß darf man ja auch nicht vergessen – sei die Wahrscheinlichkeit, daß so etwas unter der Dekke bleibt, derart gering, daß ich gewonnen hätte!

So ist's richtig!, bestätigte Jürn Arnsbek. Und sag noch dazu, die sicherste Art, innerhalb einer Bank reich zu werden, wär immer noch die, bei Überweisungen ein paar Pfennige abzuzwacken. Dann erweist du dich gleich als Insider. Wer den Pfennig nicht ehrt, haha ... Kleiner Scherz, ich hoffe, du verstehst mich richtig.

Klar, sagte ich. Ich danke dir. Und grüß Sven Quedens von mir, ja?

Mache ich. Und du, paß auf dich auf. Ich weiß ja nicht, was du da unten so treibst, aber ganz ungefährlich, scheint mir, ist es nicht. Stadtdirektor Jensen erkundigt sich auffällig oft nach dir. Und Jensen ist ja nun keiner, der das aus reiner Menschenfreundlichkeit macht.

Wenn er das nächste Mal fragt, sag ihm, der Carsten sei gerade dabei zu lernen, wie man amtierende Stadtoberhäupter kippt. Wenn es hier nicht klappt, dann vielleicht woanders!

Ich legte auf und wählte die Telefonnummer der Wirkahner Wohnbaugesellschaft.

Eine schneidige Frauenstimme fragte, was ich wünschte. Ich wollte eine Eigentumswohnung kaufen, sagte ich. Da müsse ich mich an das Maklerbüro Würz wenden, antwortete sie. Ich wollte die Wohnung aber direkt vom Bauträger kaufen, beharrte ich. Das gehe nicht, erwiderte sie, der Vertrieb erfolge ausschließlich über das Büro Würz. Dann hätte ich ja noch extra Maklergebühren zu entrichten, wandte ich ein. Ich dürfte die Endpreise gerne mit anderen Angeboten vergleichen, sagte sie von oben herab. Und ob ich schon mal was von Outsourcing gehört hätte? Ja, sagte ich und erhielt zur Belohnung unaufgefordert die Nummer des Vielbeschäftigten.

Anschließend entnahm ich dem Telefonbuch die Adresse des Arztes für Allgemeinmedizin Dr. Alexander Meißner.

Ich fuhr zu seiner Praxis. Sie lag in einer Seitenstraße unweit der Merziggasse. Zwei Patienten saßen im Wartezimmer, doch dauerte es länger als eine halbe Stunde, bis ich aufgerufen wurde.

Doktor Meißner hatte ein bleiches Brillengesicht mit scharfen Mundfalten und einer Stirnglatze, die den Scheitelpunkt des Schädels erreicht hatte. Wahrscheinlich war er jünger, als er aussah. Sein Kittel war zerknittert und nicht übertrieben weiß.

Ich benötigte etwa zehn Minuten, um den Arzt über die Vorgeschichte meines Besuchs ins Bild zu setzen. Meine Sorge, daß er an irgend einem Punkt der von Vogler über Pfisterer, Letsch, Schätzle und Würz bis zu Richard Mugel reichenden Erzählung aufspringen und mich aus dem Zimmer weisen würde, erwies sich als unbegründet. Meißner hörte zu, ohne eine Miene zu verziehen. Erst als ich ihn bat, bei der zuständigen Staatsanwaltschaft die Obduktion der Leiche Alois Voglers zu beantragen, runzelte er die Stirn und wurde noch eine Spur blasser als zuvor.

Wissen Sie, was Sie da von mir verlangen?, fragte er und beugte sich weit über den Schreibtisch. Nein, Sie wissen es nicht. Erstens soll ich einräumen, Herrn Vogler nicht gründlich untersucht zu haben, zweitens jemanden des Totschlags verdächtigen, der die rechte Hand unseres Bürgermeisters ist. Und das nur, weil Sie es für unwahrscheinlich halten, daß sich mein Patient nach seinem Herzinfarkt noch in den Keller geschleppt hat. Kennen Sie das Voglersche Haus überhaupt? Wissen Sie, daß von der Haustür zur Wohnung drei Stufen hinaufführen? Darf ich Sie darauf hinweisen, daß ein Mensch nach einem schweren Herzinfarkt, sofern er nicht sofort zusammenbricht, das elementare Bedürfnis hat, sich schnellstens hinzusetzen?

Dann hätte sich Vogler auf der nächstbesten Treppenstufe niedergelassen und um Hilfe gerufen. Herr Doktor Meißner, mir ist bewußt, wie groß der Dienst ist, um den ich Sie bitte. Nur, denken Sie auch an den Toten. Er wollte, daß Pfisterers Machenschaften ans Licht kommen; es ist sein Vermächtnis.

Meißner stand auf, wandte mir den Rücken zu und trat ans Fenster.

Ich bin schon einmal in eine politische Intrige hineingeraten, sagte er, ohne sich umzudrehen. Sie hatten ja die Freundlichkeit, mich daran zu erinnern. Unter den Folgen meiner damaligen Ehrlichkeit – man könnte auch sagen: Dummheit – habe ich noch heute zu leiden. Können Sie sich vorstellen, wie groß meine Lust ist, mir noch einmal die Finger zu verbrennen?

Das kann ich mir sehr gut vorstellen. Und doch bin ich mir sicher, daß Sie den Gedanken, gegen Ihr Gewissen handeln zu sollen, heute so wenig ertragen wie damals!

Der Arzt fuhr herum.

Mein Gewissen!, schrie er. Was geht Sie mein Gewissen an! Sie schleichen sich hier ein, erzählen mir eine abenteuerliche Geschichte und appellieren an mein Gewissen! Frage ich nach Ihrem? Wer gibt mir die Gewähr, daß Sie mich nicht bloß als Instrument in Ihrem verdammten, schmutzigen Wahlkampf benutzen wollen?

Niemand, sagte ich. Doch es kommt darauf überhaupt nicht an. Entweder teilen Sie meine Zweifel über die wahre Todesursache Ihres Patienten, dann wird der Arzt in Ihnen keine Ruhe geben. Oder Sie sind überzeugt, in allem richtig gehandelt zu haben, dann war dies ein Beratungsgespräch, für das Sie mir bitte die Rechnung an meine gegenwärtige Adresse auf dem Mugelhof senden wollen.

Doktor Meißner preßte die Lippen zusammen. Seine Schläfen pulsierten. Plötzlich beruhigte er sich und kehrte an seinen Platz zurück.

Junger Mann, sagte er und betrachtete mich wie ein interessantes Präparat, woher haben Sie diese Kälte? Lieben Sie das Leben nicht?

Ich weiß nicht, sagte ich. Irgend etwas in mir ist in den letzten Wochen abgestorben. Vielleicht sind ein paar herznahe Gefäße verdorrt. Das gibt es doch?

Das gibt es, ja … Also gut: Ihre Version von Herrn Voglers Tod ist theoretisch möglich. Mehr aber auch nicht. Liefern Sie mir Konkreteres, insbesondere, was den oder die Täter betrifft. Dann bin ich bereit, eine Obduktion zu beantragen.

Ich bedankte mich und ging hinaus. Das Wartezimmer war leer.

6.

Von Rosenduft geweckt, wachte ich erst gegen zehn Uhr auf. Ich lag allein im Bett und hatte Mühe, mich zurechtzufinden. Die Sonne schien durchs Dachfenster, Straßenlärm drang herauf, irgendwo fraß sich ein elektrischer Bohrer in die Wand.

Die Geräusche paßten nicht zu meinen Erinnerungen.

Auf dem gläsernen Nachttisch, neben dem Radiowecker, lag ein Zettel.

Guten Morgen, du Langschläfer! Mußte leider schon gehen. Rufst du mich nach dem Frühstück an?

PS. Ich liebe dich, Hanna.

Ich tappte durch die Wohnung und fragte mich, wann sie wohl aufgestanden sein mochte. Meine Kleider hingen ordentlich auf dem Bügel, Küche und Wohnzimmer waren aufgeräumt, und auf dem kleinen, ovalen Couchtisch war ein Frühstück mit Kaffee in der Thermoskanne und Grapefruitsaft im Kristallglas gedeckt.

Im Haus am Glendale Park hatte sich jeder aus dem Eisschrank genommen, was gerade da war.

Der Mann, der Hanna verlassen hatte, mußte ein kompletter Idiot gewesen sein.

Nach dem Duschen telefonierte ich mit ihr und bedankte mich. Sie sprach ungezwungen, zärtlich, nannte wiederholt meinen Namen und fragte, wie ich mich im Bad zurechtgefunden und ob mir der Kaffee geschmeckt hätte.

Ich hatte den Eindruck, daß sie den Kollegen Stoff zum Klatschen geben wollte.

In einer Stunde bin ich im Archiv, sagte ich.

Bitte nicht, sagte sie. Ich möchte so gern, daß wir ein paar Tage verreisen. Wenn du dich jetzt wieder im Keller verkriechst, ist es, als hätte sich zwischen uns gar nichts verändert.

Kriegst du überhaupt Urlaub?, fragte ich. Du hattest doch erst welchen.

Keine Problem, ich war vorhin bei Jensen.

Hast du ihm etwa von uns erzählt?

Ja, und er hat sich sehr gefreut. Dann fahrt man zu, ihr zwei, hat er gesagt.

Wie großzügig von Jensen. Was Besseres konnte ihm ja auch nicht passieren.

Wieso?

Na, er fürchtet doch, daß ich Brederstedts Ruf ankratze. Fremdenverkehr und Judendeportationen, das verträgt sich schlecht.

Carsten, hör endlich auf, alles nur negativ zu sehen!, sagte Hanna energisch. Jensen hat sich wirklich gefreut, für dich und für mich.

In Ordnung. Wohin fahren wir?

Nach Sylt. Im Winter soll es da herrlich sein. Ich war noch nie im Winter auf Sylt.

Ich auch nicht. Wann soll ich dich abholen?

Jetzt, sagte Hanna. Ich warte schon auf dich.

Wir fuhren mit ihrem Auto.

Hanna saß am Steuer. Ruhig und entspannt saß sie da, redete und lachte, deutete auf reifbedeckte Wiesen und frostig-violette Stadtsilhouetten. Oldenburg, Bremen, Hamburg, Schleswig. Ab und zu nahm sie meine Hand und legte sie auf ihre Schenkel.

Sie hätte noch hundert Dinge tun können, ohne eine Abzweigung zu versäumen oder ein Schild zu übersehen.

Ich war weniger gelassen. Als kurz vor Bad Zwischenahn am Rand der Landstraße der Baum, der Verena getötet hatte, auf uns zuschoß, ein einzelner mächtiger, schrundiger Stamm, wurde mir übel; ich mußte die Augen schließen und die Luft anhalten, um mich nicht auf der Stelle zu übergeben. Von da an war alles da, Vaters Drohungen, Verenas Verzweiflung, meine ohnmächtige Wut, das Wrack, aus dem man sie herausgeschnitten, die triste Unfeier, mit der man sie unter die Erde bugsiert hatte. Aber auch die Stunden, in denen wir uns geliebt hatten, Erinnerungen, in die sich jetzt die ungestüme Erinnerung an die Nacht mit Hanna drängte, so wie das Bild des Kotonastergestrüpps auf dem Oldenburger Friedhof vom frischen, prunkenden Grab auf dem Michaelishügel überlagert wurde. Alles schob sich ineinander, kämpfte, drohte und lockte, und selbst Wirkahn, das plötzlich ins Bewußtsein dringende phonetische Pendant Zwischenahns, wurde zum Phantombild einer der vielen möglichen Zukünfte, die alle gleich schön und gleich schrecklich erschienen.

Du siehst erschöpft aus, sagte Hanna. Es ist hohe Zeit, daß du mal rauskommst.

Allmählich verflogen die quälenden Eindrücke, das Karussell drehte sich langsamer. Aber erst Stunden später, als wir schon nördlich von Kiel waren, kam es ganz zum Stehen.

Am späten Nachmittag erreichten wir den Bahnhof Klanxbüll, parkten den Wagen und nahmen den nächsten Zug auf die Insel. Zu beiden Seiten des Damms leuchtete das Wattenmeer in silbrigen Schlieren, die mit dem Tageslicht verblaßten. In Keitum stiegen wir aus und ließen uns zum Hotel bringen, das Hanna ausgesucht hatte. Es war ein weißes, langgestrecktes Haus inmitten einer großen Rasenfläche, mit weißen Holzzäunen außen herum und weißblauem Dekor im Innern.

Es soll das schönste Hotel auf Sylt sein, sagte Hanna, und ich glaube, das ist es.

In den nächsten Tagen unternahmen wir ausgedehnte Wanderungen. Hanna trieb mich hinaus. Auf schilfigen Wattenmeerwegen stapften wir zu den Kliffs im Osten und betrachteten geblendet das Weiß der Felsen und tausender Eisschollen, die sich in den Buchten aufwarfen und wie Kristall funkelten. Von Westerland aus gingen wir, gegen den Wind kämpfend, die endlosen Dünenpfade entlang bis hinauf zum Lister Naturschutzgebiet und hinunter zur Weißen Düne an der Südspitze. Das Meer, das im Watt wie ein Spiegel lag, brandete und wühlte in kalter, grauer Wucht. Es war in allem ein rätselhafter Gegensatz; die Bilder, die wir in uns aufnahmen, enthielten schon neue, die sie wieder auslöschten. Der Sand wechselte mutwillig sein Aussehen, von weißgrau und gelb bis rötlichbraun; der Wind sprang fauchend und schneidend ins Gesicht, um sich dann plötzlich sanft in den Rücken zu schmiegen. Salzwiesen schwebten glitzernd vor den Augen, bis undurchdringliches Gestrüpp den Blick verstellte und zur Umkehr zwang. Und dennoch befremdeten die Kontraste nicht. Sie fügten sich ein, wurden klein unter dem ungeheuren Himmel und schmal vor der ungeheuren Weite des Meeres. Das Gefühl, beständig auf einem Grat zu wandern, hob alles Gegenständliche auf und entrückte es.

Es ist das Licht, sagte Hanna. Das Licht schafft sich die Welt neu. Als ob man der Schöpfung über die Schulter schaute.

Sonst sprachen wir wenig auf unseren Wanderungen. Wir hielten uns an den Händen, aber manchmal war, was uns anbrandete, so stark, daß wir uns losließen, um es in seiner Fülle aufnehmen zu können. Erst abends, wenn wir müde in das von Kerzen erleuchtete Hotel zurückkehrten, begannen wir zu reden, in behaglicher, gelöster Stimmung, in die sich die Vorfreude auf das leidenschaftliche Umarmen und Einssein, das folgen würde, prickelnd mischte.

Ich merkte, wie meine Unruhe nachließ. Der Gedanke, in einen dumpfen Keller hinabzusteigen und einem Mann nachzujagen, der tot war, hatte in dieser Umgebung etwas Absurdes, ja Lächerliches. Du verplemperst deine Zeit, sagte ich mir. Auch wenn du in den Akten immer mal wieder seinem Namen begegnest, so ist es doch nur, als ob du seinen Schatten sähest oder sein Echo hörtest. Es bringt ihn dir nicht näher, und es holt nicht zurück, was du versäumt hast.

Hanna bestärkte mich in meiner Abkehr. Als wir abends in der Friesenstube saßen und Wein tranken, kam sie wie nebenbei auf ihre Ausbildung zu sprechen. Sie hatte Geschichtswissenschaft studiert und darin sogar promoviert, was mich mit mehr Stolz erfüllte als sie.

Ich führe den Titel nicht, sagte sie, denn ich habe Zweifel, ob Historiker überhaupt Wissenschaftler sind, oder ob sie nicht nur meinen, es zu sein. Ich würde sie eher als ›Meinungschaftler‹ bezeichnen.

Das mußt du mir erklären, sagte ich. Es gibt doch so viele interessante Dokumente, die dem, der die Zusammenhänge kennt, das Vergangene nahebringen. Selbst euer kleines Archiv ist voll davon. Jeden Tag habe ich mir gewünscht, kein Laie auf diesem Gebiet zu sein.

Wenn du in dem Tempo weitermachst wie bisher, wirst du bald kein Laie mehr sein, entgegnete sie. Und weißt du, was du dann feststellen wirst? Daß deine Zweifel über den Wert der Dokumente, die du jetzt noch begierig in dich aufsaugst, täglich größer werden. Wenn du nicht mehr nur wissen willst, was war, sondern wie es geworden ist, mußt du nach den Beweggründen der Handelnden fragen. Das klingt einfacher, als es ist, denn über ihre wirklichen Motive haben die Menschen zu allen Zeiten nur selten aufrichtig Auskunft gegeben, in Diktaturen sowieso nicht. Die meisten Historiker versuchen deshalb, die Lücken zu schließen, indem sie das, was sie an Fakten zusammentragen, mit ihren eigenen Gedanken und Schlußfolgerungen verknüpfen. Dabei geht es scheinbar sehr rational zu, schließlich will man als Wissenschaftler für alles eine plausible Erklärung finden. Aber wer gibt uns die Gewähr, daß wir mit unserer Logik richtig liegen? Wir leben ja in einer Welt, die zu der Zeit, über die wir urteilen, noch ferne Zukunft gewesen ist. Trauen denn wir, die wir jetzt leben, den nach uns Kommenden zu, unser Denken und Fühlen authentisch zu erfassen? Fürchten wir nicht auch, daß sie uns an ihrem Wissen, das wir noch nicht haben können, ihrer Logik, die wir noch nicht begreifen können, messen und uns dadurch unrecht tun werden? Wie kannst du da als Heutiger mit dem Anspruch auf Objektivität über Vergangenes urteilen und sagen: So war es?

Von wem sprichst du jetzt?, fragte ich verwirrt. Von deinen Fachkollegen oder von mir?

Hanna sah über die Kerzen, die sich in der Fensterscheibe spiegelten, hinweg in den Garten hinaus, dessen Bäume und Büsche sich in schemenhafter Schwärze abzeichneten.

Eigentlich von mir, sagte sie. Ich habe Geschichte studiert in der Hoffnung, dadurch etwas über mich selbst zu erfahren. Ich bin unehelich geboren. Mein Vater war einer von drei amerikanischen Soldaten, die in den letzten Kriegstagen eine junge Frau vergewaltigten, die auf der Landstraße unterwegs war, um einen Korb Kartoffeln zu ergattern. Die Männer haben die Frau fast umgebracht und sie dann im Straßengraben liegen lassen wie einen Sack Müll. Das geschah tausendfach damals, es war eigentlich nicht der Rede wert. Aber es ist *mein* Leben, das so begonnen hat, und seit ich es wußte, war mir der Gedanke unerträglich, als ein Stück Müll gezeugt worden zu sein. Ich wollte herausbekommen, wer meiner Mutter das angetan hat, wie er weiterlebte danach, was aus ihm geworden ist.

Ich träumte davon, diesen Menschen ausfindig zu machen und ihn zu töten. Ich bin von Militärarchiv zu Militärarchiv gezogen, habe mit Männern geschlafen, die mir nichts bedeuteten, um mir Zugang zu Gerichtsakten zu verschaffen, und doch nichts gefunden. Meinen früheren Mann lernte ich übrigens auch auf diese Weise kennen. Aus Ratlosigkeit und Verzweiflung habe ich dann eine Dissertation über Verbrechen von Besatzungssoldaten an Zivilpersonen geschrieben. Sie wurde mit summa cum laude bewertet und hat mir nicht eine der vielen Fragen beantwortet, die mich quälten.

Ich starrte auf die blauweiße Tischdecke, die mit lustigen, pfeiferauchenden Matrosen in flattrigen Seemannshosen bestickt war.

Und heute?, fragte ich.

Heute denke ich mir einen fetten alten Mann irgendwo in Amerika, der Golf spielt, mit seinen Enkeln ins Footballstadion geht und regelmäßig an Veteranentreffen teilnimmt. Damit komme ich ganz gut zurecht.

Angenommen, sagte ich, du würdest auf irgendeine Weise doch noch herausfinden, wer dein Vater ist. Würdest du ihn immer noch töten wollen?

Nein.

Aber ihm ins Gesicht schlagen, das würdest du?

Nicht einmal das.

Also ließest du ihn ganz unbehelligt mit dem, was er getan hat?

Hanna hielt ihr Weinglas in die Höhe und betrachtete das purpurne Rot des Beaujolais.

Wie er glüht!, sagte sie bewundernd.

Du hast meine Frage nicht beantwortet.

Welche Frage? Ach so, ja … Nein, ganz unbehelligt ließe ich ihn wohl nicht. Wahrscheinlich würde ich ihm ein Bild von Mutter zeigen und sagen: Sieh nur, was für eine hübsche Frau du damals weggeworfen hast!

Wir blieben noch vier Tage auf Sylt.

Mit jedem Tag wurde es mir selbstverständlicher, an Hannas Seite aufzuwachen, mit ihr das Bad zu teilen, beim Frühstück Pläne zu schmieden, gemeinsam mit ihr in den Nehrungen das Wechselspiel von Wasser, Licht und Sand zu beobachten, einander abends im Gespräch die Seelen und nachts im Taumel die Körper zu öffnen. Mit jedem Tag wurde mir Vater unwichtiger. Ich nahm mir vor, nach unserer Rückkehr Jensen den Schlüssel auszuhändigen und meine Arbeit im Archiv für beendet zu erklären. Sven Quedens wollte ich bitten, die Nachforschungen nach Katharina und Frieder selbst zu betreiben. Für den Fall, daß ich alleiniger Erbe wäre, sollte er schon jetzt ein Vorkaufsrecht fürs Haus erhalten; das würde seinen Eifer, schnell Klarheit zu gewinnen, wie ein vorüberziehender Heringsschwarm anstacheln. In der Zwischenzeit wollte ich mich nach Möglichkeiten umhören, als Übersetzer amerikanischer Autoren in einem Verlag zu arbeiten. Ich wollte mich auf historische Texte spezialisieren und Hanna bitten, mir dabei behilflich zu sein. Auf den künftigen Wohnort war ich nicht festgelegt, es konnte Berlin, Köln, München oder Stuttgart sein. Hauptsache, sie würde mit mir gehen.

Ich behielt meine Pläne jedoch zunächst für mich.

Sonntags fuhren wir zurück, weil sie am nächsten Tag wieder ins Archiv mußte. Wir trafen spät in Brederstedt ein und gingen in ein Restaurant am Hafen essen.

Hanna war bedrückt und schweigsam. Als ich sie nach dem Grund dafür fragte, sagte sie, sie habe das Gefühl, nun werde alles wieder wie früher. Ich kehrte in mein Haus zurück, sie in ihre Wohnung; Sylt werde bald nur noch eine ferne, unwirkliche Erinnerung sein.

Ich widersprach und malte ihr die Zukunft aus, wie ich sie für uns entworfen hatte.

Sie faßte meine Hände und zog sie an ihre Brust.

Wenn es dir so ernst ist, dann geh nicht mehr zurück in euer Haus, sagte sie eindringlich. Ich habe Angst, dich dort wieder an jemand anderen zu verlieren. Komm zu mir. Ich habe lange allein gelebt und es hat mir nichts ausgemacht. Aber jetzt erscheint mir die Vorstellung schrecklich.

Wenn du mich neben dir erträgst, komme ich sofort, sagte ich übermütig. Aber dein Bett ist nicht breit, wir werden zusammenrükken müssen.

Wir hatten in Keitum ein Doppelbett, ohne es zu brauchen, sagte sie. Warum sollte es jetzt anders sein?

Wir fuhren zu ihrer Wohnung am Westerkamp, tranken ein Glas Rotwein und ließen die vergangenen Tage an uns vorüberziehen. Eine wohlige Müdigkeit überkam uns. Hanna ging ins Bad, ich räumte im Schlafzimmer meine Sachen aus der Reisetasche.

Hanna, rief ich, wo sollen meine Klamotten hin? Auf den Sessel?

Umstandskrämer!, sagte sie. Mach den Schrank auf und schieb die Kleider beiseite. Pullover und Hemden kannst du auf den Schrankboden legen, wenn in den Fächern kein Platz ist.

Ich hörte sie ein Lied summen und öffnete den Schrank. Es war nicht viel, was unterzubringen war. Ich hängte zwei Hosen über den Bügel und bückte mich, um Unterwäsche zu versetzen.

Das Bündel fühlte sich hart an und ließ sich schwer bewegen. Als ich es zur Seite schob, kam ein Packen Fotokopien und eine Akte mit braunem Umschlag zum Vorschein. ›Stadtarchiv Brederstedt, Militär und Krieg II.4., Arbeitslager B. 1939-1945‹, stand auf dem Deckel. Ich zog den Papierstoß hervor. Die Fotokopien trugen unterschiedliche Stempelaufdrucke: Staatsarchiv Osnabrück, Hauptstaatsarchiv Hannover, Bundesarchiv Koblenz, Zentrale Stelle der Landesjustizverwaltungen Ludwigsburg.

Ich überflog einzelne Seiten und fühlte, wie mir übel wurde. Dann ging ich ins Bad.

Hanna stand nackt vor dem Waschbecken. Leicht vornüber gebeugt, entfernte sie mit einem Wattebausch ihr Make-up. Ich zwang mich, an ihr vorbeizusehen.

Hanna, sagte ich, woher hast du das?

Sie richtete sich auf. Noch bevor sie sich umdrehte, sah ich im Spiegel ihr entsetztes Gesicht; sie wußte, was ich in Händen hielt.

Das – oh Gott, leg es wieder zurück, Carsten. Bitte, leg es zurück!

Nein. Ich will wissen, woher du es hast.

Es bringt dich nicht weiter, und es … es zerstört alles!

Sie schlug die Hände vors Gesicht.

Hast du die Akte über das Arbeitslager im Archiv gefunden oder im Nebenraum?

Im Nebenraum.

Und wie bist du an den Schlüssel gekommen?

Jensens Sekretärin hat ihn mir gegeben. Ich sagte, du hättest mir den Auftrag dazu erteilt. Carsten –

Nachdem du die Akte gefunden und gelesen hattest, bist du zu den anderen Archiven gefahren. Das also war deine Urlaubsbeschäftigung. Sag, war mein Vater ein Mörder? Du kennst dich doch jetzt besser mit ihm aus als ich.

Mit zitternden Händen streifte Hanna ihren Morgenmantel über und setzte sich auf den Rand der Badewanne.

Carsten, sagte sie leise, denk an Sylt. Denk an unsere Spaziergänge, an unsere Gespräche. Denk daran, wie glücklich wir waren. Soll das alles nicht mehr gelten? Gib mir die Unterlagen zurück!

Ich kann nicht, sagte ich. Selbst wenn ich wollte, ich kann es nicht. Du hast mich hintergangen. Alles, was du mir erzählt hast über den Wert oder Unwert von Dokumenten, geschah in der Absicht, mich von der Suche nach dieser Akte abzuhalten. Du hast mich behandelt wie einen Idioten.

Ich habe dich behandelt wie jemanden, den man liebt, sagte Hanna. Als du plötzlich nicht mehr ins Archiv kamst, dachte ich, du hättest in der Kammer vielleicht etwas über die Moorbaracken gefunden. Darum bin ich selbst runtergegangen, um nachzusehen. In der Ecke, unter einem Haufen leerer Schachteln, entdeckte ich die Akte. Daneben verkohltes Papier. Offenbar hatte dein Vater keine Zeit mehr, alles zu verbrennen, als die Kanadier die Stadt besetzten. Man hat schnell ein paar Kartons drübergeworfen, und so ist es geblieben.

Bis die promovierte Historikerin Hanna Sievers kam und der Sache wissenschaftlich auf den Grund ging!

Du bist gemein.

Ja, ich bin gemein. Ich will gemein sein. Warum bist du nach Osnabrück, Hannover, Koblenz und Ludwigsburg gefahren? Genügt das Brederstedter Fundstück nicht, um meinen Vater zu überführen?

Hanna zögerte.

Das Lager war ab 1940 der SS unterstellt. Die meisten SS-Akten werden im Bundesarchiv oder in anderen Dokumentationszentren aufbewahrt.

Du wolltest es also ganz genau wissen, wie ich auch. Nur bin ich in deinen Augen wohl zu labil, um die Wahrheit zu ertragen. Hast du deshalb das Zeug im Kleiderschrank versteckt?

Hanna sprang auf. Zornbebend stand sie vor mir. Ihr Bademantel öffnete sich, ich sah ihre Brüste, die ich gestreichelt, den Schoß, der mich aufgenommen hatte. Jetzt trennten uns angeschmutzte Blätter, die ich umklammert hielt.

Ich habe sie versteckt, weil ich dich liebe! Begreifst du das nicht? Tag für Tag habe ich gewartet, daß du zurückkommst und dich endlich für mich und für das Leben außerhalb des Kellers interessierst! Ich wollte dich nicht mehr teilen müssen mit all dem scheußlichen, niederträchtigen Bürokratismus! ... Hanna, wo könnte man etwas über Grundstücksverkäufe jüdischer Eigentümer finden, Hanna, gibt es Deportationslisten, Hanna, wo sind die Polizeiakten zur Kristallnacht? Bin ich ein Stück Holz, das man einem Hund hinwirft, damit er es apportiert? Was wäre gewesen, wenn *du* diese Akte gefunden hättest? Wie einen Henkersknecht hättest du mich deinem Vater nachjagen lassen, um ihm nur ja die Schlinge um den Hals legen zu können! Ich bin aber kein Monstrum, ich bin eine Frau aus Fleisch und Blut, und ich wollte, daß du das endlich begreifst!

Sie begann zu schluchzen und wandte sich ab.

Wir waren uns schon so nahe, stammelte sie. Wir waren uns schon so vertraut ...

Ich fühlte ein brennendes Verlangen nach ihr. Ich hätte nur das verdammte Paket zu Boden werfen müssen.

Ich konnte es nicht. Meine Finger krallten sich in die Papiere, als wäre es Vaters Hals, den ich endlich zu fassen kriegte.

Ja, es war sein Hals. Durch keine Winkelzüge war er mehr vor mir zu retten. Ich schloß die Augen und hörte seine Stimme. Wie ängstlich, wie demütig sie plötzlich klang!

Es tut mir leid, Hanna, sagte ich. Du hättest dir ein besseres Versteck aussuchen sollen. Warum hast du deinen Schatz nicht in die Schmutzwäsche getan? Dort hätte ich ihn bestimmt nicht gefunden.

Mit einer schnellen Bewegung schlug sie mir ins Gesicht.

Genau dort hast du ihn gefunden, sagte sie. Alles, was du anfaßt, wird dazu!

Ich ging ins Schlafzimmer und packte meine Tasche. Obenauf legte ich die Akte.

7.

Freitagmorgen klebte ein Zettel an der von einer dünnen Eisschicht überfrorenen Windschutzscheibe meines Wagens:

›Das üble Vorleben des Herrn Sch...!‹

Ein gedruckter Handzettel war es.

Der Bürgermeisterbewerber Sch..., las ich, der sich zur Zeit in Wirkahn als Saubermann aufspiele, weise in Wirklichkeit selbst eine anrüchige Vergangenheit auf. Von seinem Vater, mit dessen kommunalpolitischen Erfolgen er sich brüste, sei er vor acht Jahren als Taugenichts aus dem Haus geworfen worden. Sch. habe *linksradikalen* Kreisen nahegestanden und an Demonstrationen teilgenommen, weshalb sogar der *Verfassungsschutz* auf ihn aufmerksam geworden sei. Er habe mit einer *Prostituierten* zusammengelebt, die auf mysteriöse Weise bei einem Autounfall ums Leben gekommen sei. Kurz darauf habe er sich nach Amerika abgesetzt. Nach Wirkahn sei er nicht der Stadt oder der Bürger wegen gekommen, sondern um in einer privaten Angelegenheit herumzuschnüffeln. Das beste Beispiel für seine Doppelmoral sei aber, daß er sonntags scheinheilig die Messe besuche, obwohl er doch *konfessionslos* sei. So jemand wage es, einen angesehenen Bürgermeister mit Dreck zu bewerfen! Darauf gebe es nur eine klare Antwort: ›Laßt uns Sch... zum Teufel jagen!‹

Das klebt jetzt an vielen Windschutzscheiben!, sagte Richard Mugel, als ich ihm den durchweichten Zettel zeigte. Fragen Sie Hellstern, was er dagegen zu tun rät. Natürlich können Sie Strafanzeige gegen Unbekannt erstatten, aber das wird nicht viel nützen. Was klebt, klebt. Was waren das denn für Demonstrationen?

Ostermärsche. Ich war Mitglied der Friedensbewegung.

Als Bürgermeister geradezu eine Idealbesetzung für einen Ort, der davon lebt, daß sich irgendwo auf der Welt immer ein paar totschießen!, sagte Mugel sarkastisch. Auch in Brederstedt scheinen Sie nicht nur Freunde zu haben. Woher wüßte Pfisterer sonst solche Details?

Wenn ich Jensen anriefe, dachte ich, würde er Stein und Bein schwören, mit niemandem ein Sterbenswörtchen geredet zu haben; höchstens belanglosen Tüttelkram. Und danach gleich zum Gegenangriff übergehen: Das haste nu aber auch davon!

Laß es sein.

Das Übelste ist die Passage mit der Prostituierten, sagte ich. Wobei es durchaus stimmt, daß ich eine Freundin hatte, die Prostituierte war. Wir wollten sogar heiraten.

Ach, da bin ich mir nicht mal so sicher, antwortete Mugel. Bei manchen wertet das Ihre Männlichkeit eher auf, nach dem Motto: Das hätten wir dem gar nicht zugetraut! Sie würden sich wundern, wie parteiübergreifend es in den Bordellen am See zugeht. Nein, die Sache mit dem Besuch der Sonntagsmesse ist gefährlich, die zielt aufs Seelenheil, und da kennen die Wirkahner kein Pardon. An Ihrer Stelle würde ich mit Pfarrer Effinger reden. Er muß sich von dem Wisch distanzieren, sonst denken die Leute, ihnen solle signalisiert werden, daß Sie für die Kirche kein wählbarer Kandidat sind. Das kann nicht in Effingers Interesse sein, auch wenn er wahrscheinlich genau das denkt.

Oh, Herr Mugel, sagte ich, mir ist das alles so zuwider! Manchmal frage ich mich, warum ich mir das überhaupt antue!

Mugel verzog das Gesicht.

Es gibt niemanden in der Politik, der sich diese Frage nicht auch schon gestellt hätte. Aber bei Ihnen kommt es etwas früh, scheint mir. Ich denke, Sie wollen Pfisterer zu Fall bringen? Dann müssen Sie kämpfen lernen. Denn was immer man über ihn sagen mag – *das* kann er!

Fritz kam im Schlafanzug angetappt und rieb sich die Augen. Freudig hielt er einen dünnen Reif mit schlanken weißen Federbüscheln hoch, den ich ihm gestern abend geschenkt hatte. Ein indianischer Traumfänger war es, den mir Miriam vor der Abreise als Talisman in den Koffer gepackt hatte.

Ich hätte mich anstrengen müssen nachzurechnen, wann es gewesen war.

Laß auch das sein, dachte ich.

Guten Morgen, Fritz. Wie hast du geschlafen?

Gut!

Weißt du noch, wie das Ding heißt, das du da in der Hand hast?

Fritz legte die zerfurchte Stirn in noch mehr Falten. Sein Atem ging gepreßt.

Traum!, stieß er hervor. Nageln!

Ja, so kann man es nennen. Gefällt es dir noch?

Fritz nickte und blies in die Federn, daß sie auseinanderstoben. Seine Augen glänzten.

Heute nacht kommt ein besonders schöner Traum, Fritz, bestimmt!

Ich zerknüllte den Zettel und warf ihn in den Kachelofen.

Anschließend fuhr ich zum Haus des Kulturvereins. Wir waren im Theatersaal verabredet. Max Hellstern und Giovanni waren da, außerdem zwei Mitglieder der Schauspielgruppe.

Als ich eintrat, liefen alle geschäftig auf der Bühne umher und mühten sich, ein großes eisernes Bettgestell in die Ecke zu schieben. Die Metallpfosten quietschten. Schrill hallte ihr Geräusch nach.

Man muß von unten das ganze Bett sehen können, es ist das einzige Requisit in Maries Kammer!, rief einer der Schauspieler. Also, noch mehr nach links, damit es nicht durch den Wirtshaustisch verdeckt wird!

Wieder quietschte und rumpelte es auf den Holzdielen. Hellsterns vor Anstrengung geröteter Kopf leuchtete vor der dunkelgrauen Bühnendekoration.

So, das reicht, entschied er energisch und wischte sich den Schweiß. Sonst fliegt die Barbara beim Haarekämmen noch von der Bühne, und ihr müßt euch eine neue Marie suchen!

Dann bemerkte er mich und sprang vom Podest auf den Boden.

Macht mal ohne mich weiter. Oder legt eine Espressopause ein!

Wir begrüßten uns. Hellstern sagte, es tue ihm leid, mich gestern nachmittag versetzt zu haben. Er sei einfach zu fertig gewesen, die Vorgänge in der Gemeinderatssitzung hätten ihn geschafft. Aber heute fühle er sich schon wieder besser. Nur müsse er jetzt hier mit anpacken, um die Generalprobe für die morgige Woyzeck-Premiere vorzubereiten.

Sie kommen doch auch? Wir haben noch gar nicht darüber gesprochen.

Natürlich. Wie läuft der Vorverkauf?

So gut wie selten!, sagte er stolz. Der Saal wird rappelvoll. Als ob sich die Leute eine Sensation versprächen. Die Dohung, dem Kulturverein Geld zu entziehen, hat zu einer richtigen Solidarisierungswelle geführt. Aber das Beste kommt noch!

Aufgekratzt berichtete er, daß ihn ein Fraktionskollege Winklers, der dem Kulturausschuß des Gemeinderats angehöre, gestern abend zu Hause angerufen und erklärt habe, die Sache mit der Zuschußkürzung sei ›saudomm g'loffe‹. Man hätte das gar nicht ernsthaft wollen und wäre fest davon ausgegangen, daß Hellstern von der eigenen Fraktion und den Liberalen gestützt werde. Doch dann sei der Beschluß auf einmal gefaßt gewesen, noch dazu mit den Stimmen der beiden Rechtsaußen, was besonders unschön wär, wo es sich doch um eine kulturelle Geschichte handelte. Deshalb müsse der Karren jetzt von den demokratischen Parteien gemeinsam wieder aus dem Dreck gezogen werden. Also, wenn der Kollege Hellstern sich zum Beispiel aus der Wahlkampfmannschaft des Herrn Schröder zurückziehe, was gar nicht an die große Glocke gehängt zu werden bräuchte, dann werde der Kollege Winkler unverzüglich den Antrag stellen, die Zuschußkürzung rückgängig zu machen. Schon in der nächsten Gemeinderatssitzung werde er das tun.

Ein verlockendes Angebot, sagte ich. Werden Sie es annehmen?

Wo denken Sie hin! Aber merken Sie, wie unwohl den Konservativen bei der Sache ist? Sie wollen nicht als Kulturbanausen dastehen, schließlich verteidigen sie ja die Werte des christlichen Abendlandes. Wir sollten Pfisterer wirklich anbieten, bei uns in einem Stück mitzuspielen. Talent hätte er!

Im Woyzeck aber wohl gerade nicht!

Hellsterns Gelöstheit ärgerte mich. Während ich mit ehrenrührigen Pamphleten überzogen wurde und mich verzweifelt bemühte, den Hergang des Todes von Alois Vogler zu klären, ging mein Wahlkampfleiter in seiner Theaterarbeit auf! Wütend sagte ich:

›Ein guter Mord, ein echter Mord, ein schöner Mord‹ ...! Ja, das einfache Volk greift zum Messer und sticht zu, weil es sich nicht anders zu helfen weiß. Die Polizei klärt auf, die Justiz urteilt ab, der Gerechtigkeit ist Genüge getan. Das war vor hundertfünfundsechzig Jahren so, als in Leipzig der historische Woyzeck seine Geliebte erstach, im Hauseingang ihrer Wohnung übrigens, das ist heute nicht anders. ... Warum schauen Sie mich so erstaunt an? Auch ich habe in der Schule Büchner gelesen und mich über den Zynismus der Herrschenden erregt! Nur war mir damals noch nicht bewußt, wie derb und mannhaft es dabei doch zuging. Wenn heute jemand zu Tode drangsaliert werden soll, dann läßt man ihn einfach im Hauseingang einen Herzinfarkt kriegen, und es spielt keine Rolle, wo er anschließend gefunden wird, weil selbst der Arzt den Täter erst kennen will, bevor er eine Obduktion beantragt!

Bestürzt sah mich Max Hellstern an.

Ich verstehe nicht ganz, murmelte er.

Niedergeschlagen berichtete ich ihm von meinen Begegnungen mit Doktor Meißner und dem Sportvereinsvorsitzenden Würz.

Montagnachmittag ist die Beerdigung, schloß ich. Dann ist die letzte Chance zu beweisen, daß Vogler keines natürlichen Todes gestorben ist, vorbei. Wir sollten wenigstens einen Kranz bestellen.

Hellstern wollte antworten, aber die beiden Schauspieler verlangten ihn dringlich auf der Bühne. Verlegen entschuldigte er sich und bat mich, allein zu seiner Wohnung zu gehen. Fine sei dort und werde mir über die nächsten Termine Auskunft geben, und Arno und Brommer würden sicherlich auch bald eintreffen. Sobald er hier abkömmlich sei, komme er mit Giovanni nach, versicherte er.

Ob er denn schon das Flugblatt gelesen habe, das die Wirkahner über mein schandbares Vorleben aufkläre, rief ich ihm nach, als er schon wieder die Bühne erklommen hatte.

Er verneinte.

Dann holen Sie es rasch nach! Sie werden erstaunt sein zu erfahren, daß auch der Wirkahner Bürgermeisterkandidat für den Tod einer Dirne verantwortlich ist. Das Stück, das morgen abend gespielt wird, ist hochaktuell!

Verbittert verließ ich den Theatersaal.

Der Druck wird immer größer, dachte ich. Wer weiß, wie lange wir ihm noch standhalten.

Fine empfing mich mit der Mitteilung, der Vorsitzende des Handels- und Gewerbevereins habe angerufen und das für den Nachmittag vorgesehene Gespräch abgesagt. Kurz angebunden sei er gewesen, richtig unhöflich, sagte sie beleidigt. Dann würde ich mich eben per Brief direkt an die Vereinsmitglieder wenden, erwiderte ich und bat sie, schon einmal Adressen zu schreiben.

Still machte sie sich an die Arbeit. Sie wußte so gut wie ich, daß es nur eine Beschäftigungstherapie war. Ich griff zur Zeitung.

Pfisterer hatte eine Pressekonferenz gegeben.

Es sei ihm gelungen, las ich, die Mittel aus dem Stadtentwicklungsprogramm, die wegen des Versäumnisses seiner Verwaltung – Voglers Name blieb unerwähnt – schon verloren schienen, doch noch loszueisen. Zwei Millionen, mit denen die Ortskernsanierung zügig vorangetrieben werden könne. Da er gegenwärtig auch aussichtsreiche Verhandlungen über höhere Zuschüsse aus dem Denkmalschutzprogramm führe, könne die Prognose gewagt werden, daß das Wirkahner Ortsbild nach dem Abschluß der Straßenbauarbeiten ein völlig neues, attraktiveres Gesicht erhalten werde. Der Staatssekretär im Innenministerium werde sich in der nächsten Woche persönlich über die Planungen der Gemeinde informieren, kündigte er an. Und um den hartnäckig kursierenden Gerüchten, Wirkahn sei als Standort einer Sondermülldeponie vorgesehen, ein für allemal den Garaus zu machen, berichtete er von einem an und für sich vertraulichen Telefonat mit dem Staatssekretär des Umweltministeriums. Die Wirkahner Markung sei aus geologischen und ökologischen Gründen für ein solches Vorhaben ungeeignet, habe ihm der höchste Umweltbeamte des Landes versichert.

Er räumt wirklich alles beiseite, was sich seinem Erfolg in den Weg stellt!, rief ich voll widerwilliger Anerkennung. Systematisch, Schritt für Schritt.

Wer?, fragte Fine, ohne aufzublicken. Sie tippte auf Hellsterns alter Schreibmaschine und seufzte zwischendurch über die Mühsal, die ihr die sperrige Tastatur bereitete.

Pfisterer! Er hat eine Pressekonferenz abgehalten. Und Freund Kersten hat daraus einen wahren Hofbericht gemacht.

Fine ließ ihre Arbeit ruhen.

Der wird schon wissen, warum er so schleimt!, bemerkte sie schnippisch. Mei Gschpiele, die Geli, sait, wenn d' Wahl gloffe isch, isch dr Kersten nimmer beim Blättle. No fallt der ums Numgucke d' Trepp nauf!

Moment, sagte ich. Was ist eine … Gspiele, und wer ist diese Geli? Und warum soll der Kersten nach der Wahl nicht mehr beim Heimatboten sein?

Fine seufzte über meine Begriffsstutzigkeit. In bemühtem Hochdeutsch übersetzte sie:

Also, meine Freundin Angelika, bei der ich gestern nachmittag zum Kaffee war, sagt, sie wüßte, daß der Kersten nach der Bürgermeisterwahl einen hohen Posten bei den Brauerwerken bekommt. Wir haben uns über den Wahlkampf unterhalten, ich habe ihr auch gleich das Plakat gezeigt, das ihr übrigens super gefällt. Dabei sind wir dann auch auf den Kersten zu sprechen gekommen …

Ich starrte die Sekretärin an.

Hentse's jetzt verschdande?, fragte sie unsicher.

Ja. Aber woher will Ihre Freundin das mit dem Kersten wissen?

Weil sie beim Brauer im Vorzimmer schafft. Die Geli hat zufällig mitgekriegt, wie ihr Chef mit dem Kersten telefoniert hat. Da ist es erst um Sie gegangen, weil sich der Brauer mächtig darüber aufgeregt hat, daß Sie für irgend jemand eine Totenmesse lesen lassen wollten. Dann hat er zum Kersten gesagt: Wenn Sie nach der Wahl bei uns anfangen, müssen wir uns gleich darüber unterhalten, wie wir mit diesen alten Geschichten umgehen. Das fehlt mir grad noch, daß mir jemand im nächsten Jahr mit sowas das Firmenjubiläum versaut! Das zu verhindern, ist dann Ihr Job, verstanden?, so ungefähr hat er gesagt. Aber gelauscht hat die Geli nicht, das dürfen Sie nicht denken, sondern sie hat's zufällig gehört, weil die Tür offen war. Und der Brauer kann sowieso net normal reden, der fängt immer gleich das Schreien an. Wie ich noch bei ihm war –

Ich warf die Zeitung zu Boden.

Fine!, rief ich, Fine, ist Ihnen klar, was Sie da sagen? Warum rükken Sie damit jetzt erst heraus, verdammt noch mal?

Trotzig sah das Mädchen auf die Schreibmaschine.

Wann hätt ich's Ihnen denn vorher sagen sollen? Ich weiß es doch auch erst seit gestern nachmittag. Und außerdem: Jetzt, wo der Kersten nimmer zu uns gehört, kann's uns doch egal sein, oder?

Ich stand schon im Mantel auf der Türschwelle.

Wenn jemand nach mir fragt – ich bin bei Zirkel. Und bitte nicht mehr böse auf mich sein. Sie haben wirklich alles goldrichtig gemacht!

Ich fuhr in die Innenstadt, parkte am Rande der Absperrung und rannte fast die letzten Meter hinüber zu Zirkels Buchladen.

Die Türglocke bimmelte, Aristophanes krächzte, und der lange, blasse Kirchgessner schaute erschrocken von der Kassentheke auf, als er mich heranstürmen sah.

Wo ist Zirkel? Ich muß ihn sofort sprechen!

Herr Zirkel ist krank.

Ist er oben in der Wohnung?

Ja, aber Sie können nicht zu ihm, er –

An den Regalen, am Lager vorbei lief ich zur Tür, die ins Treppenhaus führte, nahm die Stufen in großen Sprüngen und klingelte so lange, bis Zirkel mir schlaftrunken öffnete – und, als er mein Gesicht sah, mit einem Schlage begriff.

Treten Sie ein, sagte er leise. Ich wußte, daß Sie irgendwann kommen würden.

Wir gingen ins Wohnzimmer, und Zirkel setzte sich auf die Couch, auf der zerwühltes Bettzeug lag, während ich mir einen Stuhl aus der Küche besorgte, denn die Sessel waren überhäuft mit Wäsche, Zeitungen, Büchern, aufgerissenen Tablettenschachteln und ungeleerten Aschenbechern. Dutzende Zigarettenkippen lagen darin und kleine, angebrannte Reste von Papiertüten.

Die Luft roch schal und süßlich.

Es geht mich nichts an, sagte ich, aber vielleicht können Sie mich doch darüber aufklären, ob das der Geruch von Haschisch oder einer anderen Droge ist!

Haschisch, antwortete Zirkel sachlich. Und etwas Marihuana zum Überbrücken. Spritzen werden Sie dagegen keine finden, und das Ganze geht Sie in der Tat nichts an.

Vor knapp einer Woche saßen wir auch hier ... Sie hielten eine begeisternde Rede und wußten alle zu überzeugen, erinnerte ich mich wehmütig.

Vorher reichlich Stoff genommen, auf dem Höhepunkt des Kicks die Rede geschwungen, dann die Zähne zusammengebissen, und zum Schluß euch alle rauskomplimentiert, bevor der Akku leer war. Ich hab's mir genau eingeteilt. Man hat so seine Erfahrungen ...

Und seine Träume, wie? I have a dream! Wie eindrucksvoll Sie Ihre ideale Stadt beschrieben haben! Schade, daß Sie es nur können, wenn Sie high sind.

Es war *meine* Stadt, und ich werde nicht aufhören, von ihr zu träumen!, sagte Zirkel heftig. Und es ist mir scheißegal, wie sie heißt und wo sie liegt. Wenn morgen einer kommt und sagt, er wolle Kaiser von China werden, dann werde ich sie Nanking oder Szechuan nennen und einen türkisfarbenen Himmel über lapislazuliblauen Palästen malen, und weder Sie noch irgendein anderer Korinthenkacker werden mir das Gegenteil beweisen können!

Das ist nun in der Tat ein interessanter Punkt, erwiderte ich. Nur wollen wir doch genau unterscheiden, ob wir uns selbst etwas vormachen oder anderen. Daß einen in dieser entsetzlich grauen Stadt ab und zu das Bedürfnis überkommen kann, der Realität aus Beton und Schlamm zu entfliehen, verstehe ich gut. Ihr Freund Kersten allerdings konnte sich über meine naive Schilderung friesischer Teestuben gar nicht einkriegen und mir die Wirkahner Hydra der Nobiles nicht furchterregend genug vor Augen führen. Auch das war vor einer Woche, Sie werden sich erinnern. Wie klein war ich da, und wie bedeutend erschien mir dieser Mensch, dem Sie überdies das Zeugnis ausstellten, nie unehrlich zu sein! Und während Sie mich auf diese Weise einträchtig moralisch erschlugen, wußten Sie doch schon, daß Kersten demnächst in den Dienst jener Clique treten würde, die er so wortgewaltig geißelte! Wie soll ich das nennen? Einträchtige Niedertracht? Intrigante Inspiration? Helfen Sie mir, der Sie nicht nur den Gracian, sondern auch den Machiavell so genau kennen!

Zirkel lehnte sich zurück und verschränkte die Arme hinterm Kopf.

Ich weiß es nicht, sagte er und blickte zur Zimmerdecke hoch. Seine Augen waren schwarz umrandet; die Brille hatte er, während ich auf ihn losging, beiseite gelegt.

Und ich wußte auch nicht, was mit Kersten zuvor geschehen war, als wir im Lager beisammensaßen. Worüber immer Sie sich mit mir streiten wollen – glauben Sie mir wenigstens dies. Es ist mir wichtig.

Ob ich Ihnen glaube, entscheide ich erst, wenn Sie mir erzählt haben, was Sie mir seit einer Woche verschweigen, antwortete ich. Es muß aber verdammt überzeugend klingen, denn inzwischen traue ich hier keinem mehr!

Zirkel und Kersten kennen sich von klein auf. Sie sind Jahrgänger, was auf dem Land bedeutet, daß man einen besonderen Draht zueinander hat. Auch politisch stehen sie sich nahe. Gemeinsam versuchen sie, gegen den Filz anzukämpfen, der sich wie klebriger Mehltau über die Stadt gelegt hat. Doch je älter sie werden, umso schwerer fällt es ihnen, noch an den Erfolg einer Opposition zu glauben, die nichts als Nachteile und Niederlagen mit sich bringt. Kersten wird auf Betreiben Pfisterers und Brauers bei der Berufung des neuen Chefredakteurs übergangen. Nach einigen kritischen Artikeln droht ihm sogar die Entlassung. Der Verleger schmeißt dann zwar einen jüngeren Kollegen raus, aus nichtigem Anlaß; aber das nächste Mal, sagt er zu Kersten, könnte es Sie treffen. Zirkels Geschäft dümpelt vor sich hin, denn die Nobiles boykottieren es konsequent. Keine Schule, keine Bibliothek im Landkreis bestellen auch nur ein einziges Buch bei ihm. Dafür sind mal die Reifen seines VW-Käfers zerstochen, mal geht eine Schaufensterscheibe zu Bruch, mal steht auf der Hauswand: ›Ferkels Bunter Buchladen‹.

Das sind Dinge, sagt Zirkel, die einen nicht umhauen, aber weh tun sie, jedesmal ein bißchen mehr. Man fängt an, nach dem letzten Mal schon auf das verdammte nächste Mal zu warten. Ein früherer Boxer hat mir mal gesagt, bei einem Fight sei nicht der K.o. das Schlimmste, sondern eine Serie von Körpertreffern, die einem die Luft zum Schnaufen und den Mumm zum Weitermachen raubt …

Kersten und Zirkel empfinden Ähnliches. Als bei Zirkel dann noch die Verbindung mit Frau Laroche in die Brüche geht, fängt er an, sich Haschisch zu besorgen. Kersten weiß davon. Aber Kersten hat selbst Probleme mit dem Alkohol. Immer öfter redet er davon, daß sich etwas ändern müsse, sonst würden sie beide eines Tages vor die Hunde gehen.

Als der Besucher aus Brederstedt in seinem Laden auftaucht, weiß Zirkel noch nicht, daß sich bei Kersten wirklich etwas geändert hat. Erst nachdem Schröder gegangen ist und Zirkel von Kersten wissen will, ob es sich lohne, diesen merkwürdigen Menschen zu unterstützen, eröffnet ihm sein Freund, daß er demnächst die Leitung der Öffentlichkeits- und Marketingabteilung der Brauerwerke übernehmen werde. Allerdings erst nach der Bürgermeisterwahl, damit es nicht so auffalle.

Du bist verrückt, sagt Zirkel. Gerade hast du noch auf Pfisterer und die anderen eingedroschen wie ein Berserker. Sogar meine schönste französische Kaffee-Bol ist dabei zu Bruch gegangen.

Vergiß es!, sagt Kersten. In ein paar Wochen fahren wir auf meine Kosten nach Frankreich und kaufen uns einen Sack neue.

Hör zu.

Dann erzählt er, daß er seit geraumer Zeit an einer Geschichte dran ist, die den Bürgermeister Kopf und Kragen kosten kann, wenn sie publik wird. Es geht um illegale Finanzierungstricks der Wohnbau, in die Pfisterer, Brauer und Steiger, die Creme der Society also, verstrickt sind. Nur kann Kersten die Geschichte noch nicht schreiben, weil sein Informant unter keinen Umständen genannt werden darf. Schließlich packt er den Stier bei den Hörnern und konfrontiert Pfisterer mit dem Ergebnis seiner Recherche. Der streitet selbstverständlich alles ab, doch am nächsten Tag bestellt er ihn erneut zu sich aufs Rathaus. Diesmal ist Max Brauer dabei und sagt: Ich höre, Sie wollen wieder einen Ihrer berüchtigten Artikel loslassen. Schade, das wird Sie nun endgültig den Job kosten. Dabei hatte ich mich gerade entschlossen, Ihnen eine Führungsposition in meinem Hause anzubieten ... Wir müssen dringend die PR-Arbeit verstärken, der Abrüstungswahn macht uns zu schaffen. Und im nächsten Jahr feiern wir unser hundertjähriges Firmenjubiläum. Hochinteressante Aufgabe für einen kreativen Kopf! Und mit Hundertvierzigtausend auch nicht gerade schlecht bezahlt. Aber Sie wollen ja lieber wegen ein paar Zeilen arbeitslos werden. Wirklich schade!

Ich habe mir die Sache zwei Tage und zwei Nächte lang überlegt, sagt Kersten, und bin zu dem Schluß gekommen, daß es das Beste ist, die Seiten zu wechseln. Schreibe ich den Artikel, ohne meinen Informanten zitieren zu können, fliege ich. Schreibe ich ihn nicht, freut sich Pürroth, dem ich angedeutet habe, daß ich an einer großen Geschichte dran sei, daß mir endgültig das Kreuz gebrochen ist. So oder so bin ich in Wirkahn als Journalist erledigt. Also ist es gescheiter, noch mal ordentlich Kohle zu machen. Wahrscheinlich ist es sowieso die letzte Chance. Mit Fünfzig fahren nicht mehr viele Züge vom Bahnsteig ab, das weißt du.

Hundertvierzigtausend?, fragt Zirkel.

Hundertachtzigtausend, sagt Kersten. Und eine neue Wohnung, die doppelt so groß ist wie die jetzige und halb so viel Miete kostet.

Brauer bot mir zunächst hundertvierzig, aber ich habe ihm begreiflich machen können, daß ich mich erst ab hundertachtzigtausend stark genug fühle, den Journalisten in mir umzubringen. Dafür werde ich neben der Pressearbeit noch das Marketing machen und den Titel Direktor führen.

Glückwunsch, sagt Zirkel. Aber eine Bankrotterklärung ist es trotzdem!

Wir sind schon lange bankrott, erwidert Kersten treuherzig. Auch das weißt du, Zacharias. Ich behaupte ja nicht, daß es besonders schön ist, was da abgeht. Aber irgendwann muß man aus seinen Träumen erwachen und die Welt sehen, wie sie ist. Wer die Kohle hat, sitzt immer am längeren Hebel. Und für dich wird sich auch einiges ändern, wenn ich bei Brauer bin, das verspreche ich dir. Du wirst staunen, wer auf einmal alles zu dir einkaufen kommt. Ob die Leute das dann lesen oder nur in den Schrank stellen, ist ja egal.

Aber wozu die Komödie im Lager?, fragt Zirkel.

Hast du dir den Vogel genau angeschaut?, fragt Kersten zurück. Wenn es noch eines Beweises bedurft hätte, daß meine Entscheidung richtig war, dann hast du ihn eben erhalten. So einer will Pfisterer aus dem Sattel lupfen! Daß ich nicht lache! Trotzdem, Brauer und Pfisterer haben mich gebeten, ein Auge auf ihn zu werfen. Und das geht am einfachsten, indem wir Schröder scheinbar unterstützen. Laß uns seinen Wahlkampf organisieren, dann wissen wir jederzeit, was läuft, und können die Dinge steuern, wie wir wollen. Da er sowieso keine Chance hat, geschieht ihm auch kein großes Unrecht. Vielleicht kriegt er sogar ein achtbares Ergebnis mit unserer Hilfe, dann kann er uns noch dankbar dafür sein.

Trotzdem ist es scheiße!, sagt Zirkel.

Zacharias, wirbt Kersten eindringlich, ich habe mit Birgit gesprochen. Sie will wieder zu dir zurück. Aber deine depressiven Schübe, wenn nichts läuft im Laden, die erträgt sie nicht mehr. Das mußt du verstehen. Ich hab ihr gesagt, bei dir gehe es bald aufwärts, du hättest einige wirklich gute Aufträge an der Angel, und sie hat fast geheult vor Freude. Sie liebt dich immer noch, Zacharias. Wach doch endlich auf aus deinen Träumen. Das Leben ist, wie es ist!

Zum Kotzen ist es, antwortet Zirkel. Das vor allem!

Dreimal, viermal wiederholt er es.

Nachmittags pumpt er sich voll mit Stoff, um nicht über sich nachdenken zu müssen. Abends ist er so gut drauf, daß er das Gefühl hat: Ich verrate den Schröder ja gar nicht, ich helfe ihm. Wer weiß, am Ende packt er's vielleicht wirklich. Es ist noch gar nichts entschieden.

Das hält ihn aufrecht, dieses: Es ist ja noch gar nichts entschieden.

Dann passiert die Sache mit Vogler.

Dann passierte die Sache mit Vogler, und plötzlich wurde Ihnen klar, daß Kersten Vogler ans Messer geliefert hatte!

Ich war weiß vor Wut. Ich fror. Wut und Kälte machten mich luzide wie einen Eisblock.

Wir wollen das Ganze noch mal Schritt für Schritt an uns vorüberziehen lassen, sagte ich. Wie in Zeitlupe. Sonnabend vormittag sitzen wir zu dritt in Ihrem Lager. Ich lasse mich durch Kerstens Provokationen verleiten, die Hintergründe meiner Bewerbung offenzulegen. Sogar die Annonce mit Voglers handschriftlichem Zusatz ›Ungesühnt – der Fall Hirschfeld!‹ reiche ich herum. Dies und meine Vermutung, Pfisterer sei in ein Verbrechen verstrickt, alarmieren Kersten aufs höchste, weshalb er sofort nach der anschließenden Aussprache mit Ihnen seine neuen Fixsterne Pfisterer und Brauer unterrichtet. Erst dadurch und nicht, wie er mir weismachen wollte, schon am Abend zuvor wird der Bürgermeister auf den kurzen Schriftwechsel mit meinem Vater aus dem Jahr 1982 aufmerksam. Meine Hochachtung vor einer Gedächtnisleistung, die den Allerweltsnamen Schröder auf Anhieb mit einem fünf Jahre zurückliegenden Brief verknüpft, war also überflüssig. Pfisterer ersieht aus den Akten, daß Vogler ihn seinerzeit, als der Brief auf dem Rathaus eintraf, urlaubshalber vertreten hatte. Ein penibler Beamter vermerkt den Posteingang mit seiner Paraphe, und Vogler war ein penibler Beamter. Später verfügte er zudem die Wiedervorlage des Schriftstücks nach der Rückkehr seines Chefs. Sie sehen, ich denke schon ganz verwaltungsmäßig, ist das nicht ein Fortschritt? Von dem Brief führt ein direkter Weg zu der Erkenntnis, daß nur Alois Vogler als Absender der anonymen Anzeigen in Betracht kommt, denn niemand sonst hatte Anlaß und Gelegenheit, sich über Pfisterers verlogenes Antwortschreiben aufzuregen. Vermutlich hat der Herr Bürgermeister, der ja ein mißtrauischer Mensch ist, Kersten zur Sicherheit einbestellt und ihm die Handschrift des Kämmerers gezeigt, damit er sie mit der vergleiche, die er auf der Anzeige gesehen hatte. Er ist es, wird Kersten gesagt haben, schon um von seinem eigenen Informanten abzulenken, den er in den Verhandlungen mit Brauer natürlich nicht preisgegeben hat, um sich seiner Trumpfkarte nicht zu berauben. – Halten wir also fest: Schon am Sonnabend vormittag kannte Pfisterer die undichte Stelle im Rathaus, nach der ich noch fieberhaft suchte. Allerdings wußte er nicht, *warum* Vogler die Anzeigen abgeschickt hatte; da war er auf Vermutungen angewiesen. Daß Erwin Schröder nur auf einen Verwandten Katharinas hingewiesen werden sollte, wird Pfisterer gar nicht in den Sinn gekommen sein, denn der Name Hirschfeld war für ihn mit dem geplanten Abriß der Merziggassenhäuser, und das heißt: mit seinen Finanzierungstricks, verbunden. Außerdem hatte ich ein mögliches Verbrechen angedeutet. Inwieweit das eine mit dem anderen zusammenhing und was Vogler ausgeplaudert haben mochte, ließ sich aus den Akten nicht ersehen – eine Tatsache, die ihn außerordentlich beunruhigte. Folglich beauftragte er Kersten, es schnellstmöglich herauszufinden. Können Sie mir folgen, Herr Zirkel?

Ich kann Ihnen folgen, sagte Zirkel leise. Er hatte sich jetzt weit zurückgelehnt, seine Augen waren geschlossen.

Das ist gut, sagte ich und fühlte, wie meine Gedanken immer klarer und kälter wurden. Denn jetzt wird es erst richtig spannend. Kersten ruft Julius Hirschfeld an, in der Hoffnung, von ihm etwas über die Hintergründe der Voglerschen Aktion zu erfahren. Doch der alte Hirschfeld, der anders als ich Gimpel in seinem Leben gelernt hat, sich in acht zu nehmen vor den Mächtigen und ihren Helfern, läßt ihn ablaufen. Damit kann sich der Redakteur freilich keinesfalls zufrieden geben, er braucht unbedingt die Bestätigung, daß Vogler die Machenschaften des Clans bereits verraten hat. Warum? Versetzen wir uns in seine Lage. Kerstens Informant war nicht der Kämmerer, der es mir sonst bei unserem Gespräch gesagt hätte, sondern ein Dritter. Dessen Identität aber hatte Ihr Freund bislang nicht preisgegeben, denn sein Marktwert beruhte ja gerade darauf, daß er eine zuverlässige Nachrichtenquelle besaß und trotzdem schwieg. Nach den vorangegangenen Entdeckungen muß Pfisterer aber zutiefst davon überzeugt gewesen sein, daß Vogler es war, der sich dem Journalisten anvertraut hatte. Und da saß unser Kersten auf einmal in der Falle. Wenn er Vogler nicht als Verräter präsentierte, der sich quasi selbst entlarvt hatte, würden die Nobiles als nächstes ihn verdächtigen, ein doppeltes Spiel zu betreiben. Er wäre seinen schönen Direktorensessel los geworden, bevor er ihn auch nur warmgesessen hatte. Es hätte ihm nicht mal mehr genützt, nachträglich seinen wirklichen Zuträger zu enttarnen, weil das so ausgesehen hätte, als wollte er den Kämmerer, auf den alle Verdachtsmomente hindeuteten, schützen. Kersten mußte also Vogler als Täter überführen, koste es was es wolle. Können Sie meiner Beweisführung immer noch folgen, Herr Zirkel?

Ich kann ihr immer noch folgen, sagte Zirkel.

Das ist schön, denn jetzt kommen Sie ins Spiel. Sonnabend nachmittag telefonieren Sie mit Richard Mugel. Dabei erfahren Sie, daß sich der Anonymus bei Julius Hirschfeld gemeldet und ihm die Unterstützung des Wahlbewerbers Schröder nahegelegt hat, mit der Begründung, sonst kämen schwere Zeiten auf ihn zu. Um das zu verhindern, sagt der Unbekannte, werde er Schröder mit Informationen versorgen, die Pfisterer zu Fall bringen könnten. Als Sie es mir tags darauf erzählten, fragte ich Sie entsetzt, ob Sie es auch Kersten gegenüber erwähnt hätten. Sie verneinten es. Das, Herr Zirkel, nehme ich Ihnen nun keinesfalls mehr ab. Sie *haben* Kersten von dem Telefonat mit Mugel berichtet! Alles haben Sie ihm berichtet!

Zirkel holte tief Atem und richtete sich auf.

Nein, sagte er. Das war anders. Frau Laroche war bei mir, als Mugel anrief. Ihr habe ich es erzählt, sie hat es an Kersten weitergetragen. Und nun hören Sie auf, mich zu quälen.

Hastig griff er nach einer Zigarette. Wäre er allein gewesen, hätte er jetzt in gierigen Zügen Haschisch geraucht.

Er tat mir leid. Und doch hätte ich ihn erwürgen können.

Es ist nichts gegen die Quälerei, die Vogler erdulden mußte, sagte ich. Frau Laroche also, der Sie seither aus dem Wege gehen, weil sie Ihr Vertrauen mißbraucht hat. Wie auch immer, Kersten hatte damit endlich seinen Beweis, ohne sich weiter erklären zu müssen.

Und Pfisterer konnte in aller Ruhe überlegen, wie er mit Vogler verfahren wollte. Den ganzen Sonntag hatte er dazu Zeit – oder, sagen wir, den halben, denn wir wollen ihm zugute halten, daß er während der Messe andächtig Effingers schöner Christrosenpredigt lauschte. Natürlich nahm er sich vor, seinen Stellvertreter zu sich zu rufen und ihn in Grund und Boden zu brüllen. Wahrscheinlich hoffte er sogar, daß Voglers schwaches Herz dabei ins Stolpern geriete. Aber plante er auch, ihn anschließend durch Letsch verfolgen und im Keller seines Hauses halbtot martern zu lassen? Zunächst erschien mir das sonnenklar, nach allem, was für Pfisterer auf dem Spiel steht. Mittlerweile bin ich mir nicht mehr so sicher.

Warum nicht?, fragte Zirkel.

Eben weil Pfisterer so viel Zeit hatte, sich vorzubereiten. Hätte er erst beim Streit im Rathaus Gewißheit über Voglers Rolle erlangt und daraufhin spontan beschlossen, seinen Kapo in Marsch zu setzen, wäre das eine erklärliche Reaktion gewesen. Wer aber sein Vorgehen in Ruhe überdenken kann, merkt schnell, daß es Unsinn ist, sich mit jemandem lautstark zu streiten, der anschließend umgebracht werden soll. Dadurch macht man sich nur verdächtig. Wäre Pfisterer Letschs Auftraggeber, hätte es am Montagmorgen im Rathaus mucksmäuschenstill zugehen müssen.

Zirkel drückte die halbgerauchte Zigarette im Aschenbecher aus.

Wen haben Sie stattdessen im Verdacht?, fragte er.

Leider zu viele. Zum Beispiel Max Brauer, für den nicht weniger auf dem Spiel steht als für seinen Schwager. Pfisterer ruft ihn nach der Auseinandersetzung mit Vogler an, und Brauer beschließt, die Gelegenheit beim Schopf zu packen. Sportkamerad Letsch wird wissen, was er dem großen Förderer seiner Mannschaft schuldig ist, wenn der ihn um einen Gefallen bittet. Gleiches gilt aber auch für den Sportvereinsvorsitzenden Würz, von dessen Tatkraft ich eine beeindruckende Kostprobe bekommen habe. Und nicht zuletzt auch für Kersten selbst.

Schon wieder Kersten. Sie sind fixiert auf ihn!

Ja, Kersten. Zur Hälfte hatte er den Kämmerer ja schon ans Messer geliefert. Aber eben nur zur Hälfte, und halbe Sachen sind immer gefährlich. Wäre der alte Mann am Leben geblieben, hätten die Unterschlagungen der Nobiles jederzeit ans Licht kommen können.

Das wäre Kerstens sicheres Karriereende gewesen, denn welchen Kaufwert hätte sein Schweigen für Brauer und Pfisterer dann noch gehabt? Hundertachtzigtausend mal etliche verbleibende Lebensjahre eines unbestechlichen Beamten – es sind schon Leute wegen geringerer Summen umgebracht worden!

Zirkel hatte sich erhoben. Seine Schwäche schien überwunden. Er trat ans Fenster, öffnete es und sog die kühle Luft ein.

Aber dann müßte Kersten nicht nur umgehend von Voglers Krach mit Pfisterer erfahren haben, er müßte gegenüber Letsch auch eine große Autorität besitzen, um ihm solch einen Auftrag erteilen zu können. Das ist ausgeschlossen. Wenn dem so wäre, wüßte ich es.

Ich stellte mich neben ihn und sah hinunter auf die Straße. Eine Frau kam auf den Buchladen zu, blieb stehen und blickte zu uns herauf.

Es war Frau Laroche.

Zirkel schloß das Fenster und wandte sich ab.

Ich habe ja eingeräumt, daß es zu viele sind, sagte ich. Es macht im Moment wenig Sinn, Spekulationen anzustellen. Aber wir beide, Herr Zirkel, müssen noch miteinander ins Reine kommen. Sie haben mich eine Woche lang hinters Licht geführt. Das ist ärgerlich, aber wir bewegen uns auf dem Feld der Politik, da darf man nicht zimperlich sein. Sie sind aber auch an Voglers Tod mitschuldig, ebenso wie ich, denn beide haben wir ihn leichtfertig seinen Gegnern ausgeliefert. Solange er im Krankenhaus lag, konnten wir noch hoffen, daß es nicht zum Schlimmsten kommen werde. Es ist ja nichts entschieden, haben wir uns gesagt. Nachdem uns Schätzle aber im Goldenen Rad Voglers Tod gemeldet hatte, gab es keine Ausflüchte mehr. Sie suchten und fanden in meinem Verhalten einen Vorwand, Ihre Mitarbeit aufzukündigen. Doch in Wirklichkeit wollten Sie nichts weiter, als Ihre Doppelrolle zu beenden. Nach Richard Mugels öffentlichen Angriffen war Ihrer verdeckten Ermittlungsarbeit in Kerstens und Pfisterers Diensten ohnehin der Boden entzogen. Aber so leicht, mein Freund, macht es uns der Tote nicht!

Zirkel ließ seinen Blick unstet über die verstreuten Tablettenschachteln und Papiertüten wandern. Seine Hände zitterten.

Nein, so einfach macht er es uns in der Tat nicht, sagte er mit tonloser Stimme. Und was folgt daraus, Ihrer Meinung nach?

Daß Sie mir Kerstens Informanten preisgeben müssen! Es ist die einzige Spur, die mir gegenwärtig weiterhilft.

Der Buchhändler schwieg. An der Tür läutete es.

Sie kennen die Quelle!, drängte ich. Kersten hat sie Ihnen genannt, als er Sie davon zu überzeugen suchte, daß es sich lohne, zu den Nobiles überzulaufen. Es handelt sich um einen Mitarbeiter der Wirkahner Bank.

Wie kommen Sie darauf?

Ich vermute es, mehr nicht. Aber es scheint mir logisch, daß Kersten Sie voll eingeweiht hat, denn dadurch machte er Sie endgültig zu seinem Komplizen. Im übrigen gaben Sie selbst mir den Rat, mich um die Frage zu kümmern, wie Steiger seine Transaktionen verschleiert haben könnte. Ihr schlechtes Gewissen hat Sie dazu verleitet, Herr Zirkel. Ihr Gewissen! Es wollte sich so lange wie möglich der Illusion hingeben, daß alles noch unentschieden, alles noch umkehrbar wäre!

Wieder läutete es, schrill und fordernd.

Sie sind ein Teufel, sagte Zirkel ruhig. Ich will mit Ihnen nichts mehr zu schaffen haben. Mit Ihnen nicht und mit niemandem sonst, der in diesem barbarischen Spiel mitmischt. Aber ich werde Ihnen Kerstens Informanten nennen. Eine Frau ist es. Eine bedauernswerte Person, die von Steiger ebenso abhängig ist wie von Kersten. Sie steht draußen, und wenn ich sie einlasse, wird sie winseln, daß ich ihr vergebe. Ich lasse sie aber nicht ein, ich liefere sie Ihnen aus. Das ist mein Tribut an den Toten. Und jetzt verschwinden Sie!

Ich ging durch den Flur zur Tür.

Im Wohnzimmer fiel klirrend ein Gegenstand zu Boden.

Sagen Sie ihr, Sie soll sich nicht unterstehen, je wieder bei mir aufzutauchen!, schrie Zirkel mir nach.

Der Schrei war weithin zu hören. Ich öffnete die Tür. Entsetzt sah Frau Laroche mich an. Sie schwankte und versuchte, sich am Treppengeländer festzuhalten. Ich fing sie auf.

Kommen Sie, Frau Laroche! Ich bringe Sie nach Hause.

8.

Ich glaube nicht, daß der Stadtamtmann und stellvertretende Bürgermeister Erwin Schröder in seinem Leben je wieder soviel gereist ist wie zwischen Herbst 1938 und Winter 1939, jener Zeitspanne, in der er versucht hat, einen Zipfel vom braunen Mantel großdeutscher Macht und Herrlichkeit zu erhaschen. Als er achtundzwanzig wurde, bestellte man ihn zum alleinigen ›Betriebsführer‹ einer Siedlungsgenossenschaft, die ihre schönste Blüte allerdings schon hinter sich hatte, weil gartenzwergiger Heimstättenbau in Hitlers monumentale Eroberungswirtschaft nicht mehr hineinpaßte. Ob der Aufsteiger, wenn er es sich abends in der kurz zuvor erworbenen Villa des Doktor Liebenstein bequem machte, hin und wieder die kleine, blasse Fotografie seines Sohnes, der nun auch schon bald vier wurde, aus dem abschließbaren Schubfach hervorholte? Nichts steht darüber geschrieben. Dagegen unterliegt es keinem Zweifel, daß die Geschicke der Stadt mehr und mehr in seine Hände übergingen; denn sein nomineller Vorgesetzter, der Bürgermeister und Ex-Bäckermeister Arp Krüger, war eingestandenermaßen unfähig, das Verwaltungsschiff zwischen Heldenverehrung und Fleischmangel auf Kurs zu halten, weshalb er öfter am Biertresen als im Rathaus zu finden war. Also führte Erwin Schröder die kommunalen Geschäfte in eigener Regie, und er tat es zur allseitigen Zufriedenheit. Er berief, wenn auch selten, Ratsversammlungen ein, stand in regem Schriftverkehr mit Behörden und Oberbehörden und konnte sich bester Kontakte zu einflußreichen Parteikreisen bis hinauf zur Gauleitung Weser-Ems rühmen.

Doch offenbar genügte ihm das nicht. Der Achtundzwanzigjährige hatte einen Traum. Vor den Toren seiner Heimatstadt, draußen im Moor, wollte er ein Lager für mindestens tausend Zwangsarbeiter errichten.

Warum er diesen Traum träumte, der auch für eingefleischte Parteigenossen nicht zu den vordringlichsten Wünschen gehört haben dürfte, ist nicht einfach zu begreifen. Das Argument, auf diese Weise billige Arbeitskräfte zu bekommen, hatte zwar beim ersten, gescheiterten Versuch, Brederstedt ins emsländische Gefangenenlagerprogramm zu hieven, eine Rolle gespielt. Spätestens nach seinem Besuch in Aschendorfermoor muß Schröder aber klar gewesen sein, daß die Gefangenen entgegen den Gerüchten, die ein schon damals futterneidisch um Standortvorteile buhlendes heimisches Unternehmertum ausstreute, fast nur im Moor eingesetzt wurden. Auch läßt sich erst im Verlauf des Rußlandfeldzugs von einem echten Arbeitskräftemangel in Ostfriesland sprechen. Ein paar Jahre zuvor hatte es dort noch Notprogramme gegen die hohe Arbeitslosigkeit gegeben.

Die von Hanna Sievers penibel zusammengetragenen Akten legen einen anderen Schluß nahe. Der generalstabsmäßige Aufbau eines Lagersystems für über zwanzigtausend Häftlinge und die mit großem Propagandaaufwand verkündete Urbarmachung von hunderttausend Morgen Moor bewirkten einen gewaltigen Prestigeschub fürs emsische Grenzland, in dem sich bis dahin Fuchs und Hase gute Nacht gesagt hatten. Der Osnabrücker Regierungspräsident und die preußischen Ministerien konnten sich gar nicht einkriegen in ihrem Drang nach Baracken, Pritschen und gebeugten Rücken. Die Berliner Ministerialbürokratie feilschte mit Wollust um Geld und Arbeitssklaven, und selbst der von der Vorsehung gesandte Führer schien sich plötzlich fürs Moor zu erwärmen. Das war Politik, die einem ehrgeizigen Kommunalbeamten die Augen glänzen und das Herz hüpfen machte. Demgegenüber besaßen die eigenen Bemühungen, in der fernen Metropole fürs Friesenland Aufmerksamkeit zu erregen, den Stellenwert kindischen Murmelspiels.

An die hundert Zeitungsausschnitte über das Emslandprojekt hat Erwin Schröder aufbewahrt. Die Vision einer blühenden, grünenden Landschaft mit vier- bis fünftausend Erbbauernhöfen, endlosen Weiden und vierspurigen Reichsautobahnen hat seine Fantasie beflügelt, seinen Neid geweckt und die Angst, gänzlich ins Abseits gedrängt zu werden, geschürt. Den Hofbericht der Emszeitung vom August 1938 über das gigantische Meppener Richtfest für zweihundertachtundsechzig Baracken mit Ministeransprachen, Marschmusikdröhnen und Fackelzügen hat er verschlungen, mit Unterstreichungen und Ausrufezeichen versehen, als müsse er jedes Wort einzeln in sich aufsaugen. Die Meldung, daß der Kommandant der Emslandlager zum SA-Oberführer und Oberregierungsrat ernannt worden war, entlockte ihm ein: ›Alle Achtung!‹

Vater, denke ich mir, wollte raus aus der Provinz. Sie wurde ihm zu eng, machte es ihm zu leicht. Berlin, die eisige, machtstrotzende Metropole, zog ihn magisch an. In den Ministerien saßen Leute wie er, zynisch, intelligent und kalt. Dort ließen sich Karrieren schmieden, von denen die Dösbaddl am Dollart keine Ahnung hatten. Und wenn es denn nicht Berlin sein konnte, sollten wenigstens die Herren in Hannover, Osnabrück oder Oldenburg auf das Brederstedter Bürokratietalent aufmerksam werden.

Irgendwann, wahrscheinlich nach der Visite in Aschendorfermoor, muß ihm der Gedanke gekommen sein, sich durch das Angebot, ein Gefangenenlager zu bauen, höhernorts zu empfehlen. Hatte nicht auch das Emslandwunder damit begonnen, daß Siedlungsgenossenschaften Moor aufkauften? War nicht seit längerem ein Konzentrationslager für ganz Norddeutschland im Gespräch? Hamburg bemühte sich darum, doch kam die Sache nicht vom Fleck. Ein früherer Kurskollege, der in der Hamburger Stadtverwaltung Dienst tat, hatte ihn darüber informiert, vertraulich natürlich.

Polizeigefängnisse, Gefangenenlager, Konzentrationslager hatten Konjunktur. Daraus ließ sich etwas machen, wenn man es nur tatkräftig und entschlossen genug anging.

Daß der normale Instanzenweg dafür nicht taugte, wurde ihm schnell bewußt. Sondierungen auf der Ebene von Landratsamt und Regierungspräsidium sind in den Akten als schmallippige Randnotizen vermerkt. Jedesmal wurde ihm bedeutet, er solle die Finger von einer Sache lassen, die nur Ärger verursachen werde. Es beeindruckte ihn nicht. Nach zähen Verhandlungen gelang es ihm, mit dem Landratsamt und den umliegenden Gemeinden zugunsten der Siedlungsgenossenschaft eine nicht näher konkretisierte Nutzungsvereinbarung für dreiundfünfzig Hektar Ödland abzuschließen. Inwieweit die staatliche Moorverwaltung dabei eingeschaltet war, bleibt unklar; vermutlich gar nicht, denn erst als die Baracken standen, wachten die Moorwächter auf und protestierten. Aber da hielt schon die SS ihre schützende Hand darüber.

Nachdem er Anfang Oktober achtunddreißig in den Besitz der Moorflächen gelangt war, versuchte Erwin Schröder, die Mächtigen in Berlin für seine Idee zu gewinnen.

Ein Trumpfas nach dem anderen zog er aus dem Ärmel.

Er erbot sich, den kompletten Lagertrakt durch die Siedlungsgenossenschaft zum Pauschalpreis von 150 000 Reichsmark bauen zu lassen. Er kannte, woher auch immer, die Gestehungskosten der Anlage in Aschendorfermoor und unterbot sie um mehr als die Hälfte. Er entwarf ein raffiniertes Personaleinsatzkonzept, das die unentgeltliche Inanspruchnahme seines Bauamts, des Bauhofs, der Techniker des Elektrizitätswerks und des Wasserwerks vorsah. Für die Entwässerung, die Sandschüttung und das Fundamentieren der ersten Baracken wollte er alle ortsansässigen Juden zwischen fünfzehn und fünfundsechzig zwangsrekrutieren; danach sollten Häftlinge die Arbeiten fortführen. Er stellte die kostenlose Errichtung von Wohnhäusern für das Wachpersonal in Aussicht und überbrachte die Zusage der Werft Jülich & Brodmersen, Schiffseinrichtungen aus Holz gegen einen Tagesbeschäftigungssatz von 2,50 Reichsmark pro Häftling im Lager fertigen zu lassen. Er winkte mit einem zinslosen Darlehen der Oberamtssparkasse, in deren Verwaltungsrat er saß.

Es war, wie man ihm bestätigte, ein ›konkurrenzlos günstiges, planerisch wohldurchdachtes Angebot, an dem sogar der Architekt des Führers Albert Speer seine Freude hätte‹. Das Lob stammte von einem Abteilungsleiter der Reichsstelle für Raumordnung in Berlin W 8, Leipziger Straße 3. Nicht nur bei ihm, auch im Justizministerium, im Finanzministerium und beim Reichsarbeitsdienst sprach Erwin Schröder vor. Eine Woche lang hielt er sich in der Hauptstadt auf und nutzte die freie Zeit zwischen den Behördenterminen zu Besuchen im Pergamon- und Völkerkundemuseum; seine Reisekostenabrechnung nebst Eintrittskarten ist den Gesprächsprotokollen beigefügt.

Erreicht hat er nichts.

Alle Ministerialen, denen er seinen Plan vortrug, waren bis über die Ohren damit beschäftigt, dem Führer durch zwangsweise Entwässerung emsländischer Erde und minderrassiger Körper ›eine neue Provinz fürs Volk zu schenken‹. Nur der Reichsarbeitsdienst hatte sich aus der Moorkultivierung schmollend zurückgezogen, weil sein ›Ehrendienst‹ von der preußischen Bauverwaltung als unnütze und teure Stümperei erachtet wurde. Doch teuer würde das braune Herrenspielzeug ohnehin werden, und deshalb war für neue Moorsoldaten kein Geld vorhanden. Außerdem, sagte ein Regierungsrat des Justizministeriums hinter vorgehaltener Hand, werde die Zahl der Gefangenen wesentlich niedriger ausfallen als ursprünglich angenommen, so daß etliche Baracken erst mal leerstehen würden. Man verhandle deswegen gerade mit der Wehrmacht, ob die nicht für spätere Kriegsgefangene ein paar Baracken kaufen wolle. Es gebe sowieso bald Krieg.

Vater, der Unpünktlichkeit so sehr haßte: Diesmal war er zu spät gekommen.

Versehen mit Flugblättern und Artikeln, die den epochalen, nur der Trockenlegung der Pontinischen Sümpfe vergleichbaren Charakter des Emslandwerks hymnisch besangen, mußte er unverrichteter Dinge die Heimreise antreten.

Trotzdem: Daß er überhaupt in die heiligen Hallen der Macht vorgelassen wurde, ist bemerkenswert genug. Es beweist, daß Erwin Schröder in der Partei mächtige Förderer und Gönner hatte.

Wo saßen sie? Noch immer in der NSDAP? oder hatte schon die SS ihre Hand im Spiel?

Ich wüßte es gerne.

Andererseits: Kommt es darauf an?

Ein halbes Jahr lang geschah nichts. Die Ereignisse vom 9. und 10. November warfen Schröders Kalkulation insofern über den Haufen, als nach den Pogromen nicht mehr genügend Juden als Kostendrücker zur Verfügung standen. Diejenigen, die nach ihrer Verhaftung zurückkehrten, betrieben verzweifelt ihre Flucht. Der Stadtamtmann vertauschte vorübergehend die Rollen und verhalf einem von ihnen zum rettenden Visum. Vielleicht war es auch nur eine Art Trotzhaltung gegen die Blindheit einer Bürokratie, die sich seiner zündenden Idee verweigerte.

Nach fünfundvierzig hat ihm der Vorgang jedenfalls geholfen, das anfänglich schier aussichtslose Entnazifizierungsverfahren doch noch zu einem positiven Abschluß zu bringen.

Erwin Schröder hatte eben immer mehrere Eisen im Feuer.

Dann, im Frühjahr 1939, taucht plötzlich die SS in Gestalt eines Hauptscharführers Josef Schmitz in den Akten auf.

Schmitz war drei Jahre lang Blockführer im emsländischen Konzentrationslager Esterwegen gewesen. Als das Lager im Herbst sechsunddreißig aufgelöst und nach Sachsenhausen verlegt wurde, blieb Schmitz in Salzluftnähe und wechselte zur Gestapo nach Emden. Dort lernte ihn mein Vater bei einem ›Volksbetreuungslehrgang‹ kennen, auf dem es um das Zusammenspiel von Partei, Polizei und Verwaltung bei der Überwachung privater Haushalte ging. Vater gab den Parteikadern Tips zum zweckmäßigen Führen der roten Haushaltungslisten. Der KZ-Blockführer a.D. Schmitz unterwies zivile Blockwarte und Blockhelfer in der Kunst, auch kleinste Anzeichen von Ungehorsam aufzuspüren. Abends, beim Bier, wurde er allerdings selbst widerspenstig und trauerte den schönen Esterweger Zeiten nach. Eine Schande sei es, polterte er, daß man norddeutsche Volksschädlinge jetzt nach Sachsenhausen und Buchenwald verfrachten müsse, statt sie wie früher an Ort und Stelle zur Räson zu bringen. Und von den emsischen Gefangenenlagern, die jetzt gebaut würden, halte er rein gar nichts, weil das doch bloß verkappte Sanatorien seien. Die Justiz gehe wie immer viel zu zimperlich mit Verbrechern und Gesindel um.

Vater fertigte eine Aktennotiz. Wenige Tage später übersandte er dem SS-Hauptscharführer seine Schubladenpläne für die Bredenstedter Moorbaracken. Schmitz antwortete begeistert: genauso müsse es laufen. Wenn Schröder das mit den Baracken hinkriege, wolle er schon dafür sorgen, daß sie nicht leerstünden.

Der nachfolgende Schriftwechsel umfaßt insgesamt neun Briefe. Schon nach dem dritten lauten die Anreden:

›Lieber Josef!‹

›Lieber Erwin!‹

Nach dem neunten Brief, in dem mein Vater Anzeichen von Ungeduld und Enttäuschung erkennen läßt, stellt Schmitz den Kontakt zur Bauabteilung der Inspektion der Konzentrationslager in Oranienburg her. Dort arbeitete ein alter Kamerad des SS-Mannes, Ernst Grothe, der in Esterwegen Bauleiter gewesen war. An den solle sich Erwin Schröder wenden, empfahl Schmitz, und gab ihm gleich noch ein gefälliges Schreiben für Grothe mit auf den Weg:

›In dem Pg. Stadtamtmann Schröder wirst du endlich mal einen Beamten kennenlernen, wie er sein soll. Einer, der zupackt und uns nicht immerzu Knüppel zwischen die Beine wirft wie die meisten bürokratischen Griffelspitzer. Bitte unterstütze ihn nach besten Kräften!‹

Wieder reiste Erwin Schröder Richtung Berlin. Für Museumsbesuche blieb diesmal keine Zeit.

Über den Ablauf seiner Mission gibt es keine schriftlichen Unterlagen. Entweder hat sich Grothe Aufzeichnungen von vornherein verbeten oder aber die Atmosphäre im sogenannten T-Gebäude, der KZ-Hauptverwaltung der SS am Südrand des Lagers Sachsenhausen war so einschüchternd, daß es sich von selbst verstand, über die Gespräche Stillschweigen zu wahren.

Bei genauer Lektüre finden sich jedoch aufschlußreiche Hinweise in den Briefen, die Vater nach seiner Rückkunft aus Oranienburg an den ›lieben Josef‹ geschrieben und als Durchschläge zu den Akten genommen hat.

Demnach hatte Grothe der planerischen Qualität des Vorhabens hohes Lob gezollt, zugleich aber darauf verwiesen, daß es eine klare Order des SS-Hauptamts gebe, neue Konzentrationslager nur noch an den vom Reichsführer SS festgelegten Standorten zu errichten. Dann aber deutete Grothe ein Schlupfloch an: Wenn die Brederstedter Siedlungsgenossenschaft zusammen mit der Schiffswerft Jülich & Brodmersen das Lager als Wirtschaftsunternehmen deklariere, das später in die Hände der SS übergehen werde, erscheine ihm eine Tolerierung der obersten SS-Führung durchaus denkbar. Denn dann erfolge die Einweisung von Häftlingen ja sozusagen im Vorgriff auf den künftigen Eigentümer. Das SS-Verwaltungsamt habe erst kürzlich eine Wohnbaugesellschaft übernommen und bereite eine Reihe weiterer Betriebsgründungen vor, wobei jeweils eine enge Verzahnung mit Konzentrationslagern angestrebt werde. Das Ganze dürfe derzeit aber nicht an die große Glocke gehängt werden, weil zwischen dem Inspekteur der Konzentrationslager, Gruppenführer Eicke, und dem SS-Verwaltungchef, Gruppenführer Pohl, in der Frage der Zuständigkeit für die wirtschaftliche Nutzung von Konzentrationslagern erhebliche Meinungsunterschiede bestünden.

›G. rät also, wenn ich es recht sehe, dazu, vor dem Hintergrund der gegenwärtigen strategischen Planungen Fakten zu schaffen, um der SS in zwei oder drei Jahren einen florierenden Lagerbetrieb übergeben zu können, wie immer der dann heißen mag‹, resümierte Erwin Schröder gegenüber seinem Duzfreund. ›Ich denke, das ist ein guter Vorschlag, der alle Seiten zufriedenstellen kann. Was meinst Du dazu?‹

Der KZ-verliebte Schmitz meinte dasselbe. Himmler werde die Idee begeistert aufgreifen, wenn er sehe, daß sie funktioniere, gab er sich überzeugt. Ein Modell fürs ganze Reich könne daraus erwachsen. Man dürfe nur keine Zeit verlieren, damit einem niemand zuvorkomme. Und für den Initiator Schröder sei der Weg nach Berlin so gut wie vorgezeichnet:

›Lieber Erwin, ich sehe Dich schon als SS-Gruppenführer und mich als Deinen Adjutanten. Dann wollen wir die Champagnerkorken knallen lassen!‹

Es war der Startschuß zum Aufbau der Moorbaracken.

In den Sommermonaten des Jahres 1939 veräußerte die Bredersstedter Siedlungsgenossenschaft fast ihren gesamten Grundbesitz. Wieder reiste Erwin Schröder durchs Land, um Interessenten zu finden und notwendige Genehmigungen einzuholen. Käufer waren vermögende Privatleute, aber auch die Oberamts-Sparkasse und zwei Wohnbaugesellschaften aus Kiel und Hamburg.

Niemand scheint sich ihm in den Weg gestellt zu haben. Alle gingen davon aus, daß die Sache von ›ganz oben‹ gedeckt, wenn nicht gar angeordnet sei.

Mit den Verkaufserlösen finanzierte er die Material- und Maschinenkosten für die Erschließungsarbeiten im Moor und für den Rohbau von zehn Gefangenenbaracken, einer Küchen- und Badebaracke, einer Wäscherei- und Handwerkerbaracke, zwei Werkstattbaracken, einer Gerätebaracke, einer Verwaltungsbaracke, einer Tagesbaracke mit Kantine, einer Vortragsbaracke, einer Lazarettbaracke, einer Arrestbaracke mit Einzelzellen, vier Latrinenbaracken, zwei Wachmannschaftsbaracken, zwei Wachmannschaftslatrinenbaracken, einer Fahrradbaracke, einer Festgarage, einem Wasserwerk, einer Trafostation und einer Wache mit zwei Wachtürmen. Außerdem wurden fünfzehnhundert laufende Meter Maschendrahtzaun und Einrichtungsgegenstände bestellt. Die Ausschreibungen ergingen vorwiegend an Brederstedter Baufirmen und Handwerksbetriebe. Sie waren mit dem ausdrücklichen Hinweis versehen, daß Personal nur auf besondere Anforderung zu stellen sei.

Der Gemeinderat wurde mit dem Projekt erstmals befaßt, als die meisten Zuschläge bereits erfolgt waren. Die Ratsherren beeilten sich, das ›wegweisende Projekt, welches der hiesigen Wirtschaft in hohem Maße zugute kommt und von ihr deshalb vorbehaltlos unterstützt wird‹, wärmstens zu begrüßen.

Ende September neununddreißig begannen die Erdarbeiten.

Deutschland feierte gerade den Blitzsieg des größten Feldherrn aller Zeiten über Polen.

Am 27. September nahm die Gestapo in Brederstedt überfallartig Verhaftungen vor. In den zwei ›Judenhäusern‹ am Westerkamp wurden alle männlichen Bewohner zwischen vierzehn und fünfundsechzig Jahren zusammengetrieben und abtransportiert. Razzien gab es auch auf dem flachen Land, doch waren hier, weil kaum noch Juden vohanden waren, sogenannte Arbeitsscheue und Asoziale das bevorzugte Ziel.

Insgesamt nahm die Gestapo einhundertachtzehn Personen fest. Sie wurden in das leerstehende Gebäude einer Großmästerei am Südrand Brederstedts einquartiert und unter SA-Bewachung ins Moor geführt, wo Mitarbeiter des städtischen Bauhofs und der Technischen Werke sie in den folgenden Wochen anleiteten, mit Schaufeln Vorfluter anzulegen, Drängräben auszuheben und Sandwege aufzuschütten. Die Bewachung im Moor übernahmen Angehörige der SS.

Die Razzien und mehr noch der lokale Arbeitseinsatz der Gefangenen riefen postwendend den Widerspruch der Gestapo-Führung in Berlin hervor.

In einem harschen Funkspruch an den Inspekteur der Staatspolizeileitstelle Wilhelmshaven erinnerte das Geheime Staatspolizeiamt daran, daß nach Verhaftungen umgehend Schutzhaftanträge mit Personalbogen und Vernehmungsprotokollen an das Schutzhaftdezernat II D zu richten seien und die Zuständigkeit der Konzentrationslager Sachsenhausen und Buchenwald für Häftlinge aus Norddeutschland und Nordwestdeutschland nicht durch eigenmächtiges Handeln unterlaufen werden dürfe. Außerdem müsse vor Festnahmen von Asozialen oder Kriminellen mit den örtlichen Kriminalpolizeistellen abgestimmt werden, ob es sich um Maßnahmen der politischen Schutzhaft oder der polizeilichen Vorbeugehaft handle. Der Ukas endete mit der Aufforderung, ›sofort und umfassend Bericht zu erstatten, die fehlenden Schutzhaftanträge vorzulegen und dafür Sorge zu tragen, daß eine Verbringung der Häftlinge in die K-Lager Sachsenhausen und Buchenwald ohne Zeitverzug erfolgen kann‹.

Indes: Das Geheime Staatspolizeiamt setzte sich in diesem Fall nicht durch.

Nach einem Schreiben der Werft Jülich & Brodmersen, die ihr hohes Interesse an einer Fertigung von Schiffseinrichtungsteilen in dem zu errichtenden Lager bekundete und den kriegswichtigen Charakter ihrer Produktion hervorhob, und einem devoten Brief meines Vaters, der kaum verhüllt der SS die Siedlungsgenossenschaft für die Zeit nach Abschluß des Lageraufbaus zur Übernahme anbot, erklärte das SS-Hauptamt Verwaltung und Wirtschaft in Berlin, es unterstütze den raschen Fortgang der begonnenen Arbeiten ›mit den vorhandenen Arbeitskräften‹ und werde sich erforderlichenfalls für die Zuweisung weiterer Häftlinge verwenden. Man sei auch bereit, bei der dem Reichswirtschaftsminister unterstehenden ›Geschäftsgruppe Rohstoffverteilung‹ auf eine schnelle Freigabe des benötigten Baumaterials hinzuwirken, falls die beteiligten Firmen infolge Kontingentierungsvorschriften Lieferschwierigkeiten haben sollten.

Nur in einem Punkt hatte die Intervention der Gestapo Erfolg: Die SS-Leute wurden aus dem Moor abgezogen und durch SA-Wachmannschaften ersetzt.

›Sieg auf der ganzen Linie!‹, hat Vater an den Rand des Erlasses geschrieben, der ihm den Weg zum eigenen Lager ebnete. Überschwenglich bedankte er sich bei Obersturmführer Grothe, der wenige Wochen zuvor von der Inspektion der Konzentrationslager ins Amt II ›Haushalt und Bauten‹ des SS-Hauptamts versetzt worden war und sich dort offenbar zum Fürsprecher des Brederstedter Aktivisten gemacht hatte.

Wieder einmal hatte Erwin Schröder aufs richtige Pferd gesetzt.

Noch jemand hat das Schriftstück des SS-Hauptamtes mit einer Anmerkung versehen.

›Der Vorgang zeigt, welche Macht das SS-Hauptamt besaß, nachdem es 1939 sowohl für die SS-Wirtschaftsbetriebe als auch für die Verwaltung der KZs zuständig geworden war!‹, steht in kleinen runden Bleistiftbuchstaben unter dem Hitlergruß.

Hanna hat vergessen, sie auszuradieren.

Der Aushub der Drängräben nahm mehr Zeit in Anspruch, als vom städtischen Bauamt veranschlagt.

Fünfzehn Meter sollte jeder Häftling im Tagesdurchschnitt schaffen, wobei die Gräben in zwei Schichten zunächst angeschnitten und anschließend vertieft werden mußten. Zehn Meter bewältigten die Kräftigsten. Zusätzlich zum Moorwasser füllte einsetzender Regen die Gräben und zwang die Gefangenen, bis zu den Knien im Schlamm watend zu hacken und zu schaufeln. Acht Meter weit sollte jeder Wegebauer die Schüttung täglich vorantreiben. Jüngere brachten es anfangs auf sechs Meter, aber nach drei Wochen waren auch sie zu schwach, um mehr als vier Meter Tagesleistung erbringen zu können. Als weiteres Hindernis erwies sich das Verladen des Füllmaterials – vor allem Sand und Schotter – von den Lastwägen auf die Schubkarren. Es dauerte zu lang, obwohl die SA die Gefangenen antrieb, auch die vollen Karren im Laufschritt über die Holzbohlen zu schieben.

Vater trat mit der Reichsbahn in Verhandlungen und erwirkte die Erlaubnis, ein stillgelegtes Feldbahngleis, das bis auf fünfhundert Meter an die Lagergrenze heranreichte, weiterzuführen, um Steine und Sand auf Muldenkippern direkt ins Moor transportieren zu können. Dazu benötigte er neben dem Gleismaterial sechzig neue Häftlinge, die ihm durch Vermittlung des SS-Hauptamtes aus den umliegenden Polizeigefängnissen zugewiesen wurden.

Mitte November waren die Hauptgräben ausgehoben, das Gleis verlegt, zwei Wege bis zur Lagermitte planiert, fünfzehnhundert Meter Umzäunung mit Maschendraht und vorgelagertem Stacheldrahtverhau an Pfählen befestigt.

Danach begannen, trotz der Nachtfröste, die Fundamentierungsarbeiten. Ursprünglich war vorgesehen, vor Wintereinbruch die Funktionsgebäude und fünf Gefangenenbaracken hochzuziehen. Regen- und gleisbaubedingt mußte die Planung geändert werden. Nunmehr sollten bis zum Jahresende zwei Gefangenenbaracken, eine

Wachmannschaftsbaracke, eine Werkstattbaracke, eine Latrinenbaracke und die Küchenbaracke bezugsfertig sein, damit die in der einstigen Mästerei kampierenden Zwangsarbeiter ins Innere des Lagers verlegt werden konnten.

Grund dafür war nicht die Kälte in dem unbeheizbaren Steinbau, sondern die Bewachungssituation, die immer schwieriger wurde. Ende Oktober war es zu Fluchtversuchen gekommen, bei denen zwei Häftlinge erschossen wurden. Die Bevölkerung reagierte alarmiert. Verhaftungen von Angehörigen, die den Gefangenen Lebensmittel zustecken wollten, wenn Brederstedter Bäcker und Gastwirte Brote und Kochkessel mit Suppe anlieferten, häuften sich. Der SA-Wachtrupp maulte über schlechte Arbeitsbedingungen und lag mit den Schutzpolizisten, die dem zweiten Häftlingstransport beigegeben worden waren, in ständigem Streit. Schließlich verlangte auch noch die Werftleitung, mit der Werkstattarbeit im Dezember beginnen zu können; andernfalls stellte sie ihre Mitwirkung grundsätzlich in Frage.

Vater heuerte eine Kolonne Bauarbeiter an und dehnte die tägliche Arbeitszeit der Häftlinge von vier Uhr früh bis sechs Uhr abends aus. Da die Bediensteten des Bauhofs für die fachliche Aufsicht nicht mehr gebraucht wurden, übertrug er ihnen die Überwachung des Arbeitssolls der Gefangenen.

Zu ihrem Kapo bestimmte er Klaas Merk.

Am 23. Dezember standen die Baracken. Auf einigen Fotografien sind hohlwangige Männer zu sehen, die an Bettpfosten lehnen, auf Pritschen liegen oder am Tisch sitzend aus Blechschüsseln löffeln. Vor der Wachmannschaftsbaracke steht ein Tannenbaum.

Seit November wurde eine Krankenliste, Häftlingskarthotek genannt, geführt. Der behandelnde Arzt Dr. Riemschneider verzeichnete darin die Art der Erkrankungen. Am häufigsten waren Lungenentzündung, fieberhafter Brechdurchfall und Schmutzeiterungen. Eine mobile Entlausungsanlage wurde angefordert, traf aber nicht ein. Ab Dezember traten Knochenbrüche, Quetschungen, Prellungen und andere, offensichtlich gewaltsam herbeigeführte Verletzungen auf. Im selben Monat wurden die ersten Todesfälle gemeldet. Es handelte sich um zwei ältere Juden. Als Todesursache sind im Sterberegister Kreislaufversagen und Herzschwäche angegeben.

Im Januar 1940 bot Vater der SS das Lager offiziell als Konzentrationslager und die Siedlungsgenossenschaft als Wirtschaftsbetrieb an. Warum er den endgültigen Ausbau nicht abwartete, läßt sich nur vermuten. Möglicherweise drohten ihm die hygienischen, disziplinären und finanziellen Folgen seines Abenteuers über den Kopf zu wachsen. Dr. Riemschneider warnte vor den Gefahren einer Epidemie und verlangte ultimativ die Desinfektionsanlage. Die hierarchischen Strukturen innerhalb des Wachpersonals waren völlig ungeklärt, es kam zu Ausschreitungen und Mißhandlungen. Jülich & Brodmersen weigerte sich, die vereinbarten Entgelte zu zahlen, solange keine verwertbaren Ergebnisse aus der Häftlingstischlerei und der mechanischen Werkstätte vorlägen.

Es kam zu einem wochenlangen, obskuren Schriftwechsel. Das SS-Hauptamt würdigte die Offerte des Brederstedter Amtmanns als ›wertvollen Beitrag, die Schutzstaffel in ihrer schweren Aufgabe, das deutsche Volk vor seinen inneren Feinden zu schützen und den Abschaum der Menschheit an positive Arbeit heranzuführen, zu unterstützen‹. Zugleich beharrte die Berliner Behörde aber darauf, daß es sich bei den Moorbaracken um kein Konzentrationslager, sondern um eine ausgelagerte Betriebsstätte der Schiffswerft Jülich & Brodmersen handle, ›bei der in gewissem Umfang Häftlinge zum Einsatz kommen‹. Erst wenn absehbar sei, ob sich die in dem Lager erzeugten Güter mit den ›wirtschaftlichen, sozialen und kulturellen Zielen der SS‹ deckten, könne über eine Unterstellung des Lagers unter SS-Verwaltung entschieden werden.

›Die SS will also abwarten, ob das Projekt Gewinn abwirft!‹, hat Vater den Bescheid kommentiert. Es klingt verbittert. In seiner Enttäuschung lehnte er das Angebot, der SS beizutreten und die kommissarische Leitung des Lagers zu übernehmen, ab und erteilte auch dem Ansinnen, vorerst nur die Siedlungsgenossenschaft der SS-Bauverwaltung zu übereignen, eine Abfuhr.

›Entweder alles oder nichts!‹, lautete seine Devise.

Weitere Schreiben folgten, in denen er mit der Auflösung des Lagers drohte, weil angesichts der ungeklärten Befehlsstrukturen die Sicherheit der Brederstedter Bevölkerung gefährdet sei. Doch erst ein – bestelltes? – Testat der Schiffswerft, daß sich die Produktion von Holzarmaturen und Einbaumöbeln nunmehr erfolgversprechend anlasse, bewog das SS-Hauptamt, den Emdener Hauptscharführer Josef Schmitz kommissarisch nach Brederstedt abzuordnen, ›zur Erfüllung einer sicherheitspolitischen Sonderaufgabe‹, wie es hieß.

Schmitz scheint sich vom ersten Tag an als vollgültig bestellter KZ-Kommandant gefühlt und dementsprechend aufgeführt zu haben. Er erließ eine sechzehn Paragraphen umfassende Lagerordnung mit schikanösen Verhaltensregeln und einem abgestuften Strafensystem, das von Essensentzug und Einzelhaft bis zur Prügelstrafe am Bock reichte. Im Februar, bei siebzig Zentimeter tief gefrorenem Boden, befahl er, mit dem Bau der restlichen Baracken zu beginnen und eine breite, für schweres Gerät befahrbare Straße anzulegen. Die Zahl der Todesfälle stieg daraufhin sprunghaft an. Allein im März 1940 wurden dreiundzwanzig Tote gezählt, darunter drei angebliche Selbstmörder. Als Schmitz angewiesen wurde, die im Lager inhaftierten Juden nach Sachsenhausen zu deportieren, kam er dem Befehl zwar nach, forderte aber dreist doppelt soviel neue Häftlinge an, da sonst die erfolgreich begonnene Produktion kriegswichtiger Güter zum Erliegen kommen werde.

Ein Bestätigungsschreiben der Werftleitung legte er bei.

Schmitz bekam, was er wollte, und nicht nur das: Im Laufe des Jahres 1940 füllten sich die Moorbaracken mit Polen, Holländern, Zeugen Jehovas, politischen Gefangenen, sogenannten Asozialen und tatsächlichen Kriminellen. Gerade diese bildeten das Rückgrat eines straff organisierten Handlangersystems aus Stubenältesten, Blockältesten und Vorarbeitern (Kapos). Ihre Ausbildung übernahm der Kommandant selbst, zusammen mit Klaas Merk, der sich, allerdings vergeblich, um Aufnahme in die SS bemüht hatte. Als Merk im März 1940 auf dem Appellplatz zwei Gefangene mit den Füßen nach oben an Pfählen aufhängte und sie, die Köpfe wie Gummibälle aneinanderschlagend, mehrere Stunden hängen ließ, kam es im Lager zu einer Revolte, deren Niederschlagung zwölf Menschen das Leben kostete. Daraufhin wurde Merk auf Betreiben meines Vaters abgelöst und zur Wehrmacht eingezogen. Vermutlich gab der Vorgang den letzten Anstoß, das Lager im Juli 1940 offiziell der Inspektion der Konzentrationslager im SS-Hauptamt Verwaltung und Wirtschaft zu unterstellen. Schmitz erhielt ausgebildetes SS-Wachpersonal aus Buchenwald zugeteilt, die Moorbaracken wurden fortan als ›Konzentrationslager – Außenstelle‹ geführt.

Im November 1940 waren sie mit achthundertfünzig Menschen belegt. Durch die Einweisung von Kriegsgefangenen wuchs die Zahl der Zwangsarbeiter in den Folgejahren auf bis zu dreitausend an. Die Sterbelisten sind unvollständig geführt, doch dürften insgesamt etwa sechzehnhundert Menschen im Brederstedter Moor umgekommen sein.

Nach der Übernahme durch die SS zog sich Vater aus dem ›Projekt‹ gänzlich zurück und überschrieb die Siedlungsgenossenschaft zum Preis von einer Reichsmark der SS-Wirtschaftsverwaltung. Die Schiffswerft Jülich & Brodmersen beendete ihr Engagement Anfang 1941. Ein Jahr später ging sie in Liquidation. Im Lager wurden die vorhandenen Fachkräfte für diverse Tischler- und Zimmermannsarbeiten eingesetzt. Spätere Versuche, Rüstungsgüter für die Marine zu errichten, scheiterten. Als die Flächenbombardements der alliierten Luftwaffenverbände begannen, wurden die Gefangenen zu Aufräum- und Reparaturarbeiten herangezogen. Zuvor hatten sie Teile des Moors trockengelegt und abgetorft, darunter jenen Bereich, in dem sich heute die Kasernen und der Truppenübungsplatz der Bundeswehr befinden.

Einen nachweisbaren Karrierevorteil erzielte mein Vater durch die Übertragung des Wohnbauunternehmens und den Aufbau des Lagers nicht; er blieb bis zum Ende des Krieges stellvertretender Bürgermeister von Brederstedt.

Zu seinem Glück, denke ich, denn so konnte er Anfang 1950 in seinem Entnazifizierungsverfahren einigermaßen glaubhaft behaupten, sich nur aus kommunalpolitischer Verantwortung und ohne persönliche Beförderungsabsichten an der Unterbringung von Zwangsarbeitern der Schiffswerft Jülich & Brodmersen beteiligt und seine Mitwirkung sofort beendet zu haben, als sich die SS des Lagers bemächtigte. Daß ihn die Militärregierung dennoch aus dem öffentlichen Dienst entfernte und eine Zeitlang in Esterwegen internierte, hing mit seinen guten Kontakten zur Gauleitung Weser-Ems zusammen, die aus zahlreichen Schriftwechseln hervorgingen. Gestützt auf die Fürsprache einflußreicher Bürger, darunter des Brederstedter Pastors und der örtlichen Parteivorsitzenden von SPD und CDU, gelang es ihm schließlich aber doch, vom Entnazifizierungs-Hauptausschuß die Entlastung als ›Unterstützer des Nationalsozialismus‹ nach Kategorie IV zu erhalten.

Er war nur einfaches Parteimitglied gewesen und hatte getan, was er glaubte, seinem Amt schuldig zu sein.

Und außerdem war da noch die Sache mit dem geretteten Juden.

Machte mich mein Wissen wütend oder froh?

Ich wußte es nicht.

Jedenfalls hinterließ es mich ziellos und leer.

Am Tag, nachdem ich die Unterlagen zu Ende gelesen hatte, suchte ich Sven Quedens auf und übertrug ihm meinen Miteigentumsanteil am Haus und das Anrecht auf die zweite Hälfte, falls sich herausstellen sollte, daß Frieder und Katharina tot waren.

Danach verbrannte ich die Akten, außer den Häftlingsfotografien. Die legte ich auf Vaters Schreibtisch. Würde er von seinem Sternenrundgang je noch einmal zurückkehren, sollte er etwas vorfinden, woran er sich bestimmt erinnern konnte.

Dann fuhr ich nach Brodersholm und verabschiedete mich von Tante Wiltrud. Auch Meta besuchte ich noch einmal. Sie konnte sich an den Namen Schröder nicht mehr erinnern.

Am 5. Februar räumte ich meine Sachen aus dem Kleiderschrank und kaufte mir auf dem Bahnhof eine Fahrkarte nach Wirkahn.

Hanna Sievers habe ich nicht wiedergesehen.

9.

Nachdem ich Frau Laroche zu ihrer Wohnung gefahren hatte, rief ich Frau Petersen an. Sie klang verschnupft.

Nee, Carsten, das hätt ich nicht von dir gedacht. Sich einfach so davonzumachen! Und nu zieht auch noch dieser schreckliche Mensch bei euch ein, dieser Quedens! Das hätte dein Vater nicht mögen, das weiß ich bestimmt. Das ganze schöne Möbel soll raus, sagt er.

Deswegen rufe ich an, sagte ich. Wissen Sie, ob auf dem Schreibtisch noch die Fotografien liegen?

Das Hochzeitsbild deiner Eltern? Ja, hast du's denn nicht mitgenommen?

Ich habe Sven gebeten, alle persönlichen Sachen durch eine Spedition einlagern zu lassen, bis ich sie abhole. Hat er den Möbelwagen schon bestellt?

Nicht daß ich wüßte. Der Kerl rennt ja bislang bloß immer mit dem Zollstock durch euer Haus. Und dauernd ist sein Architekt dabei und hat sich wichtig.

Dann ist die Einrichtung noch da, Gottseidank. Ich meine nicht das Hochzeitsbild, Frau Petersen, sondern andere Aufnahmen. Bitte, gehen Sie doch mal rüber und sehen Sie auf dem Schreibtisch nach. Wenn Sie die Fotos finden, nehmen Sie sie mit, ja?

Ich kann doch nicht einfach –

Sie haben doch noch den Schlüssel? Tun Sie mir den Gefallen, bitte. Ich warte solange.

Wenn du unbedingt willst …, sagte sie gedehnt und seufzte.

Nach einigen Minuten war sie wieder am Apparat.

Ich hab die Fotos, sagte sie. Lauter scheußliche Gestalten drauf! Was soll denn nu werden damit?

Einfach in einen Umschlag stecken und mir zuschicken, sagte ich und nannte ihr Richard Mugels Adresse. Aber nehmen Sie einen großen, wattierten Umschlag, die Fotos dürfen nicht geknickt werden!

Hätt ich sowieso gemacht. Ich hab nämlich auch das Hochzeitsbild mitgenommen, es lag auf dem Boden. Die Rohlinge haben es runtergeschmissen und nich mal aufgehoben! Ich leg's dir bei.

Danke. Und das ganze per Expreß, ja? Sie kriegen das Geld zurück.

Ach, Carsten, sagte Frau Petersen. Du klingst so fremd ...

Als nächstes wählte ich Max Hellsterns Nummer. Fine nahm ab. Unwirsch teilte sie mir mit, daß sie gerade aufbrechen wolle. Sie stehe schon im Mantel.

Ich bat sie zu warten.

Wozu?, fragte sie. Heut ist ein beschissener Tag. Typisch Freitag der dreizehnte. Während Sie weg waren, rief so'n Triepel von der Stadtverwaltung an und wollte Herrn Hellstern sprechen. Es geht um den Wahlkampf, sagte er. Herr Hellstern is nich da, sagte ich, aber wenn's um den Wahlkampf von Herrn Schröder geht, können Sie ruhig auch mit mir reden, ich mach nämlich sein Büro. Dann hat er erst mal dreckig gelacht und gemeint, bei so einem Chef zu schaffen, müßt ja richtig Spaß machen. Und dann hat er mir aufgetragen, Ihnen auszurichten, daß in der Innenstadt keine Plakatständer aufgestellt werden dürften. Wegen der Sicherheit und weil die Wege neben der Kanalisation sowieso schon zu schmal wären.

So ein Unsinn, sagte ich. Vor drei Wochen stand da noch ein Wald von Schildern für die Bundestagswahl.

Hab ich ihm doch auch gesagt! Das wär was anderes, hat er geantwortet, wir sollten nur nicht größenwahnsinnig werden. Und außerdem käm das Verbot genau von daher. Es wären nämlich ein paarmal Leute auf den glatten Stegen ausgerutscht und gegen die Ständer geknallt, und jetzt wär Schluß damit. Wir könnten ja dagegen klagen, wenn wir wollten. Kaum war der Blödmann fertig, rief einer vom Heimatboten an und wollte Sie wegen dem Flugblatt sprechen. Und gerade eben hat sich Brommer gemeldet und gejuchzt, die Plakate wären fertig. Als ich dem dann sagte, er bräucht sie gar nicht mehr abzuholen, weil wir sie doch nicht aufstellen dürften, hat er geschrien, daß er jetzt endgültig die Schnauze voll hat und den ganzen Bettel hinschmeißt. Und, ehrlich gesagt, mir reicht's auch für heute.

Ich versicherte Fine, daß ich sie gut verstünde. Trotzdem möge sie bitte Hellstern, Brommer, Giovanni und Arno anrufen und auf siebzehn Uhr zu einer Sitzung einladen.

Ich hörte sie den Mantel ausziehen. Dann fragte sie:

Herr Schröder, stimmt das eigentlich, was in dem Flugblatt steht?

Wie man's nimmt, sagte ich.

Meine Botschaft war kurz: Der Bürgermeisterwahlkampf sei beendet, neue Termine bräuchten nicht mehr vereinbart zu werden. Das bedeute nicht, daß ich den Kampf aufgeben und aus Wirkahn verschwinden würde. Ich wollte mich nur ganz darauf konzentrieren, die Umstände, die zu Alois Voglers Tod geführt hätten, aufzuklären und seine Vorwürfe gegen Ludwig Pfisterer, Max Brauer und Thaddäus Steiger zu erhärten.

Wenn mir das gelingt, schloß ich, ist Pfisterers Amtszeit auch ohne Abwahl zu Ende. Die Justiz wird ihn aus dem Verkehr ziehen. Dann werden sich genügend Bewerber finden, die besser geeignet sind als ich, und Wirkahn wird einen guten Neuanfang erleben.

Zunächst schwiegen die fünf, die mit mir zusammen in Hellsterns Wohnung saßen, wie betäubt. Dann redeten alle durcheinander.

Max Hellstern beschwor mich, die Flinte jetzt nicht ins Korn zu werfen. Die Lage sei nicht so aussichtslos, wie es im Moment scheine, bis zum Wahltag am 8. März könne noch viel passieren. Die Vorgänge im Goldenen Rad, auch wenn die Zeitung sie herunterzuspielen versuche, hätten große Unruhe in der Bevölkerung ausgelöst, die Stadt schwirre von Gerüchten. Auch das anonyme Flugblatt komme keineswegs gut an. Viele meinten, wenn der Bürgermeister zu solchen Mitteln greife, müsse an der Sache mit den veruntreuten Millionen wohl etwas dran sein, zumal eine Respektsperson wie Richard Mugel hinter den Vorwürfen stehe. Und der Tod seines Kämmerers werde Pfisterer moralisch voll angelastet. Die Beerdigung am Montag könne für ihn zu einem Spießrutenlaufen werden.

Lassen Sie sich doch um Gottes willen jetzt nicht unterkriegen!, rief Hellstern erregt und packte mich am Arm. Die Leute sind kritischer, als Sie glauben! Da mag der Heimatbote schreiben, was er will, und zehn Verbandsfritzen können feige den Schwanz einziehen. Es gibt beim einfachen Mann ein Gefühl für Recht und Anstand, das stärker ist als alle Kungeleien!

Arno unterstützte ihn leidenschaftlich. Er engagiere sich überhaupt nur deshalb bei uns, weil ihm unser moralischer Anspruch an die Politik gefalle, gestand er und fügte leise hinzu:

Seither denke ich sogar darüber nach, mein Theologiestudium wieder aufzunehmen ... Bitte, macht mir das jetzt nicht kaputt!

Giovanni erklärte, er habe von vielen Ausländern gehört, daß sie mir ihre Stimme geben würden, wenn sie nur wählen dürften.

Nächsten Mittwoch ist ein Kulturabend mit türkischen und jugoslawischen Arbeitern, die beim Brauer schaffen, sagte er. Alle wollen, daß du hinkommst und mit uns feierst!

Und Brommer schnaufte, jetzt, wo endlich die Plakate und Prospekte fertig wären, könne man die Schlacht nicht einfach abblasen. Kein Mensch würde das verstehen. Mit einer einstweiligen Verfügung lasse sich das Plakatierungsverbot wegfegen wie Fliegendreck.

Ich war erstaunt über die Heftigkeit, mit der sich mein zusammengeschmolzenes Häuflein gegen die Kapitulation wehrte, obwohl wir in den letzten Tagen eine Niederlage nach der anderen erlitten hatten. Mochte jeder für sich noch so verunsichert sein – das Eingeständnis, gescheitert zu sein, kam keinem über die Lippen.

Offenbar gibt es einen Zwang, den Weg, den man einmal kollektiv eingeschlagen hat, weiterzugehen bis zum bitteren Ende, dachte ich. Stell dir vor, es sind nicht fünf, sondern fünfzig Millionen, die ihn gehen, und an der Spitze marschiert keine wankelmütige Figur wie du, sondern ein charismatischer Führer, der die Massen in seinen Bann zu ziehen versteht ... Welch ein Sog, sich bedingungslos ins Verderben zu stürzen!

Hatte Vater überhaupt eine Chance, diesem Sog zu widerstehen?

Aber er lief ja nicht nur mit. Er wollte hervorstechen, glänzen, ohne freilich die ganz große, die mörderische Skrupellosigkeit zu besitzen, die ihn weit hinaufgeschwemmt hätte. Er war ein Schreibtischmörder zweiten Grades, einer, der die riesige Maschine, die Millionen tötete, mitbediente. Das Töten selbst aber wollte er nicht an sich heranlassen. Als die Maschine die ersten Leichen produzierte, flüchtete er zurück ins Rathaus. Überließ, um nicht ins vorderste Glied zu geraten, anderen das Vollenden.

Ich haßte ihn nicht mehr. Aber sein Bürokratentum haßte ich umso mehr.

Pfisterers Bürokratentum schien mir von ähnlicher Struktur wie Vaters. Daß er selbst den Auftrag gegeben hatte, Vogler umzubringen, war wenig wahrscheinlich. Er wollte ihn fertigmachen, gewiß. Vogler sollte gewarnt sein, ein für allemal den Mund zu halten. Nun aber, da er nicht nur stumm, sondern tot war, mußte es den Bürokraten in Pfisterer drängen, von dem Mörder und seinem Auftraggeber Abstand zu gewinnen. Ließ sich daraus auf die Täter schließen? Und wenn ja, wen mußte man besonders beobachten? Kersten, da hatte Zirkel recht, schied als Täter aus. Es war nicht ersichtlich, was Letsch veranlaßt haben könnte, sich seiner Weisung zu unterwerfen. Anders lagen die Dinge bei Würz und Brauer. Beide waren für Letsch Autoritäten. Jeder kam als Anstifter in Frage.

Pfisterer weiß, wer seinen Kapo auf Vogler gehetzt hat!, sagte ich unvermittelt. Die Eile, mit der die Erbpachtverträge verlängert wurden, obwohl es die Familie eine Menge Geld kostet, zeigt, daß er kalte Füße bekommen hat. Wenn wir den Druck auf ihn erhöhen, können wir ihn vielleicht zwingen, uns den Drahtzieher des Anschlags zu nennen.

Erst an den konsternierten Blicken ringsum merkte ich, wie weit ich mich mit meinen Gedankengängen vom Thema unserer Zusammenkunft entfernt hatte.

Entschuldigt, sagte ich. Ihr seht, für einen normalen Wahlkampf tauge ich nicht mehr. Ich lebe zu sehr in der Vergangenheit. Wir sollten einen Kompromiß schließen: Ihr helft mir, daß Voglers Tod gesühnt wird, ich bleibe euer Kandidat.

Es ist mir zwar nicht ganz klar, ob sich beides vereinbaren läßt, sagte Hellstern, aber ein Kompromiß ist immer ein angebissenes Stück Kuchen. Von meiner Seite aus geht es in Ordnung.

Alle nickten.

Also kommst du am Mittwoch?, fragte Giovanni hoffnungsvoll.

Ja, gerne sogar.

Und die Plakate?, fragte Brommer.

Die Theaterleute stehen im Wort, uns beim Plakatieren zu helfen. Beauftragt einen Anwalt, schnell eine gerichtliche Anordnung gegen die Stadt zu erwirken. Sobald wir die Genehmigung haben, sollen sie loslegen wie die Feuerwehr. Außerdem müssen dringend Prospekte verteilt werden. Arno, du sorgst dafür, daß in den nächsten Tagen in jedem Briefkasten der Kandidatenprospekt und ein Faltblatt steckt, in dem die anonymen Anwürfe zurückgewiesen werden. Ich liefere dir noch heute den Text dafür. Und Hugo – ja, lassen wir doch endlich das hinderliche Sie, schließlich kennen wir uns inzwischen gut genug –, Hugo, du belegst jede Werbefläche, die du kriegen kannst. Ich weiß, es überschreitet unseren Etat, aber mach dir deswegen keine Sorgen.

Brommer stöhnt auf vor Genugtuung.

Was ist mit Terminen?, fragte Arno. Wir hatten einige Absagen, der Kalender sieht im Moment ziemlich dünn aus!

Füll ihn wieder auf. Aber kein Honoratiorengeschwafel mehr, nur noch Besuche bei zugkräftigen Veranstaltungen. Kurzer Plausch an Stammtischen, überall Händeschütteln, und dann weiter. Bis zur öffentlichen Kandidatenvorstellung will ich in jeder Kneipe, jeder Discothek, jeder Fasnetsitzung gewesen sein.

Hellstern betrachtete mich kopfschüttelnd.

Jetzt saust du auf einmal davon wie ein Springteufel, sagte er. Aber gut, so muß es sein. Trotzdem, es bleibt doch dabei, daß du morgen abend zur Woyzeck-Premiere kommst?

Klar, darüber will ich gleich noch mit dir reden. Ich habe eine besondere Bitte an Dich und Giovanni. Arno, du kannst schon losziehen und dich um einen Advokaten kümmern. Ruf Schätzle oder Mugel an, wenn du unsicher bist, wen wir nehmen sollen. Hugo, hast du die Plakate abgeholt? Nein? Dann würde ich als erstes nach Freiberg fahren. Und, übrigens, für alle gilt: Seid Kersten gegenüber auf der Hut, er ist ein Verräter. Pfisterer hat ihn bei uns eingeschleust, um uns auszuspionieren. Jetzt, da wir ihn los sind, wird vieles besser laufen!

Verblüfft standen Arno und Brommer auf. Max Hellstern begleitete sie zur Tür. Als er zurückkam, fragte er leise:

Meinst du es diesmal ernst, Carsten?

So ernst wie nie, Max. Tödlich ernst.

Erst nach dem dritten Klingelzeichen öffnete Frau Laroche.

Ich hörte auf, im Hausflur hin und her zu wandern und die meist slawisch klingenden Namen auf den Türschildern zu entziffern. Brylewicz, Ditloff, Waskowski, Holomek … kleine, handgeschriebene Zettel, die schnell ausgetauscht werden konnten.

Fremdartiges Stimmengewirr und Kindergeschrei durchzog das Stockwerk. Irgendwo klapperte Geschirr.

Frau Laroche zögerte, dann bat sie mich mit einer stummen Geste ins Wohnzimmer. Wir nahmen in ledernen Sesseln vor einem großen Fenster Platz, hinter dem sich das dunkle Massiv des Karmeliterbergs wölbte.

Die Wohnung im elften Stock des Brauerschen Hochhauses war geschmackvoll, aber auch pedantisch streng eingerichtet. Die Sitzgruppe symmetrisch angeordnet, zu beiden Seiten des Sofas die gleiche Stehlampe, dahinter eine bis zur Decke reichende Bücherwand; die Buchrücken gemäß den Autorennamen alphabetisch aufgereiht.

Auch Frau Laroche bemühte sich um eine disziplinierte Haltung. Aufrecht saß sie da und hielt die Hände im Schoß.

Ich fragte, wie es ihr gehe.

Besser, sagte sie. Ich habe lange geschlafen. Allerdings komme ich zur Zeit nicht ohne Tabletten aus. Nochmals vielen Dank, daß Sie mich gestern nach Hause begleitet haben. Es war sehr freundlich von Ihnen, obwohl ich weiß, daß Sie es nicht nur aus Freundlichkeit getan haben.

Das ist richtig und auch wieder nicht, sagte ich und schilderte ihr in wenigen Sätzen, was ich von Zirkel erfahren hatte.

Frau Laroche schwieg und zupfte nervös an ihrem Rocksaum. Dann sah sie mir gerade ins Gesicht und sagte:

Bevor wir weiterreden, muß ich wissen, was Sie vorhaben. Wollen Sie Anzeige gegen mich erstatten oder mich bei Herrn Steiger verpfeifen?

Weder das eine noch das andere. Ich denke, daß Sie selbst ein Opfer der Wirkahner Verhältnisse sind. Wir könnten gemeinsam nach einem Weg suchen, wie Sie aus dem Dilemma herauskommen, in dem Sie stecken. Dazu müßte ich freilich von Ihnen erst einmal die Wahrheit erfahren.

Sie dachte nach. Schließlich sagte sie:

Eigentlich will ich schon, daß es dem Schwein an den Kragen

geht, nach alldem, was er mir angetan hat. Nur habe ich keine Lust, deswegen ins Gefängnis zu wandern. Das verstehen Sie doch, oder? … Wo soll ich anfangen zu erzählen?

Wie haben Sie Thaddäus Steiger kennen gelernt?, fragte ich.

Sie sah aus dem Fenster. Ich folgte ihrem Blick. Die Kapelle auf dem Karmeliterberg lag in leichtem Dunst, der vom Tal aufstieg. Die Tannen und Fichten trugen keinen Schnee mehr.

Ende der siebziger Jahre wechselt Frau Laroche von der Kreissparkasse Birkenbach zur Wirkahner Bank. Den Ruf, sehr tüchtig zu sein, bestätigt sie schnell. Schon nach zwei Jahren ist sie Leiterin des Rechnungswesens und der Innenrevision. Thaddäus Steiger fördert sie, wo er kann, aber er tut es nicht uneigennützig. Er macht ihr den Hof, überhäuft sie mit Geschenken, und obwohl sie weiß, daß er verheiratet ist und schon etliche Affären hinter sich hat, gibt sie seinem Werben nach.

Frauen sind dumm, sagt sie. Jede meint, bei ihr sei alles anders. Es ist aber immer dasselbe. Nur die Lügen wechseln.

Steiger verspricht, sich scheiden zu lassen, sobald er sich's finanziell leisten kann. Zunächst aber müsse er noch ein paar alte Spielschulden tilgen und Geld zurücklegen für die Unterhaltszahlung, die nach der Trennung auf ihn zukomme.

Wir wollen doch nicht leben wie Bettler, Birgit! Wir wollen's uns doch schön machen, nicht?

Als er 1982 das Vermögenskonto der Stadt und das Privatkonto seines Schwagers Max aus der allgemeinen Kontenführung herauslöst und sich selbst unterstellt, begründet er es mit der Prominenz dieser Kunden. Das sind Key-account-Adressen, sagt er, um die kümmert sich in jeder Bank der Chef persönlich.

Natürlich bemerkt Frau Laroche bald, daß etwas anderes dahinter steckt. Ihr Freund droht nicht, er sagt nur: Das, was dabei für mich abfällt, ist auch deine Zukunft. Am besten, du führst die Buchungen selbst durch, damit uns niemand aus deiner Abteilung dazwischenfunkt.

Weisungsgemäß transferiert sie zwei Millionen Mark vom Geldvermögen der Gemeinde auf ein Schweizer Konto Max Brauers und bereitet für den Kreditausschuß der Bank einen Darlehensvertrag mit den Brauerwerken über die gleiche Summe vor. Nachdem der Kredit bewilligt ist, vermerkt sie wahrheitswidrig dessen Auszahlung und stellt das städtische Konto wieder glatt. Am Jahresende bestätigt sie dem Unternehmen Zinszahlungen in Höhe von hundertsechzigtausend Mark und belastet dafür die Bank mit fingierten Ausgaben, die angeblich beim Umbau der Schalterhalle angefallen sind.

Ein zweites Mal mach ich das aber nicht, Thaddäus, sagt sie. Außerdem gibt es nicht jedes Jahr so große Handwerkerrechnungen.

Keine Sorge, Schatz, entgegnet Steiger, künftig läuft das viel eleganter. Max baut ein Hochhaus mit Eigentumswohnungen, unser Freund Würz kriegt den Alleinvertrieb und übernimmt dafür zum Dank am Jahresende den Zinsausgleich. Du solltest dir übrigens auch eine Wohnung kaufen, ich rede mit Würz, daß er für dich auf seine Provision verzichtet. Und die Kreditkonditionen handeln wir heute nacht aus, gell? Hundert Prozent Auszahlung bei sechs Prozent Zins, das ganze zehn Jahre auf der Matte festgeklopft, wäre das nicht ein Angebot zum Schwachwerden?

Ein Jahr später hat Steiger genug von ihr. Sie geht ihm auf die Nerven. Die Sache mit Fritz Mugel, das Aufsehen, das der Verkauf des Dörrenwasens erregt hat, verunsichern sie: Was wird, wenn die Bankenaufsicht eine unangemeldete Kontrolle durchführt? Außerdem, meint sie, müsse Thaddäus doch bald solvent genug sein, um die Folgen einer Scheidung tragen zu können.

Du hysterische Zicke!, schreit er, was glaubst du eigentlich, wer du bist! Und damit sie sieht, wo Barthel den Most holt, kündigt er ihr gleich mal den Kredit für die Eigentumswohnung, nimmt die Kündigung aber wieder zurück, als sie ihm weinend versichert, nichts zu verraten und weiter mitzuspielen.

Na also, sagt er, mit Weibern muß man nur vernünftig reden.

Die Abende, an denen sie jetzt häufig allein ist, verbringt sie mit Lesen. Das hat sie seit ihrer Schulzeit nicht mehr getan, und mit Erschrecken stellt sie fest, auf welch schwierige Partner sie sich da eingelassen hat. Fast jedes anspruchsvolle Buch legt sie vorzeitig beiseite. Immer gibt es einen Punkt, an dem sie stockt und gerne mit jemandem über ihre Fragen und Zweifel reden würde.

Daß sie es nicht kann, macht das Alleinsein noch schlimmer.

Über Bücher zu reden wird ihr, wie sie sagt, zum therapeutischen Bedürfnis. In Zacharias Zirkel findet sie ihren bibliophilen Seelenarzt. Mit traumwandlerischer Sicherheit scheint er zu wissen, welche Werke gut für sie sind und wie die Klippen, die sie enthalten, überwunden werden können. Als sie merkt, daß sie ohne das Gespräch mit ihm nicht mehr sein kann, weiß sie, daß sie sich in ihn verliebt hat. Zirkel stellt sich lange Zeit blind und taub, und so ist sie es diesmal, die aktiv wird, die lockt und wirbt. Der Bote ihrer ersten Liebeserklärung wird Aristophanes; wenn Zacharias Kunden bedient, übt sie mit ihm leise: ›Ich liebe dich, mein Meister!‹ Aristophanes erfüllt seinen Auftrag getreulich, fügt aber aus alter Gewohnheit hinzu: Hasch au zahlt?

An jenem Abend gestattet Zirkel, daß sie über Nacht bleibt. Drei Wochen später zieht sie zu ihm, und es stört sie nicht, daß er im Bett oft versagt und, wie sie mit der Zeit feststellt, wohl bisexuell veranlagt ist.

Ihre Wohnung im Hochhaus gibt sie nicht auf. Zirkel drängt sie auch nicht, es zu tun.

Zwei Jahre leben sie zusammen, dann nehmen die Spannungen zu. Das chaotische kaufmännische Gebaren des Freundes ist ihr, die sich als Ausgleich für ihre dienstlichen Vergehen im Privaten peinliche Korrektheit auferlegt, ein Greuel. Er empfindet ihre Vorhaltungen als Beschneidung seiner Freiheit. Da sie über die Zweckentfremdung des Gemeindevermögens nie mit ihm gesprochen hat, um den Gemeinderat Zirkel nicht in Gewissenskonflikte zu stürzen, ahnt er nicht, daß es ihr sehnlichster Wunsch ist, die Wirkahner Bank zu verlassen. Dazu müßte der Buchladen freilich florieren, was Zirkels Nachlässigkeit und des Boykotts der Nobiles wegen nicht der Fall ist. Und je schlechter das Geschäft läuft, umso intensiver wendet sich Zirkel seinem Jugendfreund Kersten zu, von dem allein er sich verstanden fühlt. Als er auch noch anfängt, Haschisch zu rauchen, ist das Maß voll.

Enttäuscht kehrt Frau Laroche in ihre alte Wohnung im Brauerschen Hochhaus zurück.

Dort erlebt sie eine unangenehme Überraschung. Fast alle früheren Nachbarn sind ausgezogen. Die neuen Mitbewohner sind Aussiedler, die oft nur wenige Wochen bleiben. Es ist ein ständiges Kommen und Gehen.

Nicht, daß Sie denken, ich hätte etwas gegen sie, sagt Frau Laroche und richtet sich wieder gerade auf. Aber ihre Art zu leben ist von unserer doch sehr verschieden. Haben Sie den Krach bemerkt? So geht das bis Mitternacht.

Ihr Zorn steigert sich, als sie den wahren Grund für den Mieterwechsel erkennt. Brauers Wohnbau hat etliche Eigentumswohnungen zurückgekauft und der Stadt erlaubt, sie mit Aussiedlern zu belegen. Wie im ganzen Land, treffen auch in Wirkahn immer mehr Deutschstämmige aus Rußland und Osteuropa ein. Man bringt sie zunächst in Gasthäusern, dann aber fast nur noch im Hochhaus unter. Der Heimatbote preist es als beispielhafte soziale Tat des Unternehmers Max Brauer. Was der Bote nicht weiß: Der soziale Unternehmer kassiert vom Land horrende Mieten, die er zur Hälfte an den Makler Würz weiterleitet.

Würz hatte sich nämlich beklagt, daß die Immobiliengeschäfte, die er im Auftrag der Wirkahner Wohnbau tätigen darf, nicht mehr ausreichten, um Brauers Zinsverpflichtungen gegenüber der Bank zu decken. Daraufhin alarmierte Brauer seinen Schwager, den Bürgermeister, der wiederum seinen Bruder, den Staatssekretär des für die Flüchtlingsunterbringung zuständigen Ministeriums, einschaltete. Gemeinsam fanden sie eine Lösung, die Würz zufriedenstellte, die Wirkahner Wohnbau in vorteilhaftem Licht erscheinen ließ und den Staat schröpfte, was Brauer ganz besonders gefiel. Daß ausgerechnet das elfte Stockwerk leergeräumt wurde, hält Frau Laroche auch nicht für Zufall. Von ihr sei am wenigsten Widerspruch zu erwarten gewesen, meint sie bitter.

An eine ruhige abendliche Lektüre ist nun nicht mehr zu denken. Auch würden die Bücher sie nur an Zirkel erinnern, dem sie konsequent aus dem Weg geht. Sie verlegt sich aufs Gesellige, schließt sich einer Frauenturngruppe an, macht bei Kegelabenden mit und versäumt keine Ausstellung und kein Konzert.

Auf einmal hatte ich einen richtigen Lebenshunger, sagt sie.

In dieser Stimmung begegnet sie dem Redakteur Kersten. Während der Fasnet war es, am Schmotzige Dunschdig letzten Jahres, wo Frauen mehr erlaubt ist als gewöhnlich. Gruppen kostümierter

Närrinnen ziehen durch die Lokale, lärmen und singen, trinken und tanzen auf den Tischen. Birgit Laroche, die sonst so stille, spröde, mittendrin, nein vornedran. Als sie im Grünen Baum Kersten allein beim Bier antrifft, beschließt sie, ihn zu verführen, und sei es nur, um Zirkel eins auszuwischen. – Außerdem sieht er ja ganz passabel aus, nicht? – Sie schleppt ihn ab in ihre Wohnung und freut sich an dem schlechten Gewissen, das er Zirkel gegenüber hat. Im Vollgefühl ihres Triumphs begeht sie die Unvorsichtigkeit, ihn wegen des Heimatboten-Artikels über die soziale Einstellung der Wirkahner Wohnbau aufzuziehen.

Wenn du wüßtest, warum der Brauer das macht und an wen das Geld fließt!, sagt sie.

Mehr nicht, aber es genügt, um den Journalisten aufhorchen zu lassen. Fortan besucht er sie regelmäßig, und wenn sie miteinander geschlafen haben, fragt er scheinbar beiläufig, was es denn mit den elenden Krachmachern, die einen selbst beim Vögeln noch störten, auf sich habe. Er wittert den Skandal und hofft, ihr das Geheimnis zu entlocken, indem er in sie eindringt.

Ich weiß, es ist beschämend, sagt sie. Aber ich brauchte das Gefühl, daß sich ein Mann anstrengt, um mich zu gewinnen. Ich hatte überhaupt kein Selbstbewußtsein mehr, nach den Pleiten zuvor. Kersten gab mir das Gefühl zurück, eine begehrte Frau zu sein. Wir entwickelten eine Art Spiel: Wenn wir zusammen waren, liebten wir uns, dann erzählte ich ihm einen kleinen Ausschnitt aus den Immobiliengeschichten der Nobiles. Es war wie ein Puzzle, und es war sehr erregend, denn *ich* konnte bestimmen, wann ich ihm das nächste Puzzle in die Hand geben wollte. Der Mann, der mich benutzte, mußte dafür nach meiner Pfeife tanzen, das glich die Sache aus. Ein halbes Jahr lang habe ich es hingezogen, bis ich auch meine Beteiligung daran aufdeckte. Kersten mußte mir versprechen, nichts darüber zu schreiben. Ich sagte ihm, daß ich notfalls schwören würde, keine Silbe mit ihm geredet zu haben. Du Schlange, hat er geantwortet, du weißt genau, daß ein solcher Skandal für einen Spekulationsartikel viel zu heiß ist. Im Grunde seines Herzens ist er nämlich ein Feigling, der Angst hat, wirklich etwas zu riskieren. Als es nichts mehr gab, womit wir einander aufstacheln konnten, war die Sache aus. Aber Sie sehen: Er hat tatsächlich nichts geschrieben!

Für Augenblicke kehrt auf Frau Laroches Gesicht der Triumph zurück, der ihr Jahre der Demütigung vergolten hat. Nicht oft hat sie ihn genossen; aber doch oft genug, um danach wieder aufrecht durchs Leben gehen zu können.

Das nicht, sagte ich. Geschrieben hat er nichts. Aber das Nichtschreiben hat er sich vergolden lassen, und dabei ist ein Mensch zu Tode gekommen. Und Sie, Frau Laroche, sind mit dafür verantwortlich.

Es war, als erwachte sie aus einem Traum.

Ich?, fragte sie verstört. Wieso ich?

Weil Sie Kersten von dem Gespräch berichtet haben, das Zirkel an dem Sonnabend, als wir uns in seiner Wohnung trafen, mit Richard Mugel geführt hat. Erinnern Sie sich? Zirkel erzählte Ihnen, daß sich der Unbekannte, der mich mit seinen anonymen Anzeigen nach Wirkahn gelockt hatte, bei Herrn Hirschfeld gemeldet hätte. Sie gaben die Neuigkeit sofort an Kersten weiter, der sie dazu nutzte, die Nobiles auf Alois Vogler zu hetzen. Daß die Informationen, über die er selbst verfügte, von Ihnen und nicht von Vogler stammen, ahnen Pfisterer und Brauer bis heute nicht. Sie lasten sie dem Kämmerer an, und das war sein Todesurteil. Es macht einen gewaltigen Unterschied, ob man jemanden verdächtigt, etwas an den Rand einer Annonce gekritzelt oder aber der Presse Material über Korruption und Unterschlagung zugespielt hat. Das eine mag beunruhigen, das andere aber bedroht die Existenz. Und so etwas kann bei Kampfsportlern Reflexe auslösen, die kurz vor der Halsschlagader enden oder auch nicht.

Ich verstehe nicht, sagte Frau Laroche verwirrt. Ich habe nur –

Plötzlich überkam mich ein Verdacht.

Frau Laroche, fragte ich, haben am Ende auch Sie gewußt, wer der Anrufer war? Hat Zirkel zu Ihnen gesagt: Heute morgen hat sich der Kämmerer Vogler bei Julius Hirschfeld gemeldet? Haben Sie es so an Kersten weitergegeben?

Nein, nein! Woher hätten wir den Namen kennen sollen? Herr Mugel und Herr Hirschfeld wußten doch selbst nicht, wer der Anrufer war!

Ich bin mir sicher, daß Kersten bereits am Sonnabend vormittag bekannt war, wer hinter den Anzeigen steckte. Wahrscheinlich hat er Pfisterer sogar geholfen, endgültig Klarheit zu gewinnen. Er brauchte nur die Handschrift auf den Zeitungsausschnitten, die ich ihm gezeigt hatte, mit der Verwaltungsverfügung zu vergleichen, die Vogler 1982 auf einen Brief meines Vaters an Ludwig Pfisterer gesetzt hatte. Es ist eine unverwechselbare, altdeutsch geprägte Schrift, wie man sie lernte, als Vogler zur Schule ging. Es gibt nicht viele, die sie heute noch verwenden. Sonnabend vormittag also war der Redakteur, was Vogler betrifft, im Bilde. Zirkels Gespräch mit Mugel erfolgte dagegen erst am späten Nachmittag. Soll ich glauben, daß Kersten in der Zwischenzeit nicht mit seinem Busenfreund telefoniert und ihm mitgeteilt hat, er wisse jetzt, wer Schröder nach Wirkahn geholt habe? Obwohl wir uns wenige Stunden zuvor über genau diese Frage die Köpfe heiß geredet hatten? Nein, Frau Laroche, auch Sie und Zirkel wußten, daß es Alois Vogler war, der sich anonym bei Julius Hirschfeld gemeldet hatte. Aber während Zirkel darüber schwieg, weil er die Gefahr spürte, in der Vogler schwebte, haben Sie es Kersten gezielt zugetragen. Sie haben sich nicht verplappert. Sie verfolgten eine bestimmte Absicht damit.

Welche Absicht?, fragte Frau Laroche. Sie preßte die Finger zusammen, daß die Knöchel weiß hervortraten.

Ist es nicht merkwürdig, daß Sie bei Zirkel, den Sie ein Jahr lang gemieden haben, just zu dem Zeitpunkt wieder auftauchten, als es darum ging, in meiner Wahlkampfmannschaft mitzuarbeiten? Dafür gibt es nur eine plausible Erklärung: Kersten hat Sie in seinen Auftrag, mich zu beschatten, eingebunden. Dann wußten Sie aber auch, daß er Ihre Informationen bei Brauer zu Geld gemacht hatte. Was haben Sie von ihm als Gegenleistung verlangt? Soll ich raten?

Frau Laroche erhob sich und trat ans Fenster.

Kersten hat mir versprochen, Zacharias und mich wieder zusammenzubringen, sagte sie leise. Ich liebe ihn immer noch.

Das glaube ich Ihnen sogar. Aber es erklärt nicht, warum Sie Voglers Anruf verraten haben. Mit Zirkel kann es nichts zu tun haben; er wollte ja gerade nicht, daß sein Freund davon erfährt. Sie taten es trotzdem, also mußten Sie sich in diesem Punkt Kersten stärker verpflichtet fühlen als ihm. Warum? Hat Ihnen der Puzzlespieler Geld für neue Bausteine geboten? Oder will er Sie gar an seinem großen Monopoly in den Brauerwerken teilhaben lassen?

Zornig fuhr Frau Laroche auf.

Es hat mit Zacharias zu tun, Sie Armleuchter!, schrie sie. Glauben Sie, ich bin eine käufliche Hure? Ja, Kersten hat mir versprochen, mich nach der Wahl zu sich in seine Marketingabteilung zu holen! Dann käme ich endlich aus dieser Scheißbank raus und könnte wirklich etwas für Zacharias tun! Auf Rechnung der Brauerstiftung Bücher bei ihm bestellen oder Autorenlesungen für ihn sponsern und dafür im Werk Werbung machen …! In einem halben Jahr wäre der verdammte Boykott vom Tisch, es ginge wieder aufwärts mit seinem Laden, und wir beide hätten eine neue Chance!

Ich verstehe, sagte ich. Und weil der künftige Marketingdirektor inzwischen ein loyaler Parteigänger der Nobiles ist, würde Ihr Wechsel in seine Abteilung für Steiger, Brauer und Pfisterer auch kein großes Risiko bedeuten. Man würde Sie ziehen lassen. Sie mußten nur, ebenso wie er, dafür sorgen, daß bis zur Wahl nichts passiert, was Pfisterers Mißtrauen erregen könnte. Deshalb sind Sie als Kerstens Horchposten zu meinem Team gestoßen und haben die erstbeste Gelegenheit genutzt, Pfisterers Verdacht auf Vogler zu lenken … Wer würde eigentlich Ihre, sagen wir mal, spezielle Vertrauensstellung bei Thaddäus Steiger einnehmen, wenn Sie die Bank verließen?

Eine junge Gans, sagte Frau Laroche verächtlich. Steiger baut sie schon als meine Nachfolgerin auf, weil er mir nicht mehr richtig traut. Es läuft nach demselben Muster wie bei mir. Er schenkt ihr Schmuck und Wäsche und flötet ihr Schlüpfrigkeiten ins Ohr. Bald wird er mit ihr ins Bett steigen. Und sie wird genauso blöd und willfährig sein, wie ich es war.

Ich stand auf und stellte mich neben sie ans Fenster.

Alles war so schön eingefädelt, sagte ich. Und dann ist doch etwas schiefgelaufen. Zirkel spielte nicht mit. Warum? Liebt er Sie nicht mehr? Oder weiß er gar nicht, was Sie ihm nach der Wahl Gutes tun wollen?

Frau Laroche schlug die Hände vors Gesicht.

Er versteht alles falsch, schluchzte sie. Als Kersten ihm sagte, von wem seine Informationen über die Kontenmanipulationen stammten, mußte er ihm natürlich auch unser kurzes Verhältnis beichten. Zacharias hat darauf reagiert wie ein betrogener Liebhaber. Ich habe ihm Kersten ausgespannt, so empfindet er es. Um Kersten buhlt er, mich straft er mit Verachtung und macht mich jetzt auch noch für die Geschichte mit Vogler verantwortlich. Ich habe wieder und wieder versucht, mit ihm zu reden, aber er läßt mich nicht mehr an sich heran.

Ist sein Vorwurf denn so unberechtigt?, fragte ich.

Wir alle sind schuld an Voglers Tod, flüsterte Frau Laroche. Sie auch. Aber Sie wollten es nicht, und ich wollte es auch nicht.

Das ist richtig, sagte ich. Nur spielt es keine Rolle mehr, was wir ursprünglich gewollt haben. Was wir *getan* haben, dafür haften wir.

Vom elften Stock aus sah man weit ins Land. Über Brauers Fabrikanlage rauchten die Schornsteine. In aufsteigenden Wellen rollten die gelbbraunen Wiesen auf den Waldrand zu. Gegenläufig schoß der Furtbach zu Tal, begleitet von kahlen Weiden und Pappeln. Irgendwo an seinem Ufer lag der Dörrenwasen; weiter weg, in einer Senke, mein jetziges Quartier.

Sehen Sie die schmale Straße vor der Fabrik?, fragte ich. Wenn man auf ihr stadtauswärts fährt, kommt man direkt am Mugelhof vorbei. Dahinter zweigt der Forstweg ab, der zur Kapelle hinaufführt. Auf einer Kuppe dazwischen, ungefähr in der Mitte, erstreckt sich eine kahle Fläche. Dort stand im zweiten Weltkrieg ein Arbeitslager. Jeden Morgen mußten die Zwangsarbeiter unter SS-Bewachung zu den Brauerwerken marschieren, jeden Abend marschierten sie unter SS-Bewachung zurück. Luftlinie fünf Kilometer, schätze ich. Wenn es Winter war wie jetzt, brauchten sie rund zwei Stunden für einen Weg. Sie verließen das Lager um vier Uhr früh und kehrten abends gegen acht zurück. Die meisten trugen Papiersäcke unter der gestreiften Kleidung, denn nur wenige hatten einen Zellwollmantel, der etwas gegen die Kälte schützte. Auch Holzpantinen besaß nicht jeder. Manche legten den Weg in umwickelten Stofflappen zurück, andere mußten sogar barfuß gehen, weil man ihnen die Schuhe gestohlen hatte. Morgens vor dem Abmarsch gab es dünnen Ersatzkaffee und nichts sonst, mittags im Werk eine Suppe mit Kohl oder Steckrüben, abends in der Lagerkantine ein bis zwei Scheiben Roggenbrot, dazu etwas Margarine und Wurst. Zwölf

Stunden betrug das tägliche Arbeitspensum, An- und Abmarsch nicht mitgerechnet. Fast jeden Tag blieben Häftlinge unterwegs entkräftet liegen. Man nannte sie Muselmänner. Sie starben meist, bevor sie die Krankenbaracke erreichten. Von hier aus hätte man den Zug gut sehen können.

Frau Laroche starrte mich an.

Woher wissen Sie das alles?, fragte sie bestürzt.

Ich habe es gelesen.

Und was wollen Sie damit sagen?

Nichts. Oder vielleicht dies: Seien Sie nicht zu traurig, wenn es mit der neuen Stellung nicht klappt. Es ist nicht einfach, für ein Unternehmen Werbung zu machen, das in der Produktion von Waffen und Toten gleichermaßen Tradition hat. Obwohl es die Toten natürlich sowenig wollte wie wir.

Ich ging in den Flur und zog mir den Mantel an. Frau Laroche rannte mir nach.

Wohin wollen Sie?, rief sie aufgeregt. Wir müssen doch noch regeln, wie es weitergehen soll!

Was gibt es da zu regeln?, entgegnete ich. Als ich herkam, war ich der Meinung, Sie seien ein Opfer der Nobiles. Nun stellt sich heraus, daß auch Sie die Seiten gewechselt haben. Unter solchen Umständen sind Absprachen lächerlich. Ich habe keine Lust, Kersten und Pfisterer in die Hände zu arbeiten.

Nein!, sagte Frau Laroche und versperrte mir den Weg. Sie irren sich. So einfach läuft das nicht. Was tue ich bei Brauer, wenn Zacharias von mir keine Unterstützung annimmt oder sie nur seinem Freund zugute hält? Dann habe ich eine Abhängigkeit gegen eine andere eingetauscht und weiß nicht wofür. Ich mache Ihnen einen besseren Vorschlag: Sie helfen mir, Zacharias zurückzugewinnen, ich liefere Ihnen dafür Steiger ans Messer.

Wie sich die Worte gleichen!, dachte ich. Meine, Zirkels, ihre … Ein Messer bleibt ein Messer … Wir alle sind Messer, armer, unwissender Herr Vogler!

Das eine ist so unmöglich wie das andere, sagte ich. Zirkel spricht nicht mehr mit mir, und Sie können Steiger nicht belasten, ohne sich selbst zu schaden.

Doch!, rief sie auftrumpfend. Doch, ich kann es! Sie wissen noch nicht alles. Steiger hat wieder gespielt und fast zweihunderttausend Mark verloren. Das Geld hat er sich von einem dubiosen italienischen Geschäftsmann in Baden-Baden geliehen, mit dem er schon öfter durch die Casinos gezogen ist. Letzten Freitag mußte er es ihm zurückzahlen – und er hat es zurückgezahlt. Der Typ hat wohl Verbindung zur Mafia, es scheint nicht ratsam, ihm auf der Nase herumzutanzen. Von Brauer, Pfisterer oder Würz stammt die Summe nicht. Seit dem Aufsehen, das es um den Dörrenwasen gegeben hat, weigert sich die Familie, für Steigers Spielschulden einzustehen. Also hat er sich anders beholfen.

Und wie?

Sagen Sie mir zuerst, wie Sie es anstellen wollen, für mich bei Zacharias etwas zu erreichen.

Frau Laroche, ich bitte Sie … Wie soll ich darauf jetzt so schnell eine Antwort finden?

Strengen Sie Ihre Fantasie an! Sie hilft Ihnen doch auch, wenn es *gegen* mich geht. Nun also zur Abwechslung mal anders herum, los!

Sie lehnte an der Eingangstür und verschränkte die Arme.

Am besten wäre zweifellos, es gelänge uns, einen Keil zwischen Zirkel und Kersten zu treiben, sagte ich widerwillig. Er ist ja noch seine einzige Stütze. Wenn Zirkel über seinen Freund enttäuscht ist, abgrundtief enttäuscht … nein, es geht nicht. Wirklich, Frau Laroche, es geht nicht. Es wäre absolut unmoralisch!

Ich weiß nicht, welche Skrupel Sie haben, erwiderte sie kühl, ich weiß nur, daß die Gegenseite sie nicht hat. Wenn Sie kneifen, tue ich es auch. Wir werden Steiger nicht zu Fall bringen, die Nobiles sitzen weiter auf dem hohen Roß und können schalten und walten wie bisher. Eine merkwürdige Moral, die der Unmoral den Steigbügel hält und darauf noch stolz ist!

In was für eine Lage bringen Sie mich!, rief ich verzweifelt. Was ich auch tue, es wird falsch sein!

Na und? Das ist meine Situation seit Jahren. Spielen Sie nicht das Kind, das plötzlich entdeckt, wie schlecht die Welt ist.

Wie kompromißlos sie auf einmal ist!, dachte ich verwundert. Aber jetzt kämpft sie um ihre Liebe, und das macht sie stark.

Ich tastete nach meiner Jackentasche. Deutlich spürte ich Katharinas Goldkette.

In Ordnung, sagte ich. Wenn Sie sich fertig erklärt haben, werde ich Ihnen meinen Plan unterbreiten. Sind Sie damit einverstanden?

Sie besann sich, dann sagte sie:

Gut, ich will Ihnen vertrauen, obwohl Sie mir bisher wenig Anlaß dazu gegeben haben. Steiger hat das Geld, das er für seine Spielschulden brauchte, vom Gemeindekonto auf ein Nummernkonto in Zürich überwiesen und dort abgehoben. Zweihunderttausend Mark. Er hofft wohl, es im Laufe des Jahres durch Spekulationsgewinne ausgleichen zu können. Notfalls, denke ich, wird er Würz bei der Zinsabrechnung stärker als in den letzten Jahren zur Kasse bitten. Dann bekommt die Wohnbau eben mehr Kredit als sie braucht und der Zinssatz verschlechtert sich. Würz wird murren, aber nicht meutern. Vielleicht verlangt er dafür einen höheren Anteil an den Mieteinnahmen, und im Hochhaus werden noch ein paar Appartements für Aussiedler freigeräumt. Die Wertschöpfungskette bietet genügend Möglichkeiten.

Interessant, sagte ich. Aber wenn Sie daran mitgewirkt haben, können Sie es genausowenig aufdecken wie die anderen Unterschlagungen.

Ich habe eben nicht daran mitgewirkt!, rief Frau Laroche und ballte die Fäuste. Ich sagte Ihnen doch, mein Chef vertraut mir nicht mehr hundertprozentig. Seine neue Flamme hat die Überweisung ausgeführt. Er hat ihr ein Formular mit Gemeindeaufdruck und unleserlicher Unterschrift unter die Nase gehalten und behauptet, es sei die Unterschrift des Stadtkämmerers. Sie hat die Überweisung unter größter Geheimhaltung vorgenommen und es mir anschließend gesteckt, um mich zu ärgern. Ich sollte sehen, daß ich bei ihrem Kuschelkater schon so gut wie abgemeldet bin.

Die dumme Gans.

Die dumme Gans. Genau.

Und Sie haben Fotokopien des Vorgangs?

Ich habe Kopien des Vorgangs, einschließlich Steigers Paraphe, daß es mit der Überweisung seine Richtigkeit hat, und den Kontoauszug, auf dem die zweihunderttausend abgebucht sind.

Wenn das Festgeldkonto aber nicht den Ausgangsbetrag aufweist, den es haben müßte, wandte ich ein, dann sieht man doch, daß noch mehr Manipulationen damit vorgenommen wurden. Und das bringt, wenn Steigers Unterschlagung auffliegt, nicht nur die dumme Gans in Bredouille, sondern auch Sie!

Danke für die Differenzierung!, sagte Frau Laroche spöttisch. Im Prinzip haben Sie recht. Der Witz ist nur, daß das Gemeindekonto auf den Pfennig genau aufgefüllt war, bis Steiger es Mitte letzter Woche anzapfte. Zum Ultimo stellen wir es immer glatt, damit der Wirtschaftsprüfer keinen Verdacht schöpft. Normalerweise wird das dann im neuen Jahr schnell wieder rückgängig gemacht. In diesem Jahr war es anders, ich nehme an, weil Brauer und Pfisterer für das Projekt Merziggasse einige Millionen vorhalten wollten. Aber daraus wird ja nun nichts.

Man könnte also Steiger hochgehen lassen, ohne damit die ganze Lawine loszutreten, resümierte ich. Das ist gut, soweit es Sie schützt. Daß auch die anderen drei davon profitieren, gefällt mir weniger.

Genau das wird sie veranlassen, für ihn keinen Finger zu rühren. Es ist ihre einzige Chance, mit heiler Haut davon zu kommen.

Und wenn er auspackt?

Wären Sie scharf darauf, freiwillig weitere Straftaten zuzugeben? Außerdem wird ihm der Clan sein Schweigen schon honorieren, das ist Ehrensache.

Ich überlegte und gab mir einen Ruck.

Sie haben mich überzeugt. Zwar wäre es mir lieber gewesen, alle auf einmal überführen zu können. Aber immerhin besitzen wir jetzt ein wirksames Druckmittel. Vor allem der Bürgermeister muß es fürchten. Außerdem wird das ganze Konstrukt, das Vogler so beschwert hat, zusammenbrechen, wenn Steiger weg ist. Und der bekommt zudem noch die Quittung für seinen Betrug an Fritz Mugel. Das ist eine ordentliche Schneise in diesem Dschungel … Sie haben gut vorgearbeitet, Frau Laroche. Ich kann nicht glauben, daß Sie es ohne Absicht getan haben.

Frau Laroche sah zu Boden.

Nein, natürlich nicht … Zuerst wollte ich die Sache mit der Überweisung Kersten erzählen, um ihm zu zeigen, wie sehr ich mich schon als seine Mitarbeiterin fühlte. Dann dachte ich: Spar es dir lieber auf, falls Steiger bei deinem Wechsel doch Schwierigkeiten macht. Stattdessen habe ich Kersten von Voglers Anruf bei Hirschfeld berichtet, was ich mir nie verzeihen werde. Als ich merkte, daß

Zacharias mir deswegen gram ist, wollte ich ihn einweihen. Er sollte spüren, daß ich zu niemandem mehr Vertrauen habe als zu ihm. Aber er ließ mich ja vor der Tür stehen wie eine Bettlerin … Und nun bin ich bei Ihnen gelandet, der Sie mir der fremdeste von allen sind. – Finden Sie das nicht auch verrückt?

Vielleicht ist Fremdheit die beste Grundlage für Vertrauen, sagte ich. Enttäuscht kann man nur werden, wenn man sich näher gekommen ist.

Sie straffte sich.

Jetzt sind Sie dran!

Es klang schneidend.

Ich könnte mir vorstellen, begann ich widerstrebend, Zirkel in ein Projekt einzubinden, dem Kersten unter keinen Umständen zustimmen kann. Es hat mit dem Zwangsarbeiterlager zu tun, über das wir gerade sprachen. Eigentlich war es ja ein KZ, auch wenn es in der Öffentlichkeit nicht so genannt wird … Es ist übrigens immer wieder erstaunlich, wie semantisch feinfühlig manche in solchen Dingen plötzlich werden … Also, ich möchte einen Fonds gründen, für eine neue, würdige Gedenkstätte zur Erinnerung an die Opfer dieses KZs. In seiner jetzigen Gestalt, ein verwitterter Stein, eine vergilbte Tafel und ein Stück Rasen, ist das Massengrab eine Schande. Das ist aber kein Thema für die Politik, deshalb wollte ich es aus dem Wahlkampf heraushalten. Allein der Gedanke daran ist entsetzlich. Jetzt aber geht es wohl doch nicht anders … Ich könnte also Zirkel bitten, sich für die Gedenkstätte zu engagieren, und ich bin mir sicher, daß er meiner Bitte folgen wird. Er denkt und fühlt in moralischen Fragen sehr sensibel. Kersten dagegen wird alles daransetzen, eine Diskussion über das Wirkahner KZ zu verhindern. Sein künftiger Arbeitgeber erwartet es von ihm. Je kontroverser in der Öffentlichkeit darüber gestritten wird, umso härter werden die Fronten verlaufen. Ich glaube nicht, daß die Beziehung der beiden eine solche Belastung aushält … Der Rest ist dann Ihre Sache.

Frau Laroche starrte mich an.

Mein Gott, wo sind wir da hineingeraten?, flüsterte sie.

Ich packte sie am Arm.

Ja, wohin! In die Hölle des widerlichsten Zynismus! Es war eine so reine, unantastbare Idee! Ich habe ein Haus geerbt, das ich nicht wollte, weil ein Jude daraus vertrieben wurde. Ich habe es verkauft und erwarte das Geld in den nächsten Tagen auf meinem Konto. Es wird bis zum letzten Pfennig für das Mahnmal verwendet werden. Sie wissen nicht, welche Erleichterung mir dieser Gedanke verschafft hat! Ich wäre mit einer großen Schuld ins Reine gekommen! Und nun soll alles wieder pervertiert und zunichte gemacht werden! Ersparen Sie es mir, Frau Laroche!

Sie sah mich an, als stünde ich nicht vor ihr.

Wie kann man sich von einer Schuld freikaufen wollen?, sagte sie mehr zu sich als zu mir. Was für ein robustes Gewissen manche doch haben …

Ich schüttelte sie wie von Sinnen.

Hören Sie auf, so mit mir zu reden! Ich verbiete es Ihnen!

Sie riß sich los.

Sind Sie verrückt? Sie tun mir weh! Im übrigen war es Ihre Idee, nicht meine, Zacharias auf diese Weise an uns zu binden.

Ja, und ich verachte mich dafür. Ich habe dem Fieber nachgegeben, das Ihre Worte in mir auslösten. Entschuldigen Sie meine Grobheit. Und vergessen Sie unser Gespräch.

Nein!, sagte sie hart. Nein, es gibt kein Zurück. Ihr Vorschlag ist gut. Ich kenne Zacharias, er wird mit Inbrunst für diese Gedenkstätte eintreten. Und ich kenne Kersten, er wird tun, was Brauer von ihm verlangt. Wenn Brauer schäumt, wird er ebenso schäumen. Für Zacharias wird eine Welt zusammenbrechen, und ich werde sie ihm wieder aufbauen. Wir müssen die Sache groß aufziehen, mit Aufrufen und Presseartikeln … Wir gründen doch auch einen Verein, nicht wahr?

Ich fühlte mich elend und rang nach Luft.

Ja, wir gründen einen Verein … Und nun geben Sie mir die Kopien!

Die kriegen Sie, wenn Zacharias dem Projekt zugestimmt hat, sagte sie kalt.

Lassen Sie mich gehen, sagte ich.

Sie trat zur Seite. Ich öffnete die Tür. Seltsamerweise war es ganz still auf dem Flur.

Frau Laroche hielt mich fest und drückte sich an mich.

Carsten, sagte sie schmeichelnd, nun schauen Sie doch nicht so verzweifelt drein! Es gibt überhaupt keinen Grund dafür! Die Welt wird nicht schlechter durch uns. Besser und schöner wird sie!

Sie hob den Kopf und strich sich die Haare aus der Stirn. Ihr Gesicht war erhitzt wie das eines Mädchens nach dem ersten Kuß.

Ich lief die Treppen hinunter. Mit jedem Stockwerk verstärkte sich das Gefühl, von einem riesigen Strudel abwärts gezogen zu werden.

Auf der Straße erholte ich mich. Ich ging auf und ab und wartete, bis sich mein Atem beruhigt hatte. Dann stieg ich ins Auto.

Als ich mich dem Waldrand näherte, fiel mir ein, daß Thaddäus Steiger, sollte er am letzten Sonntag von Pfisterers Verdacht gegen Alois Vogler erfahren haben, aufs höchste beunruhigt gewesen sein mußte. Eine Unruhe, die nach dem Streit im Rathaus leicht in Panik umgeschlagen sein konnte.

Richard Mugel hatte den Antiquar und mich zum Mittagessen eingeladen. Der Tisch war gedeckt, Hirschfeld bereits eingetroffen.

Fritz saß auf der Bank und machte ein zerknirschtes Gesicht.

Es ist etwas Unangenehmes passiert, sagte Mugel, als ich eintrat. Die Post hat einen Brief für Sie gebracht. Ich war im Stall und habe es nicht klingeln hören. Fritz hat den Brief entgegengenommen und ihn vor Aufregung aufgerissen. Hier ist er …

Er reichte mir den wattierten DIN A 4-Umschlag mit Frau Petersens kringeliger Handschrift. Die Fotografien waren bis zur Mitte eingerissen. Das Hochzeitsbild wies keine Schäden auf.

Fritz begann zu wimmern. Ich setzte mich zu ihm und legte den Arm um ihn.

Macht nichts, Fritz, macht wirklich nichts. Die Fotos sind nicht so wichtig. Schau, das sind meine Eltern. Vornehm sehen sie aus, wie?

Ich reichte ihm das Bild. Zögernd nahm er es und strich behutsam über das Glas. Mit dem Daumen zeichnete er Mutters Gesicht nach. Dann legte er den Rahmen unendlich vorsichtig auf den Tisch.

Danke, sagte Richard Mugel. Und nun laßt uns essen. Es gibt Flädlessuppe, Ripple mit Kraut, selbstgemachte Knödel und zum Nachtisch Bratäpfel. Ein Essen, passend zum Winter, auch wenn draußen Tauwetter herrscht.

Nach dem Hauptgang wurde Fritz müde. Er wollte sich schlafen legen, bestand aber darauf, daß ich ihn begleiten sollte. Ich half ihm beim Auskleiden und plauderte, auf der Bettkante sitzend, über Bisons und Bären im Yellowstone-Park. Der Traumfänger hing über seinem Kopf an der Decke. Fritz schlug ab und zu mit der Hand nach ihm, um die Federn im Luftwirbel tanzen zu sehen. Dann schlief er ein.

Zurückgekehrt in die Wohnstube, wurde ich über die Situation im Wahlkampf befragt. Da ich den Antiquar seit dem Tag der Gemeinderatssitzung nicht mehr gesehen hatte, erzählte ich ihm zunächst von Kerstens Frontwechsel und meinem Besuch bei Zirkel.

Das sind traurige Nachrichten, sagte er. Mir scheint, die Auseinandersetzung zwischen Ihnen und Pfisterer gerät immer mehr zum kriminalistischen Katz-und-Maus-Spiel, wobei offen ist, wer wen am Ende frißt. So sehr ich Ihren Eifer bewundere, so bedauerlich finde ich es, wie kampflos Sie ihm das kommunalpolitische Feld überlassen. Wollen Sie denn nicht mehr Bürgermeister werden?

Sie haben ein gutes Gespür, Herr Hirschfeld, antwortete ich. In der Tat halte ich meine Kandidatur nur noch aufrecht, weil mir das zur Aufklärung der Straftaten hilfreich erscheint. Pfisterer soll jeden Tag Enthüllungen fürchten müssen. Was das Politische betrifft, bin ich dagegen längst überzeugt, für dieses Amt nicht zu taugen. Der Bevölkerung gegenüber ist es natürlich nicht sehr fair, weiter den ernsthaften Bewerber zu spielen. Aber da ich ohnehin chancenlos bin, geschieht ihr auch kein großes Unrecht.

Erwähnten Sie nicht gerade, daß der Redakteur Kersten mit demselben Argument seine Spitzeltätigkeit in Ihrem Team gerechtfertigt hat?, fragte Hirschfeld. Erlauben Sie mir die Bemerkung, daß ich es für wenig demokratisch halte, Ehrlichkeit von Wahlchancen abhängig zu machen.

Ich schwieg betroffen.

Sie sollten den Wahlkampf wirklich aus Überzeugung führen, warf Mugel ein. Zumal auch ich, ähnlich wie Max Hellstern, Ihre Chancen durchaus nicht so pessimistisch einschätze wie Sie. Haben Sie den heutigen Heimatboten gelesen? Nein? Dann tun Sie's, es lohnt ausnahmsweise. Die Sache mit dem Flugblatt entwickelt sich zu einem Rohrkrepierer. Pfisterer hat sich davon distanziert, und etliche

Leserbriefe verurteilen das Niveau, auf dem man Ihre Person angreift. Es werden sogar Stimmen laut, doch die Gemeindeprüfungsanstalt einzuschalten, um die Haushaltsführung der Stadt unter die Lupe zu nehmen!

Pfisterer distanziert sich? Das ist interessant. Ich glaube, es ist mehr als ein Lippenbekenntnis. Er geht auf Abstand zu Letsch und demjenigen, der ihm Voglers Tod eingebrockt hat.

Haben Sie eine neue Spur?, fragte Hirschfeld. Und wenn Sie nicht nur Fritz, sondern auch mir die Neugierde verzeihen: Wozu brauchen Sie eigentlich diese Aufnahmen?

Es sollte wie eine hingeworfene Bemerkung klingen. Aber Hirschfelds Stimme zitterte, als er die Fotos mit den KZ-Häftlingen hochhielt.

Das ist nun wieder etwas anderes, sagte ich bedrückt und gab das Gespräch mit Frau Laroche wieder, das mich noch immer aufwühlte.

Hirschfeld hörte zu, ohne mich zu unterbrechen. Die Augen unter den schweren, faltigen Lidern waren geschlossen. Als ich beim Tauschhandel angelangt war, den Frau Laroche von mir forderte, griff er nach seinem Stock und humpelte hinüber zum Kachelofen. Vor dem Bild, das zwischen dem Ofen und der Küchentür an der Wand hing, blieb er stehen.

Die letzte Aufnahme von Pius, sagte er, mühsam zu der Fotografie aufschauend. So, eine neue Gedenkstätte wollen Sie bauen lassen ... Habe ich das richtig verstanden?

Ja. Der Gedanke, etwas zur Erinnerung an Katharina und die anderen Opfer des Wirkahner KZs tun zu sollen, geht mir seit einer Woche nicht mehr aus dem Kopf. Der trostlose Eindruck auf dem Friedhof, Pfarrer Effingers Weigerung, sich zu einer Geste des guten Willens zu verstehen –

... und Ihre Hoffnung, so das väterliche Erbe besser abschütteln zu können. Sagen Sie uns doch endlich, aus welchem KZ die Fotos stammen!

Aus einem Lager, das mein Vater gebaut hat. Die sogenannten Moorbaracken von Brederstedt.

Ihr Vater hat sie gebaut? War er denn nach seiner Beamtenzeit SS-Offizier in Berlin?

Nein, aber er wollte die Reichsverwaltung auf sich aufmerksam machen. Er hatte ein emsländisches Straflager besucht und war zur Überzeugung gelangt, daß sich solche Lager rationeller bauen ließen, als es dort geschah. So schuf er sein eigenes Modell, um den Herren in Berlin zu zeigen, was ein stellvertretender Bürgermeister in der Provinz alles zuwege bringt. Letzten Endes war er aber doch nur ein nützlicher Idiot der Herrschenden. Die SS hat das Lager übernommen und es als KZ-Außenstelle weitergeführt.

Und mit diesen armen Teufeln wollen Sie sich jetzt festlich aufs Gedenken einstimmen? Ich erkenne den Zusammenhang immer noch nicht!

Nein. Ich habe mir überlegt, wie sich meine Initiative der Öffentlichkeit so nahebringen läßt, daß sie von möglichst vielen mitgetragen wird. Darüber will ich mit Herrn Brommer reden. Ich dachte zum Beispiel an eine Informationsschrift, in der das Projekt vorgestellt wird. Auf der Titelseite könnte ein Häftlingsbild abgedruckt werden. Wie soll ich an authentische Fotos vom Wirkahner Lager herankommen? Max Brauer wird mir sein Firmenarchiv nicht öffnen!

Noch immer kehrte mir Hirschfeld den Rücken zu und betrachtete, auf den Stock gestützt, Pius Mugels ernstes Antlitz. Dann drehte er sich um.

Junger Mann, sagte er, ich will aus meinem Herzen keine Mördergrube machen. Das mit der Gedenkstätte glaube ich Ihnen. Das übrige nicht. Aber es ist nebensächlich, was ein alter Mann glaubt. Sie sind entschlossen, Ludwig Pfisterer zur Strecke zu bringen. Mit diesem Ziel sind Sie hergekommen, und man braucht nicht Psychologie studiert zu haben, um zu begreifen, wen Sie in Wahrheit vernichten wollen. Nun, Sie stehen anscheinend kurz davor. Sobald Sie Frau Laroches Kopien in Händen halten, können Sie losschlagen. Nichts wird Sie aufhalten, es zu tun.

Ich wollte aber die Gedenkstätte aus dem Wahlkampf heraushalten, sagte ich bekümmert. Unter keinen Umständen soll der Eindruck entstehen, ich würde KZ-Opfer instrumentalisieren, das wäre –

Sie wissen so gut wie ich, daß dies kein Thema ist, mit dem sich Wählerstimmen fangen lassen, schnitt mir Hirschfeld das Wort ab. Im Gegenteil, es wird Sie Sympathien kosten, vor allem unter den Arbeitern der Brauerwerke. Aber da Sie den Wahlkampf ohnedies verloren geben, kommt es darauf nicht mehr an. Sie können die Sache also, wie soll ich sagen, moralisch neutral angehen!

Herr Hirschfeld –

Der Antiquar machte einige Schritte auf mich zu, hob ruckartig den Kopf und sah mich mit flammendem Zorn an.

Nein, ich tue Ihnen den Gefallen nicht!, schrie er. Gehen Sie mit Ihrer Last um, wie Sie wollen, aber verlangen Sie nicht von mir, Ihren schmutzigen Handel auch noch gutheißen zu sollen, weil am Ende vielleicht ein feierliches Requiem ertönen wird! Was haben wir, die Opfer, verbrochen, daß wir auch noch den Söhnen und Enkeln der Täter den Weg zu einem guten Gewissen weisen sollen? Plakatieren Sie Ihre Fotos, bringen Sie den Ort in Aufruhr, aber erwarten Sie von mir keine moralische Absolution dafür! Wenn Sie meinen, der Zweck heiligt die Mittel, dann bekennen Sie sich dazu, und fertig!

Schwer atmend ließ er sich auf die Eckbank fallen.

Bedrücktes Schweigen folgte. Ich fühlte, wie mein Gesicht brannte.

Julius, sagte Richard Mugel vorsichtig, so ganz verstehe ich deine Erregung nicht. Es ist schon eine Zwickmühle, in der sich Schröder befindet. Und hast du nicht selbst gesagt, du nähmest ihm sein Engagement für die Gedenkstätte ab? Was ändert sich daran, wenn er es politisch für ein Ziel einsetzt, das wir alle befürworten?

Hirschfeld blickte aus dem Fenster in die Ferne.

Richard, sagte er leise, ich bin zu alt, um zu entscheiden, was recht ist und was nicht … Mich plagen zu viele Erinnerungen. Bis heute weiß ich keinen Weg, mit dem umzugehen, was mir widerfahren ist. Wie soll ich da anderen raten können? Pius, dein Vater, könnte es vielleicht. Er war ein so starker, gerader Charakter … Im übrigen täte ich mich leichter, wenn ich wüßte, warum dieser junge Mann, der jetzt dasitzt, als hätte man ihn verprügelt, sich die Fotos per Expreß hat schicken lassen, obwohl er mit seiner Idee angeblich erst in ein paar Wochen rausrücken will. Nährt das nicht den Verdacht, daß er die Bilder vielleicht doch schon vorher einsetzen wollte, um Max Brauer zu piesacken? Wer wüßte denn zu sagen, welches Lager und welche Häftlinge sie zeigen? Es könnte sich genausogut um Zwangsarbeiter der Brauerwerke handeln!

Mit schnellem Griff nahm er eins der Fotos, zog einen Filzstift aus seiner Weste und malte in großen Buchstaben ein M und ein B auf den unteren Bildrand.

Moorbaracken Brederstedt oder Max Brauer – sucht es euch aus!, rief er und warf die Aufnahme auf die weißgescheuerte Tischplatte. Und jetzt will ich nichts mehr davon hören!

Ich saß wie betäubt.

Nicht einen lateinischen Ausdruck hat er gebraucht!, durchfuhr es mich. Er wollte dich mit der Sprache der Täter treffen …

Richard Mugel räusperte sich.

Die Bratäpfel!, sagte er. Sie verschmoren im Ofen, wenn wir sie jetzt nicht essen.

Ja, wie sie duften, stimmte Hirschfeld heiter zu. Und wie sie mich an die Kindheit erinnern! Dich auch, Richard?

Der Theatersaal des Kulturzentrums war dicht besetzt. Ich kam spät und mußte mit einem der hinteren Plätze vorlieb nehmen. Die meisten Lampen waren schon erloschen. Als ich mich an das dämmrige Licht gewöhnt hatte, sah ich einige Reihen vor mir Doktor Meißner sitzen. Wenn er seinen Kopf zur Seite drehte, trat die Mundfalte als scharfe, schattige Sichel hervor.

Zufrieden suchte ich nach weiteren Bekannten. Pfarrer Effinger war da, mit weiß schimmerndem Haarkranz thronte er in der Mitte der ersten Reihe. Gewiß hatte man ihm den Platz reserviert. Auch Zirkel erkannte ich; er saß gebeugt und schaute zu Boden. Arno, Brommer und Fine hatten nebeneinander Platz gefunden. Brommer gestikulierte und rempelte wiederholt Fine an, die ein schwarzes Abendkleid trug, das sie wie eine Dame erscheinen ließ. Pfisterer und Kersten fehlten, ich hatte auch nicht mit ihrer Anwesenheit gerechnet. Einige Geschäftsleute musterten mich neugierig. Ich grüßte, sie nickten verhalten, steckten die Köpfe zusammen und tuschelten.

Bevor es völlig dunkel wurde, entdeckte ich noch Frau Breitenbacher; gerade hatte sie sich umgewandt und jemandem zugewinkt. Ich hob die Hand. Überrascht blickte sie herüber und lächelte schüchtern.

Das Summen erstarb.

Die Scheinwerfer erfaßten das in kerkerähnlichem Grau gehaltene Bühnenbild, der Hauptmann kam hereingepoltert, ließ sich auf den Stuhl fallen, Woyzeck löste sich aus dem Hintergrund und begann in gebückter Haltung, seinen Herrn zu rasieren.

Die Theatergruppe spielte das Stück in rasantem Tempo. Da die Wände, die Kaserne, Kammer und Wirtshaus umschlossen, ohne Türen waren, erfolgte der Szenenwechsel auf offener Bühne. Die Schauspieler, die auf ihren Auftritt warteten, verharrten seitlich auf den Treppenstufen oder im Schatten eines riesigen Spinds, dessen Türen man öffnen und zu paravantartigen Stellflächen auseinanderfalten konnte. In grellen Farben und mit grobem Pinselstrich zeigten die Fächer an, wohin sich das Geschehen im Freien verlagerte: Jahrmarkt, Kornfeld, Wald. Mit wenigen Handgriffen bereiteten die Abgehenden die Dekoration für die nächste Szene vor und nahmen die Requisiten, die nicht gebraucht wurden, gleich mit. Es faszinierte mich, wie selbstverständlich sich diese Verwandlungen in den Spielfluß einfügten und wie präsent doch alles, was sich zuvor ereignet hatte, blieb. Das Rasiermesser wanderte in der Statisterie von Hand zu Hand, wurde geprüft und geschärft. In der Spiegelscherbe bewunderte sich nicht nur Woyzecks Marie, sondern auch der eitle Tambourmajor, wenn er am Bühnenrand saß, seine in glänzende Stiefelschäfte verpackten Beine baumeln ließ und die Knöpfe des Uniformrocks putzte. Das lenkte ab und ließ eben dadurch die einzige Figur, die sich nicht an dem geselligen Treiben beteiligte, Woyzeck, hoffnungslos einsam und verloren erscheinen. Ihm, Woyzeck, geschah alles. Er war vom Spiel neben dem Spiel ausgeschlossen, seine Unzugehörigkeit manifestierte sich, gleich ob er redete oder schwieg. Als er das Messer erstand, mit dem er Marie töten wollte, starrten ihn alle Spieler an, als erwarteten sie, daß er es endlich gegen sich selbst richte.

Nach dem Schlußsatz des Polizisten blieb es im Publikum still. Man war unsicher, ob die Dramaturgie nicht noch einen Einfall bieten würde, die unvermutete Erstarrung, in die alle Figuren verfallen waren, aufzulösen.

Und sie tat es.

Ausgerechnet Woyzeck erwachte als erster zum Leben, trat vor, entfaltete ein Blatt Papier und begann, langsam und mit Betonung zu lesen:

›Dialog einer Schauspielertruppe mit einem toten Dichter …

Es heißt, es sei noch ein Mord passiert. Hörst du, noch ein Mord. – In dieser Stadt? – In dieser Stadt. Es heißt, es könne aber gar kein Mord sein, weil kein Mörder zu finden ist. Kein Mörder, kein Mord. Das klingt irgendwie logisch und beruhigend! – Aber ihr seid auf der Suche nach ihm? – Nein, es heißt, das Beste sei, gar nicht nach ihm zu suchen. Keine Suche, kein Mörder, kein Mord. Wir sollen uns nicht ängstigen, heißt es. – So ängstigt ihr euch auch nicht? – Doch. Viele haben Angst. – Wenn es keinen Mord gibt, weil ihr nach dem Mörder nicht sucht, braucht ihr euch doch auch nicht zu ängstigen! Warum freut ihr euch nicht? – Wir können uns aber nicht freuen, wenn wir uns zugleich ängstigen. – Dann wäre es wohl besser, ihr würdet euch doch auf die Suche begeben und einen Mörder finden, damit der Mord, der passiert ist, passiert sein kann. Was nützt euch eine Ruhe, die euch ängstigt, und eine Angst, die den Mörder beruhigt? – Das klingt ebenfalls logisch, ja. Aber du verstehst uns hoffentlich recht? Es ist nur ein Spiel, das wir spielen! – Natürlich. Wir stehen immer auf dem Theater, wenn wir auch zuletzt im Ernst erstochen werden. – Du zitierst aus deinem Stück Dantons Tod? – So ist es. Es heißt, auch er sei ermordet worden‹.

Woyzeck zerriß das Papier und warf die Schnipsel in die Luft.

Schlagartig wurde es dunkel im Saal.

Als das Licht wieder einsetzte, war es gleißend hell. Das Ensemble faßte sich an den Händen und verbeugte sich. Zögernd kam Beifall auf. Woyzeck und Marie traten vor, der Applaus schwoll an. Einige Zuschauer aber standen abrupt auf und strebten dem Ausgang zu. Pfarrer Effinger gehörte zu ihnen, zwei oder drei Geschäftsleute, und auch Doktor Meißner.

Ich drängte ebenfalls hinaus und sprach ihn an, als er Hut und Mantel holte.

Fabelhaft!, sagte er mit bleichem, angespanntem Gesicht. Ein richtiges Happening! Klassisches Theater mit moralisch-aktuellem Schlußakkord. War das Ihre Idee?

Das Theater ist aus sich heraus eine moralische Anstalt, sagte ich. Es braucht keine Fingerzeige von außen. Aber wenn Sie selbst schon die Brücke zum Fall Vogler schlagen: Ich verfüge jetzt über handfestes belastendes Material. Der Bankvorstand Steiger hat wenige Tage vor Voglers Tod eine Unterschlagung begangen, für die er dessen Unterschrift fälschte. Außerdem bewegt er sich in Kreisen, die mit der Mafia in Verbindung stehen. Hätte Vogler nach dem Krach mit Pfisterer ausgepackt, wäre Steiger als erster dran gewesen, denn sein Vergehen läßt sich unmittelbar nachweisen. Genügt Ihnen das für eine Obduktion?

Doktor Meißner legte die Hände auf den Rücken und wippte mit den Schuhspitzen.

Wie hoch ist die Summe, die unterschlagen wurde?, fragte er.

Zweihunderttausend.

Und Sie haben die Belege?

Ich bekomme sie. Wenn Sie wollen, bitte ich die Person, die sie verwahrt, Ihnen Einblick zu gewähren.

Der Strom der Besucher, die sich von Giovanni ihre Garderobe aushändigen ließen, wurde stärker.

Nicht nötig, sagte Doktor Meißner nach einigem Überlegen. Ich werde bei der Staatsanwaltschaft die gerichtsmedizinische Untersuchung der Leiche beantragen.

Er schlug den Mantel fester um sich, als fröre ihn.

Es war der Satz mit der Angst, die den Mörder beruhigt, murmelte er. Darauf war ich nicht gefaßt.

Grußlos verschwand er in der Menge.

Ich eilte zurück in den Theaterraum, um den Schauspielern zu gratulieren. In kleinen Gruppen standen sie beieinander und diskutierten mit Zuschauern.

Ich entdeckte Max Hellstern und schloß ihn impulsiv in die Arme.

Max, rief ich, das vergesse ich dir nie! Mein Leben lang vergeß ich dir das nicht!

Da sieh mal unser kühles Nordlicht an!, erwiderte Hellstern schmunzelnd. Temperamentvoll wie ein Sizilianer! Mach so weiter in den nächsten Tagen, dann liegen dir die Wirkahner zu Füßen. Der Epilog war stark, wie? Köster hat ihn allein verfaßt und keinem Menschen gezeigt. Wir alle waren mordsmäßig gespannt – na, sagen wir lieber: unheimlich gespannt darauf …

Er blickte sich um.

Ist der Doktor schon gegangen? Hast du was erreicht bei ihm? Es war gar nicht so leicht, ihn zum Kommen zu bewegen.

Ja, und er wird die Obduktion veranlassen! Die Schlinge zieht sich zu!

Der Darsteller des Woyzeck stieß zu uns und wischte sich den Schweiß von der Stirn.

Das ist ja anstrengender als die ganze Aufführung! Die Leute sind wie angestochen, man wird regelrecht in die Mangel genommen!

Sie waren großartig, Herr Köster. Ich weiß nicht, wie ich Ihnen danken soll. Hoffentlich bekommen Sie keinen Ärger wegen der Schlußpassage!

Ich sage jedem, wir hätten mit dem Epilog nur neugierig machen wollen aufs nächste Stück, das wir spielen werden. Dantons Tod. Ein kleiner Werbegag, nichts weiter. Ich bin ein unpolitischer Mensch, wissen Sie?

Ein Schlitzohr bist du, sagte Hellstern lachend. Ein verdammtes, großartiges Schlitzohr!

Kommt!, rief ich. Wir feiern zusammen beim Italiener. Ich lade euch alle ein!

Als ich mich umdrehte, sah ich Zirkel an der Säule lehnen. Wehmütig blickte er zu uns herüber.

Geht schon vor, bat ich. Ich komme nach. Ich will mit Zirkel noch etwas bereden.

Bring ihn mit, Carsten, sagte Max Hellstern beschwörend. Versuche, ihn zu überreden. Es tut weh, ihn so alleine zu sehen.

Zirkel wollte sich abwenden, als ich mich ihm näherte. Ich rief ihn an.

Lassen Sie uns nicht wie Fremde begegnen, Herr Zirkel, trotz allem, was uns trennt! Wir wollen in ein Restaurant gehen und die Premiere feiern. Es wird bestimmt lustig werden. Und alle würden sich freuen, wenn Sie mitkämen! Bitte!

Alle? Das glaube ich kaum.

Doch, alle.

Er zögerte.

Ich weiß nicht … Scharfrichter und Spion an einem Tisch –

Ich bin kein Scharfrichter und Sie sind kein Spion. Immer noch trage ich das Buch bei mir, das Sie mir geschenkt haben.

Ich zog Gracians Handorakel aus dem Jackett. Es war Zufall, daß ich es dabei hatte. Nachmittags hatte ich auf meinem Zimmer darin geblättert, um mich von dem entsetzlichen Gespräch mit Julius Hirschfeld abzulenken. Es war mir nicht gelungen, und ich hatte den schmalen Band ohne Absicht eingesteckt. Während der Aufführung war mir bewußt geworden, daß ich es bei mir trug; der Einband hatte mir auf die Brust gedrückt.

Werbend hielt ich Zirkel das Buch hin.

Ich sah, wie es ihn freute, daß ich sein Geschenk trotz unseres Streits in Ehren hielt.

Ich hoffte, ein schlechtes Gewissen zu bekommen.

Als ich nichts fühlte, nur das Bild eines Anglers vor mir sah, der seinen Köder auswirft und auf das Zucken des Schwimmers wartet, wußte ich, daß ich die Kraftprobe mit Pfisterer wagen konnte.

Zirkel nahm den Gracian und sagte:

Ich will es halten wie immer, wenn ich zwischen zwei Wegen wählen soll und nicht weiß, welcher der richtige ist.

Willkürlich schlug er eine Seite auf und las:

›Für große Bissen des Glücks einen Magen haben‹.

Na, das paßt doch!, rief er freudig. Das paßt sogar ausgezeichnet. Sie sind der Einladende? Rechnen Sie damit, daß ich Hunger habe!

Wir blieben bis weit nach Mitternacht im italienischen Lokal. Die Stimmung war ausgelassen, der Bardolinowein floß. Irgendwann in einer Pause behaglichen Innehaltens, das jedes Gelage ereilt, wenn das Sättigungsgefühl übermächtig wird, erzählte ich von dem schalen Gefühl, das die jetzige KZ-Gedenkstätte in mir hinterlassen hatte und meiner unumstößlichen Entschlossenheit, sie durch eine würdigere Anlage zu ersetzen.

Ich traf auf Verwunderung, die schnell in gerührte Begeisterung umschlug. Zirkel legte seinen Arm um mich.

Ich bat ihn, ihn vor allem, mir zur Seite zu stehen, wenn es darum gehe, den überparteilichen Charakter des Vorhabens zu unterstreichen. Ihm werde man es glauben, sagte ich, da er sich doch gerade erst aus meinem Wahlkampf zurückgezogen habe. Er versicherte mir, jedem, der sich unterstehe, das eine mit dem anderen zu verquicken, eine Lektion in Sachen Moral und Geschichte zu erteilen.

Allein Hellstern hielt sich zurück. Stumm sah er in sein Glas.

Trink, Max!, rief ich. Warum sitzt du so betrübt da?

Ich weiß nicht, murmelte er. Wahrscheinlich bin ich nur müde. Es war ein langer Tag.

10.

Montags hingen Plakate mit Pfisterers Porträt an vielen Wirkahner Laternenpfählen.

›Bewährtes erhalten, die Zukunft gestalten!‹, lautete seine Parole.

Da er auf dem Foto den Kopf senkte, sah er jedem, der zu ihm hochschaute, direkt in die Augen. Das erzeugte eine starke, fast suggestive Wirkung. Sie hatte allerdings zur Folge, daß sein breites Lächeln kaum zur Geltung kam.

Sympathiewert gleich null!, erklärte Brommer triumphierend. Das macht die Leute nicht an!

Soll es auch nicht, entgegnete ich. Es soll sie an ihre Pflicht gegenüber der Obrigkeit erinnern. Nicht ungeschickt. Der Große Bruder beobachtet dich …

Unseres ist besser. Freundlichkeit und Optimismus pur! Wenn wir's erst aufstellen dürfen, guckt Pfisterer wie eine Vogelscheuche von oben runter. Und das in der Fasnet!

Und wenn wir's erst nach der Wahl aufstellen dürfen, gucken wir in den Mond!

Der Anwalt ist sich sicher, daß wir eine schnelle Entscheidung kriegen, sagte Arno. Heute vormittag beantragt er beim Verwaltungsgericht die Aussetzung des Plakatierungsverbots. In zwei bis drei Tagen haben wir den Beschluß in der Tasche, meint er.

Gut, dann trommelt möglichst viele von der Theatergruppe zusammen und hängt einstweilen unsere Veranstaltungsplakate an die Masten. Was Pfisterer recht ist, ist mir billig, und Hinterzimmerveranstaltungen mache ich sowieso keine mehr. Erspart uns schon den Ärger mit Wirten, die uns ihre Räume nicht vermieten wollen. In das freie Textfeld druckt ihr: ›Zeit zum Neubeginn!‹. Ich denke, das kommt an. Hugo und Giovanni, ihr organisiert das Plakatieren, Arno, wie besprochen, die Hauswurfsendungen. Hier ist die Antwort auf das Flugblatt. Hugo, laß es bitte noch heute drucken, fünftausendmal!

Die kleine Wahlkampfmannschaft stob auseinander. Hellstern, der einen Zahnarzttermin hatte, fehlte. Ich fand, daß ich ihn nicht schlecht vertrat.

Warte noch einen Augenblick, bat ich Brommer, der sich auf den Weg nach Freiberg machen wollte. Wie weit bist du mit dem anderen?

Er seufzte.

Heut mittag ist das Layout fertig. Ich habe meinen besten Grafiker drangesetzt. Oh Mann, ich kriege Bauchschmerzen, wenn ich nur daran denke!

Sind Großflächen frei?

Erstaunlich viele. Am Bahnhof, am Einkaufszentrum und an den meisten Bushaltestellen. Außer den Brauereien wirbt ja im Moment kaum jemand. Das gibt eine Mischung, oh Gott, oh Gott!

Die Öffentlichkeit wird's verkraften. Sie verkraftet vieles.

Am Montag, dem 16. Februar, ging auch der Antrag der Bergkirchener Staatsanwaltschaft beim Amtsgericht Wirkahn ein, im Falle des am 10. Februar 1987 verstorbenen Alois Vogler eine Leichenöffnung zu veranlassen, da Zweifel an der im Totenschein angegebenen Todesursache aufgekommen seien. Der Richter entsprach dem Gesuch, Vogler wurde, da es in Wirkahn keinen bestellten Gerichtsarzt gab, zur Untersuchung nach Bergkirchen überführt. Man bat Doktor Meißner, bei der Obduktion zugegen zu sein.

Frau Vogler erfuhr von den Anordnungen, als sie zur Friedhofskapelle fahren wollte, um von ihrem Mann Abschied zu nehmen. Sie erlitt einen Kreislaufkollaps.

Ich wurde durch Richard Mugel verständigt, der den Anruf der Staatsanwaltschaft entgegennahm, als ich den Hof schon in Richtung Bergkirchen verlassen hatte. Er erreichte mich in Brommers Büro und sagte knapp:

Vogler wird obduziert! Ich muß Ihnen Abbitte leisten. Vielleicht haben Sie doch recht mit Ihrer Vermutung, obwohl …

Entgegen seiner sonstigen Gewohnheit beendete er den Satz nicht.

Beim anschließenden Telefonat mit dem Staatsanwalt, einem energischen Mann mit jung klingender Stimme, bestätigte ich, daß Vogler mir kurz vor seinem Tod von Veruntreuungen des Vorstands der Wirkahner Bank berichtet habe und sich seine Vorwürfe durch den Hinweis einer Mitarbeiterin Steigers erhärtet hätten. Im Hinblick auf den laufenden Wahlkampf bat ich, eine offizielle Aussage erst nach dem Wahltag abgeben zu dürfen. Der Staatsanwalt erklärte sich dazu bereit, fügte aber hinzu, daß er mich auf jeden Fall befragen müsse, da nunmehr auch ein strafrechtlicher Anfangsverdacht wegen Untreue und Betrug vorliege.

Nach diesem Gespräch wählte ich Kerstens Nummer. In wenigen Sätzen teite ich ihm mit, daß Voglers Leiche untersucht werde, weil ein unnatürlicher Tod nicht auszuschließen sei.

Geben Sie gleich Herrn Pfisterer Bescheid, damit er und seine Mitarbeiter heute nachmittag nicht umsonst zur Beerdigung gehen, sagte ich. Und auch Herr Brauer dürfte an der Neuigkeit interessiert sein. Aber das können Sie besser beurteilen als ich!

Kersten war so verblüfft, daß er: Ja, gewiß!, sagte und sich für die Nachricht bedankte. Bevor er Fragen stellen konnte, hatte ich aufgelegt.

Ich eilte zu Zirkels Buchladen und hoffte, daß Kersten zunächst Pfisterer und Brauer alarmieren werde, bevor er seinen Freund anrief. Mir lag daran, als erster den Buchhändler zu unterrichten. Wenn er anschließend mit Kersten telefonierte, sollte er ihm mitteilen können, daß ich der Staatsanwaltschaft gegenüber Pfisterers Beteiligung an den Manipulationen verschwiegen hatte. Dies würde das Risiko vermindern, daß Pfisterer seinen Cousin von sich aus fallen ließ. Steiger wiederum sollte sich weiterhin in dem Glauben wiegen, niemand wisse von seiner eigenmächtigen Unterschlagung. Andernfalls würde er womöglich Brauer bedrängen, im eigenen Interesse den Fehlbetrag auszugleichen.

Der Druck, der von der bevorstehenden Obduktion ausging, war gut, soweit er die Nervosität der für Voglers Tod Verantwortlichen steigerte. Aber er durfte nicht dazu führen, daß Fakten geschaffen wurden, die meine Pläne durchkreuzten. Jetzt galt es, alle Teller auf den Stöcken im Auge zu behalten.

Ich brauchte noch ein paar Tage Zeit.

Zirkel sah in meinem Besuch eine Bestätigung unseres neuen Vertrauensverhältnisses. Dankbar hörte er meine Zusicherung, nur an der Aufklärung von Voglers Tod interessiert zu sein und Kersten dabei nicht mehr als möglichen Anstifter zu verdächtigen.

Er werde mich in dieser schrecklichen Geschichte, die ihm ebenso auf der Seele liege wie mir, voll unterstützen, sagte er und streichelte Aritsophanes' glänzendes Gefieder.

Mißtrauisch beäugte mich der Papagei.

Ich lenkte unsere Unterhaltung auf die Gedenkstätte und bat Zirkel, mir einige Bücher zu besorgen, aus denen ich Anregungen zur Konkretisierung meiner Idee gewinnen könnte. Wir wälzten Kataloge, und der Buchhändler war von der neuen, großen Aufgabe so durchdrungen, daß er nebenher Gestaltungsvorschläge machte, die ich ihn aufzuschreiben bat.

Er wolle sie in Ruhe ausarbeiten, meinte er, aber ich bestand darauf, sofort ein Exposé zu erhalten. Ich hätte gegenwärtig so viel um die Ohren, daß ich dies als Gedächtnisstütze bräuchte, sagte ich.

Er lächelte und gab nach.

Mittags traf ich mich mit Frau Laroche in ihrer Wohnung und zeigte ihr den Zettel mit Zirkels Anmerkungen. Sie las ihn, führte das Papier zum Mund und küßte es. Dann ging sie zum Schrank, räumte eine Reihe Bücher beiseite, zog einen Umschlag hervor und überreichte ihn mir.

Ich riß ihn auf und hielt die Fotokopien in Händen.

Die nächsten Tage verbrachte ich in verrauchten Gaststätten, an Haustüren und auf der Straße. Jeder Verein hielt eine Fastnachtssitzung ab, bei der ohrenbetäubend laut Musik gemacht, gesungen und geschunkelt und als Höhepunkt ein Männerballett in Frauenkleidern aufgeführt wurde, das kreischendes Gelächter auslöste.

Auch das Ortsgeschehen wurde aufs Korn genommen. In den Sketchen zog ich regelmäßig den kürzeren, aber es überraschte mich, daß die Beiträge nicht bösartig oder verletzend waren, sondern eher eine sympathisierende Ratlosigkeit offenbarten. Mal trat ich als radebrechender amerikanischer Geschäftsmann auf, der aus Wirkahn ein Klein-Chicago machen, mal als ostfriesischer Kapitän, der die Kanalisationsgräben fluten und die Rathausbediensteten zu Gondolieren umschulen wollte, damit sie endlich etwas bewegten.

Im sprachlichen Kauderwelsch erschöpften sich die Pointen, doch wurden sie gerade deswegen heftig beklatscht, und wenn ich mich, der sich zu einem Ringelhemd und rotherzigen Backen durchgerungen hatte, erhob und winkte, galt der Beifall auch mir.

Pfisterer, der bei jeder Sitzung als Ehrengast zugegen war, sich seinen Platz aber stets weit entfernt von mir suchte, sah es mit Mißvergnügen, das er spöttisch zu überspielen suchte. Sein Part auf der Bühne war zwar bedeutender, er telefonierte und regierte, aber es ließ sich nicht übersehen, daß wenig Zuneigung mitschwang. Der verhinderte Abriß der Häuser in der Merziggasse löste unverholene Genugtuung aus, das chaotische Straßenbild sorgte für bissige Seitenhiebe.

Ansonsten blieb der Wahlkampf weitgehend ausgespart. Der ungeklärte Tod des Kämmerers, dessen gerichtsärztliche Untersuchung der Heimatbote kommentarlos vermeldet hatte, und die nicht verstummenden Gerüchte, daß mit dem kommunalen Barvermögen vielleicht doch nicht rechtens umgegangen worden sei, ließen die Wirkahner noch vorsichtiger agieren, als es ihrer schwerblütigen Natur ohnehin entsprach.

Zeigte ich mich nicht bei närrischen Veranstaltungen, zog ich mit Arno und Giovanni durch die Straßen, klingelte an Haustüren und versuchte, die Bewohner in ein kurzes Gespräch zu verwickeln. Das war eine Fron, die mir anfangs so erniedrigend vorkam wie gewerbsmäßiges Betteln und Hausieren.

Ich lernte, spaltbreit sich öffnende Türen als Chance und sekundenlange Aufmerksamkeit als Geschenk zu begreifen. Den Ehrgeiz, in dieser Zeitspanne möglichst viele Versprechen und Absichtserklärungen abzuspulen, legte ich rasch ab, da er mehr Mißtrauen als Zustimmung erzeugte. Die Wirkahner schenkten Visionen nur Glauben, wenn sie ein glückseliges Jenseits verhießen. Von der Politik erwarteten sie wenig.

Das einzige Mittel, ihren Gleichmut zu erschüttern, bestand darin, sich als eine von Parteien und Pfründen unabhängige Person zu präsentieren. Das weckte staunende Neugier, man prüfte den seltsamen Vogel, der solches zu behaupten wagte, mit verkniffenen Lippen, die sich weder Worte der Zustimmung noch des Zweifels entlocken ließen. Gelang es gar, einen Prospekt auszuhändigen, waren wir glücklich, als hätten wir eine Schlacht gewonnen.

Es war eine harte Schule geduldiger Genügsamkeit, aber je geübter ich darin wurde, umso öfter entdeckte ich zu meiner Überraschung eine gewisse Freude an dem Fischzug, der das Netz des Stimmenfangs in immer größeren Kreisen über die Straßen der Stadt warf.

Pfisterer honorierte die Tatsache, daß ich mich nun offenbar entschlossen hatte, einen nach hergebrachten Regeln verlaufenden Wahlkampf zu führen, indem er sich seinerseits um Fairness bemühte. Bei seinen Auftritten verzichtete er weitgehend auf Polemik und nannte mich allenfalls einen wilden jungen Mann, der sich die Hörner schon noch abstoßen werde. Aus seinem Mund klang das ungewohnt mild, fast väterlich. Auch der Heimatbote enthielt sich persönlicher Angriffe. Korrekt gab er eine Pressemitteilung wieder, in der ich mich für die Schaffung eines Gewerbeparks zur Ansiedlung von Existenzgründern aussprach, und unterschlug meinen Namen in keinem der Berichte über die fastnachtlichen Vergnügungen.

Ich schloß aus diesem politischen und medialen Kurswechsel, daß meine Botschaft, dem Staatsanwalt nichts über skandalöse Verstrikkungen des Bürgermeisters erzählt zu haben, ihre Adressaten erreicht hatte.

Am auffälligsten aber war, daß Letsch sich nirgends blicken ließ. Weder bei unseren Canvassing-Aktionen noch am Mittwochabend, als im Distelfink jugoslawische Folklore dargeboten wurde und ich ihn mit Bestimmtheit vor dem Haus des Kulturzentrums erwartete, trat er in Erscheinung. Er war wie vom Erdboden verschwunden.

Donnerstags traf die Eilentscheidung des Verwaltungsgerichts ein. Sie erlaubte uns, in der Innenstadt Plakatständer aufzustellen; einschränkend war hinzugefügt, auf den Holzstegen müsse aber stets genügend Freiraum bleiben, um einen ungehinderten Fußgängerverkehr zu gewährleisten.

Wir schwärmten aus, die in Frage kommenden Standorte zu erkunden, und begegneten dabei Pfisterer, der mit einer größeren Delegation unterwegs war. Der Bürgermeister erläuterte seinem Bruder, dem Staatssekretär, die städtebaulichen Maßnahmen zur Sanierung des Kanalnetzes und zur Schaffung einer Fußgängerzone; Mitarbeiter des Bauamts und Gemeinderäte begleiteten ihn.

Als sich unsere Gruppen trafen, kam es zu einem verlegenen Gedränge, das Max Hellstern dadurch beendete, daß er Pfisterer und mich zu einem Händedruck aufforderte. Kersten, der sich in Pfisterers Gefolgschaft befand, schoß mehrere Fotos und meinte, die Bevölkerung werde mit Freude zur Kenntnis nehmen, wie sich das kommunalpolitische Klima entspannt habe. Nachdem er den Zweck unseres Ortstermins erfahren hatte, überredete er Pfisterer sogar, mit mir zusammen die Breite des Weges auszumessen.

Man holte ein Werbeschild, das im Eingang eines Optikergeschäfts stand, plazierte es an den Rand der Absperrung, wir stellten uns daneben und deuteten lachend an, daß wir noch aneinander vorbei kämen.

Gut gemacht!, sagte Hellstern leise, als wir uns verabschiedeten. Die Fotos morgen in der Zeitung werten dich weiter auf. Das da drüben ist übrigens Max Brauer!

Der schlanke, dunkelhaarige Mann im Kamelhaarmantel war mir schon aufgefallen. Er hatte sich an dem Pressezirkus nicht beteiligt, sondern gelangweilt die Auslage des Optikerladens betrachtet. Jetzt erwiderte er meine Aufmerksamkeit mit einem Ausdruck kalten Zorns.

Nachmittags begannen wir, Plakate aufzustellen, und kamen dabei wiederholt jungen Leuten in die Quere, die dasselbe mit Pfisterers Konterfei taten.

Es war ein neues Plakat. Auf ihm blickte Pfisterer nicht mehr von oben herab, sondern vertrauenerweckend ins Leere, wie ich.

Richard und Fritz Mugel sah ich in diesen Tagen des Vagabundierens selten.

Kehrte ich nachts von meinen Streifzügen durch Vereinsheime, Kneipen und Discotheken zurück, waren sie schon zu Bett gegangen. Da ich zwar todmüde, aber zu angespannt war, um sofort Schlaf zu finden, gewöhnte ich mir an, noch einmal in den Stall zu gehen und dem leisen Schnauben, Grunzen und Scharren der schlafenden Kühe und Schweine zuzuhören. Eine starke, kreatürliche Vertrautheit ging von diesen Geräuschen aus, die mich besänftigte und mir die Gegenwart so weit entrückte, daß ich zuweilen nicht wußte, wo ich mich befand. Dann ertappte ich mich dabei, ein altes amerikanisches Farmerlied zu summen und John Cartridge zu bitten, mir den Pick-up zu überlassen, weil ich noch Farbe und Eisenbeschläge kaufen müsse. Die Wehmut, dies nur wachend geträumt zu haben, führte mich anschließend in die Kammer des kranken Fritz, der mit offenem Mund, die großen Hände auf der Bettdecke gefaltet, schnarchte und jünger als am Tage aussah, wo ihn die Anstrengung, sich artikulieren zu wollen, zeichnete. Ich strich ihm über die borstigen Haare, er stockte und seufzte, und ich nahm sein Atmen und das der Tiere als ineinander fließenden Klang in meinen Schlaf mit, der mir nun keine Mühe mehr bereitete. Morgens beim Frühstück befragte mich Richard Mugel nach den zurückliegenden Ereignissen, während ich mich danach erkundigte, ob die Staatsanwaltschaft endlich angerufen und das Ergebnis der Obduktion mitgeteilt hätte. Denn von Dr. Meißner war hierüber kein Wort zu erfahren. Ich solle den schriftlichen Bericht abwarten, beschied er mich mürrisch, als ich ihn telefonisch befragte. Er sage nichts mehr, er habe sowieso schon zuviel gequatscht.

Ich staune, wie eifrig Sie jetzt Wahlkampf machen!, sagte Richard Mugel Freitagfrüh, als er in der Zeitung die Bilder meines Zusammentreffens mit Ludwig Pfisterer sah. Aber haben Sie sich eigentlich schon überlegt, was Sie bei der öffentlichen Kandidatenvorstellung am 25. Februar sagen wollen? Da muß jedes Wort sitzen. Pfisterer wird gewiß ein richtiges Zukunftsprogramm entwerfen. Sie sehen ja, wie er den Besuch seines Bruders ausschlachtet. Als ob der Hartwig hier nicht jeden Stein kennt! Aber als Staatssekretär kann er dem Ludwig natürlich die Bälle zuspielen. Sie sollten nächsten Mittwoch gute Formulierungen und ein paar Überraschungen parat haben!

Ich trank einen Schluck Kaffee, nahm all meinen Mut zusammen und sagte:

Herr Mugel, wenn es nach mir geht, gibt es am Mittwoch keine zwei Kandidaten mehr.

Der Bauer sah mich verständnislos an.

Wieso nicht? So schnell werden Sie Pfisterer wohl nicht erledigen, daß er schon vor der Wahl das Handtuch wirft!

Nicht er – ich werde es tun. Vorausgesetzt, er erfüllt mir zwei Bedingungen. Ich wollte es Ihnen erst nächste Woche beichten; aber

Sie waren immer offen zu mir, und es käme mir schäbig vor, Sie jetzt zu belügen.

Moment, sagte Richard Mugel. Fritz, wärst du so gut und würdest im Stall nach der Braunen sehen, die sich am Huf verletzt hat? Sie war so unruhig gestern. Sprich mit ihr, es wird ihr gut tun.

Fritz nickte und stand auf.

Gut tun, wiederholte er.

Also, sagte Richard Mugel, als sein Bruder mit schweren Schritten aus dem Zimmer gegangen war. Was soll das nun wieder? Erklären Sie es mir!

Es wird nicht einfach sein, aber ich will es versuchen, antwortete ich. Im Grunde weiß ich es vom ersten Tag an, daß meine Bewerbung ein grotesker Irrtum war. Was will ich hier? Bin ich der Typ eines Bürgermeisters? Selbst bei größtem Wohlwollen werden Sie das nicht von mir behaupten können. Es waren ja auch ganz andere Gründe, die mich bewogen haben, dieses Abenteuer einzugehen. Können Sie sich vorstellen, wie jemandem zumute ist, der erkennen muß, daß sein Vater Mitschuld hatte am Tod von sechzehnhundert Menschen? Natürlich ließe sich argumentieren, daß die meisten, wenn nicht in seinem, dann in einem anderen Lager ebenfalls umgekommen wären. Aber ist das eine Rechtfertigung? Natürlich nicht. Schuld konkretisiert sich immer auf ein bestimmtes Ereignis. Doch wie ist es mit der Sühne? Was meinen Sie?

Ich weiß nicht recht, sagte Mugel zögernd. Das ist eine schwierige Frage …

Ich glaube, daß es bei der Sühne anders ist. Man kann auch stellvertetend für andere sühnen. Christus hat es uns vorgelebt. Er tat es aus Liebe zu den Menschen … Aber ich bin abgeschweift, wie kam ich darauf? Ja, so … Sie werden es mir vielleicht nicht glauben, aber ich liebe meinen Vater. Es gelingt mir nicht, ihn zu hassen. Ich habe es wieder und wieder versucht – das Ergebnis war nur, daß meine Konfusion noch größer wurde. Immer wieder habe ich in der Schlacke seiner Schuld kleine glitzernde Teile gefunden, die von Menschlichkeit zeugten, und sie genügten, mich trotz allem, was uns trennt, mit Zuneigung für ihn zu erfüllen. Freilich sehr spät, das muß ich mir vorwerfen. Es ist nicht recht, jemandem die Chance zu nehmen, sich zu rechtfertigen. Ich habe meinen Vater, solange ich denken kann, bekämpft, ich habe ihn sieben Jahre lang allein gelassen. Darin liegt viel Grausamkeit, finden Sie nicht?

Ja, sagte Richard Mugel, darin liegt viel Grausamkeit. Aber es ist unendlich grausamer, einem Menschen das Leben zu nehmen, als es ihm zu vergällen.

Das stimmt, und darum habe ich versucht, alles, was mich an diese dunkle Zeit im Leben meines Vaters erinnern könnte, hinter mir zu lassen. Ich habe das Elternhaus verkauft und die Brücken zu meiner Heimatstadt abgebrochen. Ich habe mich willentlich heimatlos gemacht. Aber da gab es ja noch das Bild von Frieder, meinem Halbbruder, und es gab den unerledigten Wunsch meines Vaters, sich über sein Schicksal Klarheit zu verschaffen. Das gehört zu den unbeachteten glitzernden Splittern, von denen ich sprach. Sollte ich sie fallen lassen, nachdem ich sie schon in der Hand hatte funkeln sehen?

Nein, sagte Mugel, das wäre wohl noch hartherziger gewesen. Aber Sie haben es ja auch nicht getan.

Damit sind wir wieder bei meiner Bewerbung, sagte ich. Die Sache mit den anonymen Anzeigen spielte im Grunde keine große Rolle. Sie hat mich auf journalistische oder kriminalistische Weise neugierig gemacht; aber ich wäre auf jeden Fall nach Wirkahn gefahren, um mit dem vernichtenden Eindruck fertig zu werden, den die Beteiligung meines Vaters am Bau eines Konzentrationslagers in mir hinterlassen hatte. Einen Bruder zu finden, der frei ist von aller Familienschuld, hätte es mir leichter gemacht, mit ihm endgültig Frieden zu schließen. Können Sie das verstehen?

Ich wartete auf eine Antwort, doch Mugel starrte auf den Brotkorb, der auf dem Tisch stand. Schließlich nickte er.

Ich begreife, warum Sie schweigen, sagte ich. Es ist kein rationales Verhalten, sondern ein Wunschdenken – weiße Salbe, mit der eine offene Wunde geschlossen werden soll. Und doch hat man ja auch von solchen Fällen schon gehört … Es wäre besser gewesen, ich hätte mir dies von Anfang an eingestanden und mich dazu bekannt. So aber glaubte ich, mir eine rationale Begründung zurechtlegen zu müssen, und ich fand sie in der Überlegung, daß die anonyme Post auf eine mögliche Verstrickung des Wirkahner Bürgermeisters mit dem Schicksal meines Bruders und seiner Mutter hindeuten und es für die Aufklärung von Vorteil sein könnte, ihm als Herausforderer gegenüber zu treten. Sollte er ihnen ein Unrecht angetan haben, wollte ich ihn zugleich bestrafen und Vater gegenüber meine Fähigkeiten unter Beweis stellen können. Auch dieser Aspekt ist mir erst jetzt richtig klar geworden.

Fritz wird bald zurück sein, mahnte Richard Mugel. Wäre es nicht besser, Sie würden mir nun erklären, warum Sie den Wahlkampf nicht zu Ende führen wollen?

Verzeihen Sie meine Weitschweifigkeit. Aber der Umgang mit der Vergangenheit ist so schwierig … Nun, ich habe mich verleiten lassen, anstelle des einen Zieles, das ich nicht erreichen konnte, ein anderes zu setzen, für das es keine innere Notwendigkeit gibt. Nach der Erkenntnis, daß Frieder und Katharina tot sind, hätte ich sofort abreisen müssen. Was wollte ich noch in dieser Stadt? Aber ich fürchtete die Leere, die meiner enttäuschten Hoffnung folgen, und den Schatten meines Vaters, der wieder wachsen würde, ohne daß ich gewußt hätte, wohin vor ihm fliehen. So nahm ich mir Ludwig Pfisterer zum Feind und dachte ihn mir an Vaters statt. Und ich war glücklich, ihn in schmutzige Geschäfte verwickelt zu sehen, denn das schien meine Entscheidung zu bestätigen. Was ich jedoch nicht bedacht habe, ist, daß ich dadurch selbst immer tiefer in Schuld und Verstrickung geraten könnte. Ein Mensch ist zu Tode gekommen, und ich habe es mitverursacht. Ich spiele mit Menschen, ich täusche und benutze sie. Ich werde meinem Vater von Tag zu Tag ähnlicher. Und nun stelle ich auch noch fest, daß man mich dafür zu schätzen beginnt … Würde ich tatsächlich die Wahl gewinnen, es käme einer Demütigung gleich. Ich könnte nicht einen Tag lang mein Amt ausüben, ohne mir sagen zu müssen, daß ich im Prinzip nicht anders gehandelt habe als mein Vater, der ein Instrument, das er zu beherrschen glaubte, als Selbstzweck in die Welt entlassen hat.

Mugel schüttelte den Kopf.

Aber Pfisterer!, rief er und sprang auf. Dieser pflichtvergessene Mensch! Und Ihre Helfer, die sich für Sie die Hacken abrennen und jetzt endlich die ersten Erfolge sehen! Gilt Ihnen das nichts?

Doch, sagte ich. Es gilt mir viel, und ich bin überzeugt, daß der Kampf nicht umsonst war und Pfisterer eines Tages zur Rechenschaft gezogen wird. Aber ich werde es nicht tun.

Sie werden es nicht tun?

Nein. Wir haben zuviele Ähnlichkeiten, er, mein Vater und ich. Übrigens: Julius Hirschfeld hat mich durchschaut, davon bin ich überzeugt. Als er auf das Häftlingsfoto die Buchstaben M und B malte und sagte, wir könnten es uns aussuchen, ob es die Abkürzung für Moorbaracken Brederstedt oder für Max Brauer sein solle, wußte ich, daß dort eigentlich meine Initialen hätten stehen müssen.

Mugel setzte sich wieder und stützte den Kopf in die Hände.

Julius, sagte er leise. Ja, er ist unbestechlich … Was also wollen Sie tun?

Zwei Aufgaben sind noch zu erledigen. Die Opfer des Wirkahner Lagers müssen ein angemessenes Gedenken erhalten. Dafür werde ich meine Erbschaft einsetzen und fordern, daß sich die Stadt in gleicher Höhe beteiligt. Und Voglers Tod muß gesühnt werden. Wenn Pfisterer mir bei beidem hilft, ziehe ich meine Kandidatur zurück.

Mugel sah mich ungäubig an.

Ausgerechnet Pfisterer, der selbst unter Verdacht steht, soll Ihnen helfen? Wie wollen Sie das erreichen?

Ich werde ihn erpressen. Und Sie bitte ich, mein Zeuge zu sein, damit er unsere Vereinbarungen einhält.

Ich? Sind Sie verrückt? Welches Interesse sollte ich daran haben?

Ich bitte Sie darum. Um der Gerechtigkeit willen. Katharinas und Frieders wegen. Vogler zuliebe. Die Motivation bleibt Ihnen überlassen.

Pfisterer erpressen, um der Gerechtigkeit willen!, wiederholte Mugel verwirrt. Das ist, als ob man auf dem Kopf durch die Welt liefe …

Es ist wohl ja die einzige Möglichkeit, sie zu sehen, wie sie ist, sagte ich.

Fritz kam die Treppe hochgestapft und rief mit erhitztem Gesicht: Braune! Schmerzen! Blut!

Ich komme, sagte Mugel. Danke, Fritz. Wir holen den Doktor. Keine Angst, sie wird nicht sterben.

Nach dem Gespräch mit Richard Mugel war mir leicht ums Herz wie lange nicht mehr.

Ich fuhr zur Wirkahner Bank und stellte fest, daß Sven Quedens den Kaufpreis für das hälftige Miteigentum am Haus überwiesen hatte. Er besaß nun eine Villa, für die er einstweilen nur den halben Preis zu zahlen hatte und die ihm faktisch doch schon gehörte. Es war ein gutes Geschäft für ihn. Die Restsumme wurde erst fällig, wenn für die testamentarischen Miterben die offiziellen Todeserklärungen vorlagen und ich ihm als Alleinerbe das volle Eigentum übertragen konnte. Wollte ich über den Gesamtbetrag verfügen, mußte ich das Verfahren schnell in Gang setzen.

Ich ging aufs Standesamt und erkundigte mich nach den Sterbebüchern der Jahre zweiundvierzig bis fünfundvierzig. Die Standesbeamtin, die mich zuvorkommend behandelte, erklärte, daß die während des Krieges erstellten städtischen Urkunden größtenteils verbrannt seien. Fürs Jahr fünfundvierzig liege zwar ein Sterbebuch vor, es enthalte aber nur unvollständige Eintragungen, da es in den letzten Kriegsmonaten nicht mehr geführt worden sei.

Gemeinsam suchten wir nach dem Namen Frieder Hirschfeld und fanden ihn nicht.

Danach stellte ich beim Amtsgericht den Antrag, meinen Bruder und seine Mutter für tot zu erklären, sofern dies nicht bereits geschehen sei. Der Rechtspfleger zeigte sich zunächst wenig geneigt, meinem Gesuch stattzugeben, da er ein derartiges Verfahren noch nie durchgeführt hatte. Erst als ich ihm den Teilerbschein vorlegte, erkannte er seufzend mein rechtliches Interesse an und meinte, der verdammte Krieg lasse offenbar auch diejenigen nicht in Ruhe, die damals noch in Abrahams Wurstkessel geschwommen wären.

Da haben Sie wohl recht, sagte ich.

Anschließend studierte er in einer dicken Gesetzessammlung das Verschollenheitsgesetz und beschied mich, in einer Woche wiederzukommen. Bis dahin hätte er das Drum und Dran geklärt. Vielleicht sei er nämlich gar nicht zuständig, sondern das Amtsgericht Berlin-Schöneberg, oder es liege bereits eine Todeserklärung vor. Es klang, als wollte er sich Mut zusprechen. Der verdammte Krieg, verabschiedete er mich mißmutig. Nimmt das denn nie ein Ende!

Einer Eingebung folgend, suchte ich nochmals die Wirkahner Bank auf, die schräg gegenüber dem Amtsgericht lag, und verlangte ihren Direktor zu sprechen.

Es dauerte eine Weile, dann erschien Thaddäus Steiger und fragte, was ich wünschte.

Ich betrachtete ihn eingehend. Er trug einen hellen Anzug und eine modische Krawatte und sah im ganzen nicht unsympathisch aus. Ein bißchen zu sommerlich-sportlich vielleicht, darin dem Makler Würz nicht unähnlich.

Ich hatte erwartet, ihn unsicher und nervös vorzufinden, doch das erwies sich als Irrtum. Ruhig erwiderte er meinen Blick.

Ich habe jetzt über vierhunderttausend Mark auf dem Konto, sagte ich, und ich überlege, ob ich das Geld nicht irgendwie anlegen soll.

Das hängt davon ab, wie Ihre persönlichen Dispositionen aussehen!, erwiderte er und lächelte geschmeidig.

Sie meinen, daß ich nach der verlorenen Wahl gleich wieder abdampfe? Nun, erstens rechne ich mir gute Chancen aus, und zweitens ist eine profitable Vermögensanlage doch immer empfehlenswert, oder?

Gewiß, sagte er. Meine Bemerkung bezog sich auch in keiner Weise auf Ihre politische Zukunft. Ich befrage jeden Kunden, der Geld anlegen will, zunächst nach seinen individuellen Vorstellungen.

Das ist in der Tat vernünftig … Man schwankt ja immer zwischen dem Wunsch nach schnellem Profit und maximaler Sicherheit. Ist es nicht so?

Treffend beschrieben, sagte Steiger und lächelte erneut. Leider ist beides zusammen selten zu haben.

Ja, leider. Es müßte eine Art von Immobilienbesitz geben, der überdurchschnittlich hohe Renditen abwirft, zum Beispiel.

Oh, das ist nicht ausgeschlossen. Wir haben sehr interessante Immobilienfonds im Portefeuille … Wenn es Sie interessiert, lasse ich Ihnen gerne durch unsere Vermögensberatung Prospekte zukommen.

Danke, ich werde es mir überlegen, sagte ich. Vielleicht sollte ich doch noch warten, bis ich Bürgermeister bin. Und vierhunderttausend Mark sind ja auch nicht die Welt, wie? Da sind Sie an andere Summen gewöhnt!

Wir versuchen, aus jeder Mark das Beste zu machen, entgegnete Steiger und erhob sich. Ich bedanke mich jedenfalls für Ihren Besuch!

Er fühlt sich sicher, dachte ich, als ich wieder auf der Straße stand. Mit soviel Nervenstärke läßt sich gewiß auch ein Mord in Auftrag geben.

Ich ging die Hauptstraße entlang, kam an der Kirche und am Rathaus vorbei, sah zum goldenen Wirtshausschild der Krone hoch und hatte den dringenden Wunsch, der Stadt nun bald den Rücken zu kehren.

Doch ausgerechnet jetzt begegnete ich mir an jeder Ecke auf den Plakaten als grinsender Sunnyboy, die Leute starrten mich an: Ist er's oder nicht?, und ich mußte nach rechts und links grüßen und die Zähne zeigen, um mit dem Grinsekopf mithalten zu können. Es war zum Davonlaufen.

Ich flüchtete in Zirkels Buchladen. Er hatte Kundschaft, ich beschäftigte mich mit Aristophanes. Aristophanes mochte mich augenscheinlich nicht mehr; er riß den Schnabel auf, seine Augen funkelten.

Aristophanes, sagte ich leise, kannst du das noch: Ich liebe dich, mein Meister!

Er zog den Kopf ein und trippelte auf der Stange.

Hörst du: Ich liebe dich, mein Meister! Na los, sag schon!

Wie ein Torpedo schoß sein Schnabel auf mich zu und hackte mir in den Zeigefinger. Blut tropfte zu Boden.

Um Gottes willen, was ist passiert? Aristophanes, bist du verrückt geworden?, rief Zirkel.

Lassen Sie nur, sagte ich. Er weiß, was er tut.

Zirkel fertigte den Kunden unkonzentriert ab und entschuldigte sich erneut.

Noch nie hat er so etwas getan! Es ist mir unerklärlich!

Er findet es wohl an der Zeit, daß ich verschwinde, sagte ich. Vögel haben ein feines Gespür für die Zeit. Sind Sie weitergekommen mit der Gedenkstätte?

Ich habe einiges Material zusammengetragen, antwortete Zirkel. Wenn Sie wollen, schauen wir es uns gleich an.

Wir gingen ins Lager, und der Buchhändler packte mit großem Ernst Bildbände und Monographien über KZ-Gedenkstätten aus. Ich blätterte sie durch, aber ich war abgelenkt durch die Erinnerung an unser erstes Zusammentreffen in diesem Raum. Kerstens kämpferische Theatralik, mein patriotisches Pathos ... nichts als Bluff und Verstellung. Auch Zirkel war ein anderer als der, den er gespielt hatte. Der einzig Aufrichtige war wohl der gewesen, dessen Schatten mich über die Jahrhunderte hinweg gestreift hatte, Balthasar Gracian, Pater und Rektor des Collegiums zu Taragona.

Lieber Herr Zirkel, sagte ich, es fällt mir schwer, mich zu entscheiden. Ich habe nicht die nötige Ruhe und innere Sammlung, um sagen zu können: dies oder jenes erscheint mir die beste Art des Mahnens und Erinnerns zu sein. Vielleicht sollte sich ein einzelner auch gar nicht anmaßen, darüber zu befinden. Und wenn sich die Stadtverwaltung beteiligt, was ich auf jeden Fall anstrebe, wird auch sie ein gewichtiges Wort mitzureden haben. Darf ich Sie um einen Gefallen bitten? Nehmen Sie die Sache ganz in die Hand. Gründen Sie einen Trägerverein und scharen Sie Menschen um sich, denen es ein Bedürfnis ist, aus Unrecht und Fehlern der Vergangenheit zu lernen. Dann wird die Idee von selbst Gestalt annehmen.

Zirkel sah mich verwundert an.

Das klingt wie eine Verabschiedung, sagte er. Wollen Sie denn nicht bestimmen, was mit Ihrem Geld geschieht?

Wenn man es genau nimmt, ist es meines sowenig wie Ihres. Ich kann darüber verfügen, das ist alles. Und das tue ich hiermit.

Ich entnahm meiner Brieftasche ein Formular und schrieb einen Scheck über vierhunderttausend Mark aus, ausgestellt auf den Vorsitzenden des Vereins Lagergedenkstätte Wirkahn, Zacharias Zirkel.

Es ist eine provisorische Bezeichnung, Sie finden sicher eine bessere. Hauptsache die Bank weiß, worum es sich handelt. Heute nachmittag gebe ich die Initiative in einer kurzen Pressemitteilung bekannt. Ich darf doch Ihren Namen erwähnen? Alles weitere überlasse ich Ihnen. Wenn Sie Max Hellstern und die Theatergruppe ansprechen, werden Sie die erforderliche Zahl von Gründungsmitgliedern rasch beisammen haben und können nächste Woche schon die Eintragung ins Vereinsregister veranlassen. Dann sind Sie auch der Stadt gegenüber in einer guten Position. Gehen Sie im übrigen bei Ihrer Planung davon aus, in wenigen Monaten noch einmal denselben Betrag von mir zu erhalten. Zusammen mit dem, was Pfisterer herausrücken muß, wird also weit über eine Million zusammenkommen. Damit läßt sich doch einiges anfangen, oder? Vielleicht bleibt sogar genug übrig, um in der Stadtbücherei eine kleine Bibliothek über Zwangsarbeit in Deutschland einzurichten oder einen Forschungsauftrag zu vergeben. Alles nur Denkanstöße, verstehen Sie mich recht. Ach ja, und überlegen Sie doch mal, ob Sie nicht Frau Laroche irgendwie einbinden können. Ich hatte ein langes Gespräch mit ihr und war beeindruckt, wie ernst es ihr ist, um Vergebung zu bitten.

Ich hatte schnell, ohne abzusetzen, gesprochen und Zirkel währenddessen den Scheck in die Hand gedrückt. Er war verwirrt, blickte abwechselnd das Papier und mich an und murmelte schließlich:

Sie überfordern mich, Herr Schröder! Nein, Sie erschlagen mich geradezu …

Nicht doch, sagte ich. Sie sind ein Mann des Geistes und der Kultur, ich bin es nicht. Menschen wie Sie müssen jetzt Verantwortung übernehmen, sonst wird sich in dieser Stadt nie etwas ändern. Hören Sie, Aristophanes ruft! Es ist fast wie damals. Sie müssen zurück in den Laden!

Nachmittags gab ich in der Redaktion des Heimatboten meine Pressemitteilung ab.

Abends war Wirkahner Fasnetstreffen. Von etlichen Narrenzünften der Region ausgerichtet, bildete es ein großes gesellschaftliches Ereignis. Vollzählig versammelt saß die Prominenz der Nobiles im Bürgersaal des Gemeindezentrums und demonstrierte Stärke. Die hartschädlige Phalanx der drei Pfistererbrüder, der blasierte Max Brauer, der mit einer weißen Nelke am Revers auftrumpfende Thaddäus Steiger, ein frohsinnig strahlender Pfarrer Effinger, Gemeinde- und Kreisräte, Verbandsvorsitzende, Geschäftsinhaber, Sparkassenleiter, Rechtsanwälte, Ärzte, Apotheker – was Rang und Namen hatte in der Stadt, umlagerte den Mitteltisch. Alle unterhielten sich prächtig, hinüber und herüber rief man sich Scherzworte zu, die Frauen trugen tief ausgeschnittene Kleider und lachten hell und laut.

Unsere Gruppe, am Nachbartisch plaziert, war kleiner und ruhiger, doch besaßen wir mit Fine, die einen wagenradgroßen Hut aus dem Nachlaß ihrer Großmutter aufgesetzt hatte, einen bedeutenden Blickfang.

Ich bemerkte, daß der Makler Würz fehlte, und meinte, bei Frau Doktor Brauer eine gewisse Unruhe feststellen zu können; jedenfalls sah sie öfter herüber und musterte mich mit einem Ausdruck widerwilligen Interesses. Aber es mochte auch nur Einbildung sein, denn meine Gedanken kreisten unablässig um Alois Vogler. Schätzle, der erstmals seit einer Woche wieder zu uns gestoßen war, berichtete, daß Voglers Leichnam nun freigegeben sei und die Beerdigung am nächsten Montag endlich erfolgen könne. Frau Vogler habe sich aber jede Beteiligung von Vertretern der Stadt verbeten – und auch ich sei wohl nicht sehr erwünscht, fügte er verlegen hinzu. Über das Ergebnis der Obduktion wußte er nicht Bescheid, vermutete aber, daß die Staatsanwaltschaft es am Montag bekanntgeben werde.

Dann erfolgte der Einzug der Narrenzünfte und unterband jede Unterhaltung. Ein Schmettern und Dröhnen, Schreien und Stampfen setzte ein, das den Boden erzittern ließ, ein entfesseltes Tanzen und Springen der vermummten Gestalten, die ihre vor der Brust gekreuzten, kanonenkugelgroßen Schellen läuten, hölzerne Rätschen rasseln und geflochtene Karbatschen mit kurzen, pfeifenden Schlägen durch die Luft sausen ließen. Ihre Leiber steckten in kunstvoll bemalten Pludergewändern, schwarzen und roten Leinenkostümen mit buntem Filzbesatz und derben, karierten Rupfentüchern, ihre Masken waren glattgesichtige Holzlarven oder grotesk-schaurige Hexen- und Teufelsfratzen.

Im Nu verwandelte sich der Saal in einen johlenden und lärmenden Kessel, und auch als die Gruppen Aufstellung genommen und die Zunftmeister mit Reimen, deren Sinn mir zumeist verborgen blieb, die hohe Zeit der Fasnet eingeläutet hatten, lag ein Raunen, Knarzen und Knistern in der Luft, das dem ansonsten biederen und langweiligen Unterhaltungsprogramm den Beigeschmack urwüchsiger Kraft und Wildheit verlieh.

Kurz vor Veranstaltungsschluß ging ich, schon leicht schwankend, zur Toilette. Als ich mir im Waschraum das Gesicht mit Wasser kühlte und zwischendurch aufschaute, sah ich im Spiegel eine braune Holzmaske hinter mir. Bevor ich mich umdrehen konnte, spürte ich meine Brust von zwei kräftigen Armen zusammengepreßt und einen Lederriemen, an dem kupferne Schellen baumelten, um meinen Hals geschlungen.

Bürschle, sagte die Larve, du lebst gefährlich.

Letsch, antwortete ich, ich hab dich schon vermißt. Wo warst du am Mittwoch? Es ist doch sonst nicht deine Art, vor Ausländern zu kneifen!

Der Druck des Riemens verstärkte sich. Ich rang nach Luft.

Schrei doch, sagte die Larve. 's Gschell gibt a gut's Toteglöckle.

Ich spürte Todesangst in mir aufsteigen.

Du bist blöder als ich dachte, sagte ich keuchend. Glaubst du, ich hätte dem Staatsanwalt nicht längst deinen Namen genannt?

Vogler hat den Herzkasper gekriegt! Alles andere ist eine dreckige Lüge. Du machst mich nicht fertig, du amerikanischer Jud.

In meinen Ohren sauste es. Die Schläfen pochten zum Zerspringen, ich hatte das Gefühl, die Augäpfel träten aus ihren Höhlen.

Letsch, würgte ich, Letsch, noch eins. Pfisterer hat dich doch schon fallen lassen. Was –

Grad drum!, sagte die Larve und zog zu. Mir wurde schwarz vor Augen.

Als ich wieder zu mir kam, hing ich, von zwei feuerroten satanischen Gestalten gestützt, mit dem Oberkörper über dem Waschbecken. Wasser lief mir übers Haar und ins Genick. Ich erbrach.

Jetz kotzt dr Kerle au no d' Welt voll, sagte der eine Teufel.

Nekschmol saufsch bloß so viel, wie d' verträgsch, Kamerad, sagte der andere.

Unsicher tappte ich zurück in den Saal.

Pfisterer blickte kurz hoch, als ich an seinem Tisch vorbeikam. Er schien blaß zu werden.

Sonnabends blieb ich auf dem Hof. Mugel erlaubte nicht, daß ich in die Stadt fuhr.

Letsch ist jetzt unberechenbar, erklärte er. Pfisterer hat ihn nicht mehr unter Kontrolle. Ehrlich gesagt, ich halte es nun auch für das Beste, wenn Sie uns bald verlassen.

Noch ein paar Tage und ihr seid mich los. Kommt Julius Hirschfeld heute?

Nein, er ist krank.

Krank, oder will er mich nicht mehr sehen?

Mugel zögerte.

Beides. Die Sache mit der Gedenkstätte nimmt ihn ungeheuer mit. Er hatte wohl die Hoffnung, daß Sie doch noch davon Abstand nehmen würden. Jetzt hat er Ihre Ankündigung in der Zeitung gelesen. Konnten Sie nicht wenigstens warten, bis die Wahl vorüber ist?

Nein.

Es wird den Ort spalten. Auch Pfisterer kommt in eine schwierige Lage, vor allem seinem Schwager gegenüber.

Eben, sagte ich.

Mugel sah auf den roten Streifen, der meinen Hals zierte. Gerne hätte ich seine Gedanken erraten.

Sonntags besuchte ich wieder den Gottesdienst. Pfarrer Effinger predigte diesmal über den Sinn der Fastenzeit, die bald anbreche, und betonte das Gebot der leiblichen und geistigen Mäßigung, das auch an den ausgelassensten Tagen nicht in Vergessenheit geraten dürfe. Es war, wie mir schien, eine etwas akademische Predigt, aber Arno, der mich begleitete, fand sie doch recht bemerkenswert, weil Effinger nicht der verbreiteten Stimmungslage nachgegeben, sondern bewußt einen Kontrapunkt gesetzt habe.

So mutig hätte ich ihn gar nicht eingeschätzt, meinte er. Aber vielleicht ist sein Mut auch bloß Angst. Seit gestern wird über nichts anderes diskutiert als über deine Initiative. Ich bin auf die morgige Presse gespannt!

Ich bat Arno, einen Moment zu warten, und ging durchs Kirchenschiff vor zum Altar, an dessen Stufen ich verharrte, bis der Priester aus der Sakristei trat.

Er tat, als sähe er mich nicht, aber ich verstellte ihm den Weg.

Herr Pfarrer, es könnte sein, daß ich Sie bitten muß, ein Gespräch zwischen Herrn Pfisterer und mir zu vermitteln, sagte ich. Wären Sie dazu bereit?

Geht es um diese – diese Gedenkstätte?, fragte Effinger streng. Lassen Sie mich eines gleich klarstellen: Ich bin strikt dagegen, ein so schwieriges Thema in eine aktuelle politische Auseinandersetzung hineinzuziehen!

Sie brauchen nicht zu befürchten, daß ich Sie für irgend etwas einspannen will, was nicht Ihrer Überzeugung entspricht, versuchte ich, ihn zu beschwichtigen. Mir wäre nur Ihre Moderation wichtig – und ein neutraler Ort.

Ein neutraler Ort?

Ja, zum Beispiel das Collegium Sancti Laurentii. Es hat schon vielen Menschen zur inneren Einkehr verholfen, habe ich gehört. Sogar Politikern. Dies erschiene mir eine geeignete Stätte für einen konstruktiven Diskurs. Meinen Sie, es ließe sich arrangieren?

Effinger schwieg und runzelte die Stirn.

Ich denke doch, sagte er schließlich. Ich müßte natürlich erst mit der Leitung des Collegiums sprechen. Wann wäre denn der Termin?

Übermorgen. Am besten, Sie reservieren vorsorglich schon mal einen Raum.

Und wann erfahre ich, ob Sie das Gespräch wünschen?

Morgen nachmittag.

Da habe ich eine Beerdigung.

Verlegen schlug Effinger die Augen nieder.

Ich weiß. Im Anschluß daran werde ich Sie informieren.

Mit schnellen Schritten verließ der Pfarrer das Gotteshaus.

Worüber habt ihr denn gesprochen?, fragte Arno, der vor dem Portal auf und ab ging. Effinger sah gar nicht glücklich aus.

Über dich. Ich habe ihm erzählt, daß du dein Theologiestudium wieder aufnimmst. Jetzt fürchtet er die Konkurrenz, die ihm daraus erwächst.

Schäm dich, im Angesicht der heiligen Hedwig zu lügen!, lachte Arno.

Und du erzähl mir nicht länger, du hättest heute sowieso zur Messe gehen wollen. Ihr habt euch verabredet, mich Letschs wegen nicht aus den Augen zu lassen. Selbst beim Beten hast du geguckt wie ein Bodyguard!

Wir schlenderten zu meinem Wagen.

Carsten, du wirst mir fehlen, wenn es mit der Bewerbung nicht klappt! Arno legte den Arm um mich.

Du mir auch. Aber noch ist es zu früh, um traurig zu sein.

Am Morgen des 23. Februar, eine Woche nach der gerichtlichen Anordnung, läutete der Bergkirchener Staatsanwalt auf dem Mugelhof an und verlangte mich zu sprechen.

Das Ergebnis der Obduktion des Alois Vogler liegt jetzt vor, sagte er. Wir werden keine weiteren Ermittlungen wegen eines Tötungsdelikts führen. Die Sache mit der Unterschlagung bleibt davon aber unberührt. Wann können Sie für eine polizeiliche Vernehmung zur Verfügung stehen?

Übermorgen. Nein, warten Sie, da ist ja die öffentliche Kandidatenvorstellung. Obwohl ich eigentlich –

Die unerwartete Mitteilung verwirrte mich außerordentlich.

Auf ein paar Tage hin oder her kommt es nicht an, sagte der Beamte freundlich. Fluchtgefahr scheint bei diesem Steiger ja wohl nicht zu bestehen, oder?

Nein, bestimmt nicht. Er läuft mit einer Nelke im Knopfloch herum und amüsiert sich auf Fastnachtsveranstaltungen.

Na, sehen Sie. Ein richtiger Mann der Wirtschaft. Die verbreiten selbst im Knast noch gute Laune. Ich kannte mal einen Bauunternehmer, der kaufte sofort nach Strafantritt ein Aquarium fürs Gefängnis und gründete einen Gefangenenzierfischverein. Also, bringen Sie erst mal Ihren Wahlkampf zu Ende.

Warum ermitteln Sie im Fall Vogler nicht weiter?, fragte ich fast flehend. Gibt es denn gar keine Anhaltspunkte für einen gewaltsamen Tod?

Eigentlich dürfte ich Ihnen gar nichts darüber erzählen, aber was soll's. Die Presse wird sowieso bald nachfragen. Also, die Sektion hat eine taubeneigroße Prellung und kleine Abschürfungen am Hinterkopf des Toten ergeben, aber keine Gehirnblutungen, die auf einen heftigen Schlag schließen lassen. Eine solche Verletzung ist nicht signifikant. Man kann sie sich bei jedem Sturz zuziehen.

Und der Herzinfarkt?

Ist im Keller oder schon vorher erfolgt. Genauer läßt sich der Zeitpunkt nicht bestimmen.

Und ansonsten keine Schlag- oder Stoßspuren, am Hals, an der Brust?

Nein. Kein hinreichender Verdacht auf Fremdeinwirkung, tut mir leid – oder auch nicht, wie man's nimmt.

Ja dann ... Darf ich Sie trotzdem um eine Gefälligkeit bitten? Würden Sie der Presse und Herrn Pfisterer gegenüber mit der Bekanntgabe des Obduktionsergebnisses bis Donnerstag warten? Wissen Sie, ich habe mich, was Vogler betrifft, ziemlich weit aus dem Fenster gelehnt, und wenn schon vor der Kandidatenvorstellung publik wird, daß nichts dran ist an dem Verdacht –

... kriegen Sie Mittwochabend die Hucke voll, ergänzte der Staatsanwalt verständnisvoll. Doch, das läßt sich einrichten. Dann ermitteln wir eben noch zwei Tage länger. Der Pfisterer geht mir sowieso auf die Nerven mit seinen ständigen Nachfragen!

Ich bedankte mich und ließ den Telefonhörer sinken.

Schlechte Nachricht?, fragte Richard Mugel.

Ich glaub's nicht, sagte ich. Ich glaube es einfach nicht! Vogler steigt in den Keller, bekommt einen Infarkt und fällt um. Wie absurd, nach allem, was vorangegangen ist!

Ich glaube es mittlerweile auch nicht mehr. Aber nun wird es ganz schwer, das Gegenteil zu beweisen!

Fritz legte seine knochige Hand auf meine Schulter.

Nicht weinen, sagte er mit zärtlicher Klarheit.

Ich nahm seine Hand und streichelte sie.

Ich fahre in die Stadt und komme erst nachmittags zurück, sagte ich. Herr Mugel, würden Sie mich morgen abend zu einem Gespräch mit Pfarrer Effinger und Ludwig Pfisterer begleiten? Es ist nun soweit, daß ich Sie als Zeugen brauche. Ich verspreche Ihnen, es ist der letzte Dienst, um den ich Sie bitte.

Quälend lange schwieg Richard Mugel. Mehrmals setzte er zu einer Antwort an und verstummte wieder. Endlich sagte er:

Gut, ich begleite Sie. Auch wenn es mich ungeheure Überwindung kostet und ich die Manie, mit der Sie Voglers Tod zu rächen suchen, inzwischen mehr fürchte als unterstütze. Aber es gibt Dinge, die müssen wohl getan werden.

Flüchtig berührte er seines Bruders Hand, die immer noch in meiner ruhte, und verließ uns.

Ich fuhr zu Max Hellstern, der mir die Sonderseite des Heimatboten mit den Stellungnahmen zum Thema Gedenkstätte zeigte – achtzig Prozent dagegen, sagte er, ein Meinungskrieg, und das Telefon steht nicht still, oh Carsten, was hast du bloß angerichtet! –, hetzte weiter nach Bergkirchen, wo mich Brommer mit seinem Grafiker erwartete, bedrückt das riesige zweigeteilte Plakat entrollte und sagte: Schau's dir selbst an!, kehrte um und stattete Zirkel einen kurzen Besuch ab, der kaum ansprechbar war, weil Kersten ihn einen Idioten geschimpft und er sich daraufhin mit Stoff vollgepumpt hatte, und ließ den Wagen schließlich vor dem Friedhof ausrollen, um aus der Ferne die Zeremonie zu verfolgen, mit der Alois Vogler zu Grabe getragen wurde.

Nur wenige Trauernde waren zugegen.

Als ich Frau Vogler an Schätzles Arm gebeugt dem Sarg folgen sah, wurde ich wieder ruhig. Nachdem sich die kleine Gemeinde zerstreut hatte, paßte ich Pfarrer Effinger ab und fragte:

Haben Sie alles arrangiert?

Er nickte.

Danke. Morgen abend, zwanzig Uhr. Richard Mugel wird mich begleiten. Sagen Sie Pfisterer, er kann mitbringen, wen er will, außer Steiger, Würz und Brauer.

Den folgenden Tag verbrachte ich bis zum Einbruch der Dunkelheit in der Hütte am Hochgericht, deren Tür ich aufgebrochen hatte.

Während der Rückfahrt sprangen mir an der Mauer des Kulturzentrums große, mit weißer Farbe aufgesprühte Hakenkreuze ins Auge.

Voller Angst fuhr ich zur Merziggasse, doch Hirschfelds Haus wies keine Schmierereien auf.

Alle Rolläden waren herabgelassen.

Nur wenige Lichter brannten in dem mächtigen steinernen Leib des Collegium Sancti Laurentii.

Zusammen mit einem Pater empfing uns Pfarrer Effinger an der Pforte. Die große Rolle, die ich unter dem Arm trug, und Mugels Aktentasche streifte er mit kurzem, wortlosem Blick unter gewölbten Augenbrauen.

Der Pater führte uns, Effinger blieb zurück, für den Fall, daß Pfisterer zwischenzeitlich einträfe. Auf dem Steinfußboden hallten unsere Schritte und untermalten klackend die Erläuterungen des Gastgebers zu Geschichte und Nutzung des Bauwerks. Speisesaal, Bibliothek, Tagungsräume, Verwaltungsbüros und eine dem Namenspatron geweihte Kapelle lagen ebenerdig. Wir aber stiegen eine Vielzahl von Stufen zum obersten Geschoß des rückwärtigen Flügels hoch, wo sich, wie der Pater sagte, Studierzimmer befänden, die ein ungestörtes Nachdenken erlaubten.

Ich fand es bemerkenswert, daß er statt der Eignung zum Gespräch die des Nachdenkenkönnens hervorhob, doch er lächelte nur höflich, als hätte er den Sinn meiner Worte nicht recht erfaßt. Dann öffnete er die Tür zu einem weißgetünchten Raum, in dem ein langer Eichentisch und hochlehnige Stühle standen. Der Tisch war mit Gläsern, einer Karaffe Wasser und einem Korb Schwarzbrot gedeckt. Eine hölzerne Skulptur, des Heiligen Märtyrertod auf dem Rost abbildend, war die einzige Zierde des Zimmers.

Der Geistliche bat uns, ihn zu entschuldigen, um die Ankunft des Bürgermeisters zu erwarten. Ich stellte die Rolle in eine Ecke und betrachtete die mittelalterliche Schnitzerei. Mugel blickte aus dem Fenster.

Von hier aus kann man weit sehen, sagte er. Ich glaube, bei Tag sogar bis zu meinem Hof hinüber.

Ich wußte, daß er an Fritz dachte und sich sorgte.

Es wird nicht lange dauern, versuchte ich ihn zu beruhigen. Pfisterer ist ein Mann, der schnell erfaßt, was Sache ist. – Ist es nicht seltsam, daß er lächelt?

Wer?, fragte Mugel irritiert und wandte sich um.

Laurentius. Er liegt auf dem glühenden Rost und lächelt.

Das ist wohl der Unterschied zwischen einem Heiligen und uns, antwortete Mugel zerstreut und widmete sich wieder dem spärlichen Leuchten der Stadt in der gewaltigen Schwärze der Berge und des Himmels.

Die Hakenkreuze sind eine Schande für die Stadt, sagte er nach einer Weile. So weit hätten Sie es nicht kommen lassen dürfen.

Spricht eine solche Schmiererei gegen meine Initiative?

Nein, aber vielleicht gegen den Zeitpunkt. Auch gute Ideen können Schaden anrichten, wenn sie zur falschen Zeit vorgebracht werden.

Wer unbedingt vergessen will, wird jeden Zeitpunkt für falsch halten, an dem er aufgestört wird, sagte ich. Fünfundvierzig Jahre sind seit dem Munitionsunglück vergangen. Keine Zeile erinnert daran, kein Schild weist zu dem Ort, an dem das Lager stand.

Es hätte aus unserer Mitte kommen müssen, beharrte Mugel. Es hätte sich allmählich entwickeln sollen. Man kann niemanden zur Reue zwingen.

Als wir uns das erstemal begegneten, siebzehn Tage ist es erst her, klang es anders. Sie drängten mich geradezu, das Schweigen um die Toten des Lagers zu durchbrechen.

Ja, räumte Mugel ein, das war damals meine ehrliche Überzeugung … Siebzehn Tage erst? Mir kommt es viel länger vor … Heute bin ich mir nicht mehr so sicher. Sie sehen doch, wie Julius leidet! Alles bricht wieder auf in ihm, und er hat nicht mehr die Kraft, sich dagegen zu wehren. Er darf in seinem Haus bleiben, aber die Ruhe, der Frieden mit sich und seiner Stadt sind ihm genommen. Ist das menschlich? – Wissen Sie, was ich manchmal denke? Daß es gar keine Möglichkeit gibt, sich über Vergangenes zu verständigen. Die einen haben nicht die moralische Legitimation zu sagen, wie es geschehen soll, und die anderen tragen zu schwer an ihrer Trauer, als daß sie uns bei der Suche helfen könnten. Wir müssen wohl mit dem Riß leben, der uns trennt.

Ich wollte antworten, doch Schritte näherten sich, der Pater erschien unter der Tür und hinter ihm Ludwig Pfisterer und Pfarrer Effinger.

Bitte, bedienen Sie sich, auch wenn es nur karge Kost ist, sagte der Hausherr und deutete auf den Tisch. Ich darf mich jetzt zurückziehen.

Pfisterer verbeugte sich leicht gegen Mugel und mich, vermied es aber, uns die Hand zu reichen. Wir setzten uns gegenüber, der Priester an Pfisterers, Mugel an meiner Seite.

Der Herr Bürgermeister hat mich gebeten, Ihnen vorab folgendes mitzuteilen, hob Pfarrer Effinger an und faltete die Hände vor der Brust. Er hat die Einladung zu diesem Gespräch nur angenommen, weil sie von mir überbracht wurde und weil es seinem demokratischen Verständnis entspricht, jedermann offen und vorurteilslos zu begegnen. Irgendwelche politischen Absprachen lehnt er ab.

Für ihn entscheidet der Wille des Wählers und sonst nichts. Außerdem äußert Herr Pfisterer sein Befremden darüber, daß Herr Mugel zugegen ist. Er sieht dafür keine Veranlassung. Er selbst hat auf Begleitung verzichtet, weil es nichts zu verhandeln oder zu protokollieren gibt.

Und um möglichst wenige Zeugen dabei zu haben, dachte ich. Effinger ist zum Schweigen verpflichtet und Mugel gilt als Partei. Würde er sich sicher fühlen, hätte er seinen Fraktionsvorsitzenden Winkler oder Notar Wachter mitgebracht.

Habe ich Ihre Intentionen zutreffend wiedergegeben, Herr Bürgermeister?, fragte der Pfarrer und legte die Hände auf den Tisch.

Vollkommen, Hochwürden, antwortete Pfisterer.

Zufrieden lehnte sich Effinger zurück und blickte mich auffordernd an.

Herr Pfisterer, ich weiß es zu schätzen, daß Sie gekommen sind, begann ich. Allerdings bin ich überzeugt, daß Ihr Interesse an unserem Treffen nicht geringer ist als meines. Was die Anwesenheit von Herrn Mugel betrifft, so erfolgt sie in erster Linie zu meinem Schutz. Ich wurde vergangenen Freitag überfallen und bis zur Bewußtlosigkeit gewürgt.

Ich öffnete den Hemdkragen.

Oh!, rief Effinger erschrocken.

Das tut mir leid, sagte Pfisterer. Davon wußte ich nichts.

Ich glaube es Ihnen. Aber den Täter kennen Sie. Es war der Kapo Ihres Bauhofs, Letsch. Er war als Narr verkleidet, und wie ein Narr hat er sich benommen.

Das muß ich im Interesse meines Mitarbeiters zurückweisen!, entgegnete Pfisterer förmlich. Wenn der Täter eine Maske vor dem Gesicht trug, dürfen Sie Herrn Letsch nicht beschuldigen.

Ich habe seine Stimme erkannt.

Unter einer Holzmaske verändert sich der Klang jeder Stimme.

Ja, es war in der Tat eine Holzmaske ... Ich habe Herrn Letsch beim Namen genannt, ohne daß er widersprochen hätte.

Das ist erst recht kein Beweis. Der Unbekannte wird dadurch umso sicherer gewesen sein, daß Sie ihn nicht identifizieren konnten.

Ich habe Herrn Letsch vorgehalten, was er mache, sei sinnlos, weil Sie ihn schon fallen gelassen hätten, und er hat geantwortet: Grad drum!

Pfisterer biß sich auf die Lippen, hatte sich aber sofort wieder in der Gewalt.

Auch so etwas hätte jeder sagen können. Ich bleibe dabei: Ihre Anschuldigung ist haltlos.

Nun, das gehört sowieso in den großen Komplex, mit dem sich der Staatsanwalt beschäftigen wird, sagte ich leichthin. Herr Mugel, würden Sie mir bitte die Aktentasche geben?

Eine Pause entstand, ich ließ mir Zeit, in der Tasche herumzukramen.

Darf ich Wasser einschenken?, fragte Pfarrer Effinger, der das Schweigen nicht gut vertrug. Auch das Brot kann ich empfehlen. Die Patres backen es selbst!

Wasser und Brot macht Wangen rot, sagte Pfisterer. So haben wir es als Buben gelernt. Gell, Richard?

Mugel schreckte zusammen und murmelte verblüfft: Jaja, in der Tat …

Ärgerlich stieß er mich an.

Ach, da ist er doch!, sagte ich und legte den Umschlag auf den Tisch. Herr Pfisterer, wir werden uns ja morgen abend im Bürgersaal des Gemeindehauses duellieren – wieviel Zeit steht eigentlich jedem Kandidaten zur Verfügung?

Fünfzehn Minuten. Hat man Ihnen das nicht mitgeteilt? Anschließend können Fragen an uns gerichtet werden.

Eine Viertelstunde nur? Das ist knapp.

Es wird sicher ein großes Gedränge geben!, warf der Pfarrer ein.

Ja, die Neugier ist groß, bestätigte Pfisterer. Das immerhin hat Herr Schröder geschafft.

Es sollte gönnerhaft klingen, aber während er sprach und dabei den Bauch vorwölbte, musterte er unbehaglich den grauen Umschlag.

Nach der Veranstaltung wird sie noch größer sein, sagte ich. Herr Pfisterer, ich möchte nicht, daß Sie von dem, was ich vorzutragen gedenke, überrascht sind. Darum lege ich es heute schon offen. Ich glaube, das ist fair.

Kommt drauf an, worum es sich handelt, erwiderte Pfisterer. Er rieb Daumen und Zeigefinger aneinander, als zerbröselte er etwas. Seine Nervosität freute mich. Ich zog drei Blätter hervor und erklärte, nun meinerseits förmlich:

Herr Bürgermeister, ich habe hier die Fotokopie eines Kontoauszugs für das Konto 134479 Ihrer Stadtverwaltung. Am 3. Februar dieses Jahres hat die Wirkahner Bank von diesem Konto eine Abbuchung in Höhe von zweihunderttausend Mark getätigt. Bitte, überzeugen Sie sich. Kennen Sie den Vorgang?

Pfisterer wurde bleich.

Nein, sagte er und reichte mir die Kopie zurück. Der Vorgang ist mir nicht bekannt.

Das Geld wurde auf das Nummernkonto 3-Z-172254 des Schweizerischen Bankvereins in Zürich überwiesen. Auf dem Überweisungsformular ist maschinenschriftlich die Stadt Wirkahn als Auftraggeber genannt. Hier der Beleg. Es kann nicht sein, daß Sie die Transaktion –?

Was fällt Ihnen ein!, brauste Pfisterer auf. Er dachte nach.

Vogler!, rief er und schlug auf den Tisch. Vogler, ich ahnte es! Nein, das hätte ich ihm nicht zugetraut!

Würden Sie sich die Überweisung noch einmal anschauen? Sie wissen, wie Ihr Kämmerer unterschrieben hat. Ist es seine Unterschrift?

Er tat, als prüfe er das unleserliche Gekrakel genau. Dann sagte er leise:

Nein, es ist nicht Voglers Unterschrift. Ich weiß nicht, wer das geschrieben hat.

Aber Sie ahnen es, und diesmal trügt Sie Ihre Ahnung nicht. Hier die bankinterne Bestätigung der Überweisung … Wenn Sie auf die Paraphe oben rechts achten wollten?

Schwer atmend nahm Pfisterer auch diese Kopie entgegen, überflog sie und ließ sie auf den Tisch sinken. Blut war ihm zu Kopf gestiegen. Er nestelte an der Krawatte, um sie zu lockern.

Ja, sagte ich, Ihr Cousin, der Herr Steiger … Nicht mal die Mühe, Voglers Unterschrift zu fälschen, hat er sich gemacht. Nach all den Jahren, in denen er mit dem Konto nach Gutsherrenart verfuhr, ist ihm diese Sorgfalt wohl etwas abhanden gekommen … Das also wird morgen der erste Teil meiner Ausführungen sein. Ich schätze, daß ich dafür nicht länger als drei Minuten brauche. Darf ich einen Vorschlag machen? Wir sollten eine kurze Pause einlegen und uns stärken, nachdem der Herr Pfarrer das Brot so angepriesen hat!

Erfreut griff Effinger zu. Auch ich nahm eine Scheibe und begann, sie in kleinen Brocken zu verspeisen. Pfisterer, dem ich den Korb hinhielt, wehrte ab, Mugel ebenfalls.

Köstlich, sagte ich. Ein Unterschied wie Tag und Nacht zu dem, was man sonst zu kaufen kriegt!

Der Herr Steiger!, sagte der Pfarrer kauend. So ein honoriger Mensch! Was um alles in der Welt mag ihn getrieben haben, das zu tun?

Spielschulden, erwiderte ich gleichmütig. Mal wieder. Und diesmal war kein Fritz Mugel zur Stelle, den man übers Ohr hauen konnte.

Seien Sie still!, sagte Mugel scharf.

Entschuldigen Sie, es ist mir rausgerutscht.

Effinger konnte sich nicht beruhigen.

Zweihunderttausend! Welch gewaltige Summe! Man sollte den Spielbanken verbieten, so viel Kredit zu geben. Es sind doch ganze Familien, die sie damit ins Unglück stürzen!

Wie wahr, wie wahr. Aber keine Spielbank gibt Kredit. Ein Baden-Badener Geschäftsmann mit Mafiakontakten war es, der Steiger das Geld vorgeschossen hat. Am Freitag, dem 6. Februar, wollte er es wiederhaben. Herr Steiger hat es wohl nicht für ratsam gehalten, seinen Gläubiger warten zu lassen, und sich deshalb die zweihunderttausend Mark drei Tage vor dem Fälligkeitsdatum auf das Schweizer Nummernkonto überwiesen. Daß die Mafia vor nichts zurückschreckt, nicht mal vor Mord, weiß man ja.

Mord!, sagte Effinger schaudernd. Welche Abgründe!

Ja, Abgründe. Die ehrenwerte Gesellschaft ist voll davon. Wenn es Ihnen recht ist, setze ich meine Unterrichtung jetzt fort.

Pfisterer, der unserer Unterhaltung scheinbar teilnahmslos beigewohnt hatte, gab sich einen Ruck.

Ich werde gegen Herrn Steiger Strafanzeige erstatten, sagte er, jedes Wort betonend. Der Vorgang ist ungeheuerlich. Würden Sie mir die Kopien überlassen?

Gerne. Aber vielleicht warten wir noch, bis ich fertig bin? Mein

Vortrag dauert fünfzehn Minuten, und zwölf haben wir noch vor uns … Diese unerquickliche Angelegenheit kann natürlich nicht ohne politische Konsequenzen bleiben, das werden Sie verstehen. Schließlich handelt es sich um veruntreute Steuergelder. Das mindeste, was ich fordern muß, und zwar mit allem Nachdruck, ist die Einschaltung der Gemeindeprüfungsanstalt noch vor der Wahl. Und diesmal wird kein Weg daran vorbeiführen. Oder sieht das jemand anders?

Pfarrer Effinger schüttelte den Kopf.

Die Prüfung wird also noch vor dem 8. März erfolgen, und sie wird höchst unerfreuliche Dinge zutage fördern. Sie können davon ausgehen, daß die Person, der ich die Fotokopien verdanke, eine Fülle weiteren belastenden Materials besitzt. So wird denn das Schindluder, das seit sechs Jahren mit dem gemeindlichen Festgeldkonto getrieben wird, Stück für Stück ans Licht gezerrt werden. Ich überlasse es Herrn Pfisterer, ob ich dazu nähere Ausführungen machen soll.

Nun war es Pfisterer, der stumm verneinte. Sein kantiges Gesicht wirkte eingefallen.

Morgen, bei der öffentlichen Bewerbung, kann ich mir allerdings diese Zurückhaltung nicht auferlegen. Ist es nicht meine Pflicht, über einen Sachverhalt aufzuklären, der in spätestens einer Woche publik sein und das Wahlverhalten vieler Bürger beeinflussen wird? Ich werde also einem sicherlich gespannt lauschenden Publikum die Finanzierungskunststücke der Wirkahner Wohnbau, der Wirkahner Bank und des Maklers Würz vorführen, und das wird nicht unter sechs bis sieben Minuten zu schaffen sein. Oh, es wird zeitlich ganz eng werden! … Wissen Sie, woran mich diese Geschichte erinnert? Entschuldigen Sie die kleine Abschweifung, aber ich muß es Ihnen einfach erzählen … Als ich in Wirkahn ankam, ging ich als erstes in den Zirkus, der damals auf der Anhöhe vor der Stadt gastierte. Dort trat ein Jongleur auf, der Teller auf Stöcken kreisen ließ. Sie kennen diese Nummer gewiß, sie ist ziemlich aus der Mode gekommen. In meiner Kindheit habe ich sie zuletzt gesehen und bin ganz verblüfft, daß sich damit immer noch Geld verdienen läßt. Der Mann war auch nicht gut, er war nicht flink genug, um alle Teller im Auge behalten zu können, und so gab es Scherben.

Worauf wollen Sie hinaus?, unterbrach mich Pfisterer gereizt. Sagen Sie endlich, was Sie wollen!

Ich beachtete ihn nicht.

Stellen Sie sich vor, fast wäre ich dieser unnützen Eskapade wegen zu spät ins Rathaus gekommen und wir säßen heute allesamt nicht hier! Sie kennen ja das anfängliche Hin und Her um die Bewerbung. Meine Schuld! Ich hatte mir einfach die Zeit nicht richtig eingeteilt. Ein zweites Mal soll dir das nicht passieren, habe ich mir geschworen. Darum heißt es, genau zu überlegen, was in die kostbare Viertelstunde hineingepackt wird und was nicht ... Doch, die Sache mit den Aussiedlern gehört dazu. Unbedingt.

Aussiedler?, fragte Pfarrer Effinger konsterniert. Ich muß gestehen, daß ich immer größere Schwierigkeiten habe, dem Gespräch zu folgen.

Ja, es ist verzwickt und auch nicht sehr höflich, was wir hier treiben. Sollen wir uns nicht doch lieber die Zeit nehmen, alles sauber aufzulisten, Herr Pfisterer? Nein? Gut, wie Sie meinen. Die Sache mit den Aussiedlern, Herr Pfarrer, hängt mit den Finanzkunststückchen zusammen, von denen ich sprach, sie ist gewissermaßen ein weiterer Teller auf den Jonglierstangen. Wenn allerdings dieser Teller zu Boden fällt, gibt es besonders viele Scherben, weil dann sogar das Ministerium ins Spiel kommt, das für die Unterbringungskosten der Zuwanderer verantwortlich ist, und weil –

Richard!, schrie Pfisterer und ließ die Faust auf den Tisch krachen. Sag diesem verdammten Klugscheißer, er soll sagen, was er von mir verlangt, oder endlich das Maul halten! Wir sind Bauernsöhne, keine Viehhändler!

Eine beklemmende Stille trat ein. Pfarrer Effinger senkte den Kopf, als betete er.

Richard Mugel aber richtete sich auf und sagte mit gefährlicher Ruhe:

So nicht, Ludwig. So redest du nicht mit mir! Diesmal habe ich es überhört, ein zweites Mal überhöre ich es nicht. – Herr Schröder, spielen Sie nicht länger Katz und Maus. Pfisterer ist unser Bürgermeister und hat ein Recht darauf, wie ein Bürgermeister behandelt zu werden.

Einverstanden, sagte ich. Lassen Sie uns also zum geschäftlichen

Teil kommen. Sie kennen meinen Vorschlag, eine neue Gedenkstätte für die Opfer des Wirkahner Zwangsarbeiterlagers zu errichten. Ich verlange von der Stadt, diese Initiative zu unterstützen und sich mit mindestens demselben Betrag, den ich einwerfe, zu beteiligen.

Vierhunderttausend?, fragte Pfisterer.

Achthunderttausend. Ich werde das Kapital in wenigen Monaten verdoppeln.

Er lehnte sich zurück und reckte das Kinn in die Höhe. Ich wußte, daß er erstaunt war über den geringen Preis, den er zahlen sollte, und es zu verbergen suchte.

Das wird mich Stimmen kosten, murmelte er. Die öffentliche Meinung ist dagegen, Sie sehen es ja in der Presse. Ich habe mich bislang mit Mühe bedeckt halten können. Und es geht voll gegen meinen Schwager. Er wird mir die Hölle heiß machen … Sie würden dafür die Vorgänge, die Sie angedeutet haben, unter den Tisch fallen lassen?

Zuerst will ich wissen, ob Sie bereit sind, sich für meinen Vorschlag öffentlich einzusetzen.

Pfisterer schwieg und seufzte.

Ich werde mich für diese Gedenkstätte einsetzen, sagte er dann. Es läßt sich im übrigen auch vertreten. Der Platz auf dem Friedhof ist in keinem guten Zustand.

Das ist wahr, pflichtete Effinger bei. Ich habe ihn mir gestern vor der Beerdigung angesehen. Das Areal macht einen recht vernachlässigten Eindruck.

Herr Pfarrer, darf ich Sie bitten, sich in diesem Sinne auch öffentlich zu erklären?, fragte ich.

Ich? Wieso ich?

Effinger faßte sich unbehaglich an seinen Hemdkragen.

Nun, ich bin mir sicher, daß es für die Akzeptanz des Projekts sehr förderlich wäre. Auch der Gemeinderat muß ja noch zustimmen, was Herr Pfisterer zu erwähnen vergaß, ohne daß ich ihm unterstellen möchte, daß er sich ein Hintertürchen habe offen lassen wollen. Aber wenn sich die Kirche engagiert, wird es der Mehrheitsfraktion leicht fallen, dem gemeinsamen Wunsch weltlicher und geistlicher Autoritäten zu entsprechen. Ich weiß, das sind Überlegungen, die für Sie eigentlich keine Rolle spielen dürfen. Deshalb bitte ich Sie einfach, es als Teil Ihres geistlichen Auftrags zu betrachten, der christlichen und der nichtchristlichen Wirkahner Opfer des Naziregimes in angemessener Weise zu gedenken.

Hochroten Kopfes hatte der Priester zugehört. Pfisterer schaute mich finster an. Dann wandte er sich zur Seite, und jetzt lag etwas Flehentliches in seinem Blick.

Ich werde mich meiner Verantwortung nicht entziehen, erklärte Effinger mit leidendem Unterton.

Danke!, sagten der Bürgermeister und ich in einem Atemzug.

So wäre das also unter Zeugen besprochen!, fuhr Pfisterer erleichtert fort. Sie erwähnen zu keinem Zeitpunkt, weder morgen noch später, diese leidige Geschichte, die im übrigen keineswegs bewiesen ist und von der ich bislang nur gerüchteweise gehört habe –

Nein, sagte ich.

Wie – nein?

Sie vergessen die letzten fünf Minuten meiner Vorstellung. Ich habe fünfzehn Minuten, und Sie haben erst für zehn bezahlt!

Ein kleiner Tumult brach los. Pfisterer sprang auf, faßte über den Tisch, als wollte er mir an die Gurgel, Effinger rief: So geht das nicht! So geht das nicht!, und Mugel stieß bei dem Versuch, Pfisterer von mir fern zu halten, die Karaffe um. Wasser ergoß sich über unsere Kleidung.

Ich rief: Herr Mugel, helfen Sie mir bitte beim Aufhängen!, lief zur Ecke, in der die Rolle abgestellt war, fingerte eine Schachtel Reißzwecken aus der Hosentasche, und gemeinsam begannen wir, zu Häupten des heiligen Laurentius das zwei mal drei Meter große Plakat, das Brommer gefertigt hatte, an der Wand anzubringen; erst die linke, dann die rechte Hälfte.

Es füllte die ganze Zimmerseite.

Entsetzt starrten alle auf das Bild. Auch ich, der es kannte, konnte mich von dem Anblick nicht lösen. In Lebensgröße sahen uns fünf Häftlinge in gestreiften Pyjamas an. Zwei saßen auf dem unteren Rand eines Stockbetts, einer auf einem Stuhl, einer stand und hielt sich am Pfosten fest, einer lag bäuchlings auf der oberen Pritsche und hob mühsam den Kopf. Ihre Gesichter waren ausgemergelt; die Schädel kahlgeschoren und eckig, die Augen in tiefen Höhlen, die Wangenknochen scharf herausstechend, die Kinne spitz über schlaffen Hälsen, die Finger spinnenartig dünn, die Arme deutlich in Speiche und Elle verzweigt. Am fürchterlichsten aber war das Lächeln. Jeder der fünf versuchte, für den Fotografen zu lächeln. Der auf dem Bett lag, hatte keine Zähne, sein Mund war ein schwarzes Loch. Trotzdem bemühte auch er sich zu lächeln.

Am oberen Rand der riesigen grauschwarzen Fläche war in fetten roten Lettern ein M und ein B eingedruckt. Man mußte nah herantreten, um hinter dem M die Buchstaben ›oorbaracken‹ und hinter dem B das ›rederstedt‹ entziffern zu können. Am unteren Ende stand, ebenfalls blutrot: DAS LAGER. Von der rechten Seite aus verlief ein schwarzer Riß quer durch das Bild. Er endete in der Brust des Gefangenen, der sich am Pfosten festhielt.

Mein Gott!, flüsterte Pfarrer Effinger und bekreuzigte sich.

Was soll das?, stammelte Pfisterer. Woher haben Sie das?

Die letzten fünf Minuten werde ich dem Tod Alois Voglers widmen, sagte ich, ohne die Augen von dem Plakat zu wenden. Alois Vogler wurde am 9. Februar ermordet, auch wenn sein Tod erst einen Tag später eintrat. Er verließ mittags nach einer erregten Auseinandersetzung mit Ihnen, Herr Bürgermeister, das Rathaus und machte sich erschöpft auf den Heimweg. Der Gemeindearbeiter Letsch folgte ihm und sprach ihn vor der Haustür an. Letsch wurde dabei beobachtet. Er zwang Vogler, mit ihm in den Keller zu gehen. Dort hat er ihn von einer Ecke in die andere gehetzt und mit Karateschlägen, die seine Halsschlagader berührten, traktiert. Beim nächsten Mal schlag ich dich tot!, wird er gedroht haben. Vogler erlitt in seiner Todesangst einen Herzinfarkt und stürzte. Das Obduktionsergebnis läßt den Hergang eindeutig erkennen. Die Staatsanwaltschaft geht von vorsätzlicher Tötung aus, ich habe heute mit ihr telefoniert. Letsch wird seine Strafe bekommen, er ist so gut wie gerichtet. Aber wer hat ihn beauftragt, Vogler umzubringen?

Pfisterer sah starr vor sich hin.

Zunächst hatte ich Sie in Verdacht, Herr Pfisterer, weil Sie als letzter mit ihm zusammen waren, fuhr ich fort. Aber nachdem Sie schon am 7. Februar wußten, wer hinter den Anzeigen steckte, die alles auslösten, hätten Sie es geschickter angestellt, ihn zu beseitigen. Übrigens hat Herr Vogler dem Redakteur Kersten kein Wort von den Veruntreuungen erzählt. Sagen Sie Ihrem Schwager, er soll seinen neuen Mitarbeiter feuern, noch bevor er den Job antritt. Sie sehen ja, daß ich über Quellen verfüge, die er nicht verstopfen kann. – Sie also waren nicht Letschs Auftraggeber. Aber Sie kennen ihn, denn unmittelbar nach dem Streit mit Ihrem Kämmerer haben Sie ihm aufgeregt berichtet, was geschehen war. Und *diesen* Namen will ich wissen. Das ist der Preis der letzten fünf Minuten.

Pfisterer atmete prustend und schwieg. Ich ging auf ihn zu und sagte:

Sie machen es mir wahrhaftig nicht einfach, die Diskretion zu wahren, an der Ihnen so gelegen ist. Gehen wir die drei, die in Frage kommen, der Reihe nach durch: Thaddäus Steiger? Er hatte die größte Angst, denn die letzte Unterschlagung, von der nicht einmal Sie etwas wußten, lag erst wenige Tage zurück. Doch besaß Steiger auch die Macht, Letsch für sich einzuspannen? Unmöglich ist es nicht, er könnte mit Geld gewinkt haben. Aber ist ein solcher Deal in der kurzen Zeit, die für Letschs Instruktion zur Verfügung stand, über die Bühne zu bringen, wenn man zuvor noch nie miteinander geschirrt hat? Kaum vorstellbar. Und Ihr Schweigen, Herr Pfisterer, macht mich sogar sicher, daß Steiger als Täter ausscheidet. Sie würden ihn ohne Zögern über die Klinge springen lassen, um sich und Brauer zu retten, nachdem man ihn sowieso aus der Familie verstoßen wird. – Bleiben der Makler Würz und Max Brauer. Mich zwischen ihnen zu entscheiden, fällt mir schwer, denn beide sind sie für Letsch Autoritäten. Würz scheint abgetaucht zu sein, er fehlte beim Narrentreffen. Ich traue ihm auch ohne weiteres zu, jemanden aus dem Weg zu räumen, der ihm in die Quere kommt. Aber wie groß war sein Interesse? Das Geschäft mit der Wohnbau wirft im Moment wenig ab, der brave Zinsesel muß mit zusätzlichen Mieteinkünften und einer Flutlichtanlage für seine Sportvereine bei Laune gehalten werden. Vor allem aber: Er selbst hat mir liebenswürdigerweise die Überzeugungskraft eines Karateschlags demonstriert. Verhält man sich so, wenn einem daran gelegen ist, einen Mord zu vertuschen, der auf eben diese Weise begangen wurde? Auch schwer vorstellbar. Summa summarum: Ich tippe auf Max Brauer. Er hat alles, Geld, Macht und viel zu verlieren. Und er kommt sich unangreifbar vor. Die Stadt braucht ihn. Alle, einschließlich des Bürgermeisters, fürchten seinen Zorn.

Ein Zittern durchlief Pfisterers massigen Leib. Pfarrer Effinger sah ihn besorgt an. Auch Richard Mugel wurde unruhig. Doch der Mann, den ich zum Reden bringen wollte, schwieg.

Max Brauer zu überführen, wird ein hartes Stück Arbeit werden, setzte ich nach. Aber ich habe Mitschuld an Voglers Tod. Ich muß seine Mörder zur Strecke bringen, das habe ich ihm versprochen. Wissen Sie, daß ich manchmal Stimmen höre? Es ist ja nicht so, daß die Toten stumm sind. Sie reden lauter zu uns als die Lebenden. Sie halten das für übertrieben? So schauen Sie sich doch nur dieses Plakat an! Säßen wir still auf unseren Stühlen, wir würden es keine fünf Minuten hier aushalten, weil uns die Schreie, die wir hörten, davonjagten! Aber die fünf lächeln doch, sagen Sie? Ja, sie lächeln, weil sie vielleicht noch einen Funken Hoffnung haben, der Hölle zu entkommen. *Wir* aber wissen, daß es für sie kein Entrinnen gibt. Sie lächeln uns an, und wir müssen ihnen sagen, daß man sie zu Tode foltern wird. Wir müssen ihnen ihre Geschichte forterzählen bis zum Ende im Graben, am Zaun, auf dem Bock, im Feuer –

Hören Sie auf!, schrie Mugel.

Dieses Bild wird ab Donnerstag überall in der Stadt hängen. Ich habe zwanzig Plakatwände gemietet, am Bahnhof, an den Bushaltestellen, auf dem Marktplatz, beim Einkaufszentrum. Überall wird man den fünf KZ-Häftlingen begegnen, überall werden sie die Menschen in Aufruhr versetzen. Man wird die Gespenster vertreiben wollen, indem man die Plakate herunterreißt, und ich werde sie wieder zurückholen, indem ich neue Plakate kleben lasse. Woche für Woche werde ich das tun. Ich habe Erfahrung im Umgang mit Fremden und mit Toten.

Sie sind verrückt! Das dürfen Sie gar nicht!

Pfisterers Stimme klang eher furchtsam als wütend.

Wer will es mir verbieten? Sie? Seit wann ist die Stadtverwaltung für private Werbeflächen zuständig?

Max Brauer wird es tun. Jeder weiß, daß es seine Initialen sind.

Freilich sind es seine Initialen, was kann ich dafür? Wenn Sie sich getrauten, den Schrecken an sich heranzulassen, würden Sie feststellen, daß es sich um Insassen des Konzentrationslagers Moorbaracken Brederstedt handelt. Nichts anderes besagt die Inschrift. Ich stamme aus Brederstedt und möchte die Wirkahner Bürger für die Idee einer KZ-Gedenkstätte, der ich mein Vermögen opfere, wachrütteln. Das Gericht möchte ich sehen, das es mir verbietet!

Ludwig, sagte Richard Mugel bebend, ich bitte dich, bereite diesem Spuk ein Ende! Ich kann ihn nicht länger ertragen.

Zunächst werden ja auch viele glauben, das Bild habe mit dem Wirkahner Lager zu tun und sich darüber empören, daß Max Brauer für die Taten seines Vaters angeklagt werden soll. Da mag er sich wehren, und wenn ihn die Diskussion schmerzt, beweist es nur, wie nötig sie ist. Aber dann wird die Prüfung der Gemeindefinanzen beginnen. Brauers jahrelanger Griff in die Gemeindekasse wird ruchbar, man beschuldigt ihn der Bestechung und des Betrugs, und weil er ein Motiv hat, gerät er auch in den Kreis der Tatverdächtigen im Mordfall Vogler. Und plötzlich bekommt das Plakat, dieser unerträgliche Stachel im kommunalen Fleisch, eine neue Bedeutung. Die Buchstaben M und B stigmatisieren nun denjenigen, der für alles Ungemach verantwortlich ist: der sich auf Kosten der Gemeinschaft bereichert hat, dessen Weigerung, sich zur Schuld seines Vaters zu bekennen, die Wunden der Vergangenheit aufreißt, dessen Prominenz die Medien anlockt und die Stadt in ein schlechtes Bild rückt. So einer, wird man sagen und auf die Initialen deuten, kann auch den armen Vogler auf dem Gewissen haben! Da steht es ja schon! Erst wird man es hinter vorgehaltener Hand sagen, dann immer lauter und dreister, und zuletzt wird die ganze Stadt Max Brauer jagen, um endlich ihre Ruhe zu finden vor diesem grausigen Menetekel, das an den Wänden haften bleibt, bis Voglers Mörder gefunden ist.

Es ist perfid!, schrie Pfisterer und rannte auf das Plakat zu. Max war es nicht!

Wer dann?, schrie ich zurück.

Alle waren wir von unseren Sitzen aufgesprungen, doch keiner stürzte sich schneller auf den Rasenden, der schon die Hand ausstreckte, um das Plakat herunterzureißen, als Richard Mugel.

Du rührst es nicht an, Lude!, keuchte er, du nicht! Einer von diesen elenden Kreaturen könnte mein Vater sein. Wenn du dich an ihm vergreifst –

Er drückte ihn gegen die Wand und schüttelte ihn. Pfisterer versuchte, sich zu entwinden, dabei riß das Plakat in der Mitte entzwei.

Mugel verlor vollends die Beherrschung, er umfaßte Pfisterers kurzen, fetten Hals, und Pfarrer Effinger, der vergebens die Streithähne zu trennen trachtete, rief beschwörend: So haltet doch ein! Um Christi Barmherzigkeit willen, hört auf!

Pfisterer aber wurde auf einmal ganz ruhig und sagte mit klarer Stimme:

Dann bring mich doch um, Richard, wie du meinen Vater umgebracht hast! Ich dachte, die Pfisterers und die Mugels wären quitt. Wir beide wissen, daß es kein Unfall war, 1952. Ein Bauer wie Bertram Pfisterer kippt nicht mit dem Traktor an einer Böschung um, ohne daß einer nachhilft. Ich habe immer gewußt, daß du es warst, aber ich habe auch gewußt, daß du es tun mußtest. Wenn du meinst, es ist noch nicht genug, dann töte auch mich.

Mugel ließ seine Hände sinken. Gott verzeih mir, murmelte er, drehte sich um und sank auf einen Stuhl.

Pfisterer rieb sich den Hals.

Hochwürden, kann ich Sie unter vier Augen sprechen?, fragte er. Effinger nickte stumm. Zusammen gingen sie hinaus.

Ich stand wie gelähmt.

Das wollte ich nicht, Herr Mugel –

Ach, seien Sie doch einmal still, sagte Richard Mugel. Sie reden und reden und wissen von nichts. Habe ich Ihnen das nicht schon mal gesagt?

Doch. Es tut mir leid. Morgen reise ich ab.

Mugel sah auf seine Hände, die er verschränkt im Schoß hielt, und schüttelte ungläubig den Kopf.

Lassen Sie mir den Fritz?, fragte er dann.

Ich verstehe Ihre Frage nicht, sagte ich.

Das einzige, was Sie wirklich etwas angeht, haben Sie nicht aufgedeckt. Fritz ist nicht mein leiblicher Bruder, sondern Ihrer. Julius und ich haben uns die ganze Zeit gewundert, daß Sie nicht darauf gekommen sind. Aber Sie waren ja damit beschäftigt, die Welt zu verbessern.

Ich mußte mich ebenfalls setzen.

Fritz ist Frieder?, fragte ich fassungslos.

Ja, Fritz ist der, den Sie suchen. Als man Katharina holte, sagte mein Vater, Frieder sei sein unehelicher Sohn, der als Halbjude nicht deportiert werden dürfe. Mutter bestätigte seine Selbstbezichtigung, obwohl sie wußte, daß er dafür nach den Nürnberger Gesetzen verurteilt und ins KZ gesteckt werden konnte. Er war auch darauf eingerichtet, aber es geschah nichts. Auch bei den Mitläufern gab es Spuren von Menschlichkeit. Die beiden SS-Leute, die Katharina verhafteten, kannten Pius von klein auf. Sie glaubten ihm kein Wort, aber sie waren von seinem Mut so beeindruckt, daß sie vorgaben, Frieder nicht gefunden zu haben. Später hat man sie in den Krieg geschickt, weil sie zu weich waren. Meine Eltern versteckten den Kleinen eine Zeitlang, dann ließen sie ihn ab und zu ans Fenster, damit er seine Mutter sehen konnte. Viele wußten, wie es sich in Wirklichkeit mit ihm verhielt, aber sie schwiegen, auch Bertram Pfisterer. An einem Kind wollte er sich denn doch nicht vergreifen. Erst als Vater auch noch Julius Hirschfeld Unterschlupf gewährte, schlug er zu, und nun konnte ihn niemand mehr schützen. Mutter versteckte Frieder erneut, diesmal konsequent, denn der Hof wurde nach Vaters Verhaftung zweimal gefilzt. Monatelang hat Frieder auf der Tenne in einem Verschlag vegetiert, unter einem Heuhaufen. Er hat aus jener Zeit ein schweres Trauma zurückbehalten, das zeitweilig überwunden schien, nach der Geschichte mit dem Dörrenwasen aber voll ausbrach. Auch in seiner Entwicklung ist er weit zurückgeblieben, Sie wissen es ja.

Warum haben Sie mir all das verschwiegen?, rief ich, den Tränen nahe. Warum durfte ich nicht erfahren, daß er mein Bruder ist?

Mugel sah mich durchdringend an.

Ist er das? Ist er nicht viel mehr *mein* Bruder als Ihrer? Meine Eltern haben für ihn ihr Leben riskiert, Mutter hat ihn nach dem Krieg adoptiert, wir sind wie Geschwister aufgewachsen. Die Mugels haben sich fünfzig Jahre lang um ihn gekümmert, während Ihr Vater ihn nach der Geburt verstoßen hat. Wo bleibt da für Sie ein Anspruch? Aber vielleicht hätte ich es Ihnen sogar gesagt, wenn Sie nicht gleich von dem halben Erbteil angefangen hätten, das Sie ihm wie ein großmütiges Geschenk mitbringen wollten. Das hatte etwas so ... Entwürdigendes. Es gibt keinen Betrag, der groß genug wäre aufzuwiegen, was geschehen ist.

Aber ihm steht nun einmal die Hälfte zu, sagte ich, und ich bin froh darum! Ich werde sofort das Nachlaßgericht verständigen.

Nichts werden Sie. Ich bin sein Vormund und schlage für ihn die Erbschaft aus.

Ich wandte mich ab.

Nun gut, lassen Sie uns anders verfahren, sagte Mugel milder. Ich nehme das Erbe an und schenke es Ihnen für den Bau der Gedenkstätte. So treffen wir uns wieder.

Im Zuge des Aufgebotsverfahrens für die Todeserklärung hätte ich die wirkliche Identität von Fritz aber doch erfahren, fiel mir ein. Die Adoption muß ja im Personenstandsregister des Standesamts vermerkt sein.

Eben. Deshalb war mir klar, daß ich Ihnen die Wahrheit auf Dauer nicht würde vorenthalten können. Nun ist sie heraus, und ich bin froh darum.

Er schwieg und besah wieder seine Hände.

Nein, ich bin nicht froh. Wie konnte ich mich nur so vergessen?

Ich umarmte ihn und sagte:

Ihr Vater wäre stolz auf Sie. Ich wollte, ich könnte dasselbe auch von mir sagen, nur ein einziges Mal ... Doch, ich kann es! Ich habe Fritz gefunden! Sie haben recht, ich bin nicht sein Bruder. Aber ich liebe ihn wie einen Bruder. Billigen Sie mir das wenigstens zu?

Ja. Ich habe gesehen, daß Sie ihn lieben. Und deshalb bin ich mir sicher, daß Sie ihn da lassen werden, wo er hingehört.

Ich nickte. Dann überkam mich ein unbändiges Glücksgefühl, ich lief auf die Statue des heiligen Laurentius zu, hob sie hoch und küßte sie.

Die Tür ging auf, Pfarrer Effinger und Pfisterer kamen zurück. Stirnrunzelnd warteten sie, bis ich das Schnitzwerk wieder hingestellt hatte.

Ich habe mit Herrn Pfisterer ein seelsorgerisches Gespräch geführt, sagte Effinger ernst. Er hat mir die Erlaubnis gegeben, Ihnen das Ergebnis mitzuteilen. Bitte, setzen wir uns noch einmal.

Bevor wir Platz nahmen, ging Mugel auf Pfisterer zu und reichte ihm die Hand.

Es tut mir leid, Ludwig, sagte er. Alles tut mir leid.

Mir auch, Richard, sagte Pfisterer. Beginnen wir heute neu.

Effinger räusperte sich und erklärte feierlich:

Herr Pfisterer schwört bei Gott, daß das, was ich Ihnen jetzt in seinem Namen mitteile, die Wahrheit ist. Der Vorgang, der zum bedauerlichen Tod von Herrn Vogler führte, hat sich so abgespielt, wie Sie, Herr Schröder, es uns geschildert haben. Der Täter, Herr Letsch, hat es dem Herrn Bürgermeister auf dessen eindringliches Befragen hin gestanden. Daraufhin hat ihn der Herr Bürgermeister bis auf weiteres beurlaubt, um über die Konsequenzen dieser Tat in Ruhe nachzudenken. Vor allem wollte er zunächst die Wahl abwarten. Er sieht ein, daß dies ein Fehler war, und bereut es zutiefst. Er ist bereit, nunmehr unverzüglich die Staatsanwaltschaft von dem wahren Sachverhalt in Kenntnis zu setzen. Weitere Personen sind in diesen Fall aber nicht verwickelt. Es gab keinen Auftraggeber, der Herrn Letsch zu seinem Vorgehen angestiftet hätte. Vielmehr bat ihn Herr Pfisterer nach dem Streit im Rathaus, Herrn Vogler zu folgen. Er hatte die Befürchtung, Herr Vogler könnte zu Ihnen, Herr Schröder, oder zur Polizei gehen, und wollte darüber frühzeitig informiert sein. Auch dieses Verhalten bereut Herr Pfisterer aufrichtig. Herr Letsch hatte jedoch einen Teil der lautstarken Unterredung im Bürgermeisterzimmer mitangehört und entschloß sich, die Sache, wie er meinte, auf seine Weise zu regeln. Er hoffte, sich dadurch dem Bürgermeister unentbehrlich zu machen.

Viel zu vornehm formuliert, Hochwürden!, stieß Pfisterer hervor. Wir haben jetzt eine gemeinsame Leiche im Keller, hat der Lump zu mir gesagt. Er wollte mich damit erpressen, und es ist ihm ja auch gelungen. Ich habe ihn nicht mehr im Griff, er macht, was er will.

Pfarrer Effinger wirkte etwas beleidigt, von seinem Schützling so unsanft unterbrochen worden zu sein.

Ich habe keinen Anlaß, an den Worten des Herrn Bürgermeisters zu zweifeln, schloß er. Er ist praktizierender Katholik und weiß, was es bedeuten würde, einen Priester in einem beichtähnlichen Gespräch zu belügen.

Es wurde still im Zimmer. Pfisterer wartete auf meine Antwort. Als sie ausblieb, wurde er unruhig. Mit einem großen Taschentuch wischte er sich den Schweiß von der Stirn.

Ich habe alles getan, was Sie verlangten, Herr Schröder, sagte er stöhnend. Nie bin ich so gedemütigt worden. Genügt Ihnen das immer noch nicht?

Ich dachte an unsere erste Begegnung auf der Rathaustreppe.

Doch, sagte ich. Ich habe bekommen, was ich wollte.

Ich zog den Notizblock aus der Jacke, riß ein Blatt Papier heraus und schrieb mit einem Satz, daß ich meine Kandidatur zurückzöge.

Sie kennen ja meine eigenwillige Art, mit Bewerbungen umzugehen. Sie werden morgen abend das Feld für sich alleine haben.

Ich reichte ihm den Zettel. Auf sein Gesicht malte sich ungläubiges Staunen.

So schmeißen Sie alles hin? Sie geben einfach auf?

Ja. Ich tauge nicht für die Politik.

Mit offenem Mund starrte mich Pfisterer an. Dann begann er zu lachen, erst glucksend, dann lauter, warf sich hinterrücks auf den Stuhl, brüllte vor Lachen, schlug sich auf die Schenkel, hustete, japste und schrie, am ganzen Körper bebend:

Er taugt nicht für die Politik! Hört ihr, der Herr Kollege taugt nicht für die Politik!

In diesem Augenblick ertönte eine Sirene. In das Lachen hinein rollte ihr dunkler Ton, schwoll an, mischte sich mit Pfisterers verebbendem Schnaufen und Prusten, brachte es zum Schweigen, klomm höher und höher, sackte in sich zusammen und begann von neuem, die Luft zu zerschneiden.

Mugel sprang auf und eilte ans Fenster.

Es brennt im Wald!, schrie er. Mein Gott, es brennt auf meinem Hof!

Schon von weitem rochen wir den beißenden Qualm, sahen den Widerschein des Feuers als orangefarbenen Ball am Nachthimmel schweben. Näherkommend, hörten wir Holz krachen und bersten. Wie Fahnen im Sturm knatterten die Flammen. Von der Stadt herauf dröhnten Martinshörner.

Fritz!, sagte Mugel, der in rasendem Tempo fuhr, beschwörend. Fritz! Fritz!

Tränen liefen ihm übers Gesicht.

Der riesige Dachfirst und die Scheuer brannten lichterloh. Die Hitze war unerträglich. Das Vieh brüllte in Todesangst, donnernd rannte es gegen die Stallwände. Garben brennenden Strohs schossen in die Höhe, Gebälk stürzte ein, es stank nach verbranntem

Fleisch. In dem infernalischen Lärm mußten wir uns schreiend verständigen.

Versuch, die Stalltür zu öffnen! Ich suche Fritz!

Ich rannte zur Hocheinfahrt. Herumfliegende Lohen setzten Grasbüschel in Brand, die wie kleine Johannisfeuer flackerten. Hakenschlagend lief ich auf das Tor zu, mußte zurückweichen, weil das Schindelholz des Walmdachs funkensprühend explodierte, versuchte es wieder, spürte das Feuer meine Haare und Augenbrauen versengen, bekam den glühend heißen Eisengriff zu fassen, riß ihn auf und wurde im nächsten Moment von dem zurückschwingenden Torflügel niedergeworfen. In wilder Panik stürmte das Vieh ins Freie, Holzscheite brannten auf dem Fell der Rinder, sie taumelten, brachen zusammen und stemmten sich wieder hoch. Zwischen ihnen purzelten in grausiger Komik, schrill quiekend, die Schweine. Ich konnte noch einen Blick ins Innere des Stalls werfen, sah einige Tiere im Stroh brennen, hörte ihr verzweifeltes Muhen und Grunzen, aber es war nichts mehr zu helfen, die Stützbalken der oberen Tenne brachen zusammen und begruben, was unten lag. Ein wütender Feuerstoß zischte auf. Die Gewalt der ausbrechenden Kühe hatte die Eisenstange, mit der das Tor innen verriegelt wurde, aus der Verankerung gerissen. Ich hob sie auf und drosch damit auf alles ein, was benommen und verletzt vor der Einfahrt lag, um es aus dem Bann des Feuers zu vertreiben. Drei Kühe schafften es nicht, sie lagen auf der Seite, schlugen die Beine in die Luft, ihre blutenden Leiber zitterten, die schreckensweit aufgerissenen Augen glänzten im Licht.

Ich lief zurück zur Vorderseite des Hauses und rief nach Richard Mugel. Löschzüge bogen von der Straße in die Zufahrt, Feuerwehrleute sprangen heraus und rollten Schläuche aus.

Im Haus sind Menschen!, schrie ich. Im Obergeschoß!

Hinter den zerplatzten Fensterscheiben sah ich die Flammen hochschlagen. Eine Leiter wurde ausgefahren, zwei Männer mit Atemschutzmasken drückten die Fensterrahmen ein und stiegen nach innen. Als sie wiederkamen, hatten sie Richard Mugel zwischen sich. Er schwankte, konnte aber, von einem auf der Leiter wartenden Feuerwehrmann gestützt, aus eigener Kraft heruntersteigen. Seine Kleidung war mit Brandflecken übersät, das Gesicht geschwärzt.

Fritz ist nicht drinnen!, stammelte er. Ich habe ihn nirgends gefunden.

Er wird in den Wald gelaufen sein, sagte ich, bestimmt ist er voll Schrecken davongerannt! Wir werden ihn finden, Richard, glaub mir, er lebt!

Ja, sagte Mugel dankbar, es kann nicht anders sein.

Während sich die Wasserfontänen über das Haus ergossen, streiften wir durchs dornige Schlehen- und Hagebuttendickicht des nahen Waldes und riefen nach Fritz. Autos kamen den Berg herauf, hielten vor der Brandstelle, Menschen rotteten sich zusammen.

Geier!, zischte Richard Mugel verächtlich.

Dann suchten wir wieder nach unserem Bruder.

Plötzlich wurde Mugels Name gerufen. Wir rannten zum Hof. Vor der Hocheinfahrt hatte sich eine dichte Menschentraube gebildet. Sie teilte sich, als wir ankamen, stumm wichen die Gaffer zur Seite.

Vor dem Tor, das krumm in den Angeln hing, lag eine verkohlte Gestalt.

Wir haben ihn weiter hinten im Stall gefunden, sagte ein Feuerwehrmann.

Richard Mugel beugte sich über den Toten und betrachtete ihn lange.

Er ist es, sagte er. In sich versunken verharrte er neben ihm.

Der Idiot hat's Haus azunde!, rief eine metallische Stimme.

Ich fuhr herum. Direkt vor mir stand Letsch und grinste.

Ich beugt mich zur Seite, hob die im Gras liegende Stange auf und holte aus. Das Eisen traf Letschs Kopf, es gab ein Geräusch, als würde eine Nußschale zerdrückt.

Lautlos fiel er um.

VIERTER TEIL

So gib schon her!
Arno nahm den Koffer und ging mit energischen Schritten voraus.
Die Sonne blendete mich. Es war mild, der Himmel von gesättigter Bläue.
Ich danke dir, sagte ich. Und es macht dir wirklich nichts aus, mich nach Zürich zu fahren?
Es ist ein Katzensprung. In einer Stunde sind wir am Flughafen. Ticket und Visum hast du?
Alles dabei.
Wir stiegen ins Auto, Arno ließ den Motor an, wir kamen durch die belebte Bergkirchener Innenstadt.
Du lieber Gott, sagte ich. Überall Wahlplakate!
In zwei Wochen ist Bundestagswahl. Diesmal schafft er's nicht.
Wer?
Der!
Und wer schafft's?
Dein Namensvetter.
Glaubst du? Na ja, den Blick hat er.
Was für einen Blick?
Den Hoffnungsträgerfernblick. An den Wahlplakaten hat sich wenig geändert.
Ich schwieg und sah hinaus.
Wir könnten über Wirkahn fahren, schlug Arno vor. Es ist kein großer Umweg.
Nein, laß nur.
Ich dachte, du wolltest vielleicht die Gedenkstätte sehen, bevor du abfliegst. Sie ist sehr eindrucksvoll.
Das freut mich. Es genügt, wenn du es mir sagst.
Wir verließen die Stadt und kamen ins Freie. Die meisten Felder waren schon abgeerntet. Braun und gelb schwangen sie zu Tal. Sonnenblumenmatten gleißten dazwischen. Die Wälder leuchteten im Rotgold des Herbstes.

Schweigsam bist du geworden, sagte Arno.

Es gab wenig zu reden die letzten Jahre. Wahrscheinlich muß ich es erst wieder lernen. – So nah liegt Zürich?

Wir fahren ein Stück Autobahn nach Süden, dann bei Schaffhausen über die Grenze, und schon sind wir da.

Ich drehte die Scheibe herunter. Stört es dich?

Laß dir nur den Fahrtwind um die Nase wehen.

Nein, es ist wegen der Farben. Du kannst dir nicht vorstellen, wie ich sie genieße. Am liebsten möchte ich sie mit Händen greifen.

Arno fuhr langsamer.

Seit wann bist du wieder in Wirkahn?, fragte ich.

Vor einem Jahr habe ich Effingers Pfarrstelle übernommen. Er wohnt jetzt im Collegium.

Im Collegium … Wenn er den heiligen Laurentius sieht, wird er wohl manchmal an mich denken.

Arno nickte.

Er spricht oft über dich. Er versteht die Sache bis heute nicht, sagt er. Aber das geht wohl nicht nur ihm so.

Ich öffnete die Mappe, die ich auf dem Schoß hielt, und zog einen Stapel Papiere hervor.

Ich habe versucht aufzuschreiben, wie es dazu gekommen ist, sagte ich. Es ist allerdings ziemlich verwirrend, weil häufig die Vergangenheit meines Vaters auftaucht. Wenn's dich interessiert, lies es; sonst schmeiß es weg.

Arno nahm den Papierstoß mit der Rechten und warf einen Blick darauf.

Das ist ja ein richtiges Manuskript. Willst du es nicht bei dir behalten?

Wozu? Für mich hat es seinen Zweck erfüllt. Und in Iowa werde ich andere Dinge zu tun haben, als an Wirkahn zu denken.

Ich kramte weiter in der Tasche und hielt die Briefe in der Hand, die ich in den letzten elf Jahren bekommen hatte. Es waren nicht viele.

Daß ich's nicht vergesse, ich soll dir von John Cartridge Grüße ausrichten. Er lädt dich ein, uns zu besuchen.

Danke, grüß ihn auch von mir. Jetzt findet ihr euch erst mal miteinander zurecht.

Ich ließ die Umschläge durch die Finger gleiten.

Johns Briefe sind die einzigen, die ich gelesen habe. Meist hat er von der Arbeit auf der Farm berichtet. Sie ist sehr groß geworden. Drei Futtersilos sind jetzt auf dem Hof, siehst du ... Das Foto lag seinem letzten Brief bei. Auf der Rückseite steht: ›Verdammt noch mal, wie lang soll ich noch auf dich warten? Beeil dich gefälligst!‹

Er scheint ein feiner Kerl zu sein, sagte Arno. Für das Visum hat er sich die Beine ausgerissen.

Trotzdem, ohne deine Fürsprache beim amerikanischen Konsul hätte es nicht geklappt. Auch dafür danke ich dir.

Laß gut sein! Arno lächelte. Ich bin extra mit Soutane bei ihm aufgekreuzt. Gott sei Dank ist er irischer Katholik, da wirkt sowas noch. Warum hast du die übrige Post nicht geöffnet?

Geöffnet ist sie, aber nicht von mir. Es ist kein tolles Gefühl, etwas zu lesen, was durch die Zensur gegangen ist. Ich hab die Beamten gebeten, mir zu sagen, falls etwas Wichtiges drinstehe. Meist waren es sowieso nur Todesanzeigen. Unsere frühere Haushälterin Meta, meine Tante Wiltrud ... und auch ein Jugendfreund, Ole Merk. Er verunglückte mit dem LKW. Dabei hatten wir, als wir auseinander gingen, verabredet, uns irgendwann auf einem Rastplatz der Route 66 zu treffen. Daraus wird nun auch nichts.

Ich stopfte die Briefe zurück in die Mappe.

Doch, etwas Erfreuliches war auch dabei, eine Heiratsanzeige. Hanna Costadis, früher hieß sie Sievers. Wir waren kurze Zeit befreundet. Von Miriam, meiner einstigen Lebensgefährtin, habe ich dagegen nie mehr was gehört ... Nein, stimmt auch nicht ganz. John schrieb, sie hätte ein paar wilde mexikanische Jahre hinter sich und arbeite jetzt als Directrice in Los Angeles.

Na, wenigstens redest du wieder, sagte Arno. Wir kommen jetzt auf die Autobahn. Vor uns liegt der Hegau, eine sehr schöne Landschaft. – Mugel hat sich nie bei dir gemeldet?

Nein. Wie kommst du auf ihn?

Er wohnt bei Bregenz. Auch das ist nicht weit von hier.

Richard Mugel ... Im Prozeß sind wir uns zum letzten Mal begegnet. Er sagte als Zeuge aus. Es war nicht sehr hilfreich für mich.

Wieso?

Es ging darum, ob ich im Affekt gehandelt hätte. Er sagte, er hätte nicht den Eindruck gehabt, daß ich übermäßig erregt gewesen wäre.

Merkwürdig. Was mag ihn dazu bewogen haben?

Es hing wohl mit Julius Hirschfelds Tod zusammen. Hirschfeld bekam ja wenige Tage nach dem Brand einen Schlaganfall. Ich glaube, daß mich Mugel für seinen Tod mitverantwortlich macht. Vielleicht sogar für den seines, meines Bruders, wer weiß ... Und in gewisser Weise stimmt es ja auch. Hätte er mir nicht angeboten, bei ihm auf dem Hof wohnen zu dürfen, könnte Fritz heute noch leben.

Kausalität muß nicht immer Schuld bedeuten, sagte Arno. Ich habe deinen Prozeß nicht mitverfolgt, weil ich gleich nach Augsburg gezogen bin, um mein Studium aufzunehmen. Aber man sagte mir, Letschs Brandstiftung sei einwandfrei nachgewiesen worden.

Ja, wenn auch erst nach langen kriminaltechnischen Untersuchungen. Man hat an seiner Kleidung Benzinreste und bei beiden Toten identische Hautpartikel und Faserreste nachgewiesen. Das deutete darauf hin, daß Letsch Fritz überwältigt und gefesselt hat, bevor er die Scheuer anzündete. Aber erst als feststand, daß Fritz oben auf der Tenne verbrannt ist und nicht unten im Stall, wo man ihn gefunden hat, ließ sich mit Sicherheit ausschließen, daß er das Feuer gelegt hat.

Verstehe ich nicht!

Fritz war als Kind während des Krieges monatelang in einem Verschlag der Tenne versteckt worden. Davon hat er eine schwere psychische Schädigung zurückbehalten. Mugel sagte aus, daß Fritz unter keinen Umständen bereit gewesen wäre, freiwillig in die Tenne zu gehen. Ein Gutachter, der auf traumatische Erlebnisse von Kindern spezialisiert ist, die im Dritten Reich in solche Verstecke gezwängt wurden, hat es bestätigt. Also muß er dorthin verschleppt worden sein, und außer Letsch hat niemand Spuren hinterlassen ... Die Frage ist allerdings, was Letsch veranlaßt hat, Fritz gerade an diesen Platz zu schaffen. Es kann Zufall sein, es ist aber auch möglich, daß ihm jemand einen Tip gegeben hat, wie man Fritz besonders quälen könne. Und da gibt es nicht viele aus seinem Bekanntenkreis, die das so genau wußten.

Um Gottes willen, du meinst doch nicht etwa – Pfisterer?, fragte Arno erschrocken.

Das weiß nur er allein. Wenn Richard Mugel Wirkahn und sogar Deutschland verlassen hat, spricht einiges dafür, daß er diesen Verdacht hegte und nicht länger im Einflußbereich der Nobiles leben wollte. Ihr Arm reicht ja weit.

Es ist etwas Schreckliches um verfeindete Familien, murmelte Arno. Trotzdem kann ich es mir nicht vorstellen ... Pfisterer ist sehr viel milder seit damals. Er geht auf seine letzten Amtsjahre zu und ist gesundheitlich angeschlagen. Man sollte ihn in Frieden lassen.

Das tue ich gewiß. Wir haben beide unsere Vereinbarung erfüllt: Er hat über eine Million für die Gedenkstätte bereitgestellt, ich habe seine Verwicklung in den Wohnbauskandal nie preisgegeben – übrigens auch ein Grund, warum Mugel mir gram war. Er meinte, durch das Geschehen am Abend des 24. Februar seien alle vorigen Abmachungen hinfällig geworden. Ich wollte den Bau der Gedenkstätte nicht gefährden. Sie ist das einzig Sinnvolle, was ich je in meinem Leben zustande gebracht habe. Außerdem glaubte ich, daß die Staatsanwaltschaft im Zusammenhang mit der Anklage gegen Steiger auch ohne mein Zutun auf die richtige Fährte kommen würde. Aber da haben die Nobiles gezeigt, was sie können. Steiger wurde seiner Spielleidenschaft wegen durch ein psychiatrisches Gutachten kurzerhand für unzurechnungsfähig erklärt. Er hätte auspacken können, wie er gewollt hätte, es wäre unerheblich gewesen – wie auch in meinem Falle, nachdem ich verurteilt worden war.

Elf Jahre Gefängnis!, sagte Arno schaudernd. Alle fanden, daß es ein hartes Urteil war.

Es war ein Fehlurteil, erwiderte ich.

Warum bist du dann nicht in die Revision gegangen?

So weit reichte meine Gerechtigkeitsliebe nun doch nicht.

Das begreife, wer will, sagte Arno. Du verwirrst mich völlig!

Ich wurde wegen Totschlags verurteilt, nicht wegen Mordes, was Lebenslang bedeutet hätte. Man hat mir zugebilligt, zwar nicht im Affekt, aber doch in einer psychischen Ausnahmesituation gehandelt zu haben, als ich den gerade wiedergefundenen Bruder verbrannt am Boden liegen sah. Mein Anwalt hat die Szene rhetorisch sehr markant geschildert ... In Wahrheit aber war es Mord.

Arno riß am Lenkrad und hatte Mühe, das schlingernde Auto auf Kurs zu halten.

Carsten, rief er, hör auf, mich so zu erschrecken. Es ist nicht dein Ernst!

Doch, sagte ich. Wenigstens einem Menschen will ich es anvertrauen, und wer wäre dafür besser geeignet als du? Ich war fest entschlossen, den oder die Mörder Alois Voglers zu töten. Mit dem Brand auf dem Mugelhof hatte es nichts zu tun. Ich glaube, ich faßte den Entschluß schon, als wir im Goldenen Rad saßen und Schätzle mit der Nachricht hereinstürmte, Vogler sei gestorben. Schon da stieg in mir die Überzeugung auf, daß ich Letsch, den ich von Anfang an im Verdacht hatte, selbst richten müsse. Mein Inneres füllte sich mit dieser Gewißheit, als ob ein Wasserglas langsam gefüllt wird. Am 24. Februar, dem Mordtag, hielt ich mich stundenlang in der Hütte auf, in der mir Vogler die Betrügereien der Nobiles offenbart hatte. Du weißt, man nennt den Platz dort das Hochgericht. Ich saß in der Hütte, und es war, als säße Vogler neben mir. Wir unterhielten uns, plauderten, und ich versprach ihm, seine Mörder umzubringen, damit er sie vor Gott anklagen könne. Ich war zu der Zeit noch der Überzeugung, Letsch habe einen Auftraggeber. Deshalb war ich im Grunde sehr erleichtert, als Pfisterer abends im Beisein deines Vorgängers Effinger schwor, daß Letsch aus eigenem Antrieb gehandelt habe. Es ersparte mir einen weiteren Mord. Hätte Pfisterer aber einen anderen oder sich selbst bezichtigt – er hätte die Nacht nicht überlebt.

Wir bogen von der Autobahn ab, es ging durch eine hügelige Landschaft mit gepflegten Dörfern und geschäftigen kleinen Städten. In der Ferne schimmerten die Alpen in dunstigem Weiß.

Arno hielt das Lenkrad umklammert und starrte auf die Straße. Endlich sagte er:

Du weißt, daß Letsch eine Frau und drei Kinder hinterlassen hat?

Ich habe es im Prozeß erfahren. Aber an meinem Entschluß hätte es nichts geändert.

Warum nicht? Sag mir, um Gottes willen, warum?

Seine Stimme klang verzweifelt.

Ich lehnte mich zurück und schloß die Augen. Jahr um Jahr zog vorüber, das ich in der Zelle verbracht hatte.

Mein Vater war ein großer Mann, sagte ich schließlich. Doch, das war er. Es hat unendlich vieler Nächte bedurft, bis ich die Einsicht aufbrachte, ihm diese Gerechtigkeit widerfahren zu lassen. Aber in einem war er nicht groß. Er hatte keine Fähigkeit zur Sühne.

Verstört sah mich Arno an.

Was meinst du damit?

Er hat ein KZ gebaut und nie ein Wort darüber verloren, daß es ihn reute …

Vielleicht weißt du's nur nicht!

Doch. Alles, was ihn bedrückte in seinen letzten Jahren, hat er seinem Tagebuch anvertraut. Über die Moorbaracken steht nichts darin.

Vielleicht war er noch nicht soweit, sich dazu bekennen zu können. Ich denke, es gehört viel Kraft dazu.

Das ist richtig, ja. Aber er hätte noch kurz vor seinem Tod die Chance gehabt zu zeigen, daß auch er wußte, was Schuld und Sühne ist. Auf der Anzeige, die Alois Vogler ihm im Dezember 1986 schickte, stand: ›Ungesühnt – der Fall Hirschfeld!‹ Weißt du, wie er das in seinem Tagebuch kommentiert hat? ›Wessen Schuld? Wessen Sühne?‹, hat er geschrieben. Es kam ihm gar nicht in den Sinn, daß es seine eigene Schuld sein könnte und seine eigene Sühne sein müßte.

Nimm bitte deinen Personalausweis zur Hand, sagte Arno mit belegter Stimme. Da vorne ist die Grenze.

Ich zog den Ausweis aus der Jacke und betrachtete ihn. Das Paßbild hatte wenig Ähnlichkeit mit mir.

So mußte ich es für ihn tun, sagte ich. Und was immer er da oben über mich denken mag, wenn er seinen Sternenrundgang macht, eines kann er nicht bestreiten: Ich hatte die Kraft, die er nicht hatte, für eine Schuld zu sühnen, die auch die seine war.

Arno schlug die Hände vors Gesicht.

Aber man darf doch nicht töten, um sühnen zu können!, rief er. Das ist alttestamentarisch, unchristlich, barbarisch!

Das bestreite ich nicht, sagte ich. Aber bist du dir sicher, daß Gott uns schon vergeben hat? Vielleicht ist Christus einfach zu früh geboren. Was ist, wenn zwölf barbarische Jahre uns tausend Jahre nachstellen?

Nein!, sagte Arno entschieden. Nein, denn dann erlischt die Welt wie eine Kerze ohne Sauerstoff. Ja, dann erlischt sie, weil sie ohne Liebe und Vergebung ist.

Wir wurden angehalten, der Zöllner verlangte unsere Ausweise. Ausgiebig musterte er mich.

Das Bild ischt nicht sehr gut!, sagte er streng. Sie sollten die Koschten für ein neues nicht scheuen. Haben Sie etwas anzumelden?

Nein, sagte ich. Ich fliege von Zürich aus in die USA.

Aha, businessmen? Ja, d' Swissair isch immer noch am sicherschden, oder? Guten Flug!

Er reichte uns die Papiere zurück und legte grüßend die Hand an die Mütze.

Einsilbig fuhren wir zum Flughafen. Arno half, das Gepäck auszuladen.

Arno, sagte ich, wir werden uns nicht wiedersehen und du weißt es. Sag mir, daß du mir vergibst. Ich bitte dich darum.

Er zögerte.

Ich kann es nicht. Aber ich werde beten, daß Gott dir vergibt.

Er deutete ein Kreuzzeichen an, umarmte mich flüchtig und eilte aus der Halle.

Ich checkte ein, stellte den Koffer aufs Band und ging zur Personenkontrolle.

Morgen sehe ich die roten Ahornbäume des Indian summer wieder, sagte ich laut. Welch langen Traum habe ich geträumt!

In der Schleuse schlug die Metallsonde an.

Darf ich sehen, was Sie da in der Brusttasche haben?, fragte der Beamte.

Ich leerte sie. Eine dünne goldene Halskette fiel zu Boden.

Oh, sagte der Beamte, jetzt ist sie kaputt. Wollen Sie es als Versicherungsfall melden?

Ich bückte mich.

Nein. Sie ist seit Ewigkeiten zerrissen. Nichts wird sie wieder zusammenfügen.